Sarra Manning

Zusammen sind wir einmalig

PIPER

Sarra Manning

Zusammen sind wir einmalig

Roman

Aus dem Englischen von
Sonja Rebernik-Heidegger

PIPER

Mehr über unsere Autorinnen, Autoren und Bücher:
www.piper.de

Wenn Ihnen dieser Roman gefallen hat, schreiben Sie uns unter Nennung des Titels »Zusammen sind wir einmalig« an *empfehlungen@piper.de*, und wir empfehlen Ihnen gerne vergleichbare Bücher.

Unser Versprechen für mehr Nachhaltigkeit
• Klimaneutrales Produkt
• FSC®-zertifiziertes Papier
• Hergestellt in Europa

FSC
www.fsc.org
MIX
Papier aus verantwortungsvollen Quellen
FSC® C083411

Deutsche Erstausgabe
ISBN 978-3-492-31741-2
September 2021

Titel der englischen Originalausgabe:
»Rescue Me«, Hodder & Stoughton, London 2021

Redaktion: Christine Neumann
Satz: Satz für Satz, Wangen im Allgäu
Gesetzt aus der Calluna
Druck und Bindung: CPI books GmbH, Leck
Printed in the EU

Für Eric, den singenden Mops, Monty und Marley, Ginger und Snoopy, Chubs, Scooby und Luna, Ambrose und Gertie, Ollie, Tag, Huxley, Oreo, Truffle, George, Mabel und Barksley, Bob, Lola, Henry, Lucy, Reggie, Harry und Mr Bingley, Bella 1, Bella 2, Bella 3, Milo 1, Milo 2, Shepsy, Spike, Doris, Gaia, Benji, Cracker, Lorenzo, Ralph, Woody, Biscuit, Rosie, Leo, Smithy, Freya, Denby, Rufus und alle anderen derzeitigen und vergangenen Hunde von Muswell Hill. Aber vor allem für den entzückenden und sanftmütigen Oscar, der den Gang über die Regenbogenbrücke bereits hinter sich hat und der erste Teilzeithund war.

»Mein kleiner Hund, ein Herzschlag zu meinen Füßen.«

Edith Wharton

KAPITEL 1

Margot

Margot Millwood war ein Katzenmensch. Nur leider hatte das noch niemand ihrem Kater Percy erklärt.

Genauso wie niemand Margots Ex-Freund George erklärt hatte, dass sie nach zweimonatiger Trennung wieder zusammenkommen würden.

George hatte sie um einen schnellen Drink nach der Arbeit gebeten, und Margot war davon ausgegangen, dass ein schneller Drink zu einem Abendessen und zu dem Geständnis führen würde, dass George – wie Margot – gesehen hatte, was auf den Dating-Apps los war, und zu dem Schluss gekommen war, dass das, was sie gehabt hatten, doch nicht so schlecht gewesen war.

Falsch gedacht!

»Ich habe bei mir noch ein paar Sachen von dir gefunden«, erklärte George und reichte ihr eine prall gefüllte Plastiktüte, bevor Margot überhaupt an ihrem Gin Tonic nippen konnte. »Ich kann nicht lange bleiben. Ich habe noch etwas vor.«

»Noch etwas vor …?« Margot warf einen schnellen Blick in die Tasche, die unter anderem eine fast leere Tube getönte Tagescreme und ein rotes Spitzenhöschen enthielt, das garantiert nicht ihr gehörte. Sie war versucht, es ihm mit einem vernichtenden Kommentar ins Gesicht zu schleudern, aber sie vermutete, dass es nicht gewaschen war. »Dieses Hös-«

»Tut mir leid, dass alles so stressig ist, aber ich bin mir sicher, dass keiner von uns beiden noch einmal den Grund unserer Trennung durchkauen will«, fuhr George fort und stürzte die Hälfte seines hippen, lokal gebrauten Bieres mit beinahe ungebührlicher Eile hinunter.

Einer Kampfansage wie dieser konnte Margot noch nie widerstehen. »Wir haben uns getrennt, weil du nach zwei Jahren beschlossen hast, dass du noch nicht einmal bereit bist, darüber zu *sprechen,* wann wir eine Familie gründen wollen, und mir das ausgerechnet an meinem sechsunddreißigsten Geburtstag unter die Nase reiben musstest.«

»Ich habe dich zum Geburtstagsessen eingeladen, und du hast mir erklärt – nein, du hast von mir *verlangt* –, dass wir noch am selben Abend ein Baby machen, bevor ich überhaupt einen Blick in die Speisekarte werfen konnte«, rief ihr George in Erinnerung, während Margots Handy zu klingeln begann. Sie ignorierte es.

»Ich habe nicht von dir verlangt, dass du mich noch in dieser Nacht schwängerst. Ich habe bloß darauf hingewiesen, dass meine Fruchtbarkeit mit sechsunddreißig abnimmt«, verteidigte sich Margot. Ihr Telefon verriet ihr piepend, dass sie eine neue Nachricht hatte. George stieß ein gedehntes, geräuschvolles Seufzen aus.

»Egal, das ist jetzt nicht mehr wichtig. Wir sind beide weitergezogen«, erklärte er. »Eine Totenbeschau hat jetzt echt keinen Sinn mehr, Margs.«

Das stimmte tatsächlich. Margot legte die Hände übereinander, um sich von jeglichen Drohgebärden abzuhalten.

Sie wollte auch keine Totenbeschau, trotzdem hatte George einen guten Rat verdient.

»Wenn wir gerade beim Weiterziehen sind, kann ich dir nur raten, dass du deiner nächsten Flamme besser von Anfang an sagst, dass du Kinder kategorisch ablehnst. Besser ehrlich, als sie zwei Jahre lang mit falschen Versprechungen und Vielleichts hinzuhalten«, sagte sie kühl und ohne eine Spur von Verbitterung, während ihr Handy erneut zu klingeln begann.

Sie ignorierte es auch dieses Mal, denn sie hatte bemerkt, dass George ihr plötzlich nicht mehr in die Augen schauen konnte.

»Du bist bereits mit jemandem zusammen.« Es war keine Frage.

George nickte. »Es gibt kein Gesetz, das es mir verbietet«, sagte er steif. »Willst du nicht mal ans Handy gehen?«

»Vergiss das Handy«, erwiderte Margot. »Noch einmal, mach meiner Nachfolgerin bitte nichts vor. Ab fünfunddreißig ist die Fruchtbarkeit –«

»– einer Frau nur noch halb so groß«, beendete George den Satz für sie. »Ja, das hast du mir bereits Hunderte Male vorgerechnet.«

Aber es hatte trotzdem nicht gereicht, um George zur Tat schreiten zu lassen, anstatt Margot mit Floskeln abzuspeisen, was für eine gute Mutter sie einmal werden würde. Oder mit dem Vorschlag, dass sie besser noch ein oder zwei Jahre und ein paar Gehaltserhöhungen abwarten sollten, um ein Haus für ihre hypothetische Familie kaufen zu können, die George ja gar nicht haben wollte.

»Ich meine nur. Deiner neuen Freundin zuliebe.« Niemand konnte Margot vorwerfen, sich nicht schwesterlich zu verhalten.

»Darüber musst du dir keine Gedanken machen, und Cassie auch nicht«, erwiderte George und merkte vermutlich nicht einmal, dass er vor Stolz die Brust blähte wie eine fette Taube.

»Aha, dann nehme ich an, dass deine Cassie unter dreißig ist.« Es war offensichtlich, aber Georges aufgesetzt verlegenes Lächeln bestätigte es ihr.

»Sie ist sechsundzwanzig.« Er wirkte nicht ansatzweise beschämt, dass er eine fünfzehn Jahre jüngere Frau datete. Im Gegenteil, er wirkte hocherfreut.

Margots Handy klingelte bereits zum dritten Mal, und dieses Mal war es eine willkommene Unterbrechung. »Sieht so aus, als wollte mich jemand unbedingt sprechen.« Margot erhob sich, schnappte sich ihre Jacke, die Handtasche und die Plastiktüte mit dem gammeligen Plunder, der vermutlich nicht einmal ihr gehörte. »War nett, mal wieder mit dir zu plaudern. Mach's gut!«

Natürlich verfing sich der Riemen ihrer Handtasche am Stuhl, und während sie sich hastig zu befreien versuchte, hörte ihr Handy auf zu klingeln, und George bekam nicht nur die Chance auf das letzte Wort, sondern lieferte zugleich eine ziemlich vernichtende Charaktereinschätzung ab.

»Weißt du, Margs, ich habe immer gehofft, dass wir beide die Ziellinie erreichen, aber du bist einfach ›too much‹.«

Der Vorwurf traf Margot vollkommen unvermittelt, und ließ die Wut in ihr aufsteigen. Eine jüngere Margot hätte sich vielleicht geschworen, in Zukunft nicht mehr so anstrengend zu sein, aber die reifere Margot weigerte sich, eine derartige Unterstellung anzunehmen.

»Nein, *du* bist ›too much‹«, zischte sie und verließ die affektierte kleine Bar in Kings Cross, während sie in ihrer

Tasche nach dem Handy kramte, das schon wieder klingelte und vibrierte. Als Richard Burton zum ersten Mal Elizabeth Taylor gegenübergestanden hatte, hatte er sie ebenfalls als »too bloody much« bezeichnet, aber nur, weil Elizabeth Taylor zu viel von all den guten Dingen gehabt hatte, die eine Frau ausmachten: Witz, Intelligenz, Killerkurven und violette Augen. Aber wenn George – mit seinem fliehenden Kinn und der alles andere als schnellen Auffassungsgabe für partnerschaftliche Denkanstöße (ha! Jetzt konnte sie es endlich zugeben!) – erklärte, dass Margot »too much« war, dann meinte er, dass sie bedürftig, fordernd und verzweifelt sei. Margot hielt sich für nichts dergleichen, aber sie war nun mal sechsunddreißig, und die Zeit verging wie im Flug, während die Aussichten auf eine ernsthafte Beziehung immer düsterer wurden.

»Ja?«, zischte sie zur Begrüßung des unbekannten Teilnehmers, der vermutlich aus einem Callcenter am anderen Ende der Welt anrief, um sich zu erkundigen, ob sie in letzter Zeit in einen Unfall verwickelt gewesen war.

»Hallo?«, erwiderte eine unsichere weibliche Stimme. »Ich versuche schon seit einer halben Stunde, Sie zu erreichen. Es geht um Ihren Kater. Sie nennen ihn Percy, glaube ich.«

»Ich nenne ihn Percy, weil das sein Name ist«, erwiderte Margot gelassen, obwohl sie alles andere war als das. »Sind Sie die Person, die ihn gekidnappt hat?«

Margot war es gewöhnt, dass Percy sich rarmachte. Tatsächlich tolerierte er sie kaum in seiner Nähe. Wenn er wieder einmal die ganze Nacht unterwegs gewesen war, kam er heim und schrie so lange, bis Margot ihn fütterte. Sie hätte sich inzwischen sogar über den einen oder anderen toten Vogel oder eine halb tote Maus gefreut, die ihre Freunde von ihren Katzen als Liebesbeweis geliefert bekamen. Aber nur weil es schwer war, jemanden – oder eine Katze – zu lieben, hieß das nicht, dass man einfach so aufgab. Er war immer noch *ihr* Percy. Auch wenn Margots Freunde ihn Mistvieh nannten, weil er Margot immer wieder mit seinen großen Augen und von sich gestreckten Gliedern zu sich lockte, als wollte er von ihr gestreichelt werden. Er begann sogar zu schnurren, wenn sie ihn unterm Kinn kraulte. Doch sobald Margot es wagte, sich langsam zu entspannen, kratzte oder biss er sie. Und wenn sie wirklich Pech hatte, machte er sogar beides. Dank ihrer Liebe zu Percy wusste sie immer ganz genau, wann die nächste Tetanusimpfung anstand.

In den letzten Monaten war Percy immer länger und länger fortgeblieben und dabei fetter und fetter geworden. Es war offensichtlich, dass er sich bei den Nachbarn anbiederte, weshalb Margot zu einer verzweifelten Maßnahme gegriffen hatte. Nachdem sie die Nachricht an Percys Halsband angebracht hatte, war ihr das Blut von den Händen getropft.

An alle, die es interessiert:
Percy wird geliebt und regelmäßig gefüttert.
Lassen Sie ihn NICHT ins Haus,
und geben Sie ihm NICHTS zu fressen.
Meine Nummer steht auf dem Schild am
Halsband, falls ich ihn abholen soll.

»Wir haben ihn nicht gekidnappt. Es gefällt ihm hier anscheinend bloß besser als bei Ihnen«, meinte die Frau am anderen Ende der Leitung gerade etwas ungehalten. Doch dann wurde ihr offensichtlich klar, dass sie Percy sehr wohl gekidnappt hatte, wenn er sich derzeit in ihrem Haus befand, denn sie seufzte. »Hören Sie, können Sie vielleicht vorbeikommen?«

Margot wäre am liebsten nach Hause gegangen, in ihre Jogginghose geschlüpft und hätte darüber nachgegrübelt, was mit George schiefgelaufen war. Vielleicht hätte sie sogar geweint. Nicht wegen George und seiner sechsundzwanzigjährigen neuen Freundin im fruchtbarsten Alter, sondern weil sie es einfach nicht schaffte, einen passenden Mann zu finden. Sie wollte doch nur einen durchschnittlichen, normalen Mann ohne Bindungsangst.

Aber nicht heute Abend, Satan. Heute Abend war Margot gerade lange genug zu Hause, um Percys Katzenkorb, einen Beutel Dreamies und ein dickes Badetuch zu holen. Dann machte sie sich auf, um ihren soziopathischen Kater aus einer der schönen großen viktorianischen Villen zu holen, für die Highgate bekannt war.

Margot wurde in einen offenen Wohn-Ess-Bereich geführt, in dem es nicht bloß einen, sondern gleich zwei Kaminöfen gab. Über einem hing ein Warhol-Druck von Mao, und die riesige Wohnlandschaft hätte ihre ganze Wohnung ausgefüllt. Auf den Kissen saßen zwei kleine Mädchen – sie waren sicher nicht älter als vier und sechs und hätten an einem Schultag um acht Uhr abends definitiv längst ins Bett gehört –, und zwischen ihnen eingekuschelt lag Percy. Er hatte ein Babymützchen auf dem Kopf und ignorierte Margot geflissentlich.

»Hören Sie, Sie dürfen ihn einfach nicht mehr ins Haus lassen«, erklärte Margot der abgespannten Frau, die ihr die Tür geöffnet und sich als Fay vorgestellt hatte, und ihrem ebenso abgespannten Mann Benji. Als Margot gekommen war, hatte die Nanny gerade das Haus verlassen, weshalb

Margot keine Ahnung hatte, warum die beiden so fertig aussahen. »Er ist ein Kater und Opportunist. Aber er ist *mein* Kater und *mein* Opportunist.«

»Er heißt nicht Percy, sondern Pudding«, meldete sich das jüngere Mädchen zu Wort. Ihr pummeliges Ärmchen hielt Percy/Pudding im Würgegriff. Bald würde Blut fließen.

»Wenn er bei dir glücklich wäre, würde er nicht dauernd zu uns kommen«, erklärte ihre ältere Schwester, während sie Margot feindselig anstarrte. Genauso wie Percy, dessen Blick mörderisch war.

Margots Boss Tansy hatte ihr geraten, sich keine Schildpattkatze zuzulegen. »Alle Katzen haben die Tendenz, Arschlöcher zu sein, aber Torties sind die schlimmsten«, hatte sie gemeint, als sich Margot vor ein paar Jahren während der Wurfsaison auf den Tierhilfe-Seiten im Internet umgesehen hatte. Wie oft hatte Margot sich gewünscht, sie hätte damals auf Tansy gehört. Trotzdem würde sie ihren Kater jetzt nicht kampflos aufgeben.

Am Ende floss *tatsächlich* Blut. Und zwar Margots Blut, als sie versuchte, Percy in seinen Katzenkorb zu verfrachten. Dazu war es nötig, das dicke Badetuch über ihn zu werfen, um ihn einerseits kampfunfähig zu machen und andererseits ihre Hände zu schützen. Leider schaffte Percy es trotz allem, eine Pfote zu befreien und den auf sein Konto gehenden Narben auf Margots rechter Hand noch weitere tiefe Kratzer hinzuzufügen.

Die kleinen Mädchen weinten, Fay war mit den Worten »Mein Gott, ich brauche einen Drink« verschwunden, und Benji murmelte in einem fort: »Sind Sie sicher, dass der Kater Ihnen gehört?«

O ja, das hier war auf jeden Fall Margots Kater. Der Letzte

in einer langen Reihe von Männern, die dachten, auf der anderen Seite des Zauns wäre das Gras viel, viel grüner.

»Okay«, meinte Margot, als Fay mit einem Verbandskasten wiederkam. »Wissen Sie was? Sie dürfen ihn behalten.«

Fay und Benji nahmen ihren Sieg huldvoll zur Kenntnis, und Elise, das kleinere Mädchen, kam zu Margot und umarmte sie tröstend, während Fay vorsichtig desinfizierende Wundcreme auf Margots Verletzungen tupfte und Benji laut überlegte, ob diese nicht besser genäht werden sollten.

Sie nannten sie andauernd *Marge,* bis Margot schließlich anmerkte, dass sie Margot – *Mar-go* – hieß. »Marge klingt nach einem Butterersatzprodukt, und ich bin ganz sicher kein Ersatzprodukt.« Obwohl ihr Ersatz durch diverse Nachfolgerinnen an diesem Abend durchaus ein wiederkehrendes Motiv war.

Benji bot an, Margot nach Hause zu bringen, aber im Grunde tat er es nur, um Percys Sachen zu holen. Den Kratzbaum, tonnenweise Spielzeug und das schweineteure Katzenfutter, weil Percy sonst nichts anderes fraß. Margot packte alles in einen Karton, lehnte jegliche Bezahlung ab, stieß die Tür hinter Benji zu und kam mit einem Mal zu einem Entschluss.

»Das war's! Ab jetzt mag ich Hunde.«

KAPITEL 2

Will

Roland trug einen schwarzen Rollkragenpullover, cremefarbene Chinos und eine Hornbrille. Egal ob Frühling, Sommer, Herbst oder Winter, der schwarze Rollkragenpullover, die Chinos, die Brille und sein ausdrucksloses Gesicht waren unumgänglich.

Seit nunmehr einem Jahr kam Will einmal die Woche in Rolands Praxis etwas abseits der Kilburn Park Road, und dennoch hätte er ihn ohne den Rollkragenpullover und die Hornbrille bei einer polizeilichen Gegenüberstellung niemals erkannt.

Vielleicht war genau das der Punkt.

»Dann sind Sie also sicher, dass Sie eine Pause einlegen wollen?«

Will erkannte, dass Roland ihn keine Sekunde aus den Augen gelassen hatte, während er gedanklich abgeschweift war.

»Keine Pause. Ich will die Therapie beenden«, erwiderte er mit fester Stimme, obwohl ihn Rolands ausdrucksloses Gesicht wie immer nervös machte. »Ich habe von Anfang an gesagt, dass ich mir ein Jahr Zeit gebe, um mich wieder hinzubiegen.«

Sobald er es ausgesprochen hatte, wünschte Will, er hätte

es anders formuliert. Roland schob seine Brille ein Stück weit die Nase hinunter und sah ihn über den Rand hinweg an. »Hinbiegen?«, fragte er leise. »Ich glaube, mich erinnern zu können, dass wir am Beginn Ihrer allerersten Sitzung darüber sprachen, dass es hier nicht darum geht, etwas *hinzubiegen.* Es ist vielmehr ein fortlaufender Prozess.«

»Ja, aber ich habe trotzdem nur ein Jahr eingeplant«, erinnerte Will ihn. Dank Roland fühlte er sich in einer Konfrontation nicht mehr länger unwohl. »Ich wollte eine zielorientierte Herangehensweise, und dieses Ziel habe ich jetzt erreicht. Es ist also ein guter Zeitpunkt – ein geradezu *hervorragender* Zeitpunkt – für einen Abschluss. In New York kannte ich Leute, die jahrelang zur Therapie gingen, manche sogar Jahrzehnte, und es war kein Ende in Sicht.«

Will verschwieg, dass viele dieser Leute vollkommen funktionsgestört waren, weil die Therapeuten an allen Aspekten ihres Lebens herumgepfuscht hatten, anstatt es zu verbessern.

»Nun, Sie haben tatsächlich große Fortschritte gemacht«, gab Roland zu. »Sie haben jede Menge Arbeit investiert, und ich sage das nicht leichtfertig. Es kann eine große Herausforderung sein, auf Erinnerungen zurückzugreifen, die so lange begraben lagen.«

Das war ein weiterer Grund, warum Will eine frühzeitige Entlassung aufgrund guter Führung verdient hatte. Vor einem Jahr war er eine leere Hülle gewesen. Ausgebrannt, nicht einsatzfähig. Und jetzt? Er versuchte zwar immer noch herauszufinden, wer er war, aber er wusste zumindest, dass er nicht der Mann war, in dessen Rolle er vor Jahren geschlüpft war. »Ich bin weit gekommen.«

»Die Panikattacken sind also zurückgegangen?«

»Ich hatte seit Monaten keine mehr.«

»Und Ihr Arzt war einverstanden, dass Sie die Antidepressiva absetzen?«

Will nickte. »Ich habe vor fünf Monaten angefangen, die Dosis zu verringern, und vor zwei Monaten ganz damit aufgehört.«

»Und Sie sind bereit, emotionale Verbindungen einzugehen, die bisher in Ihrem Leben gefehlt haben?«

Natürlich hatte sich Roland die schwerste Frage bis zum Schluss aufgehoben.

»Emotionale Verbindungen haben im Moment für mich keine Priorität.«

»Nanu. Ich dachte, das Fehlen emotionaler Verbindungen und Ihre Unfähigkeit, sich anderen Menschen in tiefer, bedeutsamer Weise verbunden zu fühlen, sind die Hauptthemen, an denen wir im letzten Jahr gearbeitet haben?« Roland warf einen Blick auf seinen Block und die umfangreichen Notizen, die er sich gemacht hatte.

»Ich habe mich im letzten Jahr meiner Familie emotional angenähert. Das muss doch auch zählen«, beharrte Will. Nachdem er vor über zwanzig Jahren von zu Hause ausgezogen war, hatte er selten das Bedürfnis verspürt, dorthin zurückzukehren. Nach drei Jahren an der Universität von Manchester und einem erstklassigen Abschluss in Internationaler Finanzwissenschaft und Betriebswirtschaft war Will von den Headhuntern einer weltweit agierenden Investmentbank angeheuert worden. Man hatte ihm das Masterstudium an der Wharton Business School in Philadelphia finanziert, und darauf folgten fünf Jahre in Berlin, drei Jahre in Paris und ein kurzer Zwischenstopp in Hongkong, bevor er nach New York versetzt worden war, wo ihn die größte private Investmentbank der Stadt abgeworben hatte.

Er hatte in jeder Hinsicht eine strahlende Karriere hingelegt. Hatte Leistungsboni und Eckapartments mit unglaublicher Aussicht abgestaubt, von denen eines größer war als das andere. Sein Zuhause und der Blumenladen, den die Familie in Muswell Hill betrieb, waren eine Million Lichtjahre entfernt gewesen.

Natürlich hatte Will jeden Sonntagmorgen pflichtschuldigst seine Mutter Mary angerufen und war zu Geburten, Hochzeiten und neuerdings leider auch zu Beerdigungen nach Hause zurückgekehrt. Ab und zu hatte seine Familie ihn besucht.

Er hatte also eine Familie, und er mochte sie. Es hatte sich allerdings herausgestellt, dass er sie sehr viel lieber mochte, wenn ein ganzer Ozean und mehrere Zeitzonen zwischen ihnen lagen.

Im letzten Jahr hatte Will seine Familie tagtäglich gesehen, und auch wenn er eigentlich ein berufliches Sabbatical einlegen wollte, hatte er irgendwann damit begonnen, im Familienunternehmen mitzuarbeiten. Das musste Roland ihm doch zugutehalten. Genauso wie die Tatsache, dass er seine Halbschwester Sage bisher nicht umgebracht hatte. Sage hatte noch nicht einmal in Gedanken existiert, als Will zum ersten Mal von zu Hause fort war, und sie hatte inzwischen das Nerven ihrer Mitmenschen zu einer Kunstform erhoben.

»Natürlich sind Familienbande wichtig und prägend. Genauso wie die Familienbande, die wir durchtrennen.« Roland verschränkte die Arme, doch diesen speziellen Weg würde Will sicher nicht schon wieder einschlagen. Er verschränkte ebenfalls die Arme und hielt Rolands Blick stand, bis der Therapeut seufzte. »In Ordnung, Will, dann erzählen Sie mir bitte noch mal von Ihrer letzten Liebesbeziehung. Wie war das mit der Dame, die mit ihrem Schuh auf Sie eingeschlagen hat?« Roland hatte viele bewundernswerte Qualitäten, doch seine Fähigkeit, sich an die erniedrigendsten Momente in Wills Leben zu erinnern, gehörte nicht dazu.

»Dovinda? Sie hat mich nicht mit ihrem Schuh geschlagen, sie hat ihren Schuh nach mir geworfen«, stellte er klar. »Und wir hatten keine Beziehung. Wir sind nur miteinander ausgegangen. So macht man das in New York.«

Das hatten sie alles schon durchgekaut. Mehr als einmal.

»Dann ist also niemand in New York in einer festen Beziehung? Schon seltsam.« Roland, dessen Gesicht immer noch ausdruckslos war, schüttelte den Kopf. »Erzählen Sie doch noch einmal, warum Dovinda ihren Schuh nach Ihnen geworfen hat.«

Will ließ sich nicht zweimal bitten. »Weil sie eine richtige Beziehung wollte und ich dachte, wir seien uns einig, dass wir zwar gerne zusammen sind und auch miteinander ins Bett gehen, mehr aber nicht.«

»Wobei es sich um ein wiederkehrendes Muster in Ihren Beziehungen handelte«, stellte Roland nickend klar und machte sich Notizen.

»Noch einmal: Das waren keine Beziehungen.«

Dieses Thema war in diesem Zimmer schon oft genug zur Sprache gekommen. Jeden Donnerstagabend zwischen sechs und zehn vor sieben hatte Will sich versteckten Wahrheiten und lange verborgenen Geheimnissen gestellt und Dinge angesprochen, die er sich nie hätte vorstellen können. Da kamen Schmerz, rohe Emotionen und sogar Tränen hoch, doch die Beziehung zu Roland zu beenden fiel ihm bisher am schwersten.

Außerdem lag Roland falsch. Die Tatsache, dass Will

tiefe emotionale Bindungen zu anderen Menschen vermied, hatte nichts mit dem einschneidenden Erlebnis zu tun, das ihn in Rolands Behandlungszimmer geführt hatte. Es hatte nichts damit zu tun, dass er auf einer Trage in der Notaufnahme des New York Presbyterian Hospitals gelegen hatte und überzeugt gewesen war, einen Herzinfarkt erlitten zu haben. Klar hatte er zu dem Zeitpunkt seit mehr als fünf Jahren in New York gelebt, und es hatte trotzdem keinen einzigen Menschen gegeben, den er hätte anrufen wollen, aber das war nicht das Problem gewesen.

Das Problem war gewesen, dass er eine strahlende Karriere, eine schicke Wohnung in Tribeca, jede Menge Geld auf der Bank und die modernsten Technikspielereien und teuersten Trainer hatte, doch plötzlich war dieser nagende, stechende, einsame Schmerz in seiner Brust das Allerwichtigste in seinem Leben gewesen. Der dynamische, erfolgreiche, getriebene Mann, zu dem er sich selbst gemacht hatte, hatte nicht mehr existiert, und er war wieder zu dem verängstigten, hilflosen Zwölfjährigen geworden, der …

Roland räusperte sich, und Will kehrte aus seinen Gedanken ins Behandlungszimmer und in die Gegenwart zurück, die so viel besser war als die Vergangenheit. »Sie haben sehr schwierige persönliche Umstände hinter sich gelassen und sich im letzten Jahr wieder in Ihre Familie eingefügt, das heißt, Sie können sehr wohl emotionale Bindungen eingehen und brauchen diese auch, obwohl Sie das Gegenteil behaupten. Aber mal abgesehen von Ihrer Familie möchte ich, dass Sie spontan eine andere Person in Ihrem Leben nennen, mit der Sie eine tiefgreifende Verbindung gespürt haben«, verlangte Roland, und Will spürte mit einem Mal, wie die Panik wie bittere Galle in ihm hochstieg. »Jemanden, bei dem Sie keine Angst davor hatten, verletzlich zu sein. Jemanden, den *Sie* bedingungslos geliebt haben.«

Will fiel keine Menschenseele ein. Dann kam ihm plötzlich eine Antwort in den Sinn. »Muttley«, platzte es aus ihm heraus. »Hunde zählen doch auch, oder?«

Allein der Gedanke an den Jack-Russell-und-weiß-Gott-was-noch-Mischling aus seiner Kindheit zauberte ihm ein Lächeln aufs Gesicht. Muttley war sein ständiger Begleiter gewesen. Er ging mit Will zur Schule und wartete, bis er wieder herauskam. Sie spielten stundenlang Ball. Und es gab Tage, an denen Will im Dunkeln sein Gesicht an das warme, dunkle Fell presste, dem Hund seine geheimsten Sorgen und Ängste anvertraute und spürte, wie die Tränen zu fließen begannen.

Das war Liebe. Das musste Liebe sein. Aber …

»Ich werde mir keinen Hund zulegen!«, erklärte Will bestimmt.

Roland hob kaum merklich die Augenbrauen. »Niemand hat gesagt, dass Sie sich einen Hund zulegen sollen.«

»Ein Hund – selbst ein Pflegehund – ist eine riesige Verpflichtung. *Riesig.*«

»Es hat auch niemand etwas von einem Pflegehund gesagt.« Roland seufzte erneut. Es war bereits zehn Minuten vor sieben und Zeit, dass sein Patient sich endgültig verabschiedete.

Doch Will wollte die Dinge nicht ungeklärt in der Luft hängen lassen, was nur wieder bewies, wie sehr er als Mensch gewachsen war. »Vielleicht könnte ich ab und zu einen Hund Gassi führen. Als ehrenamtlicher Helfer in einem Tierheim zum Beispiel?« Er runzelte die Stirn. »Das kann sicher nicht schaden, oder?«

Angesichts der Feierlichkeit der Situation runzelte auch

Roland die Stirn. Es war die deutlichste Gefühlsregung, die Will je an ihm gesehen hatte. Er wartete auf Rolands Abschlussrede, die sicher auch dieses Mal sehr aufschlussreich sein und nachdenklich stimmen würde.

Doch Roland legte bloß den Stift beiseite und sah Will noch einmal durchdringend an. »Ich finde sicher einen freien Termin, falls Sie die Sitzungen fortsetzen wollen«, erklärte er mit einem einigermaßen wehmutsvollen Lächeln. »Bis dahin, alles Gute!«

KAPITEL 3

Margot

»Ich bin liebenswürdig. Ich bin stark. Ich bin positiv. Ich ziehe liebenswürdige, starke, positive Menschen an. Ich verdiene es, geliebt zu werden. Ich bin eine wunderbare Hundebesitzerin.«

Normalerweise versuchte Margot, etwas energiegeladener zu sein, wenn sie ihre täglichen positiven Gedanken formulierte, die das bestmögliche Bild von ihr zeichnen und es hinauf ins Universum schicken sollten, damit es irgendwann Realität werden konnte. Doch sie saß auf der Rückbank eines Uber-Taxis, und der Fahrer war bereits beleidigt, weil sie ihn gebeten hatte, das Info-Radio auszumachen und einen Musiksender einzustellen. Außerdem begleitete sie ihre Freundin Tracy, die der Sache mit der positiven Energie nichts abgewinnen konnte.

Während die Bee Gees die Hörer zum Tanzen aufforderten – *Yeah!* –, nahm Margot einige beruhigende Atemzüge. Sie war genauso nervös wie vor einem ihrer unzähligen Blind Dates. Eigentlich sogar nervöser, denn in letzter Zeit hatte sie nur Resignation verspürt, bevor sie sich mit dem nächsten Mann von der nächsten Dating-App getroffen hatte, weil ihr eigentlich schon von vornherein klar gewesen war, dass er höchstwahrscheinlich nicht der Richtige sein würde. Weil er sie nur wieder von oben bis unten mustern und sich nicht damit aufhalten würde, seine Enttäuschung oder die lüsterne Freude zu verbergen, dass sie auch nicht die Richtige war, es aber sicher für einen One-Night-Stand reichen würde.

Einem Hund würde es egal sein, dass Margot Größe 44 trug, dass sie schon vor zwei Wochen ihren Ansatz hätte färben sollen und dass sie Kaffee auf ihr Sweatshirt mit der Aufschrift »Strong Girls Club« gekleckert hatte, was ihr allerdings erst nach dem Verlassen des Hauses aufgefallen war. Ein Hund würde wissen, dass es sich dabei nur um Oberflächlichkeiten handelte und dass das, was wirklich zählte – Margots Seele, ihr Herz und ihr angeborener Sinn für richtig und falsch –, perfekt war.

»Ich bin schrecklich nervös«, gestand sie Tracy. »Was, wenn mich kein Hund leiden kann?«

»Die Chancen stehen gut, dass dich zumindest *einer* mag.« Tracy tätschelte ihre Hand.

Sie hatten sich vor achtzehn Jahren am Mode-College kennengelernt. Tracy war damals gerade aus Neuseeland gekommen, wo es »viele Schafe, aber kaum trendige Mode« gab. Ihre Haare waren wenige Millimeter kurz geschnitten gewesen, sie hatte ein Lippenpiercing getragen, und ihre direkte Art war erschreckend. Doch die Zeit und Margot hatten sie milder gemacht. Die kastanienbraunen Haare waren gewachsen, und sie hatte sich von ihrem Lippenpiercing verabschiedet, auch wenn sie immer noch eine übertriebene Leidenschaft für Doc Martens und Leopardenmuster empfand und selten von ihrer Meinung abwich.

»Deswegen bin ich ja bei dir. Du bist nach dem Wiedersehen mit George emotional zu labil, um eine lebensverändernde Entscheidung zu treffen.«

»Ich kann immer noch nicht glauben, dass ich zwei ausschlaggebende Jahre meiner Fruchtbarkeit an ihn verschwendet habe«, seufzte Margot, und Tracy seufzte mit. Nicht weil sie ihr zustimmte, sondern weil Margot schon die ganze Woche auf dem Thema herumritt und es ihr langsam zum Hals heraushing.

»Es wird schon alles gut gehen. Die Hündchen werden dich lieben. Ganz bestimmt«, beharrte Tracy, vermutlich, um weiteres Gerede über George im Keim zu ersticken. »Sind wir nicht bald da?«

Ganz in der Nähe gab es ein Tierheim, und natürlich wollte Margot lieber einen Hund adoptieren als einen kaufen. Sie wusste, was es bedeutete, sitzen gelassen zu werden und das Gefühl zu haben, nicht gut genug zu sein. Margot hatte bereits den Fragebogen ausgefüllt und den Kontrollbesuch mit wehenden Fahnen bestanden, denn immerhin war sie – wie sie sich täglich versicherte – eine liebenswürdige, fürsorgliche, positive Frau.

Obwohl der eigentlich entscheidende Punkt ihr winziger Garten gewesen war. Auch wenn er nicht größer war als eine Briefmarke. Keine Standardbriefmarke, sondern eher die Miniversion.

Ein weiterer Pluspunkt war Margots Vorsatz gewesen, den Hund jeden Tag mit zur Arbeit zu nehmen, wobei sie die Wahrheit in diesem Punkt ziemlich locker genommen hatte, denn ihre Vorgesetzten Derek und Tansy hatten ihr geschlossen mitgeteilt, dass sie auf keinen Fall einen Hund mit ins Büro nehmen dürfe. Bestimmt würden die beiden ihre Meinung noch ändern. Am Anfang hatten sie sich auch vehement gegen einen Homeoffice-Mittwoch gewehrt, doch irgendwann hatten sie nachgegeben.

Wie auch immer, darüber konnte sie sich später noch

Gedanken machen. Im Moment saß sie in einem Uber-Taxi, das durch die Straßen Nordlondons raste und wie ein Hase über die Geschwindigkeitsschwellen hüpfte, und sie versuchte lieber, sich den perfekten Hund auszumalen. Er war süß, flauschig, einfach auf dem Arm zu tragen, Instagramtauglich und unbedingt stubenrein. Als sie vor dem einstöckigen, langen Gebäude direkt an der A 41 in Barnet hielten, hatte Margot das Bild eines kleinen Cockapoos, einer Kreuzung aus einem Cockerspaniel und einem Zwergpudel, vor Augen.

»Ich bin eine tolle Hundebesitzerin«, murmelte sie leise, während sie ausstieg.

Ihr Hundeschicksal erwartete sie.

Der Eingangsbereich war zweckmäßig eingerichtet, denn immerhin war das hier eine Wohltätigkeitsorganisation, die offensichtlich kein Geld für Sofas oder eine neue Farbe für die nikotingelben Wände erübrigen konnte. Doch die ehrenamtliche Helferin, die auf sie wartete, hatte ein breites Lächeln auf dem Gesicht und meinte eifrig: »Ich bin Sophie. Danke, dass Sie über einen Hund aus dem Tierheim nachdenken.«

Sophie war eine junge Frau mit leuchtend orangefarbenen Dreadlocks, Tattoos und einer derart sachlichen Ausstrahlung, dass Margot nicht zugeben konnte, dass sie einen Hund wollte, der etwas auf Insta hermachte. Und der das Loch in ihrem Herzen füllte, das sämtliche Männer in ihrem Leben gegraben hatten und das letztlich durch Percys Treulosigkeit noch tiefer geworden war.

Sophie öffnete eine Doppelflügeltür. Im nächsten Moment stieg Margot der Gestank von Ammoniak in die Nase, und ihre Ohren dröhnten. Es klang, als würden Hunderte Hunde gleichzeitig bellen, und es war millionenfach brutaler, als sie es sich vorgestellt hatte. In ihren Gedanken war es sehr viel herzerwärmender gewesen als dieses … dieses … Hundegefängnis.

Die Hunde steckten einzeln in kleinen Zwingern mit hartem Fliesenboden, grelles Neonlicht strahlte auf sie herab. Kein Wunder, dass sie an den Gitterstäben hochsprangen, mit den Pfoten dagegendrückten und verzweifelt versuchten, Margots Aufmerksamkeit zu erregen.

»Zwinger bedeuten für viele Hunde extremen Stress«, erklärte Sophie. »Vor allem für diejenigen, die ihre Besitzer verloren haben. Sie verstehen nicht, warum sie gerade noch mit ihrem Menschen in einem gemütlichen Haus gelebt haben und plötzlich hier gelandet sind.«

»Es ist so traurig«, murmelte Margot, und auch wenn sie nach einem süßen Fellknäuel suchte, hatte jeder Hund, an dem sie vorbeikam, etwas Verlockendes. Einige Minuten lang war sie hin und weg von einer älteren französischen Bulldogge mit weißem Fell, die ihre Hände beschnüffelte, doch Tracy zog sie weiter.

»Bullys sind total überzüchtet und haben haufenweise gesundheitliche Probleme. Unsere Nachbarn haben einen Bully. Der arme Kerl kann nicht einmal Wasser trinken, ohne dass es wieder hochkommt.« Tracy bedachte die dahinschmelzende Margot mit einem strengen Blick. »Du musst praktisch denken, Margs. Die Tierarztrechnungen würden dich in den Ruin treiben.«

Es gab keine Cockapoos, dafür aber haufenweise Staffordshire Bullterrier, die für Margot jedoch auf keinen Fall infrage kamen. Sie wollte kein vorschnelles Urteil fällen, aber jedes Mal, wenn etwas über einen Hundeangriff in der Zeitung stand, war der Schuldige ein »Bullterrier oder Ähnliches«, und auch die Hunde in den Zwingern sprangen Margot bedrohlich entgegen, als sie an ihnen vorbeiging.

»Sie wollen nur freundlich sein«, versicherte Sophie, was Margot allerdings bezweifelte. »Ich weiß, sie haben dank der Presse einen schlechten Ruf, aber Staffys gehören sogar zu den drei Hunderassen, die der Dachverband der Hundezuchtvereine ausdrücklich Familien mit Kindern empfiehlt.«

»Wirklich?«, erwiderte Margot möglichst unverbindlich.

»Ja. Und ich habe noch eine witzige Statistik für Sie: Es kommen wesentlich mehr Leute ins Krankenhaus, weil sie von einem Labrador gebissen wurden«, meinte Sophie, was allerdings nicht so beruhigend war, wie sie vermutlich dachte.

Sie kamen bereits zu der letzten Reihe, und obwohl viele Hunde an Margots Herz gerührt hatten, suchte sie noch nach dem Hund, der ihr Herz stahl.

Der letzte Zwinger war leer, doch Margot blieb trotzdem stehen, um das Schild mit den Daten des früheren Bewohners zu lesen.

Name: Blossom
Alter: ca. 3 Jahre
Rasse: Staffordshire Bullterrier
Anmerkungen: Wurde streunend aufgegriffen und nicht aus dem städtischen Tierheim abgeholt. Nervös in Gegenwart von Männern. Bei Futtergabe extrem motiviert. Kann nicht mit Katzen zusammenleben. Blossom will einfach geliebt werden!

»O mein Gott, Margot«, hauchte Tracy. »Dein Seelentier.«

Margot legte sich eine Hand aufs Herz, um sicherzugehen, dass es noch da war, denn möglicherweise war es gerade gestohlen worden.

»Dieser Hund …«, begann sie, doch bevor sie fragen konnte, wo Blossom war, erkannte sie, dass der Zwinger gar nicht leer war. Ganz hinten kauerte eine kleine weiße Staffy-Hündin und zitterte wie an einem frostigen Wintertag, obwohl es für Ende September ungewöhnlich warm war.

Margot ging in die Hocke und streckte die Hand aus. »Hallo«, sagte sie sanft. »Willst du nicht herkommen und Hallo sagen?«

Das war für Percy das Stichwort gewesen, um mit ausgefahrenen Krallen und gefletschten Zähnen auf Margot zuzustürzen, doch Blossom hob kaum den Kopf.

»Oh, du bist ja so hübsch«, säuselte Margot, und sie hatte noch nie so große Bestätigung erfahren wie in dem Moment, als der kleine Hund sich langsam erhob und zitternd näher kam. »Was für ein besonderes, einzigartiges kleines Mädchen.«

Blossom hatte große braune Augen, die aussahen, als hätte sie ein Top-Stylist mit schwarzem Kajal umrahmt. Sie fixierte Margot misstrauisch, während sie bis zu den Stäben vortrat und zögernd die Zunge herausstreckte, um über Margots Finger zu schlecken.

Margot streichelte die Wange der Hündin, und Blossom drückte sich an die Stäbe, als suchte sie noch mehr Nähe. Margot wollte keinen Staffy, und sie war nicht überzeugt, dass die Rasse ein toller Familienhund war. Außerdem war sie wohl kaum flauschig und konnte schlecht auf den Arm genommen werden. Doch Blossom starrte mit seelenvollen braunen Augen zu ihr hoch, und es konnte ja sicher nicht schaden, sie zu einem kleinen Spaziergang mitzunehmen. Nur damit sie sich ein wenig die Beine vertreten konnte.

»Ich bleibe inzwischen hier«, erklärte Tracy stirnrunzelnd. »Aber denk daran: keine übereilten Entscheidungen.«

»Auf keinen Fall«, versprach Margot, während Sophie die Leine an Blossoms Halsband befestigte.

Blossom folgte Margot ängstlich an den anderen Hunden vorbei, die ihr Gebell angesichts des vermuteten Ausbruchversuches ihrer Leidensgenossin noch verstärkten. Sie versuchte, sich hinter Margot zu verstecken, und drückte sich mit dem Kopf an ihre Beine, bis sie draußen waren.

Das Tierheim befand sich direkt am Waldrand, und sobald das Gekläffe nicht mehr zu hören war, trabte Blossom brav neben Margot her und wurde nur ab und zu langsamer, um mit ihren riesigen Augen zu ihr hochzublicken. Ihr Körper glich einem Fass und schien nur aus Schultern und Brustkorb zu bestehen, die von kurzen und im Vergleich viel zu zarten Beinen getragen wurden, wobei die leicht gekrümmten Hinterbeine einer zerbrechlichen Wünschelrute glichen.

Ihr Fell war nicht reinweiß. Ihre Schnauze war weiß, doch der Kopf und die Schlappohren waren beige. Ihr Rücken war beige mit weißen Sprenkeln, von denen einer die Form von Italien hatte, und auch ihr Schwanz war beige. Bis auf die Spitze, die aussah, als hätte man sie in weiße Farbe getaucht.

Alles in allem war sie in einem bemitleidenswerten Zustand. Sie hatte kahle Stellen an den Flanken, und auch wenn sie wuchtig gebaut war, konnte Margot durch das schüttere Fell jede einzelne Rippe erkennen.

»Was ist bloß mit dir passiert, kleine Maus?«, fragte Margot. Die Hündin antwortete nicht, sondern trabte weiter folgsam neben ihr her, bis sie zu einem Baumstamm kamen und Margot sich setzte. Blossom ließ sich ebenfalls sinken und legte ihr Kinn auf Margots Knie, damit sie weiterhin zu ihr hochstarren konnte. So, als wäre Margot das Einzige, was sie für den Rest ihres Lebens sehen wollte. Es war sehr, sehr lange her, seit jemand Margot derart hingerissen angesehen hatte.

Und das Gefühl beruhte auf Gegenseitigkeit. Auch Margot konnte den Blick nicht von Blossom abwenden. Die Hündin mit dem herzförmigen Kopf und den samtweichen Augen war wirklich außerordentlich hübsch.

»Magst du mich etwa?«

All die Dates. All die Männer. All die Jahre, in denen Margot versucht hatte, jemanden zu finden, der keine Angst davor hatte, sie trotz ihrer Widersprüche und Komplexitäten zu lieben. Wenn sie ehrlich war, hatte sie selbst auch nie den Funken gespürt. Eine Verbindung. Die Gewissheit, das perfekte Gegenstück gefunden zu haben.

Bis jetzt.

Jetzt, in diesem Moment, hatte sie das Gefühl, gleich in Tränen auszubrechen, während ihr Herz auf dreifache Größe anschwoll. Sie hätte Blossom am liebsten in die Arme geschlossen, sie mit Küssen überhäuft und ihr versprochen, dass sie nie wieder Angst haben musste.

Margot war keine Expertin, aber sie schätzte, dass sich Liebe auf den ersten Blick genau so anfühlte.

»Blossom ist der richtige Hund für mich«, erklärte Margot Sophie und Tracy, als Blossom und sie wieder zurück im Tierheim waren. »Wir sind füreinander bestimmt.«

»Blossom hat wirklich ein liebevolles Zuhause verdient«, erwiderte Sophie und streichelte Blossoms Schnauze. »Sobald sie sich eingelebt hat und sich sicher fühlt, wird sie ein vollkommen anderer Hund sein. Sollen wir gleich den Papierkram erledigen?«

»Bist du dir wirklich sicher?«, fragte Tracy. »Wir waren uns doch einig, nichts zu überstürzen.«

Margot nickte eifrig. »Ich war mir noch nie so sicher. Ich fülle gleich alle Formulare aus, und nächste Woche hole ich sie ab.«

»Sie können sie nicht sofort mitnehmen?«, fragte Sophie, und Blossom warf Margot noch einen letzten verlorenen Blick zu, bevor sie wieder in ihren verhassten Zwinger geschoben wurde.

»Nein, das geht leider auf keinen Fall«, erklärte Margot kurz darauf Belinda, der Leiterin des Tierheims. »Ich habe Ihnen ja schon bei Ihrem Kontrollbesuch erklärt, dass ich morgen beruflich eine Woche verreisen muss.« Ihre Stimme klang vor Verlegenheit ungewöhnlich piepsig. »Ich komme am Sonntagvormittag direkt vom Flughafen hierher und hole sie ab.«

»Blossom erträgt nicht noch eine Woche im Zwinger«, erwiderte Belinda bestimmt. »Und ich werde sie auch nicht für Sie reservieren. Womöglich kommt morgen jemand vorbei, der sie sofort mitnehmen würde.«

Ich bin eine tolle Hundebesitzerin. Leider ließ das Universum Margots Beteuerungen nicht Realität werden.

»Aber Blossom ist für *mich* bestimmt!«, flehte Margot und hatte die Hände tatsächlich wie zum Gebet aufeinandergepresst. »Es muss doch jemanden geben, der sich eine Woche lang um sie kümmern kann?«

KAPITEL 4

Will

Will hielt mit dem Firmen-Van vor dem Tierheim. Normalerweise übernahm er keine Auslieferungen, doch irgendwie hatte er sich in den letzten Monaten zum Mädchen für alles entwickelt und wurde für sämtliche anfallenden Arbeiten im familieneigenen Blumenhandel herangezogen. Er verhandelte Verträge für die Ausstattung von Events, er überarbeitete die Website, und er stellte Sandra aus Barnet einen saisonalen Blumenstrauß zu, nachdem sie beim fünfzehnten Anlauf endlich die Fahrprüfung bestanden hatte.

Während seine Mutter Sandras Blumen den letzten Schliff verpasst hatte, hatte er auf Google nach den nächstgelegenen Tierheimen Ausschau gehalten, denn am Morgen hatte er die wöchentliche Nachricht von Roland erhalten, auch wenn er offiziell nicht mehr zu dessen Klienten zählte.

Ich wollte mich nur mal kurz melden und bekräftigen, dass das Eingehen von neuen emotionalen Bindungen ausschließlich positive Auswirkungen auf Ihre mentale Gesundheit haben kann. Die Arbeit als ehrenamtlicher Helfer im Tierschutz wäre ein guter Start.

(Ihr Donnerstagabendtermin ist nach wie vor frei, falls Sie die Therapie-Unterbrechung noch einmal überdenken wollen.)
Beste Grüße, Roland

Er würde die Sache schnell hinter sich bringen. Einen Hund in Nöten suchen, emotionale Nähe schenken und empfangen, ein Foto mit besagtem Hund machen und es Roland schicken, um gleich danach zu einem Termin mit einer angesehenen PR-Agentur zu fahren, die einen neuen Floristen für ihre Firmen-Events suchte.

Will hatte gerade zwei Schritte in den Empfangsbereich gemacht, als ihm eine junge Frau mit leuchtend orangefarbenen Dreadlocks, einem marineblauen T-Shirt mit dem Logo der Organisation und einem resoluten Gesichtsausdruck entgegentrat.

»Ich möchte einen Ihrer Hunde spazieren führen«, erklärte er etwas lauter als üblich, um das aufgeregte Bellen zu übertönen, das durch die Tür hinter der Frau drang.

»Okay. Gab es denn schon einen Kontrollbesuch? Wie ist Ihr Name?«, fragte sie und trat vor eine Tür mit der Aufschrift *Privat.* »Ich sehe gleich mal nach …«

»Ich bin kein ehrenamtlicher Mitarbeiter«, sagte Will. »Ich will nur kurz mit einem der Hunde spazieren gehen.«

»So läuft das hier nicht.« Die Frau verschränkte die Arme vor der Brust. »Wir müssen Sie zuerst durchchecken. Aber das können wir gerne sofort erledigen …«

Doch Will wollte sich nicht verpflichten, womöglich Woche um Woche wiederzukommen und mit den Hunden abzuhängen. Obwohl es objektiv betrachtet keinen guten Grund gab, es nicht zu tun. Sein Vorhaben erwies sich als sehr viel schwieriger als gedacht.

»Ich könnte auch einen Pflegehund aufnehmen«, improvisierte er. Vielleicht konnte er einfach einen Hund mitnehmen und dann erkennen, dass er nicht als Pflegevater geeignet war. *Tut mir leid, dass ich Ihre Zeit verschwendet habe, ich gehe dann mal wieder, danke vielmals.* Obwohl es auch hier keinen guten Grund gab, warum er keinen Hund zur Pflege übernehmen konnte. Abgesehen davon, dass die Aufnahme eines Hundes – eines lebendigen Wesens – eine große Verpflichtung war und er keine großen Verpflichtungen eingehen wolle. Nur kleine. Ganz, ganz kleine. »Ich habe auch Erfahrung mit Hunden. Ich hatte als Kind einen. Muttley. Er war der beste Hund der Welt.«

Die Dreadlocks-Tante musste lächeln. »Jeder denkt, sein Hund wäre der beste der Welt.«

»Und alle haben recht«, fuhr Will fort. Das Gebell wurde lauter und eindringlicher. »Abgesehen von den armen Hunden, die hier enden.«

Sie senkte die Arme. »Wir müssen trotzdem ein paar Hintergrundinfos einholen«, beharrte sie.

Doch Will merkte, dass sie langsam nachgab. »Natürlich, aber könnte ich solange schon mal einen Blick auf die Hunde werfen?«

Sobald sie durch die Tür waren, wurde der Lärm ohrenbetäubend, und der Gestank von Ammoniak stieg in Wills Nase, während er die Hunde betrachtete, die sich gegen die Gitterstäbe drückten und daran hochsprangen.

Es gab nicht viel Süßes zu sehen. Bloß Schmerz und Verzweiflung, weil man sie hier in dieser kalten, unwirtlichen Umgebung eingesperrt hatte, obwohl sie einmal ein geliebtes Haustier gewesen waren. Zumindest hoffte Will das. Der Gedanke, dass diese Hunde noch nie ein weiches Bett und eine liebevolle, streichelnde Hand kennengelernt hatten, gefiel ihm nicht.

Er wandte sich von einem fieberhaften Spaniel mit traurig flehenden Augen ab und dem nächsten Käfig zu, der eine französische Bulldogge beheimatete. Jeder liebte französische Bulldoggen, doch diese hier hatte grau meliertes Fell, verklebte Augen und stieß seltsame Geräusche aus wie ein Motorrad, das nicht anspringen wollte. Womöglich kippte der Hund schon während des Selfies aus den Latschen.

»Tut mir leid, Kumpel«, erklärte er und streckte die Finger durchs Gitter, um ihm über den Kopf zu streicheln. Er spürte, wie er langsam schwach wurde. Wenn er noch länger hierblieb, nahm er am Ende alle Hunde in Pflege. Doch bevor Will einen vorschnellen Entschluss fassen konnte, erregte ein Tumult am Ende der Zwingerreihe seine Aufmerksamkeit.

Eine schwarzhaarige Frau kniete vor einem Käfig und blickte zu zwei anderen Frauen nach oben. »Sie ist mein Seelenhund. Wir gehören zusammen«, erklärte sie mit brüchiger, ziemlich hoher Stimme. Will trat neugierig näher und erkannte, dass Tränen über ihr Gesicht liefen.

Es war ein hübsches Gesicht. Ein wirklich hübsches Gesicht. Und ein dazu passender, wohlgeformter Körper. Sie wirkte weich und nachgiebig, obwohl er seine Frauen lieber hart und unnachgiebig mochte. So wurde niemand verletzt. Er konnte sich nicht vorstellen, dass Dovinda – oder eine ihrer zahllosen Vorgängerinnen – in der Öffentlichkeit geweint hätte.

»Ich habe diese Woche berufliche Verpflichtungen, und natürlich will ich nicht, dass Blossom in der Zwischenzeit leidet, aber es muss doch eine Lösung geben«, sagte die Frau mit immer noch zitternder Stimme und gerunzelter Stirn.

Will und die Ehrenamtliche neben ihm tauschten einen Blick. Zwei vernünftige Menschen, die mit theatralischem Getue nichts am Hut hatten.

Er war nun nahe genug, um zu erkennen, dass die Frau einen Hund in ihren Armen verbarg. Es war ein trauriger Staffy mit samtweichen Augen. Will konnte schwer einschätzen, ob der Hund ein schreckliches Leben hinter sich hatte oder es einfach nicht mochte, von einem weinenden Menschen im Würgegriff gehalten zu werden.

»Wenn sie in einer Woche noch hier ist, können Sie sie haben, aber bis dahin hat ihre Vermittlung oberste Priorität«, erklärte die ältere Frau mit fester Stimme. Ihre Brille hing an einer Kette um ihren Hals, was ihr eine gewisse Autorität verlieh, und Will ging davon aus, dass sie hier das Sagen hatte. »Wir stellen sie heute Nachmittag auf unseren Social-Media-Kanälen vor. Das war ohnehin geplant.«

Will fragte sich, warum die weinende Frau gerade von diesem Hund derart besessen war, da er die beiden nicht auseinanderhalten konnte, waren sie doch zu einem weinenden, zitternden Bündel verschmolzen. Die schwarzen Haare der Frau hingen über dem Hund, und sie schlang die Arme um seinen stämmigen Körper.

»Komm schon, Margs«, meinte die zweite stehende Frau leise. Sie hatte rote Haare und trug zwei verschiedene Arten von Leopardenmuster. »Wenn es sein soll, dann klappt es auch.«

Margs (Was war denn das für ein Name?) hob das tränennasse Gesicht. »Kannst du sie nicht eine Woche lang nehmen?«, fragte sie hoffnungsvoll.

»Auf keinen Fall. Den ist bis Freitagabend unterwegs, und auf dem Campus sind außer registrierten Begleithunden keine Tiere erlaubt«, erklärte ihre Freundin. »Es gab da einmal einen Vorfall mit einem Frettchen, das jemand als emotionale Unterstützung dabeihatte. Tut mir leid.«

Will spürte, wie ihn jemand am Arm zog. »Meinten Sie nicht vorhin, dass Sie einen Hund in Pflege nehmen würden?«

»Was?«

Will drehte sich zu der Dreadlocks-Tante um, die ihn strahlend ansah. »Wir suchen verzweifelt nach Pflegeeltern. Wirklich verzweifelt.«

»Oh! Dann könnten *Sie* doch auf Blossom aufpassen!« Nun waren sämtliche Blicke auf ihn gerichtet, vor allem die blauen Augen der knienden Frau, die ein wenig geschwollen waren. »Ich wusste, es gibt eine Lösung.«

Will hob die Hand. »Moment mal! Ich sagte, ich würde darüber nachdenken, einen Pflegehund zu nehmen.« Vielleicht hatte er sich vorhin in dieser Frau getäuscht. Sie richtete sich gerade zur vollen Größe auf, und da war etwas Kompromissloses in ihrer Haltung, in der Art, wie sie die Schultern nach hinten drückte, und in dem abwägenden Blick, mit dem sie ihn bedachte.

»Es ist nur eine Woche Ihres ganzen Lebens«, sagte sie mit sanfter Stimme, als wären sie die einzigen anwesenden Personen und als würden ihre Worte nicht von einer Kakofonie an Hundegebell begleitet. »Sie schaffen Blossom hier raus und machen den Zwinger für den nächsten Hund frei, Sie würden dadurch sogar *zwei* Hunde retten. Das ist doch ziemlich gut für einen derart kurzen Lebensabschnitt, oder?«

Will musste unwillkürlich nicken. Wenn sie es so sagte ... andererseits war er ein viel beschäftigter Mann ... Na ja, *so* beschäftigt dann auch wieder nicht. Und wenn er einen Hund aus dieser Hölle befreien konnte, war das sicher eine gute Tat. »Brauche ich denn keinen Kontrollbesuch?«, erinnerte er sich. »Aber heute geht es auf keinen Fall. Um drei habe ich einen Geschäftstermin, und jetzt ist es schon elf.«

»Wir können die Kontrolle sofort durchführen, und ich würde Ihnen Blossom am Abend vorbeibringen«, meinte die Dreadlocks-Tante prompt. »Wo wohnen Sie denn?«

Die Situation geriet immer mehr außer Kontrolle. In derartigen Fällen schlug Will sich nicht gut. »Muswell Hill – aber hören Sie, wir reden später darüber, ich ...«

»Das ist ja perfekt, ich wohne gleich den Hügel rauf in Highgate«, mischte sich Margs ein und strahlte Will an wie die Sonne, die nach einem Regen durch die Wolken bricht. Er versuchte ihr Lächeln zu erwidern oder hob zumindest die Mundwinkel, denn er war mittlerweile aus der Übung. »Wir sind praktisch Nachbarn. Wissen Sie, wenn man sich etwas intensiv genug wünscht und die Energie des Wunsches ins Universum hinausschickt, dann antwortet es einem manchmal.«

»Margs, hör auf mit diesem positiven Denken. Der Vormittag war schon anstrengend genug.«

Will wünschte sich sofort, er könnte sein Lächeln wieder zurücknehmen. Er wusste aus eigener, bitterer Erfahrung, dass man mit Frauen vorsichtig sein musste, die derartigen Unsinn über positive Energie und die Manifestation von Freude verzapften: Wenn sie dich erst einmal wegen deiner Bindungsunfähigkeit anschrien, war von Freude keine Spur mehr zu sehen.

»Das wäre wirklich ein großer Zufall«, stimmte die ältere Frau zu. Sie setzte ihre Brille auf, damit sie das Schild an dem leeren Zwinger lesen konnte. »Ahh. Ich wusste, dass es zu schön ist, um wahr zu sein. Blossom mag keine Männer.«

Will kannte sich mit Zurückweisungen aus, aber so schnell hatte man ihn noch nie abserviert. Das erweckte seine Widerstandskraft.

»Ich kann doch nichts dafür, dass ich ein Mann bin«, verteidigte er sich, und Margs lächelte milde, als hätte er wenigstens versuchen können, etwas daran zu ändern.

Inzwischen hielten die Dreadlocks-Tante und die ältere Frau Kriegsrat. »Es wäre trotzdem einen Versuch wert«, hörte Will eine der beiden. »Mit Randeep war es okay, nachdem sie aufgetaut ist. Soll ich Leckerlis holen?«

Die Dreadlocks-Tante eilte durch die Käfigreihe zurück zur Tür. Will wäre ihr am liebsten gefolgt. Und im Prinzip konnte er das auch, immerhin war er ein mündiger Erwachsener. Doch dann wirbelten die Dreadlocks plötzlich herum. »Ich hole die teuren Leckerlis. Mit Ente. Die mag sie besonders.«

Während er emotional erpresst, manipuliert und unter Druck gesetzt worden war, hatte Will der Hündin keine weitere Beachtung geschenkt, doch als er jetzt auf sie hinuntersah, duckte sie sich und versteckte sich zwischen den Beinen ihrer möglichen zukünftigen Besitzerin und der Älteren, vermutlich um ihm zu entkommen.

Es war ein weiterer Schlag in die Magengrube. Er wusste, dass er Probleme hatte, emotionale Beziehungen mit Menschen einzugehen. Aber Will war nicht unfreundlich. Er war nicht gemein. Er war nicht grausam. Er war nicht gewalttätig. Er verfügte über keinerlei Eigenschaften, die es rechtfertigten, dass jemand – und dazu noch ein Hund – vor ihm zurückwich.

»Ich will sie nicht traumatisieren«, erklärte Will.

»Das würde ich auch nicht zulassen«, erwiderte die Ältere streng, und in diesem Moment kam die Dreadlocks-

Tante mit einer kleinen Metallschüssel wieder, die sie Will in die Hand drückte. Die verschrumpelten Fleischstücke stanken bestialisch.

»Gefriergetrocknete Enteninnereien«, erklärte sie ihm fröhlich. Offenbar durfte man als Hundebesitzer nicht zartbesaitet sein … oder Veganer. »Nehmen Sie ein Stück, gehen Sie in die Hocke, und strecken Sie die Hand aus. Halten Sie den Kopf allerdings abgewandt.«

Will tat, wie ihm geheißen. So hatte er sich seinen Besuch im Tierheim nicht vorgestellt. Auf dem Boden kauernd mit einem gefriergetrockneten Entenherz auf der Handfläche, während er den Blick starr auf einen Punkt am Boden gerichtet hielt, wo eine Fliese ausgesprungen war.

»Komm her, Blossom«, lockte die Dreadlocks-Tante mit sanfter Stimme, rückte näher an Will heran und versuchte, den Hund dazu zu bringen, dasselbe zu tun. »Komm schon. Braves Mädchen.«

Zehn Minuten später lag Will flach auf dem Boden und hatte den Kopf in einem seltsamen Winkel zur Seite gedreht, um keinen Augenkontakt zu riskieren. Es war eine der unerträglichsten Erfahrungen in seiner jüngsten Vergangenheit. Er stellte sich gerade vor vier vollkommen fremden Frauen zur Schau, damit sie die Zurückweisung, die Demütigung und sein Versagen, das Vertrauen dieser Hündin zu gewinnen, hautnah miterleben konnten. Es war wie eine Metapher für sein ganzes Leben.

Doch dann passierte das Unglaubliche, und die Hündin schlich sich nahe genug heran, um das Leckerli zu erwischen. Will war davon ausgegangen, dass sie es ihm von der Hand fetzen und vermutlich auch etwas Haut erwischen würde, doch sie nahm es beinahe anmutig zwischen die Lefzen und schluckte es eilig. Danach zog sie sich sofort zurück, doch sie kam recht schnell wieder, als eine weitere Enteninnerei in Wills Hand lockte.

Nach dem dritten Bissen beschloss die Hündin offensichtlich, dass der Typ ungefährlich war, denn sie schlich nicht zurück, sondern setzte sich vor Will auf den Boden.

»Halten Sie weiter die Hand ausgestreckt und die Finger gekrümmt, damit sie daran schnuppern kann«, wurde ihm befohlen, und er wagte nicht zu widersprechen.

Seine Muskeln brüllten protestierend, doch Will zwang sich, flach liegen zu bleiben. Sein Blick huschte zu Margs, die die Hündin konzentriert beobachtete und sich dabei auf die Unterlippe biss, bis Blossom schließlich an seiner Hand schnupperte. Als die Nasenlöcher der Hündin zu zucken begannen, entspannte sich Margs, und als sie sich ganz sanft von Will über die Backe streicheln ließ, seufzte sie. Im nächsten Augenblick hob Blossom eine Pfote, ließ sie auf Wills Schulter sinken, und Margs lachte.

»Ich glaube, sie will noch ein Leckerli, nicht wahr, Blossom?«

Will gab der Bitte nur zu gerne nach. Genauso gerne, wie er sich hinhockte, anstatt weiter auf dem Boden zu liegen. Blossom sah ihm sogar einen flüchtigen Moment lang in die Augen und ließ zu, dass er sie mit einem Finger unterm Kinn kraulte. Will sah in ihre argwöhnischen braunen Augen und erkannte den Schmerz und den Kummer, den dieser Hund in seinem Leben durchgemacht hatte. *Ich sehe dich,* hätte er gerne gesagt. *Ich kenne das auch. Es wird besser, versprochen.* Blossoms lange rosafarbene Zunge schoss heraus und leckte über Wills Finger, bevor sie sich wieder in den schützenden Hafen zwischen den Beinen der Frauen zurückzog, die diesen kleinen, lautlosen Austausch mit geneigten Köpfen und angehaltenem Atem verfolgt hatten.

Es hatte nicht länger als zehn Sekunden gedauert, doch diese zehn Sekunden hatten Wills gefrorenes Herz erwärmt. Er hatte bekommen, weswegen er hergekommen war – eine emotionale Verbindung mit einem anderen Lebewesen. Nun hatte er es nicht mehr so eilig zu verschwinden.

Man sagte ja, dass Hunde gute Menschenkenner waren, und Will fühlte sich bestätigt. Vielleicht lohnte es sich tatsächlich, eine Woche auf Blossom achtzugeben und ihr bei dem Übergang von einem traumatisierten Hund in ein glückliches neues Leben zu helfen, ohne dass es zur Routine wurde und er eine richtige Verpflichtung eingehen musste. Vielleicht dachte er dann an etwas anderes als an sich selbst. Er hatte noch nie so viel über sich selbst nachgedacht wie in diesem Jahr während der Psychotherapie, und das war anstrengend genug.

»Das lief sehr viel besser als erwartet«, sagte die ältere Frau zufrieden. »Vor einer Woche hat sie sich beim Anblick eines Mannes noch eingenässt.«

Na gut, die Latte war ziemlich tief gesetzt, aber hier ging es nicht um Will und seine Gefühle. Es ging um Blossom. Niemand sollte verängstigt durchs Leben gehen. Kein Mensch, kein Hund und auch sonst niemand.

»Also, wann können wir die Kontrolle machen?«, fragte er, denn offenbar würde er tatsächlich eine Woche lang einen verängstigten Staffordshire Bullterrier bei sich beherbergen.

»Gehen wir doch ins Büro, dann nehme ich Ihre Daten auf«, meinte die Ältere, doch bevor Will sich in Bewegung setzen konnte, legte Margs ihm eine Hand auf den Arm. Sie hatte fähige Hände, als könnten sie auch anpacken, und ihre Fingernägel waren pastellblau lackiert.

»Ich bin Margot«, sagte sie mit einem weiteren strahlenden Sonntagslächeln. »Niemals Marge. Margot.«

»Obwohl es ihr gefällt, wenn man sie Margs nennt«, erklärte ihre Freundin und stieß sie in die Seite.

»Das toleriere ich gerade noch.«

»Will«, sagte er, und sie schüttelten sich die Hände. Ihre Blicke trafen sich und hielten einander fest, bis Will den Blick senkte.

»Danke! Ich danke Ihnen so sehr, dass Sie uns helfen«, erklärte Margot mit dem Eifer einer Frau, die an positive Energie glaubte.

»Womöglich bestehe ich die Kontrolle nicht.« Da er jedoch nicht in einer rattenverseuchten Bruchbude hauste, würde er mit Sicherheit schon bald eine Woche lang für Blossoms Wohlergehen verantwortlich sein. Panik stieg wie ein Fieberschub in ihm hoch.

»Wir sollten unsere Nummern austauschen«, erklärte Margot und zog ihr Handy aus der hinteren Hosentasche. Sie merkte nicht, dass Will schweigend in eine ausgewachsene Glaubenskrise gerutscht war. »Ich erwarte stündliche Berichte inklusive Fotos.«

Selbst in seinem gebeutelten Zustand war Will klar, dass sie keine Witze machte.

Später an diesem Abend wurde Blossom zu Will nach Hause geliefert. Sie stank noch immer nach Eau de Zwinger und kam mit einem halben Sack Hundefutter und der fröhlichen Bekanntgabe, unter einer »schüchternen Blase« zu leiden. »Es kann also durchaus sein, dass sie ein paar Tage nicht pinkeln muss.«

Will schloss die Tür hinter der Dreadlocks-Tante, schüttelte den Kopf und drückte die Schultern durch. »Okay. Ich schaffe das.«

Er wandte sich zu Blossom herum, die verängstigt die Wände im Flur beäugte. Ihre Hundestirn gerunzelt, am ganzen Körper zitternd. Schließlich warf sie Will einen einzigen, angsterfüllten Blick zu und verschwand Schutz suchend im Wohnzimmer.

Will seufzte so schwer, dass er es bis in die Zehen spürte. »O Gott, was habe ich mir eingebrockt!«

KAPITEL 5

Margot

Zweimal im Jahr genoss Margot fünf Tage im Ausland, um die Kollektion der nächsten Saison zu fotografieren.

Es war die letzte Septemberwoche, und in der Nacht, bevor sie London verlassen hatte, hatte sie zum ersten Mal die Heizung angemacht. Wer würde in diesem Fall schon Nein zu fünf Tagen im portugiesischen Peniche sagen, wo Sandstrände und Temperaturen über zwanzig Grad warteten und Lissabon nur eine Autostunde entfernt war?

Margot war ausgebildete Modedesignerin, doch ihr war schnell klar geworden, dass sie nicht das nächste Enfant terrible der britischen Modeszene werden würde. So weh es auch tat, es zuzugeben (und so schmerzhaft die Reise zu dieser Erkenntnis auch gewesen war), sie war wohl eher Boden als Balenciaga. Eher Mango als Marc Jacobs. Eher Cath Kidston als Christian Dior.

Sie konnte hübsche Kleider entwerfen, die den weiblichen Formen schmeichelten, doch ihre Entwürfe würden nie auf den Pariser Laufstegen gefeiert oder von Prominenten auf der Met Gala getragen werden.

Sie hatte schon früh gelernt, ihre Erwartungen anzupassen. Trotzdem hatte sie nach dem Abschluss gehofft, dass ihr erster Job ihr wahres Talent ans Tageslicht befördern würde. Doch leider war sie dann bei einem führenden Sportartikelhersteller gelandet, wo sie Trainingsanzüge von der Stange entworfen hatte.

Natürlich trugen jede Menge Leute Trainingsanzüge, und irgendjemand musste sie designen, doch Margot steckte drei Jahre lang in der Sportschiene fest und kam nicht voran, denn jedes Mal, wenn sie sich für einen interessanteren Job bewarb, bestand ihr Portfolio bloß aus Kunstfaser-Freizeitklamotten. Ihr größter Erfolg war, als einer der Nichtsnutze in der Seifenoper *Hollyoaks* ihren Trainingsanzug trug.

Richtig verwirklichen konnte sie sich nur, wenn sie für sich selbst Kleider entwarf. Sie trug Größe 44, doch die trendigeren Läden verkauften meist nur Kleider bis Größe 42, und falls es doch einmal etwas in ihrer Größe gab, war die Wahrscheinlichkeit, es zu ergattern, bevor es vergriffen war, etwa so groß wie die Wahrscheinlichkeit, dass ein Fabergé-Ei bei einer Antiquitäten-Show im Fernsehen auftauchte.

Vermutlich hätte Margot eine Kleidergröße weniger gehabt, wenn sie weniger gegessen und mehr Sport gemacht hätte, aber ehrlich gesagt hatte sie keine Lust dazu. Natürlich könnte sie Zucchini-Spaghetti und Pizza mit Blumenkohlboden essen und sich bloß zwei Stück dunkle Schokolade am Tag gönnen. Doch das Leben war hart, warum sollte Margot sich also den simplen Genuss von Spaghetti aus Weizenmehl oder einer Pizza mit echtem Boden verwehren? Und zwei Stück dunkle Schokolade konnten auf keinen Fall jemals mit einem Doppelriegel Milchschokolade mithalten.

Es war also einfacher und um einiges stressfreier (sie hatte einmal in einer Topshop-Umkleide zu weinen begonnen, weil die dortige Größe 44 eigentlich Größe 40 entsprach), ihre Outfits selbst zu entwerfen. Hübsche Kleider und Oberteile im blumigen Liberty-Print und aus weich fallendem Jersey, der ihrer Figur schmeichelte. Tatsächlich hatte sie eine ihrer Eigenkreationen getragen – ein Wickelkleid aus tiefschwarzer Baumwolle mit weißen Punkten –, als sie die beiden wichtigsten Menschen in ihrem Leben kennengelernt hatte.

Es war an einem Dienstag zur Mittagszeit im Kaufhaus Marks & Spencer in Camden gewesen. Margot war gerade dabei, sich ein BLT-Sandwich zu holen, während Derek und Tansy Spencer-Williams eine »Colin, die Raupe«-Torte für die Geburtstagsparty einer Angestellten kauften.

»Ich liebe dieses Kleid«, hörte Margot jemanden hinter sich sagen, als sie nach dem letzten BLT-Sandwich griff. Sie wandte sich um und sah sich einer eleganten Frau in einem reinweißen Jumpsuit und kurz geschorenen Haaren gegenüber, die ihre unglaublichen Wangenknochen betonten. Neben ihr stand ein in die Jahre gekommener Rockabilly, dessen graue Tolle genauso beeindruckend war wie die Stulpen seiner Jeans. Beide starrten Margot an.

Margot sagte das Einzige, was ihr unter diesen Umständen passend erschien: »Danke! Es hat sogar Taschen!«, und steckte die freie Hand in eine davon, damit sie es mit eigenen Augen sehen konnten.

»Es ist sehr schwer, ein Wickelkleid zu finden, das auf diese Weise fällt«, meinte die Frau, was eine taktvolle Umschreibung der Tatsache war, dass es kaum Wickelkleider gab, die nicht auseinanderklafften, wenn die Trägerin einen üppigen Busen und breite Hüften besaß. Margot war sich sicher, dass noch kein Mann ihre Rundungen derart genau gemustert hatte.

Eine Sekunde lang fragte sich Margot, ob es hier um eine Annäherung der besonderen Art ging. *Älteres Paar sucht kurvige Sie für diskretes Nachmittagsvergnügen.* Doch dann nahm der Rockabilly etwas Stoff zwischen Daumen und Zeigefinger und meinte: »Die Passform ist unglaublich, obwohl es nicht einmal gefüttert ist«, und ihr wurde klar, dass sie es hier mit Modekollegen zu tun hatte.

»Ich habe einen versteckten Knopf gegenüber der Schleife eingenäht«, erklärte sie. »Ich weiß, dass manche das Kleid auch innen verknoten, aber ein Knopf ist wesentlich effizienter.«

»Dann haben Sie das Kleid selbst genäht?«, fragte die Frau. »Nach einem Schnittmuster?«

»Ja, aber ich habe es modifiziert«, erwiderte Margot eifrig, denn sie liebte es, über Muster, Passformen und Stoffe zu reden. Die nächsten fünfzehn Minuten unterhielten sich die drei angeregt darüber, wie schwer es war, gut gemachte, trendige Kleider zu einem vernünftigen Preis zu bekommen, und hielten damit viele hungrige Leute von ihren Mittagssandwiches fern.

Als schließlich die stellvertretende Geschäftsführerin zu ihnen trat und sie bat, ihr Gespräch woanders fortzusetzen, holte der Rockabilly seine Visitenkarte heraus und fragte, ob Margot nicht in Zukunft für ihn und seine Frau arbeiten wollte. Fünf Minuten später kündigte Margot bei dem Sportartikelhersteller.

Das war vor zwölf Jahren gewesen, und Margot arbeitete immer noch für Ivy + Pearl (benannt nach Dereks und Tansys Müttern), wo sie ihrer Kreativität freien Lauf lassen konnte. Vor Ivy + Pearl hatten Derek und Tansy in Vivienne Westwoods und Malcolm McLarens Boutique *SEX* gearbeitet, die Klamotten im Fetisch- und Bondage-Style an Punks verkaufte, bevor die Welt überhaupt wusste, dass es Punk gab.

Mittlerweile ging es den beiden eher um einen zeitlosen Stil als darum, das Wort *FUCK* in riesigen Lettern auf T-Shirts zu drucken. Zweimal im Jahr brachten sie eine kleine Kollektion von Kleidern, Zweiteilern und Loungewear heraus, die sie in ihren Boutiquen in exquisiten Gegenden wie Primrose Hill, Cheltenham, Harrogate und an weiteren Standorten verkauften. Ihr Webshop gewann immer mehr an Fahrt, und die gehobeneren konventionellen Modekaufhäuser erhöhten den Marktanteil, weshalb sie weiter expandierten. Und Margot stand dabei an vorderster Front.

Sie hatte neuen Mustern den Weg bereitet, die Entwicklung der Nachtwäsche- und Heimtextilienkollektion gemanagt, und sie hatte Tansy sogar überredet, jeden Sommer und Winter eine Limited Edition an Duftkerzen auf den Markt zu bringen. Denn Kissen, Kuscheldecken und Duftkerzen liebte einfach jeder, oder etwa nicht? Doch Margots größte Errungenschaft war ihrer Meinung nach, dass Ivy + Pearl mittlerweile Mode bis Größe 48 anbot und nicht nur bis 42.

Und mehr noch. In Derek, Tansy und ihren Kolleginnen und Kollegen bei Ivy + Pearl hatte sie etwas gefunden, das Armistead Maupin als »logische Familie« bezeichnete. Sie waren nicht füreinander da, weil sie dieselbe DNA hatten, sondern weil manche Dinge tiefer griffen als Blutsbande und sie einander als Familie *auserwählt* hatten.

Jetzt saß Margot auf einem Stein und sah drei Models mit verschiedenen Konfektionsgrößen und verschiedener Herkunft zu, die an einem portugiesischen Strand durch die Brandung tobten und einen Badeanzug, einen Bikini und einen Tankini präsentierten. Alle Stücke hatten ausreichend Stoff am Hintern und waren in den Sommerprints von Ivy + Pearl gehalten, die in der kommenden Saison Paradiesvögel auf schwarzem oder weißem Untergrund zeigten.

Derek, der bereits knallrot im Gesicht war, obwohl Margot ihn ständig daran erinnerte, seinen Lichtschutzfaktor 50 aufzufrischen, hatte die künstlerische Leitung des Fotoshootings übernommen und fragte Margot nur sporadisch nach ihrer Meinung, weshalb sie die meiste Zeit die Sonne genießen und ihr Datenvolumen für eine Textnachricht an Will verbrauchen konnte. Mit Aufzählungszeichen.

Natürlich sahen Aufzählungszeichen in E-Mails besser aus, aber sie kannte Wills E-Mail-Adresse nicht, sondern hatte nur seine Telefonnummer, die er ihr ziemlich widerwillig gegeben hatte. Aber immerhin passte er auf Blossom auf. Auf *ihren* Hund. Und auch wenn es nur sechs Tage waren, war gerade diese Zeit entscheidend für die Hündin, die zweifellos misshandelt und ausgesetzt worden war, bevor sie im städtischen Tierheim und schließlich in einem kleinen Zwinger gelandet war.

Blossoms neues Leben mit Margot würde fantastisch werden – sie hatte bereits einen Wellnesstag inklusive Shampoo und Blaubeeren-Gesichtsbehandlung in einem Hunde-Spa gebucht –, doch sie wollte auch, dass diese eine Woche dazwischen fantastisch wurde und Blossom nicht noch mehr traumatisierte. Will hatte nicht so gewirkt, als wäre er hundertprozentig von seiner Arbeit als Pflegevater überzeugt, und Margot musste sichergehen, dass er sich mittlerweile vollkommen in seine Rolle als wichtigste – wenn auch nur vorübergehende – Bezugsperson eingefunden hatte.

Ihre Begegnung war kurz und äußerst ungewöhnlich gewesen. Es kam nicht oft vor, dass sich Margot weinend und schniefend mit jemandem unterhielt, schon gar nicht mit einem überaus attraktiven Mann.

Andererseits war er vielleicht sogar *zu* attraktiv. Ihre Mutter hatte sie immer vor gut aussehenden Männern gewarnt, diese hätten oft einen schlechten Charakter. Weshalb sie vermutlich nicht allzu viel von Will mit seinen dichten dunkelblonden Haaren gehalten hätte, deren Farbe Margot an alte Pfundmünzen erinnerte und die er aus dem Gesicht gekämmt trug, sodass sie den Blick auf seine beeindruckenden Wangenknochen freigaben. Und auf Lippen, die nichts von ihrem Charme verloren hätten, wenn er gelächelt und sie nicht bloß zu einer dünnen Linie aufeinandergepresst hätte. Obwohl er sie doch einen Wimpernschlag lang so gut wie angelächelt hatte. Ihre Blicke hatten sich getroffen, und Margot hatte ein kaum merkliches Prickeln gespürt. Ein zartes Flattern, das vorbei war, ehe sie begriff, was passiert war. Und nun konnte sie sich nicht einmal mehr an die Farbe seiner Augen erinnern, weil sie ihn nicht zu offensichtlich angaffen wollte. Er war es vermutlich gewöhnt, dass sich Frauen nach seinem groß gewachsenen, gut gebauten Körper verzehrten.

Er hatte irgendwie distanziert gewirkt, als wäre er eine Spur besser als die Leute, mit denen er sich abgab. Aber vielleicht war seine Ausstrahlung einfach so. Gab es eigentlich auch Männer mit Resting-Bitch-Face, also einem fortwährend übellaunigen Gesichtsausdruck, für den es keinen ersichtlichen Grund gab? Offenbar ja, denn Margot erinnerte sich gut, wie Will von oben auf sie herabgeschaut hatte (wobei sie am Boden gehockt hatte und er nun mal ziemlich groß war). Trotzdem wären die schiefen Blicke, die gespitzten Lippen und die eingezogenen Wangen nicht notwendig gewesen. Immerhin hatte es sich nicht um ein Vorsprechen als Mr Darcy für eine Laienproduktion von *Stolz und Vorurteil* gehandelt.

Vielleicht projizierte Margot aber auch ihre eigenen Probleme auf die Erinnerung an ihn. Doch ganz egal, welche vermeintlichen Fehler er hatte, er hatte ihre erste Nachricht ignoriert, und das bildete sie sich ganz sicher nicht ein.

Es war vierundzwanzig Stunden her, seit Margot Will geschrieben hatte, und sie hatte immer noch keine Antwort auf die vielen, mit Aufzählungszeichen versehenen Fragen bekommen. Margot argumentierte immer damit, dass eine lange Nachricht um einiges besser war als viele einzelne Nachrichten, wie George und auch einige ihrer engsten Freunde ihr immer wieder weismachen wollten.

- Wie geht es Blossom?
- Hat sie sich eingelebt?
- Ist sie immer noch nervös in Ihrer Gegenwart?
- Wie hat sie geschlafen?
- Hat sie gefressen?
- Ist sie stubenrein?
- Schicken Sie bitte ein paar Fotos.
- Waren Sie schon mit ihr draußen?
  Wie verhält sie sich an der Leine?
- Könnten Sie reines Kokosöl kaufen und ihre kahlen Stellen damit einreiben (ich ersetze Ihnen die Kosten)?
- Ist sie immer noch so allerliebst?

Ich befinde mich in Portugal, also denken Sie an den Zeitunterschied. Ich kann Ihre Antwort kaum erwarten. Und vergessen Sie nicht die Fotos!

Das war vor *einem* Tag gewesen, und sie hatte immer noch keine Antwort bekommen. Wie unverschämt!

Trotzdem beschloss Margot, weitere vierundzwanzig Stunden bis zur nächsten Nachricht zu warten – auch wenn es sie einige Selbstbeherrschung kostete.

Das war ebenfalls etwas, das sie durch Versuch und Irrtum gelernt hatte und das Tracy ihr ständig vorhielt. »Nur weil du innerhalb von fünf Sekunden auf Nachrichten antwortest, heißt das nicht, dass alle anderen das ebenfalls tun müssen. Wir sind Menschen, Margs. Wir sind nicht unfehlbar.«

Also wartete Margot einen weiteren Tag, immerhin musste sie auch irgendwann schlafen. Außerdem nahm sie sich Zeit, sämtlichen Staffys auf Instagram zu folgen, und überlegte, wie Blossoms Account heißen könnte (»Blossom the Staffy« schien ein wenig einfallslos), wie er aussehen würde und welches Feeling er verbreiten sollte.

Doch das Unvermeidliche lässt sich nur eine gewisse Zeit lang hinausschieben, und so verfasste Margot am nächsten Morgen eine weitere Nachricht.

> Es ist jetzt achtundvierzig Stunden her, und ich mache mir Sorgen!
> Wie geht es Blossom?
> Es ist doch alles okay, oder?
> Sie ist doch bei Ihnen, nicht wahr?
> Beweisfotos, bitte!

KAPITEL 6

Will

Will zuckte zusammen, als sein Handy piepte und sein Blick auf eine weitere Nachricht von Margot fiel – vermutlich auch dieses Mal mit Aufzählungszeichen. Er hätte es auf »lautlos« geschaltet, aber er wartete auf einen Anruf seiner Schwester Rowan, die ihm die geschätzte Anzahl der Blumen für zwei Hochzeiten und einen Firmen-Cocktailempfang durchgeben wollte.

Er warf einen bösen Blick auf sein Telefon und bemühte sich anschließend um einen ruhigen, neutralen Gesichtsausdruck, um nach Blossom zu sehen.

Er hatte nicht auf Margots … *Tirade* geantwortet, weil es Blossom eben nicht gut ging. Sie war seit sechsunddreißig Stunden bei ihm und noch immer nicht unter seinem Esstisch hervorgekommen. Er hatte mit sanfter Stimme auf sie eingeredet, sich auf den Boden gelegt und sogar Hühnchen gekocht, um es ihr auf der ausgestreckten Hand entgegenzuhalten, doch er hatte es nicht geschafft, sie hervorzulocken.

Nachdem er sich am Vormittag eingehend mit dem Thema Hundealltag auseinandergesetzt hatte, hatte er einen Zeitplan für Blossom erstellt, in dem Spaziergänge, Fütterungszeiten, Entspannungs- und Spielphasen aufgelistet waren. Routine war wichtig, um eine sichere, beständige Verbindung aufzubauen, doch das hatte wohl noch niemand Blossom erklärt. Sie waren nicht draußen gewesen, was bedeutete, dass sie weder gepinkelt noch etwas anderes getan hatte (auch wenn er sich im Moment am allerwenigsten um seinen neu geschliffenen und lackierten Holzboden sorgte), und sie hatte ganz sicher kein Auge zugetan.

Blossom saß bloß mit dem Rücken an die Wand gepresst da, ließ den Kopf hängen und zitterte immer noch. Das war auch so gewesen als Belinda, die Brillentante aus dem Tierheim, angerufen und gefragt hatte, wie er zurechtkäme.

»Gar nicht«, hatte Will geantwortet, und es war ihm egal gewesen, dass er damit sein Versagen eingestand und schon bei der ersten Hürde aufgab. Sein männlicher Stolz würde es überleben, aber er war sich nicht sicher, ob das auch auf Blossom zutraf. »Ich frage mich langsam, ob sie im Tierheim nicht besser aufgehoben wäre. Ich finde, dort wirkte sie nicht ganz so verängstigt.«

»Na ja, es sind ja erst ein paar Stunden«, hatte Belinda nach einem Moment angespannten Schweigens gemeint, obwohl es zu diesem Zeitpunkt bereits *zweiundzwanzig* gewesen waren. Will war nicht zu Bett gegangen, sondern hatte die Nacht sitzend auf dem Fußboden verbracht, wo Blossom ihn sehen konnte. Nur für den Fall, dass sie noch mehr Angst bekam, wenn er sie allein ließ. »Geben Sie ihr Zeit, um sich einzugewöhnen. Drängen Sie sie nicht.«

»Aber sie will nicht einmal raus«, protestierte Will.

»Hunde können den Harn im Extremfall über achtundvierzig Stunden lang zurückhalten«, erklärte Belinda. »Es ist nicht ideal, aber vermutlich spürt sie Ihre Nervosität. Versuchen Sie, sie zu ignorieren.«

Es war nicht einfach, ein anderes Lebewesen zu ignorieren, das derart jämmerlich und verzweifelt wirkte, doch Will beschloss trotzdem, seine Wache vor dem Esstisch aufzugeben und sich auf das Sofa zu legen.

Glücklicherweise gab es unten bei *Bloom & Family, Ihr Lieferant für das Schöne seit 1936,* wie das Schild über dem Eingang des ein Stockwerk tiefer liegenden Geschäfts stolz verkündete, keine Probleme, die auf der Stelle gelöst werden mussten.

Will hatte seiner Mutter gesagt, dass er einige Tage investieren wollte, um den Papierkram in Ordnung zu bringen, was nicht gelogen gewesen war. Niemand würde ihn vermissen, es sei denn, die Nachfrage nach Blumensträußen stieg plötzlich schlagartig.

Aus Gründen, über die er nicht nachdenken wollte, hatte Will nicht das Bedürfnis verspürt, seiner Familie von dem schwer traumatisierten Tierheimhund zu erzählen, den er beherbergte.

Er nahm das oberste Kontenbuch von dem schwankenden Stapel auf dem Couchtisch und öffnete es mit einem tiefen Seufzen.

Sein Blick fiel auf die penibel geführten Zahlenreihen in der präzisen Handschrift seiner Großmutter. Will seufzte erneut. Maureen Bloom, die von allen bloß Mo genannt worden war, war vor etwas über einem Jahr gestorben, und seitdem stimmte einfach nichts mehr. Mo, die Allmächtige. Als Dreizehnjähriger konnte Will sein Kinn auf ihren Scheitel legen, wenn er sie umarmte, doch obwohl sie nur einen Meter fünfzig maß (»Blödsinn, einen Meter fünfundfünfzig!«), hatte sie die Präsenz eines Riesen. Zu behaupten, dass jemand »überlebensgroß« sei und »mit seinem Lächeln den Raum erhellt«, waren abgedroschene Klischees, es sei denn, man sprach von Mo Bloom. Dann war es schlicht und ergreifend die Wahrheit.

Sie war die Sonne gewesen, um die der Rest der Familie freudig gekreist war. Sanft und gütig, aber auch eine Frau, mit der nicht zu spaßen war. Selbst mit über siebzig und einer künstlichen Hüfte war sie noch einem Mann hinterhergerannt, der einen Strauß rote Rosen bestellt hatte und, ohne zu bezahlen, davongelaufen war.

»Trau niemals einem Kerl, der rote Rosen aussucht«, hatte sie keuchend erklärt, nachdem einer der Fischhändler um die Ecke einen Eimer stinkendes, schleimiges Fischwasser dem Tunichtgut hinterhergeschleudert und ihn damit zur Strecke gebracht hatte. »Die führen selten etwas Gutes im Schilde.«

Sie hatte einen Narren an ihren Enkelkindern gefressen: zuerst an Will und Rowan, danach an Sage und noch später an Sam und Harry, Rowans Zwillingen. Ihre Kunden hatten sie geliebt, aber nicht halb so sehr wie ihr Mann Bernie. Bernie und Mo hatten in sechzig Jahren nur drei Nächte getrennt voneinander verbracht. In diesen drei Nächten hatte Mo auf der Geburtenstation gelegen, um Amaryllis – Wills Mutter – zur Welt zu bringen, die als einzige rebellische Tat in ihrem Leben darauf bestand, Mary genannt zu werden.

Nachdem Mo innerhalb von drei schrecklichen Wochen an Bauchspeicheldrüsenkrebs im Endstadium gestorben war, hatten alle das Gefühl gehabt, als wäre ein Licht erloschen. Ohne sie war das Leben voller spitzer Kanten, die nicht einfach abgefeilt werden konnten. Selbst im Laden hatten die Blumen an Leuchtkraft eingebüßt und dufteten nicht mehr so wie früher.

Bernie war ohne seine Mo zu einem Schatten verkommen, obwohl er versucht hatte, tapfer zu sein und jeden Tag in seinen dreiteiligen Anzug geschlüpft und zur Arbeit erschienen war. Doch er hatte seinen Elan und das Leuchten in den Augen verloren, und vielleicht war auch das der Grund gewesen, warum er drei Wochen nach Mos Beerdigung friedlich für immer eingeschlafen war. Bernies Tod hatte der Familie endgültig das Herz und die Seele aus dem Leib gerissen.

Mos Fußstapfen waren zu groß für Mary, und Ian – Marys zweiter Mann, Sages Dad und Wills und Rowans Stiefvater – versuchte nicht einmal, Bernie gerecht zu werden. Rowan hatte ihre eigene Familie, um die sie sich kümmern musste, und Sage war erst achtzehn und wie gelähmt vor Trauer um ihre geliebten Großeltern. Also lag es an Will, gerade zurück aus New York mit jeder Menge eigener Probleme und einem Rezept für Antidepressiva in der Tasche, sich um die vielen Probleme zu kümmern, die Bernie und Mo stets instinktiv gelöst hatten.

Wobei die finanziellen Schwierigkeiten im Moment am dringlichsten waren. Bevor sie sich in Bernie verliebt hatte und in das Familienunternehmen eingestiegen war, hatte Mo in der Buchhaltungsabteilung eines Reiseveranstalters gearbeitet. Danach hatte sie die Buchhaltung der Blumenhandlung übernommen und sorgfältig jeden einzelnen Penny verzeichnet, der in fast sechs Jahrzehnten über den Ladentisch gegangen war.

Mary hatte seit ihrem Tod versucht, die Bücher weiterzuführen, obwohl sie sehr viel lieber mit Narzissen und Kapuzinerkresse als mit Ziffern arbeitete. Dazu kam, dass ihr Steuerberater sich kurz nach Mos Tod zur Ruhe gesetzt hatte. Mary hatte vergessen, die Unterlagen zeitgerecht einzureichen, und musste eine Strafe zahlen. Obwohl Will normalerweise mit Zahlen mit sehr viel mehr Nullen zu tun hatte, hatte er ihr wider besseres Wissen ein Angebot gemacht: »Okay, na gut, ich übernehme die Buchhaltung, aber nur so lange, bis du einen neuen Steuerberater gefunden hast.«

Nun legte er das letzte Kontenbuch beiseite, das Mo hingebungsvoll zusammengestellt hatte, und nahm das diesjährige Buch, mit dem Mary voller Elan im Januar angefangen hatte, um gleich im Februar wieder damit aufzuhören. Stattdessen hatte sie einfach jede Menge Rechnungen und auf Papierschnipsel gekritzelte Zahlen in das Buch gelegt, um wenigstens guten Willen zu zeigen.

Morgen würde Will mit dem ganzen Chaos zu einem Steuerberater in Camden Town fahren, der allseits gelobt wurde. Vermutlich musste er Blossom zu dem Termin mitnehmen. Auch wenn er keine Ahnung hatte, wie er sie für einen spannenden Besuch in einer Steuerkanzlei unter dem Tisch hervorlocken sollte, wenn sie noch nicht einmal zum Pinkeln herauskam.

In diesem Moment hörte er wie auf ein Stichwort hin das leise Tappen von Krallen auf dem Holzboden, und plötzlich tauchte Blossom unter dem Tisch auf. Er wagte nicht einmal zu blinzeln, während sie dicht an die Wand gedrängt durchs Wohnzimmer zur Tür schlich, das Zimmer verließ und sich vor die Eingangstür setzte.

Will stand auf und folgte ihr. Ihr Kopf fuhr herum, und sie warf ihm einen flehenden Blick zu. Es war das erste Mal seit ihrer Ankunft, dass sie Augenkontakt mit ihm aufnahm.

»Willst du raus?«, fragte Will sanft, obwohl die Antwort offensichtlich war.

Auf dem Wandtischchen im Flur lagen die verschlissene Leine, die die Dreadlocks-Tante dagelassen hatte, Kotbeutel und eine Tüte Leckerli. Will griff danach und – er konnte nicht glauben, dass er das tatsächlich tat – ließ sich auf die Knie sinken und krabbelte auf Blossom zu, die geduldig an der Tür wartete. Er wollte nicht drohend über ihr aufragen und sie wieder unter den Tisch treiben, also erschien es ihm besser, ihr auf Augenhöhe zu begegnen. Trotzdem spürte er, wie sie zusammenzuckte, als er beim Befestigen der Leine unabsichtlich ihr Fell berührte.

»Tut mir leid, Blossom«, murmelte er. »Ich versuche, meine Hände bei mir zu behalten.«

Doch sie war bereits aufgestanden und trottete vorsichtig die Treppe hinunter. Will öffnete die Eingangstür und betete, dass man ihn im Blumenladen nicht bemerkte. Gott war ihm offenbar gnädig, denn es stand niemand vor der geöffneten Ladentür, wo Eimer mit Blumen um ein altes Fahrrad arrangiert waren, das Bernie als junger Mann zum Ausliefern der Waren benutzt hatte.

Will hatte fest angenommen, dass Blossom beim ersten Laternenpfahl das Bein heben würde, aber nichts da. Keiner der Bäume, an denen sie vorbeikamen, schien ihr zu gefallen, sie trabte nur zielstrebig, aber mit eingezogenem Schwanz neben ihm her.

»Komm schon, Blossom, du bist doch sicher schon am Verzweifeln«, murmelte Will, der selbst schon ein wenig verzweifelt war, doch erst als sie zu einem kleinen Rasenstückchen kamen, hockte sich Blossom endlich nieder (offenbar hoben nur Rüden das Bein) und pinkelte, was das Zeug hielt. Ihr Blick wirkte so gehetzt, dass Will sich abwandte, um ihr etwas Privatsphäre zu gewähren.

Beim dritten Wiesenstreifen geruhte Blossom dann auch endlich zu kacken. Will war so erleichtert, dass es ihm nicht einmal etwas ausmachte, den Kotbeutel zu benutzen.

Sie hatten nun die Wahl zwischen dem Alexandra Palace

und dem angrenzenden Park oder einer alten Eisenbahnstrecke, die in einen Wanderweg umfunktioniert worden war und in die Highgate Woods führte. Will hatte gelesen, dass Staffys bis zu einer Stunde Bewegung am Tag brauchten, doch Blossom hatte andere Vorstellungen. Sobald alles erledigt war, machte sie eine 180-Grad-Wendung, sodass sie sich beide in der Leine verhedderten, und zog Will zurück in Richtung Wohnung.

Zu Hause angekommen, verschwand sie sofort wieder unter dem sicheren Tisch, und Will machte sich mit einem resignierten Seufzen auf die Suche nach ein paar alten Badetüchern und Decken. Wenn Blossom dort unten am glücklichsten war, dann sollte sie es wenigstens bequem haben.

So ging es zwei Tage lang (Will musste den Termin beim Steuerberater verschieben), und es gab kaum Fortschritte, abgesehen davon, dass Blossom mit zaghaftem Blick im Flur erschien, wenn Will mit ihrer Leine klimperte.

Am Freitag hatten Will und Rowan allerdings ein Meeting mit dem Manager eines Veranstaltungszentrums in Shoreditch, und es war klar, dass er Blossom nicht mehrere Stunden allein lassen konnte. Mitnehmen kam jedoch ebenso wenig infrage, und so blieb nur noch eine Möglichkeit.

»Verdammt noch mal, da hast du ja 'nen ordentlichen Fettwanst an der Backe, Mann!«, rief Ian, als Will den Laden betrat und Blossom hinter sich herzog, die sich mit allen vieren gegen die Leine stemmte. Er trug Fahrradklamotten, sein Gesicht war gerötet und seine schütter werdenden Haare feucht und niedergedrückt, was bedeutete, dass er seine tägliche 15-Kilometer-Radtour bereits hinter sich hatte.

»Er ist eine Sie, und sie ist nicht fett, sie hat nur starke Knochen«, erwiderte Will abwehrend, als seine Mutter aus dem Hinterzimmer trat. Dort war ihr persönliches Reich, in dem sie ihre Blumensträuße band. »Hi, Mum! Darf ich vorstellen? Das ist Blossom.«

Mary Bloom blinzelte, als würde sie ihren Augen nicht trauen. »Oh, Will! Nein!«, rief sie. »Wie kommst du denn auf *so etwas?*«

»Ich passe ein paar Tage auf sie auf«, erklärte Will und ließ seinen Blick über die Blumen schweifen. Die teureren Sorten wurden im Laden aufbewahrt, dazu gab es Topfpflanzen, mehrere Kartenständer und ein Regal mit themenbezogenen Geschenkartikeln, wie Duftkerzen und Blumengefäßen aus verschiedensten Materialien und in allen Formen und Farben. Vasen aus braunem Glas in Form von Eulen, Emaillephiolen für einzelne Blumen und hübsche, mit Blumen bedruckte Porzellantassen, nach denen seine jüngste Schwester Sage gerne in Secondhandläden Ausschau hielt.

Apropos Sage. Sie war sicher ein einfacheres Gegenüber als Mary, die sich mit den Fingern durch die feinen blassblonden Haare fuhr und etwas von »einfach so ohne Vorwarnung mit einem Hund auftauchen« murmelte.

»Wo ist Sage?«

»Sie liefert Blumen aus«, antwortete Ian, der auf dem Hochstuhl hockte, der einst Bernies Thron gewesen war. »Sie kommt sicher gleich zurück. Soll sie dich anrufen?«

»Ich muss für ein paar Stunden weg und wollte euch bitten, auf Blossom aufzupassen«, erklärte Will und versuchte, die Hündin sanft nach vorne zu ziehen, doch Blossom setzte sich und zog wie üblich den Kopf ein. Als er nach unten griff, um sie zu streicheln, zuckte sie vor seiner Hand zurück. Dieser Hund war reinstes Gift für sein Ego. »Ihr könnt sie einfach im Hinterzimmer lassen. Sie macht sicher keine Schwierigkeiten. Ich meine, sie macht eigentlich gar nichts.« Nicht, dass Will dies als Vorwurf gemeint hätte. »Sie ist traumatisiert.«

»Im Hinterzimmer? Bei mir?« Mary verzog gequält das Gesicht, und es passte absolut nicht zu ihrem sonst so fröhlichen Lächeln. »Sie könnte mich beißen. Oder einen Kunden! Das zahlt die Versicherung nie!«

Ian ließ sich vorsichtig vom Stuhl auf den Steinboden gleiten (vermutlich hatte er heute eine Bergetappe gemeistert) und lockte Blossom mit dem Finger zu sich.

»Tu das lieber nicht, sie mag keine Männer«, erklärte Will, als Blossom einen Zentimeter vorrückte.

»Na ja, er ist vielleicht ein Fettwanst, aber ein hübscher«, sagte Ian, als Blossom sich wieder setzte und eine Pfote auf Ians Bein legte. »Lass besser ein paar Leckerlis für ihn hier.«

Das war einfach lächerlich. Will war neununddreißig. Wie jeder Mensch, der bald vierzig wurde, hatte er in Sachen Liebe Erfolge und Misserfolge erlebt. Ja, er war durchaus auch abgeblitzt, doch keine Abfuhr hatte jemals so wehgetan wie die permanente Zurückweisung durch diesen kleinen, untergewichtigen Hund, der – offenbar – gar kein Problem mit Männern hatte. Es sei denn, der Mann war Will.

Selbst der Vertragsabschluss mit dem Veranstaltungszentrum in Shoreditch, der ihnen ein Jahr lang die Blumenausstattung der dort stattfindenden Super-Luxus-Hochzeiten sicherte, war nur ein schwacher Trost.

Als Will früher nach der Schule und an den Wochenenden im Laden ausgeholfen hatte, hatte der Blumenschmuck für eine Hochzeit aus Blumensträußen für Braut und Brautjungfern, Ansecksträußchen, Tischdeko und – wenn das Budget es erlaubt hatte – geschmückten Kirchenbänken bestanden. Mittlerweile hatte sich die Hochzeits- und Eventseite des Blumenbusiness von Grund auf geändert. Die Leute wollten den ausgefallensten Blumenschmuck für ihre Hochzeit oder ihre Luxusveranstaltung. Von mit Blüten geschmückten Traubögen über von der Decke der Zelte oder Veranstaltungsräume wachsende Grünpflanzen bis hin zu Blumenwänden, damit die Hochzeitsgäste vor dem Hintergrund saisonaler Blütenpracht für Fotos posieren konnten. Vor zwei Jahren hatte Will etwas Geld in das Familienunternehmen investiert, damit Rowan zwei Räume in dem leer stehenden Stallgebäude hinter dem Haus in eine Werkstatt umbauen konnte, wo sie mit einem kleinen, engagierten Team arbeitete, das während der Hochzeitssaison vergrößert wurde. Will war stolz auf seine kleine Schwester, die dem angeschlagenen Familienbetrieb neues Leben eingehaucht hatte, aber im Moment hatte er Wichtigeres zu tun.

»Ich weiß, sie hat eine Menge durchgemacht, doch ich habe ihre Grenzen ausnahmslos respektiert, und trotzdem will sie nichts von mir wissen. Aber nur zwei Sekunden mit Ian, der denkt, dass sie ein Er ist, und sie ist hin und weg von ihm«, beschwerte er sich bei Rowan auf dem Rückweg ins Geschäft.

»Reden wir von einem Hund oder deiner letzten Freundin? Es ist schwer, den Faden nicht zu verlieren«, erwiderte Rowan und stieß ihn in die Rippen, als sie aus dem schicken Weinhandel gegenüber dem Blumenladen kamen, wo sie ein paar Flaschen Prosecco gekauft hatten, damit Rowans Team auf die guten Neuigkeiten anstoßen konnte.

»Sehr witzig«, schnaubte Will und zog Rowan gerade noch zurück, bevor sie vor einem herannahenden Bus auf die Straße treten konnte.

»Wie dumm von mir, um eine Freundin kann es gar nicht gehen. Du warst ja mit niemandem aus, seit du aus New York zurück bist«, sagte Rowan, während sie sich von Will über den Zebrastreifen führen ließ. »Ich verstehe immer noch nicht, wie ausgerechnet du dazu gekommen bist, dich um den Hund einer Fremden zu kümmern.«

»Warum denn nicht?«

Rowan zuckte mit den Schultern. Die Nachmittage wurden kürzer und kürzer. Die Straßenlaternen brannten bereits, und das Licht wurde in Rowans blonden Haaren reflektiert. Ihre hübschen, sanften Züge standen im Gegensatz zu ihrem herausfordernden Lächeln und dem verschmitzten Funkeln in ihren Augen. Mo hatte immer gemeint, dass sie aussah wie ein Milchmädchen aus den Bergen, und wenn Mary sie nicht nach einem Busch – der Vogelbeere – benannt hätte, hätte sie sie Heidi nennen müssen.

»Die ganze Hundesache ist ungewöhnlich für dich. Kaum zu glauben, dass du überhaupt einen Hund willst. Nach dem, was mit Muttley passiert ist. Ich muss immer noch weinen, wenn ich daran denke«, antwortete sie auf Wills etwas eingeschnappt klingende Frage.

»Ja, ich auch.« Will seufzte.

»Und deshalb finde ich es seltsam, dass du plötzlich einen Hund anschleppst. Dass du jemandem einen Gefallen tust. Ach, da fällt mir was ein. Kannst du später vorbeikommen und eine Glühbirne wechseln?«

»Ernsthaft? *Ernsthaft?* Also, im Namen der Gleichberechtigung solltest du doch selbst deine Glühbirnen wechseln, oder nicht? Oder Alex bitten, es für dich zu erledigen.«

»Dem Guten wird schon schwindelig, wenn er in der U-Bahn-Station aufs Gleis hinunterschaut«, meinte Rowan liebevoll über ihren Mann. »Und es ist die Glühbirne im Treppenhaus. Eine falsche Bewegung mit der Leiter, und du kugelst die Treppe hinunter. Ich möchte keinen Elektriker ins Haus bestellen, nur damit er eine Glühbirne wechselt. Ian wäre sicher sofort bereit, aber er hilft mir auch so schon bei so vielen Dingen – neulich hat er einen Baldachin für eine Trauung entworfen und gebaut und nichts dafür verlangt.«

Ian hatte den Eisenwarenladen auf der gegenüberliegenden Straßenseite betrieben (wo Mary und er sich auch kennengelernt hatten), und er war der geschickteste Handwerker, den sie kannten. Doch vor Kurzem war er in Rente gegangen, damit er mit dem Fahrrad fahren, sein Fahrrad pflegen und sich mit seinen Fahrradfreunden über das Fahrradfahren und die Fahrradpflege unterhalten konnte. Wenn er nicht gerade im Blumenladen aushalf und Konstruktionen für die Blumenkreationen seiner Stieftochter baute.

Sie hatten die Straße ohne weitere Zwischenfälle überquert. »Und warum ist es okay, wenn *ich* dafür meinen Hals riskiere?«, beschwerte sich Will, obwohl er wusste, dass er diese Glühbirne am Ende wechseln würde. »Ich habe ein eigenes Leben, weißt du?«

Das Funkeln in Rowans Augen wich etwas Ernsterem. »Wirklich?«, fragte sie zweifelnd. »Wie ist eigentlich deine letzte Sitzung bei Roland gelaufen? Hast du dir deshalb so plötzlich einen Hund zugelegt? Ist es ein Therapiehund?«

»Natürlich nicht«, erwiderte Will unwirsch, denn die Andeutung schmerzte. Er hatte die Therapie beendet, weil er sie nicht mehr brauchte, und die Vermutung, dass er sich als Ersatz für Roland einen Hund nach Hause geholt hatte, war ganz und gar falsch und ziemlich beleidigend. Will trat durch die offene Ladentür, und sein Blick fiel auf den Hund, von dem eigentlich die ganze Zeit die Rede gewesen war. Blossom thronte wie eine Königin auf einem alten Korbstuhl, der manchmal als Dekoration gebraucht wurde, und unter ihrem Hintern lag eine alte Picknickdecke, damit sie es auch weich genug hatte. Vor ihr kniete unterwürfig Wills Halbschwester, die achtzehnjährige Sage.

»O mein Gott, wir lieben Blossom«, meinte diese statt einer Begrüßung und ohne sich umzudrehen. »Sieh mal! Sie kann sogar ein paar Tricks!« Sage hob die Hand. »High five, Blossom.«

Blossom hob eine Pfote und wurde mit einem Stück aus einer blutverschmierten Plastiktüte belohnt.

»Bäh! Was ist das denn?«, rief Rowan.

»Ich war beim Fleischer und habe etwas Leber geholt«, erwiderte Mary, die gerade den Kopf aus dem Hinterzimmer streckte. »Bei dem armen kleinen Ding sieht man ja jede einzelne Rippe.«

»Blossom ist der perfekte Name für einen Blumenladen-Hund«, erklärte Sage und steckte Blossom weitere blutige Leberstücke ins Maul. »Sie kann unser offizielles Maskottchen werden.«

»Sie wird nicht unser offizielles Maskottchen. Sie ist hier nur vorübergehend zur Pflege und …«

»Dad meinte, dass sie dich nicht sonderlich mag, oder, Mum?« Sage sah zu Mary hinüber, doch die spürte, dass Streit in der Luft lag, und zog sich zurück. Sage hingegen war ein »chaotisches Miststück mit einem Hang zum Drama«, wie in ihrer Instagram-Bio zu lesen war. »Sie könnte doch zu uns ziehen. Wir haben sogar einen Garten.«

Es klang ideal. Mary, Ian und Sage wohnten in einem großen Haus, das Bernies Eltern kurz vor dem Zweiten Weltkrieg gekauft hatten. Ian hatte bis zur Hochzeit in einer eigenen Wohnung gelebt, doch Mary war in ihrem Elternhaus am glücklichsten, und Marys Glück hatte für Ian allerhöchste Priorität, weshalb er bereitwillig zu seinen Schwiegereltern gezogen war.

Nach seiner Rückkehr aus New York hatte Will ebenfalls in dem großen Haus gewohnt. Für drei Monate. Mary hatte ihn verhätschelt und einen riesigen Wirbel um ihn gemacht, Sage war abwechselnd schrecklich kindisch und außer sich vor Abi-Angst gewesen, und Ian hatte ständig über Fahrradschläuche und Drahtreifen schwadroniert. Will hatte beinahe geweint vor Freude, als die Wohnung über dem Laden frei geworden war und er dort einziehen konnte, um sich über seinen weiteren Weg klar zu werden.

Was das betraf, überlegte er immer noch, aber zu seinen Plänen zählte sicher nicht, Blossom Sage zu überlassen, die selbst noch fast ein Kind war.

»Du solltest sie genießen, solange sie noch da ist, denn am Montag holt sie ihre rechtmäßige Besitzerin ab, und ich zähle schon die Stunden«, erklärte Will und hätte schwören können, dass Blossom – die Sage gerade ein weiteres High five gegeben hatte – ihm einen vorwurfsvollen Blick zuwarf.

Eine Stunde später wurde das Geschäft geschlossen, alle gingen nach Hause, und Will nahm Blossom mit nach oben. Er löste die Leine, und sie schoss ins Esszimmer, wo sie sich zweifellos unter dem Tisch versteckte. Will folgte ihr und massierte sich einen besonders schmerzvollen Knoten im Nacken, wobei seine Finger die Verspannung eher verstärkten als linderten.

Er füllte die Müslischale, die im Moment als Blossoms

Wasserschüssel diente, und obwohl es laut Tagesplan Zeit fürs Abendessen war, beschloss er, dass sie nach der Portion Leber keinen Hunger haben konnte. Er machte sich eine Tasse Tee und sank aufs Sofa.

Der Abend erstreckte sich endlos vor ihm. Er hatte mit niemandem außerhalb der Familie Kontakt aufgenommen, seit er aus New York zurück war. Er war nie der Typ gewesen, der sich bei alten Bekannten aus der Schule oder von der Uni meldete. Will hatte immer versucht, nach vorne und nicht zurück zu schauen.

Doch das Leben in Muswell Hill war anders als das Leben und Arbeiten in Downtown New York, wo er mit Leuten abhängen konnte, die keine Erwartungen an ihn hatten, außer eben mit ihm abzuhängen. Er war Mitglied im Fitnessclub, aber nur, weil das Work-out gut für seine körperliche und geistige Gesundheit war, und nicht, weil er Kumpels treffen und danach mit ihnen auf einen Burger und einen kleinen Plausch gehen wollte.

Will war nicht einsam – das war in dieser Familie unmöglich –, aber im letzten Jahr war er oft allein gewesen.

Plötzlich hörte er ein vertrautes Tappen von Krallen auf dem Holzboden. »Du kannst doch unmöglich noch mal rausmüssen«, meinte er, als Blossom unter dem Tisch hervorkam. »Du hast doch vor zehn Minuten alles erledigt.«

Dann kam ihm ein schrecklicher Gedanke. »Ist dir die Leber auf den Magen geschlagen?«

Er hob den Kopf und sah, dass Blossom auf ihn zukam. Er schlug vorsichtig die Beine zur Seite, um sie nicht zu erschrecken, und wollte gerade aufstehen, als Blossom aufs Sofa sprang, wo gerade noch seine Beine gelegen hatten.

»Eigentlich ist das Sofa für dich tabu. Ich habe da so eine Regel – keine Tiere auf Möbelstücken«, erklärte Will zaghaft, während Blossom und er sich unsicher ansahen. »Nimm es nicht persönlich, aber du riechst nicht gerade angenehm, und das Sofa war echt teuer. Also los, runter mit dir.«

Da er Blossom nicht erschrecken wollte, winkte Will nur sachte mit der Hand. Blossom erhob sich, doch anstatt vom Sofa zu hüpfen, drehte sie sich im Kreis. Einmal, zweimal, dreimal, bevor sie sich sinken ließ. Sie lag so weit von Will entfernt, wie es auf dem gut gepolsterten Samtsofa möglich war. Sie rollte den kleinen Körper zu einem Ball zusammen, und ihr lächerlich großer Kopf ruhte auf der Armlehne. Offensichtlich hatte sie beschlossen, dass Will okay war, wenn ihn die netten Leute unten im Laden akzeptierten.

Will saß fünf Minuten stocksteif da, bevor er den Arm hob und sich mit der Hand ihrem Fell näherte. Blossom zuckte nicht zusammen. Nicht einmal, als er ihr mit der flachen Hand über den Rücken strich. Also machte Will mit der rhythmischen Bewegung weiter, bis Blossom ein herzhaftes Gähnen ausstieß und dabei die Zunge herausstreckte, sodass man ihre messerscharfen Zähne sehen konnte. Anschließend ließ sie den Kopf erneut sinken und robbte sogar etwas näher zu ihm, bis sie schließlich so laut zu schnarchen begann, dass sie damit sogar Tote zum Leben erweckt hätte.

Will griff vorsichtig nach seinem Handy auf dem Beistelltisch, um sie nicht zu wecken. Er machte eine Nahaufnahme der schlafenden Blossom – sie war aus jedem Winkel fotogen – und öffnete WhatsApp, um das Foto mit einer kurzen Nachricht an Margot zu schicken.

Es geht ihr gut.

KAPITEL 7

Margot

Margot hatte vorgehabt, Blossom so bald wie möglich nach ihrer Landung am Sonntagnachmittag abzuholen und sie aus Wills Klauen zu befreien, der zwar vielleicht attraktiv war, aber letztlich nur mit vier mageren Worten auf ihre Anfrage geantwortet hatte.

Menschen, die derart knappe Nachrichten verfassten, verhießen nichts Gutes.

Doch ihre Pläne zu Blossoms Rettung wurden von Belinda zunichtegemacht, die auf einer offiziellen Übergabe am Montag im Tierheim bestand, wo Margot auch gleich die letzten Formulare ausfüllen sollte. Sie war zwar froh, dass das Tierheim so genau war und die Hunde nicht willkürlich verteilte, gleichwohl war es einfacher gewesen, eine Wohnung zu kaufen, als einen Hund zu adoptieren, der sich verzweifelt nach einem liebevollen Zuhause sehnte.

Margot litt nach ihrem letzten Abend in Portugal immer noch an einem Kater, da sie die Fertigstellung des Lookbooks mit zu viel Aperol und zu wenig Essen im Magen gefeiert hatten. Glücklicherweise wartete am Stanstead Airport ein Wagen, der zuerst Derek und danach auch Margot nach Hause bringen würde. Außerdem gab es eine neue Sprachnachricht von Will.

»Die ist von dem Kerl, der meinen Hund hat«, erklärte sie Derek, der sofort erblasste, als würde er es nicht ertragen, dass ihn Margot noch einmal mit sämtlichen Details überschüttete. »Vielleicht hat er sich endlich dazu herabgelassen, auf meine letzte Nachricht zu antworten.«

»War es eine deiner Mammut-Textnachrichten mit Kapitelunterteilung und Nebenhandlungen?« Derek schloss die Augen und lehnte den Kopf zurück. »Wann geht es endlich in meinen Schädel, dass in meinem fortgeschrittenen Alter das Trinken am Vortag niemals den Kater am nächsten Tag rechtfertigt?«

»Das klang aber ganz anders, als du gestern am Tresen getanzt hast«, erinnerte Margot ihn. »Und entschuldige mal, aber nicht alle meine Textnachrichten haben Überlänge.«

Derek grunzte bloß, und Margot wandte ihre Aufmerksamkeit wieder ihrem Handy zu. Vielleicht hatte Will ein weiteres zuckersüßes Foto von Blossom geschickt. Obwohl sie einen leichten Stich verspürt hatte, als sie den zusammengerollten Hund auf Wills Sofa gesehen hatte. Nach einer eingehenden Analyse hatte sie das seltsame Gefühl als Eifersucht identifiziert. Sie wollte, dass ihr Sofa das erste war, auf dem Blossom sich zusammenrollte. Aber dafür hatten sie noch mehr als genug Zeit.

Wir sollten vor der Übergabe noch einmal reden. Treffen wir uns in den Highgate Woods auf der Wiese vor dem Café? Morgen um 10?

Offenbar wollte Will Margot von seiner Zeit mit Blossom berichten. Ihr erzählen, was sie mochte und was nicht, welche seltsamen Angewohnheiten sie womöglich hatte und welche Trigger es gab. Warum sollte er sonst mit ihr reden wollen? Es sei denn, er hatte damals im Tierheim ebenfalls das leichte Prickeln zwischen ihnen gespürt und wollte Margot wiedersehen. Obwohl seine Textnachrichten-Dichte einiges zu wünschen übrig ließ.

Trotzdem befiel Margot ein ungutes Gefühl, das sie nicht mehr loswurde, während sie auspackte, die Wäsche machte und als Katermahlzeit eine Pizza *und* Knoblauchbrot bestellte.

Als sie am nächsten Morgen die Southwood Lane hinuntereilte und den zehnminütigen Spaziergang in die Highgate Woods in Angriff nahm, war sie immer noch unruhig. Womöglich hatte Blossom die Räude, Flöhe oder etwas Schlimmeres, Unheilbares? War sie vielleicht doch nicht stubenrein? Oder hatte sie jemanden gebissen?

Sie malte sich immer schrecklichere Szenarien aus, und als sie schließlich außer Atem am Treffpunkt erschien, weil sie wie immer zu spät losgegangen war, war sie überzeugt, dass gleich eine Katastrophe über sie hereinbrechen würde.

Es war also eine ziemliche – durchaus positive – Überraschung, Will und Blossom nebeneinander auf einer Bank sitzend zu sehen. Margot eilte im Laufschritt über den Rasen. Blossom sah sie zuerst und stellte ihre herrlich weichen Schlappohren auf. Margots Herz machte einen Sprung, sie winkte Blossom zu, was natürlich albern war. Wenigstens hob Will als Antwort die Hand.

»Hallo! Hallo!«, rief Margot, auch wenn sie sich geschworen hatte, cool zu bleiben, egal welche Neuigkeiten es gab. Aber wem machte sie etwas vor? Sie war ihr ganzes Leben lang alles andere als cool gewesen. »Hallo, mein Schatz, hast du mich vermisst?«

»Ich habe es überlebt«, erwiderte Will, und Margot wusste nicht, ob er flirtete oder sie verarschte. Er war schwer einzuschätzen, also wiederholte sie in Gedanken einfach ihr Mantra (»Ich bin glücklich. Ich bin positiv. Ich ziehe glückliche, positive Menschen an«) und setzte sich. Im nächsten Moment legte Blossom eine Pfote auf ihr Knie.

Sie sah viel besser aus als beim letzten Mal. Ihre Augen leuchteten und blickten Margot aufmerksam entgegen, auch wenn sie immer noch qualvoll dünn war und kahle Stellen im Fell hatte.

»Du meine Güte, du bist so wunderhübsch.« Margot wandte sich vorwurfsvoll an Will. »Wieso haben Sie nicht ordnungsgemäß auf meine Nachrichten geantwortet?«

»Weil das ein Ganztagsjob gewesen wäre und ich nebenbei für mein Geld arbeiten muss.« Er hatte nicht einmal den Anstand, beschämt zu wirken. Ganz im Gegenteil. Während Margot das genaue Gegenteil von cool war, war Will der Inbegriff dessen, und es kam ihr vor, als würde er sich mit aller Macht an seine Coolness klammern.

Allerdings war es nicht die Art Coolness, bei der man(n) sämtliche schicken neuen Restaurants kannte, alle Bücher von der Booker-Longlist gelesen hatte, bevor diese überhaupt veröffentlicht wurde, und seine Klamotten in der Luxusboutique eines ehemaligen GQ-Redakteurs in der Savile Row kaufte. Nein, es war die Art von cool, die Margot das Gefühl gab, Will wäre dort oben – ihr Blick richtete sich zu den Schönwetterwolken, die über den strahlend blauen Himmel zogen – und sie wäre hier unten in dem vom letzten Regen matschigen Gras.

Will interessierte nicht ansatzweise, ob sie sich wohlfühlte. Er hatte sie noch nicht einmal ordentlich begrüßt. Er saß nur da und schaute einer Gruppe umhertollender

Hunde zu, deren Besitzer in der Mitte der Wiese standen.

Egal. Margot war nicht wegen Will gekommen. Sie war wegen Blossom hier.

»Ich habe dich schrecklich vermisst«, erklärte sie der Hündin, die sie mit tiefgründigem, seelenvollem Blick ansah, als würde sie Margot verstehen. »Wir werden unglaublich viel Spaß miteinander haben.« Jetzt, wo alles Wichtige gesagt war, wandte sie sich an Will, der – wie ihr vorkam – angesichts ihres Versprechens an Blossom spöttisch das Gesicht verzogen hatte. »Also, worüber wollten Sie mit mir sprechen?«

Er hatte bis jetzt mit verschränkten Armen und übergeschlagenen Beinen auf der Bank gesessen, doch nun streckte er sich und lehnte sich nach vorne, um besitzergreifend eine Hand unter Blossoms Kinn zu legen, damit diese ihm ihre ungeteilte Aufmerksamkeit schenkte.

»Es gibt keinen einfachen Weg, es Ihnen zu sagen, also werde ich ohne Umschweife damit herausrücken.« Margot war sich sicher, dass er nie etwas anderes tat. »Blossom und ich haben eine tiefgehende Beziehung entwickelt, während Sie unterwegs waren, und ich will sie behalten.«

Margot wusste, was Will vorhatte. Sein Plan war nicht schwer zu durchschauen. Er wusste, dass es ein Schock sein würde, deshalb hatte er das Pflaster mit einem schnellen Ruck heruntergerissen. Vermutlich ging er davon aus, dass Margot zu weinen beginnen würde. Dass sie ihn beschimpfen würde. Und ihm erklären, dass das nie und nimmer passieren würde, um ihm am Ende doch recht zu geben. Genau das war in der Vergangenheit unzählige Male passiert, wenn sie wieder einmal einen Laufpass bekommen hatte. Aber das war gewesen, bevor Margot sich eine dickere Haut zugelegt hatte. Sie hatte vielleicht zugelassen, dass man ihre Katze stahl, aber sie würde niemals, nicht in einer Million Jahren, zulassen, dass man ihr auch noch ihren Hund nahm.

Also vergoss Margot keine einzige Träne. Sie öffnete nur ungläubig den Mund, wodurch sie einen Moment lang aussah wie eine fassungslose Idiotin. Doch dann richtete sie sich auf, drückte die Schultern durch und drehte den Kopf, damit Will ihren festen, tränenfreien Blick sah. »Nein«, erklärte sie bestimmt. »Blossom ist mein Hund.«

»Aber Sie haben das nicht richtig durchdacht«, erwiderte Will, und Margot blähte die Nasenflügel wie ein Drache, der bald Feuer speien würde. »Sie müssen offensichtlich öfter beruflich verreisen.«

»Bloß zweimal im Jahr, und wenn ich im Frühling wieder losmuss, besorge ich mir einen Hundesitter«, erwiderte Margot wie aus der Pistole geschossen, denn sie hatte inzwischen eine Woche Zeit gehabt, um ihr Leben mit Blossom gedanklich zu organisieren.

»Ich kann Blossom jeden Tag zur Arbeit mitnehmen«, sagte Will. »Und wenn ich fortmuss …«

Margot unterbrach ihn. »Sie sind Florist, oder? Das haben Sie zumindest im Tierheim angegeben. Sie sind also sicher oft frühmorgens unterwegs zum Blumenmarkt in der Columbia Road und …«

»Blumenhändler gehen nicht in die Columbia Road. Nur Instagrammer.«

»An den Wochenenden sind Sie auf Hochzeiten und schmücken die Kirche, das Standesamt oder was Sie sonst so tun«, fuhr Margot fort und machte seine Gegenwehr zunichte, als hätte sie sie gar nicht gehört.

»Ich bin kein Florist. Ich manage das Familienunternehmen. Das ist ein großer Unterschied«, fauchte Will, als hätte Margot ihm unterstellt, sein eigenes Meth-Labor zu betreiben.

Margot war der Unterschied herzlich egal. »Auf jeden Fall klangen Sie viel zu beschäftigt, um sich um einen Hund zu kümmern, und wenn Sie trotzdem einen wollen, dann hält Sie niemand davon ab, sich einen eigenen zu suchen.«

Sie klopfte auf die Bank neben sich, und Blossom, der kleine Schatz, hockte sich neben Margot, sodass Will auf der anderen Seite saß.

»Dasselbe könnte ich über Sie sagen«, erwiderte Will eine Spur versöhnlicher. »Es ist doch wie die Suche nach einem Haus, nicht wahr? Man wird beim Kauf seines Traumhauses ausgestochen und findet ein paar Wochen später ein genauso schönes Zuhause. Ich bin mir sicher, dass Sie bald einem Hund begegnen werden, den Sie noch viel lieber mögen.«

»Blossom ist kein Haus. Sie ist ein Lebewesen mit Gefühlen, zu dem ich vom ersten Moment an eine Verbindung gespürt habe.« Margot bemühte sich nicht einmal, versöhnlich zu klingen. Dazu gab es keinen Grund. Sie war hier nicht diejenige, die im Unrecht war.

»Und dann sind Sie fort und haben sie bei mir gelassen, wo sie sich mittlerweile eingewöhnt hat. Außerdem wollte ich Ihnen etwas erklären, aber Sie unterbrechen mich ja dauer…«

»Ich habe Sie überhaupt nicht unterbrochen«, wandte Margot zornig ein.

»Da! Schon wieder.« Will hob selbstgefällig die Augenbraue.

Margot presste mit einem Schnauben die Lippen zusammen.

»Ich wohne über dem Laden«, erklärte Will. »Wenn ich zu einem Meeting muss, kann Blossom nach unten. Sie ist nämlich ein Hund, der absolut nicht allein bleiben kann. Was machen Sie mit ihr, während Sie im Büro sind?«

»Ich suche mir jemanden, der sie tagsüber zu sich nimmt.« Margot spürte, wie sie rot wurde. Die Suche nach einem Hundesitter war der nächste Punkt auf einer ziemlich langen To-do-Liste, um Blossom ein schönes Leben zu ermöglichen.

»Und was ist, wenn Sie abends ausgehen?«

»Sie kann mitkommen und …«, erwiderte Margot schwach und brach dann ab. O Gott, sie hatte das wirklich nicht gut durchdacht.

»Bei mir hat Blossom immer jemanden, der für sie da ist.« Will nutzte seinen Vorteil weiter, obwohl Blossom sich an Margot drückte und ihn schon eine ganze Weile nicht mehr beachtet hatte. Jeder Idiot konnte sehen, dass sie lieber bei Margot war.

»Ich habe eine Woche damit verbracht, Blossoms Vertrauen zu gewinnen, und Sie können sie jetzt nicht einfach aus ihrer gewohnten Umgebung reißen, wo sie sich gerade zu entspannen beginnt. Außerdem vergöttern meine Mutter und meine kleine Schwester sie und würden jederzeit gerne auf sie aufpassen.«

»Dann wird sie also von einem zum anderen weitergereicht wie ein Wanderpokal«, fasste Margot triumphierend zusammen. »Während ich mich ihr voll und ganz widmen werde, sodass sie Kontinuität erfährt. Ich habe mir die nächste Woche sogar als Hundeelternzeit freigenommen.« Hatte sie wirklich gerade *Hundeelternzeit* gesagt, ohne das Gesicht zu verziehen?

»Trotzdem wäre sie bei mir besser aufgehoben«, erklärte

Will mit fester Stimme. Es war eine Feststellung, die nicht widerlegt werden konnte.

»Aber bei mir wird sie inniger geliebt«, konterte Margot mit derselben Überzeugung. »Und das ist das Allerwichtigste. Dass sie geliebt wird und es auch spürt.«

Es folgte eine angespannte Stille, während der Margot und Will einander anstarrten.

»Dieser Hund ist wirklich ein Glückspilz, nicht wahr?«, lenkte Margot schließlich ein und lockte Blossom über ihren Schoß, ohne auf deren schmutzige Pfoten und ihren teuren, blau-rot karierten Wollmantel zu achten. Am Ende saß Blossom zwischen Margot und Will.

Wills Blick wanderte über Blossoms ängstliches Gesicht, die hervorstehenden Rippen, das schüttere Fell. »Ein Glückspilz?«

»Vor einer Woche war sie ein ausgesetzter Hund, der nirgendwo willkommen war, und nun streiten sich gleich zwei mögliche Besitzer um sie.« Margot lehnte sich vor und drückte Blossom einen Kuss auf die Schnauze, woraufhin Blossom zum ersten Mal mit dem Schwanz wedelte. Zumindest zuckte er einmal kurz, und das zählte sicher genauso. Will hatte es offenbar auch gesehen, denn er versuchte, Blossom ebenfalls ein Schwanzwedeln zu entlocken, indem er sie unter dem Kinn kraulte.

»Wir könnten sie uns teilen«, meinte er plötzlich. »Das wäre doch eine gute Lösung, oder? Wir teilen die Verantwortung, die Kosten und die Freude ihrer Gesellschaft.«

Margot sah auf Blossom hinab, die sich mittlerweile an Will lehnte und genüsslich die Augen schloss, während er sie weiterkraulte.

Sie teilen? Das war doch lächerlich!

Andererseits … Margot hatte sich bereits unsäglich viele

Gedanken darüber gemacht, was mit Blossom passieren sollte, wenn sie keinen geeigneten Hundesitter fand. Und wer würde auf sie aufpassen, wenn Margot auf einem ihrer zahllosen Dates war? Margot wurde schwindelig, als sie in Gedanken die Kosten für den Hundesitter, die Versicherung, das Futter, den Tierarzt und die Anschaffung von Hundebetten, Leinen und Quietschtiere zusammenrechnete.

Andererseits machte sie Wills Plan auch unendlich traurig. Vielleicht war es aber nur, weil er Blossom weiter mit zwei Fingern unter dem Kinn kraulte und die Hündin noch immer die Augen geschlossen hatte, sodass sie für einen Moment kein verängstigtes Tier mehr war, sondern nur die sanfte Berührung genoss.

War es zu viel verlangt, dass Margot nur ein einziges Mal jemanden lieben konnte, der ihr nicht wieder weggenommen wurde? Oder den sie – wie in diesem Fall – mit einer anderen Person teilen musste? Allerdings war der treulose Percy ehrlich gesagt ein sehr genügsames Haustier gewesen, vor allem, weil er den Großteil seiner Zeit bei anderen Leuten verbracht hatte, und Blossom würde sehr viel mehr Aufmerksamkeit und Zeit in Anspruch nehmen.

»Das wäre vielleicht gar keine schlechte Idee«, murmelte Margot schließlich.

KAPITEL 8

Will

»Sind Sie sicher, dass nicht jeder von Ihnen einen eigenen Hund haben möchte?«, fragte Belinda, nachdem sie ihr von ihrem Plan erzählt hatten.

»Wir haben uns beide in Blossom verliebt«, erklärte Margot, auch wenn Will das L-Wort nie in den Mund genommen hatte. »Ich weiß, dass wir zwei Leben retten würden, wenn wir zwei Hunde nehmen, aber das Herz will nun mal, was das Herz will, verstehen Sie?«

»Es ist eine sehr praktikable Lösung. Es überrascht mich, dass nicht mehr Leute davon Gebrauch machen«, meinte Will, während er das zweite Adoptionsformular ausfüllte. Aber natürlich ging es hier nicht nur um praktische Überlegungen.

Liebst du sie?

Will hätte nicht unbedingt von Liebe gesprochen, aber als Blossom auf sein Sofa gesprungen war und sich sicher genug gefühlt hatte, um neben ihm einzuschlafen, hatte sich eine tiefe Wärme in ihm ausgebreitet. Es war lange her, dass Will das Gefühl gehabt hatte, gut genug zu sein.

Diese kleine Hündin (die so große Angst hatte, wieder ins Tierheim zurückkehren zu müssen, dass sie eine beschwörende Pfote auf Margots Knie gelegt hatte und Will mit sorgenvollem Blick ansah) hatte geschafft, was noch nie jemand geschafft hatte. Sie hatte seine Mauern überwunden und war bereits den halben Weg zu seinem Herzen vorgedrungen.

Natürlich gab es auch Dinge, die ihm nicht gefielen. Etwa die ständigen Sorgen, die er sich um Blossom machte und die ihn den ganzen Tag wie ein leises, statisches Summen verfolgten. Und der letzte Spaziergang um halb elf Uhr abends war mörderisch, auch wenn er nur fünf Minuten dauerte. Außerdem fütterte Will Blossom größtenteils immer noch mit der Hand und tat sich schwer, genehmes Futter für die Prinzessin zu finden, nachdem sie das Trockenfutter aus dem Tierheim verweigert hatte.

Er hatte es eine Woche geschafft, aber nur mit der Hilfe seiner Familie. Es war eine riesige Verantwortung, und er hatte keine Ahnung, ob er als Vollzeit-Hundehalter geeignet war. Einerseits war Will zwar glücklich gewesen, Blossom eine Woche lang ein Zuhause zu bieten, andererseits hatte er die Stunden gezählt, bis er sie Margot übergeben konnte, wo sie den Rest ihres Lebens von Liebe erdrückt und unter Küssen begraben werden würde.

Doch dann hatte Blossom am Samstagabend plötzlich ihre Pfote und schließlich auch ihren Kopf auf Wills Knie gelegt, und die Wärme hatte sich in einen Flächenbrand verwandelt. Das war mehr als vorsichtig gewährtes Vertrauen. Blossom suchte von sich aus Wills Nähe und Wärme. Sie wollte mit ihm kuscheln! Und obwohl Will ganz und gar kein Kuscheltyp war, wollte er nicht, dass diese Erfahrung nur eine flüchtige, wunderschöne Erinnerung blieb.

Das tröstliche Gefühl beruhte auf Gegenseitigkeit, denn als er seine Hand über Blossoms Rücken gleiten ließ und ihr übers Fell strich, spürte er, wie Ruhe in ihm einkehrte.

Die Ecken und Kanten verloren ihre Schärfe, die nagenden Zweifel verstummten.

Und auch wenn er in diesem Moment beschlossen hatte, dass er Blossom behalten wollte, erschien ihm das geteilte Sorgerecht nun als die am besten machbare Lösung. Selbst wenn es bedeutete, dass er Blossom ausgerechnet mit Margot teilen musste, die für seinen Geschmack über eine viel zu hohe emotionale Bandbreite verfügte.

Die Formalitäten waren schnell erledigt. Belinda änderte die Daten auf Blossoms Mikrochip und fragte sie, wer die Schutzgebühr entrichten würde.

»Ich!«, meinten beide gleichzeitig.

»Nein, wirklich. Das übernehme ich«, wiederholte Margot entschlossen, als hätte sie mehr Anrecht auf Blossom, wenn sie die Gebühr bezahlte.

»Wie wär's, wenn wir sie uns teilen?«, schlug Will vor. Immerhin hatte er sein ganzes Arbeitsleben mit strategischen Planungen und Kompromissen zu tun gehabt, um das bestmögliche Resultat herauszuholen, und er würde auf keinen Fall zulassen, dass Margot die Oberhand gewann. »Schließlich bekommen wir beide einen Hund von Ihnen.«

»Sie wurde vor ein paar Wochen kastriert, das heißt, sie darf heute offiziell ausziehen.« Belinda trat hinter dem Tisch hervor. »Bereit für den Gang in die Freiheit, junge Dame?«

Doch zuerst wurden noch Fotos für die Social-Media-Accounts des Tierheims gemacht. Blossom weigerte sich standhaft, hochgehoben zu werden, und so gingen Margot und Will neben ihr in die Hocke und posierten für einige Fotos, auch wenn Will innerlich tausend Tode starb. Das hier war so gar nicht seine Art. Und trotzdem hockte er jetzt hier und grinste verkniffen in die Kamera.

Danach folgte der offizielle »Gang in die Freiheit«. Alle ehrenamtlichen Helfer stellten sich in einer Reihe auf und verabschiedeten Blossom klatschend aus dem Tierheim.

»Ich weine nicht«, schluchzte Margot auf, als Will ihr die Tür öffnete. »Seien Sie bloß still.«

»Ich habe doch gar nichts gesagt«, erwiderte Will, denn das war gar nicht nötig gewesen. Es war ohnehin offensichtlich. Er hatte selten jemanden getroffen, der in derart engem Kontakt mit seinen Gefühlen stand. Es musste ungeheuer anstrengend sein. »Soll ich Sie nach Hause bringen?«

»Ja, bitte. Wir müssen ja noch darüber sprechen, wie wir alles organisieren«, antwortete Margot und folgte ihm zu seinem Auto. Oder besser gesagt zu dem uralten Volvo Estate mit dem Logo des Blumenladens, den Bernie vor dreißig Jahren erstanden hatte. »Behalten wir den Wochenrhythmus bei? Zu welchem Tierarzt gehen wir, und wessen Name soll auf die Hundemarke? Außerdem wollte ich später noch los und eine Grundausstattung besorgen. Ein Bett, Decken und Spielzeug.«

»Ich habe bereits eine detaillierte Einkaufsliste zusammengestellt. Ich pinge sie Ihnen gleich.« Will holte sein Handy heraus. Er war davon ausgegangen, dass die Übergabe sehr viel schneller über die Bühne gehen würde. Genauso wie er davon ausgegangen war, Blossoms alleiniger Besitzer zu werden. Es fiel ihm nicht gerade leicht, diesbezüglich umzudenken. »Ich wollte sowieso noch in die große Zoohandlung in Friern Barnet. Die liegt auf dem Weg.«

Margot atmete scharf ein, als sie die E-Mail öffnete, die Will ihr gerade geschickt hatte. »Das sind ja *zwei* Seiten! Was braucht ein Hund denn noch, außer dem, was ich aufgezählt habe?«

Offensichtlich hatte sie im Gegensatz zu Will noch keine Recherchen angestellt, was nötig war, um ein richtiger Hundebesitzer zu sein. »Alles, was auf meiner Liste steht«, antwortete er mit einem gewissen Triumph in der Stimme. »Und sobald sie zum ersten Mal beim Tierarzt war, kommen sicher noch einige Dinge wie Nahrungsergänzungsmittel, Wurmkuren und Flohmittel dazu.«

»Während sie bei mir ist, bekommt sie ganz sicher keine Flöhe. Und wir sollten jeden Punkt auf dieser bombastischen Liste in doppelter Ausführung kaufen«, entschied Margot und reckte störrisch das Kinn, was so gar nicht zu ihrem weichen Gesicht passte. Sogar ihr Tonfall, der denselben, kaum hörbaren Londoner Akzent hatte wie seiner, blieb weich, wenn sie Befehle erteilte. »Dann ist sie nicht verwirrt, wenn sie einmal dort und einmal da ist. Ihre Liste ist beeindruckend, aber Blossom ist auch mein Hund, deshalb sollte ich ein Mitspracherecht haben, was sie braucht.«

Nachdem sie es so formuliert hatte, konnte Will nicht wirklich widersprechen, als Margot schließlich zwei Hundebetten aussuchte, die beinahe so teuer waren wie sein eigenes Bett. Vermutlich bestanden sie aus einem besonderen, orthopädischen Memory-Schaum, doch der Kunstfellbezug war waschbar, weshalb sie jeden Penny wert waren.

Er widersprach allerdings, als Margot sechs pinkfarbene Fleecedecken in ihren Einkaufswagen legte. »Pink? Müssen wirklich alle Decken pink sein? Ich meine, ich habe kein Problem mit meiner Männlichkeit …« (Er hätte schwören können, dass Margot eine ihrer perfekt geschwungenen Augenbrauen hob.) »… aber das ist *viel* Pink.«

Margot ließ den Blick über die überwältigende Menge an Artikeln wandern, die bereits den Weg in die zwei Einkaufswagen gefunden hatten, und sah dann auf Blossom hinunter, die glücklich zwischen ihren beiden neuen Besitzern dahintrabte und keine Vorliebe bezüglich einer bestimmten Farbe zu haben schien. »Na gut, es *müssen* nicht unbedingt alle pink sein.«

»Warum müssen bloß überall Pfoten oder Knochen abgebildet sein?«, fragte Will sich, als Margot nach einem breiten, nietenbesetzen Brustgeschirr aus Leder griff und es zweifelnd betrachtete. Er nahm es ihr aus der Hand und legte es wieder zurück. »Ich hasse es, wenn Leute ihre Staffys in diese Dinger stecken. Die sehen aus wie aus dem SM-Shop.«

»Stimmt.«

Am Ende einigten sie sich auf ein rot-weiß gepunktetes Halsband, die dazu passende Leine und ein rotes Brustgeschirr.

Danach ging es zu den Spielzeugen, und als Letztes kam das Futter an die Reihe. »Ich weiß, dass auf Ihrer Liste Rohfutter als beste Wahl aufgeführt ist, aber ich habe nicht so viel Platz im Gefrierfach«, erklärte Margot, während Will gedankenverloren die unendlich langen Regale mit Trocken- und Dosenfutter und die Kühlkästen mit frischem Fleisch betrachtete. Vielleicht hätte er in der Vergangenheit einmal in den Tierfuttermarkt investieren sollen. »Daher habe ich vor, mich bei einem Zustelldienst anzumelden, der regelmäßig frisches Biofutter liefert, wenn es Ihnen recht ist«, fuhr Margot fort.

Natürlich wäre es für sie kein Problem gewesen, wenn es Will nicht recht gewesen wäre, doch er stimmte ihr auch dieses Mal zu. Es war immerhin das Beste für Blossom. Wer weiß, was für einen Dreck sie in der Vergangenheit fressen musste.

Margot schwadronierte über Leckerlis und wie oft Blossom zusätzliches Futter bekommen sollte, doch Will hörte nicht mehr zu, sondern starrte auf seinen randvollen Einkaufswagen.

Das hier war real. Es passierte wirklich. Er hatte gerade das halbe Sorgerecht für einen Hund übernommen und würde bald bergeweise Zeug kaufen, das ein Hund tagtäglich brauchte. Und er hatte sich verpflichtet, regelmäßig Kontakt mit dieser Frau zu haben, die gerade eine Packung Ochsenziemer in der Hand hielt und rief: »Bäh! Die werden aus Ochsenpenissen gemacht! Ekelhaft. Danach darf sie mich auf keinen Fall küssen. Oh! Sie haben vergessen, eine Zahnbürste und Zahnpasta auf die Liste zu setzen …«

KAPITEL 9

Margot

Sie waren beide um über dreihundert Pfund leichter, als sie aus der Zoohandlung traten. Will wirkte verstört, es fehlten nur noch die Zeichentrickvögel, die um seinen Kopf kreisten. Margot hingegen kochte innerlich.

Will hatte offenbar vor, ihr jeden Meilenstein als frischgebackene Hundebesitzerin streitig zu machen. Margot wollte Blossoms Bett, ihr Halsband und ihre Leine in dieser hübschen Hundeboutique in Highgate kaufen. Sie hatte sich schon darauf gefreut, stattdessen hatte Will sie genötigt, mit ihm in die Filiale einer riesigen Zoohandelskette direkt an der Umgehungsstraße zu gehen. Er hatte ihr bereits die Hälfte des Besitzanspruches für *ihren* Hund weggenommen, also wäre es ihr gutes Recht gewesen, auf der Fahrt nach Highgate zu bestehen, zwei Hundebetten mit William-Morris-Stoff zu kaufen und anschließend die exklusive Auswahl an Accessoires durchzugehen, die farblich genau auf den jeweiligen Hund abgestimmt werden konnten.

Mittlerweile versuchte Will, alles in sein Auto zu stopfen: Margots Sachen auf dem Rücksitz, seinen Einkauf im Kofferraum. »Ich habe da ein System«, hatte er abwehrend gemeint, als Margot ihre Hilfe angeboten hatte, und so hatte sie die Beifahrertür geöffnet und Blossom in den Fußraum gelockt, bevor sie selbst eingestiegen war.

Wills System war nicht sehr effizient und wurde außerdem von zahlreichen Flüchen begleitet, bevor er am Ende hastig die Klappe zuwarf, damit nicht alles wieder herausfiel.

»Sollen wir meine Sachen zuerst abliefern?«, fragte er. »Es liegt auf dem Weg.«

Margot wollte endlich nach Hause und den Beginn ihrer Pfötchenwochen feiern, wie sie die kommende Woche ungeniert in ihrer WhatsApp-Gruppe mit dem klingenden Namen »Schwesternkraft statt Bruderschaft« genannt hatte (die sie eigentlich lieber »Eierstöcke statt Hurenböcke« betitelt hätte, es sich jedoch mit Rücksicht auf ihre glücklich verheirateten Freundinnen verkniffen hatte), an der außer Tracy auch noch ihre beiden anderen besten Freundinnen teilnahmen. Andererseits war sie neugierig, wo Will wohnte und – noch wichtiger – wo Blossom jede zweite Woche verbringen würde.

Will parkte den Wagen vor einem umgebauten Stallgebäude an der Rückseite einer Straße voller kleiner Läden in Muswell Hill. Blossom kannte den Weg offensichtlich, denn sobald sie aus dem Auto gesprungen war, zog sie sanft an der Leine und sah Margot erwartungsvoll an, bevor sie dem Eingang zustrebte. Will hatte in der Zwischenzeit den Kofferraum geöffnet und wirkte trotz seines »unfehlbaren« Systems wie ein Mann, der keine Ahnung hatte, wo er anfangen sollte.

»Darf ich einen Vorschlag machen?«, fragte Margot vorsichtig, denn Männer hassten es prinzipiell, wenn man ihnen sagte, was sie zu tun hatten.

»Tun Sie, was Sie nicht lassen können«, erwiderte Will mürrisch.

»Wenn Sie die Sachen in das Hundebett legen, schaffen wir es vielleicht in einem Rutsch«, sagte Margot möglichst neutral und ganz und gar nicht ungeduldig. »Sie können mich gerne wie einen Packesel beladen.«

»Wir können es ja mal auf Ihre Art versuchen«, erwiderte Will, als fände er Margots Vorschlag ziemlich absurd.

Am Ende schafften sie es tatsächlich beim ersten Durchlauf, auch wenn sich Margot beinahe den Rücken verrenkte und ihre Arme wie Feuer brannten. Es war auch nicht gerade hilfreich, dass sie Blossoms Leine um das Handgelenk geschlungen hatte und Blossom hinter sich herziehen musste, während Will sie mit ungebührlicher Eile an dem Blumenladen vorbei durch seine Eingangstür lotste.

Wollte er nicht, dass seine Familie Blossoms zweite Besitzerin kennenlernte? Oder stimmte es gar nicht, dass sich seine ganze Verwandtschaft in Blossom verliebt hatte? Aber welche Vorteile hätte ihm eine solche Lüge verschafft? Margot hatte keinen Plan.

Sie stolperte hinter Blossom die Treppe hinauf, den neuen Anti-Schling-Napf zwischen den Zähnen, während Will hinter ihr herstapfte. Kurz darauf standen sie endlich vor seiner Tür.

»Erbitte Erlaubnis zum Abladen«, meinte Margot, doch nicht einmal das entlockte Will ein Lächeln. Er schob sich bloß an ihr vorbei, um die Tür zu öffnen.

»Erlaubnis erteilt«, sagte er schließlich, und Margot stellte dankbar die Jutesäcke ab, die Will mit in das Zoofachgeschäft genommen hatte. (Wenigstens wusste sie, dass er sich um zwei Dinge Gedanken machte. Um Blossom und um die Umwelt.) »Ich kann ab hier übernehmen, wenn Sie …«

»Wenn ich mir gerne ansehen würde, wo Blossom ihre Zeit verbringt, wenn sie nicht bei mir ist?« Margot setzte ein Lächeln auf, denn so leicht ließ sie sich nicht abwimmeln. Falls Will eine illegale Hundekampfarena betrieb und Blossom als Köder brauchte, war jetzt der richtige Zeitpunkt, um es herauszufinden.

Doch falls Will tatsächlich im Hundekampfmilieu mitmischte, dann sicher nicht in der wunderschönen Wohnung über dem Blumenladen. Margot trat von dem kleinen Flur aus in ein großes, offenes Wohn-/Esszimmer mit vier gigantischen Panoramafenstern, die jeden einzelnen Herbstsonnenstrahl in den Raum ließen.

Die Einrichtung war spärlich: ein riesiges weißes Sofa, ein gläserner, scharfkantiger Couchtisch und ein großer Fernseher über einem eleganten offenen Kamin. Es war alles sehr modern und wenig hundefreundlich. Gott sei Dank hatte Blossom nicht viel Fell, und es war zumindest teilweise weiß, denn schon bald würde das Sofa voller Hundehaare sein. Außerdem hatte der Couchtisch genau die richtige Höhe, dass Blossom hineinlaufen und sich ihr hübsches Gesicht an den Kanten verletzen konnte. Margot würde eine oder zwei Wochen abwarten, bevor sie Will »vorschlug«, er solle doch einen Eckenschutz aus Schaumstoff besorgen oder den Tisch gegen ein weniger kantiges Exemplar eintauschen.

Durch einen breiten, bogenförmigen Durchgang gelangte man in den Essbereich und schließlich in die Küche. Die Küchenschränke waren glänzend weiß, und die Griffe standen heraus, doch sie waren zu hoch und damit keine Gefahr für Blossom. Dafür konnte sich der rutschige Fliesenboden unter Umständen als gefährlich erweisen. Im Essbereich stand ein Tisch für vier Personen, und darunter lag für Blossom ein Berg aus Badetüchern und Decken.

»*Hier* schläft sie?« Margot versuchte nicht einmal, die scharfe Kritik in der Frage zu verschleiern. »Unter dem Tisch?«

»Ja, sie wollte es so«, antwortete Will und trat mit Blossoms neuem Bett ins Zimmer. »Sie hat sich dort am sichersten gefühlt, und ich wollte sie nicht herauszerren.«

»Herauszerren …« Margots Blick sprach Bände.

»Sobald sie sich ein wenig eingelebt hatte, hat sie viel Zeit auf dem Sofa verbracht. Und jetzt hat sie ja ihr Hundebett und Unmengen an Fleecedecken. Also …«, verteidigte sich Will.

»Drei Decken kann man wohl kaum als Unmengen bezeichnen«, unterbrach ihn Margot.

»Also wird es ihr sicher gefallen.« Will sah sich mit dem Hundebett im Arm suchend um.

»Wenn ich einen Vorschlag machen dürfte …«

»Vorerst kommt das Hundebett unter den Tisch, damit sie weiß, dass es dort sicher für sie ist«, fuhr Will mit fester Stimme fort, als hätte er Margots Vorschläge satt.

Sie hob ergeben die Hände. »Brauchen Sie Hilfe beim Auspacken?«

Will schüttelte den Kopf. »Ich muss heute Nachmittag noch eine Menge erledigen.«

Es war bereits zwei Uhr, und von der einen Woche, die Margot mit Blossom hatte, bevor sie sie wieder zurückbringen musste, war bereits ein halber Tag vergangen.

»Wenn ich gleich ein Uber-Taxi bestelle, dann ist es vermutlich da, bis wir meine Sachen aus Ihrem Auto geladen haben.« Margot holte ihr Handy aus ihrer Manteltasche. Je früher sie ging, desto früher konnten Blossom und sie in die Pfötchenwochen starten.

»Ich bringe Sie natürlich nach Hause«, sagte Will angespannt, als würde etwas gegen seine Luftröhre drücken. »Fahren wir?«

KAPITEL 10

Will

Will schaffte es Gott sei Dank, Margot zur Tür hinaus und um die Ecke zu dem ehemaligen Stallgebäude zu lotsen, ohne dass sie jemand im Laden zu Gesicht bekam. Seine Mutter war am Morgen vor Enttäuschung sprachlos gewesen, als ihr klar geworden war, dass Blossom heute nicht unter ihrem Arbeitstisch im Laden liegen würde, Ian bestand immer noch darauf, dass Blossom ein Rüde war, und Sage hatte angeboten, an seiner Stelle mit Margot zu sprechen und ihr nahezubringen, »dass sie sich gefälligst einen eigenen Hund suchen soll«.

»Wie wollen Sie eigentlich ohne Auto den Alltag mit Blossom bewältigen?«, fragte Will, als sie auf die Straße bogen.

»Na ja, es gibt da etwas, aber ich weiß nicht, ob Sie schon mal davon gehört haben: Es nennt sich *zu Fuß gehen*«, erwiderte Margot schnippisch, was durchaus berechtigt war. »Außerdem gibt es Busse und die U-Bahn, obwohl man Hunde auf den Rolltreppen auf den Arm nehmen muss, was Blossom ja wohl nicht leiden kann. Es gibt sogar haustierfreundliche Taxis, und ich bin bereit, meine Fünf-Sterne-Bewertung bei Uber aufs Spiel zu setzen und mich jedem Fahrer entgegenzustellen, der sich weigert, Blossom mitzunehmen.«

Will taten die armen Uber-Fahrer jetzt schon leid. Im Moment wirkte Blossom jedenfalls ziemlich zufrieden im Fußraum vor Margot. Ihr sanftes Wesen stand im krassen Gegensatz zu Margots einzigartiger Mischung aus Pseudovorschlägen und der vollkommenen Unfähigkeit, Kompromisse einzugehen, wie Will bei sich dachte, als sie Highgate Village mit der idyllischen Hauptstraße erreichten, in der sich ein Laden an den anderen reihte. Ein Gemüsehändler, ein Fleischer, eine Apotheke, eine Bäckerei, aber auch eine Filiale einer großen Supermarktkette sowie zahllose Franchise-Cafés und Immobilienmakler, die in sämtlichen Stadtbezirken Londons wie Pilze aus dem Boden geschossen waren.

»Die Wohnung ist gleich hinter dem Hauptplatz«, erklärte Margot und deutete nach rechts. »Es gibt hier leider nicht gerade viele Parkplätze.«

Die Adresse lag mehr oder weniger direkt am »Hauptplatz«, in dessen Nähe sich auch das bekannte *Flask* Pub befand. Es war typisch für Highgate, den Platz »Hauptplatz« zu taufen, als wäre er etwas Besseres als alle anderen Plätze in London. Die Häuser an der Nordseite, wo Margot wohnte, waren nicht ganz so groß wie die prachtvollen viktorianischen Villen auf der anderen Seite und sahen im Vergleich etwas heruntergekommen aus, die Quadratmeterpreise waren aber mit Sicherheit trotzdem deftig.

Will wunderte sich, dass Margot einen Staffy aus dem Tierheim geholt hatte und keinen verzärtelten Pekinesen oder Zwergspitz mit Stammbaum.

Er fand einen Parkplatz am weniger noblen Ende und hatte noch nicht einmal den Motor ausgemacht, als Margot bereits die Tür aufriss und hinaussprang. »Stellen Sie einfach alles auf den Bürgersteig. Ich kümmere mich um den

Rest. Bei mir sind es bis zur Haustür nur vier Stufen nach unten«, fügte sie hinzu.

»Seien Sie nicht albern«, zischte er. »Ich helfe Ihnen. Außerdem möchte ich sehen, wo Blossom ihre Zeit verbringt, wenn sie nicht bei mir ist.«

Damit hatte er Margot mit ihren eigenen Waffen geschlagen.

»Na gut«, erwiderte sie knapp, und Will ignorierte absichtlich ihren Vorschlag, alles in das Hundebett zu packen, sodass sie mehrere Male vom Auto über die vier Stufen nach unten zu ihrer Souterrainwohnung gehen mussten.

»Meine Gartenwohnung«, erklärte Margot, während sie die in trendigem Salbeigrün gestrichene Eingangstür öffnete. »Willkommen in deinem neuen Zuhause, Blossom!« Sie löste die Leine vom Halsband und ließ Blossom frei, damit sie sich umsehen konnte. »Ich packe nur schnell aus, dann können Sie die Taschen nachher wieder mitnehmen«, rief Margot über die Schulter, während Will ihr durch den engen Flur folgte.

»Nur keine Eile«, erwiderte er abwesend und sah sich um. »Sie können sie mir zurückgeben, wenn Sie Blossom vorbeibringen.«

Die Wände im Flur waren blaugrün und die Türen in rauchigem Grau gestrichen. Zwei davon standen offen. »Wohnzimmer und daneben mein Büro. Sie können erst einmal alles dort hineinstellen, ich gehe es dann später durch.« Margot deutete mit dem Kopf auf die Tür am Ende des Flurs. »Da ist die Küche, von der man in den Garten kommt. Vielleicht sollte ich Blossom gleich mal hinauslassen.«

Die Küche war so klein, dass Will im Türrahmen stehen blieb, während Margot die drei Schritte zur Hintertür machte. »Blossom!«, rief sie, und Blossom trabte sofort herbei. Wenn Will sie rief, kam sie nie. Offensichtlich respektierte sie seine Autorität nicht. Margots Wunsch war Blossom hingegen Befehl. Sie stellte sich neben Margot vor die offene Tür und spähte hinaus.

Es gab nicht viel zu sehen. Der »Garten« war eher ein Hinterhof und größtenteils gepflastert, obwohl eine Kletterrose standhaft versuchte, die Mauer nach oben zu erklimmen. Es gab einen kleinen Tisch aus Gusseisen, zwei Stühle und einige Töpfe, doch da es Anfang Oktober war, waren die Pflanzen, die vielleicht darin gewachsen waren, nicht mehr zu sehen.

»Musst du mal Pipi machen, Blossom? Aber wenn's geht, nicht in die Blumentöpfe«, meinte Margot, doch Blossom rührte sich nicht. Will war nicht gerne der Überbringer schlechter Nachrichten, aber in diesem Fall gönnte er sich selbst einen Moment der Schadenfreude.

»Blossom erledigt ihr Geschäft ausschließlich auf dem Rasen«, erklärte er. Es geschah Margot recht, nachdem sie ihm ihren »Garten« so selbstgefällig unter die Nase gerieben hatte.

Margot wandte sich zu ihm um. Einen Sekundenbruchteil lang lichteten sich die Wolken, und sie stand im hellen Sonnenlicht und konnte sich nirgendwo verstecken. Ihr Gesicht wirkte mit einem Mal eher wie eine Maske und nicht wie ein Abbild dessen, wie sie sich gerade fühlte. Doch sie zuckte nur mit den Schultern und setzte erneut ihr strahlendes, vergnügtes Lächeln auf.

»Das ist ärgerlich«, befand sie. »Ich hatte gehofft, ich könnte dem letzten Spaziergang entgehen und sie einfach hinauslassen, aber ich schätze, ich muss mich daran gewöhnen, abends im Schlafanzug und mit dickem Mantel den Hauptplatz unsicher zu machen.«

»Diese fünf Minuten um halb elf sind die schlimmsten. Da ist man schon bereit fürs Bett, und dann muss man noch mal raus«, gestand Will, weil er sonst niemanden hatte, mit dem er diesen Aspekt des Hundehalterlebens teilen konnte.

»Wie oft am Tag waren Sie denn mit ihr draußen?« Blossom war mittlerweile von der Tür zurückgewichen, sodass Margot sie schloss und sich wieder zu ihm umdrehte.

»Dreimal am Tag. Es hing ein wenig von meinen Terminen ab, aber ...«

»Wollen Sie eine Tasse Tee?«

Warum konnte sie ihn nicht ein einziges Mal ausreden lassen?

»Tut mir leid«, sagte sie im nächsten Moment, als hätte Will den Gedanken laut ausgesprochen. »Das ist meine schlimmste Angewohnheit. Ich unterbreche ständig alle. Aber wenn mir etwas einfällt, platze ich sofort damit heraus. Trotzdem: Wollen Sie vielleicht etwas trinken? Ich weiß, Sie müssen zurück zur Arbeit, aber wir sollten uns noch über die Spaziergänge, die Fütterungszeiten und die Übergabe in einer Woche unterhalten.«

»Klingt vernünftig«, erwiderte Will etwas besänftigt, obwohl er befürchtete, dass sie ihn mit jeder Menge neuer Verordnungen überhäufen würde, die sie als Vorschläge tarnte. »Ich wollte Ihnen nachher noch die Tagesordnung pingen, aber Tee wäre nett.«

Margot richtete den Blick auf ein Regal über dem Herd, auf dem mehrere blau-weiß gestreifte Porzellanteedosen von Cornishware standen.

»Ich kann Ihnen einen Kräutertee anbieten. Kamille, Pfefferminze, Chai, Grün...«

»Einfach einen normalen Tee.« Will hätte wissen sollen, dass man sogar das Angebot eines Tees komplizierter gestalten konnte als nötig.

»… Earl Grey oder Lapsang …«

»Einfach und stark, mit einem Schuss Milch, wenn's geht.«

Margot griff nach einer der Dosen. »Gehen Sie doch schon mal ins Wohnzimmer, ich komme gleich nach.«

Er kehrte zurück in den Flur und betrat das Wohnzimmer. Die Wohnung schien winzig, doch die Decken waren hoch genug, sodass Will, der ohne Schuhe einen Meter dreiundachtzig maß, aufrecht stehen konnte. Dennoch hatte er das Gefühl, den Kopf einziehen zu müssen. Vielleicht, weil Margots Sachen jeden Quadratzentimeter des verfügbaren Platzes eingenommen hatten.

Die Wände waren in einem dunklen Marineblau gestrichen, doch eine Wand wurde komplett von Bilderrahmen in verschiedenen Größen eingenommen. Darin steckten Fotos, alte Postkarten mit frechen Sprüchen, Modeentwürfe im Retro-Style und ein Stickmuster mit den Worten »Nevertheless, she persisted«, dem neuen Schlachtruf der Feministinnen, die trotz aller Widrigkeiten auf ihrem Standpunkt beharrten.

Auf dem Kaminsims reihte sich aller möglicher Kleinkram aneinander. Verschieden weit heruntergebrannte Kerzen, eine Nonne in einer Schneekugel, eine Sammlung Porzellaneulen von groß bis winzig und ein Foto von einem kleinen Mädchen, bei dem es sich – den üppigen dunklen Locken und dem entschlossenen Gesichtsausdruck nach zu urteilen – um Margot handeln musste. Sie saß auf dem Schoß einer älteren Frau, und ihre Finger umklammerten die Hand eines älteren Mannes, der die beiden mit zärtlichem Blick betrachtete. Vermutlich ihre Großeltern. Über dem Sims hing ein großes Gemälde einer lesenden Frau, das aussah wie aus den 1930er-Jahren, auch wenn es Will nicht genau sagen konnte, nachdem er kaum etwas über die Kunst aus dieser Zeit wusste. Rechts und links neben dem Kamin standen zwei Einbauschränke. Auf dem einen befand sich ein kleiner Fernseher und darüber mehrere mit Büchern vollgestopfte Regale.

Es war schwer zu sagen, welche Farbe das Sofa hatte, denn es war unter unzähligen Kissen (wie viele Kissen brauchte eine Frau eigentlich?), einem Überwurf *und* einer Strickdecke begraben, die Will an Rowans Poncho erinnerte, den sie als Teenager in ihrer Boho-Phase ständig getragen hatte.

Es gab gerade noch genug Platz für einen Lehnstuhl in Dottergelb, auf dem ebenfalls haufenweise Kissen lagen. Will musste den Großteil zur Seite räumen, bevor er sich vorsichtig niederließ. Er hatte kaum Zeit, sich aus sitzender Position umzusehen, als Margot bereits mit einem Tablett ins Zimmer trat. Blossom war ihr dicht auf den Fersen.

»Sie weicht nicht von meiner Seite«, betonte Margot, während sie das Tablett auf dem Couchtisch abstellte. »Ich war mir nicht sicher, ob Sie Zucker in den Tee haben möchten?«

»Milch allein ist super, danke«, versicherte Will und griff nach dem Becher. Der Tee hatte genau die richtige Farbe, und die Milchmenge stimmte perfekt.

»Wollen Sie ein Plätzchen? Ich habe da ein paar echt piekfeine.« Margot hielt ihm einen Teller entgegen. »Pistazien und Rahm von *Fortnum & Mason.* Die Leute, die meine Katze gekidnappt haben, haben mir einen Geschenkkorb geschickt.«

»Was?«, fragte Will erstaunt und winkte angesichts der Plätzchen ab. »Sie haben eine Katze?«

»Jetzt nicht mehr«, erwiderte Margot, nahm ein Plätzchen und biss voller Genugtuung hinein. Will beschloss, lieber nicht nachzufragen.

Es war ihm äußerst unangenehm, hier zu sitzen. Das Zimmer war schrecklich feminin, aber das war nicht alles. Seine Anwesenheit in Margots Wohnzimmer und ihrer Wohnung im Allgemeinen schien ihm zu intim. Die Sachen hier waren nicht bloß aufgrund ihrer Funktionalität ausgesucht worden, sie hatten alle eine Bedeutung und Wichtigkeit für ihre Besitzerin. Das hier war mehr als ein Ort, an dem Margot wohnte. Es war mehr als ein Zuhause. Es war wie Blossoms Platz unter dem Tisch. Es war Margots Rückzugsort, und Will fühlte sich wie ein Eindringling.

Außerdem hätte jede schnelle Bewegung dazu geführt, dass bestimmt mehrere Dinge gleichzeitig auf den Boden krachten, auf dessen verwitterten Dielen ein alter Perserteppich lag.

Blossom lief einmal, so gut es ging, im Kreis, um sich umzusehen, und als sie fertig war, blieb sie unschlüssig in der Mitte des Zimmers stehen. Ihr Blick wanderte zu Will und anschließend zu Margot, die das Luxusplätzchen verspeiste, als wäre es das Leckerste auf der Welt. Schließlich sprang sie neben Margot auf das Sofa.

Wobei es kein richtiger Sprung, sondern eher ein ungelenkes Hochkrabbeln war, bis sie endlich neben Margot saß und sie sehnsüchtig ansah. Oder vielmehr das Plätzchen, denn sie hob die rechte Pfote, die ihre hinreißende Wirkung nie verfehlte, und legte sie auf Margots Arm.

»Oh! Was meinen Sie?«, fragte Margot, als wäre sie

ehrlich interessiert an seiner Meinung und würde am Ende nicht das tun, was sie für richtig hielt.

Will beschloss, es darauf ankommen zu lassen. »Lieber nicht. Menschliche Nahrungsmittel können Stoffe enthalten, die für Hunde giftig sind.«

»Wirklich? Was zum Beispiel?« Margot klang skeptisch, als wollte Will sie bloß wieder übertrumpfen.

»Schokolade. Die ist extrem giftig. Wenn sie irgendwann einmal eine Tüte Schokodrops erwischt, muss ihr der Magen ausgepumpt werden.«

»Doch nicht Schokolade!« Margot ergriff Blossoms Pfote und tätschelte sie. »Ach, Blossom, ein Leben ohne Schokolade ist wie ein Tag ohne Sonne.«

»Und dann wären da noch Weintrauben, Rosinen, Zwiebeln ... ich pinge Ihnen ein Addendum zu der Aufstellung von vorhin.« Will war sich durchaus bewusst, dass er klang wie ein pedantischer Spaßverderber, der Blossom allerlei kulinarische Höhenflüge verweigerte. »Aber sie bekommt natürlich Hundeleckerlis. Wenn auch nur als Belohnung bei der Erziehung. Und außerdem noch Kauknochen, um die Zähne sauber zu halten.«

»Sie wollten mir vorhin von ihrem Tagesplan erzählen«, wechselte Margot eilig das Thema und ließ Blossoms Pfote los. »Nein, Schätzchen, du bekommst kein Luxusplätzchen. Nur Hundeleckerlis, und das auch nur zur Fütterungszeit.«

Will hatte ihr zwar angekündigt, dass er ihr seine Zeitaufstellung schicken würde, die er mühevoll zusammengestellt hatte, um Blossom ein optimales Leben zu ermöglichen, aber er erklärte ihr die Sache mit den Spaziergehzeiten gerne noch einmal. Ein Spaziergang am Morgen, einer am Nachmittag, wobei einer mindestens eine Stunde dauern sollte. Und schließlich der berüchtigte letzte Spaziergang spätabends. »Ich habe mich nicht getraut, sie abzuleinen. Immerhin war sie nur zur Pflege bei mir.«

»Meinen Sie, wir sollten sie ab und zu von der Leine lassen?«, überlegte Margot. »Sie kommt immer, wenn ich sie rufe.«

Ja, weil Blossom Margot für das Allerbeste hielt und Will gerade mal okay war. Für einen Mann.

»Sie reagiert nicht hundertprozentig«, beharrte Will. »Und sie lernt uns gerade erst kennen. Wir haben beide noch keine tiefgreifende Verbindung zu ihr aufgebaut, also sollten wir noch ein wenig abwarten.«

»Vielleicht sollten wir uns einen Hundetrainer suchen? Willst du einen Trainer?«, fragte Margot Blossom, die inzwischen mit dem Kopf in Margots Schoß auf dem Sofa lag. »Ach, du willst bloß schlafen, nicht wahr? So ein müdes kleines Mädchen.«

Wenn Margot mit Blossom sprach, klang ihre Stimme künstlich süß, und es hatte dieselbe Auswirkung auf Will, als würde jemand mit den Fingernägeln über eine Tafel kratzen.

»Und noch eins: Sie schläft ausnahmslos in ihrem Hundebett.« Blossom war nun mal ein Hund, und auch wenn sie besonders einsam und süß war, mussten sie ihr unbedingt Grenzen setzen.

»Wirklich?« Margot sah Will enttäuscht an, dann wandte sie sich zu Blossom. »Aber du bist doch viel zu liebesbedürftig, um allein zu schlafen, nicht wahr, mein treues, treues Schmusehündchen?«

Ja. Es mussten unbedingt Grenzen her, denn wer weiß, was Margot dem Hund sonst noch antun würde. Vielleicht kam er nächste Woche zur Übergabe, und sie führte Blossom in einem pinkfarbenen Rüschenkleid im Kinderwagen spazieren.

»Ihr treues, treues Schmusehündchen schnarcht so laut, dass ich fürchtete, es gäbe ein Erdbeben«, erklärte Will. Margot schien schockiert von seinem herablassenden Kommentar. »Aber das ist nichts gegen die Gerüche, die aus seinem Hinterteil entweichen.«

»Also, das kann ich mir überhaupt nicht vorstellen.« Trotzdem war Margot offenbar nicht mehr so begeistert von der Aussicht, Blossom so nahe bei sich zu haben. »Aber es ist natürlich gut zu wissen. Ein paar Regeln tun sicher nicht weh.«

Will nickte. Er hatte nichts gegen Regeln, solange er ein Mitspracherecht hatte. »Gut, dann kommen wir am besten noch mal zur Übergabe, einverstanden? Ich dachte, wir treffen uns am Sonntagvormittag in den Highgate Woods. Das liegt für beide in etwa auf halbem Weg.«

»Ja, okay«, stimmte Margot ihm zu. Sie hielt Blossoms Ohrspitze zwischen Daumen und Zeigefinger und massierte sie sanft, sodass der Hund zufrieden röchelte. »Aber nicht zu früh. Um halb zwölf vielleicht? Dann können wir ausschlafen, nicht wahr, Blossom?«

In diesem Moment war Will sich sicher, dass Margot trotz der gemeinsam aufgestellten Regeln nur das tun würde, was ihr in den Sinn kam. Sie würde Blossom so sehr verwöhnen, dass sie vollkommen verdorben sein würde.

»Gut, dann gehe ich jetzt mal.« Will trank den letzten Tropfen Tee und bezweifelte, dass Margot ihn überhaupt gehört hatte, denn sie beugte sich erneut nach vorne und küsste Blossoms Schnauze.

»Du müffelst ein wenig. Ich glaube, wir nehmen ein Bad mit dem Lavendelshampoo, das wir gekauft haben, und dann bekommst du noch eine liebevolle Dusche«, säuselte sie.

Will hatte es satt, den Zuschauer zu geben. Er stand auf, und Margot schaffte es tatsächlich, eine Sekunde lang ihren betörten Blick von Blossom abzuwenden. »Nur keine Umstände, ich finde selbst raus«, erklärte er. »Ich sehe ja, dass ihr beide allein sein wollt.«

KAPITEL 11

Margot

Es war eine herrliche Zeit für die Pfötchenwochen. Diese Tage, wenn der Sommer in einen prächtigen Herbst übergegangen ist, es tagsüber immer noch warm, aber angenehm frisch ist, und abends kühl genug, sodass Margot ihre Sommerdecke gegen die Übergangsdecke eintauschen konnte.

Die Natur erstrahlte in ihren schönsten Farben. Der Platz vor dem Haus lag unter einem Teppich aus leuchtend roten und goldenen Blättern verborgen, vor dem Gemüsehändler standen Kürbisse in kräftigem Orange, und glänzend braune Kastanien säumten Margots Weg, sobald sie aus der Wohnung trat.

Sie hatte sich für ihre Hundeelternzeit drei Tage Urlaub genommen, die restlichen zwei Tage wollte sie von zu Hause aus an der Farbpalette und den Themen für die kommende Herbst/Winter-Kollektion arbeiten. Anstatt Museen und Kunstgalerien zu besuchen oder sich mit alten Modemagazinen und Stoffmustern zu Hause einzuigeln, ließ sie sich dieses Mal von der Welt vor ihrer Haustür inspirieren. Sie würde noch zu einem richtigen Outdoormenschen werden.

Jeden Morgen machten sich Blossom und sie auf den

Weg nach Hampstead Heath. Die schon seit vielen, vielen Jahren bestehende parkartige Grünfläche mit den weitläufigen Wiesen, Wäldern und zahllosen Teichen war der strahlend grüne Stein in Nordlondons Krone. Margot war im Stadtteil Gospel Oak aufgewachsen, der nur einen schnellen, zwanzigminütigen Spaziergang von ihrer derzeitigen Wohnung entfernt lag. Hampstead Heath war praktisch ihr erweiterter Garten gewesen. Sie hatte lange Sommertage im Parliament Hill Lido verbracht, und am Sonntagnachmittag hatten ihre Mutter und ihr Vater mit ihr nach dem Essen lange Spaziergänge unternommen. Eine ihrer glücklichsten und lebendigsten Kindheitserinnerungen war, wie sie ihr Vater auf den Schultern getragen hatte. Es war so hoch gewesen, dass sie kilometerweit sehen konnte, doch sie hatte nicht einen Moment lang daran gezweifelt, dass er sie nicht ordentlich festhalten würde. Zu besonderen Anlässen waren sie gerne in das Café am Parliament Hill gegangen, und sie hatte Würstchen mit Pommes und Eiscreme zum Nachtisch gegessen. Und als Margot älter geworden war, hatte sie sich mit ihren Freunden beim Musikpavillon getroffen und sich davongeschlichen, um mit Jungs zu knutschen. Doch das war alles schon lange her. Ein ganzes Leben. Margot erkannte das Kind und auch den Teenager, der sie einmal gewesen war, kaum wieder.

Jetzt, als Erwachsene, kam sie nur noch in den Sommermonaten in die Hampstead Heath. Für kurze Spaziergänge, Picknicks und den jährlichen Ausflug mit Tracy, um im Ladies' Pond zu schwimmen, damit Margot danach auf Social Media darüber berichten konnte, dass sie »im Freien schwimmen« gewesen sei, obwohl sie in Wirklichkeit nichts dergleichen getan hatte.

In der ersten gemeinsamen Woche begannen Blossom

und sie auf der Highgate zugewandten Seite und arbeiteten sich bis Kenwood House vor, um sich schließlich ins Innere der Hampstead Heath aufzumachen und die weniger begangenen Wege zu erkunden, die sie durch dichte Waldstücke führten. Hier war nur noch das Gezwitscher der Vögel zu hören, und es war schwer vorstellbar, dass sie sich immer noch mitten in einer geschäftigen Großstadt befanden. Es hatte eine Zeit gegeben, da hatte Margot hier jeden Zentimeter gekannt, aber das war lange her. Sie konnte nur hoffen, dass sie irgendwann den höchsten Punkt des Parliament Hills erreichen und am Ende in Highgate West Hill herauskommen würden. Doch sie verlief sich ganze dreimal, und einmal mussten sie sogar den Hügel zurück nach Highgate Village erklimmen, wobei Margot beinahe einen Herzinfarkt erlitten hätte. Der Weg war schrecklich steil, und sie war schrecklich untrainiert.

Blossom trabte glücklich neben ihr her und war so unterwürfig, dass sie sich sofort auf den Rücken rollte, wenn sie einem anderen Hund begegneten. »Du meine Güte Blossom, du bist eine starke, unabhängige Frau. Zeig etwas Würde«, meinte Margot dann.

Die Besitzer und Besitzerinnen dieser Hunde traten meist in Rudeln auf. Es waren größtenteils Frauen in einem gewissen Alter in Fleecejacken und zweckmäßigen Wanderschuhen, die die Hundeleckerlis in altertümlichen Plastikbeuteln bei sich trugen. Die Nachricht über den fremden Hund in ihrem Revier verbreitete sich wie ein Lauffeuer.

Blossom versteckte sich hinter Margots Beinen, während Margot immer wieder ihre traurige Geschichte erzählen musste. (»Sie ist etwa drei. Ich habe sie gerade erst zu mir geholt. Nein, sie wurde nicht von ihrem Besitzer abgegeben. Sie wurde streunend in Neasden aufgegriffen. Ich weiß nicht, ob sie misshandelt wurde, aber sie wurde auf alle Fälle vernachlässigt. Nein, das sind keine Brandwunden. Das Tierheim meinte, es sei vielleicht kreisrunder Haarausfall, und ich reibe die Stellen mit Kokosöl ein. Nein, CBD-Öl habe ich noch nicht probiert, aber das werde ich sicher noch, danke für den Tipp. Ja, sie ist sehr friedlich für einen Staffy.«)

Danach wurden Margot die anderen Hunde vorgestellt. Es gab eine unverhältnismäßig hohe Anzahl an Cockapoos und ziemlich viele Minischnauzer und französische Bulldoggen. Jede erdenkliche Rasse war hier in der Hampstead Heath vertreten. Angefangen bei seidig glänzenden rostroten Vizlas und grauen Weimaranern über strubbelige Windhundmischlinge, verhätschelte Chihuahuas in winzigen Pullovern und sogar ein paar Staffys, deren Besitzer Margot zunickten, als wäre sie nun auch Mitglied in ihrem geheimen Club.

Leute, die selbst nicht in London lebten, behaupteten steif und fest, dass es eine brutale, schnelllebige, unfreundliche Stadt voller schlecht gelaunter Menschen war, doch wenn man hier wohnte, war es ganz anders. Margot kannte fast alle Nachbarn (sogar Kate Moss!), und sie grüßten sich freundlich. Daphne und Geoff, die im selben Haus über ihrer Wohnung lebten, waren praktisch zu ihren Ersatz-Großeltern geworden. Sie hatten einen Zweitschlüssel für ihre Wohnung, und es machte ihnen nichts aus, Pakete entgegenzunehmen, wenn Margot wieder einmal bei eBay zugeschlagen hatte und im Büro war, wenn die Post kam. Sie kannte sämtliche Barista in ihrem Lieblingscafé, genauso wie die Leute vom Zeitungskiosk, in den zwei Buchläden und in dem italienischen Restaurant, in dem die Penne arrabbiata genau die richtige Schärfe besaßen.

Doch in der ersten Woche mit Blossom hatte sich bei Margot die Anzahl der Leute, die sie freundlich grüßten, verdoppelt, wenn nicht sogar verdreifacht, und das machte die Tatsache wett, dass ihre Beine noch mehr schmerzten als damals, als sie in der Mittagspause zum Spinning gegangen war.

Wenigstens konnte sie ihre müden Beine nach dem Spaziergang auf dem Sofa hochlegen. Blossom sprang dann jedes Mal zu ihr, sodass Margot ihren Hund stundenlang bewundern konnte. Die weichen Schlappohren, die Kerbe, die über ihren Kopf verlief (offenbar ein Rassemerkmal), den riesigen Quadratschädel, der in etwa die Größe und das Gewicht eines Footballs hatte und von dem zarten Gesicht aufgewogen wurde, die schwarz umrandeten braunen Augen, die kleine Schnauze, die Margot so gerne mit Küssen überhäufte.

Und schließlich den haarlosen, samtweichen Bauch, den Margot zu Blossoms Freude oft stundenlang kraulte. Es machte ihr nicht einmal etwas aus, wenn Margot die kahlen Stellen mit Kokosöl einrieb, obwohl sie immer versuchte, es abzuschlecken.

Im Gegensatz zu den Männern, die Margot zu lieben versucht hatte, auch nachdem offensichtlich geworden war, dass sie nicht dasselbe empfanden, konnte sie Blossom mit Liebe überhäufen, und Blossom gab es ihr zehnfach zurück. Sie nahm es Margot nicht einmal übel, dass sie nichts von ihrem Teller abbekam und in der ersten gemeinsamen Nacht nicht in ihrem Bett schlafen durfte.

»Wir kennen uns noch nicht so gut, aber ich liebe dich jetzt schon«, gestand Margot, nachdem sie Blossom in ihr teures Hundebett mit dem orthopädischen Memory-Schaum gelockt und eine Decke über sie gebreitet hatte.

»Aber Will hatte recht. Du schnarchst fürchterlich, und deine Fürze sind das Schlimmste, was meine Nase je ertragen musste. Du schläfst auf keinen Fall bei mir im Bett.«

Blossom nahm es ihr nicht übel, sondern wedelte am nächsten Tag mit dem Schwanz, als sie Margots verquollenes, schlaftrunkenes Gesicht sah.

»Diese Liebe ist einfach bedingungslos«, erklärte sie ihren Freundinnen am Samstagnachmittag, als diese sie mit einer spontanen »Hündchen-Party« überraschten. Margot und Blossom lagen gerade aneinandergekuschelt auf dem Sofa und machten ein Nickerchen, als sie eine WhatsApp-Nachricht bekam. »Überraschung! Mach die Tür auf!«

Auf der Schwelle standen Tracy, Jess und Sarah. Sie hatten Geschenke, Kuchen und einen pinkfarbenen Heliumballon mit der Aufschrift »It's a Girl!« dabei.

Sarah, Margots älteste Freundin, führte die Truppe an. Sie war einer der wenigen Menschen, die Margot schon als Kind gekannt hatten und sich an ihre Eltern und ihre idyllische Kindheit erinnerten. Margot und Sarah hatten zusammen die Kita und die Grundschule besucht und waren gegenseitig bei sich ein und aus gegangen, doch dann war Sarahs Familie kurz vor der Realschule nach Hongkong gezogen. Sarah war mit Anfang zwanzig nach London zurückgekehrt, und sie hatten sich über Facebook wiedergefunden. Seitdem waren sie erneut unzertrennlich.

Tracy hatte sich während des Mode-Colleges mit Jess eine Wohnung geteilt, was dazu geführt hatte, dass Margot mit Jess unzählige Flaschen Weißwein geleert hatte.

Im Laufe der Jahre hatten die vier gemeinsam schlechte Jobs, schlechte Beziehungen und schlechte Vermieter überstanden, waren mehrmals gemeinsam in den Urlaub gefahren, hatten viele, viele Nächte in Pubs und Clubs verbracht und anschließend viele, viele Katerfrühstücke genossen.

Selbst die Ehe (Tracy) und Ehe mit Kindern (Jess und Sarah) konnten ihrer Freundschaft nichts anhaben, im Gegensatz zu vielen anderen Freunden, die Margot im Laufe der Jahre kennengelernt hatte und die London mitsamt ihren Partnern irgendwann verlassen hatten. Manchmal, bevor sie Kinder bekamen, und manchmal kurz darauf, denn dank der Luftverschmutzung, den unterdurchschnittlichen Wohnbedingungen und den horrenden Mieten war London schlichtweg ungeeignet für junge Familien.

Margot war klar, dass es auch Tracy und Sarah irgendwann in sonnigere Gefilde ziehen würde, vermutlich nach Margate oder Hastings. Tracy schickte bereits jetzt Links zu Immobilien in Margate mit Texten wie *Für den Kaufpreis dieses Hauses bekommt man in Leyton gerade mal eine Einzimmerwohnung,* und Sarah war fest entschlossen, dass die dreijährige Maisie und Baby Bertie nicht mit schwarzem Rotz in den Nasen und Messerstechern vor dem Haus aufwachsen sollten. Vermutlich würde nur Jess übrig bleiben, denn sie war in London geboren und aufgewachsen und hatte nie den Ruf der Ferne vernommen.

Aber im Moment waren alle drei immer noch in London und warteten darauf, dass Margot zur Seite trat und sie in die Wohnung ließ.

»Hallo! Was für eine Überraschung! Oooh, Kuchen!«

Sie standen dicht gedrängt in Margots Flur, schlüpften aus Schuhen und Mänteln, und sofort füllte sich die Wohnung mit Geplapper, dem Duft der verschiedenen Parfums und mit Liebe.

»Wo ist sie?«, fragte Jess, während sie Margot den Karton mit dem Kuchen reichte.

»Da drin«, antwortete Margot und deutete mit dem Kopf in Richtung Wohnzimmer. »Sie ist Fremden gegenüber ein wenig schüchtern.«

»Ich hoffe, sie beißt nicht«, meinte Sarah. »Ich war schon etwas besorgt, dass du dir einen Staffy geholt hast. Ich glaube immer noch, dass du eher ein Golden-Retriever-Mädchen bist.«

Sarah besaß einen Mini-Dackel, doch sie war in Wahrheit ebenfalls ein Golden-Retriever-Mädchen. Als sie klein waren, hatte Margot mit den krausen Haaren, dem stämmigen Körperbau und dem streitlustigen Auftreten sich oft gewünscht, irgendwann als Sarah aufzuwachen, die über lange Beine, blonde Haare, einen wilden, sturköpfigen Optimismus und ein verspieltes Wesen verfügte, was Margot normalerweise sehr liebenswert fand. Allerdings nicht jetzt, da Sarah Vorurteile gegenüber ihrem Hund hegte. »Sie wird dich nicht beißen. Sie bellt nicht einmal. Und es ist ein Mythos, dass Staffys aggressiv sind …«

»Genau! Wusstest du, dass sie früher als *Kindermädchen-Hunde* bekannt waren?«, meldete sich Tracy und gab damit wortwörtlich eine der unzähligen WhatsApp-Nachrichten wieder, die Margot zu ihrer Rechtfertigung geschrieben hatte, nachdem sie sich keinen süßen, flauschigen kleinen Hund, sondern einen traumatisierten Staffy mit Haarausfall zugelegt hatte.

»Ich hasse euch alle drei.« Margot hakte sich bei Tracy unter, und sie traten ins Wohnzimmer, wo Blossom schwanzwedelnd und mit gespitzten Ohren Aufstellung genommen hatte. Doch es war nicht das fröhliche Schwanzwedeln, an das Margot sich langsam gewöhnte. Es wirkte eher hektisch und verzweifelt. Blossom wich langsam in den hintersten Winkel des Raumes zurück und versteckte sich hinter dem Lehnstuhl. »Gebt ihr etwas Zeit, um sich an euch zu gewöhnen. Ich stelle Teewasser auf, okay?«

»Wir haben Sprudelwasser dabei, es ist immerhin ein besonderer Anlass«, erklärte Jess und zog eine Flasche *Crémant* aus einer ihrer Taschen. »Champagner war zu teuer, also haben wir den genommen.«

Margot öffnete die Flasche im Garten, weil sie nicht sicher war, wie Blossom auf das laute Geräusch reagieren würde. Erst als alle mit einem Glas und einem Stück Zitronen-Himbeer-Kuchen aus der Bäckerei um die Ecke im Wohnzimmer saßen, steckte Blossom vorsichtig ihren Kopf hinter dem Lehnstuhl hervor.

Ihre Nase zuckte, und sie rückte vorsichtig und nervös einen Zentimeter um den anderen auf sie zu. Sie tappte zu Jess, die mit dem Teller im Schoß am Rand von Margots Sofa saß (es war etwas klein für drei Leute), und setzte sich vor ihr auf den Boden. Dann hob sie die rechte Pfote und legte sie auf Jess' Knie.

Blossom war vielleicht schüchtern, was Fremde anging, aber sie erkannte sofort, wer das leichteste Ziel war. Jess war bei Weitem die sanfteste der vier Freundinnen. Keine Woche verging, in der nicht irgendjemand – normalerweise ihr Vorgesetzter – ihre Gutmütigkeit ausnutzte. Vielleicht, weil sie so klein war. Sie reichte Margot gerade bis zur Schulter, trug die braunen Haare seit der Grundschule zu demselben geraden Bob geschnitten, und es war eine Lebensaufgabe, schicke Schuhe in Größe 34 zu finden.

»Du meine Güte«, stöhnte Jess hilflos. »Es ist, als hätte ich keinen eigenen Willen mehr. Ich *muss* diesem Hund ein Stück Kuchen abgeben.«

»Nein!«, kreischte Margot so schrill, dass Blossom abrupt ihr Straßenhundebetteln einstellte und ihr einen betroffenen Blick zuwarf. Doch im nächsten Moment fixierten ihre riesigen Manga-Augen auch schon wieder Jess, und die Pfote landete erneut auf ihrem Knie. »Wir haben uns geeinigt, dass sie nichts vom Tisch bekommt. Vor allem keinen raffinierten Zucker.«

Blossom bekam zwar keinen Kuchen, dafür aber jede Menge Geschenke. Ein neues Halsband und die dazugehörige Leine im Leopardenprint mit Strassapplikationen, mehrere Stofftiere, einen pinkfarbenen Hundepullover mit der Aufschrift *Luxusweib* und ein knollenförmiges Gummiding namens Kong, das aussah wie ein abartiges Sexspielzeug. »Na, hör mal! Der Mann in der Zoohandlung hat uns erklärt, dass man Leckerlis in das Loch in der Mitte steckt und es danach mit Erdnussbutter verschließt«, erklärte Tracy Margot entrüstet. »Obwohl ... sie hatten einige andere Dinge – zum Beispiel mit Noppen besetzte Gummiwurfstangen –, die wie Dildos aussahen.«

»So etwas bekommt Blossom ganz sicher nicht«, rief Margot entrüstet. »Sie hat auch so schon genug Zeug. Das ist so lieb von euch. Und ich bin froh, dass ich das erleben darf, denn es wird immer unwahrscheinlicher, dass ich einmal eine Babyparty feiern werde. Wenn George und ich nicht Schluss gemacht hätten und er mich nicht so lange hingehalten hätte, könnte ich schon schwanger sein. Ich könnte das Baby sogar schon *geboren* haben.« Wenn George einverstanden gewesen wäre, hätte sich Margots kleines, sicheres Leben bereits im letzten Jahr in etwas Größeres und noch Wundervolleres verwandelt. Sie hätte eine eigene Familie gehabt. Einen Mann. Ein Kind. Ein Dasein, das alle als selbstverständlich erachteten, als ohne große Anstrengung machbar, während es ihr verwehrt wurde.

Margot musste unwillkürlich seufzen und zwang sich,

die aufsteigenden Tränen und das Schluchzen zu ignorieren. Sie war es leid, um etwas zu trauern, das nie existiert hatte.

»George war der vollkommen falsche Mann für dich«, beharrte Tracy. »Du bist wunderbar, Margs, und George war … na ja, er war …«

»Alles andere als wunderbar«, half Sarah aus. »Keine Ahnung, warum du dich mit George und seinem dauerhaft selbstgefälligen Gesicht zufriedengegeben hast. Du musst dich mit niemandem zufriedengeben.«

»Es kommt eine Zeit, da muss man das sehr wohl«, erwiderte Margot wie jedes Mal, wenn ihre Freundinnen ihre Entscheidung für George infrage stellten. In den ersten Monaten war er sehr nett und gar nicht so selbstzufrieden gewesen. »Wenn man es nicht tut, hält man lediglich an einem romantischen Ideal fest, das vielleicht nie Wirklichkeit wird, und muss sich fragen, ob man nicht langsam seine Eizellen einfrieren lassen sollte.«

»Willst du das wirklich immer noch durchziehen?«, fragte Jess, und Margot nickte verdrießlich.

»Aber du hast doch jetzt ein Fellbaby«, erklärte Sarah, die im Lehnstuhl saß. Blossom drückte sich an ihre Schienbeine und genoss eine Schultermassage. »Ehrlich, Margot. Ein traumatisierter Tierheimhund ist sehr viel weniger Arbeit als ein Baby. Ich wette, Blossom lässt dich die ganze Nacht durchschlafen.«

Blossom war eine Langschläferin, genau wie Margot. Sie war absolut kein Morgenhund, und nachdem sie eine Woche lang ziemlich spät in den Tag gestartet waren, fürchtete sich Margot bereits davor, wieder um acht aufstehen zu müssen, um ins Büro zu fahren.

»Es ist eine ganze Menge Arbeit«, erklärte sie und versuchte den schmerzhaften Stich zu ignorieren, als Jess und Sarah sich einen Blick zuwarfen. Es war der typische Mütterblick, wenn irgendjemand behauptete, sein Leben ohne Kinder wäre etwas anderes als ein Zuckerschlecken. »Trotzdem wird es schwer werden, sie morgen an ihren zweiten Besitzer zu übergeben.«

Alle drei Freundinnen richteten sich auf. »Genau! Das wäre der nächste Punkt auf der Liste: dieser Mann, mit dem du deinen Hund teilst …« Jess klang konspirativ und beugte sich zu Margot vor. »Details, bitte!«

Margot wusste, dass sie nicht perfekt war – sie hatte eine lange Reise hinter sich gebracht, bis sie zu dieser Erkenntnis gekommen war – aber sie versuchte, immer das Beste in einem Menschen zu sehen. Genauso wie sie hoffte, dass die anderen das Beste in ihr sahen. Trotzdem war es schwer, auch nur annähernd Begeisterung zu zeigen, wenn es um Will ging.

»Na ja, Blossom scheint ihn zu mögen«, meinte sie nach einer quälend langen Pause. »Ich schätze, das ist ein gutes Zeichen.«

»Dann mag Margot ihn also nicht?«, fragte Sarah. »Haben wir den einzigen Mann in ganz London gefunden, an dem du nicht den kleinsten Lichtblick ausmachen kannst?«

Das war ein fairer Einwand. Margot hatte Dates mit geizigen, ungewaschenen und strohdummen Männern hinter sich und war sogar einmal mit einem Kerl ausgegangen, der wegen versuchten Mordes zehn Jahre im Knast gesessen hatte, auch wenn sie davon erst bei ihrem einzigen gemeinsamen Kaffee erfahren hatte.

Selbst ein absoluter Albtraum konnte sich als Prinz entpuppen, obwohl es auf keinen dieser Männer zugetroffen hatte. Genauso wenig, wie es auf Will zutreffen würde.

Er war kein verkleideter Prinz. Er war der Mann, der ihren Hund zur Pflege übernommen und sich dann geweigert hatte, ihn zurückzugeben.

Tracy war da jedoch anderer Ansicht. »Im Tierheim hatte Blossom so große Angst, dass sich Margots neuer Bekannter auf ihre Augenhöhe hinabbegeben hat. Er kniete auf allen vieren vor ihr«, erinnerte sie sich mit lüsternem Blick. »Und wer mag keine Männer, die auf allen vieren vor einem knien? Obwohl das gefriergetrocknete Entenherz auf seiner Handfläche ein ziemlicher Stimmungskiller war.«

»Am Ende lag er sogar auf dem Bauch«, erzählte Margot weiter, während Jess und Sarah gebannt zuhörten. »Ich muss zugeben, dass es etwas Attraktives an sich hat, wenn ein Mann sich so verletzlich zeigt. Vor allem, weil durchaus die Chance bestand, dass Blossom ihn links liegen lassen würde.«

»Attraktiv? Es war unglaublich heiß.« Tracy fächerte sich mit der Hand Luft zu. »Außerdem hat Margot zu erwähnen vergessen, dass er unfassbar gut aussieht.«

»Ja, aber er ist auch unfassbar arrogant«, wandte Margot ein. »Er ist abweisend und schert sich nicht darum, ob sich andere in seiner Gegenwart wohlfühlen. Das sind doch keine Manieren, oder?«

»Natürlich nicht«, stimmte Tracy ihr zu. »Aber komm schon, du musst doch zugeben, dass er sehr, sehr gut aussieht.«

Margots Freundinnen beugten sich erneut nach vorne. Margot warf einen schnellen Blick zum Lehnstuhl. Blossom lehnte sich immer noch an Sarah und ließ sich streicheln, während Margot daran dachte, wie Will dort gesessen hatte. Er hatte die langen Beine von sich gestreckt und sich mit leicht skeptischem Blick umgesehen, als wären die Dinge in ihrem Wohnzimmer – die Margot liebevoll zusammengetragen hatte – irgendwie albern und überspannt. Sein Gesicht, die kantigen Züge und die blauen Augen hatten sicher mehr zu bieten als den verschlossenen Ausdruck, den er zur Schau trug.

»Er sieht vielleicht gut aus, aber er ist einer dieser ›Ping‹-Typen«, erklärte sie, und die anderen schnappten nach Luft, weil Margot einen offenbar annehmbaren Mann schlechtmachte. »Er schickt keine E-Mails, er *pingt.* Er sagt nicht einfach, dass wir noch mal darüber reden müssen, nein, er *kommt auf etwas zurück.* Und dann noch die Listen und Tabellen, die er mir schickt, als wäre Blossom kein geliebtes Haustier, sondern der Gewinn oder Verlust des letzten Quartals. Er wirft mit Fachbegriffen um sich und überschätzt sich maßlos, aber aus irgendeinem seltsamen Grund mag Blossom ihn.«

Blossom mochte herzliche Gefühle für Will hegen, doch als Margot am nächsten Morgen aufwachte, fühlte sie sich schwer wie Blei und hatte ein ungutes Gefühl im Bauch, als stünde ihr bald eine schwierige OP bevor. Der Spaziergang die Southwood Lane hinunter und Richtung Highgate Hills war wie der Gang zum Schafott.

Blossom wedelte kaum merklich mit dem Schwanz, als sie Will auf dem Spielfeld vor dem Café entdeckte. Margot war hocherfreut, dass *sie* ihr im Laufe der vergangenen Woche ein deutlich erkennbareres Schwanzwedeln entlockt hatte.

»Sie sind gekommen«, stellte Will das Offensichtliche klar und streckte die Hand aus, um Margot die Leine abzunehmen und seine Besitzansprüche zu bekräftigen. »Irgendwelche Probleme, von denen ich wissen sollte?«

Er beugte sich nicht einmal nach unten, um Blossom zu begrüßen, und kraulte sie auch nicht hinter den Ohren. Margot hätte ihm die Leine am liebsten sofort wieder aus der Hand gerissen.

»Nichts dergleichen«, erwiderte sie. Es wäre zwar angemessen gewesen, ihm von den neuen Spielzeugen und dem Pullover zu erzählen, da sie ja beschlossen hatten, dass Blossom in jedem Haushalt dasselbe haben sollte. Doch sie schwieg, denn auch wenn sie nicht stolz darauf war, wollte sie, dass es Blossom bei ihrer fürsorglichen Besitzerin, die ständig mit ihr knuddelte und tolle Spielsachen hatte, sehr viel besser ging als bei diesem Kerl mit dem reglosen Gesicht, der … Oh!

Blossom war an Will hochgesprungen, was sie bei Margot noch nie getan hatte. Ihre Vorderpfoten lagen auf Wills Oberschenkel, und er kraulte sie unterm Kinn. »Gut, dann sehen wir uns nächsten Sonntag«, sagte Will und entließ Margot damit, obwohl sie nirgendwohin gehen würde, bevor sie nicht von sich aus bereit dazu war. »Ein schönes restliches Wochenende!«

Es war der zweite Wink mit dem Zaunpfahl, und ihr blieb nichts anderes übrig, als sich auf den Weg zu machen. »Auf Wiedersehen, Blossom! Sei brav«, meinte sie noch, doch Blossom hatte nur Augen für Will, und es war schwer für Margot, nicht loszuheulen, als sie sich abwandte. Doch irgendwie schaffte sie es.

KAPITEL 12

Will

Margot ging, ohne einen einzigen Blick zurück auf Blossom zu werfen, die sofort von Will absprang und an der Leine zerrte, um ihr nachzulaufen. Im nächsten Moment fing sie kläglich an zu winseln und hörte gar nicht mehr damit auf.

»Hey, Blossom! Lass mal gut sein.« Will ging in die Hocke, um den Hund zu streicheln. »Du siehst sie doch nächste Woche wieder.«

Doch Blossom hatte natürlich kein Zeitgefühl. Sie ließ sich lediglich durch die Tüte Leckerlis ablenken, die Will herauszog, auch wenn Margot und er übereingekommen waren, dass diese nur zu Trainingszwecken benutzt wurden.

Auf dem Weg über das Spielfeld zog Blossom wie wild an der Leine. Dabei hatte sie sich immer so vorbildlich benommen. Offenbar hatte Margot sie viel zu sehr verwöhnt.

Es wurde noch mehr gezogen, als Will nach links abbog, obwohl Blossom nach rechts wollte, doch sie waren nicht auf dem Weg in die Wohnung, sondern zu seinem Elternhaus, wo sich die Familie traditionsgemäß jeden Sonntag zum Mittagessen traf, es sei denn, man hatte eine gute Entschuldigung. Wie zum Beispiel Ian und Alex, Wills Schwager, die sich ein Arsenal-Spiel in Watford ansahen.

Will wollte gerade den Schlüssel ins Loch stecken, als Sage die Tür aufriss. »Was hat denn da so lange gedauert?«, fragte sie, obwohl man so auf keinen Fall mit seinem älteren Bruder redete. »Blossom! Mann, hab ich dich vermisst!«

»Du bekommst ab sofort weniger Lohn«, erklärte Will und drängte sich an ihr vorbei.

»Du bist nicht mein Boss«, erwiderte Sage, denn die hierarchischen Strukturen im Familienunternehmen waren kompliziert und vielschichtig. Dann setzte sie sich direkt vor ihm auf den Boden und hinderte ihn somit effektiv am Weitergehen. »High five, Blossom!«

Blossom folgte ihr aufs Wort, setzte sich, hob ihre viel beschäftigte rechte Pfote, sah Sage an und wartete auf die Belohnung, die es aber nicht gab.

»Sie ist doch kein dressierter Seehund!« Will drängte die beiden in Richtung Küche, wo ihre Mutter mit der Hilfe von Rowan und den Zwillingen Sam und Harry das sonntägliche Mittagessen kochte.

Der betörende Geruch von Lamm, Knoblauch und Kräutern ließ vermuten, dass das Essen bald fertig sein würde, doch die Vorbereitungen wurden eilig unterbrochen, damit sich alle im Halbkreis um Blossom versammeln konnten, die ihre Pfote hob, um Sam »die Hand zu schütteln«.

Will wollte seine Familie gerade ermahnen, dass Blossom Zeit und Rückzugsmöglichkeiten brauchte, doch das erwies sich als überflüssig. Offensichtlich genoss sie die Aufmerksamkeit. Vor allem, als Mary ihr Gesicht in die Hände nahm und sie hinter den Ohren kraulte. »Nanna macht dir jetzt ein leckeres Fresschen, damit du endlich Gewicht zulegst. Was hältst du davon?«

Es war zwar nicht ganz so nervenaufreibend wie Margots Säuseln, aber es kam dem schon sehr nahe.

»Margot und ich haben beschlossen, dass Blossom nichts aus dem Kochtopf bekommt«, erklärte Will. »Sie frisst zweimal täglich frisches Bio-Hundefutter, das genügt.«

Mary löste ihren liebevollen Blick von Blossom und betrachtete entgeistert ihren einzigen Sohn. »Blödsinn! Ein bisschen Lamm und Gemüse hat noch keinem Hund geschadet. Ich habe ja keine Ahnung, wer diese Margot ist, aber wenn Blossom mir gehören würde, würde ich sie nicht eine ganze Woche lang einfach abschieben. Vielleicht sollte ich mal mit der Dame reden.«

»Ja, vielleicht solltest du das«, stimmte Sage ihr zu, sie war immer schon eine Aufwieglerin gewesen. Rowan schenkte sich ein weiteres Glas Rotwein ein, setzte sich auf die Kücheninsel und sah Will mit erhobenen Augenbrauen an. Im Gegensatz zu Sage konnten sie sich noch an eine Zeit erinnern, in der Mary nicht derartig aufsässig gewesen war. Den Großteil ihrer Kindheit hatte ihre Mum nie irgendjemandem widersprochen, den Kopf immer gesenkt gehalten und sich im Schatten anderer versteckt. Doch seit damals hatte sich vieles verändert.

»O Gott, ich habe vollkommen vergessen, wie man Blumensträuße zusammenstellt«, hatte Mary protestiert, als sie mit Rowan und dem zwölfjährigen Will nach London zurückgekehrt war.

Kurz darauf hatte es geheißen: »Ich schätze schon, dass ich im Laden aushelfen könnte. Aber die vielen Leute ...«

Doch es hatte nicht lange gedauert, bis eine langsame, aber stetige Veränderung erkennbar geworden war. »Ich bin mir sicher, dass ich diese Computersache lernen kann. Wie schwer kann das schon sein!«

Bis hin zu dem Klassiker: »Ian aus dem Handwerkerladen ist nett … ich gehe vielleicht mal etwas mit ihm trinken, aber ich bin noch nicht bereit für mehr.«

»So ein hübsches Mädchen. Ich weiß ja nicht, wem du gehört hast, bevor Will dich gerettet hat, aber die haben dich nicht verdient«, meinte Mary gerade zu Blossom, die an ihr hochgesprungen war und deren Pfoten auf ihrer Kochschürze ruhten, während sie weitere Streicheleinheiten einkassierte.

Mary konnte Veränderungen immer noch nicht leiden, und sie brauchte Zeit, um mit neuen Dingen warm zu werden. Daher hatte sie nur pro forma gegen Blossom protestiert, sie dann aber willkommen geheißen, und wenn seine Mutter dem Hund jetzt ein Stück Lamm und ein paar Kartoffeln geben wollte, dann hatte es keinen Sinn, Einspruch zu erheben. Er würde einfach Blossoms Speiseplan und die Bewegungseinheiten in den nächsten achtundvierzig Stunden an die neuen Gegebenheiten anpassen, um die zusätzlichen Kalorien aufzuwiegen. Und solange Margot nichts davon erfuhr, konnte sie sich auch nicht aufregen.

In diesem Moment vibrierte sein Handy in der hinteren Hosentasche. Noch bevor er es herausgezogen hatte, wusste er, dass es eine Nachricht von Margot war.

> Wie ging es Blossom nach der Übergabe? Hat sie sich schon eingewöhnt, oder vermisst sie mich?

Ehrlich, diese Frau musste sich langsam selbst ein paar emotionale Grenzen setzen. Will steckte das Handy wieder ein.

»Eine Nachricht von einer deiner zahllosen Freundinnen?«, fragte Sage grinsend.

»Er hat doch ein Keuschheitsgelübde abgelegt.« Rowan grinste ebenfalls, während Sam und Harry gelangweilt von den Gesprächen der Erwachsenen einen Ball durch die Küche kickten. »Nehmt den Ball mit in den Garten und den Hund auch.«

»Sollen wir die Jungs echt mit ihr allein lassen?«, fragten Mary und Will gleichzeitig, doch die beiden Kinder waren bereits zur Hintertür hinaus, und Blossom war ihnen dicht auf den Fersen.

Will trat ans Fenster und sah, wie Harry und Sam gefolgt von Blossom mit dem Ball durch den Garten fegten. Blossom schien nicht allzu sehr auf den Ball fixiert, doch letzte Woche hatte Will Margot einen Link zu einem langen Artikel gepingt, der davon abriet, Hunde zu oft mit dem Ball spielen zu lassen, da es schlechtes Benehmen fördere. Sie hatte bloß *tl;dr* geantwortet (was Google ihm als die englische Abkürzung für *zu lang, nicht gelesen* übersetzt hatte).

Nach dem Essen hatten Rowan und Mary gemeinsam eine Flasche Wein geleert, Sage war pappsatt, müde und relativ friedlich, die Jungen und Blossom gingen zurück in den Garten, und es wurde Zeit für die wöchentliche Besprechung.

Es wäre nett gewesen, einfach nur mit der Familie zu essen, ohne über Geschäftliches zu reden, aber Gespräche über den Laden schienen einfacher, wenn die Bäuche voll waren und es Wein für alle gab, die ein Glas brauchten.

Will umklammerte sein Ginger Ale und wartete darauf, dass Mary als Besitzerin des Ladens das Meeting eröffnete, doch sie nickte ihrem Sohn zu. »Nach dir, Will. Wie läuft es mit dem neuen Steuerberater?«

Will gab ihnen eine Zusammenfassung der neuen Software, die sie verwenden würden. Sie wurde als App installiert, und sie konnten mit ihren Handys Rechnungen und Eingänge sofort einscannen. Wenn sie erst einmal die Strafe für die verspätete Zahlung des letzten Steuerbescheids beglichen hatten, sah es recht rosig aus.

»Die Event-Schiene läuft auch ziemlich gut, nicht wahr, Rowan? Und das, obwohl die Hochzeitssaison langsam ausläuft«, meinte er, um seine Schwester ins Gespräch einzubinden.

»Diese Woche steigt ein großes Influencer-Event mit allen möglichen *Kids of Instagram*«, berichtete Rowan. Sage warf ihr einen bösen Blick zu, weil sie auch zu diesen Kids gehörte. »Wir sorgen für den Blumenschmuck, vier große Arrangements und fünfzig Tischdekos, die die Gäste mit nach Hause nehmen können, aber sie wollen auch einen Stand, an dem vor Ort Blumenkränze geflochten werden. Wie machen wir das?«

»Das kann ich übernehmen!«, ereiferte sich Sage. »Ich kann fantastische Blumenkränze flechten. Immerhin habe ich mir für den Abschlussball letzten Sommer selbst einen gemacht. Ich könnte Catriona und Anjali um Hilfe bitten. Sie sind immer auf der Suche nach Gelegenheitsjobs.«

»Super«, meinte Will, der keine Ahnung von Blumenkränzen hatte, aber später die Rentabilität eines solchen Standes berechnen würde. »Schön, dass du während des Brückenjahres einer gewinnbringenden Arbeit nachgehst.«

Will hatte nicht vorgehabt, so aufgeblasen und von oben herab zu klingen, und er hatte Sages spöttisches Schnauben vermutlich verdient. Doch er wollte nun mal nicht, dass Sage das Jahr zwischen Schule und College auf der faulen Haut lag, um am Ende zu erkennen, dass ihr die Faulheit lieber war als eine abgeschlossene Ausbildung.

»Ganz genau. Es ist nur ein Brückenjahr. Du gehst nächsten Oktober aufs College«, erklärte Mary resolut, damit Will sich nicht ganz so mies fühlte. »Meine kleine Sage wird Jura studieren. Ich kann es kaum erwarten, dich mit einer dieser witzigen Anwaltsperücken zu sehen.«

»Es dauert noch Jahre, bis ich mir meinen Style von einer Perücke zunichtemachen lasse, und bis zum Oktober ist es noch ein ganzes Jahr.« Sage warf Will einen beschwörenden Blick zu. Er erinnerte ihn daran, wie Blossom ihn ansah, wenn es Zeit für ihre Futterration wurde. Sie hatten viel über Sages Zukunft geredet, als er ihr im letzten Sommer Fahrstunden gegeben hatte. Sage hatte einen Platz am University College in London bekommen, doch sie hatte schwere Bedenken. Will hingegen beharrte darauf, dass sie den Abschluss in Rechtswissenschaften machen sollte. Danach könnte sie sich immer noch überlegen, was sie einmal machen wollte, wenn sie tatsächlich erwachsen war. »So hast du zumindest den Grundstein für eine tolle Karriere gelegt.«

»Okay, die *Blumenstrauß-der-Woche-Promotion* scheint recht gut zu laufen, oder?«, fragte Will, um das Thema zu wechseln, was zu einer Diskussion darüber führte, wie viel Rabatt sie herausschlagen konnten, wenn sie in großen Mengen bei ihrem bevorzugten Lieferanten einkauften.

»Ich rede mit ihm«, versprach Will und machte sich eine Notiz auf dem iPad.

»Und ich liebe die Videos, die wir auf der Website und auf Instagram posten, um den Kunden zu zeigen, wie sie ihre Blumen präsentieren können«, meldete sich Rowan (denn abgesehen davon, dass sie sich um die Event-Schiene kümmerte, konnte sie auch sehr gut mit Sage umgehen). »Auch wenn ich dafür ständig Sages hässliches Gesicht ertragen muss.«

»Deines ist noch viel hässlicher«, erwiderte Sage, obwohl das nicht stimmte. Sie sahen aus wie Schwestern und hatten beide Marys Teint und die zarten Gesichtszüge geerbt, doch während Rowan vor Gutmütigkeit strahlte, wirkte Sage kantiger. Bereit, die Welt zu erobern – und zwar in der Erwartung, dass sie immer genau das bekommen würde, was sie sich vorstellte. Weniger Heidi und mehr Hildegard, die herrische deutsche Austauschstudentin. Außerdem hatten ihre Haare im Moment dieselbe Farbe wie Zuckerwatte.

Danach war Mary an der Reihe, obwohl ihre Anliegen nicht ganz so gewichtig waren. Die Shaws wollten etwas Hübsches für die Taufe ihrer Enkeltochter. »Kaum zu glauben, dass sie bereits ein Enkelkind haben. Ich erinnere mich noch, wie ich Mum und Dad mit den Blumen für ihre Hochzeit geholfen habe«, meinte sie. »Außerdem haben wir drei Beerdigungen. Sie sterben wie die Fliegen. Einmal für ›Nanna‹ und einmal für ›Dad‹ mit weißen Chrysanthemen, und für die dritte Trauerfeier sollen wir aus Blumen eine Packung Silk-Cut-Zigaretten nachbauen.«

Mary hatte rosige Wangen vom Kochen und den zwei Gläsern Rotwein, die sie normalerweise so weit entspannten, dass Rowan und Sage nach dem Essen den Tisch abräumen durften, doch im Moment wirkte sie ziemlich gehetzt. »Mein Gott, ich habe keine Ahnung, wo ich bei dem Auftrag überhaupt anfangen soll!«

»Das machst du schon. Es gibt sicher was auf YouTube.« Sage glaubte mit der Arroganz eines im digitalen Zeitalter aufgewachsenen Menschen, dass es praktisch zu jedem erdenklichen Thema Lehrvideos gab, obwohl Will bezweifelte, dass sich jemand auf YouTube tatsächlich mit der Frage beschäftigte, wie man aus Nelken und Blumendraht eine Zigarettenpackung nachbaute.

Er war erleichtert, als er endlich gehen konnte. Blossom zog auf dem ganzen Heimweg an der Leine, als könnte sie es nicht erwarten, vertrauten Boden unter den Füßen zu haben. Sobald Will die Tür geöffnet hatte, schoss sie an ihm vorbei in die Wohnung, anstatt wie vor einer Woche hinter ihm herzutrotten.

Will trat ins Wohnzimmer und erwartete, Blossom auf ihrem gewohnten Platz unter dem Tisch vorzufinden. Doch warum sollte man unter dem Tisch in einem sauteuren Memory-Schaum-Bett liegen, wenn man es sich auch auf dem Sofa bequem machen konnte? Und zwar ausgerechnet auf dem Platz, auf dem Will sonst saß.

Es war ihm noch nie aufgefallen, aber im Sitzen sah Blossom aus wie ein betrunkener alter Mann. Sie saß nicht aufrecht auf ihren Beckenknochen, sondern ließ sich direkt auf ihren Hintern plumpsen und streckte die gebogenen Hinterbeine von sich. Er hätte gerne ein Foto gemacht und es Margot geschickt, aber das hätte sie nur wieder auf seltsame Ideen gebracht.

»Runter vom Sofa«, befahl er mit einer energischen Handbewegung. »Diese schlechten Angewohnheiten müssen aufhören.«

Doch Blossom sprang nicht vom Sofa, sie legte sich lieber hin, streckte nun auch die Vorderbeine von sich und bedachte Will mit einem wehklagenden Blick, den sie mittlerweile perfekt beherrschte.

»Es gibt keinen Grund, mich so trübsinnig anzusehen. Du hattest Lammbraten und Apfelstreuselkuchen zum Mittagessen, obwohl ich dagegen war. Du hast im Garten Ball gespielt und wurdest ständig von irgendjemandem gestreichelt. Also runter da!« Er ging zur Couch.

Als Antwort drehte sich Blossom auf den Rücken und

streckte Will ihren Bauch entgegen. Allerdings nicht auf die unterwürfige Art, wie sie es bei anderen Hunden tat. Bei solchen Begegnungen schien sich ihr ganzer Körper zu versteifen, und ihr Schwanz zuckte hektisch und rhythmisch hin und her, was laut dem Artikel »Entschlüsseln Sie die Körpersprache Ihres Hundes«, den er ebenfalls an Margot gepingt hatte, Bedrängnis signalisierte.

Im Moment wirkte Blossom allerdings alles andere als bedrängt. Sie nahm einen für einen derart kleinen Hund durchaus gigantischen Teil der Couch ein, präsentierte ihm stolz ihren Bauch und streckte entspannt und träge alle viere von sich. Da Will doch etwas schwer von Begriff war, wand sie sich hin und her und robbte noch etwas in seine Richtung.

»Ich habe ein Monster erschaffen«, murmelte Will, während er die Hand ausstreckte, um Blossoms Bauch zu streicheln. »Einmal kurz kraulen, dann musst du runter.«

Andererseits war das Sofa wirklich groß, und sie waren nur zu zweit. Will saß zwar lieber rechts, damit er die Beine auf dem L-förmigen Teil hochlagern konnte, doch er konnte genauso gut auch mal links sitzen und sah trotzdem noch den Fernseher.

Sobald er sich gesetzt hatte, rutschte Blossom noch dichter an ihn heran, und ehe sie sichs versah, hatte Will sie hochgehoben und auf die andere Seite verfrachtet.

Es folgte ein kurzer Kampf um den begehrten rechten Teil des Sofas, den Will gewann, obwohl Blossom auf ihn geklettert war und ihm übers Gesicht geschleckt hatte. Am Ende hatten sie sich irgendwie arrangiert. Will saß mit ausgestreckten Beinen auf seinem Platz, und Blossom lag auf dem Rücken neben ihm, damit er ihr ohne Unterlass den Bauch kraulen konnte.

Als es Zeit fürs Bett wurde, beschloss Blossom, dass sie nicht in ihrem Körbchen unter dem Tisch schlafen wollte. Sie warf Will einen verletzten Blick zu, als er dorthin deutete. Also ging er erst mal ins Bad und trug anschließend das Hundebett in sein Schlafzimmer.

Genauso wie der Rest der Wohnung, war Wills Schlafzimmer funktional eingerichtet oder »spartanisch«, wie Mary es bezeichnete. Aber er brauchte eben nur ein Bett und einen Nachttisch. Seine Kleidung lag und hing in den Einbauschränken, und er hatte kein *Zeug*. Das neueste Handy, Designerklamotten, ein superschneller Sportwagen – das alles trug nichts dazu bei, die Leere in einem Menschen zu füllen. Und schon gar nicht in Will. Das hatte er auf die harte Tour gelernt.

Als er Blossoms Pfoten über den Holzboden tappen hörte, überlegte er, ob er sich ein paar Teppiche zulegen sollte, damit sie es angenehmer hatte. Außerdem würde er Margot bei der nächsten Übergabe informieren, dass sie Blossoms Krallen schneiden lassen mussten.

Heute stellte er Blossoms Hundebett erst einmal neben den Heizkörper und strich ihre Fleecedecke glatt. »Gute Nacht«, sagte er und fragte sich, ob es sich irgendwann normal anfühlen würde, mit einem Hund zu sprechen. Blossom saß vor ihm auf dem Boden und betrachtete mit schief gelegtem Kopf abwechselnd ihn und ihr Körbchen. »Komm schon! Zeit fürs Bett!«

Er redete ihr gut zu und lockte sie, bis er sie schließlich kurz entschlossen hochhob. Sie streckte die Beine steif von sich und ließ sich in ihr Bett stellen, von wo aus sie ihn weiter anstarrte, ohne ein einziges Mal zu blinzeln. Es war verstörend.

Will legte sich ins Bett und war sich des starrenden Hundes auf der anderen Seite des Zimmers durchaus bewusst. Er griff nach dem Buch auf dem Nachttisch.

Früher hatte er nur Bücher über Managementtechniken und Persönlichkeitsentwicklung gelesen. Doch nachdem er New York und dem Finanzsektor den Rücken zugekehrt hatte, war er insgeheim froh, dass er nie mehr ein Buch über die optimale Nutzung seines Potenzials oder die gerissenen Praktiken lesen musste, die gerissene Menschen im Leben voranbrachten.

Zurzeit arbeitete er sich gerade durch die Backlist von Agatha Christie. Und jetzt versuchte er es mit dem Krimi *Blausäure,* doch er konnte sich kaum konzentrieren, denn Blossom stand immer noch in ihrem Körbchen und starrte ihn an.

Ganz sicher hatte Margot sie in der letzten Woche nach Strich und Faden verwöhnt und bemuttert, und nun konnte sie offenbar nicht mehr einschlafen, ohne zugedeckt zu werden und das eine oder andere Schlaflied zu hören. Doch das machte Will nicht mit, *er* hatte seine Grenzen.

Er wünschte ihr nicht einmal eine gute Nacht, als er das Licht ausmachte, denn er wollte sie nicht zu irgendetwas ermutigen. Doch statt einzuschlafen, lag er steif in seinem Bett und lauerte auf jedes Geräusch aus der Ecke.

Aber es war alles ruhig. Er stieß ein leises Seufzen aus und zwang sich, zur Ruhe zu kommen.

Kaum hatte er sich entspannt, begann Blossom zu weinen. Na ja, *weinen* stimmte nicht ganz. Hunde weinten ja wohl nicht. Es war eher ein herzzerreißendes Wimmern. Will war klar, dass er es ignorieren musste.

Doch nach einigen endlosen Minuten hatte er genug. Er hielt das verzweifelte, schmerzerfüllte leise Jammern nicht mehr aus.

Will richtete sich auf und machte das Licht wieder an. Blossom stand immer noch aufrecht in ihrem Bett. Er schlug die Decke zurück und stand stöhnend auf.

»Du bist wirklich albern«, sagte er und tappte zu ihr. »Du hast ein hübsches, gemütliches Bett und eine weiche Decke. Komm, ich decke dich auch zu.«

Doch davon wollte Blossom nichts wissen. Sie weigerte sich, sich hinzulegen, und legte eine Pfote auf Wills Arm, als er versuchte, die Decke über ihr auszubreiten. Dann leckte sie seine Hand, und als er sich auf den Boden neben ihrem Körbchen setzte, kletterte sie auf seinen Schoß und leckte ihm das Gesicht.

»Blossom, wir müssen jetzt schlafen, und zwar jeder in seinem Bett.« Doch Blossom war bloß ein Hund, der die letzten sieben Nächte offenbar in Margots Bett verbracht hatte, denn sobald Will aufstand, sprang sie ebenfalls auf und versuchte, in sein Bett zu klettern.

Nachdem sie mit den Hinterpfoten auf dem glatten Holzboden ständig abgerutscht war – er musste wirklich Teppiche besorgen –, kapitulierte Will und half ihr hochzukommen.

»Auf dem Bett, nicht *im* Bett«, versuchte er einen letzten Protest, doch sie verschwand bereits mit dem Kopf voran unter seiner Steppdecke.

»Super. Einfach super!« Mit dem Gefühl der Entmachtung legte Will sich wieder ins Bett. Seine Füße trafen auf Blossom, die sich gerade umdrehte, sodass ihr Kopf schließlich wieder unter der Decke hervorblitzte und sie sich an Will kuscheln konnte. Sie drückte sich an ihn, und ihre Vorderpfoten zuckten, bis Will einen Arm um sie legte und ihr beruhigend den Kopf streichelte.

Im nächsten Augenblick war sie eingeschlafen.

KAPITEL 13

Margot

Margot hatte keine Ahnung – wenn auch einige Theorien –, was Will in der letzten Woche mit Blossom angestellt hatte, auf jeden Fall war der süße, unterwürfige Hund, der sich beim Anblick eines Artgenossen sofort auf den Rücken legte, verschwunden. Auf Nimmerwiedersehen.

An seine Stelle war ein eigensinniges Wesen getreten, das ständig an der Leine zog. In der Hampstead Heath wimmelte es von Eichhörnchen, die Blossoms Jagdfieber weckten. Und da Blossom und Margot durch ein hundertdreiundachtzig Zentimeter langes, rot-weiß gepunktetes Band miteinander verbunden waren, musste diese mitmachen, ob sie wollte oder nicht.

Blossom bellte, wenn sie andere Hunde trafen, und sprang auf sie zu, wenn sie ihr zu nahe kamen. Sie war überaus willensstark, wenn es darum ging, nach rechts oder links abzubiegen, und schien Leckerlis als Anrecht und nicht als Privileg zu sehen.

In der ersten Nacht nach ihrer Wiedervereinigung war sie sogar zu Margot ins Bett gesprungen und sofort unter der Decke verschwunden. »Auf keinen Fall!«, hatte Margot ihr mit fester Stimme erklärt und die protestierende

Blossom in ihr Hundebett verfrachtet. Margot hatte es im Schneidersitz auf dem Boden neben dem Körbchen ausgesessen, bis Blossom missmutig geseufzt und sich hingelegt hatte.

»Eines solltest du über mich wissen, Blossom. Ich wirke zwar sanft und nachgiebig, aber ich bin kein leichtes Opfer«, hatte sie Blossom erklärt, während sie sie zugedeckt und ihren Kopf gestreichelt hatte. »Das haben schon viele geglaubt und es ihr ganzes Leben lang bereut.«

Blossom hatte noch einmal geseufzt und dabei auf seltsame, verstörende Weise wie ein Mensch geklungen, doch Margot musste sich für den Rest der Woche nicht mehr mit diesem Unsinn herumschlagen.

Warum benimmt sich Blossom wie ein Kleinkind in der allerschlimmsten Trotzphase?

schrieb sie Will, doch der antwortete natürlich nicht. Margot wusste gar nicht, weshalb sie sich die Mühe machte. Es war okay für ihn, sie mit seinen Tabellen, Listen und langweiligen, endlosen, von Fachleuten geprüften Artikeln zu bombardieren, doch er reagierte jedes Mal abweisend, wenn Margot sich einbrachte und Vorschläge zu Blossoms Erziehung machte. Auch dieses Mal war er bei der Übergabe auf beinahe aufsässige Weise kurz angebunden gewesen.

»Was glauben Sie denn?«, hatte er kryptisch geantwortet, nachdem Margot gefragt hatte, wie die Woche gelaufen war. Dann hatte er ihr noch erklärt, dass Blossoms Krallen geschnitten werden mussten, und war abgezischt, ohne auch nur einen Blick zurück auf Blossom zu werfen, die ihm nachzog, als wollte sie ihm folgen.

»Er ist es nicht wert, Blossom.« Margot hoffte, dass Will die Verantwortung für Blossom irgendwann zu viel werden würde. Ihr widerspenstiges Verhalten war ganz klar ein direktes Resultat seiner Unfähigkeit, sich um sie zu kümmern, und vielleicht wollte er sie sogar schon bald loswerden.

Margot freute sich auf diesen Tag, aber im Moment hatte sie dringendere Probleme zu lösen. Ihre Hundeelternzeit war vorüber, und in Nordlondon eine seriöse Hundetagesstätte zu finden war sogar noch schwerer, als eine geeignete Kita für sein Kind zu bekommen. Und mindestens genauso teuer.

Die meisten Tagesstätten waren ausgebucht, und diejenigen, die noch Plätze frei hatten, nahmen größtenteils keine Staffys. Eine Frau legte sogar auf, als Margot ihr zum gefühlt hundertsten Mal erklärte, dass »Staffys eine der drei Rassen sind, die der Dachverband der Hundezuchtvereine Familien mit Kindern empfiehlt«.

Die einzige brauchbare Tagesstätte befand sich in Primrose Hill, gleich um die Ecke des Firmensitzes von Ivy + Pearl. Die Eigentümerin war eine kleine, energiegeladene Frau mit einem sonnengebräunten, faltigen Gesicht, das sie zweifelsohne den langen Spaziergängen bei jedem Wetter zu verdanken hatte, und sie hatte versichert, Staffys zu lieben.

»Das ist mal etwas anderes als all die verwöhnten kleinen Köter, die sonst bei uns herumlaufen«, hatte sie gesagt und ein Leckerli für Blossom aus ihrer Fleecejacke gezogen. »Bei einem Staffy weiß man, woran man ist.«

Doch als Margot sie nach ihrem Besuch gegoogelt hatte, hatte sie herausgefunden, dass die Frau bloß eine Zwei-Sterne-Bewertung hatte und Kunden, die eine schlechte

Kritik hinterließen, wüst beschimpfte. Außerdem war einmal einer ihrer Hunde entlaufen und von einem Auto angefahren worden, woraufhin ihm ein Bein amputiert werden musste.

Margot hatte also keine andere Wahl.

»Du musst dich unbedingt von deiner allerbesten Seite zeigen«, erklärte sie Blossom, während sie den Sicherheitscode eingab, um Zutritt zu den Firmenbüros von Ivy + Pearl zu erlangen. Die Büros befanden sich über der allerersten Boutique, die Derek und Tansy eröffnet hatten, nachdem sie sich vom Punk abgewandt und schnittigeren Damenzweiteilern zugewandt hatten. »Ich hoffe, deine Beinchen schaffen die Treppe.«

Es war ein langer Aufstieg durch ein enges Treppenhaus bis ins erste Stockwerk, wo sie Blossom eilig an Audrey vom Empfang vorbeizog, um eine noch engere Wendeltreppe in Angriff zu nehmen, die ins zweite Stockwerk führte, wo das Kreativteam beheimatet war. Blossom war nicht gerade begeistert von den lamellierten Stufen, und Margot musste einiges an Überredungskunst aufwenden, bevor sie sich endlich den Wölfen stellen konnte.

Sie sah sich in dem großen Gemeinschaftsraum um, der von einem riesigen Tisch dominiert wurde, der als Konferenztisch, Schneidetisch und Partymittelpunkt genutzt wurde, auf dem sie den »Colin, die Raupe«-Kuchen, die Getränke und die Knabbereien abstellten, wenn sie einen Geburtstag oder gute Verkaufszahlen feierten. Um den Gemeinschaftsraum waren mehrere verglaste Büros angeordnet, wobei das größte Derek und Tansy gehörte, die jedoch nirgendwo zu sehen waren.

Tatsächlich war überhaupt niemand zu sehen, obwohl es Montagmorgen war. Es war sehr seltsam, aber auch ein

Glücksfall, denn so konnte Margot Blossom in ihr Büro schmuggeln, ohne dass irgendjemand herausfand, dass …

»Hund im Büro! Ich wiederhole: Hund im Büro«, dröhnte die Stimme von Jacques, dem zweiten Designer, wie ein Nebelhorn hinter ihr, und im nächsten Moment wurden Blossom und Margot von allen Seiten belagert.

Auch wenn im Grunde nur vier Kollegen aus der Büroküche traten, wo sie sich dem Tratsch hingegeben hatten.

»Sie ist Fremden gegenüber sehr schüchtern«, zischte Margot und zog Blossom näher, die sich – sehr folgsam – auf Margots Füßen niederließ. »Ihr müsst warten, bis sie zu euch kommt.«

»Oh, hallo! Hallo, kleines Hündchen! Bist du aber ein hübsches Kerlchen. Oh! Seht euch nur die Hühnerbeinchen an. Da würde ich am liebsten reinbeißen!«

Margot war klar, dass ihre Stimme schaurig klang, wenn sie die verrückte alte Hundelady gab, doch Cora – Derek und Tansys persönliche Assistentin – schlug sie um Längen. Coras Alter war ein gut gehütetes Geheimnis, aber sie kannte Derek und Tansy schon seit Jahrzehnten, als die beiden noch in der Punkszene unterwegs gewesen waren, und seitdem hatte sie ihr Grufti-Outfit nicht abgelegt. Sie trug stets lange, wallende schwarze Kleider, band die strubbeligen, ergrauenden Haare mit schwarzen Spitzenbändern nach oben und hinterließ überall den Duft von Patschuli. Margot liebte sie innig, aber es war dringend notwendig, dass sie ihre Lautstärke herunterschraubte.

Amina, die Accessoires-Designerin, und Joe, ihr Design-Trainee, waren ebenso begeistert, aber glücklicherweise weniger schaurig, nur Jacques hielt sich im Hintergrund.

»Ich bin allergisch«, erklärte er, verzog das normalerweise recht attraktive Gesicht und zupfte an seinem Bart.

»Kannst du kein Antihistaminikum nehmen?«, fragte Margot, während sie unentwegt fürchtete, dass Derek und Tansy auftauchten. Vielleicht waren sie im ersten Stock in der Verkaufs- und Marketingabteilung. »Es ist ja nur ein Tag. Oder vielleicht ein wenig länger. Schwer zu sagen – nein, bitte nicht, Cor. Streck ihr nicht so die Hand entgegen, das empfinden Hunde als Bedrohung und ... Oh! Offenbar doch nicht.«

Blossom hatte ihre anfängliche Schüchternheit überwunden, rollte sich auf den Rücken und zuckte mit den Pfoten, bis Cora ihr den Bauch kraulte. »Gefällt dir das? Ja, das gefällt dir, nicht wahr? Ah, ich sehe, du bist gar kein Junge. Tut mir leid.«

»Antihistaminika helfen bei einem anaphylaktischen Schock auch nichts mehr.« Jacques war ein ausgesprochener Hypochonder. Er hatte einmal den Notruf gewählt, weil er dachte, er hätte einen Herzinfarkt, dabei war sein Arm bloß taub, weil er darauf geschlafen hatte. »Bäh! Sie versucht, mich abzuschlecken.«

»Sie ist doch meilenweit weg von dir«, erwiderte Margot ruhig, obwohl sie alles andere war als das. Sie wollte nur Blossom nicht beunruhigen. »Wo sind Derek und Tansy? Unten?«

»Sie sind heute den ganzen Tag unterwegs«, erklärte Cora, während sie Blossom weiter zusäuselte. »In Borehamwood.«

In Borehamwood befanden sich die Produktion und das Lager von Ivy + Pearl, was bedeutete, dass Margot und Blossom einen Tag Aufschub erhalten hatten.

Mit Rücksicht auf Jacques' Allergie – die er nie erwähnt hatte, auch wenn Margot oft gezwungen war, sich Geschichten über seine vielen Bedrohungen anzuhören – legte sie Blossoms Decke unter den Tisch in der Mitte des Büros. Doch dort blieb sie nicht. Stattdessen legte sie sich unter Coras Schreibtisch und kam erst zu Mittag hervor, um mit Margot einen Spaziergang am Primrose Hill zu machen.

Die gut betuchten Bewohner nahmen ihre Chihuahuas, Mini-Yorkies und Zwergspitze hoch, als sie Margot und Blossom entdeckten. Allerdings zerrte Blossom auch wie verrückt an der Leine, ließ die Zunge heraushängen und sprang jedem Hund entgegen, der es wagte, sie anzusehen. Kurz gesagt tat sie nichts, um den Mythos des bösartigen, aggressiven Staffys zu entkräften.

Trotzdem war es herrlich, in der Mittagspause frische Luft zu schnappen und sich zu bewegen, anstatt sich in einem der vielen hübschen, aber ungeheuer teuren Cafés den Bauch vollzuschlagen und das Bankkonto leer zu fegen.

Am nächsten Morgen war Margot früh wach und nahm sich sogar die Zeit, einen Imbiss für die Mittagspause einzupacken.

Sie war bereits um neun Uhr im Büro, obwohl der offizielle Startschuss erst um halb zehn fiel und der inoffizielle Arbeitsbeginn um zehn Uhr war, nachdem alle noch einmal kurz rausgegangen waren, um sich Frühstück und Kaffee zu holen.

Blossom schien abgrundtief enttäuscht, dass ihre Fans noch nicht da waren. Sie saß in der Tür zu Margots Büro und rührte sich nicht, bis Margot sie mit einem Stück Hühnerdörrfleisch über die Schwelle lockte. Einen Moment lang wünschte sie sich, sie wäre ihrem ursprünglichen Plan treu geblieben und hätte sich einen kleinen, handlichen Hund zugelegt, den man in einen Hundekorb stecken konnte, der sich leicht als übergroße Handtasche tarnen ließ. Die einzige Tasche, in die Blossom passte, war die große blaue Tasche von IKEA.

»Du musst heute ein ganz braves Mädchen sein, Blossom«, zischte Margot und ließ sich auf die Knie sinken, um Blossoms Decke unter ihrem Tisch auszubreiten. »Ich möchte, dass du den ganzen Tag ruhig hier liegen bleibst, und wenn du dich benimmst, gibt es heute Abend eine Extra-Kuscheleinheit auf dem Sofa.«

Blossom drehte schnüffelnd ein paar Runden, bevor sie sich mit einem Seufzer auf die Decke sinken ließ.

Sie war so ruhig, dass nicht einmal Jacques sie bemerkte. Er nieste kein einziges Mal und bekam auch keinen Ausschlag. Stattdessen schlang er sein Birchermüsli mit fermentierten Boysenbeeren hinunter und erzählte Margot, dass seine Frau Solange zum *Head of Vibe* der Online-Werbeagentur ernannt worden war, für die sie arbeitete.

Es amüsierte Margot immer wieder, dass Jacques kein richtiger Franzose war (»Meine Eltern waren bloß schreckliche Angeber«), aber dafür seine Frau. »Was zum Teufel ist ein Head of Vibe?«, fragte sie, während sie sich Beispielknöpfe für die Schlafanzüge ansah, an denen sie für die nächste Herbst/Winter-Kollektion arbeitete.

»Der organisiert irgendwie Partys und Events, na ja, so genau weiß ich das auch nicht«, erwiderte Jacques. »Jedenfalls bekommt sie eine Gehaltserhöhung, eine Soho-House-Mitgliedschaft und einen Elektroscooter. Ich habe ihr bereits das Versprechen abgenommen, immer einen Helm zu tragen, wenn sie damit unterwegs ist.«

»Das ist sicher nicht gut angekommen.« Solange unternahm gerne Dinge, die einen vorzeitigen Tod wahrscheinlich machten. Sie fuhr jeden Tag mit dem Pashley-Fahrrad zur Arbeit, obwohl sie jederzeit von einem Bus überrollt werden konnte, war begeisterte Parcoursläuferin und sprang zum Spaß von Hochhäusern. »Aber die Soho-Mitgliedschaft ist spitze! Vergiss nicht, dass deine Bürogemahlin auch gerne einmal ein Wochenende im Soho Farmhouse verbringen würde und ... Oh! Blossom, nein!«

Blossom war aus ihrem Schlummer erwacht und lief zur Tür hinaus, während Jacques erschreckt aufschrie.

»Margot! Du *weißt* doch, dass ich allergisch bin.«

Da er noch keine Anzeichen eines anaphylaktischen Schocks zeigte, schenkte Margot ihm keinerlei Beachtung, sondern hechtete hinter Blossom her, um sie abzufangen. Doch es war zu spät.

Keine zwei Meter entfernt unterhielt sich Tansy mit Joe, und Derek saß auf dem großen Tisch und aß ein Sandwich mit Speck (Birchermüsli und fermentierte Superbeeren interessierten ihn wenig), weshalb Blossom ihn als neuen besten Freund auserkor und in vollem Tempo auf ihn zulief.

»Was ist das? Was macht das Tier hier im Büro?«, kreischte Tansy auf und trat hastig einen Schritt zurück. »Margot! Wir haben doch Nein gesagt.«

»Mehr als einmal«, fügte Derek hinzu und starrte Blossom an, die vor ihm hockte und der der Sabber zu beiden Seiten aus dem Maul tropfte, obwohl sie doch gerade jetzt besonders süß und einnehmend aussehen sollte.

»Ich habe keine Hundetagesstätte gefunden. Es gab nur einen freien Platz, aber das wäre zu traumatisierend für sie gewesen.« Margot presste sich eine Hand auf die Brust und sah Derek flehend an. Er war um einiges nachgiebiger als Tansy. »Der Zwinger im Tierheim hat ihr schwer zu schaffen gemacht, und ich wollte nicht, dass sie so etwas noch einmal erleben muss. Es ist ja nur, bis ich einen Hundesitter gefunden habe. Obwohl die echt teuer sind. Sehr, sehr teuer.«

Derek schien sich nicht für Margots Zwickmühle zu interessieren, auch wenn er ein Stück von seinem Sandwich abbrach und es Blossom gab, die es so sanft entgegennahm, als hätte er sie mit Kaviar gefüttert.

»Versuch ja nicht, ihm Honig ums Maul zu schmieren«, fauchte Tansy. Sie trug einen scharf geschnittenen schwarzen Jumpsuit, und das war selten ein gutes Zeichen. »Bei mir funktioniert das nicht. Das Tier verteilt sein Fell überall auf unseren Stoffen, und außerdem hast du nicht erwähnt, dass du dir einen *Staffy* zugelegt hast. Die sind bösartig.«

Margot verkniff sich mühevoll einen weiteren Hinweis auf die Empfehlung des Dachverbandes für Hundezucht an Familien mit Kindern, da Tansy Widerworte genauso wenig leiden konnte wie Schmeicheleien. Außerdem gelang es Derek meistens, sie zu überzeugen.

»Das stimmt nicht, Tan«, sagte er. »Meine Großeltern hatten einen Staff, als ich klein war. Er war ein toller Hund und konnte keiner Fliege etwas zuleide tun. Meine Großmutter ließ ihn am Morgen aus dem Haus, und er kam jeden Tag rechtzeitig zum Abendessen wieder. Und jeden Samstag ging mein Großvater zum Fleischer, um seine Schulden zu begleichen. Er wusste nämlich genau, dass Sid jeden Tag zuverlässig wie ein Uhrwerk im Laden vorbeischaute, um sich einen dicken Knochen abzuholen.« Er rutschte vom Tisch und streckte Blossom seine Hand entgegen.

Margot hatte sich auf die Zunge gebissen, als Derek Blossom mit Speck und Brot gefüttert hatte, doch jetzt konnte sie sich nicht länger zurückhalten. »Ehrlich gesagt hat sie es nicht so mit Männern, Derek«, warnte sie ihn, auch wenn sie bis jetzt noch nicht erlebt hatte, dass Blossom mit Männern nicht zurechtkam. Mit Ausnahme von Will vielleicht. Und auch heute blieb ihr der Beweis verwehrt.

Blossom spürte offenbar, dass sie sich von ihrer besten Seite zeigen musste, und Derek roch natürlich immer noch herrlich nach Speck, weshalb sie auf wirklich entzückende Art den Kopf schief legte. Dann hob sie die Pfote, um Dereks Hand zu »schütteln«.

»Du bist ja eine richtige Herzensbrecherin.« Derek schien ergriffen.

Tansy war weniger beeindruckt. »Hundehaare! Auf unserem Stoff!«, rief sie erneut, bevor sie in das Büro stolzierte, das sie sich mit Derek teilte, und sich erschöpft auf das Sofa sinken ließ.

Die ganze restliche Woche wurde Blossoms Anwesenheit im Büro nicht mehr erwähnt. Außer von Jacques, der weiterhin Antihistamin-Nasentropfen schnupfte, wobei Margot vermutete, dass seine verstopfte Nase eher mit der herbstlichen Blattfäule zu tun hatte. Abgesehen davon, dass sie noch immer keine Tagesstätte gefunden hatte und ihre Schulter von den Ausflügen auf den Primrose Hill in der Mittagspause ständig schmerzte (Blossom zerrte Margot immer noch hinter sich her), ging das Leben bei Ivy + Pearl seinen gewohnten Gang.

Margot erwischte Tansy sogar einmal dabei, wie sie auf dem Weg zum Stofflager gedankenverloren neben Blossom stehen blieb, um sie zu streicheln, und als Margot und Blossom am Freitag von ihrem mittäglichen Gezerre ins Büro zurückkehrten, hatten sich alle Probleme von selbst gelöst.

Unter Margots Tisch stand ein sehr schickes Hundebett im Hahnentrittmuster, in der Küche entdeckte sie eine Porzellanschale mit Blossoms Namen, und auf der Instagram-Seite des Unternehmens war ein Foto von Blossom zu sehen, einschließlich einer kurzen Vorstellung als Ivy + Pearls neuer vierbeiniger Geschäftsführerin.

KAPITEL 14

Will

Will hatte gehofft, die Übergabe so schnell wie möglich über die Bühne zu bringen, um Blossom keinem zu großen Stress auszusetzen. Außerdem wurden sie beide zum Familienessen erwartet.

Margot hatte jedoch andere Vorstellungen. Sie war als Erste am Treffpunkt und saß bereits auf ihrer angestammten Bank. Sie hatte einen gereizten Gesichtsausdruck, die zarten Augenbrauen zusammengezogen, die üppigen Lippen gespitzt. Was schade war, da sie normalerweise wirklich hübsch war, und auch, weil es bedeutete, dass Will sie aus irgendeinem Grund gegen sich aufgebracht hatte.

»Bitte hören Sie auf, mir ständig diese endlos langen Artikel zu schicken, die darauf hinauslaufen, dass ich keine Ahnung habe, wie man sich angemessen um Blossom kümmert«, waren ihre einleitenden Worte, was nicht wirklich fair war.

»Sie schreiben doch auch immer. Mit Aufzählungszeichen«, entgegnete Will. »Niemand braucht eine genaue Aufstellung von Blossoms Darmtätigkeit.«

»Wenn Sie ein gewissenhafter Hundebesitzer wären, würde es Sie sehr wohl interessieren«, zischte Margot. »Sie haben sich ja nicht einmal für das Foto interessiert, das ich von dem Flaum auf ihren kahlen Stellen gemacht habe.«

»Ich habe geschrieben, dass ich keinen Flaum sehe, aber wenn Sie Bestätigung brauchen, können Sie gerne zum Tierarzt gehen.« Will ging in die Hocke, um Blossom zu begrüßen, die sich offensichtlich freute, ihn zu sehen. Sie wedelte nicht nur mit dem Schwanz – und zwar richtig –, ihr ganzes Hinterteil schwang vor Freunde hin und her. Will hatte es selten geschafft, dass irgendein Hinterteil vor Freude über ihn hin- und herschwang. »Hallo, meine Hübsche!«

»Meinen Sie Blossom oder mich?«, fragte Margot, was ihn überraschte, denn er war überzeugt gewesen, dass sie keinerlei Sinn für Humor hatte. »Nun sehen Sie sich schon die kahlen Stellen an.«

Will warf einen Blick darauf. Und dann noch einen. Drehte Blossom für eine genauere Prüfung herum. Und tatsächlich: Von den großen Flecken dunkler Haut auf beiden Seiten waren jetzt nur noch zarte Umrisse zu sehen. Auf dem Rest sprießte neues Fell. »Und das ist innerhalb einer Woche passiert?«

»Eher über Nacht.« Margots Lächeln war für seinen Geschmack viel zu selbstgefällig. »Sie ist offensichtlich sehr glücklich bei mir. Apropos ›über Nacht‹. Durfte Blossom auf Ihrem Bett schlafen?«

Will verschluckte sich beinahe und hoffte, dass Margot es als verärgerte und keinesfalls als panische Reaktion deutete. »Natürlich nicht«, sagte er empört. In solch einem Fall galt: abstreiten, abstreiten, abstreiten. Außerdem war es ja nicht gelogen. Blossom hatte nicht *auf* seinem Bett geschlafen, sondern *in* seinem Bett, unter seine Decke gekuschelt, den Kopf auf ihrem eigenen Kissen. »Glauben Sie ernsthaft, dass ich *so* etwas erlauben würde? Habe ich Ihnen denn nicht diese wissenschaftliche Abhandlung der Washington State University geschickt, in der es um Rudelverhalten und hierarchische Strukturen …«

»Aufhören! Sofort aufhören!« Margot presste sich die Hände auf die Ohren. »Schluss mit diesen langweiligen Artikeln. Blossom braucht Liebe, keine Forschungsergebnisse irgendwelcher Wissenschaftler aus dem Labor, die noch nie einen echten Hund gesehen haben.«

Blossom presste ihren gigantischen Kopf gegen sein Knie und sah zu ihm hoch, und Will dachte bei sich, dass es kaum etwas gab, was er nicht für sie getan hätte. Aber das war trotzdem keine Liebe. Hunde waren von Natur aus Co-Abhängige. Und was konnte Margot ihr schon bieten? Abgesehen von ihrer sogenannten Liebe? Einen Spaziergang am Morgen, ein wenig Aufmerksamkeit am Abend und für den Rest des Tages einen Platz in einer Hundetagesstätte. Im Prinzip zahlte es sich gar nicht aus, dass sie Blossom überhaupt zu sich nahm.

»Haben Sie die Sache mit der Unterbringung schon geklärt? Ich bin mir nämlich nicht sicher, ob …«

»Sie braucht keine Hundetagesstätte, ich nehme sie mit ins Büro«, unterbrach Margot ihn. »Sie gewinnt ein Herz nach dem anderen für sich, nicht wahr, Blossom?«

Blossom wandte ihre Aufmerksamkeit wieder Margot zu, obwohl es offiziell Wills Woche war.

»Ich bin mir nicht sicher, ob das Pendeln so gut ist …«, begann er, doch Margot hob abwehrend die Hand.

»Es sind nur zwanzig Minuten mit dem Bus, das ist annehmbar. Übrigens: Sie zieht seit Kurzem an der Leine. Das ist Gift für meine Schulter, und …«

»Bei mir zieht sie nicht«, knurrte er. »Und es ist meine

Woche, die Sie hier durch Ihr Gequatsche vergeuden, also …«

Margot erhob sich abrupt. Ihre Wangen glühten, was allerdings nichts mit dem Wind zu tun hatte, der über das Spielfeld fegte und ihre Haare einmal hierhin und einmal dorthin wehte. Sie war wirklich sehr attraktiv.

»O mein Gott«, zischte sie. »Es tut mir schrecklich leid, dass ich Ihnen zehn Minuten Ihrer kostbaren Zeit stehlen musste.« Leider brachte gutes Aussehen einer Frau nur bis zu einem gewissen Punkt etwas, der Rest hing von der Persönlichkeit ab, und die ließ bei Margot einiges zu wünschen übrig.

Sie kniff Blossom noch einmal liebevoll ins Ohr, dann machte sie sich auf den Weg, und sie waren endlich allein.

Wobei Blossom es nicht wirklich zu schätzen wusste, dass sie wieder bei ihrem besten Kumpel war. Sie stemmte sich in ihr Geschirr, und ihr Körper war gespannt wie ein Bogen, während Margot immer kleiner wurde und schließlich zwischen den Bäumen verschwand.

Will brauchte seine ganze Überredungskunst, eine halbe Tüte getrocknete Fischhaut und einen festen Griff um die Leine, damit Blossom sich bereit erklärte, über das Feld und durch das Waldstück zum Haus seiner Mutter zu spazieren, die Blossom mittlerweile als »Enkelhund« bezeichnete und gerade zwei zusätzliche Kartoffeln für sie schälte.

Blossom fügte sich in Wills Leben und seinen Tagesablauf ein, als wäre sie nie fort gewesen. Wann immer es möglich war, wich sie ihm nicht von der Seite, und wenn er unterwegs war, war sie bei Mary im Hinterzimmer glücklich.

Es regnete den Großteil der Woche, und es wurde offensichtlich, dass Blossom kein großer Fan von nassem Wetter war. Sie grub ihre Pfoten in den Asphalt, sobald sie das Notwendigste erledigt hatte, und weigerte sich, auch nur einen Schritt weiterzugehen. Außerdem schien sie langsam lieber bei Mary als bei Will zu sein, was vermutlich daran lag, dass Mary immer eine Tüte Leckerli in der Schürzentasche hatte.

Genauso wie es Will schwerfiel, Blossom etwas abzuschlagen – wenn sie etwa aufs Sofa sprang, in seinem Bett lag oder sogar Essen von seinem Teller wollte –, war es auch hart, Mary zu widersprechen. Was immer seine Mutter glücklich machte, war ihm recht.

Als er am Donnerstagvormittag von den Auslieferungen zurückkam, war kein einziger Kunde im Laden, und Mary saß im Hinterzimmer.

»Glaubst du, ich kann Blossom zu einem kleinen Spaziergang überreden? Es nieselt nur noch leicht.«

Will erwartete einen umsorgenden Kommentar zu Blossom, die schnarchend unter der Werkbank lag, doch seine Mutter schwieg. Ihr Gesicht wirkte verkniffen, und ihre Finger umklammerten die Pflanzenschere.

»Ist alles in Ordnung?«, fragte Will ehrlich besorgt. »Hat Ian Mist gebaut?«

»Ich vermisse sie, Will. Ich vermisse Mum und Dad«, presste Mary hervor, und die ersten Tränen kullerten über ihre Wangen. »Ich bin vollkommen verloren ohne sie. Ich bin nicht dazu geschaffen, einen Laden zu führen.«

Will fühlte sich überrumpelt von diesem unvermittelten Ausbruch.

Marys Schultern bebten, während sie versuchte, die Tränen zurückzudrängen, und Will legte zögernd die Hand auf ihren Rücken. »Es tut mir leid«, meinte er hilflos. »Du machst das so gut, das finden alle.«

»Heute wäre ihr Hochzeitstag gewesen. Der zweiundsechzigste. Dad hat für diesen Tag immer goldgelbe Rosen bestellt. Für jedes Jahr eine.« Marys Stimme zitterte so sehr, dass sogar Blossom besorgt den Kopf hob und unter dem Tisch hervorsah. »Mum hatte gelbe Rosen in ihrem Brautstrauß.«

»Vielleicht sollten wir heute Abend etwas Besonderes machen. Essen gehen, vielleicht?«, schlug Will vor, obwohl er wusste, dass das keine Lösung war. Ein Essen beim Lieblingsitaliener der Familie in der Southampton Row würde den Schmerz nicht beheben, vor allem, weil sie dort immer ihre Geburtstage, Jahrestage und guten Neuigkeiten gefeiert hatten. Sie gingen schon so lange hin, dass die gesamte Belegschaft – die größtenteils selbst schon uralt war – sie per Handschlag begrüßte. »Es tut mir leid.«

»Du musst dich nicht ständig entschuldigen, Will. Du kannst ja nichts dafür.« Mary holte ein Taschentuch aus ihrem Ärmel und schnäuzte sich geräuschvoll. »Ich bin albern.«

»Nein, bist du nicht.« Will sah hinunter auf Blossom, die wenig überraschend ihren Kopf auf Marys Knie gelegt hatte. »Sag das nicht.«

Er stand einen Moment lang schweigend da, dann richtete Mary sich auf und drückte die Schultern durch. »Ich sollte lieber weitermachen, die Blumen binden sich nicht von allein.«

Später unternahmen Will und Blossom während einer Regenpause einen Spaziergang zum Alexandra Palace. Er machte sich immer noch Vorwürfe, weil er Mary kein besserer Fels in der Brandung sein konnte. Weil er einfach nie die richtigen Worte fand. Kein Wunder, dass er kaum einmal zweiundsechzig Tage an der Seite einer Frau geschafft hatte, ganz zu schweigen von zweiundsechzig Jahren.

»Blossom, hör auf zu ziehen«, schimpfte er, während ein

erneuter Regenschauer alle anderen Spaziergänger vertrieben hatte.

Es war ja nicht so, dass er kalt und gefühllos war, sinnierte Will und kehrte zu seinen früheren Gedankengängen zurück. Er hatte im Laufe der Therapie herausgefunden, dass er sich bloß keine Gefühle erlaubt hatte, und dafür hatte er weiß Gott seine Gründe.

Vielleicht hatte er deshalb so schnell eine Verbindung zu Blossom aufgebaut. Sie erwartete nichts von ihm (außer einem unendlichen Vorrat an Leckerlis) und bewertete ihn nicht. Und besser noch: Sie fragte ihn nie nach seinen Gefühlen oder gab ihm das Empfinden, nicht gut genug zu sein. Außerdem konnte er ihr seine Zuneigung jetzt, wo sie sich eingewöhnt hatte, auch ohne Angst vor Zurückweisung zeigen. Blossom lebte im Moment, und gerade in diesem Moment zerrte sie mit solcher Kraft an ihrem Geschirr, dass Will überrascht war, dass es noch nicht zerrissen war. Sie hatte nur noch Augen für das Eichhörnchen, das über den Rasen sprang.

Will sah sich erneut um. Der Park war tatsächlich wie ausgestorben. Was konnte schon passieren, wenn er Blossom kurz von der Leine ließ? Roland hatte ihn als risikoscheu bezeichnet, als wäre das etwas Schlechtes, aber Will ging durchaus ab und zu kalkulierbare Risiken ein. Es gab hier keine Ablenkungen, und er hatte die Grenzen sicher klar genug abgesteckt, sodass Blossom zu ihm kommen würde, wenn er sie rief.

»Okay, okay«, murmelte Will, nachdem er eine Entscheidung getroffen hatte. Er beugte sich nach unten, um Blossom abzuleinen. »Das bleibt unser Geheimnis. Ich vertraue darauf, dass du das Richtige tust, Blossom.«

Doch Blossom war bereits auf und davon und jagte das

Eichhörnchen über den Rasen und anschließend den Hügel hoch.

»Okay, das reicht, Blossom!«, rief Will, denn auf der anderen Seite des Hügels befand sich eine steile Böschung, und darunter verlief die Straße, die durch das Areal führte. »Komm hierher! Komm, braves Mädchen!«

Der Wind wehte kräftig, und Will war sich nicht sicher, ob sie ihn überhaupt hörte. Doch im nächsten Moment drehte sie sich um und starrte in seine Richtung, den Kopf leicht schräg, die Ohren gespitzt.

»Komm! Ich habe Leckerlis.« Er zog die Tüte aus seiner Jackentasche und raschelte verführerisch damit. Er würde sich nicht aus der Ruhe bringen lassen. Sie kam sicher wieder und …

Das Eichhörnchen schoss erneut davon, und Blossom hetzte hinterher. Sie verschwand über dem höchsten Punkt. Will konnte sie nicht mehr sehen. Er stolperte mit pochendem Herzen hinterher und wartete nur auf Reifenquietschen, Hupen oder – o Gott! – ein lautes Jaulen.

Will rutschte im feuchten Gras aus und fiel auf die Knie. Er stemmte sich hoch und bemerkte nicht einmal seine dreckigen Hände, während er auf die Straße zulief. Direkt dahinter befand sich der Alexandra Palace, der sich in seiner viktorianischen Eleganz über Nordlondon erhob, doch Blossom war nirgendwo zu sehen.

Zumindest war sie nicht überfahren worden. Was für eine Erleichterung! Aber war sie nach rechts gelaufen, zurück in die Richtung, aus der sie gekommen waren? Oder nach links Richtung Wood Green?

Was sollte er jetzt machen? Nach Hause gehen und hoffen, dass Blossom bereits auf ihn wartete? Obwohl sie auf dem Weg dorthin mehrere stark befahrene Straßen überqueren musste. Oder jagte sie immer noch das Eichhörnchen durch den Park? Vielleicht hinunter bis zum Ruderteich? Will wusste nicht einmal, ob sie schwimmen konnte.

Er war starr vor Angst und hielt kraftlos die Leine in der Hand. Er war nutzlos, rückgratlos …

In diesem Moment hupte ein Auto, und seine Brust zog sich zusammen. Das Fahrzeug wurde immer langsamer, eine Frau auf dem Beifahrersitz ließ das Fenster runter. »Suchen Sie einen Hund?«

»J-J-Ja.«

»Da hinten läuft einer die Böschung auf und ab«, rief die Frau, doch da hupte bereits das nächste Auto, und sie fuhr weiter.

Will rannte den Straßenrand entlang. Zwischen der Straße und dem Palace befand sich eine weitere steile Böschung. Die meisten Leute nahmen die vorgesehene Treppe, um nach unten zu gelangen. Aber nicht Blossom. Sie hetzte den Hang auf und ab und setzte immer noch die wilde Verfolgungsjagd nach dem Eichhörnchen fort.

Er konnte sich gerade noch davon abhalten, nach ihr zu rufen. Tatsächlich hatte er bereits die erste Silbe ihres Namens gebrüllt, als ihm klar wurde, dass sie möglicherweise über die Straße laufen würde, um zu ihm zu gelangen. Gott sei Dank war gerade kein Auto zu sehen. Er eilte auf die andere Straßenseite.

»Blossom! KOMM SOFORT HER, VERDAMMT!«

Doch Blossom schenkte ihm keine Beachtung und rannte weiter im Kreis, obwohl das Eichhörnchen verschwunden war.

»BÖSER HUND! BÖSES MÄDCHEN! KOMM SOFORT HER!«

Aber warum, um alles in der Welt, sollte sie zu einem

Mann kommen, der sie anbrüllte? Will versuchte, sie zu fangen, doch er fiel erneut auf die Knie. Blossom schlug einen Haken und hetzte in Richtung Parkplatz. Reifen quietschten. Offenbar hatte sie Todessehnsucht – überfahren zu werden war immer noch besser, als zu Will zurückzukommen.

Nach gut dreißig Minuten schafften es die beiden Parkplatzwächter, Blossom zwischen zwei geparkten Autos in die Enge zu treiben, sodass Will sie anleinen konnte.

Als sie Wills Hand am Rücken spürte, kauerte Blossom sich auf den Boden, als erwartete sie eine ordentliche Tracht Prügel. Will war außer sich vor Wut gewesen, weil sie nicht gehört und sich in Gefahr begeben hatte, doch in diesem Moment verpuffte seine Wut. Er war nicht die aggressive Art Mann. Und er wollte nicht, dass Blossom auch nur ein einziges Mal dachte, er sei es.

Seine Brust zog sich erneut zusammen, und er bekam mit einem Mal keine Luft mehr. Sein Herz und sein Kopf pochten, und er spürte, wie das Unheil auf ihn zurollte. Das Ende der Welt nahte, und bald würde er zusammenbrechen.

»Atmen«, murmelte er. »Atmen. Atmen. Atmen.«

Er folgte Rolands Ratschlag und wiederholte das Wort immer und immer wieder wie ein Mantra, um die Luft zurück in seine Lunge zu zwingen.

Es war nur eine Panikattacke. *Nur!* Auch wenn Will wusste, was es war, hatte es trotzdem genug Macht, um ihn außer Gefecht zu setzen. Es ängstigte ihn zu Tode.

»Ich bin okay«, sagte er, und das stimmte auch. Irgendwie schaffte er es, Blossoms Geschirr festzuhalten, die sich an ihn drückte und mit der Zunge sein Kinn bearbeitete. »Und du bist es auch.«

Er blieb im strömenden Regen auf dem Boden sitzen (es

hatte jetzt richtig zu schütten begonnen), bis Blossom und er zu zittern aufgehört hatten. Dann presste er seine Stirn gegen ihre, und ihr nasses Fell drückte sich gegen seine Haut.

»Ich werde dir nie wehtun. Und ich verspreche, dass ich dich nie wieder anschreien werde. Du brauchst keine Angst mehr zu haben, du bist jetzt in Sicherheit. Bei mir wirst du immer sicher sein.«

Er wusste nicht, ob Blossom ihm glaubte, doch auf dem Heimweg trabte sie fügsam neben ihm her, den Schwanz zwischen die Hinterbeine geklemmt.

Will war von oben bis unten durchnässt und dreckig. Er wischte sich die zitternden Hände an der Jacke ab und zog sein Handy heraus.

Margot hob nach dem zweiten Klingeln ab. »O mein Gott, warum rufen Sie mich an? Ist etwas mit Blossom? Geht es ihr gut? Soll ich vorbeikommen?«

Falls Margot jemals herausfand, was in der letzten Stunde passiert war, würde sie zweifellos vor Gericht ziehen und das alleinige Sorgerecht beantragen. Und einen kurzen Moment lang fragte sich Will, ob das nicht das Beste für Blossom gewesen wäre.

Doch seine Familie hätte ihm nie verziehen. Und er sich ebenso wenig, denn es hätte bedeutet, dass er nicht einmal diese eine Beziehung auf die Reihe bekam. Ganz zu schweigen davon, dass er das tröstliche Gefühl vermisst hätte, wenn Blossom sich mit ihrem ganzen Gewicht an ihn lehnte, und die Art, wie sie ihre Pfote auf seinen Arm legte, wenn er aufhörte, ihren Bauch zu kraulen. Die ausgiebige Gesichtswäsche, die er jeden Morgen erhielt. Das alles hätte Blossom doch nicht getan, wenn sie unglücklich bei ihm gewesen wäre, oder?

»Will? Sind Sie noch da? Haben Sie sich verwählt? Ich hasse so etwas!«

»Ich wollte mich nur mal mit Ihnen in Verbindung setzen.« Er versteckte sich hinter seinem ehemaligen Businessjargon. »Ich glaube, wir sollten einen Trainer für Blossom besorgen.«

»Sie hat an der Leine gezogen, nicht wahr? Ich hab's Ihnen ja gesagt!« Will ließ Margot die Selbstgefälligkeit durchgehen, aber nur, weil er unter Schock stand und nicht klar denken konnte.

»Wir sind beide Hundeneulinge«, fuhr er fort. »Das Training würde uns helfen, Grenzen zu etablieren, und sicherstellen, dass Blossom ein optimales Leben bei uns führen kann.«

»Ich habe ihr bereits jede Menge Grenzen gesetzt.« Margot weigerte sich, die Schwere der Situation anzuerkennen. Doch dann seufzte sie. »Aber das Ziehen ist wirklich ein Problem, und ich würde sie gerne mal von der Leine lassen …«

»Nein! Sie wird nicht von der Leine gelassen! Niemals!« Will hörte erneut das Quietschen der Reifen.

»Ha! Dabei haben Sie mir doch diesen Artikel geschickt, in dem jemand von der Nationalen Tierschutzorganisation meinte, jeder Hund sollte sich einmal am Tag eine gewisse Zeit ohne Leine bewegen dürfen«, höhnte Margot, bevor sie offenbar selbst bemerkte, wie nervtötend sie war, und verstummte. »Gut, suchen wir einen Trainer, und schauen wir, wo wir stehen. Aber Training durch positive Verstärkung, Will. Ich werde niemanden dafür bezahlen, dass er sie zu Boden drückt, um ihr seine Dominanz deutlich zu machen.«

»Das würde ich nie zulassen!«

»Gut. Dann werde ich mal googeln …«

»Nein, das mache ich«, unterbrach Will sie. »Sie haben sich bereits um den Tierarzt und die Versicherung gekümmert.«

Das stimmte. Er hatte rund um die Uhr Expertenartikel verschickt, aber die Routinearbeiten hatte er Margot überlassen.

»Wenn ich jemanden gefunden habe, schicke ich Ihnen die Infos«, fügte er hinzu.

»Das wäre diesmal super«, erwiderte Margot. »Sind Sie sicher, dass alles okay ist? Das ist sehr ungewöhnlich für Sie. Sie haben mich sogar gefragt, was ich von einem Training halte, anstatt mir zu erklären, dass wir uns einen Trainer suchen müssen.«

»Es gab da einen Zwischenfall mit einem Eichhörnchen«, gestand Will, weil er sie nicht länger belügen wollte. Außerdem war ihm gar nicht aufgefallen, wie herrschsüchtig er sich benommen hatte. Heute war wohl der Tag der unliebsamen Erkenntnisse. »Ich bin mir nicht sicher, ob wir beide jemals darüber hinwegkommen werden.«

»Hat sie Ihnen auch fast die Schulter ausgekugelt?«, fragte Margot mitfühlend. »Das ging mir auch schon so. Sie schicken mir die Daten des Trainers und den Termin, und ich schicke Ihnen einen Link zu echt guten Tiger-Balsam-Auflagen, Deal?«

»Deal.«

KAPITEL 15

Margot

Margot folgte zahllosen Hundetrainern auf Instagram, die ununterbrochen Fotos von ihren Hunden posteten und sie mit Lob überhäuften. »Ziggy. Erst zwölf Wochen alt und schon stubenrein. Ein echter Superstar!« »Bagel genießt ihre wohlverdiente Ruhepause, nachdem sie das Abruftraining wieder einmal mit Bravour gemeistert hat.« Außerdem fanden einige der Trainingseinheiten offenbar indoor statt. Margot war ein großer Fan von Indoor-Aktivitäten, vor allem Ende Oktober. Es hatte die ganze Woche geregnet, und sie musste sich einen gefütterten, wasserdichten Anorak kaufen. Sie hatte zwar versucht, ihn modisch aufzupeppen, aber bis jetzt war sie gescheitert.

Zumindest war er warm und hatte viele Taschen für die lebensnotwendigen Dinge, die bis vor ein paar Wochen noch nicht lebensnotwendig gewesen waren: Hundekotbeutel, Leckerlis, antibakterielles Handgel (die Kotbeutel waren schrecklich dünn) und ein LED-Licht für Blossoms Halsband, wenn sie spätabends unterwegs waren. Außerdem passte Margots neuer Hundeanorak perfekt für die erste Trainingseinheit am Sonntagvormittag in einem Park in Nordlondon.

»Gibt es vielleicht auch Indoor-Einzelstunden?«, fragte sie Will und versuchte, fröhlich und keinesfalls vorwurfsvoll zu klingen. Wenn Margot es an einem Sonntag überhaupt vor dem Mittagessen aus dem Bett schaffte, traf sie sich am liebsten mit Freunden zu einem ausgiebigen Brunch oder blätterte zu Hause in den Sonntagsbeilagen.

Will fand es offensichtlich nicht notwendig, sich einen Hundeanorak-des-Schreckens zuzulegen. Stattdessen trug er eine marineblaue, doppelreihige Jacke aus gewebter Schurwolle – die allerdings auch geräumige Taschen besaß – und einen grauen Schal um den Hals. Sein Gesicht war verkniffen, und seine Wangen schimmerten rosig vom Wind, der über die offene Fläche fegte, aber das betonte seine Wangenknochen nur noch mehr.

»Wenigstens regnet es nicht«, meinte er. »Merke: Das nächste Mal, wenn ich mir mit jemandem einen Hund teile, achte ich darauf, dass es wärmer ist.«

Er war heute anders als sonst. Seit dem Wiedersehen am Parkeingang waren fünfzehn Minuten vergangen, in denen sie gemeinsam zu der abgezäunten Fläche neben dem Cricketfeld spaziert waren, auf der Hunde lernten, sich gut zu benehmen, und er hatte kein einziges Mal einen sarkastischen Kommentar abgelassen und war auch nicht mehr so kurz angebunden, dass es fast an Unhöflichkeit grenzte. Im Gegenteil, er bemühte sich, Margot in ein Gespräch zu verwickeln – was zugegebenermaßen nicht allzu schwer war. Fast alle ihre Ex-Freunde hatten mit der Zeit mürrisch festgestellt, dass sie ziemlich gerne redete.

Blossom wirkte jetzt, wo sie am Ziel angekommen waren, einigermaßen kleinlaut, auch wenn sie auf dem Weg hierher alles andere als schüchtern gewesen war und ihre Besitzer ständig nach rechts oder links gezerrt hatte, wenn sie ein Eichhörnchen entdeckt hatte. Margot war bisher noch nie aufgefallen, wie viele Eichhörnchen im Herbst unterwegs waren, Vorräte für den Winter sammelten – und Hunde quälten. Eines der kleinen Tierchen hatte Blossom sogar von einem Baum aus mit Eicheln beworfen, als sie darunter hindurchgingen, woraufhin Blossom natürlich zum Höllenhund mutiert war.

Züge davon waren auch jetzt noch zu erkennen, denn sie schnappte und knurrte, sobald ein anderer Hund ihnen zu nahe kam.

»Haben Sie die Hundeschule gegoogelt?«, fragte Margot Will. »Nachdem Sie mir den Termin geschickt haben, habe ich nachgesehen und sie nicht gefunden.«

»Wenn etwas nicht auf Google ist, existiert es dann überhaupt?«, gab Will zurück und lächelte. Es war ein nettes Lächeln, ganz anders als die üblichen, arrogant verzogenen Mundwinkel. Margot erwiderte es. Die Erinnerung an das kurze Prickeln bei ihrer ersten Begegnung sandte ihr einen warmen Schauer über den Rücken. Vielleicht war es aber auch nur die Bio-Wärme-Technologie ihrer High-Performance-Outdoorjacke. »Offenbar funktioniert das hier eher durch Mundpropaganda. Ich habe im Tierheim angerufen und um eine Empfehlung gebeten. Apropos, ist das nicht … ähm … die Dreadlocks-Tante?«

Eine Frau mit orangefarbenen, am Oberkopf zu einem Knoten gedrehten Haaren, deren Anorak noch zweckmäßiger aussah als Margots, winkte ihnen zu. »Sophie aus dem Tierheim? Ja, genau.«

Sophie kam mit großen Schritten auf sie zu. »Hallo, hallo! Und hallo, Blossom! Sie sieht ja echt gut aus! Sogar ihr Fell ist nachgewachsen.«

»Ja, mehr oder weniger über Nacht«, erklärte Margot,

während Blossom Sophies Hand beschnupperte. »Und sie hat auch etwas Gewicht zugelegt.«

»Obwohl sie ziemlich wählerisch ist. Für Blossom gibt es nur das beste Bio-Rohfleisch«, fügte Will hinzu, und wieder klang er nicht sarkastisch, sondern wahrhaftig.

»Richtig«, stimmte Margot ihm zu. »Für einen Streuner, den niemand wollte, ist sie ganz schön verwöhnt.«

Margot hätte Sophie gerne noch mehr faszinierende Geschichten über Blossom erzählt, doch diese half heute beim Training und wies sie darauf hin, dass der Unterricht jeden Moment beginnen würde. Kurz darauf standen sie zitternd vor Kälte in einer Reihe mit den anderen Neulingen im Kurs.

Drei Hunde und ihre jeweiligen Besitzer wurden in den Welpenbereich geschickt, die anderen beäugten einander misstrauisch. Vor allem Blossom, die große Einwände gegen den Schnauzer neben ihnen hatte.

Sie wurden ans Ende der Reihe geschickt, wo Blossom mehr Platz für sich hatte.

»Bitte mach Sitz, Blossom«, flehte Margot, doch Blossoms Blut war in Wallung, und sie hörte nicht auf die Stimme der Vernunft.

»Komm schon, sitz!« Will machte eine Handbewegung, die er als Kind einmal im Fernsehen gesehen hatte. Blossom ignorierte das Kommando und sprang an Margot hoch, die sie eher sanft von sich schob.

Margot und Will konzentrierten sich, so gut es ging, während man ihnen die neuesten Regeln für Hundehalter näherbrachte. »Es wird eine Strafe von achtzig Pfund fällig, wenn Sie die Hinterlassenschaften Ihrer Hunde nicht entsorgen und erwischt werden. Wer hat Kotbeutel dabei?«

Will wäre am liebsten im Erdboden versunken, als Margot eine Handvoll grüner, biologisch abbaubarer Beutel hervorzog und sie eifrig durch die Luft schwenkte. »Wir müssen so viele Pluspunkte sammeln wie möglich.«

»Sie meinen wie früher, wenn man wenigstens den Namen korrekt auf den Prüfungsunterlagen vermerkt hatte?« Will zog seine eigenen Beutel heraus. »Denn für alles andere bekommen wir sicher keine Pluspunkte. Blossom, sitz!«

Sie lernten, wie man den körperlichen Zustand seines Hundes kontrolliert. Zuerst wurde das Maul geöffnet, um sich die Zähne anzusehen, dann fuhr man mit festem Griff den Körper entlang, und abschließend wurde der Schwanz hochgehoben. Doch Blossom hatte natürlich etwas dagegen, dass jemand ihren Schwanz hochhob und ihr Hinterteil begutachtete. Margot konnte es ihr nicht verübeln.

Danach sollten sie ihre Hunde beim Namen rufen, um zu sehen, ob sie darauf reagierten. Blossom versagte auch dieses Mal kläglich, nachdem sie ein weiteres Eichhörnchen entdeckt hatte und am Zaun hochsprang. Hätte Will das Geschirr nicht so fest umklammert, wäre sie auf und davon gewesen.

Und auch das Kommando »Sitz« war – wie bereits bewiesen – ein kapitaler Reinfall. Blossom war fest entschlossen, sich danebenzubenehmen.

Jim, ein grauhaariger Mann in einer grünen Fleecejacke, die unter den Abzeichen der Hundeshows, auf denen er bereits gewesen war, beinahe nicht mehr zu sehen war und der offensichtlich seit Jahrzehnten Hunde trainierte, steuerte auf sie zu.

»Jetzt werden wir noch vor dem Ende der ersten Stunde rausgeworfen«, murmelte Will.

»Gehen wir doch ein Stück«, schlug Jim vor. »Vielleicht versuchen Sie, die Leine am Halsband und nicht am Geschirr zu befestigen?«

»Das geht nicht«, erwiderte Will entschieden.

»Sie zieht so stark, dass sie keine Luft mehr bekommt«, erklärte Margot. »Ich weiß, es sieht nicht so aus, aber normalerweise benimmt sie sich mit dem Brustgeschirr um einiges besser.«

Sie gingen einen abgelegenen Weg entlang, und Margot schickte ein leises Gebet in den Himmel, als Blossom sich endlich beruhigte und sich – o Wunder – sogar auf Befehl setzte, damit sich Jim ihr Halsband ansehen konnte.

»Wie ich sehe, haben Sie beide Ihre Telefonnummern vermerkt, aber das Gesetz schreibt vor, dass Sie auch Ihre Nachnamen und Postleitzahlen angeben«, erklärte er. Es gab so viele Dinge, an die man als verantwortungsbewusster Hundebesitzer denken musste.

»Vielleicht sollten wir die Marke jede Woche tauschen?«, schlug Will vor.

Margot nickte. »Und wir müssen auch Blossoms Namen dazuschreiben, oder?«

Jim holte ein Leckerli hervor. »Das bleibt Ihnen überlassen.«

Er hielt das Leckerli knapp über den Boden, und Blossom legte sich sofort hin. »Gut gemacht, Blossom.«

Margot und Will blickten säuerlich auf die fellige, vierbeinige Liebe ihres Lebens hinunter, die sich gerade als entsetzliche Schleimerin entpuppte.

»Wir sollten unbedingt ihren Namen auf die Marke schreiben«, schien Margot jetzt beschlossen zu haben.

»Auf keinen Fall«, erwiderte Will wieder in dem überheblichen Tonfall, der Margot zur Weißglut brachte. »Dann kann ja jeder nach ihr rufen und sie einfach mitnehmen.«

»Aber sie darf doch nicht frei herumlaufen, und was,

wenn wir unterwegs sind und ich werde überfahren, oder Sie bekommen einen Herzinfarkt und sterben …«

»Wollen Sie auf etwas Bestimmtes hinaus?«, fragte Will. »Vorzugsweise in der nächsten halben Stunde?«

Margot war von Anfang an klar gewesen, dass der nette Kerl nicht lange die Oberhand behalten würde. Wenigstens war es jetzt ihr gutes Recht, ihn böse anzustarren. »Wenn uns etwas passiert, während wir mit ihr unterwegs sind, und sie alleine herumstreift, wissen die Leute wenigstens, wie sie heißt. Das hätte zumindest etwas Tröstliches an sich. Blossom, nicht springen!«

Blossom machte nicht länger »Platz«, sondern sprang an Margot hoch. Will versuchte es erneut mit einer befehlenden Handbewegung und einem entschiedenen »Sitz!«, das Blossom jedoch ignorierte.

Im nächsten Moment sah sie ein weiteres Eichhörnchen und lief los. Sie zog Margot mit sich durch ein leeres Blumenbeet und an einem eingewinterten Rosenbusch vorbei, der seine Stacheln in ihre Haut grub.

Erst als Jim gedämpft, aber bestimmt »Blossom, komm! Hierher!«, rief, kam sie zurück, und nachdem sie wusste, dass sie Margots Nerven aufs Äußerste drangsaliert hatte, beschloss sie, sich auf den Rücken zu rollen. Vielleicht streichelte irgendjemand ihren Bauch.

»Nein, sicher nicht«, erklärte Will, und Margot war ganz seiner Meinung: »Nie wieder Bäuchleinkraulen.«

»Okay, ich habe genug gesehen«, erklärte Jim und deutete auf eine kleine Hütte neben dem Cricket-Feld, in der Hütchen, Plastikzäune und andere Trainingsutensilien aufbewahrt wurden. »Gehen wir in mein Büro.«

Wollte er ihnen Blossom wegnehmen? War er dazu befähigt? Margot warf Will einen fragenden Blick zu und verzog das Gesicht, doch er schüttelte bloß den Kopf und zuckte mit den Schultern.

Doch statt die Behörden zu informieren, damit sie Blossom abholten, zog Jim zwei Plastikstühle für Margot und Will heraus.

»Sie ist nicht immer so«, erklärte Margot, denn sie wollte unbedingt eine faire Anhörung. »Als wir sie bekommen haben, war sie sehr schüchtern und verängstigt.«

»Sie hat sich auf den Rücken gerollt, wenn sie andere Hunde gesehen hat, und ist nicht mit gefletschten Zähnen auf sie losgegangen«, erklärte Will. »Sie ist erst seit zwei, drei Wochen wie ausgewechselt.«

»O mein Gott, ist es, weil wir sie uns teilen und sie nicht die Kontinuität bekommt, die sie braucht?« Das fürchtete Margot am meisten. Es war ja eigentlich *Sophies Entscheidung* und nicht Margots Entscheidung, den Hund zu teilen. Aber wenn jemand ein Anrecht auf Blossom hatte, dann eindeutig sie. Obwohl sie – um ehrlich zu sein – Blossom in der derzeitigen Verfassung gar nicht rund um die Uhr bei sich haben wollte. »Sie hat erst nach der zweiten Woche bei Will damit angefangen.«

»Es ist aber sicher nicht meine Schuld«, fauchte Will. »Bis zur zweiten Woche bei *Ihnen* war sie ganz normal.«

»Es hat gar niemand Schuld daran«, erklärte Jim, und Margot war sich sicher, dass er es nur sagte, damit sie sich besser fühlten. Und falls tatsächlich jemand schuld war, dann doch wohl Will, der mit seiner distanzierten, unterkühlten Art Blossom nicht die Liebe geben konnte, die sie brauchte. »Sie war also eine Streunerin und zeigte Anzeichen der Vernachlässigung?«

»Wahrscheinlich wurde sie auch misshandelt. Sie war vor allem Männern gegenüber sehr nervös«, erklärte Margot spitz und warf Will einen scharfen Blick zu. Mittlerweile hatte sich Blossoms Abneigung gegenüber Männern gelegt. Im Moment versuchte sie, Jims Faust mit der Nase zu öffnen. Vermutlich hoffte sie auf noch mehr Leckerlis.

»Sie hat also eine schwere Zeit hinter sich und in den letzten Wochen viel Neues erlebt. Allerdings weiß sie, dass sie mittlerweile ein sicheres, liebevolles Zuhause hat. Sie weiß, dass es einen warmen Platz zum Schlafen gibt und sie nie wieder Hunger oder Durst erleiden muss.« Er streichelte Blossoms Schnauze mit den Fingerknöcheln. »Deshalb testet sie jetzt ihre Grenzen. Sie erlebt gerade eine zweite Welpenzeit.«

»Ach …« Margot merkte, wie sie dahinschmolz, und Blossom erkannte ihre Schwäche sofort, ließ von Jim ab, setzte sich vor Margot und legte ihr eine Pfote aufs Knie, um ein Leckerli abzustauben.

»Ähm. Brav Sitz gemacht, Blossom«, erklärte Margot schwach und war sich durchaus bewusst, dass Blossom sich zunutze machte, dass Margot ihr nie lange böse sein konnte.

»Sie wird sicher ein toller Hund, wenn sie diese Phase erst einmal überwunden hat …«

»Sie *ist* ein toller Hund«, beharrte Will, und damit war er an der Reihe. Blossom legte die Pfote auf sein Knie, und er musste ein Leckerli herausrücken. Er konnte sie nicht dafür loben, dass sie sich gesetzt hatte, nachdem sie ja bereits saß und sich nur in seine Richtung gedreht hatte, also entschied er sich für ein schwaches »Brav Pfote gegeben, Blossom«.

Jim lehnte sich nach vorne. »Sie wird sicher ein toller Hund werden, aber im Moment verarscht sie Sie beide nach Strich und Faden.«

KAPITEL 16

Will

Nachdem Jim ihnen eine Strafpredigt gehalten hatte, weil sie Blossom zu sehr verwöhnten und ihr durch ihr inkonsequentes Verhalten widersprüchliche Botschaften vermittelten, sagte er ihnen ganz klar, was sie zu tun hatten. Neben dem Üben von »Sitz« und »Platz« sollten sie jedes Mal in die entgegengesetzte Richtung gehen, wenn Blossom an der Leine zog. Und sie sollten mehr Zeit gemeinsam mit dem Hund verbringen.

Will und Blossom … und Margot. Das war ganz sicher nicht Teil der Abmachung gewesen. Wobei er sich im Moment nur schwer daran erinnern konnte, warum er überhaupt einen Hund haben wollte. Warum er Blossom haben wollte und einverstanden gewesen war, das Sorgerecht zu teilen. Nein, er war nicht nur einverstanden gewesen. Er hatte sogar den Vorschlag gemacht.

»So dauert das ewig, bis wir von hier fortkommen«, stöhnte Margot. Sie blieb stehen. Blossom zog weiter und drehte sich in die entgegengesetzte Richtung. »Außerdem funktioniert es nicht.«

»Soll ich es mal versuchen?«

»Danke!« Margot trat die Leine ab. Währenddessen nutzte Blossom die Gelegenheit, um aus Wills Jackentasche ein Paar Leckerlis zu klauen. Dabei fiel ein Handschuh von ihm in eine schlammige Lache.

Es sah fast so aus, als hätte Blossom es absichtlich getan, um zu bestätigen, dass sie Frauchen und Herrchen nach Strich und Faden verarschte. Aber das konnte nicht sein, und außerdem hatte Jim ihnen vorhin erklärt, wie falsch es war, seinen Hund zu vermenschlichen.

Margot fischte den Handschuh aus der Pfütze und wäre um ein Haar selbst eingetaucht. »Früher waren Sonntage nie so schlammig.«

»Ich vermisse mein schlammfreies Leben«, bestätigte Will. »Mittlerweile verbringe ich die meiste Zeit damit, Dreck aus Blossoms Fell zu bürsten und ihn anschließend aus jedem Winkel meiner Wohnung zu saugen.«

Margot grinste. Aber es war nicht ihr übliches selbstgefälliges Grinsen, es wirkte sehr viel sympathischer. »Dann bereuen Sie Ihr weißes Sofa inzwischen, nehme ich an?«

»Erinnern Sie mich nicht daran.« Blossom zog erneut wie verrückt an der Leine. Will wechselte eilig die Richtung und ging dorthin zurück, wo sie gerade hergekommen waren. »Wie sollen wir jemals aus diesem Park rauskommen, wenn wir ständig umdrehen müssen?«

Sie brauchten eine gute Stunde, Blossoms untere Hälfte war mittlerweile schwarz vom Schlamm. Will hatte immer gedacht, Schlamm sei braun, doch mittlerweile wusste er es besser. Die Stellen, die für Blossom besonders gut rochen, waren immer gefährlich nahe an durchnässten Minisümpfen. Will war schnell klar geworden, dass Schlamm schwarz und zäh sein konnte. Außerdem stank er.

»Sie braucht unbedingt ein Bad.« Margot klang, als würde sie jeden Moment in Tränen ausbrechen. »Keine Ahnung, ob wir so überhaupt in den Bus dürfen.«

»Wenn ich mit dem Van hier wäre, könnte ich Sie nach Hause bringen, aber ich bin auch mit dem Bus gekommen.« Es war um einiges besser, wenn sie nicht aufeinander herumhackten. Laut Jim war das ein weiterer Punkt, mit dem sie aufhören mussten. Sie sollten sich nicht mehr in Blossoms Gegenwart streiten.

»Sie können diskutieren, so viel Sie wollen, solange Blossom nicht in der Nähe ist«, hatte er erklärt. »Aber diese Streitereien, was der andere macht oder nicht macht, bringen Sie nicht weiter. Das ist kein Wettkampf. Sie lieben Blossom beide, das ist genug.«

Will hatte es tatsächlich als eine Art Wettkampf betrachtet. Ein ständiges Tauziehen um Blossoms Aufmerksamkeit. Aber wenn er ehrlich war, schien Blossom sie beide zu mögen. (Will hätte gerne weiterhin gedacht, dass sie überschwänglicher mit dem Schwanz wedelte, wenn sie ihn sah, und sich inniger an ihn drückte, aber das war einfach nicht richtig. Oder zumindest schwer zu beurteilen.)

»Schon gut«, erklärte Margot mit einem für sie typischen tiefen Seufzer. »Ich schaffe das schon.«

»Ich könnte mit Ihnen mitfahren und Ihnen beim Baden helfen.« Obwohl das Angebot eher halbherzig gemeint war. Mary würde sauer sein, wenn er nicht zum Mittagessen erschien, und den ganzen Montagvormittag damit verbringen, auf passiv-aggressive Art zu stöhnen, um gleichzeitig darauf zu bestehen, dass alles in Ordnung sei. »Es ist alles okay. Nein, wirklich. Alles okay.«

»Ja, gut, wenn Sie meinen.« Margot nahm sein lahmes Angebot mit gleich wenig Begeisterung an.

Will hatte vergessen, wie klein Margots Wohnung war. Wie bunt und überladen.

Das Bad bildete da keine Ausnahme. Die weißen Metro-Fliesen wurden von schwarzen und mintgrünen Akzenten aufgelockert, und es gab Unmengen an Flaschen, Tiegeln und Töpfen. Der Badezimmerschrank war zum Bersten voll, genauso wie die Regale an der Wand und die Badewannenumrandung. Auf dem Fensterbrett kämpften Blumen und Duftkerzen um den besten Platz. Während Will den Duschkopf von der Wand holte, öffnete Margot einen weiteren vollgestopften Schrank, in dem unter anderem ein uralter Boiler untergebracht war, und holte mehrere Badetücher hervor.

Jetzt mussten sie nur noch Blossom holen, die sich sofort ins Schlafzimmer verkrümelt hatte, nachdem sie die Leine und das Brustgeschirr losgeworden war.

»Als wüsste sie instinktiv, dass sie baden soll«, wunderte sich Margot. »Obwohl ich sie noch gar nicht richtig gebadet habe. Nur mit Hundefeuchttüchern abgetupft.«

»Vielleicht badet sie gerne«, meinte Will, obwohl er sich kaum Hoffnungen machte. Margot legte ein Badetuch in die Wanne, damit Blossom nicht ausrutschte, und Will musste sich eingestehen, dass sie sehr aufmerksam war. Sie schien immer darauf bedacht, es den anderen so angenehm wie möglich zu machen.

Als sie vorhin aus dem Bus gestiegen waren, hatte sie ungefragt einer alten Dame mit ihrem Einkaufstrolley geholfen, obwohl es ihrer schmerzenden Schulter sichtlich nicht gutgetan hatte. Und auf den fünfzig Metern von der Bushaltestelle zum Haus hatte sie fünf Leute freundlich begrüßt.

Will war seit über einem Jahr zurück in Muswell Hill,

kannte aber kaum einen der Nachbarn, und wenn es einmal nicht mehr möglich war, einem Stammkunden oder einem anderen Hundebesitzer auszuweichen (leider waren Hundebesitzer eine sehr geschwätzige Rasse), rang er sich meist nur ein verkniffenes Lächeln ab.

Genauso wie jetzt, als Margot ihn bat, Blossom zu holen, während sie das Wasser einließ. »Ich nehme dieses feuchtigkeitsspendende Hundeshampoo mit Lavendelduft aus der Zoohandlung«, erklärte sie Will, während er sich auf den Weg ins Schlafzimmer machte. Die Wohnung war so klein, dass sie nicht einmal lauter reden musste. »Damit wird sie nicht nur sauber, sondern riecht auch gut.«

Doch Blossom schien durchaus zufrieden, weiter nach Kloake zu stinken. Sobald Will das Schlafzimmer betrat, verschwand sie unter Margots Bett. Margot kam offenbar nicht mit einer Decke und zwei Kissen aus wie jeder normale Mensch. Sie war eine »Extra«, wie Sage es nannte. Also gab es auch eine hübsch gefaltete graue Satindecke mit blassrosa Quasten, die Bettwäsche erinnerte an eine Frühlingswiese, und auf ihr lagen etwa zwanzig Kissen in allen erdenklichen Mustern und Farben, von bunt gestreift bis hin zu gestickten Papageien.

Die Wände waren blassrosa gestrichen, doch es war ohnehin nicht viel von ihnen zu sehen: Abgesehen von den beiden nebeneinanderstehenden Schränken mit vermutlich sorgfältig geordneten Kleidungsstücken und einem Regal mit fein säuberlich sortierten Schuhen gab es auch noch zwei Kleiderständer, ein Bücherregal über dem Bett und einen Nachttisch, auf dem weitere Bücher lagen. Es war, als befände sich Will in einer Klause. Das hier war einzig und allein Margots Reich. Der Raum war nicht auf Verführung ausgerichtet, und es gab keine Hinweise auf Herrenbesuch (auf einem zweiten Tischchen stand eine Vase mit knallpinken Kaktusdahlien). Es war zwar möglich, dass Margot einen Freund hatte, aber sie hatte nie jemanden erwähnt, und wenn es eine wichtige Person in ihrem Leben gegeben hätte, wäre das Gespräch sicher schon auf den Herrn gekommen. Außerdem hätte es einem etwaigen Freund wohl kaum gefallen, dass sich seine Liebste einen Hund mit einem anderen Mann teilte und diesen ständig mit Nachrichten bombardierte.

Er überlegte, von welcher Art Mann Margot sich angezogen fühlte. Er musste gut aussehen, um ihren hohen Ansprüchen gerecht zu werden, und er musste wissen, was er wollte, damit Margot ihn nicht sofort unterbutterte. Obwohl: Vielleicht gefiel es Margots hypothetischem Freund, wenn sie ihn unterbutterte. Vielleicht war sie auch im Bett sehr direkt und bestimmt und …

»Ist Blossom abgehauen? Oder was dauert da so lange?«, rief Margot. Will riss sich von seinen gefährlichen Gedanken los und versuchte umgehend, Blossom unter dem Bett hervorzulocken.

Ihr kartoffelförmiger, in die Höhe gestreckter Hintern und der Schwanz schauten heraus. Offenbar verließ sich Blossom auf die altbekannte Regel, dass Will sie nicht sehen konnte, wenn sie ihn nicht sah.

»Äh, wir haben da ein kleines Problem«, rief Will. Einen Moment später stand Margot neben ihm.

»Sollen wir sie einfach rausziehen?«, fragte sie. »Aber ich will ihre Hinterbeine nicht verletzen. Sie sind so zart.«

»Außerdem traumatisieren wir sie vielleicht wieder.«

Sie betrachteten beide Blossoms in die Höhe gestrecktes Hinterteil, dann sahen sie einander an.

»Wir könnten es googeln …«, meinte Margot skeptisch,

und nachdem Will nichts Besseres einfiel, zog er sein Handy aus der hinteren Hosentasche.

»Haben Sie Erdnussbutter im Haus?«, fragte er Margot nach einer schellen, erkenntnisreichen Google-Suche.

»Das kann nur eine rhetorische Frage sein«, antwortete sie und huschte in die Küche.

Letzten Endes blieb ihnen tatsächlich nichts anderes übrig, als Blossom unter dem Bett hervorzuziehen, damit Will sie ins Badezimmer tragen konnte. Sie starrte die beiden zornerfüllt an und strampelte mit allen vieren, doch Will bugsierte sie gnadenlos in das zehn Zentimeter tiefe, nach Lavendel duftende Wasser. Dort stand sie mit eingezogenem Kopf und gesenktem Blick und wandte sich, so gut es ging, von Margot und dem Waschlappen in ihrer Hand ab.

Bis Will schwere Geschütze auffuhr.

Er öffnete das Jumboglas Erdnussbutter, löffelte eine großzügige Portion heraus und schmierte sie auf die geflieste Wand neben Blossoms kummervollem Gesicht.

Ihre Nasenflügel bebten, und obwohl sie einem derart offensichtlichen Bestechungsversuch eigentlich nicht nachgeben wollte, war das Angebot doch zu verlockend.

Während sie die Erdnussbutter von den Fliesen leckte, schamponierte Margot sie, und Will spülte ihr mit einem sanften, warmen Wasserstrahl den Schaum vom Körper.

Die Aktion dauerte keine sieben Minuten. Will setzte Blossom auf den Badewannenvorleger und wickelte sie in ein Badetuch. Sie tolerierte, dass Margot sie abrubbelte. Margot und Will ließen sich durchatmend auf dem Badewannenrand nieder, und Blossom starrte sie an.

Das hier war nicht der erbärmliche, verzweifelte Gesichtsausdruck eines traumatisierten Hundes, den sie vor einigen Wochen kennengelernt hatten. O nein! Es war der wutentbrannte Gesichtsausdruck eines Hundes, dem ungeheuerliches Unrecht angetan worden war. Will hatte noch nie einen derart verächtlichen Blick gesehen.

»Das ist lächerlich«, meinte er zu Blossom. »Wenigstens riechst du besser.«

»Total lächerlich«, wiederholte Margot. »Ich hatte vergessen, dass sie weiße Flecken im Fell hat und nicht graue.«

Margot stand auf und streckte sich. Obwohl sie ein weites Sweatshirt mit der Aufschrift *Frauen an die Macht!* trug, musste er den Blick abwenden. Margot war keine Frau, zumindest nicht in gewisser Hinsicht. Sie war Blossoms zweite Besitzerin. Sie waren, wie Margot beharrlich betonte, Co-Pfötcheneltern.

Es hatte also keinen Sinn, dass Will davon Kenntnis nahm, dass Margot sehr wohl eine Frau war und einige vortreffliche Qualitäten hatte, wie etwa den blassen Streifen makelloser Haut, auf den er einen kurzen Blick werfen durfte.

Es würde nur zu Komplikationen führen, und das Sorgerecht für Blossom zu teilen war schon kompliziert genug. Es wurde Zeit, dass er sich empfahl und sich auf den Weg machte, und …

»Ich weiß nicht, wie es Ihnen geht, aber ich brauche jetzt ein großes Glas Wein«, erklärte Margot aus tiefster Seele. »Rot oder weiß?« Sie verließ das Badezimmer, als erwartete sie nicht nur, dass Will blieb, sondern dass er ihr in die Küche folgte. Also folgte er ihr.

»Für mich nicht, danke«, erklärte er, als Margot sich mit einer Flasche in jeder Hand zu ihm umdrehte.

»Oh. Ich habe auch Bier.«

Will schüttelte den Kopf. »Nein danke, ich …«

»Wie wär's mit einem Gin Tonic?« Sie grinste breit. »Die Bar ist im Wohnzimmer. Gin Tonic mag doch jeder.«

»Ich nicht«, erwiderte er unumwunden, denn seiner Erfahrung nach war es besser, wenn man sofort damit herausrückte. Er folgte ihr ins Wohnzimmer. »Ich trinke keinen Alkohol.«

Ihm war das kleine Vintage-Sideboard noch gar nicht aufgefallen, doch Margot hatte es bereits geöffnet und gab den Blick auf eine beeindruckende Sammlung verschiedenster Spirituosen frei. Sie schloss die Klappe eilig wieder, und Will machte sich bereit für einen ihrer Vorträge und eine eingehende Befragung, warum er nicht trank. Nahm er Antibiotika? War er Alkoholiker? Seit wie vielen Tagen war er bereits trocken?

Er hatte alles schon oft genug gehört.

»In diesem Fall tippe ich auf einen Becher Tee?«, fragte sie, und ihr Gesicht blieb ausdruckslos. »Schwarz, stark, mit einem Schuss Milch?«

Eigentlich hätte er schon längst gehen sollen, stattdessen ließ er sich in den Lehnstuhl sinken, während Margot Tee kochte und ein einfaches Mittagessen zubereitete (»Sie sind sicher hungrig. Ich habe noch Sauerteigbrot von gestern, das ich aufbrauchen sollte. Lust auf mit Käse überbackenen Toast?«), und sah zu, wie Blossom, die noch immer beleidigt war und ihm nur ab und zu einen Seitenblick zuwarf, ihr frisch gewaschenes Fell ausgiebig am Sofa rieb.

Es war irgendwie gemütlich und tröstlich, in Margots herrlich breitem Lehnstuhl zu sitzen, während sein Teilzeithund die Schnauze in den bestickten Samtkissen vergrub. Aus der Küche hörte er das Pfeifen des Wasserkessels, eine Schublade wurde geöffnet, Besteck wurde auf Teller gelegt, und der herrliche, sonntägliche Geruch von getoastetem Brot und Käse erfüllte den Raum.

Er wusste, dass er gehen sollte, aber er hatte keine Lust, sich zu bewegen, und so blieb Will genau da, wo er war.

KAPITEL 17

Margot

Um ihre neue *Entente cordiale* zu feiern und Blossom zu zeigen, dass Mummy und Daddy sie gleich innig liebten, kam Will am Dienstag ins Büro von Ivy + Pearl, um mit Margot und Blossom spazieren zu gehen.

»Ich habe hier einen Mann für Margot. Sie erwartet ihn offenbar«, verkündete Audrey über die Gegensprechanlage, die nur im Notfall benutzt wurde. Offenbar war ein Mann, der zu Margot wollte, ein solcher Notfall.

»Du datest jemanden?« Jacques drehte sich mit seinem Stuhl um, sodass Margot in den vollen Genuss seines gequälten Gesichtsausdrucks kam. »Meinst du nicht, du hättest mir davon erzählen sollen?«

»Es ist kein Date, es ist nur Blossoms anderer … ähm …« Trotz Jims Standpauke am Sonntag sah Margot in Will noch immer nicht Blossoms zweiten Besitzer. Tatsächlich bezeichnete sie sich auch selbst nicht gerne als Blossoms *Besitzerin.* Blossom war kein Ding. Kein Besitz. Sie war ein Lebewesen mit Vorlieben und Abneigungen und erlaubte Margot, ihr Leben mit ihr zu teilen. »Darf ich Co-Pfötchenelternteil sagen?«

»Nein, diesen Ausdruck will ich nie, nie wieder hören!«

Jacques presste sich die Hände auf die Ohren. Margot warf einen Blick durch die Glaswand und sah, dass Will bereits im zweiten Stockwerk angekommen war. »Der sieht ja ganz gut aus. Genau dein Typ.«

»Ich habe keinen Typ«, erwiderte Margot verärgert, denn das hatte sie wirklich nicht. Einen Typ zu haben bedeutete, dass man engstirnig war und …

»Er atmet und hat vermutlich zwei Ohren, das heißt, er ist dein Typ, oder etwa nicht?« Jacques' Entwürfe für die Herbst/Winter-Kollektion waren gerade abgesegnet worden, und der Erfolg war ihm offenbar zu Kopf gestiegen.

Audreys Verkündung hatte alle aus ihren Büros getrieben, um sich den Mann für Margot anzusehen. Sogar Tansy – von ihr hätte sich Margot mehr erwartet.

Doch der Mensch, der sich am meisten darüber freute, dass Margot vielleicht einen Mann gefunden hatte, der sie gern genug hatte, um sie im Büro zu besuchen, war gar kein Mensch. Es war Blossom, die schnarchend und furzend unter Margots Schreibtisch gelegen hatte, bis die Ankündigung über die Gegensprechanlage sie aus dem Schlaf gerissen hatte.

Sie sprang aus ihrem Körbchen, klapperte mit ihren Krallen über den Holzboden und stürzte sich auf Will, der mit verunsichertem Blick mitten im Büro stand. Blossom sprang an ihm hoch, und auch wenn Margot ihr schon eine Million Male gesagt hatte, dass sie das lassen sollte, verschwand der distanzierte Ausdruck von Wills Gesicht und wich einem ehrlich erfreuten Lächeln.

»Vielleicht hätte Audrey Herrenbesuch für Blossom ankündigen sollen«, meinte Jacques gedehnt und schnappte nach Luft, als Margot ihm im Vorbeigehen einen Klaps auf die Schulter verpasste.

Anstatt Blossom zu befehlen, sich hinzusetzen, oder – wie Jim ihnen geraten hatte – vorsichtig einen Schritt auf sie zuzumachen, sodass sie keine andere Wahl hatte, als wieder alle vier Beine auf den Boden zu stellen, hob Will sie hoch und stützte sie mit einer Hand unter dem Hintern ab, damit sie ihre Pfoten auf seine Schultern legen und ihm übers Gesicht schlecken konnte.

»Das sollten Sie ihr auf keinen Fall erlauben!«, hätte Margot noch vor einer Woche gemahnt, um die Eifersucht zu überspielen, weil Blossom ihr niemals erlaubt hätte, sie hochzuheben. Doch da sie als geschlossene Front auftreten mussten, meinte sie bloß: »Hallo, ich hole nur schnell meinen Mantel.«

Als Margot zurückkam, hatte der Großteil der Besatzung von Ivy + Pearl einen Grund gefunden, um im Gemeinschaftsraum herumzulungern und sich Will anzusehen, der Blossom gerade befohlen hatte, sich zu setzen, um ein High five von ihr zu empfangen.

»Der Anblick eines Mannes, der so offensichtlich von seinem Hund angebetet wird, macht mich ganz wuschig«, flüsterte Cora Margot zu deren Entsetzen ins Ohr. Sie hoffte, dass Will ihre Kollegin nicht gehört hatte. Aber der war gerade mit Amina beschäftigt, die ihm schöne Augen machte.

»Ja, sie ist etwa drei und wurde streunend in Neasden aufgegriffen«, erklärte er gerade, als hätte Margot nicht allen im Büro bereits von Blossoms schändlichem Start ins Leben erzählt. »Aber mittlerweile genießt sie das Mittelklasseleben in vollen Zügen.«

»Wir lieben sie alle«, hauchte Amina. Sie war zwar frisch verheiratet, musterte Will aber trotzdem, als überlegte sie, ob sie noch Platz für ihn in ihrer Wohnung hatte. Eine Wohnung, die sie sich mit ihrem *Ehemann* teilte.

»Okay, gehen wir«, sagte Margot fröhlich, obwohl ihr gar nicht fröhlich zumute war. Viel lieber hätte sie ein ernstes Wörtchen mit ihren Kollegen und Kolleginnen gewechselt, vor allem mit Audrey, die Besucher normalerweise unten am Empfang warten ließ.

»Sie haben einen tollen Arbeitsplatz«, bemerkte Will, sobald sie draußen auf der Straße waren und die neugierigen Blicke hinter sich gelassen hatten. »Und sehr praktisch, dass man gleich im Grünen ist. Dann zieht sie also noch immer?«, fragte er mit Blick auf Blossom.

»Ich kann mir nicht vorstellen, dass sie jemals damit aufhören wird. Ich weiß, dass ich eigentlich stehen bleiben und sofort die Richtung wechseln sollte, aber habe mittags nur eine Stunde Zeit.«

»Ich werde Jim nichts verraten.« Will hielt eine braune Papiertüte hoch, die Margot noch gar nicht aufgefallen war. Hoffentlich enthielt sie etwas Essbares, denn sie war am Verhungern. »Ich habe eine Geheimwaffe dabei.«

»Was für eine Geheimwaffe? Doch nicht etwa ein Anti-Zug-Geschirr, oder? Jim war strikt dagegen, und ich finde es auch ziemlich grausam, also ...«

»Aber Jim hat sich sehr für Schleppleinen ausgesprochen«, unterbrach diesmal Will sie und zog eine ewig lange rote Leine heraus. »Ich dachte, wir probieren sie aus, sobald wir im Park sind?«

Die Schleppleine gab Blossom die Möglichkeit, sich umzusehen, alles zu erkunden und nach Herzenslust die Botschaften der anderen Hunde zu erschnuppern, während Margot und Will immer noch die Kontrolle hatten, falls sie mit einem anderen Hund in Streit geriet. Sobald sie durch das Tor in den Park getreten waren, löste Will Blossoms Leine und ersetzte sie durch die Schleppleine.

Doch Blossom blieb stehen und interessierte sich ausschließlich für ein scheinbar besonders saftiges Grasbüschel. Manchmal war es, als würde man mit einer Kuh spazieren gehen.

»Das war's dann wohl.« Doch Margot hatte sich zu früh gefreut. Im nächsten Augenblick bemerkte Blossom, dass sie nicht länger an mageren hundertachtunddreißig Zentimetern hing, und schoss davon.

Die Leine glitt hinter ihr her durchs Gras und breitete sich in ihrer ganzen, zehn Meter langen Herrlichkeit aus, bis sie sich schließlich spannte. Ein gewaltiger Ruck ging durch die ganze Länge und ließ jeden Knochen in Margots Körper erzittern. »Heilige Mutter Gottes, ich habe mir die Schulter ausgerenkt«, keuchte sie. »Sie sind dran.«

Will erging es auch nicht viel besser. Es stellte sich heraus, dass Blossom die Freiheit, die ihr die lange Leine gewährte, nicht genoss. Es brachte sie vielmehr in Rage, dass besagte Freiheit nur eine grausame Illusion war.

Margot war nicht bewusst gewesen, was für hinterlistige Ganoven andere Hunde sein konnten. Sie kamen auf Blossom zu, und wenn sie ausflippte, ihnen nachhetzte und nach ihnen schnappte, sodass Will sie wie einen Fisch an der Angel einholen musste, fanden sie das offenbar lustig. Sie kamen näher und rannten im nächsten Augenblick wieder weg, was Blossom nur noch wütender machte.

»Sie wollen doch nur Hallo sagen«, riefen zwei Besitzer, während ihre Arschlochhunde Blossom quälten.

»Wir könnten ihr eine gelbe Leine und einen gelben Hundemantel kaufen, dann wissen alle, dass sie ein nervöser Hund ist«, sagte Margot zu Will, der nicht sehr begeistert wirkte.

»Die meisten Leute haben keine Ahnung, was eine gelbe

Leine bedeutet«, gab er zu bedenken und zog Blossom noch näher heran, sodass er sie packen konnte. »Und ich bin mir nicht sicher, ob Gelb Blossoms Farbe ist. Sitz!«

Es war ein sehr entschiedenes, autoritäres Sitz!, bei dem sogar Margot das Bedürfnis bekam, sich zu setzen. Ihr lief ein Schauer über den Rücken. Ein angenehmer Schauer. Männer, die in Krisensituationen das Kommando übernahmen, hatten das gewisse Etwas. Aber sie wollte solch ein Prickeln nicht in Hinblick auf Will verspüren. Das würde kein gutes Ende nehmen. Sie musste sich ablenken. »Es gibt auch Mäntel mit der Aufschrift *Aus dem Weg, ich bin ein Ekel.*«

Will wechselte zur kürzeren Leine. »Wirklich? Gibt's die auch für Menschen?«

Jap, der angenehme Schauer war fort. Sie wollte ihn gerade wenig höflich darauf hinweisen, dass sie kein Ekel war, als er hinzufügte: »Dann bliebe mir vielleicht das endlose Gequatsche mit anderen Hundebesitzern erspart. Sie sind wirklich ein gesprächiges Völkchen, nicht wahr?«

»Ich liebe es, mich mit anderen Leuten über ihre Hunde zu unterhalten«, stieß Margot hervor. »Das ist etwas, das mir als Hundebesitzerin am allerbesten gefällt.«

»Wirklich? Mir am allerwenigsten.«

Sie konnte immer noch nicht unterscheiden, wann er scherzte und wann nicht. Abgesehen von den Augenblicken, in denen Blossom besonders bezaubernd war, sah sein Gesicht immer gleich aus. Düster, abweisend und gleichgültig – etwa so wie sein allgemeines Verhalten.

Aber das lag sicher daran, dass Margot ihn nicht gut genug kannte. Sie teilten sich einen Hund, sie war in seiner Wohnung gewesen, und sie wusste, dass er Florist war. Nein, falsch. Er *arbeitete* in einem Blumenladen. Außerdem wusste sie, dass er eine Familie hatte, und sie ging davon aus, dass er Single war. Wobei er genauso gut verheiratet sein und zwei Kinder haben konnte. Oder geschieden mit fünf Kindern. Oder jede Nacht mit einer anderen im Bett. Es war schwer, sich Will im Flirtmodus vorzustellen, obwohl er sicher umwerfend sein konnte, wenn er es darauf anlegte. Manchmal, wenn er mit Blossom turtelte und sie mit rauchiger Stimme und zärtlichen Worten umgarnte, spürte Margot ein leichtes Beben. In etwa so wie jetzt, wenn sie sich vorstellte, dass Will mit irgendeiner Frau flirtete.

Margot sah sich zu einer Bestandsaufnahme gezwungen. Will hatte in der kurzen Zeit, in der sie sich kannten, jede Menge Emotionen in ihr hervorgerufen: zähneknirschende, die Hände zu Fäusten ballende Wut, heiß auflodernden Zorn und einen ständig in ihr brodelnden Groll. Andererseits war er auch für ein kurzes Prickeln, ein angenehmes Schauern und ein leichtes Beben verantwortlich gewesen.

Was war los mit ihr? War sie so ausgehungert nach männlicher Gesellschaft und so verzweifelt auf der Suche nach möglichen Kandidaten für eine gemeinsame Zukunft, dass sie sogar in Betracht zog … Nein! Nicht einmal daran denken!

Es kam einfach daher, weil Will außer ihren Kollegen im Büro der einzige Mann war, den sie regelmäßig sah. Sie musste wirklich ein paar neue Dating-Apps installieren, denn sie war es leid, immer nur dieselben Gesichter zu sehen.

Mittlerweile waren sie in Schweigen verfallen, das erst endete, als Will stehen blieb und beiseitetrat.

»Das ist eines der anderen Dinge, die ich am Dasein als Hundebesitzer nicht mag«, erklärte er, bückte sich und wandte das Gesicht ab, um den Gestank nicht einzuatmen.

Margot wartete, bis Will sich mit dem vollen Kotbeutel zwischen den Fingerspitzen aufrichtete und weiterging, und machte eine weitere Bestandsaufnahme. Da war kein Beben, kein Schauer, kein Prickeln. Und ganz ehrlich, es hätte ihr auch Sorgen gemacht, wenn sie bedachte, wobei sie Will gerade beobachtet hatte.

Es war gut so. Sie hatten ein Stadium der angenehmen Neutralität, wenn nicht sogar der Harmonie erreicht, und das war sicher das Richtige für Blossom, um die es hier immerhin ging.

»Moment! Kehrtwendung.«

»Was?« Sie blieben stehen und vollführten eine schnelle 180-Grad-Drehung, obwohl Margot keine Ahnung hatte, warum sie sich überhaupt die Mühe machten, denn es hatte absolut keine Auswirkungen auf Blossom. Sie schnaubte verärgert, weil diese noch immer an der Leine zog, doch als ihr Blick zu Will wanderte, sah sie, dass er Blossom betrachtete. Seine nüchternen Gesichtszüge hatten sich ein wenig entspannt, und er hatte ein kaum merkliches Lächeln auf den Lippen. »Sie mögen Blossom wirklich, nicht wahr?«

»Ja.« Will seufzte, als wäre es ihm eine Last. »Sogar wenn sie beim Essen schmatzt. Wenn ein Mensch das tun würde, würde ich ihm für den Rest meines Lebens aus dem Weg gehen. Außerdem finde ich es schön, mit ihr zu kuscheln, wenn sie bei mir im Be…«

»Ich wusste es! Sie schläft bei Ihnen im Bett!«

»Nein, natürlich nicht«, erwiderte Will aufgebracht. »Wenn wir auf dem Sofa kuscheln. Es ist schön, wenn sie mit ihrem Kopf gegen meinen Arm stößt, bis ich ihn um sie lege.«

»Süß«, sagte Margot nur. Sie hätte das heikle Thema, wo Blossom schlief, wenn sie bei Will war, liebend gern weiterverfolgt, doch aus diplomatischer Sicht und aufgrund des Vorsatzes, vor ihrem Schützling nicht zu streiten, verkniff sie es sich.

Wills Gesicht war wieder verschlossen wie eh und je, als er den Kotbeutel in den Mülleimer warf. »Sollten wir nicht langsam umdrehen?«

»Ja, sollten wir«, stimmte Margot ihm ohne große Begeisterung zu. Heute am Nachmittag musste sie ein geeignetes Muster für einen Jersey-Jumpsuit mit Wickeloptik an der Taille finden. Kurz gesagt ging es um einen Einteiler für Frauen, die niemals im Leben einen Einteiler tragen würden.

»Ich schätze, ein weiterer Grund, warum ich Blossom so mag, ist, dass meine Mutter sie vergöttert. Und alles, was meine Mutter glücklich macht, macht mich auch glücklich.« Sein kaum merkliches Lächeln wuchs sich fast zu einem Strahlen aus. Will hatte Grübchen in den Wangen. Wer hätte das gedacht!

Margot hatte sofort Hunderte Fragen im Kopf. Was hielt Wills Mutter davon, dass sie sich einen Hund teilten? Wie kam sein Vater mit Blossom klar? Lebte sein Vater überhaupt noch? Will hatte ihn noch nie erwähnt.

Doch sie hielt sich zurück. Wenn Will ihr etwas erzählen wollte, würde er es tun. Der Trick war, nichts zu sagen (was Margot von Natur aus schwerfiel), dann füllte der Gesprächspartner meist von selbst die Lücken. Sie hatte diese Technik mit großem Erfolg bei ihren Dates angewandt – selbst der ruhigste Mann kroch dabei aus seinem Schneckenhaus. Wer redete nicht gerne über sich selbst?

In den sechs Monaten, seit George und sie getrennt waren, und auch lange bevor sie George kennengelernt hatte, hatte Margot so viele Dates gehabt, dass sie sich gar nicht mehr an alle erinnern konnte. Sie waren nur noch eine verschwommene Abfolge an Männergesichtern und Weißweinschorlen, die sie immer auf Dates trank, weil sie in Gegenwart eines Fremden nicht zu viel erwischen wollte. Sie sah ihre im Schoß gefalteten Hände vor sich, während ihre Beine unter dem Tisch keine Ruhe fanden, weil die Männer in einem fort über sich redeten und Margot keine einzige Frage stellten.

»Glauben Sie nur nicht, dass Sie einfach so davonkommen«, sagte Will und riss Margot damit aus den unliebsamen Erinnerungen. »Was mögen Sie an Blossom am liebsten?«

KAPITEL 18

Will

»Nur eine Sache? Das ist total schwer«, beschwerte sich Margot. Sie deutete auf Blossom, die Will den steilen Hang zum Parkeingang hinunterzog. »Ich liebe es, wenn sie stolz dahintrabt und dabei mit dem Hintern wackelt. Ich liebe es, wie sie sich an meine Beine lehnt, wenn wir auf den Bus warten, oder wenn sie unter meinem Schreibtisch liegt. Ihr Gewicht ist irgendwie tröstlich. Sie ist ein *richtiger* Hund«, meinte Margot. »Wenn man bedenkt, dass ich eigentlich etwas Kleines, Flauschiges wollte.«

»Ich kann mir Sie nicht mit einem kleinen, flauschigen Hund vorstellen«, erklärte Will, denn trotz ihrer Vorliebe für Polstermöbel, Zierkissen und der hellen Tonlage, in die sie verfiel, wenn sie mit Blossom redete, war mit Margot sicher nicht zu spaßen.

»Solche Hunde sind einfach zu transportieren. Im Gegensatz zu Blossom.« Als sie ihren Namen hörte, sah Blossom zu Margot hoch, die sofort in ihre Tasche griff und ein Leckerli herausholte. Jim hatte ihnen aufgetragen, sie jedes Mal zu belohnen, wenn sie Augenkontakt aufnahm. »Brav, Blossom.«

»Dann mögen Sie Blossom also vor allem, weil sie klein und fett ist?«, fragte Will.

Margot stieß ihm mit dem Ellbogen in die Seite. Als er sie damals im Tierheim zum ersten Mal gesehen hatte, hatte er gedacht, sie sei weich. Zu weich. Doch der Stoß raubte ihm beinahe den Atem. »Haben Sie Blossom gerade als klein und fett bezeichnet?«

Das hatte er. »Es gibt keine Zeugen, und ich werde vor Gericht alles abstreiten«, erklärte er mit fester Stimme, und Margot verdrehte die Augen.

»Kaum zu glauben, dass Sie Blossom fett nennen, dabei ist sie das gar nicht. Sie hat bloß starke Knochen. Wie ich.«

Irgendetwas war heute an Margot anders. Zuerst hatte Will gedacht, dass sie bloß versuchte, vor Blossom nicht in das alte Hickhack zu verfallen. Aber Margot verhielt sich nicht nur anders und wirkte entspannter – sie sah auch anders aus.

Normalerweise trug sie Jeans, Gummistiefel und ein Oberteil mit einem feministischen Spruch, und vor Kurzem war auch eine dick gefütterte Jacke hinzugekommen, die durchaus als Zelt durchging. Außerdem hatte sie die gelockten Haare zu einem Pferdeschwanz zurückgebunden und machte ein mürrisches Gesicht.

Er hatte bis jetzt nur Margot, die Hundebesitzerin, kennengelernt, doch heute war sie die Büro-Margot, die sogar ein Kleid trug. Etwas Schwarzes mit Blumen, das beim Gehen hin und her schwang, und dazu eine grüne Strumpfhose und schwarze Stiefeletten. Heute wurde nicht auf matschigen Pfaden gewandert, heute blieben sie ausnahmslos auf asphaltierten Wegen.

Ihre Haare waren zwar immer noch nach hinten gebunden, doch ihre Augen wirkten größer, ihre Haut rosiger und ihre Lippen … ihre Lippen sahen sehr … hübsch aus. Will war mit genügend Frauen zusammen gewesen, um zu wissen, dass Margot heute Make-up trug. Sie sah auch ohne Make-up gut aus, aber heute war sie wirklich sehr attraktiv. Und falls sie tatsächlich starke Knochen hatte, passte auch das perfekt zu ihr.

»Meiner Meinung nach sehen Sie gut aus«, murmelte Will und hätte es am liebsten sofort wieder zurückgenommen. Schließlich hatte Margot ihn nicht danach gefragt. Außerdem war Will alt genug, um zu wissen, dass es zu neunundneunzig Prozent eine Falle war, wenn eine Frau einen Mann fragte, wie sie aussah. Seine Antwort würde ihn so oder so in Schwierigkeiten bringen.

»Warum starren Sie mich dann so an?«, wollte Margot wissen und streckte erneut drohend den Ellbogen in seine Richtung, doch letztlich hatte sie Mitleid mit Will und seinen Rippen und stieß ihn kein zweites Mal. »Wie auch immer. Ich muss erst ernsthaft über diese Frage nachdenken. Es gibt so vieles, was ich an Blossom mag, und ich will nicht mit dem Erstbesten herausplatzen und später erkennen, dass ich etwas Wichtiges übersehen habe. Aber fürs Protokoll: Ich liebe es, dass sie nach warmen, gerösteten Maiskörnern riecht«, erklärte Margot verträumt. »Vor allem, wenn sie sich zusammenrollt und schläft. Dann schnuppere ich manchmal an ihrem Bauch. Ist das seltsam?«

Es hatte keinen Sinn, etwas anderes zu behaupten. »Sehr.«

»Und wenn schon, ein wenig seltsam ist okay«, erklärte Margot und bedachte Blossom mit einem liebevollen Blick. Diese zog nicht mehr an der Leine, sondern trabte mit der Nase am Boden dahin. »Oh! Jim meinte, das soll sie auch nicht tun.«

»Ich glaube, für einen einzigen Spaziergang hatten wir heute genug Aufregung und Korrekturen.«

»Da haben Sie recht«, stimmte Margot ihm zu, und sie gingen weiter den Hügel hinunter.

»Wenn Sie die Dinge, die Ihnen an Blossom gefallen, eingegrenzt haben, können Sie mir gerne eine Liste schicken«, schlug Will vor, und der Teufel auf seiner Schulter ließ ihn hinzufügen: »Mit Aufzählungszeichen.«

Margot presste sich eine Hand aufs Herz, als hätte er ihr den Todesstoß verpasst. »Sie sind gemein«, beschwerte sie sich, doch sie verzog weder böse das Gesicht, noch blitzten ihre blauen Augen drohend auf. Es war eher, als würden sie einen Ball zwischen sich hin- und herwerfen. Nicht, um zu punkten oder den anderen auszustechen, sondern aus dem puren Vergnügen, den Ball in der Luft zu halten. »Meinen Sie eine dieser Nachrichten, auf die Sie aus Prinzip nicht antworten?«

»Ich fühle mich natürlich schuldig deswegen, aber andererseits antworten Sie auch nur auf etwa fünfundzwanzig Prozent meiner Nachrichten.« Will war klar, dass sie sich beide bessern mussten, was ihre elektronische Kommunikation betraf. »Gut, dass wir jetzt mehr Zeit miteinander verbringen. Blossom zuliebe.«

»Ja, nur Blossom zuliebe«, stimmte Margot ihm für seine Begriffe etwas zu bereitwillig zu. So schlimm war er nun auch wieder nicht. »Und wo wir gerade dabei sind. Ich liebe es, dass sie sich jedes Mal so freut, wenn sie mich sieht, selbst wenn ich nur kurz mal auf der anderen Straßenseite einen Liter Milch geholt habe.« Margot schnaubte leise. »Obwohl ich mich manchmal frage, ob sie nicht nur erleichtert ist, dass sie nicht wieder sitzen gelassen wurde.«

»Es ist schwer zu sagen, woran sie sich erinnert und woran nicht. Wenn wir am Abend den Besen herausholen und den Laden fegen, läuft sie davon und versteckt sich«, gab Will schuldbewusst zu, obwohl es nichts mit ihm zu tun hatte.

»Ja, und wenn sie sieht, wie der Müllmann Müllsäcke in seinen Wagen wirft, wird sie fast verrückt«, erzählte Margot. »Sogar noch schlimmer als bei einem Eichhörnchen. Arme Blossom … ich weiß, man sagt, Hunde leben im Augenblick, aber sie hat offensichtlich schlimme Erinnerungen an ihre Vergangenheit.«

»Aber wir helfen ihr jeden Tag, neue Erinnerungen zu schaffen«, erwiderte Will bestimmt, denn es war nicht gut, die Vergangenheit immer und immer wieder zu durchleben. Es änderte nichts. Die Vergangenheit war nun mal passiert. Sie formte, oder besser gesagt: Sie presste einen in eine verdrehte, verworrene Form, und irgendwann musste man versuchen, alles wieder geradezurücken. Und wenn die Vergangenheit Spuren hinterließ, dann traf dasselbe auch auf die Gegenwart zu, vor allem auf die guten Dinge. »Wir sind schon fast wieder bei Ihrem Büro.«

Sie hatten den Park verlassen und gingen nun die Regent's Park Road entlang. Das schmutzig graue Gebäude, in dem Margot ihr Mode-Ding machte, war bereits zu sehen.

Es wurde Zeit, dass Will die Leine übergab. »Na also, das war ja halb so schlimm«, sagte er, und Margot machte ein langes Gesicht. »Nicht, dass ich davon ausgegangen bin, dass es schlimm werden würde …«

»Na dann könnten wir am Samstag zusammen spazieren gehen. Falls Sie nicht zu beschäftigt im Laden sind«, schlug Margot vor.

Sie schien immer noch zu denken, dass Will *im* Laden arbeitete. Dass seine Familie bloß Blumen verkaufte und Will Geld entgegennahm, Blumensträuße in Papier einschlug und Kunden beriet, wie er es als Teenager in den Ferien und an den Wochenenden getan hatte.

Aber vermutlich war jetzt nicht der richtige Zeitpunkt, um darauf einzugehen. Er hatte noch immer das Gefühl, als würde sein Inneres auf den Boden zurasen wie ein Aufzug, bei dem die Kabel durchgeschnitten wurden, wenn er an die Umstände zurückdachte, die ihn auf der Karriereleiter nach unten geführt hatten anstatt nach oben.

»Am Samstag ist nicht viel los«, meinte er stattdessen. »Am Freitag schon, da wollen alle frische Blumen fürs Wochenende, aber am Samstag kann meine Familie sicher einen Nachmittag lang auf mich verzichten. Soll ich Sie um zwölf abholen?«

»Perfekt.« Sie standen mittlerweile vor dem Büro, und Margot gab den Code in das Tastenfeld an der Wand ein. Ein Surren ertönte, und sie drückte die Tür auf.

Es folgte ein schrecklich peinlicher Moment, in dem sie beide überlegten, wie sie sich angemessen voneinander verabschieden könnten.

Will bückte sich und tätschelte Blossom die Flanken. »Auf Wiedersehen, Blossom«, meinte er und richtete sich wieder auf. »Bis Samstag!« Er hob grüßend die Hand. Margot lächelte und winkte ihm mit den Fingerspitzen zu, bis Blossom genug von ihnen beiden hatte und Margot durch die Tür ins Haus zog.

KAPITEL 19

Margot

Viel zu früh war es plötzlich Dezember, und der Winter war ins Land gezogen. Am Morgen war es dunkel und nachmittags um vier genauso. Die Blätter waren von den Bäumen gefallen und verwandelten sich unter den Füßen zu Mulch, und die nackten Äste ragten wie Silhouetten in den grauen Winterhimmel.

Trotzdem sah London herrlich aus, wenn es unter Eiskristallen glitzerte und im funkelnden Lichterglanz erstrahlte. Die Siedlergemeinschaft von Highgate hatte überlegt, die öffentliche Toilette gegenüber von Margots Wohnung (die für eine öffentliche Toilette ziemlich ansehnlich war und eher wie ein kleines, rustikales Häuschen aussah) mit einer Lichterkette zu schmücken, doch irgendwie hätte das dann zu übertrieben gewirkt.

Margot war froh, dass die Kälte dem Matsch ein Ende gesetzt hatte und dass sie sich im Büro mit der Frühjahrs/Sommer-Kollektion für das übernächste Jahr beschäftigen konnte. Denn was gab es Besseres gegen eisige Kälte, als sich zu überlegen, welche Bikinis Frauen in achtzehn Monaten gerne tragen würden?

Doch als der Monat wie im Flug verging und Weihnachten immer näher rückte, ergriff die gewohnte Niedergeschlagenheit von Margot Besitz. Es gab das ganze Jahr über schwierige Tage – Geburtstage, Jahrestage und feierliche Anlässe, an denen sie eine Kerze anzündete –, doch diese Tage gehörten nur Margot allein. Den Verlusten, die sie erlitten hatte. Dem Schmerz, der ständig irgendwo im Hintergrund lauerte und nie wirklich wegging.

Um Weihnachten herum war der Schmerz jedoch allgegenwärtig. Er lauerte in jeder Fernsehwerbung. In den Gesprächen im Büro oder mit Freunden, in denen es um die Pläne für die Feiertage ging. Um Zusammensein, Zugehörigkeit und all die Dinge, die Margot so verzweifelt in ihrem Leben vermisste.

Glücklicherweise trudelten im Dezember auch zahllose Einladungen zu Weihnachtspartys ein, und Margot ließ keine aus. Nur eine Party und ein einziges Gespräch mit einem Fremden könnten ihr Leben für immer verändern. Sie brauchte nur einen Mann im richtigen Alter, der finanziell abgesichert war, seine Ex-Freundinnen nicht als »verrückt« abstempelte und nicht dachte, dass Margot ihn an die kurze Leine legen würde, wenn sie sich fester an ihn binden wollte. Sonst würde sie irgendwann vierzig, dann fünfzig und schließlich sechzig werden und immer noch keine eigene Familie, dafür aber mindestens sechs aus dem Tierheim gerettete Hunde haben. »Wozu Familie, wenn ich Hunde haben kann?«, hatte eine ihrer neuen Parkbekanntschaften neulich gelacht. Die Frau war fünfundsechzig, glücklich geschieden und vollkommen vernarrt in ihre drei Windhunde von der Rennstrecke, die im Gegenzug hin und weg von ihrem neuen Frauchen waren.

Warum warf Weihnachten bloß jedes Mal ein helles Licht in die hintersten Winkel und Ecken in Margots Leben, in denen sich die Sehnsucht versteckte? Margot hatte eine bezaubernde Wohnung, einen erfüllenden Beruf, jede Menge Freunde und Blossom. Und dann war da natürlich auch noch ihre *logische* Familie. Doch selbst die machte sich an Weihnachten auf, um die Feiertage mit ihren Verwandten zu verbringen.

»Wir feiern heute bei meinen grauenhaften Schwiegereltern«, erklärte Tracy bei ihrem jährlichen Weihnachtsbrunch. Früher hatten sie um elf begonnen und waren erst nach Hause gegangen, wenn sich eine übergeben oder mit einem Kerl geknutscht hatte, mit dem sie nicht hätte knutschen sollen.

Dieses Jahr trafen sie sich in einem hundefreundlichen Gastropub in Islington, damit Blossom dabei sein und Sarah sich danach gleich noch um ihre Weihnachtseinkäufe kümmern konnte. Sarah hatte den elf Monate alten Bertie dabei, den sie sofort in Margots zärtliche Obhut übergab, damit diese die Arme um seinen rundlichen, zappelnden Körper schlingen und an seinen Haaren schnuppern konnte, während Blossom ihr argwöhnisch dabei zusah.

Margot lächelte und trank ein Glas Prosecco ums andere, während sie versuchte, den Alkohol mit Buttermilch-Pfannkuchen zu neutralisieren, sodass sie am Ende beschwipst und mit flauem Magen nach Hause gehen würde. Sie drückte Bertie an sich und löste sanft die pummeligen Finger von ihren Locken, während sie ihren drei Freundinnen zuhörte, wie sie sich darüber beschwerten, aus London fortzumüssen, um bei den Eltern zu feiern, bloß um am zweiten Weihnachtsfeiertag weiter zu den Schwiegereltern zu pilgern. Sie bemitleidete Tracy, die den trockenen Truthahn ihrer Schwiegermutter hinunterwürgen musste. Sie nickte verständnisvoll, als Sarah erzählte, dass sie kein ethisch korrekt produziertes, pädagogisch wertvolles Spielzeug für ihre Kinder bekam, sondern den blinkenden Plastikkram, mit dem auch ihre Freunde »beglückt« wurden. Und sie hatte Verständnis für Jess' bevorstehendes Martyrium, Weihnachten mit ihren fünf Schwestern im selben Haus verbringen zu müssen.

»Ich wette, dass noch vor der Mitternachtsmesse der Dritte Weltkrieg ausbrechen wird«, grinste Jess. »Aber dann kommen wir ins Haus und sehen, dass Santa da war. Obwohl wir natürlich wissen, dass mein Dad sich den Sherry und die Plätzchen für Santa einverleibt hat. Er kommt auch nicht mit in die Kirche, weil er nicht an organisierte Religionsausübung glaubt.«

Margot konnte mit ihren spärlichen Weihnachtserinnerungen zwar nichts zu den Gesprächen beitragen, aber sie erfreute sich trotzdem an den Erzählungen der anderen: an den Fotos in grauenhaften Weihnachtspullis im Partnerlook und an der Geschichte, wie Sarahs Familie einmal von der Feuerwehr aus dem Haus geholt worden war, nachdem sie nicht nur den Plumpudding, sondern auch noch die Samtvorhänge ihrer Mutter in Brand gesetzt hatten.

Als sie kaum zwei Stunden nach dem Eintreffen bereits auf die Rechnung warteten, legte Jess schließlich eine Hand auf Margots Arm. »Margot, jetzt haben wir in einem fort von unseren Weihnachtsplänen geredet«, meinte sie sanft. »Bitte sag mir, dass du auch etwas Nettes geplant hast.«

Normalerweise verbrachte Margot Weihnachten bei ihren Nachbarn Geoff und Daphne, doch die fuhren dieses Jahr mit Freunden in den Urlaub. Plan B hatte vorgesehen, mit Jacques und Solange zu feiern, doch Solange hatte diesmal die Frechheit besessen, bei ihrer Familie in Rennes sein zu wollen.

Margot konnte das ganze Jahr über so tun, als führte sie

ein glückliches, erfülltes Singleleben, doch am 25. Dezember fühlte sie sich jedes Mal wie der einsamste Mensch der Welt. Blossom, die bis jetzt ruhig unter dem Tisch gesessen hatte, schien Margots Schmerz zu spüren, denn sie stieß mit ihrem Kopf gegen ihr Bein.

»Na ja, es ist mein erstes Weihnachtsfest mit Blossom, also wird es etwas ganz Besonderes«, erklärte Margot, und beim Gedanken daran hob sich ihre Stimmung tatsächlich. »Wir werden bis halb zehn schlafen und uns dann auf den Weg machen, um den Weihnachtsschwimmern im Park zuzusehen. Vielleicht gehen wir auf dem Rückweg auf ein Gläschen und ein Brötchen ins Flask, und nachdem ich eigentlich gar keinen Truthahn mag, werden wir uns zum Abendessen nur das Beste gönnen: Würstchen im Schlafrock, Bratkartoffeln, Pastinaken und Karotten – und das alles in Gänsefett.«

»An Heiligabend müsst ihr unbedingt an mich denken«, meinte Tracy, und man hörte die Erleichterung in ihrer Stimme, dass Margot keine Szenen aus *Bridget Jones* und *A Christmas Carol* nachspielen würde. Die trübseligen Szenen, nicht die, in denen Bridget Mark Darcy küsst und Tiny Tims Weihnachtswünsche wahr werden. »Ich muss mir das Weihnachtsspezial der besten Witze aus drei Jahrzehnten ansehen, extralaut und mit Untertiteln.«

»Und wir werden in aller Herrgottsfrühe von einem aufgeregten kleinen Bengel geweckt, der den ganzen Tag im Zuckerschock verbringen wird«, fügte Jess hinzu. Sie waren jetzt an dem Punkt angelangt, an dem sich die Freundinnen mit Beweisen dafür übertrumpften, dass Margots Single-Weihnachten besser waren als ihre Feierlichkeiten im Kreise der Familie.

Margot genoss ein weiteres tröstendes Kopfstupsen von

Blossom und vergegenwärtigte sich die Schilderungen ihrer Freundinnen. Doch im nächsten Moment musste sie ihre Tränen unterdrücken, obwohl sie von Herzen versuchte, weiter fröhlich und begeistert von ihren *Weihnachten der Freiheiten* zu sein. Denn die Festtage fielen in Wills Woche.

Plötzlich klangen das Aufstehen um halb zehn, der Spaziergang, ein Zwischenstopp im Flask und ein abgespecktes, einsames Weihnachtsessen (ein Truthahn für eine Person war wenig sinnvoll) nicht mehr so amüsant. Ohne Blossom an ihrer Seite waren es bloß traurige Versuche einer alleinstehenden Frau, den Tag schnell hinter sich zu bringen.

Margot spürte, wie ihr Handy vibrierte, und war froh über die Ablenkung. Es war eine Nachricht von Will, als hätte der ebenfalls ihren Kummer gespürt.

> Kann ich Sie nach dem Training und der Übergabe morgen vielleicht überreden, mit mir nach Muswell Hill zu kommen? Ich habe eine Überraschung für Sie. W

Margot konnte sich nicht vorstellen, worum es dabei ging. Will war nicht der Typ für Überraschungen. Doch dann fiel ihr ein, dass Will im Laufe der letzten Wochen immer besser darin geworden war, Textnachrichten zu schreiben und auf Margots Nachrichten zu antworten. Trotz ihrer Niedergeschlagenheit fühlte sie sich ein wenig erleichtert. Will dachte an sie. Er plante eine Überraschung für sie. So, als würden sie langsam Freunde werden. Irgendwie zumindest.

Sarah und Jess stritten sich wie immer wegen der Rechnung. »Aber ich hatte keinen Cocktail. Ich hatte einen Kaffee, und du hattest keinen …« Bis sich Tracy einmischte: »Himmelherrgott noch mal, teilen wir einfach alles durch vier – wie immer.«

Sie schlüpften in ihre Mäntel und teilten Küsse aus. Dann musste Jess los, um ihre Tochter von einer Geburtstagsparty abzuholen, und Sarah steckte Bertie ins Tragetuch und machte sich mit einem entschlossenen Blitzen in den Augen für die Schlacht im Spielwarengeschäft bereit.

»Ihr kommt doch alle an Silvester vorbei, oder?«, fragte Margot sicherheitshalber, denn auch wenn sie Weihnachten in tiefster Verzweiflung verbrachte, rockte sie den Silvesterabend. Ab elf Uhr waren alle Freunde willkommen. Da startete sie mit einem kinderfreundlichen Brunch-Buffet, und die Party dauerte, bis auch die letzte Flasche Prosecco ausgetrunken war und die letzte Rakete den Himmel über London erhellt hatte.

»Das lasse ich mir sicher nicht entgehen«, versprach Tracy und hauchte Margot noch einen Kuss auf die Wange. »Wir kommen gegen Abend und bleiben bis zum bitteren Ende.«

»Und es macht dir sicher nichts aus, wenn ich meine schrecklichen Kinder mitnehme?«, fragte Sarah. Margot versicherte ihr, dass es ihr natürlich nichts ausmachte. Sie lächelte mittlerweile seit zwei Stunden, und langsam tat ihr Gesicht genauso weh wie ihr Herz.

KAPITEL 20

Will

Obwohl die verschiedensten Frauen in seinem Leben – sowohl Familienmitglieder als auch flüchtigere Damenbekanntschaften – immer wieder erklärt hatten, dass Will bestenfalls nichts ahnend und schlimmstenfalls gefühllos war, merkte er sofort, dass Margot etwas belastete.

Am Sonntagvormittag verbrachten sie ihre Trainingseinheit wieder mit dem Begleithund Lady Violet, einer sehr würdevollen Basset-Dame, die Blossom Gelassenheit vermitteln sollte. Margot sagte kaum ein Wort, obwohl sie sich normalerweise angeregt mit Violets Besitzerin unterhielt und alles über deren Vorfahren sowie Futter- und Schlafgewohnheiten wissen wollte. Selbst ihre Locken schienen ihre übliche Spannkraft verloren zu haben.

Will bereute, dass er sie zu sich nach Hause eingeladen hatte, denn so müsste er ihr zumindest einen Kaffee anbieten, bevor er sie verabschieden konnte. Doch dann dachte er an die Überraschung und musste unwillkürlich lächeln.

»Blossoms abscheuliches Verhalten ist kein Grund zum Lachen«, blaffte Margot. »Genauso wenig wie meine gezerrte Schulter. Ich muss diese Woche noch zur Osteopathin.«

»Dann tauschen wir doch«, meinte Will und deutete auf Blossom, die in einem fort an der Leine zog und sich maßlos über die äußert unbeeindruckte Violet ärgerte.

»Nein, schon gut«, seufzte Margot, und auch im Bus nach Muswell Hill saß sie bloß da und starrte aus dem Fenster, sodass Will mit grimmiger Miene das Gespräch vorantreiben musste.

Er erzählte Margot von Sages raffiniertem Plan, sich vor dem Jurastudium zu drücken, indem sie die Blumenkranzschiene des Ladens übernahm und ausbaute, wobei sie zusätzlich auf Festivals und Frauenvereine setzen wollte.

»Sie meint, Blumenkränze seien die Millennial-Version des Blumenarrangierens«, meinte Will, während sich der Bus den steilen Hügel hinaufquälte, dem Muswell Hill seinen Namen verdankte. »Ich glaube, ihre Vorschläge haben Potenzial, aber sie muss trotz allem einen Abschluss machen.«

»Auf dem letzten Junggesellinnenabschiedswochenende haben wir auch Blumenkränze geflochten«, warf Margot ein.

»Das werde ich weitergeben«, erwiderte Will. Sie hatten gar nicht an Junggesellinnenabschiede als Absatzmöglichkeit gedacht.

»Dabei hat sich eine Nadel in meinen Haaren verfangen, und wir mussten sie herausschneiden«, fuhr Margot missmutig fort, und Will beschloss, dass sie den fünfminütigen Spaziergang bis zur Überraschung besser zur stillen Reflexion nutzten.

Zur Abwechslung hegte er einmal keine Selbstzweifel und war sich sicher, dass seine Überraschung so – wenn man das so sagen durfte – bezaubernd war, dass sie Margots

Probleme wegfegen würde wie der Wind eine vergessene Einkaufstüte.

»Ist die Überraschung in Ihrer Wohnung?«, fragte Margot.

»Auf der anderen Straßenseite«, erwiderte Will und blieb kurz stehen, da Blossom immer stärker zog, je näher sie der Wohnung kamen. »Sollen wir noch mal umkehren?«

»Nein.« Margot seufzte. »Wir drehen schon seit Wochen andauernd um, aber es hat sich nicht das Geringste geändert.«

Sie verschränkte die Arme vor der Brust – was in ihrem klobigen Anorak gar nicht so einfach war –, bis sie schließlich vor einem Laden namens *Wuff!* stehen blieben. Will hatte hier in den letzten zwei Monaten Bio-Hundefutter, Leckerlis und Staffy-sicheres Spielzeug gekauft (von dem kein einziges Staffy-sicher gewesen war) und mehr Geld liegen gelassen, als er in einem Jahr für sich selbst ausgab.

Margot versuchte nicht einmal, ihre Enttäuschung zu verbergen. »Verstehen Sie mich nicht falsch, ich kaufe liebend gerne für Blossom ein, aber das ist ja wohl kaum eine Überraschung.«

Will umfasste sanft Margots dicken Ärmel und zog sie noch einige Meter weiter. Dann deutete er unbeholfen auf das Schaufenster. »*Das* ist die Überraschung!«

Margot starrte für seine Begriffe ein paar Sekunden zu lange auf die festliche Deko.

»Oh! Ach du liebe Güte!« Sie spitzte die Lippen, blinzelte und kramte eilig eine Packung Taschentücher aus ihrer Tasche.

»Treibt Ihnen der Wind die Tränen in die Augen?«, fragte Will hoffnungsvoll. Er wollte ihr doch eine Freude machen.

»Nein, das Schaufenster!«, presste Margot hervor. »Blossom! Ich liebe dein witziges Fellgesicht so sehr.«

Wuff! hatte eine Werbeaktion gestartet und zwölf Weihnachtshunde gesucht, um das Schaufenster mit ihren Fotos zu schmücken. Mary hatte den Flyer und die Grundidee mitgebracht, und dann hatte Sage übernommen.

Sie hatten Blossom einen Kranz aus Stechpalmenblättern (»Aber aus Plastik, wir wollen ja nicht, dass sie sich ihr hübsches Köpfchen zerkratzt«) und Mistelzweigen geflochten, und während Mary ihr ein Leckerli nach dem anderen zugeworfen hatte, hatte Sage Hunderte Fotos geschossen. Das Resultat war ein Bild, auf dem Blossom eine wilde Grimasse schnitt. Ihre Augen schauten wirr in zwei verschiedene Richtungen, die Schnauze stand offen, und die rosarote Zunge hing heraus. Und als Krönung trug sie den herrlich weihnachtlichen Kopfschmuck.

Sie hatten von Anfang an gewusst, dass Blossom den Mittelpunkt des Schaufensters bilden würde, während die Fotos der anderen elf Hunde (die sehr viel kleiner waren als Blossoms Porträt) um sie angeordnet worden waren.

Unter jedem Bild stand die Frage: »Warst du ein böses oder ein braves Hündchen?«

Und Blossom (oder besser gesagt Sage) hatte geantwortet: »So etwas fragt man eine Hundedame nicht. Wuffatürlich war ich wufftastisch brav.«

»Ich liebe es!« Margot rang begeistert die behandschuhten Hände, während ihr eine Träne über die Wange kullerte. »Kann ich einen Abzug haben?«

»Den bekommen Sie an Weihnachten«, versprach Will, obwohl er nicht vorgehabt hatte, Margot etwas zu schenken. Normalerweise schrieb er nicht einmal Weihnachtskarten. »Wollen Sie einen Kaffee?«

Margot spielte nervös mit ihren Fingern. »Kaffee wäre toll.«

»Da ist ein Café gleich über die Straße …«

»Ich weiß, es ist Ihre Woche, aber darf Blossom Weihnachten bei mir verbringen?«, platzte Margot heraus. »Es ist viel verlangt, aber es würde mir wahnsinnig viel bedeuten.«

»Holen wir uns zuerst einen Kaffee.« Will merkte, dass Margot vor Anspannung fast durchdrehte, aber er wollte dieses Gespräch nicht mitten auf der Straße führen. Er fühlte sich noch gemeiner, als er sie draußen warten ließ, während er im Café zwei Becher Kaffee und Bagels kaufte. Erst als sie in seiner Wohnung waren und sie – immer noch in ihrer Jacke – auf dem Sofa saß, konnte er ihr antworten.

»Ich sage das jetzt nicht, weil ich die Sache verkomplizieren will oder weil ich ein Arsch bin«, begann er, wodurch mehr oder weniger bereits feststand, dass er die Sache verkomplizieren und als Arsch dastehen würde. Margot sank in ihrer klobigen Jacke zusammen.

»Das heißt dann wohl Nein«, murmelte sie etwas dümmlich.

»Ja, das heißt Nein, aber nur, weil meine Familie sich schon so freut, Blossom am Weihnachtstag bei sich zu haben«, versuchte sich Will an einer Erklärung, während Blossom aus der Küche kam, wo sie lautstark ihr Wasser geschlabbert hatte.

Sie rülpste, sprang aufs Sofa und lehnte sich an Margot, die schweigend den Arm um sie legte und mit ausdruckslosem Gesicht in ihren Kaffee starrte.

Normalerweise hielt Margot sich nicht mit ihrer Meinung zurück, weshalb Will ins Schwimmen geriet. »Ich dachte, Sie würden Weihnachten mit Ihrer Familie feiern«, erklärte er. »Sie stammen doch aus London, nicht wahr?«

»Aus Gospel Oak«, erwiderte Margot mit rauer Stimme, als würde sie bald zu weinen beginnen.

»Hören Sie, Sie wollen doch sicher nicht mit Blossom und einer Ladung Geschenke über die Hampstead Heath nach Gospel Oak pilgern«, gab Will zu bedenken. »Ich verstehe, dass es Ihr erstes Weihnachten mit Blossom ist und dass Sie wollen, dass es etwas Besonderes wird, aber …«

»Ich werde meine Familie an Weihnachten nicht besuchen«, platzte es aus Margot heraus. »Ich bin allein.«

»Das tut mir leid«, erwiderte er und meinte es auch so. Er verstand sie, fühlte mit ihr. Familien waren eine komplizierte Sache, und manchmal war es das Beste – und Sicherste –, was man für seine eigene Psyche tun konnte, sich von einzelnen oder allen Familienmitgliedern abzuwenden, sie nicht zu sehen, nicht mit ihnen zu sprechen und nicht einmal zu wissen, ob sie noch am Leben waren. »Seit wann haben Sie mit Ihrer Familie gebrochen?«

Margot hob die Augenbrauen, und zu Wills Überraschung lächelte sie. Es war nicht ihr übliches Grinsen, sondern sehr viel verhaltener. »Aber nein! Wir haben nicht miteinander gebrochen.« Sie stellte ihren Kaffeebecher auf den Beistelltisch und öffnete endlich ihre Jacke, damit sie sie abstreifen konnte. Die folgende Erklärung würde wohl länger dauern. Will machte sich auf alles gefasst. »Sie sind tot.«

Offenbar dauerte die Erklärung doch nicht so lange.

»Das tut mir leid«, sagte er erneut. »Ihre Eltern, nehme ich an? Es muss schwer sein, beide verloren zu haben.«

»Ich habe mich daran gewöhnt.« Margot schlang ihre Arme um Blossom, drückte sie an sich und küsste ihren Kopf, was Blossom eher tolerierte als wirklich genoss. »Meine Eltern waren schon ziemlich alt, als sie mich bekamen. Meine Mutter war fünfundvierzig, mein Vater vierundfünfzig.«

Manchmal fragte sich Will, ob er es ertragen würde, Kinder in die Welt zu setzen. Er wusste, dass er besser früher als später eine Entscheidung treffen und Frieden mit der Vergangenheit schließen musste, damit er immer noch jung genug war, um einer dieser engagierten Dads zu werden. Dads, die mit ihren Kindern Fußball spielten, zum Campen gingen und all die anderen sinnvollen Dinge machten, die man als guter, liebevoller und freimütiger Vater so tat.

»Vierundfünfzig ist ziemlich alt«, meinte er vorsichtig.

»Mick Jagger und Rod Stewart waren um einiges älter, obwohl ich nicht glaube, dass sie in der Nacht aufgestanden sind, um ihre Kinder zu füttern oder Windeln zu wechseln«, erwiderte Margot. »Ich habe meinen Dad geliebt, auch wenn er älter war als die Väter meiner Freundinnen. Er war nach der Schule mit mir schwimmen oder im Museum, und er hätte gut und gerne steinalt werden können, aber er wurde mit einundsechzig überfahren, als er die Straße überqueren wollte.«

Da war sie sieben gewesen. Als Will sieben gewesen war, hatte er sich gewünscht, sein Dad wäre tot, aber er hatte auch keinen Vater gehabt, der ihn ins Schwimmbad oder ins Museum begleitete.

»Das war sicher ein harter Schlag«, sagte er betreten.

Margot nickte. »Hätte ich einen sehr viel jüngeren Vater gehabt, hätte ihn dieser Betrunkene vielleicht trotzdem überfahren und getötet. Danach gab es nur noch meine Mum und mich. Sie war wundervoll, und ich vermisse sie sehr …« Ihre Stimme brach, und sie konnte nicht mehr weiterreden. Sie wandte den Kopf ab, damit Will ihr Gesicht nicht sehen konnte, doch Blossom drehte sich in Margots Armen um, legte die Pfoten auf ihre Oberschenkel und leckte ihr die Tränen von den Wangen.

Will erhob sich und stand einen Moment lang hilflos vor ihr, dann ging er in die Küche, riss ein paar Blätter von der Küchenrolle und brachte sie Margot. »Ich bin ein alleinstehender Mann, ich habe keine Taschentücher.«

Margot rang sich ein von Schluckauf durchdrungenes Lächeln ab und versuchte, Blossom in eine etwas bequemere Position zu bringen, indem sie die Pfoten von ihren Beinen schob. »Blossom, du wiegst eine Tonne.«

Blossom ließ sich sinken, sodass ihre Pfoten auf Margots Oberschenkel ruhten. Margot zuckte zusammen und versuchte, sie erneut zur Seite zu schieben. »Und deine Ellbogen sind schrecklich spitz.«

Es folgte einiges an Herumgerutsche, bis Blossom sich bereit erklärte, nicht mehr auf Margot zu sitzen, sondern sich seitlich an sie zu kuscheln. Sie legte den Kopf in Margots Schoß und sah vorwurfsvoll zu ihr hoch, als könnte sie nicht glauben, dass Margot die Position ihrer Pfoten infrage gestellt hatte.

Will wünschte, sie hätten das Gespräch von vorhin bereits abgeschlossen, doch er wusste, dass es sich nur um eine Pause gehandelt hatte. »Sie haben gerade von Ihrer Mum erzählt«, griff er den Faden vorsichtig wieder auf.

Margot zuckte mit den Schultern. »Sie starb, als ich achtzehn war. Krebs.«

»Das ist echt beschissen«, meinte Will, denn das war es tatsächlich. Er war kein Freund von Plattitüden, und Margot schien es zu schätzen, dass er ihr nicht betreten sein Beileid ausdrückte.

»Es war mehr als schrecklich. Unbeschreiblich. Nicht nur,

weil ich sie geliebt habe und wir die besten Freundinnen waren. Mum und Dad waren beide Einzelkinder, das heißt, es gab keine Tanten oder Onkel, keine Cousinen oder Cousins.« Sie lächelte schwach. »Ich bin die Letzte in der Familie, und das ist okay. Wirklich. Außer an Weihnachten. Da ist es nicht ganz so okay wie sonst.«

»Das verstehe ich.« Will betrachtete Blossom, die sich auf den Rücken gerollt hatte und Margot mit der Pfote anstupste, damit sie ihr den Bauch kraulte.

»Ich habe vielleicht keine ›Familien-Familie‹«, sie zeichnete mit der freien Hand, die sie nicht für Blossoms Bauch benötigte, Anführungszeichen in die Luft, »aber ich habe eine *logische* Familie. Es gibt viele Leute in meinem Leben, die mich lieben und die ich liebe. Leute, die immer für mich da sind …«

»Das freut mich.« Will hatte eine Familien-Familie, die sich mit ihm abgeben musste, weil sie durch ihre DNA und die gemeinsame Lebenszeit miteinander verbunden waren. Was allerdings auch dazu geführt hatte, dass Will niemanden nahe genug an sich heranlassen konnte, um sich eine *logische* Familie aufzubauen. »Jeder sollte solche Menschen in seinem Leben haben.«

»Normalerweise verbringe ich Weihnachten mit Freunden, aber dieses Jahr sind sie nicht in der Stadt.« Margot runzelte die Stirn, sodass sich ihre Augenbrauen beinahe in der Mitte berührten. »Es würde mir nichts ausmachen, an Weihnachten allein zu sein, wenn Blossom bei mir wäre, denn dann wäre ich ja nicht wirklich allein … Also besteht vielleicht die Chance, dass Sie Ihre Meinung ändern? Dass ich sie vielleicht wenigstens am ersten Weihnachtsfeiertag zu mir holen kann?«

Obwohl sämtliche Ex-Freundinnen das Gegenteil behaupteten, war Will nicht aus Stein. Er hatte echte Gefühle, echte Emotionen und versuchte, wenn möglich, das Richtige zu tun. Also tat er das Einzige, das er unter diesen Umständen tun konnte. »Sie werden an Weihnachten nicht allein sein. Das kommt nicht infrage«, sagte er bestimmt. »Sie werden Blossom am ersten Weihnachtstag sehen, weil sie ihn nämlich mit mir und meiner Familie verbringen werden.«

KAPITEL 21

Margot

Margot wäre durchaus zufrieden damit gewesen, Weihnachten mit Blossom allein zu feiern anstatt mit Will und seiner Familie. Trotzdem stolperte sie am Weihnachtsmorgen die Southwood Lane entlang und versuchte, den riesigen Karton, den sie dabeihatte, möglichst gerade zu halten. Laut Will sollte sie nichts mitbringen außer sich selbst, doch Margot war nicht bei den Wölfen groß geworden. Sie hatte eine Mutter und einen Vater gehabt, die sie sehr geliebt hatten, und an diesem Morgen hatte sie wie jedes Jahr an Weihnachten in der Badewanne gesessen und geweint, weil sie sie vermisste. Ihr Fehlen verursachte einen schwelenden Schmerz, der nie wirklich heilen würde.

Nach ihrer Hochzeit hatten Roger und Judy Millwood ein heruntergekommenes Haus in Gospel Oak gekauft, um es zu renovieren und mit Kinderlachen zu füllen. Die Umbauarbeiten waren bald abgeschlossen gewesen, nur die Kinder waren ausgeblieben. Bis Judy Millwood fünfzehn Jahre später schockiert festgestellt hatte, dass sie nicht verfrüht in die Wechseljahre gekommen, sondern im fünften Monat schwanger war.

Und so waren es immer nur Margot und ihre Eltern gewesen. »Wir drei sind glücklich und vogelfrei«, hatte Roger immer gesagt. Er war Englischlehrer mit einer Vorliebe für seltsame Reime gewesen. Jeden Tag, wenn Margot aus ihren Schuhen und Strümpfen geschlüpft war, hatte er genussvoll aus »Die Dohle von Reims« zitiert und ihr in Reimform von dem Kardinal erzählt, der seine violetten Schuhe auszog, sodass seine roten Socken zum Vorschein kamen.

Judy war Kunstlehrerin, und so hatte es jedes Jahr an Weihnachten Selbstgebasteltes gegeben. Zarte Papiergirlanden an den Wänden, personalisierte Weihnachtsbaumkugeln und einen mit Margots Namen bestickten Strumpf über dem Kamin.

Sie hatten nur sieben gemeinsame Weihnachten erlebt, doch Margot hatte nichts davon vergessen. Auch wenn sie fürchtete, dass ihre Erinnerungen bald so hauchdünn sein würden, dass sie zu Staub zerfielen.

Im Moment war sie jedenfalls ziemlich neugierig auf Blossoms anderes Leben und die Leute, mit denen sie ihre Zeit verbrachte, wenn Margot sie nicht gerade nach Strich und Faden verwöhnte. Und ihr gleichzeitig natürlich auch strenge und klare Grenzen setzte. Nach allem, was Will erzählt hatte (»Sie müssen wissen, dass meine Mutter Blossom als ihr drittes Enkelkind bezeichnet …«), glaubte sie kaum, dass Blossom in den Wochen bei Will ebensolche Grenzen kennenlernte, was natürlich einiges erklärte.

Will hatte angeboten, Margot an ihrem üblichen Treffpunkt in den Highgate Woods abzuholen, sodass sie den restlichen Weg zusammen gehen konnten. Offenbar hatte sie ihn anfangs falsch eingeschätzt. Natürlich hatte er ihren Hund geklaut, aber darüber war sie mittlerweile hinweg. Im Moment war sie ihm einfach dankbar, dass sie nicht alleine vor der Haustür der Blooms warten musste wie ein nicht bestelltes Weihnachtspäckchen.

Trotz ihrer Bedenken freute sich Margot darauf, Blossom und Will wiederzusehen. Blossom trug ein blinkendes Rentiergeweih auf dem Kopf, das gefährlich schwankte, und als sie Margot sah, wedelte sie mit dem Schwanz und zerrte derart an der Leine, dass Will beinahe das Gleichgewicht verlor.

»Fröhliche Weihnachten«, wünschte Margot und beugte sich nach vorne, um Will auf die Wange zu küssen, weil es ihr in dieser Situation passend erschien. Doch Will versuchte immer noch, Blossom davon abzuhalten, an Margot hochzuspringen, weshalb der Moment etwa fünfmal peinlicher geriet, als er ohnehin schon war.

»Fröhliche Weihnachten«, antwortete er. Seine Haut fühlte sich kalt an, und sein Geruch erinnerte Margot an frische, klare Meeresluft und einen langen, belebenden Spaziergang im Wind. Margot war es gewöhnt, beide Wangen zu küssen, und drehte erwartungsvoll den Kopf, doch Will war bereits einen Schritt zurückgetreten. »Oh! Tut mir leid.«

»Es ist nicht gerade einfach, sich gegenüber einem Menschen korrekt zu verhalten, mit dem man sich einen Hund teilt, nicht wahr?«

»Ja, man sollte ein Buch darüber schreiben«, erwiderte Will, während er Margot unauffällig musterte.

Sie hatte sich heute besonders bemüht und sogar ihre Haare geglättet, sodass ihre Locken nicht so wild und ungezähmt aussahen wie sonst. Außerdem hatte sie das volle halbstündige Make-up-Programm mit Primern, Highlightern und Lidschattenübergängen durchgezogen, und auch wenn man es unter ihrem blau-rot karierten Mantel nicht sah, trug sie ihr hübschestes Tageskleid; ein tailliertes, halblanges grünes Modell mit winzigen roten Rosen von Rixo.

Margot hoffte, dass Wills Familie Weihnachten nicht im Schlafanzug feierte, denn Will musterte sie und runzelte dabei die Stirn.

»Was?«, fragte sie irritiert. »Stimmt etwas nicht?«

Er deutete auf die riesige Kuchenschachtel. »Hatte ich nicht gesagt, dass Sie nur sich selbst mitbringen sollen?«

»Ich kann doch nicht mit leeren Händen bei anderen Leuten auftauchen.« Sie setzten sich in Bewegung. »Bitte nicht übers Feld. Das sind meine guten Schuhe, nicht die Hundelatschen.«

Wintertage wie diesen mochte Margot am liebsten. Der Himmel war blau, und die Sonne fiel durch die Bäume, deren Äste Schatten auf die Wiese warfen, doch die Luft war eisig und frisch. Es war ein Wetter, bei dem man Sonnenbrille, Hut, Schal *und* Handschuhe tragen konnte – ein Segen für Leute, die derart vernarrt in Accessoires waren wie Margot.

Alle, die ihnen begegneten, waren guter Stimmung, und selbst Will schaffte es, Fremden »Fröhliche Weihnachten« zu wünschen und sich dabei nur ein klein wenig unwohl zu fühlen. Sie trafen sogar Eric, einen unverwechselbar aussehenden Mops mit Unterbiss und seelenvollen braunen Augen, der zurzeit der einzige Hund in Nordlondon war, der Blossom nicht den letzten Nerv raubte.

Viel zu schnell ließen sie die Bäume hinter sich und gelangten auf den letzten Abschnitt des Parkland Walks – einer ehemaligen Eisenbahnstrecke, die in ein Naturschutzgebiet umgewandelt worden war. Von einem Viadukt aus sah man London in seiner ganzen Pracht.

»Die Aussicht ist hier sogar noch besser als am Alexandra

Palace«, erklärte Will und deutete auf den Parliament Hill, den etwas weiter entfernten Shard und die St. Paul's Cathedral dahinter. »Ich glaube, die Hügel am Horizont sind Kent, aber nageln Sie mich nicht darauf fest.«

Bald schon waren sie am höchsten Punkt von Muswell Hill angekommen, und Will steuerte Margot und die Kuchenschachtel zuerst nach rechts und dann nach links. Margot spürte jetzt ihre Nervosität, ihr Magen rebellierte.

»Sie sehen aus, als wären Sie auf dem Weg zu Ihrer Hinrichtung und nicht zu einem Weihnachtsessen mit allem Pipapo«, bemerkte Will. »Glauben Sie mir, meine Mutter ist noch viel nervöser, Sie kennenzulernen. Sie macht sogar zwei verschiedene Arten Rosenkohl, damit Sie nicht glauben, dass sie nur eine Variante beherrscht.«

Margot hasste Rosenkohl, aber jetzt war vermutlich nicht der richtige Zeitpunkt für ein Geständnis dieser Art. Ihre Hände begannen zu schwitzen, als Will das Gartentor zu einem der eleganten edwardianischen Häuser öffnete, für die Muswell Hill bekannt war. Der Weg durch den Garten war mit schwarzen und weißen Steinen im Schachbrettmuster gepflastert und führte zu einem gepflegten Ziegelhaus mit glänzend weißen Fensterrahmen und einer hübschen Laubsägearbeit über der Eingangstür. Blauregen rankte sich die Wände hoch. Im Sommer musste es ein herrlicher Anblick sein.

Ihr Herz klopfte wie verrückt, während Will in seiner Jackentasche nach dem Schlüssel kramte und im selben Augenblick die Tür von einem hübschen Mädchen um die zwanzig geöffnet wurde, deren Haare Margot an blühenden Blauregen erinnerten.

»Das hat ja mal wieder ewig gedauert«, begrüßte sie ihn. »Du wolltest doch in einer halben Stunde zurück sein.«

»Das ist Sage, meine kleine Schwester, die offenbar ihre guten Manieren vergessen hat«, erklärte Will und trat beiseite, damit Margot ins Haus gehen konnte. Doch im nächsten Moment drängte Blossom Margot mit dem Kopf beiseite und lief zu Sage, die ihr pflichtschuldigst die Ohren kraulte. »Sage, das ist Margot.«

»Blossoms zweiter Mensch«, bemerkte Sage. Sie beherrschte die Küsschen-Küsschen-Begrüßung besser als ihr älterer Bruder und hielt Margot beide Wangen entgegen. »Ich würde ja gerne behaupten, dass ich das Gefühl habe, Sie schon ewig zu kennen, aber ich weiß im Grunde gar nichts über Sie, weil Will nie mit den wirklich guten Sachen herausrückt.«

»Da gibt es nicht viel zum Herausrücken.« Margot hatte kaum einen weiteren Schritt gemacht, als eine Frau in ihrem Alter die ziemlich prachtvolle Treppe heruntereilte.

»Hallo, hallo!«, rief sie und breitete zur Begrüßung die Arme aus. »Ich bin Rowan, Wills zweite Schwester.« Zwei kleine Jungen schoben sich an ihr vorbei, gefolgt von einem entspannt und fröhlich wirkenden Mann, dessen dunkle Haare beinahe genauso lockig waren wie Margots. »Diese zwei Monster gehören zu mir. Sam und Harry. Keine Sorge, ich kann sie auch nicht auseinanderhalten. Und der Große dahinter ist Alex, mein Mann. Sag Hallo, Schatz.«

»Hallo, Schatz«, rief Alex mit einem schnellen Winken und eilte an ihnen vorbei. »Ich würde gerne quatschen, aber ich muss mich um die Zwillinge kümmern.«

»Er hat beim Knobeln verloren«, erklärte Rowan, sprang die letzte Treppenstufe hinunter und griff nach Margots Händen.

»Schön, Sie kennenzulernen«, sagte Margot und bekam

erneut zwei überaus fachmännische Küsschen auf die Wange, bevor Rowan den Flur hinunter verschwand.

»Oh! Sie haben Kuchen mitgebracht.« Sage deutete auf die Schachtel, die etwas aus dem Gleichgewicht geraten war. »Soll ich ihn halten, damit Sie Ihren Mantel ausziehen können?«

»Es ist nicht einfach, das passende Gastgeschenk zu finden, wenn man von Leuten mit einem eigenen Blumenladen eingeladen wird«, erklärte Margot, während Will ihr aus dem Mantel half.

»Ich mache nur schnell den Hund los, dann hänge ich Ihren Mantel auf.« Will beugte sich nach unten, um Blossom abzuleinen, die nicht einmal abwartete, bis sie auch ihr Geschirr losgeworden war, sondern sofort den Flur entlanghetzte und durch eine offene Tür verschwand.

»Oh! Da ist ja mein Lieblingsmädchen! Wir haben die Innereien für dich aufgehoben!«, ertönte eine Stimme aus der offenen Tür.

»Will und Sie haben doch vereinbart, dass Blossom nichts aus der Küche bekommt, oder?« Sage verdrehte die Augen. »Also, Mum ist das jedenfalls ziemlich egal.«

Das hatte Margot bereits vermutet. Der Tierarzt war ziemlich überrascht gewesen, wie schnell Blossom ihr Zielgewicht erreicht hatte. »Gibt es sonst noch etwas, das ich wissen sollte?«, fragte sie Will, der ihren Mantel auf einen altmodischen Kleiderständer neben der Eingangstür hängte.

»Da fällt mir nichts ein«, erwiderte er mit regungslosem Gesicht.

Sage schnaubte. »Sie wissen noch nicht einmal die Hälfte. Und jetzt kommen Sie mit, ich stelle Ihnen Mum vor«, sagte sie fröhlich und verschwand den Flur entlang, sodass nur noch Margot und Will zurückblieben.

Margot lächelte schwach. »Sind Sie sicher, dass es Ihrer Mutter nichts ausmacht, dass ich ihre Feier sprenge?«

»Sie sprengen keine Feier. Sie sind der Ehrengast.« Will legte sich eine Hand aufs Herz. Er trug einen dünnen schwarzen Pullover über einem grauen T-Shirt, und der war so weich und luxuriös, dass Margot ihn sofort als Kaschmir identifizierte. »Meine Mutter ist der am wenigsten Furcht einflößende Mensch, den Sie jemals kennenlernen werden, versprochen.«

Will war um einiges größer als seine Schwestern, aber sie hatten alle das gleiche Funkeln in den blauen Augen. Margot sah es heute zum ersten Mal bei ihm, aber vielleicht war es eine Kombination aus Weihnachtsfreude und der Tatsache, dass sie sich hier auf vertrautem Terrain bewegten, die Wills Missmut vertrieben hatte.

»Okay«, erklärte Margot tapfer. »Dann los.«

Will legte eine Hand auf Margots unteren Rücken und führte sie den Flur hinunter. Normalerweise hätte Margot jeden Mann sofort zur Rede gestellt, der ihr ohne ausdrückliche Erlaubnis zu nahe kam. Aber Will war nicht *irgendein* Mann, und die warme Hand hatte etwas Tröstliches, bis Margot klar wurde, dass ihr flauer Magen zu etwa siebenundsechzig Prozent auf ihre Nervosität zurückzuführen war, weil sie bald die zweite Frau in Blossoms Leben kennenlernen würde, und zu dreiunddreißig Prozent auf den Schauer, der ihr gerade über den Rücken lief. Ja, es war definitiv ein Schauer. Ein Schauer der guten Art, der sie allerdings derart durcheinanderbrachte, dass sie als nervliches Wrack in die Küche trat.

Es wäre gar nicht notwendig gewesen, dass Will ihr den Weg zeigte, sie hätte auch ihrer Nase folgen können. Es roch unverwechselbar nach Weihnachten. Der Truthahn im Ofen, die brutzelnden Kartoffeln im Gänseschmalz, die Cranberrysoße auf dem Herd und der Speck in der Pfanne.

Die Küche wirkte, als wäre sie seit den Achtzigern nicht mehr verändert worden. Hier gab es keine Regale im Shaker-Stil, keine bunten Farben, kein tiefes Spülbecken und auch keinen Retro-Kühlschrank. Bloß dunkle Mahagonischränke, einen riesigen Herd mit zwei Backöfen und drei Frauen, die wie Balletttänzerinnen in einer eigenen Choreografie durch die Küche wirbelten.

Sage schnitt einen unheilvoll hohen Berg Rosenkohl, und Rowan rührte in einem Topf mit Rotkohl. Die dritte Frau, die Ofentüren öffnete, nach den Würstchen im Schlafrock auf dem Grill sah und einen Blick über Rowans Schulter auf das Kraut warf, musste man Margot nicht eigens vorstellen. Wenn das hier ein Ballett war, dann war Mary Bloom die Primaballerina.

Den letzten entscheidenden Hinweis lieferte allerdings Blossom, die vor den beiden Backöfen saß. Speichel tropfte links und rechts aus ihrem Maul, und sie ließ Mary keine Sekunde lang aus den Augen.

»Das ist meine Mutter Mary«, erklärte Will unnötigerweise. »Das ist Margot. Sie hat Kuchen dabei.«

Mary drehte sich zu Margot um, und Margot zwang sich, den Rücken durchzudrücken und weiterzulächeln.

Die Ähnlichkeiten innerhalb der Familie waren nicht zu übersehen. Mary, Rowan und Sage hatten den gleichen Teint, die gleichen kobaltblauen Augen und die gleichen feinen blonden Haare, auch wenn Sages Haare gerade lila waren und Marys langsam grau wurden. Doch Marys Gesicht wirkte verschlossener und verhärmter. Außerdem war sie sehr dünn und drahtig, was Margot mit Menschen in Verbindung brachte, die verbitterte Gefühle hegten, als würden ihre angespannten Nerven ihren Stoffwechsel befeuern.

»Danke, dass ich hier sein darf«, sagte Margot unsicher, während Mary Bloom sie mit Wills Augen ansah, was ziemlich befremdlich war. »Es ist wirklich sehr nett von Ihnen, dass ich Ihr Weihnachtsessen einfach so sprengen darf.«

Mary Bloom lächelte, und ihr Gesicht wirkte nicht mehr verschlossen und verhärmt, sondern eher so, als wäre Margots Anwesenheit in ihrem Haus am Weihnachtstag das Unglaublichste, das ihr je passiert war. »Wie schön! Ich habe mich schon so darauf gefreut, Sie kennenzulernen.«

KAPITEL 22

Will

Will hatte sich vor dem Moment gefürchtet, wenn sich die beiden wichtigsten Frauen in Blossoms Leben – und immer mehr auch in seinem Leben – zum ersten Mal gegenüberstanden.

Margot lächelte. Sie lächelte, seit sie das Haus betreten hatten, aber es war nicht das gewohnte Lächeln, das ihr Gesicht aufleuchten ließ. Es wirkte irgendwie unsicher.

Und seine Mutter? Sie schenkte Margot ihr allerschönstes, strahlendstes Lächeln. Ein Lächeln, als würde man nach Jahren der vergeblichen Suche nach sich selbst endlich wieder nach Hause kommen. Ein Lächeln, das ihr Gegenüber warm umhüllte.

»Darf ich Sie umarmen?«, fragte Margot, durchflutet von der Innigkeit, die Mary ihr vermittelte. Will und seine beiden Schwestern zuckten zusammen. Mary konnte gut lächeln, aber Umarmungen mochte sie eher gar nicht. »Es ist nur, weil ich weiß, wie sehr Sie Blossom lieben und wie gut Sie sich um sie kümmern, und ich liebe Blossom auch – darum habe ich das Gefühl, als würden wir uns schon gut genug kennen, um uns zu umarmen.«

»Oh! Ja. Ich schätze, das wäre in Ordnung.«

Will hatte bereits den Moment, als Margot und er sich

vorhin auf die Wange geküsst hatten, als schrecklich unbeholfen erlebt, doch im Gegensatz zu Marys und Margots Umarmung, war es geradezu leidenschaftlich gewesen. Mary hatte die Schultern bis zu den Ohren hochgezogen, und ihre Arme waren wie die Greifzangen eines Roboters, die sich kurz um Margot schlossen und sie sofort wieder losließen.

Margot schien nicht zu bemerken, dass Mary unwillkürlich sämtliche Schutzschilde ausgefahren hatte. »Noch einmal vielen Dank, dass ich hier sein darf. Ich hoffe, ich störe nicht allzu sehr.«

Nachdem sie Margots Umklammerung entkommen war, lächelte Mary erneut. »Reden wir nicht mehr davon.« Sie hob verneinend den Zeigefinger. »Es ist schön, dass Sie hier sind.«

Als Will seiner Mutter eröffnet hatte, dass diesmal noch jemand zum Weihnachtsessen kommen würde, und ihr kurz Margots unglückliche Umstände erklärt hatte, war Mary natürlich sofort einverstanden gewesen. Doch dann hatten wie erwartet die Zweifel eingesetzt.

»Was wird Margot zum Haus sagen? Alles ist so alt und unzeitgemäß. Für mich ist es immer noch Mums und Dads Haus, und es fühlt sich nicht richtig an, Teppichböden herauszureißen und die Küchenschränke zu entsorgen, die sie zusammen ausgesucht haben. Ich bin eine einfache Köchin, Will. Ich hoffe, diese Margot erwartet nichts Ausgefallenes. Sollen wir den Truthahn ausfallen lassen? Und stattdessen eine Gans nehmen? Sie ist doch keine Vegetarierin, oder? O mein Gott, ist sie Veganerin? Was, wenn sich die Zwillinge danebenbenehmen? Soll ich Ian bitten, Rowan zu sagen, dass sie vor dem Essen keine Schokolade bekommen sollen? Es ist sicher besser, wenn es von ihm kommt.«

Und so ging es weiter und weiter und weiter, bis Mary ihn heute Morgen mit einem Seufzen fortschickte, um Margot abzuholen. »Na ja, jetzt ist es ohnehin zu spät, um noch etwas zu ändern. Sie muss uns nehmen, wie wir sind.«

Will hatte keine Ahnung, warum er sich Sorgen gemacht hatte, Margot und Mary schienen sich gut zu verstehen. Er saß noch etwa zehn Minuten in der Küche, um sicherzustellen, dass Sage sich benahm und Mary Blossom nicht mit Resten vollstopfte, denn er wusste, dass Margot in diesem Fall sicher nicht den Mund halten würde.

Doch es blieb friedlich. Margot übernahm eifrig den Abwasch des Geschirrberges, der vom Frühstück übrig geblieben war, und griff auch immer wieder nach schmutzigem Kochgeschirr (sie hatte darauf bestanden zu helfen), während sie und Mary sich über ihr Lieblingsthema unterhielten.

»Ja, bei uns laufen auch Untertitel mit. Wer hätte gedacht, dass ein so kleiner Hund so laut schnarchen kann?«, fragte Mary gerade, als Will und Alex Sam und Harry (die sich unbeobachtet wähnten und mit Schokolade vollstopften) in den Garten lockten, damit sie vor dem Essen noch ein wenig Fußball mit Blossom spielen konnten.

»Margot wirkt nett«, sagte Alex, nachdem sie sich auf der kleinen Mauer zwischen Veranda und Rasen niedergelassen hatten und den Jungs zusahen. Sam und Harrys Fußballversion, die vor allem beinhaltete, Blossom den Ball schnell genug wieder abzujagen, bevor sie ein Loch hineinbeißen konnte, war nichts für schwache Nerven.

»Ja, sie ist nett«, erwiderte Will. Margot war wirklich nett. Freundlich. Aufmerksam. Sie war die einzige Frau, die Will jemals seiner Familie vorgestellt hatte, ohne die Befürchtung, dass sie ihn oder seine Verwandten aburteilte. Außerdem war die Weihnachts-Margot die hübscheste Margot, die er bis jetzt kennenlernen durfte. Ihr Gesicht strahlte, und ihr Kleid umschmeichelte ihre Kurven, die Will vorgeblich nicht bemerkte, weil das Leben so wesentlich einfacher war.

»Vielleicht ein wenig mehr als nett?«, drängte Alex vorsichtig. »Hübsch anzusehen, mag Hunde, kommt mit der ganzen Familie auf Anhieb klar. Rowan hat mich euch erst vorgestellt, als wir bereits ein Jahr zusammen waren und sie wusste, dass es etwas Ernstes ist.«

Will stieß seinem Schwager mit dem Ellbogen in die Seite. »Sie hat dich gebeten, mir jetzt ein wenig auf den Zahn zu fühlen, oder? *Diskretion* ist doch für Rowan ein Fremdwort.«

»Glückliche Frau, glückliches Leben, Kumpel.« Alex warf einen Blick auf seine beiden Söhne, die gerade versuchten, auf den uralten Apfelbaum zu klettern, während Blossom unter ihnen aufgeregt im Kreis lief. »Macht das lieber nicht, Jungs! Niemand will heute noch in die Notaufnahme!«

Er hatte die Stimme erhoben, aber Sam und Harry ignorierten ihn. Will stand auf, damit sie ihn besser hören konnten. »Kommt SOFORT runter da! Wenn der Baum kaputtgeht, bringt euch Nanna um, bevor wir euch überhaupt ins Krankenhaus verfrachten konnten. Und das ist mein Ernst!« Will wandte sich Hilfe suchend an Alex, doch der hob bloß die Hände, um ihm zu zeigen, dass Will seinen Job gut machte und er zur Disziplinierung seiner geliebten Söhne nichts mehr beizutragen hatte. »Außerdem schicken wir alle Weihnachtsgeschenke zurück!«

Am Ende musste Will die Jungen einzeln vom Baum holen und sie unter den Armen zum Haus tragen, während sie lachend protestierten. In diesem Moment ging die Hintertür auf, Rowan trat mit einem Glas Gewürzsoße heraus. Sie hatte hektische Flecken auf den Wangen.

»Es geht los«, zischte sie. Will ließ die beiden Jungen eilig hinunter und stürzte in die Küche, wo Margot Mary vermutlich gerade einen Vortrag über das Verhalten von Hundebesitzern und die richtige Ernährung hielt.

Die Küche war voller Dampf, heißer Luft und lautem Geschrei. Doch es kam nicht von Margot. Die saß am Küchentisch, den Blick starr auf ihr Handy gerichtet, als würde sie gar nicht bemerken, dass Sage brüllte und wild gestikulierte, während Mary die Hände rang.

»Ich kann doch keine Gedanken lesen! Woher sollte ich denn wissen, dass dein dämlicher Garnelenring als Tischdeko in der Mitte stehen soll? Hättest du was gesagt, hätte ich ihn nicht aufgeteilt. Ich wollte nur helfen!«

»Du denkst nie mit. Der Ring sollte im Stück auf den Tisch. Du hast ihn ruiniert!«, beharrte Mary, und ihre Stimme brach. »Dieses Weihnachtsfest sollte perfekt werden. Und jetzt ist *alles* verdorben.« Sie deutete mit verstörtem Blick auf etwas, das vermutlich einmal ein dekorativer Garnelenring gewesen war. Mittlerweile waren es nur noch einzelne marinierte Garnelen, die gerecht auf neun Schalen aufgeteilt worden waren.

»Früher oder später wären die Garnelen doch sowieso in den Schalen gelandet«, wandte Rowan mutig ein.

»Es war immerhin mein Beitrag zum Essen«, schnaubte Sage. »Ich habe den Garnelenring gekauft, und jetzt behauptest du, ich hätte Weihnachten ruiniert. Vielen Dank aber auch!«

»Du hast sehr viel beigetragen«, flüsterte Mary und hob dabei das Geschirrtuch in ihren Händen wie einen Schutzschild hoch. »Du bist mit mir zum Einkaufen gefahren, du hast mir mit der Zeiteinteilung geholfen, und du hast den Tisch gedeckt. Aber der Garnelenring war als Dekoration in der *Tischmitte* gedacht!«

»O mein Gott! Es sind doch nur Garnelen in einer klebrigen Pampe und …«

»Sage«, versuchte Will ihr Einhalt zu gebieten.

»Was soll das? Weil an Weihnachten alles perfekt sein muss? Dann hab ich jetzt mal ein paar Neuigkeiten für dich, Mum: Bloß weil ich es gewagt habe, diesen verfluchten Garnelenring zu zerlegen, heißt das nicht …«

»Halt die Klappe!« Rowan schleuderte das Glas mit der Gewürzsoße mit solcher Wucht auf den Boden, dass es zerbrach und Mary und Margot zusammenzuckten. »Halt die Klappe! Mum hat recht! Du machst Weihnachten kaputt.«

»Was ist denn hier für ein Radau?«, erhob sich eine Stimme von der Hintertür. Es war Ian in Fahrradklamotten. »Oh, Liebes, was ist denn los?«

Er stapfte mit seinen seltsamen Fahrradschuhen in die Küche, um Mary in den Arm zu nehmen und ihr über die Haare zu streichen, während sie steif und abwehrend dastand wie immer.

»Ruiniert«, presste sie heraus.

»Nein, nicht ruiniert«, entgegnete Rowan und ging in die Hocke, um die größeren Glasscherben einzusammeln. »Sage, kannst du mir eine Zeitung zum Einschlagen bringen?«

»Ich wollte nicht herumbrüllen«, erklärte Sage. »Aber du hast vollkommen überreagiert. Weihnachten ist nicht ruiniert.«

»Abgesehen davon, dass wir jetzt keine Gewürzsoße haben«, merkte Will in einem matten Versuch an, den Garnelenring in den Hintergrund zu drängen.

Ein kurzes, gedämpftes Lachen ertönte. »Sei nicht albern. Ich habe noch drei Gläser im Vorratsschrank.« Mary schälte sich aus Ians Umarmung und legte die Hände auf ihr gerötetes Gesicht.

Rowan und Sage säuberten den Boden, Ian ging nach oben, um sich aus seinen Fahrradklamotten zu schälen und vor dem Essen zu duschen, und schließlich piepte der Timer. Es wurde Zeit, dass Will den 7-Kilo-Truthahn aus dem Ofen hievte.

Margot saß immer noch am Küchentisch und biss sich auf die Unterlippe. Nicht einmal ihre berühmte Fähigkeit, sich sofort mit Fremden zu verstehen, konnte etwas gegen die bedrückende Situation ausrichten.

Mary schüttelte den Kopf, und ihre Augen wurden erneut feucht. »Margot … was müssen Sie bloß von uns denken?« Ihre Stimme zitterte. »Es ist mir unbeschreiblich peinlich.«

Dieses Mal konnte nicht einmal Blossom rettend eingreifen, denn die war noch immer mit Alex und den Jungs im Garten, die von der Aufregung Gott sei Dank nichts mitbekommen hatten.

»Das muss es nicht.« Margot lächelte kurz und etwas unbeholfen. »Normalerweise verbringe ich Weihnachten mit Freunden, und das ist immer sehr nett. Aber es ist nicht dasselbe wie Weihnachten im Kreis einer Familie, und zu einem Familienweihnachten gehört nun mal ein handfester Streit, nicht wahr?«

»Das ist wirklich nett von Ihnen. Sie sind eine sehr freundliche junge Frau, aber ich bin am Boden zerstört«, erwiderte Mary und begann erneut zu weinen.

Will, Rowan und Sage warfen sich verzweifelte Blicke zu. Normalerweise war Mary fröhlich und redselig, aber wenn sie derart außer sich war, dauerte es Stunden und manchmal sogar Tage, bis sie wieder lachen konnte.

»Nein, so geht das nicht«, erklärte Margot, stand auf und umarmte Mary, die sich gerade mit dem Geschirrtuch das Gesicht trocken rieb und sich deshalb nicht wehren konnte. »Ich habe meine Großeltern nie kennengelernt«, begann Margot. »Aber das Jahr, in dem meine Großmutter so wütend auf meinen Großvater war, dass sie ihm die Bratensoße über den Kopf gegossen hat, ging in die Familiengeschichte ein. Und ich würde sagen, im Vergleich dazu sind ein nicht mehr ganz intakter Garnelenring und ein zerbrochenes Glas Gewürzsoße nicht der Rede wert. Also, wollen wir Will nun mit dem Truthahn helfen, oder nicht?«

»Wieso sagen und tun Sie eigentlich immer das Richtige?«, fragte Will Margot später, als er sie nach Hause brachte.

Margot hatte viel zu viele Gin Tonics getrunken (Ian mixte sie immer zu stark), um noch allein nach Hause zu gehen. Nicht, dass Will es überhaupt zugelassen hätte. Sie war nun stolze Besitzerin eines großen, sperrigen, gerahmten Drucks von Blossom, dem Weihnachtshund, und Will hatte als Gegenzug ein Paar leuchtend blaue Strümpfe mit Blossoms Gesicht bekommen, die er sicher niemals tragen würde. Aber es war der Einfall, der zählte.

Weihnachten war am Ende nicht ruiniert, sondern ganz nett gewesen. Wirklich nett.

Will hatte sich auf eine seltsame Atmosphäre am Tisch eingestellt, aber die löste sich auf, sobald sie die Weihnachts-Knallbonbons in den Händen hielten, und am Ende trug sogar jeder eine Papierkrone, obwohl das in ihrer Familie normalerweise keine Tradition hatte. Margot fügte sich ein, als gehörte sie zu ihnen. Sie stöhnte über die Witze in den Bonbons, würgte den Rosenkohl hinunter, der nicht einmal Mary schmeckte, und spielte Scharade.

Sie brachen erst auf, als Blossom in ihrem neuen T-Shirt mit der Aufschrift *Meine Nanna liebt mich* auf Marys Schoß eingeschlafen war und Margot ohne viel Aufhebens verschwinden konnte.

Sie hatte eine ganze Weile über Wills Frage nachgedacht. »Ich sage und tue nicht *immer* das Richtige«, erklärte sie. »Aber ich will es immer allen recht machen. Das muss man auch, wenn man mit achtzehn plötzlich keine Familie mehr hat, auf die man sich verlassen kann.«

»Also, ich würde nicht behaupten, dass Sie es immer allen recht machen wollen«, widersprach ihr Will. Es hatte eine Zeit gegeben, da hatte Margot alles getan, um es ihm eben *nicht* recht zu machen. Ihm fielen da auf Anhieb ihre mit Aufzählungszeichen versehenen, kontrollsüchtigen Nachrichten am Beginn ihrer Bekanntschaft ein.

»Es ist eine Sache, es Leuten recht zu machen, aber es bedeutet nicht, dass ich mich übervorteilen lasse.« Margot sprach etwas undeutlicher als sonst. »Außerdem ist nett sein ja nichts Schlechtes, oder? Es ist doch gut, sich in die Lage eines anderen zu versetzen und zu überlegen, was man selbst an seiner Stelle wollen würde.«

»Sie sind ein weitaus besserer Mensch als ich.« Wie üblich hatte Will keinen Tropfen Alkohol getrunken, weshalb er keine Ahnung hatte, warum er so freimütig gegenüber einer Frau war, die keine Fremde mehr war und sich irgendwo in dem Gebiet zwischen Bekanntschaft und Freundschaft herumtrieb.

Es folgte eine Pause, als müsste Margot überlegen, welche Art Mensch Will war. »*So* schlimm sind Sie auch wieder nicht«, fiel schließlich das durchaus vernichtende Urteil. »Eigentlich würde ich mich sogar freuen, wenn Sie zu meiner Silvesterparty kommen. Sofern Sie nichts anderes vorhaben.«

Will hatte keinerlei Pläne. Obwohl er am Ende seiner Therapie versprochen hatte, emotionale Beziehungen mit Leuten außerhalb seiner Familie aufzubauen, hatte er noch nicht einmal eine Dating-App downgeloadet oder mit der schönen Sunita geflirtet, die nebenan wohnte und ihm jedes Mal ein »Hallo« zuhauchte, wenn sie sich begegneten. Obwohl das Hauchen vielleicht daran lag, dass sie Asthma hatte. Jedenfalls war er am Silvesterabend vogelfrei, es sei denn, er half seiner Mutter und Ian, die auf die Zwillinge aufpassen würden.

»Könnte sein, dass ich Zeit habe«, meinte er, als er auf den Platz vor ihrer Wohnung bog.

»Mein Haus steht den Gästen ab elf Uhr vormittags offen. Sie können jederzeit vorbeischauen.« Margot versuchte, den Gurt zu lösen. »Tut mir leid, ich habe heute zwei linke Hände.«

»Lassen Sie mich mal.« Will beugte sich zu ihr hinüber. Ihre Hände trafen sich. Seine Finger waren kalt, ihre warm. Sie hatten sich schon Hunderte Male auf Hunderte nüchterne Arten berührt – beim Übergeben von Hundeleinen, Leckerlitüten, leeren oder vollen Kotbeuteln –, doch dieses Mal traf Will ein Blitz, als seine Haut auf Margots Haut traf.

Er hatte keine Ahnung, ob sie es ebenfalls gespürt hatte, aber er hörte sie seufzen, bevor sie die Hand sinken ließ. Er fummelte am Sicherheitsgurt herum, bis sie endlich frei war und aussteigen konnte.

Doch sie tat nichts dergleichen. »Und wir sehen uns ja ohnehin am Sonntag zur Übergabe.«

Dann war es also Business as usual. Es ging nur um Blossom. »Wenigstens müssen wir nicht zum Training. Sogar Jim macht Weihnachtsferien.«

»Zeit, um gutes Benehmen zu festigen. Nur dass Blossom keine Ahnung von gutem Benehmen hat«, meinte Margot. Das Auto war so gemütlich und warm wie ein Kokon, und Will fragte sich, ob sie ewig hier sitzen bleiben würden, um die Kameradschaft auszukosten, die aus dem gemeinsamen Erleben eines turbulenten Weihnachtsessens entstanden war. »Apropos, ich wollte vor Mary nichts sagen, aber es war unglaublich, wie viel Essen – von menschlichen Tellern – Blossom heute in sich hineingeschlungen hat.«

Margot öffnete die Tür um einiges geschickter als vorhin den Sicherheitsgurt, und die kalte Luft, die ins Auto strömte, setzte der Gemütlichkeit ein Ende. Es war aus. Vorbei.

»Es war lediglich Fleisch und Gemüse«, erklärte Will und stieg ebenfalls aus. »Es ist also nicht *so* schlimm.«

»Sie hatte *drei* Bratkartoffeln«, merkte Margot an. »Und ich musste Mary leider erklären, dass Schokolade und Rosinen für Hunde giftig sind.«

»Sie haben das sehr diplomatisch gelöst, und dafür bin ich Ihnen wirklich dankbar.« Will verdrehte die Augen, während er Blossoms Porträt vom Rücksitz holte, verkniff sich jedoch eine weitere Bemerkung. »Danke für den heutigen Tag!«

Margot schüttelte den Kopf. »Ich muss Ihnen danken.«

»Und wegen meiner Mum und der Garnelenaffäre …«

»Ist schon gut«, unterbrach ihn Margot sanft. »Es ist alles gut. Ich hatte wunderbare Weihnachten. Sie gehören ab jetzt zu den Top Ten meiner liebsten Weihnachten.«

Will lächelte, weil sie so unmöglich und gleichzeitig so nett war und weil die Lichterketten zwischen den Straßenlaternen in Margots Augen funkelten und er Sterne sah. »Sehen Sie, jetzt sagen Sie schon wieder das Richtige.«

Margot zuckte mit den Schultern. »Das ist meine Superkraft.«

Und als sie sich dieses Mal vorbeugte, um ihm einen Kuss auf die Wange zu hauchen, fühlte es sich gar nicht mehr seltsam an.

KAPITEL 23

Margot

Margot hatte nie ein Kind geboren, aber Freundinnen, die es schon mehrere Male erlebt hatten, hatten ihr erzählt, dass man schnell verdrängte, wie schmerzhaft es wirklich war, sodass man beim zweiten und selbst beim dritten Kind wieder davon überrascht wurde.

»Es ist ein fieser Trick der Natur, sonst gäbe es wesentlich mehr Einzelkinder«, hatte ihr Sarah vier Wochen nach der Geburt des kleinen Bertie erzählt, als sie beim Sitzen immer noch ein Hämorrhoiden-Kissen gebraucht hatte.

Margot ging es genauso, was ihre Silvesterparty betraf. Vom 1. Januar bis etwa 31. März schwor sie sich, dass sie sich niemals wieder derartig viel Arbeit aufhalsen würde.

Doch von April bis August verblassten die Schrecken langsam, und es blieb nur die glückliche Erinnerung an die strahlenden Gesichter und die schönen Momente. Und während der dreitägigen Hitzewelle, die England jedes Jahr im Sommer heimsuchte, sehnte sich Margot nach dem Winter. Wenn sie, wie so oft, in der Central Line unter dem gehobenen Arm eines Fahrgastes stand, der noch nie etwas von Deodorant gehört hatte, konnte sie nur an Väterchen Frost denken, der ihre Nase rot färbte. Daran, um wie viel hübscher Herbst- und Winterklamotten waren. Sie sehnte sich danach, sich in einem langärmeligen, halblangen Kleid mit großen Taschen zu vergraben und dazu eine ihrer geliebten blickdichten schwarzen Strumpfhosen zu tragen. Sogar das Essen war im Winter leckerer – Salat war nicht wirklich eine Mahlzeit, während eine Hackfleischpastete und Streuselkuchen als Nachspeise definitiv als eine solche bezeichnet werden konnten. Sie hatte sämtliche Gedanken an das chaotische Weihnachtsfest verdrängen wollen und lieber gleich von ihrer Silvesterparty geträumt. Davon, wie herrlich es sein würde, erneut mit ihren Freunden in ihrer kleinen Wohnung zu feiern.

»Blossom, wenn ich nächstes Jahr beschließe, wieder eine Silvesterparty bei mir zu Hause zu veranstalten, musst du mich unbedingt davon abhalten«, erklärte Margot der Hündin, die sabbernd in der Küchentür saß. Es war halb neun Uhr morgens am letzten Tag des Jahres. Die ersten Würstchen im Schlafrock lagen bereits im Ofen, und Margot rieb gerade ein großes Stück Cheddar für ihre Käsestangen. »Warum mache ich mir immer selbst das Leben schwer?«

Blossom antwortete zunächst nicht. Dann winselte sie. Doch es war wohl weniger eine Antwort auf Margots rhetorische Frage als eher ein »Du hast Käse. Ich *liebe* Käse«.

»Ich könnte bloß zum Brunch, zum Tee oder zu einem Cocktailabend einladen, aber ich muss mich ja wieder für die zeitaufwendigste Mischung aus allen dreien entscheiden«, fuhr Margot fort und schwenkte zur Untermalung ein Stück Käse durch die Luft, woraufhin Blossom noch lauter winselte.

»Und warum bestehe ich darauf, alles selbst zu kochen und zu backen, wenn es Läden gibt, die das alles hier verkaufen, und zwar für weniger Geld, als mich die Zutaten gekostet haben, und ohne sämtliches Geschirr in meiner Küche einzusauen. Vom Aufräumen gar nicht zu reden.«

Blossom machte ein paar vorsichtige Schritte in die Küche, und ihr Mut wurde tatsächlich belohnt. »Na gut, mach schon.« Margot erlaubte ihr, die Käsekrümel vom Boden aufzulecken, die nicht den Weg in die Schüssel gefunden hatten.

Den ganzen Morgen hatte Margot mit fanatischem Putzen zugebracht. Sie hatte die Teppiche gedampft und jedes einzelne Glas, sämtliches Geschirr und das komplette Besteck gespült und poliert, bis alles glänzte. Danach hatte sie wie jedes Jahr alle klobigen Möbel und Gegenstände zu Geoff und Daphne in den Flur gestellt und sich dabei in einem fort beschwert, wie klein ihre Wohnung war.

Mittlerweile schuftete sie sich über dem heißen Herd und vor dem heißen Ofen ab und geriet langsam in Panik, weil die Getränkelieferung des Online-Supermarktes bereits vierzig Minuten Verspätung hatte.

»Dabei musste ich neun Pfund neunundneunzig für die Lieferung am Silvesterabend zahlen, obwohl es normalerweise gratis ist«, empörte sich Margot, doch Blossom hatte sich bereits auf ihren Lieblingsplatz am Wohnzimmersofa zurückgezogen, um dort zu warten, bis die Würstchen im Schlafrock aus dem Ofen kamen.

Margot musste aufhören, schlechte Energie in der Wohnung zu verbreiten. »Ich bin ein positiver Mensch. Ich bin ruhig. Ich backe und koche mit Liebe. Es wird eine großartige Silvesterparty.«

Drei Stunden später hatte sich Margot in die perfekte Gastgeberin verwandelt und öffnete alle Türen und Fenster (dank des im Dauereinsatz stehenden Ofens war es tropisch warm) für ihre Bekannten und liebsten Freunde.

Die Ersten waren hauptsächlich Leute mit Kindern, die bereits einen entnervenden Spaziergang über die Heath oder eine quengelige Autofahrt durch ganz London hinter sich hatten. Margot freute sich über ihre zahlreichen Patenkinder und deren jeweilige Geschwister und natürlich auch über die Kinder jener Freunde, die Margot nicht auserwählt hatten, um ihre Kinder in ein gottesfürchtiges, sündenfreies Leben zu begleiten. Sie nahm freudig klebrige Küsse und ebensolche Umarmungen entgegen, bevor sich der Großteil der jungen Gäste ins Wohnzimmer verkrümelte, um Blossom zu besuchen, *Mary Poppins* im Fernsehen anzusehen und dazu selbst gemachte Snacks zu futtern.

Die zweite Gruppe waren Freunde, die zu mehreren Partys eingeladen waren und bei Margot beginnen wollten, weil es dort leckeres Essen gab und es ein gemütlicher Einstieg in die Feierlichkeiten war.

Gegen einundzwanzig Uhr kamen schließlich ihre treusten Freunde. Diejenigen, die das neue Jahr mit ihr begrüßen wollten, obwohl viele selbst gemachten Snacks aufgefuttert waren. Aber ihre Badewanne war immer noch voller Eis und Alkohol.

Die Party hatte sich – wie immer – ausgeweitet. Gäste standen in Margots kleinem Garten und auch auf dem Platz vor dem Haus, wo Margot sich gerade mit einem Gin Tonic in der einen und Blossoms Leine (inklusive Blossom) in der anderen Hand mit Jacques und Solange unterhielt, als Tracy und ihr Mann Den auftauchten.

»Da ist sie ja!«, rief Den und schloss Margot zur Begrüßung in eine Umarmung, die sie dank der vollen Hände nicht wirklich erwidern konnte. »Wir haben sechs Flaschen Prosecco dabei, soll ich sie in die Badewanne stellen?«

»Ja bitte.« Margot überlegte, ob sie vom Gin auf Prosecco

umsteigen sollte, doch durch die Mischung aus Spirituosen und Wein würde ihr angenehmer Schwips womöglich ins Gegenteil umschlagen.

»Ich nehme mir vorher noch eine«, erklärte Tracy, zog eine Flasche aus dem Karton und lächelte Jacques und Solange zu. »Dann sind wir also wieder alle beisammen! Wie läuft's so, Margs?«

Sie unterhielten sich über Jacques und Solanges Weihnachten bei ihrer Familie in Rennes und wie sich ihre Verwandten geweigert hatten, die Mince Pies anzurühren, die Jacques mitgebracht hatte. »Obwohl es die Luxusausführung mit Brandy war!«

Da es Silvester war, kam die Sprache irgendwann auch auf ihre Neujahrsvorsätze.

Jacques wollte sich einen Monat lang von sämtlichen sozialen Netzwerken fernhalten, Solange im Januar keinen Alkohol trinken und Tracy ihn zum veganen Monat ernennen. Doch Margot wollte nichts davon hören. »Der Januar ist schon deprimierend genug. Die Partys sind vorbei, die Kreditkartenrechnung muss bezahlt werden, und es ist dunkel und kalt. Warum sollte man sich dann auch noch Instagram, Alkohol und ab und zu mal ein Schinkensandwich versagen?«, fragte sie ihre Freunde. Deren Lächeln verblasste. Offenbar bereuten sie ihre Vorsätze bereits. »Tut mir leid, dass ich euch das jetzt verdorben habe.«

»Lassen wir das.« Solange klang, als wäre ihr tatsächlich lieber gewesen, Margot hätte geschwiegen. Sie starrte auf ihr leeres Glas hinunter. »Wenn ich im Januar wirklich keinen Alkohol trinken will, sollte ich so viel wie möglich davon hinunterstürzen, solange ich noch kann.«

»Und ich könnte wenigstens nach acht Uhr abends nicht mehr aufs Handy schauen, das wäre besser für meine innere

Uhr«, erklärte Jacques. »Ihr wisst ja, wie wichtig ausreichend Schlaf ist. Obwohl es natürlich auch möglich ist, zu viel zu schlafen, und das wäre dann genauso schädlich wie Rauchen.«

»Also, ich brauche jetzt definitiv einen Drink«, erklärte Solange und eilte zusammen mit Jacques zurück in die Wohnung.

»War ich zu hart?«, fragte Margot Tracy, während sie sich von Blossom zu einem kleinen Wiesenstück ziehen ließ, wo sie am liebsten pinkelte.

»Natürlich nicht«, erwiderte Tracy. »Außerdem brauchst du gar keine Neujahrsvorsätze, du machst doch ohnehin jeden Tag diese Sache mit den positiven Gedanken. Funktioniert das eigentlich wirklich?«

Margot seufzte tief und sah zu, wie sich ihr Atem als Wolke in der kalten Luft ausbreitete. »Ich glaube schon. Ich hoffe es. Wenn man positiv denkt, öffnet man sich gegenüber neuen Perspektiven.«

Tracy strich mit ihrer Stiefelspitze über den Asphalt. Sie schien schweigsamer als sonst. »Setzen wir uns ein wenig hin?«, fragte sie und deutete auf eine niedrige Mauer neben der öffentlichen Toilette.

»Dir nach«, erwiderte Margot, obwohl es normalerweise Blossom war, die die Truppe anführte.

Margot war den ganzen Tag auf den Beinen gewesen, und es tat gut, sich zu setzen. Tracy ließ sich mit gerunzelter Stirn neben ihr nieder.

»Stimmt etwas nicht?« Margot spürte, dass da etwas im Busch war. Doch Tracy hatte sich reichlich Prosecco nachgeschenkt, also konnte sie zumindest nicht schwanger sein. Und außerdem wäre das nichts Negatives gewesen. Sie hätte sich für Tracy gefreut, sehr sogar, obwohl einige Freunde aus London fortzogen, wenn sie sich verlobten, heirateten oder Nachwuchs bekamen. Es kam ihr immer so vor, als würden sie sich entweder emotional oder geografisch von ihr entfernen, manchmal sogar beides.

»Ich habe das Gefühl, dass das kommende Jahr ein ganz großes werden wird«, sagte Tracy.

»Hast du vor, in der Lotterie zu gewinnen, oder was?«, neckte Margot sie mit einer Lockerheit, die sie ein paar Minuten lang vortäuschen musste, bis sie wieder in eine positivere Grundstimmung zurückgefunden hatte.

»Das wäre schön.« Tracy seufzte. Margots Magen zog sich zusammen, als Tracy ihr das Glas aus der Hand nahm, sodass sie ihre Finger mit Margots verschränken konnte. »Ich muss dir etwas sagen.«

»Musst du das wirklich? Kann es nicht noch warten?«, fragte Margot beklommen, denn das Wort »etwas« machte sie jedes Mal nervös. Während sie ihre Freunde und Freundinnen wegen toller Neuigkeiten umarmte und ihnen gratulierte, war es schwer, die leise, verbitterte Stimme zu ignorieren, die gerne gewusst hätte, wann sie selbst endlich ein großes Jahr erleben würde.

»Es ist nichts Schlechtes«, beharrte Tracy, aber sie sah trotzdem nicht sehr glücklich aus. »Aber es ist eine Veränderung. Eine *große* Veränderung.«

»Veränderungen sind doch gut.« Aber Margot war mittlerweile klar, dass es keine gute Veränderung war. Es ging hier nicht um eine Beförderung oder um eine Hausrenovierung. Es war eine Veränderung, die alles aus den Fugen heben würde.

»Den und ich haben uns die Entscheidung nicht leicht gemacht.« Tracy drückte Margots Hand, die sofort befürchtete, dass es etwas wirklich, wirklich Schlimmes war, wie etwa, dass sich die beiden scheiden ließen. Aber nein, davon hätte ihr Tracy sicher früher erzählt. »Wir ziehen um.«

Margot biss sich auf die Zunge, um nicht loszukichern. »Ist das alles?« Es würde zwar einiges verändern, aber nicht wesentlich. »Bitte sag, dass ihr in London bleibt.«

Tracy schüttelte den Kopf.

»Dann an die Küste von Kent vielleicht? Margate? Oder Hastings?« Wenn Margots Freunde London verließen, zog es sie meistens in eine der beiden Städte. »Obwohl ich persönlich nicht nach Hastings ziehen würde. Wenn man schon am Meer wohnt, dann wenigstens an einem richtigen Sandstrand.«

»Es ist weder Margate noch Hastings.« Tracy nahm einen riesigen Schluck Prosecco. »Ich ziehe wieder nach Hause.«

Margot runzelte die Stirn. »Aber London ist dein Zuhause. Du lebst seit Ewigkeiten hier.«

Noch ein gewaltiger Schluck. »Ich meinte, ganz nach Hause. Nach Neuseeland.«

Margot hörte ein Brüllen in ihrem Kopf, das letztlich aber nur von einer Gruppe Betrunkener stammte, die auf dem Weg ins Flask über den Platz stolperten.

»Frohes Neues!«, schrien sie. Margot hob grüßend die Hand, bevor sie sich wieder Tracy zuwandte, die aussah, als wäre sie gerade dem Tod begegnet. Wobei sie der vielleicht von ihren Qualen erlöst hätte.

»Aber warum wollt ihr nach Neuseeland?« Margot versuchte, sich nicht anmerken zu lassen, wie verraten sie sich fühlte.

Ein kaum merkliches Lächeln huschte über Tracys Gesicht. »Weil ich aus Neuseeland komme, weißt du noch?«

»Aber du konntest es doch nicht erwarten, von dort fortzukommen. Du hast gesagt, dass es dort viele Schafe gibt und sonst nicht viel. Dass es noch nie eine berühmte neuseeländische Modedesignerin gegeben hat und dass du nach deiner Ankunft in London vor Freude geweint hast, weil die Leute in der U-Bahn alle Bücher lasen«, wandte Margot ein. Ihre zweite Superkraft war, niemals irgendetwas zu vergessen, das irgendjemand irgendwann einmal gesagt hatte, um es nachher vor Gericht gegen ihn zu verwenden.

Tracy sank nach Margots perfekt dargebotenem Einspruch in sich zusammen. »Das ist jetzt fast zwanzig Jahre her, und seitdem hat sich viel verändert. Neuseeland hat sich verändert. Jacinda ist Premierministerin, sie haben eine echt tolle Modeszene aufgebaut, und mir wurde eine Stelle als Dekanin für Modedesign an der Universität von Wellington angeboten. Außerdem werden meine Eltern langsam älter, und ich würde gerne näher bei ihnen sein, vor allem, falls ... falls ... na ja, das ist die andere Sache, über die Den und ich oft gesprochen haben. Also, ob wir eine Familie gründen wollen und dass wir unsere Kinder nicht in London aufziehen wollen und es uns auch nicht leisten können.«

»Und ihr könntet als Kompromiss nicht doch nach Margate ziehen anstatt ans andere Ende der Welt?« Margot versuchte, locker zu klingen, als wollte sie Tracy aufziehen, aber das war schwer, wenn man derart betroffen war.

»Es tut mir leid, Margs, aber es fühlt sich ... es fühlt sich wie der richtige Zeitpunkt dafür an.« Tracy warf einen Blick auf Margots leeres Glas und streckte ihr die Flasche Prosecco entgegen. »Willst du einen Schluck?«

»Mein Gott, ja.« Mittlerweile war es Margot egal, was sie womit vermischte. Sie nahm die Flasche und trank drei große Schlucke.

Alle außer Margot machten in ihrem Leben Fortschritte

und setzten die Meilensteine, die dazugehörten, wenn man jemanden gefunden hatte, mit dem man den Rest des Lebens teilen wollte. Wohingegen Margot an der einfachen Tatsache scheiterte, dass es niemanden gab, der den Rest seines Lebens mit ihr teilen wollte.

Sie saßen schweigend nebeneinander, und Margots Gedanken drehten sich allein um die Frage »Warum passiert so etwas nie mir?«, bis sie erkannte, dass das hier nichts mit ihr zu tun hatte. Hier ging es nicht um Margot. Es ging um Tracy.

»Ich freue mich für dich«, erklärte sie, obwohl sie noch nicht danach klang. »Das sind große Veränderungen. Kinder, Auswandern – obwohl ich mir nicht sicher bin, ob man wirklich auswandert, wenn man in das Land zurückkehrt, in dem man aufgewachsen ist. Jedenfalls sind es gute und aufregende Neuigkeiten. Das kommende Jahr wird das allerbeste überhaupt.«

»Du bist ein guter Mensch, Margs«, sagte Tracy leise und nahm Margot die Flasche aus der Hand, um ebenfalls einen Schluck zu trinken. »Es tut mir leid.«

»Dir muss absolut nichts leidtun«, erwiderte Margot bestimmt. »Du musst mich nicht bei deinen Lebensentscheidungen miteinbeziehen, und du solltest dich auch nicht dafür entschuldigen.«

Tracy legte einen Arm um Margots Schulter und drückte ihr einen feuchten Kuss auf die Wange, was Blossom gar nicht passte. Sie stellte sich auf die Hinterbeine, legte die Vorderpfoten auf Margots Knie und stieß mit dem Kopf gegen Margots freien Arm, bis sie die Streicheleinheiten bekam, die sie erwartete.

»Dieser Hund wird niemals zulassen, dass du einen neuen Mann kennenlernst«, bemerkte Tracy.

»Das ist im Moment ohnehin kein Thema«, seufzte Margot. »Ich glaube nicht, dass es auf dieser Welt einen Mann gibt, der mich so bedingungslos liebt wie Blossom.«

Margot waren auf zahllosen Partys unzählige Männer vorgestellt worden, doch da war nie auch nur der kleinste Funke gewesen. Genauso wenig wie bei dem Kerl, mit dem sie vor etwa zwei Wochen ihr letztes richtiges Date gehabt hatte. Margot hatte ihm eine höfliche Nachricht geschickt, ihm mitgeteilt, dass es nicht gefunkt hatte, und ihm trotzdem viel Glück gewünscht, um bald seine große Liebe zu finden. Doch er hatte es nicht gut aufgenommen.

Ich hätte dich nicht einmal gefickt, wenn du mich darum gebeten hättest, du fettes Miststück. Du bist sowieso zu alt für mich. Ticktack, ticktack.

Auch wenn er es nicht wert war, hatte Margot den restlichen Abend geheult.

»Da gibt es ganz sicher jemanden«, beharrte Tracy und nahm einen weiteren großen Schluck Prosecco, als bräuchte sie eine Extraportion Mut für das, was sie gleich sagen würde. »Hör mal, Margot, du bist ein unglaublicher Mensch. Ein Diamant in einer Welt voller Modeschmuck. Du bist die Größte, die Beste und überhaupt …«

»Willst du mir einen Heiratsantrag machen, oder was?«

Tracy warf ihrer Freundin einen bösen Blick zu. »Nein. Ich will dir nur etwas klarmachen. Ich glaube zwar nicht, dass es das Lebensziel jeder Frau sein sollte, einen Mann zu finden, aber es gibt dort draußen sicher jemanden, der deiner wert ist.«

Margot lehnte ihre Stirn gegen Blossoms felligen Kopf. »Es wäre schön, wenn er sich beeilt und bald einmal vorbeischaut.«

»Das nächste Jahr wird ganz sicher auch dein Jahr«, versprach Tracy. »Das spüre ich.«

»Na ja, es könnte das Jahr werden, in dem ich endlich ein paar Eizellen einfrieren lasse. Dann habe ich wenigstens einen Plan B«, überlegte Margot, doch Tracy schüttelte den Kopf.

»Das wird nicht nötig sein, denn du wirst den Mann deiner Träume auf einem schlammigen Weg beim Gassigehen treffen. Eure Blicke werden sich über einem stinkenden Hundehaufen treffen und …«

»Wie in einem Roman von Georgette Heyer …«

»Genau! Und wenn das nichts wird, suchst du dir jemanden über die gute alte Dating-App«, schlug Tracy fröhlich vor. Margot brachte es nicht übers Herz, ihr zu sagen, dass gute Männer Frauen nicht unaufgefordert Bilder ihres besten Stückes schickten. Außerdem nahm Blossom ihre ganze Zeit in Anspruch, und wenn Blossom nicht bei ihr war, dachte sie an Will und daran, dass er hoffentlich gut auf sie aufpasste. Vielleicht musste sie neue Prioritäten in ihrem Leben setzen.

»Ich habe mir kaum Zeit genommen, der Beziehung mit George nachzutrauern, weil ich wusste, dass ich mich so schnell wie möglich wieder ins Spiel bringen muss. Aber vielleicht habe ich die Sache ein wenig schleifen lassen, seit Blossom bei mir ist. Sie hat mich so glücklich gemacht und meinem Leben einen Sinn gegeben, dass ich nicht so eifrig auf der Suche war wie früher einmal. Es wird Zeit, dass ich mich wieder dahinterklemme«, erklärte Margot ohne große Begeisterung. Es war eine Sisyphusarbeit, jemanden zu finden, der der Vorstellung des *Richtigen* zumindest annähernd entsprach. Selbst maximaler Aufwand brachte null Ergebnisse.

»Ich muss noch mal von vorne beginnen. Vielleicht ändere ich mein Profilbild und nehme ein Foto von mir und Blossom.«

»Super Idee«, meinte Tracy und drehte die Proseccoflasche um, um zu zeigen, dass sie leer war. Es war kein einziger Tropfen übrig. »Wenn jemand keine Hunde mag, hat es wenig Sinn, sich mit ihm zu treffen. Obwohl du ja bereits einen Mann kennst, der Hunde mag. Und Blossom ganz besonders.«

»Will ist tabu, er ist Blossoms zweites Pfötchenelternteil«, erwiderte Margot. Sie hatte keine Ahnung, wie sie auf Will gekommen waren, der ganz bestimmt nicht zu den möglichen Kandidaten für eine lebenslange Partnerschaft zählte. Der Gedanke daran hätte ihn sicher schockiert.

Margot hatte bloß gemeint, dass ein Foto von ihr und Blossom jedem sofort klarmachte, dass sie nicht *too much* war. Nicht, wenn ihr Hund das Wichtigste in ihrem Leben war. Jeder Mann, der sie kennenlernen wollte, musste sich extrahart anstrengen, um der zweitwichtigste Teil ihres Lebens zu werden. »Ich freue mich für dich, Tracy. Wirklich.«

»Das weiß ich doch.« Tracy stand auf und wischte sich ein paar dünne Zweige und Steinchen vom Hintern. »Kommst du mit rein? Jetzt, wo kein Alkohol mehr da ist, wird es langsam kalt.«

»Ich komme gleich nach«, versprach Margot und wartete, bis Tracy beim Haus war, bevor sie die Hand hob und Will zuwinkte, der auf der anderen Straßenseite vor dem immer noch gut besuchten italienischen Restaurant stand.

KAPITEL 24

Will

Da Margot so in das Gespräch mit ihrer Freundin vertieft war, wartete Will lieber auf der anderen Straßenseite. Er hoffte nur, dass er dabei nicht aussah wie ein hartnäckiger Stalker.

Irgendwann stolperte Margots Freundin auf ihren High Heels zurück ins Haus, und Margot winkte, als hätte sie von Anfang an gewusst, dass er da war.

Sie warteten beide, bis die Freundin außer Sichtweite war, dann erhob sich Margot und versuchte, Blossom in Wills Richtung zu steuern. Doch die Hündin weigerte sich standhaft.

»Blossom!«, rief er, ging in die Hocke und breitete die Arme aus. »Blossom!«

Obwohl sie hörte, wenn Will bemüht leise zwei Zimmer weiter bei grollendem Donner in ein Stück Käse biss, schaute Blossom überallhin, nur nicht zu ihm.

Will versuchte es noch einmal. »Verdammt noch mal, Blossom! Hier bin ich!«

Endlich richteten sich ihre Ohren auf, ihre Nase zuckte, ihr Schwanz drehte sich wie die Rotorblätter eines Hubschraubers, und im nächsten Moment schoss sie mit solcher Geschwindigkeit auf ihn zu, dass ihn der Aufprall umstieß. Er lag auf dem Rücken, während Blossom außer sich vor Freude auf seine Brust sprang und seine Hände, das Gesicht und alles, was sie erwischen konnte, mit der Zunge bearbeitete.

Als Will den Blick hob, stand Margot über ihm. Aus der Ferne hatte sie geknickt und traurig ausgesehen, doch als sie ihm jetzt eine Hand entgegenstreckte, um ihm aufzuhelfen, wirkte sie fast so erfreut, ihn zu sehen, wie Blossom. Ihr Lächeln, ihre Augen und ihre Haut strahlten im Schein der Lichterketten.

»Wenigstens kann niemand Blossom vorwerfen, sie sei unnahbar«, meinte er und griff nach Margots Hand. Sie zog ihn mit der Kraft einer Frau hoch, deren Staffy gerne an der Leine zog.

»Schön, dass Sie da sind.« Margot klang, als meinte sie es ernst. »Gehen wir doch in die Wohnung, dann stelle ich Ihnen alle vor.«

Will spürte Panik in sich hochsteigen. Margots kleine Wohnung platzte aus allen Nähten, und nachdem sie ihm sämtliche Gäste vorgestellt hatte, würde sie ihn am Ende vermutlich alleine stehen lassen. Dabei hasste er Small Talk. Mit einem Mal schien es verlockender, das neue Jahr allein in seiner Wohnung willkommen zu heißen.

»Ich habe einige dieser trendigen alkoholfreien Getränke da, die man auch mit Tonic mischen kann. Es gibt mehrere schwangere Gäste, ein paar, die gerade schwanger werden wollen, und auch eine Handvoll trockene Alkoholiker«, erklärte Margot ihm, während sie sich an den Gästen vorbeischoben, die sich in dem engen Flur drängten. »Tut mir leid, war das taktlos?«

»Nein, überhaupt nicht.« Will musste lauter sprechen, damit sie ihn überhaupt hörte. »Ich bin kein trockener Alkoholiker.« Er hatte kein Problem – zumindest nicht mit Alkohol. »Ich habe nur noch nie einen Tropfen angerührt und wollte es auch nicht.«

Sie traten in die Küche, und er sah, dass selbst in dem winzigen Garten Gäste zusammenstanden. Margot öffnete den Kühlschrank und holte eine Flasche heraus. »Beneidenswert, dass Sie nie einen Kater hatten. Obwohl ich mir vorstellen kann, dass es sicher noch schlimmer ist, es bei anderen ertragen zu müssen.«

Womit sie durchaus recht hatte. Margot schob sanft eine junge Frau mit schief hängenden Feenflügeln zur Seite und öffnete eine winzige Spülmaschine, sodass heißer Dampf in die bereits unerträglich warme Küche strömte. Dann zauberte sie ein sauberes Glas daraus hervor.

»Hier sind ein Glas und eine Flasche alkoholfreies Zauberwasser, weitere Mixgetränke liegen zum Kühlen in der Badewanne.«

Will ging davon aus, dass Margot ihn nun allein lassen würde – immerhin war sie die Gastgeberin, und es war jede Menge los –, doch wenn Margot versprach, dass sie ihn den anderen Gästen vorstellen würde, dann hielt sie es auch. Glücklicherweise war Margot sehr gewandt auf diesem Gebiet, sodass Will und sein Gegenüber am Ende nicht verzweifelt nach einem gemeinsamen Gesprächsthema suchen mussten.

»Das ist Will, er wohnt in Muswell Hill, betreibt ein Blumenimperium und ist Blossoms zweites Hundeelternteil«, erklärte sie einer eleganten Frau mit blasser Haut, einem glanzvollen Lächeln und einem messerscharfen schwarzen Bob. »Will, das ist Solange, die Frau meines liebsten Arbeitskollegen Jacques. Sie kommt aus Frankreich und ist Head of Vibe einer Online-Werbeagentur in Hoxton.«

»Was zum Teufel macht man als Head of Vibe?«, platzte es wenig taktvoll aus Will heraus, doch Solange nahm es mit Humor, und die darauffolgenden zehn Minuten waren ganz und gar nicht quälend, abgesehen von dem Moment, als herauskam, dass Solange seinen ehemaligen Vorgesetzten in New York kannte.

»Er hat eine meiner Praktikantinnen gedatet«, erklärte Solange. »Und er war früher mein liebstes Ziel, wenn ich mich auf Instagram über Posts aufregen wollte. Aber in letzter Zeit postet er nur noch inspirierende Zitate von Tony Robbins und aus *Die Kunst des Krieges.* Und diese endlosen Storys, die ihn bei seinem täglichen Halbmarathon zeigen.«

Will erschauderte unwillkürlich. Er war selbst dreimal die Woche einen Halbmarathon gelaufen und kannte *Die Kunst des Krieges* auswendig. »Als ich noch mit ihm gearbeitet habe, musste ich unweigerlich mitziehen. Wir sind zum Teambuilding zum CrossFit.«

»Verrückt! Ich gehe mit meinem Team zum Sushi-Essen«, meinte Solange, und dann unterhielten sie sich über ihre Lieblingssushi, bis Jacques seiner Frau die Zutatenliste auf einer Packung Kartoffelchips unter die Nase hielt, weil er sich nicht mehr daran erinnern konnte, ob er allergisch gegen Rapsöl war.

Margot nahm Will beiseite, um ihm den nächsten Gast vorzustellen. Er verbrachte eine kurzweilige Stunde mit Margots Osteopathin (der Margots Schulter große Sorgen bereitete und die ihn fragte, ob sie sich nicht doch lieber einen kleineren Hund zulegen wollten), mit Den, der mit einer von Margots besten Freundinnen verheiratet war, und mit Daphne, die über Margot wohnte und als kleines Kind mit ihrer Mutter jeden Freitag bei den Blooms frische Blumen gekauft hatte.

Die beiden waren vor die Haustür gegangen, und Will entdeckte durchs Wohnzimmerfenster, wie Margot gerade versuchte, Blossom zu überreden, vom Lehnstuhl zu springen und einem älteren Mann Platz zu machen.

»Bitte entschuldigen Sie mich«, sagte er zu Daphne und klopfte ans Fenster. »Margot!«

Erst als die anderen Gäste im Zimmer sie auf Will aufmerksam machten, reagierte Margot und öffnete das Fenster.

»Soll ich eine schnelle Runde mit Blossom drehen?«, rief Will, und sie nickte.

Er brauchte gute fünf Minuten, um wieder zurück in die Wohnung zu gelangen, weil ihn so viele Leute aufhielten, die entweder Fans von Blossom waren und wussten, dass er ihr zweites Hundeelternteil war, oder die regelmäßig in den Blumenladen kamen. Auf ein Paar – beides Opernsänger – traf sogar beides zu.

Margot kam ihm auf halbem Weg entgegen und zerrte eine sehr widerwillige Blossom hinter sich her. »Wenn es Ihnen nichts ausmacht, komme ich mit. Etwas frische Luft wird mir guttun«, meinte sie. »Ich habe vergessen, wie anstrengend der Gastgeberinnenjob ist.«

Will hatte auf ein paar Minuten Ruhe gehofft. Er war nicht mehr mit so vielen Menschen zusammen gewesen seit … seit … Er konnte sich nicht einmal mehr an das letzte Mal erinnern. Vermutlich war es eine dieser schrecklichen Firmenfeiern gewesen, die er in seinem früheren Leben besucht hatte. Alle hatten Fachchinesisch gesprochen, und wenn ihnen nichts mehr dazu einfiel, verkündeten sie so etwas wie »Ich halte nichts von Small Talk, ich verbinde mich lieber auf einer tieferen Ebene mit meinem Gegenüber. Was war Ihr traumatischstes Kindheitserlebnis?«.

»Wo ist Ihr Mantel?«, fragte er und hoffte, Zeit zu gewinnen, doch sie schüttelte den Kopf.

»Bei den vielen Menschen und den Unmengen an Alkohol *koche* ich innerlich«, erklärte sie mit hochroten Wangen und einem hektischen Funkeln in den Augen.

Sie schnappten sich Blossoms Leine und das Geschirr und schlängelten sich durch die Leute auf der Eingangstreppe hinaus auf die Straße.

»Ich glaube, ich bringe heute kein Wort mehr heraus«, kündigte Margot an, was Will sich kaum vorstellen konnte. Doch sie schwieg tatsächlich, während sie über den Platz und durch eine schmale Gasse gingen. Am Ende kamen sie zu einer Treppe, die auf die Hampstead Lane führte.

Will hatte keine Lust auf die Hampstead Heath, wo es schon tagsüber tückisch sein konnte. Es war keine gute Idee, die sich windenden, ausgetretenen Wege mit hervorstehenden Wurzeln im Dunkeln in Angriff zu nehmen. Vor allem nicht mit einem Hund, der an der Leine zog, und einer Frau, die etliche Drinks intus hatte.

Stattdessen manövrierte er Blossom und Margot um die Ecke und auf den Highgate West Hill, bis sie das viktorianische Wasserreservoir erreichten, das für Unwissende aussah wie ein großer, grasbewachsener Hügel, umgeben von einem kunstvollen Zaun.

»Wo ist das Tor?«, fragte Will, während sie das Reservoir umrundeten.

»Das ist ohnehin verschlossen«, erwiderte Margot. »Sonst würden die Betrunkenen, die hier ständig herumtorkeln, womöglich irgendetwas mit dem Wasservorrat anstellen. *Sie* sind natürlich über jeden Verdacht der Trunkenheit erhaben.«

»Und Sie?«

Margot lehnte sich ständig an ihn, und das tat sie nur, wenn sie zu viel erwischt hatte. »Ich war angenehm beschwipst, aber die Kälte hat mich wieder nüchtern gemacht«, antwortete sie, doch als Will umkehren und in die tropisch heiße Wohnung zurückkehren wollte, legte sie eine Hand auf seinen Arm. »Nein, schon gut. Ein bisschen kalte Luft hat noch niemandem geschadet.«

»Außer denjenigen, die eine Lungenentzündung bekommen haben und gestorben sind.« Genau deshalb bezeichnete Sage ihn gerne als Spaßbremse. »Andererseits wird eine Lungenentzündung von Viren oder Bakterien hervorgerufen und nicht von Kälte. Tut mir leid. Ich halte jetzt lieber den Mund. Wollen Sie meinen Mantel?«

Er hatte ihn auf der Party die ganze Zeit nicht abgelegt. Jetzt versuchte er, mit einem Arm herauszuschlüpfen.

»Nein, schon gut.« Margot winkte ab und trat einen Schritt zurück. »Es bringt nichts, wenn Sie auch noch eine Lungenentzündung bekommen. Setzen wir uns einfach irgendwohin, und wenn Sie versprechen, nicht auf falsche Gedanken zu kommen, kann ich mich ja ein wenig an Sie kuscheln.«

»Auf welche falschen Gedanken? Wir sind bloß zwei Leute, die sich das Sorgerecht für einen Hund teilen.«

»Co-Pfötcheneltern, wollten Sie wahrscheinlich sagen.«

»Nein, wollte ich nicht«, erwiderte Will und erschauderte übertrieben. Margot lachte. Trotzdem war die Botschaft unmissverständlich. Jede mögliche Anziehung, die er vielleicht verspürte, war einseitig, und selbst wenn nicht, würde es alles verkomplizieren, und Will mochte keine komplizierten Dinge. Genauso wenig wie feste Bindungen und Essiggurken.

Ganz in der Nähe stand eine Bank, und Will führte

Margot darauf zu, als wäre sie der beste Tisch im Ritz. Sie setzte sich feierlich, und ihr glitzernder silberfarbener Rock wogte wie ein Sternenumhang, doch bevor Will sich setzen konnte, sprang Blossom auf die Bank und schmiegte sich an Margot, als bräuchte sie auch etwas Wärme.

Will nahm neben Blossom Platz, und sie drückte ihren stämmigen, harten Körper an ihn.

Es war eine klare Nacht und kaum eine Wolke zu sehen, sodass die wenigen Sterne hell erstrahlten. Die Bank stand etwas abseits von den Straßenlaternen, den Lichterketten und der Weihnachtsbeleuchtung, und es war deutlich dunkler. Will fand es schön, dass es selbst in einer geschäftigen Großstadt wie London möglich war, allein zu sein.

Dabei fühlte er sich gar nicht allein. Er warf einen Blick auf Blossom, die sich nun wieder an Margot schmiegte. Ihr Fell leuchtete geisterhaft weiß, und sie zitterte ein wenig. Will wollte bereits vorschlagen, ihr einen Wintermantel zu kaufen, doch ehrlich gesagt konnte er sich nicht vorstellen, mit einem Hund im Mäntelchen spazieren zu gehen, und außerdem wollte er die perfekte Stille nicht stören.

Sein Blick wanderte zu Margot. Sie hatte den Arm um Blossom gelegt, und ihr Handrücken berührte Wills Arm. Ihr Gesicht erschien in einem perfekten Profil, die Lippen leicht geöffnet, die Haare ein herrliches Lockenwirrwarr.

Etwas breitete sich in ihm aus, seit sie sich gesetzt hatten. Zuerst konnte Will das Gefühl nicht einordnen, doch als er ebenfalls den Arm um Blossom legte und sie ein zustimmendes Seufzen ausstieß, sodass Margot sich lächelnd zu ihm drehte, erkannte er, worum es sich handelte und warum er so lange gebraucht hatte, um es zu erkennen.

Zufriedenheit.

Die Menschen waren zu sehr auf das Glück fixiert, doch

Glück war flüchtig. Zufriedenheit fühlte sich beständiger an. Nachhaltiger. Es war ein warmes Gefühl der Zugehörigkeit. Das Gefühl, dass alles richtig war. Im Gegensatz zu trügerischem, kurzlebigem Glück.

Vielleicht war es besser, mit dem Denken aufzuhören und im Moment zu leben.

In dieser Nacht. Auf dieser Bank in einer vergessenen kleinen Ecke der Stadt. Mit diesem Hund. Und dieser Frau.

Er hatte keine Ahnung, wie lange sie einfach so dasaßen, doch plötzlich durchschnitt das entfernte Hupen eines Autos die Stille, leises Jubeln erklang, und die erste Rakete stieg mit einem Schweif aus pinkfarbenen Sternen in den Himmel.

Margot wandte sich zu ihm herum und lächelte. »Frohes neues Jahr!«

»Ja, das wird es mit Sicherheit«, schwor Will, und es schien keine große Sache, dass sie sich beide zurücklehnten und sich über Blossom hinweg einen Kuss gaben. Auf die Wange. Mehr nicht.

Doch der Winkel war irgendwie verdreht, und Blossom war im Weg – das redete sich Will zumindest ein und hätte es auf einen ganzen Stapel Bibeln geschworen –, und so berührten seine Lippen am Ende Margots Mund, die überrascht nach Luft schnappte. Im nächsten Augenblick küsste sie ihn jedoch mit einer Heftigkeit zurück, die Will den Atem raubte.

Ihre Lippen bewegten sich unter seinen, und ihre eisigen Finger umschlossen sein Gesicht. Wills Hand setzte sich ebenfalls in Bewegung und griff in ihre Locken. Er drückte sanft ihren Kopf nach hinten, um sie inniger zu küssen, und …

»Verdammt!«

»Böser Hund!«

Der Kuss endete so abrupt, wie er begonnen hatte, als Blossom – die entweder verärgert war, weil sie zwischen ihnen eingeklemmt war oder weil sie einmal nicht im Mittelpunkt stand – mit dem Kopf gegen ihre beiden Köpfe stieß.

»Irgendwann wird sie mir die Nase brechen.« Margot erhob sich und strich ihr Kleid glatt. Sie stand im Schatten, ihr Gesicht war nicht zu erkennen, weshalb Will schwer einschätzen konnte, was sie gerade dachte.

»Wir sollten zurück«, erklärte sie eilig. »Es ist unhöflich, sich von der eigenen Party abzuseilen.«

Und mehr gab es dazu anscheinend nicht zu sagen.

KAPITEL 25

Margot

Die Art, wie ein Mann küsste, sagte sehr viel über ihn aus. Wie liebenswürdig er war, wie freigiebig und einfühlsam. Doch es gab auch die Kehrseite, und so erkannte Margot sofort, ob jemand egoistisch war und wie unwichtig ihm ihr Verlangen, ihre Sehnsucht nach Geborgenheit und ihre Gefühle im Allgemeinen waren.

Wills Kuss war mehr oder weniger perfekt gewesen. Er hatte ihr Gesicht in die Hände genommen, als wäre Margot wertvoll und zerbrechlich, und sie hätte sich niemals gedacht, dass seine Lippen, die so viele unfreundliche Dinge von sich gegeben hatten, Wonne erzeugen konnten.

Aber manchmal war ein Kuss eben nur ein Kuss. Eine Art, das Ende eines Jahres und den Beginn eines neuen zu feiern. Man drehte sich zu dem Nächstbesten um und umarmte sich. Es bedeutete gar nichts. Doch Will war mittlerweile ein großer und wichtiger Teil ihres Lebens, wenn auch ohne ihr Zutun.

Er war der zweite Mensch in Blossoms Leben.

Will war eine Komplikation, die Margot nicht brauchen konnte. Was sie brauchte, war ein Mann zum Küssen, mit dem sie sich *keinen* Hund teilte.

Und wann, wenn nicht jetzt, sollte sie sich auf die Suche nach einem solchen Mann machen?

»Blossom, Selfie!« Margot zog ihr Handy heraus, und Blossom, die neben ihr im Bus saß, legte sofort den Kopf auf ihre Schulter und blickte in die Kamera. Wie die Mutter, so die Felltochter.

Blossom sah immer toll aus, was man von Margot leider nicht behaupten konnte. Erst nach mehreren Versuchen zeigten sie sich beide von ihrer Zuckerseite, obwohl man auch sofort sah, dass sich diese beiden Ladys nichts bieten ließen.

Danach brauchte es nur ein paar Wischer über den Touchscreen, und sie hatte ein neues Profilbild auf *Hinge, Bumble* und dem gefürchteten *Tinder* hochgeladen. Zuletzt änderte sie auch noch den Titel in »Designerin, Träumerin, Hundemama«.

Am nächsten Morgen erwachte Margot im Winterwunderland – in einer der fortschrittlichsten Städte der Welt, die allerdings jedes Mal zum Stillstand kam, wenn weiße Flocken vom Himmel fielen.

Da es der Bus bei Schneefall nicht auf den steilen Highgate Hill schaffte, blieb ihr nichts anderes übrig, als zu Fuß hinunter zur Archway Station zu laufen.

»Blossom! Nicht ziehen!«, forderte Margot immer wieder wie ein angsterfülltes Mantra, während sie sich vorsichtig den schneebedeckten Hügel hinuntertastete. Als sie an der Abzweigung zum Whittington Hospital endlich auf einen gestreuten Gehweg kamen, hatte sie sich bereits einmal auf den Hintern gesetzt, und ihre Schulter brüllte vor Schmerz, und nun musste sie Blossom auch noch hochheben, um mit der Rolltreppe nach unten zu fahren.

Normalerweise durfte nur Will Blossom hochheben. Wenn Margot es versuchte und zwei Arme um ihre Mitte schlang, wand sie sich, strampelte wie verrückt und benahm sich, als wollte man sie entführen. Es war ein Wunder, dass sie nicht beide in den Tod stürzten und dabei noch zahllose andere Pendler mit sich rissen. Gott sei Dank gab es in der Station Chalk Farm, wo sie aussteigen mussten, einen Aufzug.

Die Zeit bis zu Blossoms Mittagsspaziergang verging viel zu schnell. Margot fragte sich, ob Will ihnen vielleicht Gesellschaft leisten würde, wie es dienstags öfter der Fall gewesen war, doch seit Silvester war er wieder so kurz angebunden wie früher. Nicht, dass Margot Will brauchte. Sie kam auch gut alleine klar.

Seit Weihnachten war sie Mitglied in der WhatsApp-Gruppe *#TeamBlossom,* und Mary überhäufte sie mit Nachrichten. Sie war voller Sorge, dass Blossom Salz oder Streusand in die Pfoten bekommen könnte. Fast panisch, dass sie ohne ordentliches Fell am Bauch erfrieren könnte. Und beunruhigt, dass es in Margots Büro womöglich keine Zentralheizung gab. Margot war sich sicher, dass sie nicht einmal als panische Neo-Hundebesitzerin so viele Nachrichten an Will geschickt hatte.

Und auch im Moment beschränkte sie sich auf eine Nachricht an ihre Kollegen: »Ich zahle bares Geld, wenn jemand mit Blossom rausgeht«, flehte sie im Team-Chat. Doch ihr Angebot fand keinen Abnehmer.

Also machten sich Margot und Blossom allein auf den Weg über die Regent's Park Road zum Primrose Hill. »Blossom, hör auf zu ziehen! Warum kannst du dich nicht ein einziges Mal benehmen?«, bettelte Margot, während sie sich wegen der Glätte an Straßenlaternen, Bänke und alles Erreichbare klammerte, obwohl Jim gesagt hatte, dass sie aufhören musste, ihre eigenen Ängste und Probleme auf Blossom zu projizieren. »Würde es dich umbringen, ausnahmsweise mal auf den Bürgersteig zu pinkeln? Komm schon!«

Doch Blossom marschierte unbeirrt weiter.

Als sie endlich den Primrose Hill erreicht hatten, waren Margots Finger in den fingerlosen Handschuhen blau gefroren, ihre Schulter brannte, und ihr Hintern schmerzte von dem Sturz am Morgen.

Blossom hingegen war außer sich. Aber wer konnte es ihr schon verübeln, dass sie sich auf die Hinterbeine stellte und wie verrückt bellte, wenn alle anderen Hunde vor ihren Augen durch den Schnee tobten? Margot klammerte sich im letzten Moment an den Zaun, um nicht umgerissen zu werden.

Es war keine kontrollierte Umgebung. Jim hatte kein schützendes Auge auf sie. Es gab keinen Will, der die Arme ausbreitete und nach Blossom rief, sodass sie zu ihm rannte. Außerdem bestand durchaus die Möglichkeit, dass Blossom einen der anderen Hunde verschlang, doch wenn es so weiterging, würde Margot stürzen und sich etwas brechen.

Sie versuchte, sich schlitternd und rutschend an einen etwas ruhigeren Ort zu begeben, doch es ging bergauf, und sie hatte praktisch keine Kontrolle über Blossom.

»Ich bin ein positiver Mensch. Ich habe eine starke Verbindung zu meinem Hund, der sofort zu mir zurückkommen wird. Mein Hund wird keinen anderen Hund attackieren und muss nicht eingeschläfert werden«, murmelte

Margot beschwörend vor sich hin, während sie Blossoms Leine löste.

Blossom schoss wie eine Rakete davon, ein Wirbelwind aus Beige und Weiß, der über die schneebedeckten Hügel fegte.

»Blossom! Blossom, hierher!«, schrie Margot, aber Blossom war über dem höchsten Punkt des Hügels verschwunden und nicht mehr zu sehen.

Was hatte sie getan? Was zum Teufel hatte sie sich bloß dabei gedacht?

Doch im nächsten Moment kam Blossom wieder zurück über den Hügel, und ihre Pfoten berührten dabei kaum den Boden. Ihre Hinterbeine konnten nicht mit dem Schwung mithalten, den sie aufbaute, weshalb sie häufig ins Trudeln kam, bis sie wieder alle vier Beine unter Kontrolle hatte und freudig auf Margot zugaloppierte, die in die Hocke ging und die Arme ausbreitete.

Blossom korrigierte ihre Flugbahn geringfügig, sodass sie nicht mit Margot zusammenstieß, was Margot ihr sehr zugutehielt. »Du bist so ein braves Mädchen. Das beste überhaupt!«, säuselte sie und zog den Leckerlibeutel hervor. »Gut gemacht, Blossom. Sehr gut.«

Doch Blossom wollte kein Leckerli. Anstatt des Geschmacks der gefriergetrockneten Leber wollte sie lieber den Geschmack der Freiheit genießen und schoss erneut davon. Ihr Schwanz rotierte so stark, dass Margot fast befürchtete, sie würde abheben, während sie in weitem Bogen um sie herumsauste.

»Da ist ja jemand aufgedreht«, meinte ein anderer Hundebesitzer, der wie Margot Hut, Schal und einen unansehnlichen, gefütterten Anorak trug. »Er liebt den Schnee, was?«

»Er ist eine Sie«, erwiderte Margot automatisch und ärgerte sich nicht einmal mehr. Alle hielten Blossom für einen Rüden. »Es ist das erste Mal, dass ich sie von der Leine lasse. Sie kommt aus dem Tierheim, wissen Sie.«

Mittlerweile hatte Blossom zwei Runden hinter sich, und anstatt sich auf andere Hunde zu stürzen, führte sie ein Rudel an bellenden und japsenden Artgenossen im Kreis, die alle ihrer vergnügten Anführerin folgten. Aus allen Ecken des Parks kamen weitere Hunde und gesellten sich dazu. Margot war klar, dass es absolut keinen Sinn hatte, Blossom jetzt zu rufen. Und warum auch, wo sie sie doch noch nie so ausgelassen gesehen hatte?

Tränen stiegen ihr in die Augen, während sie darauf wartete, dass Blossom müde wurde. Irgendwann warf Blossom sich auf den Rücken, streckte die Beine in die Luft, strampelte einige Male und trabte anschließend auf Margot zu, die ihre Schnauze mit Küssen bedeckte und ihr die ganze Tüte mit der getrockneten Leber überließ.

Jim meinte immer, dass man einem Hund, der zurückkam, das Gefühl geben musste, sich riesig zu freuen, selbst wenn man eine halbe Stunde im strömenden Regen auf ihn gewartet hatte. Man musste dafür sorgen, dass das Zurückkommen – und man selbst – interessanter war als das Fortlaufen. Und war das nicht auch eine hübsche Metapher für eine erfolgreiche Beziehung?

»Du bist das tollste Mädchen überhaupt«, erklärte Margot Blossom, und das war nicht gelogen, denn nachdem sie Blossom wieder angeleint hatte, trottete diese brav wie ein Zirkuspony neben ihr her und zog kein einziges Mal.

»Aber das bleibt unser kleines Geheimnis«, beschloss Margot, während sie sich vorsichtig die Regent's Park Road entlangtastete. Sie hatte keine Ahnung, wann sie angefangen hatte, in aller Öffentlichkeit mit ihrem Hund zu reden, aber ehrlich gesagt war es ihr egal. »Will darf nie davon erfahren, sonst wird er wütend, und das möchte ich nicht noch einmal erleben. Du kannst also gerne weiter an der Leine ziehen, wenn du bei ihm bist.«

Doch die Tage, an denen Blossom an der Leine gezogen hatte, waren vorbei. Es war, als hätte jemand einen Schalter umgelegt. Am nächsten Tag zog sie bloß noch ein bisschen. Nachdem Margot sie mit klopfendem Herzen und starr vor Angst von der Leine gelassen hatte und sie wie der Wind über die Hügel gerast war, verhielt sie sich auf dem Rückweg ins Büro wie ein kleiner Engel.

Margots Schulter war immens dankbar, dass das Gezerre ein Ende genommen hatte, und Blossom stürzte sich auch auf keine anderen Hunde mehr. Mittlerweile reagierte sie kaum noch auf ihre Artgenossen (Jims Heiliger Gral der Hundeerziehung), egal ob sie an der Leine ging oder frei lief. Sie knurrte nicht einmal mehr ihrem Erzfeind Popsy, einem Cockapoo, hinterher, der auf der anderen Seite des Platzes wohnte und ständig auf Blossoms Lieblingspinkelplatz zu finden war.

Aus Margots kleinem Mädchen war eine Frau geworden.

KAPITEL 26

Will

Es kam nichts Gutes dabei heraus, wenn man eine Frau wie Margot küsste.

Margot war in einem Ausmaß zu einem Teil von Wills Leben geworden, das er nie für möglich gehalten hätte, als er ihr vorgeschlagen hatte, sich Blossom zu teilen. Sie kannte seine Wohnung, ihr Name stand in seinem Kalender, und sie war sogar in seinem Elternhaus gewesen und hatte seine Familie am ersten Weihnachtstag von ihrer schlimmsten Seite erlebt. Zwar nicht von der *allerschlimmsten,* aber es hatte trotzdem gereicht.

Wenn er Margot weiterhin küsste – nicht, dass diese Anzeichen gemacht hätte, dass sie zu einer Wiederholung bereit wäre –, würde er es früher oder später vermasseln. So wie immer.

Und wenn er es mit Margot vermasselte, hatte das nicht nur Konsequenzen für ihn, sondern auch für seine Familie und für Blossom. Also tat Will das, was jeder erwachsene Mann unter diesen Umständen getan hätte – er ließ eine Woche lang nichts von sich hören und nahm sich vor, sich beim gemeinsamen Training am Sonntag möglichst cool zu geben. Freundlich, aber distanziert, was ihm noch nie schwergefallen war.

Doch als er am Sonntag vor Jims Hütte wartete und Margot und Blossom schließlich in der Ferne entdeckte, reagierte sein Herz sehr eigenartig und schien um eine Spur schneller zu schlagen, während Margot in ihrem klobigen Anorak auf ihn zukam. Sie trug eine rote Mütze mit einem großen Kunstfellbommel, der bei jedem Schritt auf und ab hüpfte. Als sie nahe genug war, um grüßend die Hand zu heben, wirkte ihr Lächeln genauso verhalten wie seines.

»Hi«, meinte sie und sah überallhin, nur nicht in sein Gesicht. »Es ist heute schrecklich matschig. Gut, dass ich die Gummistiefel angezogen habe.«

Will war erleichtert, denn jetzt hatte er eine Entschuldigung, warum er auf den Boden starrte, anstatt sie anzusehen. Ihre roten Stiefel passten zur Mütze und waren voller Schlamm.

»Alles okay?«, fragte er und hätte es am liebsten sofort zurückgenommen. Es war mehr oder weniger eine Aufforderung, ihm zu sagen, dass gar nichts okay war. Ihn zu fragen, wo er die ganze Woche gewesen war und wie er es hatte wagen können, sie am Silvesterabend zu küssen?

Doch sie sagte nichts dergleichen, sondern starrte nur weiter auf seine Füße, die in ebenfalls schlammverkrusteten Wanderschuhen steckten. »Natürlich ist alles okay. Warum auch nicht?« Sie klang beinahe abwehrend.

»Ich habe nicht gesagt, dass …«

»Was ist hier los?«, wollte Jim wissen, der mit klimperndem Schlüsselbund auf sie zugeeilt kam, um Will vor sich selbst zu retten.

»Wir dachten, das Training geht wieder los«, erwiderte Will. »Sie haben doch eine Nachricht geschickt.«

»Ja, das stimmt, Jim«, fügte Margot hinzu. »Denn sonst wäre ich um diese Zeit noch im Bett, glauben Sie mir.«

Will wollte sich Margot nicht im Bett vorstellen und Jim offenbar auch nicht. Der hatte ein sehr viel dringenderes Anliegen.

»Was haben Sie mit Blossom gemacht?« Er starrte auf die Hündin hinunter und verzog besorgt das Gesicht. »Ist sie auf Beruhigungsmitteln?«

Erst jetzt merkte Will, dass hier etwas nicht stimmte. Blossom hatte zwar mit dem Schwanz gewedelt, als Margot mit ihr auf ihn zugegangen war, doch sie war kein einziges Mal an ihm hochgesprungen. Seine Jeans waren nicht voller schlammiger Pfotenabdrücke, und sie hatte sich auch nicht in ein zähnefletschendes Ungeheuer verwandelt, das sich auf den nächstbesten Hund stürzen wollte.

Stattdessen saß sie neben Margot und zeigte sich von ihrer besten Seite. Margot lächelte schwach. »Ja, also … versprecht mir, dass ihr nicht wütend werdet.«

Will konnte nicht beurteilen, um wen sie sich mehr Sorgen machte, um ihn oder um Jim. »Hast du ihr tatsächlich ein Beruhigungsmittel gegeben?«, fragte er ungläubig, denn wenn das der Fall war, hatte Margot gegen sämtliche Regeln verstoßen, die sie in Hinblick auf Blossoms Erziehung festgelegt hatten. Abgesehen davon, dass es allem widersprach, woran Margot glaubte. Da beharrte sie vehement auf Biofutter ohne chemische Zusätze, und dann fütterte sie Blossom womöglich mit Antidepressiva? »Sie ist nicht depressiv. Sie hatte nur einen schwierigen Start ins Leben, Margot! Mein Gott, ich kann nicht glauben, dass du so etwas tust, ohne vorher mit mir zu reden!«

»Was ist mit der positiven Verstärkung?«, stimmte Jim mit ein, und auf Margots schuldbewusstem Gesicht erschienen rote Flecken. »Sie hätten es weiter mit der extralangen Leine versuchen müssen. Ich dulde keine Hunde auf Beruhigungsmitteln in meinem Unterricht. Es ist ein Verrat an meinen Trainingsmethoden, und …«

»Ich habe ihr nichts gegeben!«, schnitt Margot ihm das Wort ab. »So etwas würde ich niemals tun. Aber ich habe etwas anderes getan … Ich weiß, dass sie Ihrer Meinung nach noch nicht so weit war, Jim, aber es hatte geschneit, und es war schrecklich glatt, und sie hätte mich beinahe umgerissen. Ich hatte keine andere Wahl.«

Die Spannung brachte Will fast um. »Was hast du getan?«

Margot verzog beschämt das Gesicht, was einigermaßen grotesk aussah. »Ich habe sie von der Leine gelassen, okay? Ich habe sie mitten am Primrose Hill abgeleint, und nachdem sie eine halbe Stunde wie wild im Kreis gerannt ist, kam sie zurück und … ich weiß auch nicht, warum, aber seitdem verhält sie sich unglaublich. Sie zieht nicht einmal mehr an der Leine.«

Will schüttelte den Kopf. Er hatte sie sicher missverstanden. »Sie zieht nicht mehr an der Leine?«

Margot nickte so energisch, dass der Bommel auf ihrer Mütze auf- und abwippte. »Andere Hunde sind ihr mittlerweile egal, und ein paarmal hat sie sogar schon an fremden Hintern geschnüffelt.« Sie schnitt eine weitere seltsame Grimasse. »Ich kann mir das auch nicht erklären.«

»Wirklich sehr seltsam.« Will musste unwillkürlich lächeln, obwohl er sich vorgenommen hatte, sich distanziert zu geben. »Blossom, bist du jetzt etwa ein braves Mädchen geworden?«

Blossom hob die Pfote. Es war eine sehr schlammige Pfote, aber Will schüttelte sie trotzdem.

»Dann war es wohl ein sogenannter Leinenzwang«, meinte Jim schulmeisterhaft. Will und Margot sahen ihn fragend an. »Solche Hunde haben oftmals schlechte Erfahrungen gemacht und fühlen sich in die Enge getrieben, wenn ein anderer Hund auf sie zukommt und sie die Situation nicht mehr unter Kontrolle haben. Haben wir das nicht durchgenommen?«

Margot verdrehte die Augen. »Nicht wirklich, Jim.«

»Wäre vielleicht gut gewesen, wenn Sie das zwischendurch mal erwähnt hätten«, fügte Will mürrisch hinzu.

Jim zuckte mit den Schultern. »Gut, dass wir das Abrufen so fleißig geübt haben«, meinte er für Wills Geschmack etwas zu selbstgefällig. »Wie auch immer, heute findet jedenfalls kein normales Training statt. Die Prüfungskommission des Dachverbands hat ihren Besuch angekündigt. Aber das habe ich Ihnen bestimmt mitgeteilt.«

»Und noch einmal: Nicht wirklich, Jim.« Dieses Mal wandte sich Margot direkt an Will, bevor sie die Augen verdrehte. Er musste unwillkürlich lächeln, und das war alles andere als kühl und distanziert.

»Blossom hat tolle Fortschritte gemacht«, fuhr Jim unbeeindruckt fort. »Sie ist zwar noch nicht bereit für die Prüfung für das bronzene Abzeichen, aber wir könnten sie trotzdem dazunehmen, dann sehen wir gleich, woran wir noch arbeiten müssen.«

»Ist der Kerl zu fassen?«, flüsterte Margot Will zu, während sie Jim zu dem abgezäunten Bereich folgten, in dem Blossom gleich ihre Prüfung ablegen würde. »Und du versprichst mir, dass du nicht wütend bist, weil ich sie von der Leine gelassen habe?«

Dazu hatte er wohl kaum das Recht. Immerhin wären sie gar nicht hier gewesen, wenn er Blossom damals nicht freigelassen hätte und sie nicht beinahe von einem Auto überfahren worden wäre. Sie hätten weder eine Hundeschule besucht noch so viel Zeit miteinander verbracht.

»Na ja, ein bisschen schon«, meinte er und tat, als würde er nicht bemerken, dass Margot ihm auf sehr untypische Art den Mittelfinger zeigte.

KAPITEL 27

Margot

Keiner der Anwesenden glaubte daran, dass Blossom schon bereit für die Prüfung war, aber sie kannten noch nicht die neue, verbesserte Version Blossom 2.0, die als Sonderausstattung uneingeschränkten Gehorsam mit sich brachte.

Außerdem bekamen Margot und Will einen Extrapunkt, weil sie genügend Kotbeutel eingesteckt hatten, und Margot fand, dass sie die Fragen an den verantwortungsvollen Hundebesitzer mit Bravour gemeistert hatten. Blossom zeigte ein hervorragendes »Sitz!« und hatte zur Abwechslung nichts dagegen, dass Margot ihren Schwanz in die Höhe hob, um sie zu untersuchen, obwohl sie ihn sich sonst immer zwischen die Hinterbeine geklemmt hatte.

Auch der Abruf gelang einwandfrei, und dann wurde es Zeit für die letzte Aufgabe. Blossom musste an der durchhängenden Leine an den anderen Hunden vorbei, ohne den Verstand zu verlieren.

»Wir schauen einfach mal, wie weit wir kommen«, meinte Margot zu ihr, während sie den anderen Hunden bei ihren Versuchen zusahen. »Niemand wird dich verurteilen, wenn du diesem Husky dort ordentlich die Leviten liest, weil er dir zu nahe kommt. Du bist so süß, das lässt sich nicht durch einen standardisierten Test erfassen.«

Will trat neben sie. »Wäre es geschummelt, wenn wir ein Leckerli in der Hand verstecken, damit sie sich auf uns konzentriert und nicht auf die anderen Hunde?« Margot sah zu ihm hoch. Sie hockte neben Blossom am Boden, und es war nicht gerade die beste Perspektive, doch Wills Gesicht war dennoch wie gemeißelt. Seine Haare waren gerade richtig vom Wind zerzaust, und seine Gesichtsfarbe wirkte gesund, während Margots Haare wirr in alle Richtungen standen und ihr Gesicht dank der zu warmen Kleidung und ihrer Prüfungsangst knallrot war.

»Sie muss sich auch so auf uns konzentrieren«, erinnerte sie Will, und falls sie gereizt klang, war es aufgrund der Stresssituation und der Tatsache, dass sie sich in seiner Gegenwart einigermaßen unwohl fühlte. »Es wäre geschummelt, und das dürfen wir nicht. Die Prüferin sieht alles.«

»Willst du sie nehmen, oder soll ich?«, fragte Will, als die Dame vom Dachverband – noch so eine fröhliche Frau fortgeschrittenen Alters in einer ärmellosen Fleecejacke, die lieber mit Hunden als mit Menschen arbeitete – auf Blossom deutete. »Besser, du gehst. Du hast ein Händchen für so etwas.«

Als Margot mit Blossom zum Ausgangspunkt ging, glühte ihr Gesicht erneut. Dieses Mal allerdings vor Freude über Wills Kompliment. Wobei es eigentlich gar kein Kompliment gewesen war. Aber so war das nun mal, wenn Margot einen Mann geküsst hatte. Sie interpretierte zu viel in Kleinigkeiten hinein.

»Die Dame in Rot mit dem Staffy-Mädchen. Los!«

»Blossom, du bist das allerbravste Hundemädchen. Du machst das wunderbar. Nicht ziehen«, murmelte Margot, während Blossom und sie sich an den Hütchen vorbeischlängelten. »Du bist ein Hund mit positiver Einstellung, der nur positive Erfahrungen mit anderen Hunden gemacht hat. Ignoriere den Husky, und ich lasse dich so viel Brathähnchen essen, wie du noch nie in deinem Leben gesehen hast.«

Blossom sah vertrauensselig zu Margot hoch, als hätte sie jedes Wort verstanden, vor allem die Sache mit dem Brathähnchen.

»Ein wunderbares Zeichen der Aufmerksamkeit von dem kleinen Staffy-Mädchen«, rief die Prüferin entzückt, als sie ohne Schwierigkeiten und mit »lächelnder Leine« an dem Husky vorbeigingen.

Margot hätte sich in ihren kühnsten Träumen nicht vorstellen können, dass dieser Tag einmal kommen würde, doch als sie sich mit den anderen Besitzern und ihren Hunden in einer Reihe aufstellte, trat die Prüferin mit der Beurteilung »bestanden« vor Margot, Will und Blossom und sagte: »Sie haben da ein großartiges kleines Hundemädchen.«

»Hat Blossom gerade einen Jahrhundertcoup gelandet?«, flüsterte Will ungläubig.

»Ja, das hat sie! Das hat sie, verdammt noch mal!«

»Blossom! Ich war noch nie so stolz auf jemanden!«, jubelte Will mit belegter Stimme und hob Blossom hoch, um ihr einen Kuss auf die Schnauze zu drücken, obwohl er Margot ständig erklärte, wie unhygienisch das doch sei. Woraufhin sie jedes Mal erwiderte, dass Hundespeichel von Natur aus eine keimtötende Wirkung habe, weshalb er gar nicht *so* unhygienisch sein könne.

Doch im Augenblick war Will das offenbar egal, denn er küsste Blossom immer wieder, während sie die Pfoten auf seine Schulter gelegt hatte und ihm übers Gesicht schleckte. Margot schlang die Arme um die beiden, um auch etwas abzubekommen.

»Du bist mein allerbravstes Mädchen«, erklärte sie Blossom, die bereitwillig den Kopf drehte, um auch Margot übers Gesicht zu schlecken.

Trotz des zappelnden Staffys zwischen ihnen war sich Margot mit einem Mal mehr als bewusst, wie nahe sie Will war und dass er mittlerweile ebenfalls einen Arm um sie gelegt hatte. Er lächelte nicht nur Blossom an, sondern auch Margot, und als Blossom den Kopf neigte, um Margot über den Hals zu schlecken, drückte Will Margot einen Kuss auf die Wange.

»Ohne dich hätte sie das nicht geschafft«, erklärte er. »Du verdienst das bronzene Abzeichen genauso.«

Das stimmte, aber Margot wollte nicht den ganzen Ruhm für sich allein. »Ich finde, es war unser gemeinsames Verdienst«, erwiderte sie.

Sie wusste, dass Will zu küssen zu nichts als Problemen führte, aber wenn er sie so umarmte, konnte sie trotzdem an nichts anderes denken. Ihr war klar, dass sie sich von ihm lösen musste, um nicht vollends den Verstand zu verlieren, ihn an sich zu reißen und erneut zu küssen. Sie musste der Umarmung ein Ende setzen, aber … du meine Güte, er roch *unglaublich …*

Glücklicherweise schien Will zu spüren, woran Margot dachte, und er wollte offensichtlich nicht dasselbe, denn er trat einen Schritt zurück und setzte Blossom sanft auf dem Boden ab. Doch im nächsten Moment machte er wieder einen Schritt nach vorne, und Margot lag erneut in seinen Armen.

Oder lag er in ihren?

Es war schwer zu sagen.

Genauso unklar war, wer wen zuerst küsste. Sicher war nur, dass sie einander definitiv küssten. Es war kein kurzer Kuss zur Feier des Tages, sondern ein leidenschaftlicher Kuss, der so gar nicht auf einen schlammigen, kalten Hundetrainingsplatz passen wollte.

Ohne Blossom zwischen ihnen konnte Margot sich an Will pressen, der sich herrlich hart und sehnig anfühlte, und einen Moment lang wünschte sie sich, er würde sie gleich hier an Ort und Stelle mit sich in den Matsch ziehen.

»Oh!« Wills Hände glitten auf ihren Hintern, und sie kam endlich zur Vernunft. Es war viel zu früh für so etwas und vollkommen unangebracht. Sie schnappte nach Luft und löste sich von ihm.

Dessen Hände lagen allerdings auf ihren Oberarmen, und das an ihrem Hintern waren Blossoms Vorderpfoten. Blossom warf Margot einen Blick zu, als wollte sie sagen: »Warum küsst ihr euch? Das ist mein großer Tag! Hör auf, alles an dich zu reißen, Margot.«

»Da fühlt sich wohl jemand vernachlässigt«, murmelte Will mit den Lippen an Margots Ohr. Das angenehme Schaudern war wieder da. Will löste sich von Margot, um Blossom erneut hochzuheben.

Sie blieben bis zur Urkundenverleihung und dem anschließenden Fotoshooting. Will und Margot knieten neben Blossom, die stolz und erhaben in die Kamera blickte, wie es sich für einen solchen Anlass gehörte.

Margot stellte das Foto in die #TeamBlossom-Gruppe und schrieb:

Blossom ist jetzt OFFIZIELL ein braves Mädchen!

Langsam wurde es Zeit, Blossom an Will zu übergeben, um anschließend eine weitere Woche nichts mehr von ihm zu hören. Sie hielt den Gedanken daran kaum aus.

Margot winkte Jim zu, der darauf bestanden hatte, immer schon gewusst zu haben, dass Blossom die Prüfung schaffen würde, und sie stapften zusammen durch den Park.

»Also, dann legen wir hiermit offiziell fest, dass wir nie wieder hierherkommen?«, fragte Will und rieb sich erwartungsvoll die Hände. »Blossom hat alles erreicht, was sie erreichen sollte, und es gibt bestimmt angenehmere Arten, den Sonntagvormittag zu verbringen.«

»Ja, vermutlich«, stimmte Margot wenig begeistert zu. Offenbar waren Wills Sonntagvormittage ohne Margot um einiges besser, aber warum hatte er sie dann geküsst? Oder hatte sie ihn geküsst, und er hatte den Kuss nur erwidert, weil er nicht unhöflich sein wollte? In diesem Fall wäre es wohl der traurigste Kuss ihres Lebens gewesen.

»Hast du Hunger?«, fragte Will auf dem Weg um den Teich.

Na klar, immer. »Ich könnte schon etwas vertragen«, formulierte Margot zurückhaltend.

»Willst du irgendwo zu Mittag essen, um den Erfolg zu feiern? In dem Pub bei dir um die Ecke sind Hunde doch erlaubt, oder?«

Ja, das waren sie, und wenn sie sich schon über die Situation unterhalten mussten – und das mussten sie unbedingt –, dann wenigstens bei einem schönen Essen.

KAPITEL 28

Will

Margot plapperte den ganzen Weg nach Highgate über alles Mögliche bis hin zur Prüfung. »Ich wusste, dass es der Husky nicht schaffen würde. Er bringt Blossom jedes Mal auf die Palme. Ein richtiger Unruhestifter.« So konnten sie wenigstens nicht über die Dinge sprechen, über die sie sich dringend unterhalten mussten.

Das Pub war früher eine Herberge für Postkutscher gewesen. Ihn zierte eine Plakette des Denkmalschutzamtes, frei liegende Deckenbalken aus Holz und ein prasselndes Feuer im Kamin. Als Will mit Getränken von der Theke zurückkam, unterhielt sich Margot mit der Familie am Nachbartisch.

»Also, wenn Sie sich jemals einen Hund zulegen, kann ich nur einen aus dem Tierheim empfehlen«, sagte sie gerade und hielt kurz inne, um Will ein dankbares Lächeln zuzuwerfen, als er ein große Glas Malbec vor ihr abstellte.

Er nippte an seiner Zitronenlimo und beobachtete Margot, die ihre Ausführungen mit munteren Gesten unterstrich, bis sich ihre Knie unter dem Tisch schließlich sanft berührten.

»Es war wirklich nett, Sie kennenzulernen, aber wenn wir nicht gleich etwas zum Essen bestellen, sterbe ich vor

Hunger«, beendete sie lächelnd die Unterhaltung. »Falls Sie sich wirklich einen Hund zulegen, sehen wir uns ohnehin bei jedem Wetter in der Heath.«

»Du hast dir doch nicht vorgenommen, dich im Januar vegan zu ernähren, oder?«, fragte Margot Will, nachdem sie die Speisekarte zur Hand genommen hatte. »Im Büro machen das im Moment alle. Ich verzichte gerne ein paar Tage die Woche auf Fleisch, aber ein Leben ohne Käse ist doch kein Leben, findest du nicht auch?«

»Ich habe mir vorgenommen, im Januar nichts zu trinken«, erwiderte Will und hob sein Glas. »Und im Februar, März, April …«

»Also, mich würde schon interessieren, warum du dem Alkohol abschwörst – nicht, dass es falsch wäre, oder so …« Margot betrachtete ihr eigenes Glas mit schuldbewusster Miene, die sich jedoch sofort auflöste, nachdem sie genüsslich einen Schluck getrunken hatte. »Warst du nie betrunken?«

»Einmal. Vor sehr langer Zeit«, sagte Will zögernd. Die Erinnerung daran vertrieb die Wärme und Gemütlichkeit des Pubs und die heimeligen Gerüche, die aus der Küche drangen. Er spürte nicht einmal mehr das beruhigende Gewicht von Blossoms Kopf auf seinen Füßen, die schnarchend neben ihm auf dem Boden lag. Er erinnerte sich an den feuchtkalten Schweiß auf seiner Haut und an die Hand, die seinen Arm umklammerte und ihn zwang, die Flasche immer und immer wieder an die Lippen zu führen.

Du sollst einmal ein Mann werden, keine Memme. Komm schon, trink!

»Das muss ja so schlimm gewesen sein, dass du für den Rest deines Lebens bedient warst«, vermutete Margot. »Ich war dreizehn, als unsere Nachbarin Cerys geheiratet hat.

Ich habe einen Eierlikör-Cocktail nach dem anderen in mich hineingeschüttet und mich in Mums Rosen übergeben, als sie mich nach Hause geschleift hat. ›Das wird dir eine Lehre sein, Margot‹, meinte sie damals. ›Du wirst sicher nie mehr einen über den Durst trinken.‹ Aber da hat sie sich getäuscht.«

»Die armen Rosen«, murmelte Will und wünschte, er hätte auch Geschichten über fürsorgliche Eltern auf Lager gehabt. Stattdessen hatte ihn sein Vater gezwungen, einen Whisky nach dem anderen zu trinken, bis er sich auf sich selbst, den Teppich und das Sofa übergeben musste. Und nicht einmal dann durfte er aufhören, sondern musste weiter mit seinem Vater mithalten. Selbst heute noch musste er schon beim schwächsten Whiskygeruch würgen. »Ich war elf, und bei mir war es tatsächlich eine heilsame Erfahrung. Ich habe danach keinen Tropfen mehr angerührt.«

Seine Stimme war genauso eisig wie die Erinnerung, und Margot hob den Blick von der Speisekarte, um ihn anzusehen. Sie wirkte nachdenklich, als wollte sie ihn auffordern weiterzuerzählen, aber er brachte kein Wort mehr heraus.

»Es ist heutzutage wesentlich einfacher, nichts zu trinken«, brach sie das Schweigen. »Ist dir schon aufgefallen, dass Mitte dreißig plötzlich alle anfangen, Marathons zu laufen, dem Alkohol abzuschwören und sich vegan zu ernähren?«

Will war noch nie so froh über einen Themenwechsel gewesen. Margot hatte die zauberhafte Gabe, Stimmungen sofort zu erkennen.

»Ja. Selbst Rowan hat an ihrem fünfunddreißigsten Geburtstag beschlossen, den London Marathon zu laufen«, griff Will den Faden auf. »Sie kaufte jede Menge schicke Sportklamotten, besorgte sich einen neunwöchigen Trainingsplan und schaffte ganze zwei Wochen, bis das Thema vom Tisch war.«

Margot lachte noch immer, während sie aufstand, um an der Theke zwei Burger zu bestellen. Als sie zurückkam, brachte sie eine weitere Zitronenlimo und ein Tonic Water für sich selbst mit. »Vielleicht sollte ich auch mal versuchen, einen Monat nichts zu trinken«, überlegte sie. »Läufst du eigentlich? Du siehst aus, als würdest du laufen.«

Hatte sie ihn etwa abgecheckt? Falls ja, war sie sehr dezent gewesen. Genauso dezent wie er, wenn er Margot musterte. Zumindest hoffte er das. Seine Reaktion vorhin, als er ihren Körper so nahe an seinem gespürt hatte, war allerdings weniger dezent gewesen. Das Blut war durch seine Adern gerauscht, und er war erleichtert gewesen, dass Blossom den Moment gecrasht hatte, bevor er sich zum Affen gemacht hätte.

Allein die Erinnerung an Margots Kurven ließ eine unangenehme Hitze in ihm hochsteigen, und er nahm einen großen Schluck, bevor er ihre Frage beantwortete. »Früher mal. Als ich noch in New York lebte, war ich ziemlich fitnessbesessen. Die Leute aus dem Büro trafen sich vor der Arbeit zum CrossFit, und es liefen Wetten, wer mehr Liegestützsprünge und Ausfallschritte schafft und wer besser beim Reifenwerfen ist.«

Du meine Güte – dachte er an irgendetwas davon mit Freude zurück?

»Das klingt ja schrecklich«, erklärte Margot mit der erleichterten Stimme einer Person, die noch nie einen Liegestützsprung machen musste. »Ich bin schon dankbar, dass ich es dank Blossom mittlerweile auf den Highgate West Hill schaffe, ohne einen Herzinfarkt zu bekommen. In welcher Branche gehören solche Foltermethoden denn zur Firmenphilosophie?«

Das war das Problem mit Anekdoten. Sie führten zu weiteren Fragen und dadurch auch zu Antworten, die nicht nur die unglückselige Wahrheit ans Licht brachten, sondern auch eine unglückliche Seele. Will warf einen hoffnungsvollen Blick in Richtung Essensausgabe, doch ihre Burger waren nirgendwo zu sehen.

»Ich habe im Finanzsektor gearbeitet. Börsengeschäfte«, gab er zu. Leute, die keine Banker waren, konnten Banker für gewöhnlich nicht leiden. »Einfach gesagt war ich ein Kontrollorgan. Ich habe sichergestellt, dass wir keine zu riskanten oder illegalen Investitionen tätigen und dass unsere Klienten uns nicht benutzen, um große Geldsummen zu waschen. Du wärst überrascht, wie oft meine Kollegen der Meinung waren, das sei alles nicht so wichtig.«

»Hm.« Margot ergriff Blossoms Brustgeschirr, nachdem einige Tische weiter gerade ein Stück Brot zu Boden gefallen war. »Ich schätze, du warst nicht gerade beliebt bei den Kollegen, die gerne ihre *Wolf-of-Wall-Street*-Fantasien ausgelebt hätten. Hast du deshalb schon vor dem Frühstück Reifen durch die Luft geschleudert? Um dich mit ihnen gutzustellen?«

Margot war unglaublich scharfsinnig. Vielleicht *zu* scharfsinnig. Will hatte Monate und die Hilfe eines Therapeuten gebraucht, um herauszufinden, was Margot in weniger als fünf Minuten erkannt hatte. »Gehörst du zu den Leuten, die durch Druck zu Höchstleistungen angespornt werden?«

»Offensichtlich nicht, sonst würde ich nicht wieder im Familienunternehmen arbeiten und in der Wohnung über dem Laden wohnen«, konterte Will einigermaßen genervt.

Margot tat so, als wollte sie ihre Lippen verschließen. »Schon gut, verstanden. Ich bin ja schon still.« Sie verzog das Gesicht wie eine Lady, die gerade einen Fleck auf der Hose ihres Gegenübers entdeckt hatte.

»Tut mir leid.« Will wartete, bis Margot ihn ansah. »Es ist ein heikles Thema, auf das ich ziemlich gereizt reagiere.«

»Du musst dich nicht rechtfertigen«, versicherte Margot ihm und versuchte gleichzeitig, Blossom davon abzuhalten, auf ihren Schoß zu klettern. »Ich bezeichne mich selbst immer als wissbegierig, dabei bin ich bloß neugierig.«

»Ich schäme mich mittlerweile für mein damaliges Leben«, gab Will zu. »Ich war sehr auf meine Karriere bedacht, habe wie besessen meine Ziele verfolgt und strategisch geplant. Bis ich vor drei Jahren für Topper Livingston Mercer den Dritten zu arbeiten begonnen habe.«

»Vertraue niemals einem Mann, der Topper heißt.«

»So schlau war ich damals leider nicht«, räumte Will ein. Fünfzehn Jahre lang war Will ein aufsteigender Stern am Himmel gewesen. Trotz des gewaltigen Risikos auf dem Finanzmarkt hatte er zuerst in Paris, dann in Berlin und schließlich in New York unbeirrt seinen Weg verfolgt und stets ruhig und wohlüberlegt gehandelt. Seine Abneigung gegenüber jedwedem Risiko war nach dem Finanzcrash 2008 ein großer Pluspunkt gewesen. Die Frauen, mit denen er ausgegangen war, waren genauso ruhig und wohlüberlegt gewesen wie er. Und genauso ehrgeizig, weshalb auch ihnen die Karriere wichtiger gewesen war als zwischenmenschliche Beziehungen.

Im Nachhinein wusste Will, dass er niemals die große, internationale Investmentbank hätte verlassen sollen, in der Regeln und Bürokratie den Stellenwert gehabt hatten, den er sich vorstellte. Er hätte sich niemals für das kleinere, privat geführte Büro entscheiden sollen, in dem nach Wildwestmanier Geschäfte gemacht wurden. Doch man hatte ihm eine Stelle als Vizepräsident und ein siebenstelliges Gehalt plus jährlichem Bonus, Aktienanteilen und einer Unmenge an Vorteilen – wie etwa Plätze am Spielfeldrand bei den Spielen der Knicks im Madison Square Garden und die Mitbenutzung der Firmenjacht – in Aussicht gestellt. Nicht, dass Will sich viel aus Basketball und Superjachten machte, aber er war von dem hochleistungsorientierten Auftreten der Firma sowohl im geschäftlichen als auch im innerbetrieblichen Bereich begeistert gewesen.

»Ich verfiel in ein beinahe spiritualistisches Streben, meine Vergangenheit hinter mir zu lassen, meine Gegenwart bis zum Letzten auszukosten und beim Bankdrücken mein eigenes Körpergewicht zu stemmen. Und wenn wir uns an den Teambuilding-Wochenenden von Wolkenkratzern abseilten, um uns unseren Ängsten zu stellen, oder zum Wildwasserrafting fuhren, gab ich jedes Mal alles. Ich könnte im Erdboden versinken, wenn ich daran zurückdenke.«

»Das klingt ja wirklich grauenvoll«, stöhnte Margot, während ihre prall gefüllten Burger serviert wurden.

Will hatte schnell herausgefunden, dass Topper als verdientes Vorstandsmitglied und Ururenkel des Firmengründers gegen seine Ernennung zum Vizepräsidenten gewesen war. Topper war ein weißer Verbindungsbruder über fünfzig, der glaubte, den Finanzmarkt miterfunden zu haben, und sich keinen Deut um irgendwelche Regeln scherte. Seine dritte Frau war ein ehemaliges Victoria's-Secret-Model, und in seinem Büro prangte eine Leuchtreklametafel mit der Aufschrift »Geh aufs Ganze, oder geh nach Hause«.

Topper und Will verbrachten zweieinhalb Jahre in einem

Zustand gegenseitigen Hasses, bis Will Toppers neuem Fond einen Riegel vorschieben musste, obwohl Topper ihn als ein »verdammtes Megameisterwerk« bezeichnet hatte. Doch Will hatte den Fond auf Herz und Nieren geprüft und mehrere Ungereimtheiten entdeckt, und am Ende hatte ihm der Aufsichtsrat mit knapper Mehrheit recht gegeben. Ab diesem Moment hatte Topper begonnen, ihn aktiv aus der Firma zu ekeln. Er hatte ihn in den Bars und Racquetballhallen der Wall Street schlechtgemacht und sich mit den jüngeren Mitarbeitern in Wills Team gutgestellt, die im Gegensatz zu Wills ehemaligen Kollegen keine Ahnung von Loyalität hatten und ihre eigene Großmutter verkauft hätten, um die Karriereleiter zu erklimmen.

Allerdings hatte Will sowohl beruflich als auch privat schon schlimmere Tyrannen erlebt und auf jede neue Herausforderung des älteren Mannes mit Ruhe und Beharrlichkeit reagiert. Er hatte weiter seine Kontrollfunktion ausgeführt und dafür gesorgt, dass sie nie in Konflikt mit der Börsenaufsichtsbehörde gerieten.

Doch dann war Mo gestorben, und Will hatte keine Ahnung gehabt, wie die Welt – *seine* Welt – sich ohne sie weiterdrehen sollte. Und am Ende musste die Welt auch noch ohne Bernie auskommen.

»Du musst dich entscheiden, was dir wichtiger ist. Dein Privatleben oder deine Karriere«, hatte Topper eiskalt gemeint, als Will von Bernies Beerdigung nach New York zurückgekommen war, obwohl er sich erst kurz zuvor für Mos Beerdigung freigenommen hatte.

Margot wollte gerade in ihren Burger beißen, hielt jedoch auf halbem Weg inne. »Bitte sag mir, dass du irgendwann Vernunft angenommen und Topper zum Teufel gejagt hast.«

»Na ja, auf gewisse Weise schon, schätze ich.« Will griff nach seinem Burger, obwohl er keinen Appetit mehr hatte. »Wir waren auf einem weiteren Teambuilding-Event in einem schicken Hotel in der Bowery. Es war ein Selbstoptimierungsworkshop, der mit einem Gang über heiße Kohlen enden sollte. Weißt du, damals kam es mir gar nicht so lächerlich vor, dass die Kohlen ein Sinnbild für meine Ängste sein sollten und ich meine inneren Dämonen besiegen würde, wenn ich barfuß über sie lief.«

»Du liebe Zeit!« Margot hatte den Burger beiseitegelegt und starrte Will mit offenem Mund an. »Das hast du doch nicht wirklich getan, oder?«

»Ich hatte es vor«, gab Will zu. »Ich wartete in der Reihe und redete mir ein, dass ich es schaffen würde. Dass ich stark genug sei. Dass mich nichts verletzen könne … und dann …«

Will konnte kaum glauben, dass er Margot bei einem Burger von einer der demütigendsten Erfahrungen seines bisherigen Lebens erzählte. Er hatte bis jetzt bloß seinem Therapeuten Roland und Rowan davon erzählt, vor der er absolut keine Geheimnisse hatte.

»Und dann?«, drängte Margot und umklammerte gespannt die Tischkante.

»Dann spürte ich plötzlich einen stechenden Schmerz in der Brust, bekam keine Luft mehr und landete mit Verdacht auf Herzinfarkt in der Notaufnahme.«

Margot neigte den Kopf und betrachtete ihn mit sanftem Blick. »Oh, Will.« Sie streckte die Hand aus und tätschelte seinen Arm. »Panikattacke?«

»Woher weißt du das?«

»Das ist die einzig logische Reaktion, wenn man kurz davorsteht, über glühende Kohlen laufen zu müssen. Außerdem wirkst du relativ fit für jemanden, der erst vor einem Jahr einen Herzinfarkt hatte.« Sie griff nach einer Pommes. »Hat Topper dich hinausgeworfen, weil du die heißen Kohlen ausgelassen hast?«

»Nein.« In diesem Fall hätte Will ihm problemlos eine Millionenklage anhängen können. Doch Topper hatte tatsächlich sehr besorgt reagiert, als Will am nächsten Morgen mit einer Packung Betablocker ins Büro gekommen war (er hatte auch die CrossFit-Einheit geschwänzt). Die schonungslose Diagnose des Notarztes ließ ihn nicht mehr los. Er hatte Will klargemacht, dass er unter einer Angststörung litt und seine Vergangenheit nicht hinter sich gelassen, sondern sie vielmehr in sich hineingefressen hatte, bis sie sich mit einem stechenden, Furcht einflößenden Schmerz Gehör verschafft hatte, der sämtliche Luft aus seinen Lungen gepresst hatte. »Wir hatten eine nette Unterhaltung darüber, wie Menschen mit positiver Einstellung problemlos sämtliche Hürden überwinden können.«

»Problemlos. Bockmist«, meinte Margot und biss energisch in ihre Pommes.

»Ganz genau.« Mittlerweile war Will das ebenfalls klar, doch damals, bevor er in der Notaufnahme gelandet war, hatte er tatsächlich geglaubt, er könne sich neu erschaffen, indem er alle paar Tage einen Halbmarathon lief, Liegestützsprünge machte und Unmengen an Büchern zum Thema Persönlichkeitsentwicklung las. »Topper erinnerte mich an seinen Leitsatz, entweder aufs Ganze oder gleich nach Hause zu gehen, und ich hörte mich antworten: ›In diesem Fall gehe ich lieber nach Hause.‹« Will breitete die Arme aus. »Und hier bin ich nun.«

»So ein Arschloch«, stieß Margot mit vollem Mund hervor. »Ich hoffe, sein Treuhandfonds geht in die Luft, und er verkauft am Ende auf der Madison Avenue Obdachlosenzeitungen.«

Das war zwar höchst unwahrscheinlich, aber eine nette Vorstellung. »Darauf trinke ich«, meinte Will, und sie stießen an. »Im Prinzip habe ich mir eine einjährige Auszeit gegönnt, aber die war vor vier Monaten vorbei, und ich weiß immer noch nicht, in welche Richtung es mich verschlagen wird. Wie auch immer, mein Burger wird langsam kalt …«

Man kann sich schlecht unterhalten, wenn man den Mund aufreißen muss, um einen Burger hineinzuschieben, und Will war froh, dass er etwas Zeit gewann, um sich zu fangen und Blossom einen mahnenden Blick zuzuwerfen, die stocksteif wie ein überbreites Erdmännchen neben ihm saß und auf seine Schuhe sabberte.

Erst als sie bei den letzten Pommes angekommen waren, führten sie ihr Gespräch fort, und das war gut so.

»Ich glaube, ich muss die Sache mit der positiven Bestärkung noch einmal überdenken«, meinte Margot schließlich. »Vielleicht bin ich wie Topper, nur in Strumpfhosen.«

»Nein, du verbreitest damit positive Energie und entziehst sie nicht jedem, dem du begegnest.« Will konnte kaum glauben, dass er Margots Angewohnheit verteidigte, aber heute war ein Tag voller Überraschungen.

»Danke dafür. Und danke, dass du mir deine Geschichte erzählt hast«, meinte Margot. »Ich werde sie für mich behalten.«

Das wusste Will zu schätzen, auch wenn sie keine gemeinsamen Freunde hatten. Er schwor sich jedoch, Margot in Zukunft nicht mehr mit seiner Mutter allein zu lassen. Mary würde sich nur selbst die Schuld an allem geben. »Danke«, murmelte er.

»Ich weiß, wie es ist, wenn man das Gefühl hat, nicht dazuzugehören.« Margot tauchte eine Pommes ins Ketchup. »In der Schule war ich immer nur das Mädchen, dessen Dad gestorben war, und ich stach auf eine Art heraus, die … unerträglich war.«

Das konnte Will nachvollziehen. Er hatte auch immer herausgestochen, aber nicht, weil sein Vater gestorben war, sondern weil er lebte und der Grund für Wills verdrossenes Gesicht, die hochgezogenen Schultern und die Tatsache war, dass Rowan und er nie Freunde mit nach Hause nahmen. Das war ebenfalls unerträglich gewesen, doch er hatte Margot schon genug über seine Vergangenheit erzählt.

»Es tut mir leid, das muss schlimm gewesen sein. Vor allem, nachdem du ihn so schrecklich vermisst hast. Aber jetzt scheinst du ja ganz gut angekommen zu sein«, meinte Will und war erleichtert, dass sie das Thema gewechselt hatten. »Du kennst offenbar jeden hier in der Gegend.«

»Das ergibt sich, wenn man keine eigene Familie hat«, erwiderte Margot und schob das schicke Emailletöpfchen mit den letzten Pommes von sich. »Ich habe den Verlust mit jeder Menge Freunden kompensiert, trotzdem gibt es niemand, der sich erinnern kann, wie ich als Baby war. Niemand, der weiß, was mein erstes Wort war oder warum ich Angst vor Luftballons habe.«

»Bei mir ist es Sand«, meinte Will müde lächelnd. »Mum musste mich immer über den Strand bis ans Wasser tragen.«

»Es ist ein seltsames Gefühl, wenn man weiß, dass man nicht nach Hause zurückkehren kann. Zu Hause – das bin bloß ich in meiner Wohnung.« Margot wandte den Kopf ab, und einen Moment lang dachte Will, sie würde zu weinen beginnen. Ihre Unterlippe zitterte, ihre Nasenflügel bebten, doch dann schaffte sie es, ihr Gesicht wieder unter Kontrolle zu bringen. »So viele Leute meinen, ich könnte mich glücklich schätzen, weil ich eine eigene Wohnung in Highgate besitze, aber mir wäre es sehr viel lieber, meine Eltern würden noch leben und ich hätte nie das Geld dafür geerbt.«

»Ich weiß, es ist ein Klischee, und ich will nicht herabwürdigen, was du durchgemacht hast, aber es gibt viele Leute, deren Familie so schrecklich ist, dass sie es kaum erwarten können, endlich von ihr loszukommen«, sagte Will vorsichtig. Er fühlte sich wie auf einem Feld voller Landminen und wollte Margots Schmerz auf keinen Fall schmälern. »Es ist ein großes Talent, eine echte Bindung zu anderen Menschen aufzubauen. Ein Talent, das ich selbst nicht besitze. Kann ich Blossom die letzte Pommes geben?«

»Ja, von mir aus«, antwortete Margot resigniert. Vielleicht, weil sie den Kampf darum, Blossom keine Reste vom Tisch zu füttern, nun endgültig verloren hatte. Oder weil ihr die belastende Richtung nicht gefiel, in die sich das Gespräch entwickelte. »Ich habe Freunde. Meine *logische* Familie. Aber in letzter Zeit spüre ich eine gewisse Distanz zwischen uns.«

Will hatte das Gefühl, als wäre sein Kragen zu eng. Das hätte zumindest das seltsame Kribbeln in seinem Nacken erklärt. Er hätte Margot gerne vorgeschlagen, mit jemandem zu reden, der besser zuhören und Ratschläge erteilen konnte. Er hatte nämlich die dumpfe Vermutung, dass trotz seiner Therapiesitzungen sogar Blossom mehr emotionale Intelligenz besaß als er.

»Oh«, meinte er mit erstickter Stimme. »Warum das?«

»Sie heiraten, bekommen Kinder, ziehen fort. Wenn auch nicht immer in dieser Reihenfolge.« Margots Lächeln war eine schlechte Kopie seiner selbst. »Und ich bin meilenweit von diesen Dingen entfernt.«

Will steckte sich einen Finger zwischen Kragen und Hals. »Ähm, willst du denn das alles auch?«

»O Gott, ja. Natürlich!« Margot schob ihr Glas zurück, als würde sie sich plötzlich davor ekeln. »Ich habe die letzten achtzehn Jahre nicht nur um meine Mum und meinen Dad getrauert, sondern auch um das Gefühl, eine Familie zu haben. Inzwischen haben alle meine Freunde jemanden gefunden, mit dem sie ihre eigene Familie gründen konnten. Geradeso als wäre es das Einfachste auf der Welt. Nur eben nicht für mich. Ich bin noch immer allein, und deshalb habe ich oft das Gefühl, nicht dazuzugehören.«

»Ich bin mir sicher, dass es irgendwann so weit sein wird.« Jetzt, wo Will so darüber nachdachte, war es wirklich seltsam, dass Margot noch Single war, obwohl sie – abgesehen von ihrer Kontrollsucht – die Art Frau war, mit der man(n) sesshaft wurde. Topper und seine Finanzbrüder hatten immer steif und fest behauptet, dass es Frauen gab, mit denen man ins Bett ging, und Frauen, die man heiratete. Und Margot gehörte auf alle Fälle zu der Sorte, mit der man(n) längerfristig plante.

Sie war hübsch, klug, kreativ und unabhängig. Das allein wäre schon mehr als genug gewesen, aber sie war dazu auch noch liebenswürdig und hatte immer ein passendes Wort parat. Sie war keine Frau, die man sich einfach so entgehen ließ.

Margot, das waren sanfte Küsse und sanfte Kurven – eine Sanftheit, in der man sich verlieren konnte. Will zerrte erneut an seinem Kragen.

»Ich will es zu sehr, das ist das Problem«, erklärte Margot gerade. »Ich verströme diesen verzweifelten Geruch. Wenn ein Mann auch nur ansatzweise Interesse zeigt, hechle ich ihm sofort hinterher. Noch schlimmer als Blossom.«

»Nein, das kann ich mir nicht vorstellen.« Will war klar, dass er nur Plattitüden von sich gab. Obwohl er so etwas normalerweise hasste. »Blossom ist in dieser Hinsicht unschlagbar.«

Noch eine Kopie eines Lächelns. »Du hast nicht zufällig vor, sesshaft zu werden und eine Familie zu gründen?«, fragte sie, und Will spürte wieder dieses Kribbeln im Nacken.

»Nein«, entgegnete er rundheraus, weil es keine andere mögliche Antwort gab. Er versuchte immer noch, die nötige emotionale Kraft aufzubringen, um sich wieder mit Frauen zu verabreden. »Nicht in unmittelbarer Zukunft.«

»Weshalb wir mit dem Küssen aufhören müssen …«, erklärte Margot eilig. »Es ist seltsam, und …«

»Meine Küsse sind seltsam …«, wiederholte Will, obwohl das nicht der Punkt war. Trotzdem hängte er sich daran auf.

»Deine Küsse sind nicht seltsam, und wenn ich noch Mitte zwanzig wäre, würde ich nichts lieber tun, als einen attraktiven Mann zu küssen, ohne mir Gedanken darüber zu machen, wohin es führen wird. Und sieh mich nicht so an, Will. Du hast sicher zumindest einen Spiegel in deiner Wohnung und weißt, dass du nett anzusehen bist.«

Will spürte, wie er rot wurde. Nicht nur wegen des unerwarteten Kompliments – die einzige Person, die ihn *hübscher Junge* nannte, war Mary, und die war als seine Mutter dazu verpflichtet –, sondern weil Margot um einiges mutiger war als er, obwohl sie sich noch nie von einem Wolkenkratzer abgeseilt hatte. Sie hatte dieses unangenehme, aber notwendige Gespräch mit der gewohnten Anmut begonnen und schaffte es sogar, ihm dabei in die Augen zu sehen, obwohl er selbst nichts lieber getan hätte, als auf den Boden oder die Überreste des Burgers zu starren. Oder auf Blossom, die konzentriert an ihrer Pfote knabberte. Überallhin, nur nicht in Margots Augen und in ihr ebenfalls gerötetes Gesicht.

»Du bist auch sehr nett anzusehen«, meinte er, und Margot hob zum Dank für seine plumpe Schmeichelei ihr Glas. Es hatte eine Zeit gegeben, in der Will durchaus charmant gewesen war. Vor allem, weil er unbedingt wollte, dass die Frauen ihn als diese Art Mann wahrnahmen. Doch es war viel Zeit vergangen seit diesen Abenden in fremden Städten, als es ihm noch leichtgefallen war, Frauen mit bedeutungslosem Geplänkel zu unterhalten, immer in dem Wissen, dass sie nach denselben Regeln spielten wie er. Keine Bindung, keine Reue, keine Gefühle.

Will wusste, dass er so etwas nicht mehr wollte, aber was er stattdessen wollte, wusste er nicht. Klar war lediglich, dass Margot sich etwas anderes erträumte als er.

»Ich bin sechsunddreißig, und so nett es auch war, kann ich meine Zeit nicht mehr damit verschwenden, Männer bloß zum Spaß zu küssen«, erklärte sie ein wenig traurig, was den Schmerz der Zurückweisung etwas linderte. »Ich muss mich voll und ganz auf mein Ziel konzentrieren. Ich will so bald wie möglich eine eigene Familie.«

Will nickte. Das ergab Sinn. Er wusste ja nicht einmal, ob er jemals für das bereit sein würde, wonach Margot sich sehnte. »Sollen wir uns darauf einigen, dass der Neujahrskuss in diesem Moment einfach passte und dass das heute ein Kuss zur Feier des Tages war, weil Blossom die Prüfung geschafft hat?«, fragte er beiläufig – er hatte Jahre damit zugebracht, beiläufig zu klingen, anstatt seinen Gefühlen freien Lauf zu lassen. »Wir können ja nichts dafür, dass wir beide so unglaublich gut aussehen.«

Margot lächelte, und es sah so aus, als hätte sich das

Lächeln an die Oberfläche gestohlen, obwohl sie eigentlich gar nicht lächeln wollte. »Aber wir bleiben Freunde?«

»Was für eine Frage«, erwiderte Will. »Natürlich bleiben wir Freunde.«

Obwohl es ihm noch nie leichtgefallen war, Freundschaften zu schließen, hatte Will eine Freundin gefunden, als er es am wenigsten erwartet hatte. Eine Freundin, die er mochte. Wirklich mochte. »Und wir sind Co-Pfötcheneltern, nicht vergessen.«

»Die größte Errungenschaft in meinem Leben ist wohl die Tatsache, dass du uns gerade als Co-Pfötcheneltern bezeichnet hast, ohne zusammenzuzucken«, meinte Margot und schaffte es wieder einmal, die unangenehme Situation zu entschärfen.

»Also, innerlich bin ich sehr wohl zusammengezuckt«, erwiderte Will, und Margot lachte und stieß ihn mit dem Ellbogen an. Das war zwar nicht so gut, wie sie zu küssen, aber es musste reichen.

KAPITEL 29

Margot

Name: Dale
Alter: 41
Status: geschieden, auf der Suche nach Dates und langfristigen Beziehungen.
Mag lange Spaziergänge, intelligente Gespräche, gutes Essen und guten Wein, Kuscheln auf dem Sofa.
Hat eine Abneigung gegen Raucher, Jammerer, Untreue.

»Dale, einundvierzig, ist nach seiner Scheidung offensichtlich immer noch verbittert«, meinte Jacques, mit einem Blick über Margots Schulter, als sie am nächsten Tag während der Mittagspause ihre Matches checkte.

Es war ungeheuer kalt draußen, und der eisige Wind drang bis unter die Haut, weshalb Margot froh war, dass Blossom diese Woche nicht bei ihr war. Sie vermisste sie schrecklich – nicht zuletzt deshalb, weil sie jeder Wärmflasche Konkurrenz machte –, aber die Stunde, die sie täglich in der Eiseskälte am Primrose Hill zubrachte, während Blossom sich austobte, vermisste sie nicht.

Es war nicht leicht, sich an den Gedanken zu gewöhnen, mit anderen Männern auszugehen, obwohl sie ständig nur an Will dachte. Seit dem Kuss am Silvesterabend spürte sie immer wieder seine Lippen auf ihren, seine Hände auf ihren Armen und seinen Körper, der sich an sie drückte. Obwohl sie natürlich wusste, dass sie sämtliche Erinnerungen daran verdrängen und so tun musste, als wäre nie etwas passiert. Denn es würde auf keinen Fall erneut passieren.

Vernünftig und erwachsen zu sein machte keinen Spaß. Als Kind hatte Margot sich immer vorgestellt, dass sie als Erwachsene kein Gemüse essen musste und spät zu Bett gehen konnte. Doch im Leben gab es nicht immer Schokolade zum Frühstück und lange, durchwachte Nächte. Es ging darum, das Richtige zu tun, auch wenn es sich falsch anfühlte.

Neben den Küssen – die wirklich unglaublich gewesen waren, an die sie aber trotzdem nicht denken würde – beschäftigten sie auch Wills Worte über seine letzten drei Jahre in New York. Er war so ehrlich gewesen, wie sie es von dem verschlossenen Fremden, den sie vor vier Monaten kennengelernt hatte, niemals erwartet hätte.

Er hatte viel preisgegeben, aber Margot hatte trotzdem noch unzählige Fragen, die nicht beantwortet worden waren. Es gab noch einige Schichten, die sie vorsichtig freilegen musste, um zum Herz dieses komplexen, gegensätzlichen Mannes vorzudringen. Margot kannte diese Schutzschichten, die einem Sicherheit gaben und die Welt auf Abstand hielten, nur zu gut. Wenn sie traurig war, gingen die Leute immer davon aus, dass es wegen ihrer Eltern war. Das war allgemein bekannt und wie eine Schlagzeile, die jedem ins Auge stach. Doch niemand las weiter. Unter dem Verlust lagen Gefühle begraben, über die sie nur schwer reden konnte. Einsamkeit natürlich und sogar nach all den Jahren noch eine tiefe Trauer, die Margot jedes Mal einen tiefen Stich versetzte, wenn sie sie aus der Tiefe holte und im Licht betrachtete. Und wenn Margot an das letzte Lebensjahr ihrer Mutter dachte, entfalteten sich das schlechte Gewissen und eine Scham, die sich wie ätzende Säure durch ihr Inneres brannte.

Außerdem existierte da noch die nagende Ungewissheit, dass man nie wusste, wie sich das Leben entwickeln würde und wie lange man noch Zeit hatte. Was noch ein Grund mehr war, Dale, einundvierzig, eine Chance zu geben, anstatt attraktive, komplizierte Männer zu küssen.

»Er hat ein freundliches Gesicht«, meinte Margot und betrachtete das Foto mit zusammengekniffenen Augen. »Findest du nicht auch?«

»Das freundliche Gesicht eines Mannes, der von seiner rauchenden, jammernden Ex-Frau betrogen wurde«, stimmte Jacques ihr zu, doch die Matches in den Dating-Apps waren mager (obwohl die Leute sich traditionellerweise im Januar von Altem trennten und sich auf die Suche nach etwas Neuem machten), und Margot durfte nicht zu wählerisch sein.

Hi, Dale,
gratuliere, wir haben ein Match! Ich bin Margot, eine Modedesignerin, die ebenfalls lange Spaziergänge liebt und gerne auf dem Sofa kuschelt – genau wie mein Hund Blossom (sie ist die Hübsche auf meinem Profilfoto). Ich liebe gutes Essen und guten Wein, nur

gute Gespräche kann ich nicht immer garantieren.
Wie ich sehe, wohnst du in Nordlondon. Hast du Lust auf einen Spaziergang mit Blossom und mir?

Die Erfahrung hatte gezeigt, dass endlose Nachrichten nicht zielführend waren. Es war besser, sich so schnell wie möglich persönlich kennenzulernen. Auch wenn viele anderer Meinung waren, war die Liebe vor allem ein Zahlenspiel. Je mehr Männer man kennenlernte, desto größer war die Chance, den Richtigen zu finden. Oder besser gesagt: den Passenden. Margot hatte weiß Gott genug investiert und sich ihr »glücklich bis ans Lebensende« als Entschädigung verdient.

Erledigt, dachte Margot und schickte die Nachricht ohne die geringste Erwartung ab. In diesem Moment piepte ihr Handy, und ihr Magen zog sich zusammen, als sie sah, dass die Nachricht von Will stammte. Er hatte sie ihr persönlich geschickt, und nicht über die WhatsApp-Gruppe #TeamBlossom.

»O Gott, was ist jetzt los?«, murmelte sie leise und öffnete die App.

Ich hätte vermutlich zuerst mit dir sprechen sollen, aber Mum ist davon überzeugt, dass Blossom erfriert, wenn wir ihr keinen Mantel kaufen. Also ist sie zu *Wuff!* und hat das erledigt. Ich glaube nicht, dass er Blossom gefällt. W

Er hatte ein Video mitgeschickt. Es zeigte Blossom, die zwei Schritte in ihrem neuen Mantel machte, bevor sie sich setzte und Will einen leidenden Blick zuwarf, der lachend das Handy auf sie gerichtet hielt.

»Komm schon, Blossom, los geht's!«, rief er aufmunternd, doch Blossom stellte sich taub.

Was Margot ihr nicht verübeln konnte. Der Mantel war schwarz, wattiert und viel zu groß und klobig für sie. Um die Mitte trug sie einen Gürtel mit Klettverschluss, und der Rest des Mantels flatterte hinter ihr her.

Es erinnerte Margot an Mütter, die ihren Kindern viel zu große Jacken für die Schule kauften, weil sie »noch hineinwachsen« würden. Sie tippte eine Antwort:

> Warum ausgerechnet dieses monströse Ding?

> Es war der einzige, der über ihren riesigen, breiten (aber auch unglaublich liebenswerten) Kopf passte.

> Schick mir ihre Maße. Halsumfang, Schulterbreite, größter Brustumfang und die Länge vom Hals bis zum Schwanz.

Vor ein paar Jahren hatten sich Derek und Tansy an Babykleidung versucht, doch die Diskussion in der Fokusgruppe hatte ein klares Nein ergeben. Margot hatte immer noch die Prototypen-Entwürfe für die Strampelanzüge auf ihrer Festplatte, und bestimmt gab es irgendwo noch Reste des fleeceverstärkten Jerseystoffes, den sie für die Einteiler der letzten Winterkollektion verwendet hatten.

Sie brauchte ohnehin ein Projekt für ihre Blossom-freie Woche, wenn sie nicht gerade voller Elan neue Männer kennenlernte.

Als sie sich einige Tage später auf das erste Date mit Dale, einundvierzig, vorbereitete, musste sie zugeben, dass sie tatsächlich eine gewisse Vorfreude verspürte.

Dale hielt immer noch daran fest, dass er lange Spaziergänge liebte *(ich habe vor, einmal den West Highland Way zu gehen),* weshalb sie sich am Mittwoch, Margots Homeoffice-Tag, zu einem Spaziergang in der Hampstead Heath verabredet hatten.

Es stellte sich heraus, dass ein Spaziergang mit dem Hund ein vollkommen anderes Dating-Erlebnis war, als wenn man sich nach der Arbeit auf einen Drink traf, der vielleicht zu einem gemeinsamen Abendessen und womöglich zu noch mehr führte.

Keine verzweifelte, stundenlange Suche nach dem perfekten Outfit, in dem man sexy, aber nicht billig wirkte und sich auch noch ohne Probleme hinsetzen konnte.

Es war Januar. Es war kalt. »Zu kalt, um zu schneien«, meinten die Leute, obwohl es in Norwegen oder Schweden sicher noch kälter war und es dort sehr wohl schneite. Margot trug Jeans und einen Pullover mit der Aufschrift »So sieht eine Feministin aus« und überlegte kurz, ihre Veja-Sneakers hervorzuholen, aber dafür war es zu kalt, zu feucht und zu eisig, weshalb sie sich für ihre mit Lammfell gefütterten Wanderschuhe entschied. Abgesehen davon bezweifelte Margot, dass sich ein Mann in sie verlieben würde, bloß weil sie ein Paar modische, überteuerte Sneakers trug. Was sie in den Zwanzigern natürlich niemals unterschrieben hätte.

Doch nicht einmal der kälteste Wind aus Sibirien konnte Margot davon überzeugen, ihren Hundeanorak-des-Schreckens anzuziehen. Stattdessen schlüpfte sie in ihren dicken, blau-rot karierten Wollmantel und griff nach dem dazupassenden Hut und Schal. Nun noch ein Hauch roter Lippenstift, und sie war bereit.

Von der Nervosität, die sie sonst vor dem ersten Date plagte, war heute nichts zu spüren, obwohl sie einen Moment in Panik verfiel, weil sie dachte, sie hätte die Kotbeutel vergessen. Sie war viel zu sehr damit beschäftigt, Blossom zu bewundern, die in ihrem neuen rosafarbenen Hundemantel mit den Schneeflocken unglaublich hübsch aussah und zahllose bewundernde Blicke auf sich zog.

»Süßer Hund«, meinte Dale, einundvierzig, als Margot am Whitestone Pond ankam. »Und hallo, übrigens!«

Er trug dicke Wollhandschuhe und winkte Margot zu, die lächelte, während sie einander unauffällig musterten. Dale schützte sich mit einer Jacke von North Face mit fellbesetzter Kapuze vor den Elementen, und sein Gesicht verschwand zur Hälfte unter einem grauen Schal. Er trug Jeans und Wanderschuhe und war etwa einen halben Kopf größer als Margot. So weit, so gut.

»Okay, legen wir los?«, fragte Margot und deutete über die Straße in Richtung der von einer glitzernden Eisschicht bedeckten Hamstead Heath.

»Auf jeden Fall«, sagte Dale. »Ich habe überlegt, ob ich meine Nordic-Walking-Stöcke mitnehmen soll, aber ich hatte Angst, dass du mich dann für einen totalen Schwachkopf hältst.«

»Vermutlich hätte ich das, bis sie dich zum ersten Mal vor dem Ausrutschen bewahrt hätten«, erwiderte Margot, während sie die Straße überquerten.

Ein Spaziergang mit dem Hund als Date war eine Offenbarung im Vergleich zu einem Treffen in einer Gaststätte. Es gab keine gekünstelten Gespräche, während beide an ihrem Drink nippten und verzweifelt hofften, dass der Alkohol die Situation entspannen würde. Es gab keinen unbehaglichen Blickkontakt, und niemand überlegte, wo er hinschauen sollte. Und die Frage, ob sie später im Bett landen würden, stellte sich nicht einmal ansatzweise.

Stattdessen schlenderten sie gemächlich die Wege entlang und hielten immer wieder an, um die tiefgefrorene Natur zu bewundern. Angefangen von den mit Eiskristallen bedeckten Spinnennetzen über das gesplitterte Eis auf den Teichen bis hin zu dem Knirschen des gefrorenen Grases unter ihren Füßen. Sie beschwerten sich über die Kälte, und als dieses Thema erschöpft war, sorgte Blossom für heitere Ablenkung, wenn sie sich zum Beispiel zum Pinkeln hinhockte und dabei auf einer Eisplatte wegrutschte.

Dale erzählte von seinem Hund Bucky, einem Labradoodle, der größtenteils bei seiner Ex-Frau und den beiden Kindern wohnte. Er schien keinesfalls verbittert.

»Wir haben sehr jung geheiratet und sehr jung Kinder bekommen, und als wir schließlich alt genug waren, um uns selbst zu finden, haben wir auch herausgefunden, dass wir den anderen gar nicht liebten«, erklärte er, und Margot war es egal, dass es klang, als hätte er die Begründung auswendig gelernt.

Wenn man oft auf Dates ging, fing man irgendwann automatisch an, die schlimmsten und prägendsten Momente des Lebens in knackige Plattitüden zu verpacken.

Die beiden Kinder waren einundzwanzig und neunzehn und studierten beide. Da es das erste Date war, konnte Margot ihn nicht fragen, wie er zu einer zweiten Charge Kinder stand, wo er doch gerade erst mit der ersten fertig geworden war.

Als sie sich am Ende des Spaziergangs im Kennwood House bei einer Tasse Kaffee aufwärmten, bat Dale sie um ein zweites Date.

»Aber irgendwo, wo es wärmer ist«, schlug er hoffnungsvoll vor. »Vielleicht zum Abendessen, wenn es okay ist, dass Blossom in der Zwischenzeit allein bleiben muss.«

Margot hatte ihm nicht erzählt, dass Blossom ein Teilzeithund war. Es war zu kompliziert. Außerdem wollte sie während des Dates mit einem anderen nicht an Will denken.

»Gut, dann nächste Woche«, meinte sie lächelnd, denn Dale hatte mittlerweile seinen Schal abgenommen, und er hatte tatsächlich ein freundliches Gesicht, auch wenn sie immer noch nicht wusste, wie sein Haar aussah. Eine kleine Glatze hätte sie nicht abgeschreckt – dafür war sie nicht oberflächlich genug –, aber ein Toupet wäre ein absolutes No-Go gewesen.

Als sie sich eine Woche später in der letzten kleinen italienischen Trattoria in ganz Soho trafen, die noch nicht dem Crossrail-Eisenbahnprojekt weichen musste, stellte sich heraus, dass Dale einer der Männer war, die einer drohenden Glatze mit einem vollständigen Kahlschlag begegneten.

Dale wirkte ebenfalls erleichtert, als Margot ihren Mantel auszog und den Hut abnahm und nicht nur eines ihrer geliebten knielangen Kleider – dieses Mal schwarz-weiß kariert –, sondern auch ihr dicker Haarschopf zum Vorschein kam.

Nachdem sie bereits ein Date hinter sich hatten, fiel es ihnen wesentlich leichter, an vergangene Themen anzuknüpfen, nachdem sie zwei Portionen Nudeln und eine Flasche Rotwein bestellt hatten.

Dale war Fernsehdramaturg und gab einige amüsante Anekdoten über egoistische Schauspieler und noch egoistischere Regisseure zum Besten. Er nannte keine Namen, war kein Angeber und redete nicht immer nur über sich selbst, was viele Männer *immer noch* taten, obwohl inzwischen doch allen klar sein musste, dass so etwas völlig inakzeptabel war.

Er hörte aufmerksam zu, als Margot ihm erzählte, wie seltsam es war, inmitten einer Hitzewelle Wintermode zu fotografieren. Das Date war total okay, dennoch konnte Margot es kaum erwarten, in die U-Bahn zu steigen und nach Hause zu fahren.

In einer idealen Welt hätte Blossom auf sie gewartet und wäre ungeduldig um ihre Beine getanzt, während Margot sich eine Tasse Tee kochte. Und danach hätten sie sich aufs Sofa gesetzt, Blossom hätte sich an sie geschmiegt, und Margot hätte ihre dicke Wolldecke über sie beide gebreitet.

Doch Blossom schmiegte sich heute an Will, und es wurde Zeit, dass Margot Nägel mit Köpfen machte.

»Das war ein sehr netter Abend«, erklärte sie, nachdem das Essen abserviert worden war und sie um eine kurze Denkpause gebeten hatten, bevor sie Nachtisch bestellten.

»Ja, das war es. Die besten beiden Dates, die ich jemals hatte«, erwiderte Dale, und ein Lächeln breitete sich auf seinem freundlichen Gesicht aus. »Obwohl ich das Gefühl habe, dass gleich ein *Aber* kommen wird, oder irre ich mich?«

Margot legte beide Hände auf den Tisch, holte zur Beruhigung tief Luft und sah Dale in die Augen. »Ich bin auf der Suche nach einer langfristigen Partnerschaft«, erklärte sie. »Ich möchte bald Kinder haben.«

Dale schluckte. »Wir hatten erst zwei Dates. Ich würde gerne erst einmal abwarten, wohin uns die Reise führt.«

Die beiden Dates waren nett gewesen, aber Margot war auch bewusst, dass es ihr nichts ausmachen würde, wenn ein drittes Treffen ausblieb. Es war, wie wenn sie sich zwei Folgen einer neuen Serie auf Netflix ansah und am Ende zu dem Schluss kam, dass sie sich genauso gut noch einmal ihre Lieblingsserie ansehen konnte. Es fehlte einfach der Funke. Diese besondere Verbindung.

Was sie Dale natürlich nicht sagen konnte. »Ich bin sechsunddreißig. Ich habe keine Zeit, um abzuwarten, wohin die Reise führt«, erklärte sie sanft, weil es ebenfalls die Wahrheit war und sehr viel netter, als Dale zu sagen, dass sie sich nicht wirklich für ihn interessierte.

Sie beschlossen, auf den Nachtisch zu verzichten, teilten sich die Rechnung und verabschiedeten sich am Ausgang eilig voneinander.

Margot sah Dale – und einer möglichen, unsicheren Zukunft – hinterher, rückte ihren Schal zurecht und bereitete sich innerlich auf den eisigen Weg zur U-Bahn-Station vor. Das Gute an dem abrupten Ende des Abends war, dass es erst halb neun war und sie schon in einer Stunde zu Hause, in ihrer herrlich warmen …

»Hey! Hi, Margs! Dachte ich mir doch, dass du das bist!«, erklang eine gellende Stimme von der anderen Seite der schmalen Straße, und Margot entdeckte Sage, die in jeder Hand einen Eimer hielt.

»Was machst du denn hier?«, fragte Margot und überquerte die menschenleere Straße. »Mit einem Eimer in jeder Hand?«

»Ich habe gerade ein paar Influencern gezeigt, wie man saisonale Blumen kunstvoll für ein tolles Foto arrangiert«, erklärte Sage. Sie zitterte, was vermutlich daran lag, dass ihre schicke, hochgeschnittene Jeans ein Stück über ihren Knöcheln endete. »Gib mir zwei Minuten, um alles einzuladen, dann fahre ich dich nach Hause.«

Sage hatte den Workshop mit zwei Freundinnen abgehalten, die allerdings sofort nach der Bezahlung das Weite gesucht hatten. Margot und sie brauchten fünfzehn Minuten, um alles aufzuräumen und die nicht benutzten Materialien in den Van zu laden. Trotzdem war es besser, als mit U-Bahn und Bus nach Hause zu fahren.

»Vermisst du Blossom?«, wollte Sage wissen, während sie sich durch die schmalen Straßen Sohos schlängelten.

»Jede Sekunde«, antwortete Margot. »Es ist schön, wenn man sich an einem kalten Abend an sie kuscheln kann. Wie gefällt dir der Schneeflocken-Mantel, den ich für sie genäht habe?«

»Wir brauchen ein neues Wort, um zu beschreiben, wie verdammt süß sie darin aussieht. Die Bezeichnungen, die wir kennen, reichen dafür nicht aus«, beschloss Sage. »Okay, und jetzt muss ich kurz mal die Klappe halten und mich auf die Straße konzentrieren, bis wir aus Soho draußen sind.«

Margot hielt ebenfalls die Klappe, bis sie schließlich auf der Tottenham Court Road hinter einem Bus feststeckten. Es war diese farblose Zeit im Jahr, wenn die Weihnachtsbeleuchtung längst vorbei war, es aber immer noch so kalt und nass war, dass eine Wende zum Besseren unvorstellbar erschien. Bis schließlich die Valentinstagsdeko auftauchte und Margot verbittert und wütend feststellte, dass es auch dieses Jahr niemanden gab, der ihr einen überteuerten Strauß Rosen kaufte.

Sage überholte den Bus und schaffte es gerade noch über

die Ampel, bevor diese gelb wurde. Sie seufzte selbstzufrieden.

»Du bist eine sehr gute Autofahrerin«, stellte Margot fest, und Sage lächelte stolz. »Ich kann gar nicht Auto fahren und hatte noch nie eine Stunde, aber du kurvst hier durch die Großstadt wie ein Profi.«

»Ich habe die Prüfung erst vor ein paar Monaten gemacht«, gestand Sage. »Als Will aus den Staaten zurückkam, fuhr er abends mit mir auf den großen Tesco-Parkplatz, damit ich in Ruhe Selbstvertrauen gewinnen konnte, bevor wir auf der Straße weitermachten.«

»Will hat dir das alles beigebracht?« Margot hatte den ganzen Abend sämtliche Gedanken an ihn von sich geschoben, aber nun beugte sie sich dem Unvermeidlichen und ließ es zu. Auch wenn es seltsam war – und das war es in letzter Zeit öfter –, vermisste sie die gemeinsame Zeit mit ihm.

»Ja. Du hast ja keine Ahnung, wie teuer Fahrstunden sind.« Sage stieß einen leisen Pfiff aus. »Ich hatte bereits drei Fahrlehrer verbraucht, und selbst Dad, die Ruhe in Person, meinte, ich sei eine Gefahr für mich selbst und andere. Aber Gott sei Dank gab es Will. Schon komisch, er ist mein Bruder, hat fast mein ganzes Leben irgendwo anders gelebt und war nie greifbar. Eigentlich haben wir uns erst an den Abenden auf dem leeren Supermarktparkplatz richtig kennengelernt. Es gibt nichts Besseres als einen Nervenzusammenbruch beim Rückwärtsfahren, um Leute einander näherzubringen.«

»War er sehr streng mit dir?« Margot erinnerte sich an Wills Gelassenheit in der Anfangszeit ihrer Co-Pfötchenelternschaft.

Sage grinste. »Nein, eigentlich nicht. Nicht einmal, als

ich in einem riesigen Kreisverkehr die Nerven verloren habe und siebenmal im Kreis gefahren bin. Er hat sich zwar ans Armaturenbrett geklammert, dass seine Knöchel ganz weiß waren, aber er hat mir nur immer wieder eingetrichtert, dass ich auf die äußerste Spur fahren und den Blinker nicht vergessen soll.«

Margot hatte das Gefühl, als wäre sie zu streng mit Will ins Gericht gegangen. »Er war auch bei Blossom sehr geduldig, vor allem, wenn es darum ging, mit ihr auf einer Parkbank zu sitzen und Eichhörnchen zu beobachten, um ihre Toleranzgrenze zu erhöhen.« Sie schüttelte den Kopf, als sie an die nutzlose Übung zurückdachte, die Jim ihnen mitgegeben hatte. »Ich hätte schon nach zehn Minuten die Flinte ins Korn geworfen, aber Will bestand darauf, dass wir es eine Stunde lang durchziehen.«

»Ja, dieses Jedi-Zeugs liegt ihm«, stimmte Sage ihr zu. »Er hat sogar Mum dazu überredet, ab und zu mit Blossom spazieren zu gehen. Normalerweise geht sie nur zu Fuß, wenn sie in den Supermarkt muss. Es wundert mich, dass ihre Beinmuskulatur noch nicht vollständig verkümmert ist.«

»Nicht jeder mag körperliche Ertüchtigung«, murmelte Margot. »Vor allem, wenn man dabei ins Schwitzen gerät.«

»Ich hoffe, du hast an Weihnachten keinen falschen Eindruck von uns bekommen«, fuhr Sage unbeeindruckt fort. »Alle Familien sind irgendwie schräg. Manchmal habe ich das Gefühl, als wäre meine besonders schräg, aber dann bin ich bei Freunden, und ich denke mir: Nein, die sind genauso.«

»Ach, an Weihnachten war es gar nicht schräg«, erklärte Margot bestimmt, obwohl es doch sehr schräg und unangenehm gewesen war, an diesem Tisch zu sitzen und sich zu schämen, dass sie alles mit anhören musste und dass die Blooms alles vor ihr durchlebten, obwohl es ihnen bestimmt auch lieber gewesen wäre, sie hätte es nicht mit angehört.

»Doch, es war schrecklich schräg.« Sage warf Margot einen Blick zu, und einen Moment lang war sie keine junge Frau, die das Haus ohne einen ordentlichen Mantel verlassen hatte, sondern wirkte sehr reif für ihr Alter. »Ich liebe meine Mum. Sie hat einiges durchgemacht – echt krasse Sachen –, bevor ich geboren wurde, und das hat sie geprägt. Sie will, dass alles perfekt ist, und wenn es das nicht ist, verliert sie die Nerven. Aber es dauert nie lange, dann hat sie sich wieder gefangen. Dann ist sie wieder witzig, und ich bin gerne mit ihr zusammen. Es kann eben niemand perfekt sein. Ich wette, du bist es auch nicht.«

»O Gott, ich bin alles andere als das«, rief Margot. »Ich versuche es erst gar nicht mehr.« Sie legte kurz eine Hand auf Sages Arm. »Du und deine Mum, ihr habt Glück, dass ihr einander habt. Ihr alle habt Glück.«

»Ja, schon klar«, erwiderte Sage und zischte, als sich ein Taxi ohne Vorwarnung vor ihr einreihte. Dann lächelte sie verschlagen. »Mum hält dich übrigens sehr wohl für perfekt.«

Das war schwer vorstellbar. Sie hatten zwar regelmäßigen Kontakt über WhatsApp, aber sie hatten sich erst einziges Mal persönlich getroffen, und Mary hatte sich dabei die meiste Zeit ums Essen gekümmert. »Wirklich?«

»Sie macht sich ständig Sorgen, dass wir uns nicht so gut um Blossom kümmern wie du. Und sie denkt immer wieder laut darüber nach, dass das Hin und Her nicht gut für Blossom ist und du und Will euch zusammentun solltet. Blossom zuliebe.«

Margot kannte Sage nicht gut genug, um beurteilen zu können, ob sie sie nur aus der Reserve locken wollte. Sie wusste allerdings sehr wohl, dass ihre Reaktion ausführlich und in sämtlichen Einzelheiten an die Blooms weitergereicht werden würde. Und sie hätte nur zu gerne gewusst, was Will zu diesem Vorschlag gesagt und was für ein Gesicht er gemacht hatte.

Margot versuchte sich an einem unbeeindruckten Kichern. »Blossom scheint sehr glücklich mit dem Hin und Her. So bekommt sie die doppelte Portion Liebe.«

»Ja, aber …«

»Also, ich würde an deiner Stelle nicht durch Kentish Town fahren«, fuhr Margot geschäftsmäßig fort. »Nimm lieber die rechte Abbiegespur in Richtung Parliament Hill, dann können wir nachher den Highgate West Hill hinunter.«

»Du bist der Boss«, erwiderte Sage fröhlich, dann sagte sie nichts mehr.

Margot starrte die restliche Fahrt über aus dem Fenster, doch sie spürte überdeutlich, dass Sage ihr immer wieder grinsende Blicke zuwarf.

KAPITEL 30

Will

Aus Januar wurde Februar und schließlich März. Der blassblaue Winterhimmel erstrahlte erneut in sattem Himmelblau, und an den Bäumen sprossen die ersten Blätter.

Es war zwar noch immer matschig, aber es lag die Hoffnung auf Frühling in der Luft, und Blossoms Wintermäntel mussten nicht mehr auf den Heizkörpern getrocknet werden. (Sie hatte mittlerweile sechs – drei bei Will und drei bei Margot, oder wie Mary sagte: »Einen zum Anziehen, einen zum Wechseln und einen für die Waschmaschine.«)

An einem Samstagmorgen Ende März stürzte Sage vollgepumpt mit Frühlingsgefühlen in den Laden. Sie war wie immer fünf Minuten zu spät und stieß die Tür wie immer mit solcher Wucht auf, dass sie an die Wand dahinter knallte.

»Wenn die Tür kaputtgeht, ziehe ich es dir von deinem Lohn ab«, erklärte Ian – wie immer. Er saß auf dem Stuhl hinter der Kasse, trank Tee und war leicht verschwitzt, nachdem er bereits im Regent's Park gewesen war, um mit seinen Freunden aus dem Fahrradklub ein paar Runden zu drehen.

»Sei froh, dass ich so voller Elan zur Arbeit erscheine.«

Sage verschwand im Hinterzimmer, um den Mantel abzulegen.

»Ja, sie ist wirklich voller Elan«, merkte Ian an und rückte seine Brille zurecht, die ihm immer von der Nase rutschte. »Allerdings nicht, was ihr Studium betrifft. Aber es ist ihr Leben, und sie muss ihre eigenen Entscheidungen treffen, nicht wahr?«

Will sah sich um, ob ihn auch niemand hörte. »Sie ist neunzehn. Sie geht ohne Mantel raus, selbst wenn es schneit, und sie schafft es nicht, ein Zimmer zu betreten oder zu verlassen, ohne die Tür zu ruinieren. Ich würde sagen, dass sie bei derart lebensverändernden Entscheidungen vielleicht doch eine sanfte, leitende Hand brauchen könnte.«

»Wenn Sage einen Rat braucht, weiß sie ja, wo sie mich findet«, antwortete Ian – wie immer. So mancher hätte den Erziehungsstil seines Stiefvaters vermutlich als *wohlmeinende Vernachlässigung* bezeichnet, aber Sage schien es sehr gut damit zu gehen. Und selbst wohlmeinende Vernachlässigung war besser als das, was Will und Rowan erlebt hatten.

»Aber glaubst du nicht auch, dass Sage eine gute Staatsanwältin abgeben würde?«, hakte Will nach. »Sie ist streitlustig und will ständig das letzte Wort haben. Sie würde sämtliche Verbrecher Londons auf schnellstem Weg in den Knast befördern.«

»Und zwar ohne Hoffnung auf Begnadigung«, fügte Ian hinzu und widmete sich mit einem Mal auffällig intensiv dem Auftragsbuch, als Mary in ihrer neuen marineblauen Fleecejacke und den eigens gekauften Wanderschuhen den Laden betrat.

Seit einigen Wochen unternahm sie mit Blossom samstagvormittags einen kleinen Spaziergang durch den Alexandra Park und traf sich auf der Hundewiese mit anderen Hundebesitzerinnen zum Plaudern. Sie brauchte einige Minuten, bis sie sichergestellt hatte, dass sie Leckerli, Kotbeutel, ihren kleinen Geldbeutel und ihr Handy in ihrer neuen Umhängetasche verstaut hatte. »Wenn ich in einer halben Stunde nicht zurück bin, sind die Ladys und ich beim Kaffeetrinken.« Dann verschwand sie mit einem fröhlichen Winken.

Neunzig Minuten später fehlte von Mary und Blossom immer noch jede Spur, und selbst Ian machte sich Gedanken, wo sie so lange steckten. Sage ging natürlich gleich vom Allerschlimmsten aus: »Was, wenn sie auf der Dukes Avenue überfahren wurde? Dort muss unbedingt ein Zebrastreifen hin! Vielleicht hat Blossom aber auch ein Eichhörnchen gejagt und Mum in einen Graben geschleift, und jetzt kommt sie nicht mehr hoch. Was, wenn …?«

Wills Telefon piepte und ersparte ihnen weitere Was-wäre-wenns.

> Sitze mit den Ladys im Café. Penny ist abgehauen, und ich halte hier die Stellung, um den anderen Bescheid zu geben. Blossom und ich waren nicht wirklich lange unterwegs. Kannst du sie holen?

Will war sich nicht sicher, wer Penny war, doch er schlüpfte in seine Jacke und machte sich auf den Weg.

Er hätte es Mary nie gesagt, aber sie und Blossom waren nie *wirklich lange* unterwegs. Mary ließ Blossom ungern von der Leine, und falls doch, rief sie alle paar Sekunden nach ihr. Bei Will und Margot blieb Blossom mittlerweile regelmäßig stehen, wandte sich um und ging erst weiter, nachdem sie ausgiebig gelobt worden war. Außerdem wollte Mary einfach nicht akzeptieren, dass Leckerli als Belohnung für gutes Benehmen ausgegeben wurden und nicht einfach so mal zwischendurch.

In letzter Zeit hatte Blossom es sich angewöhnt, sich mitten auf dem Weg hinzusetzen und erst wieder aufzustehen, wenn sie eine Belohnung abgestaubt hatte. Es war also kein Wunder, dass der Tierarzt Margot und Will bei ihrem letzten Besuch mit ernstem Gesicht mitgeteilt hatte, dass ihr Hund nicht bloß sein Zielgewicht erreicht hatte, sondern mit Volldampf in Richtung Übergewicht unterwegs war.

»Sie ist doch nicht fett!«, hatte Mary protestiert, als Will sie darauf angesprochen hatte. »Das ist nur der breite Brustkorb.«

Will beschloss, später mit Margot darüber zu reden und sich eine Lösung zu überlegen. Es war eine Angewohnheit, die er in letzter Zeit entwickelt hatte: Er merkte sich Anekdoten und witzige Erlebnisse für später, verfeinerte sie und probte die amüsanteste Version, um ihr am Ende ein strahlendes Lächeln oder vielleicht sogar ein Lachen zu entlocken. Wenn er das schaffte, endete es normalerweise damit, dass sie ihn in die Seite knuffte.

Allein die Vorstellung, von Margot geknufft zu werden, lenkte ihn so sehr ab, dass er nicht nach rechts abbog, sondern nach links, was nichts Gutes verhieß. Nun musste er direkt über den Rasen stapfen, wo das neue Gras gerade erst aus der feuchten Erde sprießte und es immer wieder sumpfige Stellen gab. Vor dem Café standen Mary und ihre Freundinnen, allesamt in Fleecejacken.

Will grinste, als Blossom zuerst in seine Richtung sah und dann noch einen letzten Blick in Richtung der Tische warf, ob womöglich in naher Zukunft noch etwas für sie abfallen würde. Am Ende beschloss sie, dass es hoffnungslos war, und trabte mit ihrem üblichen entschlossenen Watschelgang auf Will zu.

»Hallo, Madam!« Will trat einen Schritt zurück, damit sie nicht mit den schlammigen Pfoten an ihm hochsprang. »Nein, du bekommst nichts von mir. Du musst mit den Naschereien aufhören.«

Blossom warf ihm einen bekümmerten Blick zu, doch sie wurde von ihrem fröhlich wedelnden Schwanz verraten. Sie gingen zum Café, wo Mary und ihre Freundinnen die Neuankömmlinge mit den letzten Neuigkeiten versorgten.

»… zwei Deutsche Schäferhunde waren hinter ihr her …«

»… dabei sagen wir ihm ständig, dass er sie anleinen soll, wenn er sie nicht unter Kontrolle hat …«

»… klar sagt er, dass sie nur spielen wollen, aber neulich hat einer der beiden Nancys Mops auf den Boden gedrückt …«

»… jedenfalls ist Penny fortgelaufen und war nach fünfzehn Minuten immer noch nicht zurück …«

»… am Ende war sie bereits über eine halbe Stunde fort, und Jayne war außer sich …«

Will zwang sich zu einer kurzen Zwischenfrage. »Penny ist ein Hund?«

»Ach, Will! Penny ist Jaynes Juggle!«, erklärte Mary entnervt, als hätte Will selbstverständlich wissen müssen, wer Penny und Jayne waren.

»Und ein Juggle ist …?«, kam unweigerlich die nächste Frage, die ihm vernichtende Blicke von Marys Freundinnen einbrachte. Die Ladys hatten hier im Park das Sagen, und wenn jemand seinen Hundehaufen nicht schnell genug wegmachte, dann gnade ihm Gott.

»Ein Juggle ist eine Mischung aus Jack Russell, Mops und Beagle«, ertönte die verärgerte Antwort. Will nahm noch die Information auf, dass Penny auf den Stufen vor der Haustür gesessen hatte, als Jaynes Ehemann loswollte, um sie zu suchen, dann machte er sich mit Blossom auf den Weg.

»Wir könnten dich nicht einmal loswerden, wenn wir es wollten«, meinte er zu Blossom, während er sie anleinte, damit sie die Straße überqueren konnten, die durch den Park verlief. Dieselbe Straße, über die Blossom vor wenigen Monaten einem Eichhörnchen nachgejagt war.

Mittlerweile war sie ein vollkommen anderer Hund. Sie trabte ruhig neben ihm her über die Straße und setzte sich anschließend, damit Will die Leine abnehmen und sie ihre übliche Runde in Angriff nehmen konnte. Jetzt, da Blossom schnüffelnd die Umgebung erkunden durfte, wie es ihr beliebte, kam ihre wahre Persönlichkeit zum Vorschein. Sie war eine vorwitzige, leicht reizbare Prinzessin, die sich selbst als Herrscherin sämtlicher Parkanlagen in Nordlondon sah, wobei der Alexandra Park ihr Wohnzimmer war.

Unter der Woche war es vormittags sehr ruhig im Park, und Will traf für gewöhnlich nur andere Hundebesitzer. Er versuchte mittlerweile gar nicht mehr, sich vor einem »Hallo« zu drücken, und manchmal kam es sogar vor, dass er mit einem anderen Hundehalter *zusammen* seine Runde drehte, um sich über die Vorlieben, Abneigungen und seltsamen Angewohnheiten ihrer Schützlinge zu unterhalten.

Samstags war der Park jedoch voller fitnessbegeisterter Besucher. Beim Café waren sie bereits an einer kleinen Gruppe von Sportlern unterschiedlichen Alters vorbeigekommen, die sanfte Turnübungen machten und Kurzsprints zu verschiedenen Markierungen trainierten. Auf dem Hügel an der Vorderseite des Palastes folgte eine große Gruppe in den Zwanzigern – die Military-Boot-Camp-Gang – den gebrüllten Befehlen zweier Männer in Tarnanzügen, und am Fuße des Hügels bewegte sich ein stetiger Strom aus Läufern, Joggern und Spaziergehern durch den Park. Auf den Bänken machten Leute in engen Sportklamotten Dehnungsübungen und tätschelten Blossoms Kopf, wenn sie mit prüfendem Blick an ihnen vorbeitrabte.

Will sehnte sich zwar nicht nach der Zeit zurück, als er noch Halbmarathons gelaufen war und Liegestützsprünge absolviert hatte, aber vielleicht begann er jetzt, wo es warm wurde, wieder zu laufen. Vielleicht sollte er einmal einen Lauftreff besuchen …

Blossom war bereits vorgetrabt und näherte sich zwei Jungen, die sich zum Boxtraining getroffen hatten. Einer teilte aus, und der andere wehrte die Schläge mit zwei Handpratzen ab. Blossom blieb stehen und starrte die beiden an. Sie starrte und starrte und rührte sich nicht vom Fleck. Mein Gott, sie war unglaublich faul.

»Braves Mädchen, Blossom!«, rief Will ihr zu, doch sie bewegte sich immer noch nicht. Die beiden Jungen hielten in ihrem Training inne und sahen zu Blossom hinüber. Will legte an Tempo zu.

»Sie tut nichts«, rief er, als er nahe genug war. »Keine Angst.«

»Ich glaube, mit Ihrem Hund stimmt was nicht, Mann.«

Will begann zu laufen. War sie auf eine Glasscherbe getreten? Oder hatte sie sich eines ihrer unglaublich feingliedrigen Hinterbeine verstaucht?

Blossom stand einfach da, hechelte und leckte sich in einem fort über die Lefzen, ein klares Zeichen dafür, dass sie gestresst war oder Schmerzen hatte.

»Wir haben sie nicht angerührt«, beteuerte einer der Jungen und trat auf Blossom zu, die sich duckte und vor ihm zurückwich. »Wir haben gar nichts getan.«

»Tut mir leid, sie kommt aus dem Tierheim«, murmelte Will, dessen Aufmerksamkeit ausschließlich Blossom galt. Er ging neben ihr in die Hocke, damit er sie abtasten und sich die Pfoten ansehen konnte, doch als er ihre Flanke berührte, schnappte sie nach ihm und duckte sich noch weiter, um schließlich auf dem Bauch davonzurobben.

»Gehört die überhaupt Ihnen, Mann? Sieht nämlich nicht so aus.«

Will konnte den beiden ihre Zweifel nicht verübeln, denn jedes Mal, wenn er Blossom ansprach oder die Hand nach ihr ausstreckte, wich sie noch weiter zurück, bis sie schließlich immer noch hektisch hechelnd unter einer Bank hockte.

Er hatte sie nicht mehr so verängstigt erlebt, seit er sie zum ersten Mal gesehen und sie mit gefriergetrockneten Enteninnereien zu sich gelockt hatte.

»Blossom«, sagte Will, so leise und sanft er konnte. »Du weißt doch, dass ich dir nie wehtun würde. Bei mir bist du sicher.«

Die Bank stand direkt vor einer Hecke mit spitzen, dornigen Blättern, was Blossom allerdings nicht davon abhielt, sich tiefer darunter zu verkriechen. Alles, was Will tat – und viel fiel ihm ohnehin nicht ein –, verschreckte sie nur noch mehr, und er wollte auf jeden Fall vermeiden, dass sie in blinder Panik davonlief und vielleicht erneut auf die Straße rannte.

Er hatte keine Ahnung, ob er weiter auf sie herabblicken oder sich lieber auf die Bank setzen sollte. Er hatte keine Ahnung, was richtig und falsch war.

Es kam, wie es kommen musste. Seine Brust zog sich zusammen, ein Schweißfilm überzog seine eiskalte Haut, und Panik stieg in ihm hoch.

Nein!

Atmen!

Nicht jetzt!

Atmen!

Es war bloß eine Panikattacke.

Atmen!

Eine körperliche Reaktion auf das Chaos in seinem Inneren.

Atmen!

Das Chaos, das schon längst geordnet sein sollte.

Er war geheilt.

Er hatte es wieder hingebogen.

Atmen!

Oder vielleicht doch nicht?

Atmen!

Trotzdem war es dieses Mal anders. Dieses Mal gab es jemanden, den er anrufen konnte. Jemanden, der immer die richtigen Worte fand. Es gab diese Art Mensch in seinem Leben.

KAPITEL 31

Margot

An den Tagen, die Blossom bei Will verbrachte, steckte Margot immer noch tief im Dating-Sumpf, was bedeutete, dass sie *immer noch* verzweifelt nach einem Single-Mann suchte, der freundlich, witzig, nicht abgrundtief hässlich, finanziell unabhängig und bereit für eine ernsthafte Beziehung war.

»Da wäre es ja fast einfacher, ein verdammtes Einhorn aufzutreiben«, meinte sie zu Tracy, während sie ihr beim Ausmisten half, damit Den und sie ihre verbliebenen Habseligkeiten zusammenpacken und ans andere Ende der Welt ziehen konnten. Margot war sich nicht sicher, warum sie dieses hirnverbrannte Vorhaben überhaupt unterstützte, trotzdem hielt sie einen Gegenstand nach dem anderen hoch und fragte Tracy, ob er irgendwelche schönen Erinnerungen oder Freude in ihr auslöste.

Ihre weiteren Dates nach Dale, einundvierzig, waren so schlimm gewesen, dass es kein einziges Mal zu einem zweiten Treffen gekommen war; Tracy zog nach Neuseeland; und bei Ivy + Pearl gab es hitzige Debatten, ob Rotgold immer noch im Trend lag oder ob Kupfer und Blaumetall jetzt angesagt waren. Blossom war die Einzige, die Margot davor bewahrte, vollends den Verstand zu verlieren.

Blossom – und Will.

Sie taten so, als würden sie sich nur Blossom zuliebe treffen, die zwar zwei Zuhause und zwei verschiedene Leben hatte, deren Besitzer sich aber trotzdem als Einheit präsentieren wollten. Was bedeutete, dass sie einander nicht nur mit Textnachrichten auf dem Laufenden hielten, sondern sich auch mittwochs und samstags nach dem Mittagessen zu einem gemeinsamen Spaziergang trafen.

Weshalb es vollkommen verständlich war, dass Margot jeden Mann, den sie kennenlernte, sofort mit Will verglich. Und dass jene ständig den Kürzeren zogen.

Will hätte über diesen Witz gelacht.

Will hätte niemals eine Pommes von meinem Teller genommen, ohne vorher zu fragen.

Will würde niemals – auf keinen Fall – diese Sprüche über meine Oberweite loslassen.

Will würde mir anbieten, mich zur U-Bahn-Station zu begleiten, auch wenn sie in der entgegengesetzten Richtung lag.

Doch was Will getan hätte oder nicht, war irrelevant. Sie wollten unterschiedliche Dinge vom Leben, weshalb mehr als ein paar verstohlene Küsse nicht möglich war.

Doch als Margot später an diesem Tag ihre überaus sanften Yogaübungen auf dem Wohnzimmerboden absolvierte, fiel es ihr schwer, den Krieger im Gleichgewicht zu halten, denn ihre innere Balance geriet jedes Mal ins Wanken, wenn sie an das Treffen mit Will in ein paar Stunden dachte.

Sie vollführte einen sehr stümperhaft ausgeführten herabschauenden Hund und richtete sich gerade auf, als ihr Handy zu klingeln begann. Sie ignorierte es und konzentrierte sich stattdessen auf ihre Atmung und die nächste Übung, bis das Klingeln verstummte. Es piepte, nachdem der Anrufer offenbar eine Nachricht hinterlassen hatte, dann begann es erneut zu klingeln, um am Ende wieder zu piepen. Nach dem dritten Mal gab Margot es auf und griff nach dem Telefon auf dem Couchtisch. Es war Will.

»Hallo? Willst du das Treffen absagen? Warum hast du nicht einfach eine Nachricht …?«

»Ich brauche dich«, unterbrach Will sie gehetzt. »Blossom geht es nicht gut.«

»Was ist passiert? Ist sie verletzt? Bist du beim Tierarzt?«

»Ich bin im Alexandra Park. Kannst du kommen? Ich zahle das Taxi.«

»Mein Gott, mach dir darüber mal keine Sorgen«, rief Margot und griff bereits nach ihren Socken und Schuhen. »Du machst mir Angst, Will.«

»Ich habe auch Angst«, murmelte er, dann beschrieb er Margot den Weg und ließ sie versprechen, sofort loszufahren.

Das Taxi war nach fünf Minuten da. Der Fahrer wollte sich unterhalten; da Margot immer noch ihre Yogaklamotten trug, ging er offenbar davon aus, dass sie zum Sport wollte. Doch sie war so durch den Wind, dass sie sich nicht einmal Gedanken um ihre Fünf-Sterne-Uber-Bewertung machte und dem armen Mann das Wort abschnitt, bevor er den Satz überhaupt beendet hatte.

»Können Sie an der Ampel vor dem Alexandra Palace anhalten?«, fragte sie, als die Lichter langsam näher rückten.

»Nein, es ist eine Hauptstraße, und hinter uns fährt ein Bus«, erklärte der Fahrer lakonisch.

»Sie bekommen den doppelten Fahrpreis«, bot Margot an. Er hielt mit quietschenden Reifen. Sie bezahlte, stieg eilig aus, rannte vor dem herannahenden Verkehr über die Straße und hetzte die Treppe hinunter.

Will stand mit verschränkten Armen und Blossoms Leine in der Hand ein Stück weit entfernt. Blossom selbst war nirgendwo zu sehen.

»Wo ist sie?«, rief Margot, doch Will schüttelte den Kopf und legte sich einen Finger auf die Lippen, weshalb Margot nichts anderes übrig blieb, als weiter auf ihn zuzueilen. Manche hätten es vielleicht sogar als *Joggen* bezeichnet. Doch Margot joggte nicht. Niemals.

»Sie ist dort drüben«, flüsterte Will, sobald Margot nahe genug war. »Sie versteckt sich in der Hecke hinter der Bank. Da waren zwei Jungen beim Boxtraining, und das hat vermutlich irgendeine Erinnerung wachgerüttelt. Sie ist von einem Moment auf den anderen erstarrt, und als ich sie anfassen wollte, hat sie nach mir geschnappt. Sogar der Klang meiner Stimme … dabei würde ich ihr niemals wehtun. So bin ich nicht.«

»Nein, natürlich nicht«, sagte Margot eilig und warf Will einen Blick zu. Er war kreidebleich, als hätte ihm jemand seinen Schutzschild entrissen. »Hast du Leckerlis dabei?«

»Das habe ich schon versucht, aber jedes Mal, wenn ich näher komme, kriecht sie noch weiter in die Hecke.« Will fuhr sich mit der Hand durch die Haare. »Ich weiß nicht, was wir machen sollen. Weißt du es? Du weißt doch so was.«

Margot hatte absolut keine Ahnung. Sie ließ sich auf Hände und Knie sinken und schaute unter die Bank. In der Hecke entdeckte sie ein kleines Stück weißes, bebendes Fell.

»Blossom«, wisperte sie. »Hey, mein Mädchen. Mummy ist da.«

Will schnaubte nicht einmal höhnisch, als sie das gefürchtete M-Wort in den Mund nahm, obwohl er sonst immer darauf beharrte, dass es noch schlimmer war als Pfötcheneltern.

»Willst du nicht rauskommen und Hallo sagen? Willst du knuddeln?«

Normalerweise rannte Blossom sofort ins Wohnzimmer, wenn sie das Wort *knuddeln* hörte, und sprang aufs Sofa, um mit Margot zu kuscheln, doch heute zeigte sie nicht die geringste Reaktion.

Margot wandte sich mit hilflosem Blick an Will, der mit den Schultern zuckte und das Gesicht verzog. »Sie sitzt jetzt seit einer Stunde dort«, erklärte er. »Ich will sie nicht herausziehen und alles nur noch schlimmer machen.«

»Ja, sie muss von alleine rauskommen«, stimmte Margot ihm zu.

Sie verzog ebenfalls das Gesicht und setzte sich im Schneidersitz auf den kalten, harten Boden. »Könntest du rüber ins Café gehen und etwas Speck holen?«

Margot bezweifelte zwar, dass Speck das Richtige war, um die zitternde, hechelnde Blossom hervorzulocken, aber sie machte sich Sorgen um Will. Sein Gesicht war kalkweiß, er atmete schwer und presste sich immer wieder eine Hand auf die Brust. Außerdem konnte er keine Sekunde stillstehen und fuhr sich ständig durch die Haare.

Er brauchte etwas, um sich von der herannahenden Panikattacke abzulenken.

»Ja, vielleicht ist es einen Versuch wert«, meinte er hoffnungsvoll. »Kommst du inzwischen klar?«

Margots Hinterteil schmerzte bereits von der ungewohnten Haltung. »Klar«, versicherte sie ihm. »Falls sich etwas tut, rufe ich dich an.«

Doch in den fünfundzwanzig Minuten, die Will unterwegs war, tat sich gar nichts – abgesehen von einem kurzen

Zwischenspiel mit einem muskelbepackten Mann in engen Shorts und einem ärmellosen Oberteil, der die Bank zum Stretchen verwenden wollte und dem Margot unmissverständlich klarmachte, dass er abhauen sollte.

Sie redete weiter mit sanfter, ruhiger Stimme auf Blossom ein. »Ist schon okay, wenn du Angst hast, Blossom. Ich würde mich manchmal – nein, eigentlich sehr oft – auch gerne in einer Hecke verkriechen. Aber dann denke ich daran, dass es Leute gibt, die mich lieben … Natürlich ist es nur eine freundschaftliche Liebe, aber man muss nehmen, was man kriegen kann, nicht wahr?«

»Ähm, hier wäre der frisch gebratene Speck.«

Margot fuhr herum. Will stand mit betretener Miene und einer Styroporbox hinter ihr. »Und etwas Wasser. Irgendeine Veränderung?«

»Sie hechelt nicht mehr so stark. Wollen wir ausprobieren, ob die Gier die Angst überwinden kann?«

»Ich drücke die Daumen und die Zehen.« Will setzte sich neben Margot und gab ihr die Styroporbox.

Sogar Margot lief das Wasser im Mund zusammen, als sie den frischen Speck roch. Sie streckte Blossom ein Stück entgegen. »Komm, Blossom. Du liebst Speck.«

Blätter raschelten, und Blossoms Schnauze lugte aus der Hecke hervor, doch als Margot versuchte, sie anzufassen, zog sie sich wieder zurück.

»Leg doch den Speck neben ihr auf den Boden«, schlug Will vor. Nach einigen nervenaufreibenden Minuten – in denen Margot sogar überlegte, Jim anzurufen – kam Blossom gerade weit genug heraus, um sich den Speck zu schnappen. Anschließend blieb sie weiterhin hechelnd hinter der Bank sitzen.

Wenn es doch nur einen Weg gäbe, ihr zu zeigen, dass ihr

nichts passiert, dachte Margot, und plötzlich fiel ihr etwas ein. »Bitte verurteile mich nicht für das, was ich jetzt tun werde«, meinte sie zu Will. »Denn du darfst nicht vergessen, dass du dich selbst mittlerweile als Co-Pfötchenelternteil bezeichnest, ohne dich dafür zu schämen.«

»Das hatten wir doch schon mal. Ich schäme mich innerlich«, erwiderte Will ohne den üblichen schelmischen Unterton. »Was hast du denn vor?«

Das, was Margot jeden Abend tat, wenn sie Blossom zu Bett brachte. Sie steckte die Fleecedecke fest, streichelte sie sanft und sang ihr selbst gedichtetes Schlaflied zur Melodie von »Guten Abend, gut' Nacht«. Natürlich musste sie den Text ein wenig abändern, aber besondere Umstände erforderten besondere Taten.

Kleine Blossom, kleine Blossom.
Kleine Blossom, komm her.
Hier sind Mummy und Daddy,
wir lieben dich sehr.

Nicht einmal ein liebestrunkener Verehrer hätte jemals behauptet, dass Margot eine gute Singstimme hatte, doch sie traf zumindest die Töne, und Blossom war auch keine Castingshow-Jurorin. Doch sie spürte, dass ihr keine Gefahr drohte, wenn Margot für sie sang. Dass sie geliebt wurde und unbekümmert einschlafen konnte.

Und auch jetzt schien das Lied diese Gefühle in ihr zu wecken, denn sie schob sich aus ihrem Versteck hervor und kroch auf dem Bauch in Margots Schoß.

»Da ist sie ja«, hauchte Margot und schlang die Arme um den immer noch zitternden Hund. »Da ist ja mein kleines Mädchen.«

Sie drückte Blossom einen Kuss auf die Stirn, und als diese nicht zusammenzuckte, überhäufte sie ihr Gesicht mit Küssen.

»Sie hat Kratzer am Bauch von der Dornenhecke«, meinte Will mit erstickter Stimme. »Ich gehe lieber, damit ich ihr keine Angst mache.«

Das Zittern ließ langsam nach.

»Du machst ihr keine Angst«, erklärte Margot bestimmt, denn Blossom war genauso Wills kleines Mädchen. »Streichle einfach sanft mit den Fingern ihren Kopf, mal sehen, wie sie reagiert.«

Will sah Margot an, als hätte sie ihm gerade vorgeschlagen, seine Hand in ätzende Säure zu tauchen, doch dann strich er liebevoll über das maulwurfartige Fell auf Blossoms Stirn. Blossom versuchte, ihm über die Hand zu schlecken.

Will seufzte fast so laut wie der Wind, der zugenommen hatte, während sie auf dem Boden gesessen hatten. Margot hatte gedacht, ihre Beine wären inzwischen taub geworden, doch als Blossom beschloss, lieber in Wills Schoß zu liegen, und die Pfoten in ihre Oberschenkel stemmte, wurde ihr das Gegenteil bewiesen.

»Dann sind wir also wieder Freunde?«

Es war eine rein rhetorische Frage, denn Blossom bearbeitete Wills Gesicht bereits ausgiebig mit der Zunge, und alles war wieder beim Alten.

KAPITEL 32

Will

Blossom fraß den ganzen Speck und trank die halbe Flasche Wasser aus der Styroporbox, doch sie wollte nicht nach Hause laufen.

Jedes Mal, wenn sie ein paar Schritte gegangen waren, setzte sie sich und ließ den Kopf hängen.

»Ich weiß, wie sie sich fühlt«, meinte Margot und massierte sich die Beine. »Mein Hintern wird sich nie mehr erholen.«

Normalerweise trug Margot ihren Hundeanorak-des-Schreckens oder eines ihrer unzähligen Kleider, die ihren Körper vom Hals bis zur Hälfte des Unterschenkels umhüllten, wenn Will sie traf. Doch heute steckte sie in einer engen Yogahose mit Netzapplikationen, die Will immer wieder Blicke auf ihre nackte Haut gewährte. Und zu allem Überfluss war ihr Shirt mit der Aufschrift »Mittwochs machen wir das Patriarchat alle« so weit und tief ausgeschnitten, dass ihr strapazierfähiger Sport-BH darunter hervorblitzte. Will hätte nie gedacht, wie erotisch ein derartiges Wäschestück sein konnte.

»Du solltest die Jacke zumachen«, meinte er und griff nach dem grau melierten Hoodie, damit dieser endlich seine Aufgabe erfüllen und Margot angemessen bedecken konnte. Er zog mit klammen Händen den Reißverschluss hoch. »Sonst holst du dir noch eine Erkältung.«

»Danke, Dad«, erwiderte Margot. Will hoffte, dass sie ihn jetzt nicht auch noch als Vaterfigur betrachtete. »Komm, Blossom. Je schneller du gehst, desto schneller sind wir zu Hause.«

Blossom richtete sich auf und machte ein paar taumelnde Schritte, bevor sie wieder zusammensackte.

»Sie hat einiges durchgemacht. Kein Wunder, dass sie erschöpft ist.« Will war ebenfalls erschöpft. Er seufzte ergeben und bückte sich, um Blossom hochzuheben. »Hoffentlich komme ich heute Abend vor lauter Rückenschmerzen überhaupt noch ins Bett.«

»Ich würde ja anbieten, dass wir uns abwechseln, aber ich habe absolut keine Kraft im Oberkörper«, erklärte Margot beschwingt. Sie rieb sich erneut die Oberschenkel, und Will folgte ihren Händen unwillkürlich mit den Augen. Es wäre ihm lieber gewesen, sie hätte das sein lassen. »Und in den Beinen eigentlich auch nicht. Ich bin eben ein Schwächling.«

»Das kann ich mir nicht vorstellen«, erwiderte Will. Er trainierte zwar immer noch regelmäßig, aber selbst er hatte mit dem achtzehn Kilogramm schweren, schlaffen Hund in seinen Armen zu kämpfen. »Hast du nicht ein Sweatshirt mit der Aufschrift *Club der starken Mädchen?*«

Margot grinste. »Alles leere Versprechungen.«

Nun, da das Problem gemeistert war, hatte Will Zeit, darüber nachzudenken, was passiert war, und auf unwichtigere Details einzugehen. »Das, was du Blossom über freundschaftliche Liebe erzählt hast … dass es besser sei als nichts, meine ich …«

Einen Moment herrschte absolute Stille, dann zuckte

Margot mit den Schultern. »Habe ich das? Ich kann mich nicht erinnern«, erwiderte sie, doch Will würde das Thema sicher nicht fallen lassen.

»Dann läuft das Internet-Dating also nicht so richtig? Bist du immer noch auf der Suche nach der großen Liebe?«

Margot seufzte. Sie öffnete den Mund, um etwas zu sagen, schloss ihn allerdings wieder und seufzte erneut, als würde sie dieses Gespräch beschweren.

»Ich bin nicht auf der Suche nach Liebe«, meinte sie schließlich, was Will einigermaßen überraschte. Wonach suchte sie denn dann? »Ich bin auf der Suche nach einem netten Mann, der nicht zu viel trinkt und nicht pleite ist. Er muss nicht einmal alle Zähne im Mund haben. Ich will einfach jemanden, der bereit ist, sesshaft zu werden und eine Familie zu gründen.«

Die Latte schien ziemlich tief zu liegen. So tief, dass sie beinahe den Boden berührte. »Das sollte doch nicht allzu schwer sein.«

»Willst du mich verarschen, oder was?«, schnaubte Margot, blieb stehen und stemmte die Hände in die Hüften. Will verlagerte Blossoms Gewicht, sodass ihr Kopf nicht mehr länger an seinem Hals lag und sie ihn nicht ständig ablecken konnte. »Es ist wie die Suche nach der Nadel im Heuhaufen.«

Will hatte sich bis jetzt nur mit Frauen eingelassen, die ebenfalls nicht auf der Suche nach etwas Längerfristigem gewesen waren – Sofie in Berlin, Charlotte in Paris, Naomi in New York … Sie hatten beieinander übernachtet und Wochenendtrips unternommen, doch es war trotzdem nie ernst geworden. Sie hatten weder die Familie des anderen kennengelernt noch lange, quälende Gespräche darüber geführt, wo ihre Beziehung hinführen würde. Er war damit glücklich gewesen. Oder besser gesagt: Der Mann, der er damals gewesen war, war glücklich gewesen. Der Mann, der er *jetzt* war, war noch immer nicht bereit – beziehungsweise überhaupt nicht fähig –, sich emotional zu binden. Aber Margot konnte es. Sie würde es. Sie sollte es.

»Du hast gerade meine ganze Weltanschauung ins Wanken gebracht. Ich dachte, du seist eine hoffnungslose Romantikerin«, meinte er und handelte sich damit ein weiteres Schnauben samt Augenverdrehen ein.

»Hoffnungslos trifft es ganz gut«, murmelte Margot und setzte sich wieder in Bewegung. »Aber ich bin nicht romantisch. Nicht mehr. Ich bin pragmatisch. Und sechsunddreißig. Wenn man über fünfunddreißig ist und sesshaft werden will, dann muss man es sofort tun. Liebe ist ja gut und schön, Will, aber es gibt Wichtigeres. Ich bin noch immer allein und bewege mich in schnellen Schritten auf die vierzig zu.«

Was sagte es über diese Welt aus, wenn sogar jemand wie Margot nicht mehr an die Liebe glaubte? »Jeder Mann kann sich glücklich schätzen, dich zu bekommen.« Will wurde rot. Nicht, weil der Vormittag so anstrengend gewesen war, sondern weil er in seinem ganzen bisherigen Leben noch nie etwas derart Gefühlvolles und Inniges zu einer Frau gesagt hatte.

Aber es war nun mal wichtig, dass Margot erkannte, dass sie es verdient hatte, geliebt zu werden, und sich nicht mit weniger zufriedengab. »Irgendwo dort draußen ist jemand, der sich Hals über Kopf in dich verlieben wird.«

Margot schüttelte kaum merklich den Kopf. »Das bezweifle ich. Und falls es so ist, lässt er sich verdammt lange Zeit.«

Sie waren an der Allee angekommen, die den Muswell Hill hinaufführte.

Von unten sah es aus wie ein sanfter Anstieg, doch Will wusste aus bitterer Erfahrung, dass er alles andere war als das. Es war der steilste Hügel Nordlondons, und Will hatte Ahnung von Steigungen, immerhin war er in seinem früheren Leben den berüchtigten Blue-Ridge-Marathon in Roanoke, Virginia, gelaufen. Er hätte Margot gerne weiter ausgefragt, auch wenn er die Geschichten über ihre neuesten Dates kaum ertrug, aber er brauchte sämtliche Luft in seinen Lungen für den Kampfmarsch, der vor ihm lag. Ehrlich gesagt keuchte er bereits jetzt wie nach der 30-Kilometer-Marke.

»Vielleicht solltest du sie lieber absetzen«, schlug Margot vor und warf einen Blick auf Will und den Hund in seinen Armen. »Trägst du sie eigentlich immer auf diese Art?«

Normalerweise hob er Blossom mit einem Arm unter ihrem Hintern hoch, und sie legte die Pfoten um seinen Hals und ihr Kinn auf seine Schulter, doch heute lag sie wie ein Baby in seinen Armen. »Nein, eigentlich nicht.« Er sah auf Blossom hinunter. »Rüttelt es zu viel? Hat sie vielleicht Schmerzen?«

Margot warf einen prüfenden Blick auf die Hündin. »Sie wirkt irgendwie selbstgefällig«, stellte sie fest. »Als würde sie die Situation genießen.«

Will blieb stehen, damit er Blossom genauer ansehen konnte. Da war tatsächlich ein merkwürdiges Leuchten in ihren Augen. »Spielst du uns etwas vor, Blossom?«

Als Antwort wackelte sie mit den Vorderpfoten.

»Ja, das tut sie«, bestätigte Margot Wills Vermutung.

»Ich bin enttäuscht von dir, Blossom.« Will setzte sie vorsichtig ab. »Du hast den Rest der Woche Fernsehverbot.«

Blossom setzte sich und hob protestierend die Pfote.

»Wir haben dich durchschaut«, erklärte Margot und bückte sich, um sie am Bauch zu kraulen. »Los, lauf!«

Blossom schoss davon. Wie immer, wenn sie ausgeschimpft wurde, legte sie die Ohren an, und ihr Hintern zeigte in die eine und der Schwanz in die andere Richtung. Dann stolzierte sie vor ihnen her, und jeder Schritt machte deutlich, was sie sich dachte: »Ihr seid nicht meine richtigen Eltern, ihr habt mir gar nichts zu sagen.«

Anschließend zog sie zwei Kreise um den Zaun, der eine uralte Eiche schützte, und rannte schließlich im Zickzack den Weg entlang.

»Warum kann unser Hund nicht einfach ganz normal sein?«, seufzte Will, während sie vom Weg auf das Gras auswichen, wo sich Blossom wälzte und dabei alle viere in die Luft streckte.

»Wenn sie sich in Fuchsdreck wälzt, machst du sie sauber. Immerhin gehört sie erst in vierundzwanzig Stunden wieder mir«, sagte Margot, und Will grinste. Es wäre so einfach und das Natürlichste der Welt gewesen, nach ihrer Hand zu greifen und Hand in Hand nach Hause zu gehen.

Aber an ihnen beiden war gar nichts einfach. Vor allem nicht ihr Hund, der auf sie zutrabte und sich vor ihren Füßen erneut auf den Boden fallen ließ. Die Botschaft war unmissverständlich: »Ihr seid offenbar verärgert. Vielleicht fühlt ihr euch besser, wenn ihr mir den Bauch krault. Einen Versuch ist es wert, oder?«

Margot bückte sich pflichtschuldigst. Sie stöhnte leise, als ihre Muskeln protestierten, und streckte die Hand aus, um Blossoms unglaublich weichen Bauch zu streicheln.

Doch Will war schneller. Einen herrlichen Moment lang berührten sich ihre Hände, dann entschied Will sich für den oberen und Margot für den unteren Teil des Bauches, und Blossom erlebte die wohl schönste Streicheleinheit ihres Lebens. Sie hechelte und wand sich unter ihnen und schien sich nicht sicher, ob es zu viel war oder vielleicht doch zu wenig.

»Es klingt, als würde sie lachen«, fand Margot und vermenschlichte Blossom mal wieder, auch wenn Will zugeben musste, dass Blossom der menschenähnlichste Hund war, den er kannte.

»Das ist nur, weil sie hechelt«, holte er sie auf den Boden der Tatsachen zurück. »Sie hechelt, weil Bäuchleinkraulen schrecklich anstrengend ist, nicht wahr, Blossom?«, fügte er hinzu und strengte sich noch mehr an, bis es Blossom endgültig zu viel wurde.

Sie setzten ihren Weg fort, und Blossom trabte zwischen ihnen die Lindenallee entlang. Jedes Mal, wenn einer von ihnen zu ihr hinuntersah, erwiderte sie den Blick mit Bewunderung in den Augen und offenem Maul, das an ein breites Grinsen erinnerte.

Als sie am höchsten Punkt angekommen waren, war Margot dem Zusammenbruch nahe. »Nur damit wir uns richtig verstehen: Wir ziehen heute Nachmittag nicht mehr unsere übliche Runde durch die Heath, oder? Meine Beine kreischen allein beim Gedanken an einen weiteren Spaziergang.«

»O Gott, nein! Ich werde überhaupt nie mehr irgendwohin gehen«, stimmte Will ihr zu. »Doch eines muss klar sein: Meine Mutter braucht nichts von dem heutigen Erlebnis zu erfahren, okay? Sie wäre außer sich.«

»Ich werde schweigen wie ein Grab.«

Sie hielten vor dem Blumenladen. Zwischen den Blumeneimern neben dem Eingang hatte sich eine kleine Schlange gebildet, und Sage bediente die Kunden, während Ian das

Geld kassierte. Margot riss den Blick von einem Zinkeimer mit bunten Tulpen los und sah Will an. »Okay … dann sehen wir uns vermutlich …«

»Wir sollten noch eine Tasse Tee trinken.« Will war nicht annähernd bereit, sich schon von Margot zu verabschieden und sie erst morgen bei der Übergabe wiederzusehen. »Möchtest du eine Tasse Tee?«

Margot nickte. »Ich dachte, du fragst nie.«

»Vielleicht schaffe ich es sogar, uns ein Würstchensandwich zu machen«, überlegte Will und führte Margot am Ellbogen und Blossom an der Leine in den Laden. »Aber zuerst liefern wir Blossom ab.«

KAPITEL 33

Margot

Will trat ins Hinterzimmer, wo Mary gerade einen Blumenstrauß aus Rosen, Lorbeer und Eukalyptus band. Sie arbeitete schnell und effizient, hielt jedoch sofort inne, als sie Will, Margot und Blossom sah.

»Ich habe euch schon vor Ewigkeiten zurückerwartet«, schimpfte sie. »Und jetzt ist ja auch schon Margot da, um dich zu eurem Samstagsspaziergang abzuholen! Ihr geht doch immer samstags spazieren, oder irre ich mich?«

Margot spürte, wie Will sich versteifte. »Es gab eine Planänderung, Mary«, erklärte sie fröhlich. »Wir haben uns im Alexandra Park getroffen und den Spaziergang bereits hinter uns. Jetzt sind wir fix und fertig.«

»Aber Blossom hat doch noch gar nicht gefrühstückt!«, erwiderte Mary besorgt.

Doch zum ersten Mal, seit sie bei ihnen war, verzichtete Blossom auf ihr Fressen und kletterte lieber auf das Hundesofa (dessen Anschaffung Mary natürlich vorher mit Margot abgesprochen hatte), rollte sich inmitten der weichen Fleecedecken zusammen und war im nächsten Moment eingeschlafen.

»Was habt ihr mit ihr gemacht?«, rief Mary Will und

Margot hinterher, als sie den Laden verließen. »Das arme Ding ist ja fix und fertig.«

»Da ist sie nicht die Einzige.« Margot lehnte sich an die Wand, während Will die Tür zum Treppenhaus aufsperrte. »Ich fühle mich, als hätte ich heute Vormittag die ganze Gefühlspalette rauf und runter erlebt.«

»Ich würde ja anbieten, dich die Treppe hinaufzutragen, aber ich fürchte, dass ich zu erschöpft bin«, erwiderte Will mit einem müden Lächeln. Er streckte die Arme aus. »Aber wenn du willst, versuche ich es.«

»Dann kommst du heute Abend wirklich nicht mehr ins Bett«, lehnte Margot ab und schüttelte den Kopf, als Will ihr den Vortritt überlassen wollte. Sie stand zwar zu ihrem Körper, aber in der ganzen Aufregung hatte sie vollkommen vergessen, dass sie noch immer ihre Yogahose trug, in der sie unter normalen Umständen niemals das Haus verließ. Der Hersteller mochte zwar behaupten, dass die Hose das Gesäß *formte,* doch im Prinzip betonte sie es vor allem, und Margot wollte auf keinen Fall vor Will die Treppe hochsteigen und ihn diesem Anblick aussetzen. »Der Gentleman zuerst.«

Ja, das war definitiv besser, denn Wills lange Beine und sein strammer Hintern waren ein überaus angenehmer Anblick. Wobei das nicht der Grund war, warum Margots Gesicht glühte, als sie oben angekommen waren. Daran waren das Yoga-Work-out, die zwei nervenaufreibenden Stunden im Park, der Nachhauseweg und die Treppe schuld.

»Darf ich dir die Jacke abnehmen?«, fragte Will, doch Margot vergrub sich in ihrem Hoodie, denn mittlerweile war ihr auch wieder eingefallen, was sie darunter trug: ein Oberteil mit weiten Armlöchern, einem labberigen Ausschnitt und einen Sport-BH, der zwar super stützte, aber vermutlich das unattraktivste Kleidungsstück war, das Margot je besessen hatte.

»Nein, geht schon«, erklärte sie bestimmt, während Will seine Jacke auf einen Haken im Flur hängte. Er legte den Schlüsselbund auf den kleinen Beistelltisch und warf Margot einen kurzen, prüfenden Blick zu.

»Du siehst heiß aus«, sagte er, und Margot ließ sein Kompliment etwa drei Sekunden lang auf sich wirken, bis er fortfuhr: »Ich meine, du siehst aus, als *wäre* dir heiß.« Und damit war das Gefühl auch schon vorüber. »Ich habe normalen Tee, und wenn ich etwas tiefer grabe, finde ich vielleicht auch noch irgendwo ein Säckchen Kamillentee.«

»Das klingt sehr verlockend, aber ich nehme normalen Tee mit einem Schuss Milch – aber wirklich nur einen Schuss, bitte.« Margot trat in das große, offene Wohnzimmer. »Wow, hier hat sich einiges verändert.«

Die minimalistische Einrichtung war nicht mehr minimalistisch. Auf dem Boden lag ein großer Perserteppich, dessen rote Akzente auch in den Kissen und den drei *(drei!)* Decken auf dem ehemals jungfräulichen weißen Sofa zu finden waren. Genau wie in Margots Wohnung lagen auch hier überall Dinge herum, die an Blossom erinnerten: ein angeknabbertes Schweineohr, Tennisbälle in verschiedenen Stadien des Zerfalls und zahllose schlaffe, ausgeweidete Stofftiere.

Es gab wenig, was Blossom so sehr genoss wie die unmittelbare und vollständige Zerstörung eines Stofftieres aus dem Ramschladen. Sie riss die Naht auf, verteilte die Füllung im ganzen Zimmer und nagte so lange, bis sie den Quietschknopf herausgearbeitet hatte und ebenfalls zerbeißen konnte. Wobei sie sich jedem Versuch, ihre Jagdtrophäen zu entsorgen, vehement widersetzte. Offenbar scheint Will dieselben Probleme zu haben, dachte Margot, während sie über einen kleinen lilafarbenen Elefanten hinwegstieg.

»Minimalismus und Ästhetik haben im Leben eines Hundebesitzers keinen Platz«, bekannte Will, während er den Wasserkessel füllte. »Hast du Hunger?«

Margot senkte den Blick. »Ich bin am Verhungern. Hast du nicht vorhin etwas von Sandwiches gesagt?«

Will rieb sich lächelnd den Nacken. »Ja, genau. Setz dich, und fühl dich wie zu Hause.«

Margot hätte nichts lieber getan, als sich mit einem roten Samtkissen unter dem Kopf auf die Couch zu legen, stattdessen gesellte sie sich zu Will, der gerade den Inhalt seines Kühlschrankes studierte, und kletterte auf einen der Barhocker an der Kücheninsel, die die Küche vom Wohnzimmer trennte.

Sie sah zu, wie Will mehrere Vollkornbrotscheiben in den Toaster legte, Eier in die Pfanne schlug und die Würstchen wendete, die bereits auf dem Herd brutzelten.

Sie hatte ihn noch nie so entspannt erlebt. Er wirkte oft ruhelos, beinahe nervös, und sie hatte immer Angst gehabt, dass sie diejenige war, die diese Gefühle in ihm auslöste. Es war eine regelrechte Offenbarung, dass er auch noch eine andere Seite hatte.

»Ketchup oder Brown-Soße?«, fragte er, während er das Spiegelei wie ein Küchenchef auf die Würstchen gleiten ließ, die bereits aufgereiht auf den getoasteten Brotscheiben lagen.

»Nichts von beidem.«

Will drehte sich zu ihr um und deutete mit dem Pfannenwender in ihre Richtung. »Keine Soßen? Was ist los mit dir?«

»Eine Soße würde die Vollkommenheit des Eidotters zerstören.«

Will legte kopfschüttelnd die zweite Toastscheibe auf den Teller und reichte ihn an Margot weiter.

Ein selbst zubereitetes Sandwich mit Würstchen und Spiegelei – so etwas Nettes hatte schon lange niemand mehr für Margot getan. Will legte eine Packung Butter auf den Tisch und nahm neben Margot Platz, sodass sich ihre Knie berührten, als er nach seinem Sandwich griff. Das unterschwellige Flirten war angenehm. »Ich brauche eine Butterdose, ich weiß. Aber die Notwendigkeit einer Butterdose hat sich bis jetzt einfach noch nicht ergeben.«

»Ich habe auch keine Butterdose«, sagte Margot und hob das Sandwich vorsichtig an den Mund, damit die Würstchen sich nicht verselbstständigten.

Sie aßen mehr oder weniger schweigend, abgesehen von dem einen oder anderen anerkennenden Gemurmel. Es wirkte sehr vertraut, auch wegen Margots fettigen Fingern und dem Eidotter am Kinn.

»Du hast da was übersehen«, sagte Will, als sie sich mit einem Stück Küchenpapier den Mund abtupfte. Er berührte ihr Kinn mit der Fingerspitze. Die flüchtige Berührung ließ sie erschaudern. Wobei die Schwelle dafür ehrlich gesagt sehr tief gerutscht war, seit Will vorhin erklärt hatte, dass jeder Mann sich glücklich schätzen konnte, sie zu haben.

Doch viel zu früh war alles wieder vorbei. Die weltbesten Würstchensandwiches waren aufgegessen, die aufgeladene Stimmung dahin. Will schob abrupt seinen Stuhl zurück, um die leeren Teller abzuservieren.

»Willst du noch eine Tasse Tee?«, fragte er über die Schulter hinweg, während er die Spülmaschine öffnete.

Margot war klar, dass sie nach Hause gehen sollte. Sie hatte heute noch viel vor. Wäsche waschen, sauber machen, ihre schicken Stiefel zum Schuster bringen ... »Ja, sehr gerne. Danke!«

Als Will mit einer weiteren Tasse Tee zurückkam, setzte er sich wieder neben sie, doch dieses Mal rückte er noch näher, und Margots Bein steckte praktisch zwischen seinen Knien.

Sie wusste nicht, ob es Absicht war, aber im Moment konnte sie ohnehin kaum einen klaren Gedanken fassen. Sämtliche Sinne waren auf den Mann gerichtet, der bei ihr saß. Wie gut er nach frischer Luft und nassem Gras roch. Dass er sprach, obwohl sie kein Wort aufnahm. Dass seine tiefe Stimme ihren Körper vibrieren ließ.

Sie konnte ihn bloß anstarren, während er an seinem Tee nippte, sich an der Schläfe kratzte und schließlich mit den Fingern auf die Arbeitsplatte trommelte.

Irgendwann bemerkte er ihren Blick und stellte die Tasse ab. Dann griff er nach ihrer Hand und verschränkte seine Finger mit ihren.

Es war das erste Mal, dass er sie bewusst berührte, seit sie sich geküsst hatten.

»Margot«, sagte er, und die zwei Silben waren wie eine Liebkosung, die sanft über ihre Haut strich.

»Will«, murmelte sie, und mit einem Mal war er so nahe, dass sie sich nur ein wenig nach vorne lehnen musste, und schon trafen ihre Lippen auf seine.

Oh! Er wich kaum merklich zurück, aber nicht genug, und im nächsten Moment schlang er die Arme um sie und küsste sie drängend.

Es war ein chaotischer, wenig raffinierter Kuss, bei dem Zähne aneinanderschlugen und die Münder einander verschlangen. Es war genau das, was Margot brauchte. Sie fuhr mit den Händen in Wills Haare, um seinen Kopf nach unten zu ziehen und ihm noch näher zu kommen. Doch es reichte nicht.

Im nächsten Moment lagen seine Hände auf ihren Hüften und glitten über ihren Hintern, um sie hochzuheben. Margot schlang die Arme um Wills Hals und die Beine um seine Hüften, sodass sie auf seinem Schoß saß, und drückte sich so nah wie möglich an ihn. Trotzdem war es immer noch nicht genug.

Denn seine Küsse ließen sie dahinschmelzen. Seine Zunge war in ihrem Mund und zuckte sanft, wie ein Vorgeschmack auf das, was noch kommen würde.

»Zieh mir die Jacke aus«, murmelte sie und zerrte mit einer Hand an ihrem Hoodie. Sie lehnte sich zurück, denn sie wusste mit Sicherheit, dass Will sie nicht fallen lassen würde.

»Du willst, dass ich sie ausziehe?«, fragte er nach und hob eine Hand von ihren Hüften, um nach dem Reißverschluss zu greifen. »Ganz?«

»Ganz.«

Will zog langsam, ohne Eile, den Reißverschluss nach unten, und Margot hatte noch nie etwas Erotischeres, Spannungsgeladeneres erlebt. Seine blauen Augen funkelten, und er wandte den Blick keine Sekunde von ihrem erhitzten Gesicht ab.

Als er unten angekommen war, schlug er die Jacke auseinander und legte einen atemberaubenden Moment lang die flache Hand auf die empfindliche Stelle unter dem Hosenbund.

»Erledigt«, hauchte er ihr ins Ohr, und sie spürte seine Zähne an ihrem Ohrläppchen und seine Hände auf ihrer

Hüfte. Margot schlüpfte aus ihrem Hoodie – und auch gleich aus ihrem Shirt.

Es war ihr egal, dass sie nur in ihrem nüchternen graublauen Sport-BH vor ihm saß, der eher einem Spanngurt als einem Wäschestück glich. Es war ihr sogar egal, dass ihr Bauch über den Bund ihrer Yogahose quoll, denn Will konnte trotz allem nicht den Blick von ihr wenden und fuhr sich immer wieder mit der Zunge über die Lippen.

»Du bist so heiß.« Und dieses Mal meinte er nicht, dass ihr zu heiß war, auch wenn Margot das Gefühl hatte, bald überzukochen. »Obwohl du viel zu viel anhast.«

»Wohl kaum«, flüsterte Margot und griff nach seinem karierten Hemd. »Du hast viel mehr an als ich.«

»Stimmt, aber du siehst nackt sehr viel hübscher aus als ich«, erwiderte Will und biss ihr erneut ins Ohrläppchen. Er lächelte, als Margot erschauderte. »Gefällt dir das?«

»O Gott, ja«, hauchte Margot, die mit den Knöpfen seines Hemdes beschäftigt war. Sie hätte nie gedacht, dass der zugeknöpfte, unsichere Will derart souverän und selbstsicher sein konnte. Es war unerträglich sexy.

»Dabei fange ich gerade erst an«, murmelte er und hob Margot von seinem Schoß, sodass sie einen Moment lang mit wackeligen Knien vor ihm stand. Dann klopfte er mit der Hand auf die Arbeitsplatte und hob fragend die Augenbrauen.

Will schien zu wissen, was er tat, also schwang sie sich auf die Kücheninsel. Und das war tatsächlich besser, denn Will umfasste ihre Knie und sah ihr tief in die Augen, während er ihre Beine auseinanderdrückte.

Ein Schritt nach vorne, und er war genau dort, wo sie dieses schmerzhafte Ziehen spürte, und als sie sich küssten und sich Wills Härte an sie presste, drängte sich Margot an ihn und bewegte ihre Hüften wie beim Tanz.

Will löste seine Lippen von ihren, sodass sie sich nur noch an den Hüften berührten. Er ließ den Finger unter ihren BH-Träger gleiten.

»Würdest du den bitte ausziehen?«, bat er sanft, doch Margot schüttelte den Kopf. Sie wollte nicht die Stimmung verderben und beenden, wo das hier womöglich hinführte, aber sie war heute bereits einige Male ins Schwitzen geraten, und es sah sicher nicht sonderlich reizvoll aus, wenn sie sich im Sitzen aus einem feuchten BH schälte. Außerdem hinterließ er rote Striemen auf ihrem Oberkörper, wenn sie ihn auszog. »Willst du aufhören?«

»Nein, auf keinen Fall.« Sie schlang ein Bein um Will und bewegte erneut die Hüften. »Wenn es gut wird, darfst du sie vielleicht nachher sehen.«

»Es wird sogar *sehr gut*«, versprach Will mit einem leisen Lächeln und einem verschlagenen Funkeln in den Augen, das sie noch nie gesehen hatte. »Ich hoffe nicht, dass es Beschwerden geben wird.«

Bis jetzt hatte Margot jedenfalls keinen Grund zur Beschwerde. Sie konnte kaum noch sprechen und vergrub das Gesicht an Wills Schulter, während er sie mit der flachen Hand massierte und seine Finger in sie stießen. Sie griff nach ihm, fuhr auf und nieder und genoss die warme Härte in ihrer Hand.

Der Winkel war seltsam, ihre Yogahose und die Unterhose waren im Weg, und Will hatte lediglich die Jeans aufgeknöpft, doch sie schafften es trotzdem. Sie hob den Hintern von der Arbeitsplatte, um sich an ihn zu drücken, und seine Finger hielten sie so lange am Höhepunkt, bis sie es nicht mehr aushielt.

Sie nahm Wills feuchte, klebrige Hand und führte sie zwischen seine Beine, dann legte sie ihre Hand darüber, damit sie ihn gemeinsam zum Höhepunkt bringen konnten. »Ja«, hauchte sie ihm ins Ohr, als er sich gegen sie drängte. »Ich will sehen, wie du kommst.«

Will kam auf Margots Bauch, während sie auf seiner Küchenarbeitsplatte saß, und sie sahen sich die ganze Zeit über in die Augen, unfähig, den Blick abzuwenden. Sie hatte nicht einmal ihren BH ausgezogen, trotzdem war es eine der besten sexuellen Begegnungen ihres Lebens.

»Heute ist ein Tag voller Überraschungen«, meinte Margot und dachte bei sich, dass das hier eigentlich einer der peinlichsten Momente in ihrem Leben hätte sein sollen. Immerhin saß sie mit halb heruntergelassener Hose und Unterhose, schwitzend und mit nassen Flecken auf dem BH vor ihm. Trotzdem sah Will sie immer noch an, als wäre sie eine Göttin.

»Es ist noch nicht einmal Mittag«, sagte er, während er die Knöpfe seiner Jeans schloss. »Wer weiß, was der Tag sonst noch bringt.«

KAPITEL 34

Will

Will merkte, dass Margot einigermaßen verlegen war, allerdings nicht unbedingt wegen dem, was passiert war. Denn nachdem sie von der Arbeitsplatte gerutscht war, schlang sie einen viel zu kurzen Moment lang die Arme um ihn und drückte ihm einen Kuss auf die Wange.

Doch gleich darauf schnappte sie sich eilig ihre Jacke und hielt sie sich vor den Oberkörper. »Ich sehe schrecklich aus.«

»Nein, du siehst wunderschön aus«, widersprach Will, und es war die Wahrheit. Ihre Haut war gerötet und strahlte – sie war eine Venus in Sportklamotten. »Soll ich dich nach Hause fahren?«

Eigentlich wollte er, dass sie blieb, und es hätte ihm nicht so schwerfallen sollen, ihr genau das zu sagen. Doch jetzt, da sie wieder ihre Kleidung gerichtet hatten und es um etwas Tieferes, Bedeutungsvolleres ging, als einander zum Orgasmus zu bringen, war die Unsicherheit wieder da.

»Ich muss erst mal duschen«, erklärte Margot mit fester Stimme und verschränkte die Arme über ihrer Jacke. »Aber wenn du mir etwas zum Anziehen leihst, könnte ich danach noch ein wenig bleiben. Falls du das willst.«

Margot machte wie immer alles einfacher. »Ja. Ich will, dass du bleibst«, sagte er.

Will holte saubere Badetücher und ein paar Klamotten und wartete vor der Badezimmertür, bis er hörte, wie das Wasser anging und Margot fluchte, weil es so lange dauerte, bis es warm wurde.

Es waren wohl die längsten fünfzehn Minuten seines Lebens, bis Margot endlich wieder auftauchte, frisch gewaschen, mit zart geröteten Wangen. Sie trug eine seiner Trainingshosen und ein altes Ramones-T-Shirt aus Unizeiten. Offensichtlich hatte sie beschlossen, sich nicht mehr in den BH zu quälen, und obwohl er sie nicht anstarren wollte, war sein Blick wie gefangen von ihren Brüsten unter dem ausgebleichten schwarzen Stoff, und er wurde erneut hart.

»Keine Ahnung, warum ich mir überhaupt die Mühe gemacht habe zu duschen«, meinte sie und zuckte mit den Schultern, wodurch sich ein noch erfreulicherer Anblick ergab.

»Warum?« Wills Stimme klang, als würde er vierzig Marlboro am Tag rauchen.

»Weil ich ohnehin gleich wieder heiß und verschwitzt in deinen Armen liegen werde, oder?« Ihr Blick glitt zwischen seine Beine.

Er berührte einen Augenblick lang beschämt die Beule in seinen Jeans. Er war wie ein Teenager, der sich nicht unter Kontrolle hatte. Doch als Margot sah, was er tat, ging sie auf ihn zu.

»Ich wollte noch nie jemanden so sehr wie dich«, erklärte er, und sie lächelte verlegen, was eher der Margot entsprach, die er kannte. Vielleicht entsprach ihr aber auch beides. Es gab immer noch so vieles, was er nicht über sie wusste. »Dieses Mal vielleicht im Bett?«

»Ja bitte.« Sie wandte sich ab und machte sich auf den Weg in sein Schlafzimmer. »Mein Rücken hält noch eine Runde auf der Arbeitsplatte bestimmt nicht durch.«

Als Will endlich hinter ihr hergestolpert kam, zog sie sich gerade sein T-Shirt über den Kopf. Will hatte zwar vorgehabt, sie langsam auszuziehen und ihre Haut dabei Zentimeter um Zentimeter mit Küssen zu bedecken, doch er verwarf seinen Plan und schloss endlich die Hände um ihre weichen Brüste, ehe sie gemeinsam auf das Bett zustolperten.

Das zweite Mal war sogar noch besser als das erste – auf einer festen Matratze und mit der nackten Margot vor ihm, wie ein üppiges Buffet. Es gab keinen Platz für Unbeholfenheit oder die Sorge, etwas falsch zu machen, denn das hier war *Margot.* Margot, die immer alles bis ins kleinste Detail unter Kontrolle hatte. Was im Bett wesentlich antörnender war als beim Lesen ihrer mit Aufzählungspunkten versehenen Textnachrichten.

»Zuerst vorsichtig und dann härter.«

»Du kannst die Zähne und noch einen zweiten Finger dazunehmen. Ja, genau so.«

»Ein bisschen höher. Und ein bisschen tiefer. Ja, genau! Genau *da.* Und *denk* nicht einmal daran aufzuhören.«

Danach lagen sie beide schwer atmend auf dem Rücken, die Bettdecke irgendwo bei ihren Füßen, und Will massierte Margots immer noch harte Brustwarze mit dem Daumen. »Mein Gott, du bist so herrisch.«

»Nein, gar nicht«, erwiderte Margot nicht im Geringsten verärgert. »Ich weiß nur, was ich will.«

»Doch, du bist herrisch«, wiederholte Will und schaffte es mühsam, sich zur Seite zu rollen und den Kopf auf den Ellbogen zu stützen, um Margots sanfte Hügel und Täler zu betrachten. »Aber das soll keine Kritik sein. Im Gegenteil.«

Margot erschauderte, was für unglaubliche Dinge er mit ihren Brüsten anstellte, trotzdem war Will nicht enttäuscht, als sie die Decke hochzog und sich darunter an ihn kuschelte, sodass er die Finger in ihren Locken vergraben konnte.

»Ich hoffe, du wirst nicht unten im Laden erwartet«, meinte sie.

Will stöhnte. »Wenn sie mich brauchen, melden sie sich schon.« Er dachte an sein Telefon, das noch immer in der Küche lag. Vielleicht hatte es die ganze Zeit geklingelt und gepiept, und er hatte es nicht mitbekommen. »Und falls es wirklich wichtig ist, hat Mum einen Ersatzschlüssel.«

»So etwas nennt man dann wohl Stimmungskiller.« Margot lachte leise.

»Denken wir lieber gar nicht daran«, beschloss Will. »Außerdem weiß Sage, dass Blossom irgendwann am Nachmittag noch mal rausmuss.«

Margot seufzte, und ihr Atem strich sanft über seine Schulter. »Die arme Blossom. Sie hatte solche Angst.«

Du schaffst das, dachte Will bei sich. *Weil wir keine Freunde sind. Und weil wir uns nicht bloß küssen. Über diese Dinge sind wir schon lange hinaus. Deshalb solltest du es ihr erzählen. Du musst es ihr erzählen. Du willst es ihr erzählen.*

Und genau das tat er. Er wollte es zum ersten Mal in seinem Leben jemandem erzählen. Nein, nicht jemandem. Er wollte es Margot erzählen, weil er sie nicht ausschließen wollte. Er war es leid, Geheimnisse zu haben, die ihn mit ihrer Schwere nach unten zogen.

»Bevor du gekommen bist, hat sie nach mir geschnappt«,

begann er. Vielleicht bestand der Trick darin, seine Stimme möglichst emotionslos zu halten. Sich nicht zu sehr in die Situation hineinzudenken.

»Aber nur, weil sie Angst hatte, Will«, erklärte Margot sanft.

»Ich weiß. Irgendetwas hat sie zurück an einen Ort versetzt, wo jemand böse und grausam zu ihr war …« Will starrte die in der Decke eingelassenen Lampen an. Er hatte einmal einen Schuh hochgeschleudert, um eine Fliege zu töten, und jetzt war der Putz abgeblättert. Er wollte das Loch schon längst einmal ausbessern. »Ich kenne auch einen solchen Ort.«

Margot legte eine Hand auf seine Brust, direkt über sein Herz. »Dein Dad«, meinte sie nur, sie machte ständig das Unmögliche möglich.

»Mein *Vater*«, korrigierte Will. »Dad klingt, als hätte er mit mir Football gespielt, wäre mit mir zum Fischen gefahren und hätte mir Geld für Süßigkeiten zugesteckt. Solche Dinge machen Dads.«

Peter Hamilton hatte nichts dergleichen getan, doch wenn man mit seinen Freunden gesprochen hatte – den Jungs aus dem Pub –, hatten sie gemeint, Pete wäre »das Salz der Erde«. »Er würde das letzte Hemd für dich geben.« »Er ist ein herzensguter Mensch.«

Der gute alte Pete. Immer der Erste, der eine Runde ausgab, und der Letzte, der nach Hause ging.

Nach Hause in sein kleines Reihenhaus, wo seine Schreckensherrschaft waltete.

Denn Peter Hamilton war ein Mann, den die kleinen und großen Enttäuschungen des Lebens innerlich zerfressen hatten. Das Potenzial, das er nie ausschöpfen konnte. Die Versprechen, die nie wahr geworden waren.

Er war ein im Alltag funktionierender Alkoholiker und ein gemeiner Tyrann, wenn er betrunken war.

Dazu brauchte er nur eine Frau, die ihn liebte. Eine Frau, die daran glaubte, wenn Peter ihr versprach, dass er in Zukunft die Finger vom Alkohol lassen würde. Dass er sich bessern und zu dem Mann werden würde, den sie verdiente. Und aus diesem Grund hatte Amaryllis Bloom Ja gesagt, als er um ihre Hand angehalten hatte. Weil sie eine gute Frau mit einem Herzen aus Gold und einer Schwäche für Außenseiter war.

»Aber er hat sich nicht geändert«, erzählte Will mit dumpfer Stimme und starrte immer noch an die Decke. »Warum auch, wo er doch jemanden hatte, an dem er seine Wut auslassen und den er für sein Versagen verantwortlich machen konnte? Er hat nie die Hand gegen Mum erhoben, aber das musste er gar nicht. Er hat sie mit seinen Worten geschlagen, sie klein gehalten, ihr eingeredet, dass sie nichts wert sei. Und dasselbe hat er auch mit Rowan und mir gemacht.«

Will konnte sich an keine Zeit erinnern, in der sein Vater nicht die Quelle ständiger Angst gewesen wäre. Das Brummen seines Autos in der Einfahrt, sein Schlüssel im Schloss, das leise Fluchen, wenn er den Schlüsselbund in die Schale im Flur warf – es waren die Eröffnungsakkorde einer großen Oper gewesen, die am Ende des Abends damit geendet hatte, dass seine Schwester leise weinend im Bett lag und seine Mutter mit durchgedrücktem Rücken stocksteif auf einem harten Stuhl saß, weil es ihr nicht erlaubt war, auf dem Sofa zu sitzen »wie eine fette, faule Kuh«, während Will die Hauptlast der Wut seines Vaters und seinen brennenden Hass abbekam.

Denn für Peter Hamilton gab es keine größere Enttäuschung als seinen Sohn.

»Wenn ich gute Noten schrieb oder im Sport Erfolg hatte, war er außer sich vor Wut und Eifersucht. Er fühlte sich entmannt«, erzählte Will. Zumindest das hatte er schon lange vor der Therapie bei Roland erkannt, als er langsam angefangen hatte, die verworrenen Knoten zu lösen, die ihn so lange gefangen gehalten hatten. »Und wenn ich versagt habe, war ich nicht gut genug. Ich würde nie gut genug sein. Ich würde nie Erfolg haben. Ich würde nie ein echter Mann werden und immer ein heulendes kleines Weichei bleiben.«

»Oh, Will …« Margots Hand lag noch immer schützend über seinem Herzen, doch sie sagte nicht mehr als diese beiden Worte, um den Fluss seiner Erinnerungen nicht zu stören.

»Es gab so viele Regeln. Wir durften nicht fernsehen, wir durften nicht in den Garten, wir durften keine Freunde einladen oder besuchen – wobei wir natürlich ohnehin viel zu nutzlos, hässlich und dumm waren, um Freunde zu haben. Wir hatten bloß ihn – und selbst ihn widerten wir an.« Will atmete ein paarmal tief durch, um sich zu beruhigen, doch es klappte nicht. »Mittlerweile verstehe ich es. Er hatte die Kontrolle über sein Leben verloren, also kontrollierte er uns. Er schaffte es nicht, in sich hineinzuschauen und die Verantwortung zu übernehmen, also gab er uns die Schuld an seinem Leid. Ich verstehe es, aber das bedeutet nicht, dass ich es hinter mir lassen kann.«

»Was ist passiert? Ich meine, er ist nicht mehr hier, und …«, fragte Margot sanft.

»Es war eigentlich kein besonderer Abend, aber er hatte es mal wieder auf Mum abgesehen. Ich war gerade zwölf geworden und erkannte mit einem Mal, dass ich gleich groß war wie er und das alles nicht mehr wollte.« Er hatte drei Sitzungen gebraucht, um Roland davon zu erzählen. Aber es war einfacher, es auszusprechen, wenn man es schon einmal getan hatte. Vor allem, wenn einem jemand schützend die Hand aufs Herz legte. »Ich habe mich zwischen ihn und Mum gestellt, und ich habe gesagt … ich habe gesagt: ›Rede nicht so mit meiner Mum! Das hat sie nicht verdient.‹«

Margot schmiegte sich noch enger an ihn. »Wie hat er reagiert? Du hast ja vorhin gesagt, dass er nie die Hand gegen dich erhoben hat.«

»Er hat nie die Hand gegen meine Mum erhoben. Mich hat er mit einem Schlag quer durchs Zimmer geschleudert.« Was im Grunde gut gewesen war, weil es Mary von dem dunklen Zauber befreit hatte, unter den Peter sie gesetzt hatte. Doch bevor das passiert war, kam es zu einer allerletzten Tragödie. »Wir hatten einen Hund. Muttley. Ich glaube, er war der Einzige im Haus, den mein Vater wirklich geliebt hat, denn einem Hund kann man ja nicht böse sein, nicht wahr? Es machte ihn allerdings ungeheuer wütend, dass Muttley mich lieber mochte als ihn, und als er mich schlug, ging Muttley auf ihn los. Er war bloß ein kleiner Hund, doch mein Vater hat ihn am Kragen gepackt und an die Wand geschleudert. Dann ist er hinausgestürmt und hat gebrüllt, dass wir ihn niemals wiedersehen würden. Wir warteten, bis wir sicher waren, dass er weg war, aber es war zu spät. Muttley war … Wir haben ihn im Garten hinter dem Haus begraben.«

»O Gott!«

Es war mittlerweile nach drei Uhr nachmittags, und der Vormittag schien Jahre her. Die Nachmittagssonne strahlte durch die Fenster, aber die Stimmung war düster und wollte nichts von dem herannahenden Frühling wissen. Margot hob den Kopf, damit sie sich mit der Decke die Tränen aus den Augen wischen konnte. »Es tut mir so, so leid. Was für eine beschissene Kindheit!«

»Es wurde besser«, erklärte Will, richtete sich auf und zog das Kissen hoch, um sich dagegenzulehnen. Margot tat es ihm nach und klemmte sich die Decke unter die Achseln. »Denn bevor er zurückkam, waren wir fort. Mum rief Bernie und Mo an, meine Großeltern, mit denen sie jahrelang kaum Kontakt gehabt hatte. Sie hatte sich zu sehr geschämt und geglaubt, dass sie auch für ihre Eltern eine Enttäuschung sei. Als Rowan und ich am nächsten Tag von der Schule nach Hause kamen, hatten sie bereits alle unsere Sachen in den Firmenvan geladen, sodass wir sofort losfahren konnten. Und das war's dann.«

Natürlich war es nicht ganz so einfach gewesen. Peter war ein paar Wochen später in Muswell Hill aufgetaucht, aber Mo hatte ihn zum Teufel gejagt. Wobei sich Will und Rowan im Nachhinein fast sicher waren, dass Bernie und Mo Peter Geld gegeben hatten, damit er von der Bildfläche verschwand. Die beiden hatten noch einen zweiten Blumenladen in Winchmore Hill mit zwei darüberliegenden Wohnungen besessen, doch der war kurz nach Marys, Wills und Rowans Ankunft in London verkauft worden.

»Danke, dass du mir davon erzählt hast«, sagte Margot, verschränkte Wills Finger mit ihren und hob sie sich an den Mund, um sie zu küssen. »Einiges davon habe ich mir bereits gedacht. Nach unserem Weihnachtsessen … aber ich wollte nicht neugierig sein. Ich dachte, wenn du es mir erzählen willst, dann wirst du es tun.«

»Und jetzt habe ich es getan.« Doch Will war nicht fertig. Manchmal hatte er das Gefühl, als würde er niemals fertig werden. Als würde er niemals damit abschließen können.

»Du bist erst der zweite Mensch, dem ich davon erzähle. Bisher wusste nur mein Therapeut davon.«

»Das ist verständlich.« Margot drückte seine Hand.

»Mein Vater würde sagen, dass echte Männer keine Therapie brauchen«, erklärte er mit einem Seitenblick auf Margot, um ihre Reaktion zu beobachten.

Sie verdrehte die Augen. »Großartig! Dein Vater ist ein totales Arschloch, und nichts, was er sagt, hat irgendeine Bedeutung.« Sie verschränkte die Arme.

»Dann findest du es also nicht seltsam, dass ich beim Therapeuten war?« Abgesehen von Rowan, die nach der Geburt der Zwillinge an einer postnatalen Depression gelitten hatte, kannte er hier niemanden, der eine Therapie hinter sich hatte. Ausgenommen seine New Yorker Bekannten, die waren *alle* in Therapie gewesen. Aber nicht hier in London, nicht in der kleinen Blase, in der er jetzt lebte.

»Wenn ich mich krank fühle, gehe ich zum Arzt. Wenn mir die Schulter wehtut, rufe ich meine Osteopathin an, und wenn meine Seele schmerzt, besuche ich Olivia, meine Therapeutin, damit ich wieder auf den rechten Weg komme. Oder einen neuen Weg finde.« Margot versuchte sich an einem kaum merklichen Lächeln.

»Ich habe sie abgeschlossen«, sagte Will. Und es war die richtige Entscheidung gewesen – wenn er jetzt und hier nicht gerade eine emotionale Bindung zu einem anderen Menschen aufbaute, dann wusste er auch nicht. Allerdings war er überrascht, dass Margot ebenfalls eine Therapie gemacht hatte – oder besser gesagt, dass sie die Therapie als fortlaufende Behandlung sah und nicht nur als Werkzeug, um am Ende mit ihrem Leben weiterzumachen. »Siehst du deine Therapeutin regelmäßig?«

»Nein, nicht regelmäßig. Es gab immer wieder Pausen –

lange Pausen.« Margot stieß die Luft aus und fuhr sich durch die Locken, die ihr ins Gesicht gefallen waren. »Nach dem Tod meiner Mutter fühlte ich mich verloren. Einsam. Es war nicht nur die Trauer … es haben noch viele andere Dinge mitgespielt, und ich wusste nicht, wie ich mit diesen gewaltigen, Furcht einflößenden Gefühlen klarkommen sollte, die sich mir in den Weg stellten.«

Trotz allem, was er durchgemacht hatte, hatte Will immer Mary und Rowan an seiner Seite gehabt. Er hatte nie alleine gelitten. »Ich kann mir gar nicht vorstellen, wie sich das angefühlt haben muss.«

»Ja, es war kein Spaß«, gestand Margot. »Also bin ich mit Anfang zwanzig zu Olivia und dann noch einmal, als ich dreißig war. Ich steckte damals in einer tiefen emotionalen Krise, es gab Dinge, die nicht angesprochen worden waren, als meine Mutter gestorben war …«

»Welche Dinge?«, fragte Will so sanft wie möglich.

Margot setzte sich weiter auf und wandte das Gesicht ab. Ihre angespannten Schultern bildeten eine Grenze, die nicht überschritten werden durfte. Zumindest jetzt noch nicht. Nachdem Will selbst Grenzen gesetzt hatte, wusste er auch mit den Grenzen anderer respektvoll umzugehen. »Dinge, für die ich mich schäme. Und Dinge, die sich automatisch ergeben, wenn man eine Single-Frau ist, die immer schon die Familie, die sie verloren hat, durch eine andere ersetzen wollte und gerade dreißig wurde. Man erkennt, dass man nicht jünger wird, und …«

Die Erinnerung an ihr Gespräch im Pub vor wenigen Wochen traf Will wie ein Faustschlag. Damals hatte Margot gesagt, dass sie keine Zeit mehr hätte, Männer bloß zum Vergnügen zu küssen – und jetzt hatten sie viel mehr getan, als sich nur zu küssen. Sehr viel mehr.

Andererseits hatte Will es satt, ständig etwas zu bereuen. Wobei es normalerweise um Dinge ging, die er *nicht* getan hatte.

»Ich kann das hier einfach nicht bereuen«, meinte er leise und strich mit der Hand über Margots Rücken. »Aber mir ist bewusst, dass wir beide verschiedene Dinge wollen. Ich würde es also verstehen, wenn du willst, dass wir wieder nur gute Freunde sind, die sich einen Hund teilen.«

Noch während er es sagte, merkte er, dass zumindest er nicht mehr an diesen Punkt zurückkehren konnte. Auch wenn er keine Ahnung hatte, wie es weitergehen sollte, da Margot sich doch so verzweifelt eine Familie wünschte und er nicht ansatzweise wusste, was er wollte.

»Oje, ich liege nackt in deinem Bett, und du versuchst schon, mich loszuwerden!« Margot drehte sich zu ihm und stieß ihm mit dem Ellbogen in die Seite. »War es *so* schlimm?«

Will war sich ziemlich sicher, dass sie ihn aufzog, aber hundertprozentig wusste er es nicht. »Du weißt genau, dass es nicht schlimm war. Es hat auf jeden Fall für die Top Fünf gereicht. Wenn nicht sogar für die Top Drei.« Er wickelte sich eine ihrer wilden Locken um den Finger, danach sehnte er sich bereits, seit sie sich zum ersten Mal geküsst hatten. »Ist alles in Ordnung zwischen uns?«

Margot antwortete nicht sofort. Sie saß noch immer halb abgewandt neben ihm, und er sah, dass sie die Stirn runzelte. »Ja, das ist es«, meinte sie schließlich. »Ich will noch immer das, was ich will, und daran wird sich auch nichts ändern, aber das hier könnte ...« Sie zuckte mit den Schultern. »Ein letztes Abenteuer werden? Ich meine, wir sind beide erwachsen, und es gibt keinen Grund, warum wir uns in dieser Hinsicht nicht ebenfalls wie Erwachsene verhalten können.«

Ganz so einfach war es allerdings nicht. Dafür gab es zu viele bewegliche Komponenten. Zu viele entgegengesetzte Kräfte. Margots Bedürfnisse. Wills Probleme. Aber es fiel ihm schwer, jetzt darüber nachzudenken, denn Margot lag nach wie vor nackt in seinem Bett und sah nicht so aus, als wollte sie es in absehbarer Zeit verlassen. Außerdem lächelte sie. »Okay, nachdem wir das geklärt haben, hätte ich gerne noch eine Tasse Tee.«

Nach dem Tee mussten sie wohl eingeschlafen sein, denn Will wurde von einem Klopfen an der Tür geweckt.

Erfreulicherweise war es nicht die Schlafzimmertür, sondern die Wohnungstür. Margots Kopf tauchte unter der Decke hervor, während er in seine Jeans schlüpfte und rief: »Einen Moment! Ich komme!«

»Habe ich nicht vor einer Stunde genau das Gleiche gesagt?«, fragte Margot. Ihre Haare standen in alle Richtungen, ihr Gesicht war zerknautscht und vom Schlaf aufgedunsen, sie war dennoch goldig. Will eilte zur Tür. Er hörte bereits den Schlüssel im Schloss.

Er riss die Tür auf und stand Mary und Blossom gegenüber. »Das wurde aber auch langsam Zeit«, sagte Mary ungehalten, doch mehr Sorgen bereitete Will die Art, wie sie versuchte, an ihm vorbeizuschauen. »Ist Margot noch immer hier? Ich habe sie nicht fortgehen sehen.«

Will beschloss, Mary vorerst noch nichts von den neuesten Entwicklungen zu verraten. »Ich habe wohl versehentlich mein Handy ausgemacht. Tut mir leid, dass du auf Blossom sitzen geblieben bist. Soll ich sie dir abnehmen?«

»Ich bin nicht auf ihr sitzen geblieben. Ich habe sie *liebend gerne* bei mir.« Mary übergab Will die Leine, und Blossom trat durch die Tür, setzte sich auf Wills nackten Fuß und hob die Pfote. »Sie hat bereits zu Abend gegessen, auch wenn sie dir etwas anderes weismachen will, und es reicht, wenn du vor dem Schlafengehen noch mal mit ihr hinausgehst. Ich würde sie ja über Nacht nehmen, aber ich gehe heute mit Wendy und Kate aus. Zu dem neuen Italiener in der East Finchley.«

»Wer sind Wendy und Kate?« Mary erwartete, dass er jede einzelne Freundin kannte, die sie in den zwanzig Jahren, die er fort gewesen war, kennengelernt hatte – einschließlich Sages Freundinnen und sämtlichen Kunden im Laden. Doch dann hielt er inne. Klang er anmaßend? Wie ein Kontrollfreak? Er atmete tief durch. »Entschuldige, aber ich glaube, ich habe die Namen noch nie gehört.«

»Sicher hast du das«, erwiderte Mary bestimmt, denn sie war nicht mehr die Mary, die sie vor all den Jahren gewesen war. »Wendy hat einen roten Setter namens Oriel und Kate zwei Minischnauzer namens Sonny und Cher.«

Mary erwartete auch, dass er sämtliche Hunde im Umkreis von fünf Kilometern kannte. Genau wie Margot. Er schüttelte den Kopf. »Nie gehört.«

»Ich war mit ihnen in einer Klasse.«

»Du warst in einer Klasse mit zwei Minischnauzern namens Sonny und Cher? Wow!«

Er hatte sich den Schlag auf den Arm durchaus verdient. »Du weißt ganz genau, was ich meine. Ich war mit Wendy und Kate in einer Klasse, und wir sind uns neulich zufällig im Park über den Weg gelaufen. Es ist unglaublich, wen man so trifft, wenn man mit dem Hund unterwegs ist.«

»Na, dann wünsche ich dir einen schönen Abend. Hast du vor, etwas zu trinken? Ich kann dich nachher abholen, wenn du willst.«

Mary schob den Riemen ihrer Handtasche hoch. »Ian hat dasselbe angeboten, aber ich komme schon klar. Die

Linie 102 fährt vom Restaurant direkt zu uns nach Hause, oder ich nehme mir ein Taxi. Sage hat die Uber-App auf meinem Handy installiert.« Mary wandte sich ab. »Mach dir keine Sorgen. Ich bin eine sechzigjährige Frau, kein kleines Kind. Und grüß Margot von mir.«

Sie klapperte bereits die Treppe nach unten, als Will sich schließlich an Blossom wandte, die zu ihm hochsah, als wäre sie am Verhungern. »Schau mich nicht so an. Du könntest gut und gerne drei Wochen von deinen Fettreserven leben«, meinte er und beugte sich nach unten, um sie abzuleinen. »Aber geh nicht ins Schlaf… – Scheiße!«

Blossom hetzte schon den Flur entlang. Will sah gerade noch, wie sie ins Bett sprang und unter die Decke kroch. Margot schrie auf und wand sich hin und her.

Im nächsten Augenblick tauchte Blossom unter der Decke auf, legte den Kopf auf Wills Kissen und stieß Margot mit der Pfote an. Es war offensichtlich, dass Wills Bett zu ihrem Revier gehörte.

Margot richtete sich entrüstet auf und warf einen Blick auf das unbenutzte Hundebett in der Ecke. »Ich wollte dich vorhin schon fragen, warum Blossoms Körbchen immer noch aussieht wie neu, aber ich glaube, mittlerweile kenne ich die Antwort.«

KAPITEL 35

Margot

Margot und Will kannten sich mittlerweile seit sechs Monaten. Will hatte Margot von ihrer besten und ihrer schlimmsten Seite erlebt. Nicht nur die herausgeputzte Margot an Silvester oder die rotbackige Margot nach einem Spaziergang in der Hampstead Heath, sondern auch Margot in ihrem Hundeanorak-des-Schreckens und Margot, die mit einer Packung Taschentücher, einer Handvoll Kotbeuteln und einer Flasche Handdesinfektionsmittel sauber machte, wenn Blossom der Durchfall plagte.

Alles zusammengenommen, hatte sie im Prinzip von null auf hundert beschleunigt. Nein, von null auf *tausend.* Sie hatten das langweilige Zeug gleich übersprungen. Die ersten Verabredungen. Die Frage, ob sie sich weiterhin auch mit anderen trafen. Sie machten einfach mit dem weiter, was sie hatten, auch wenn sie nicht genau wussten, worum es sich handelte.

Wobei sie einen Großteil der Zeit im Bett verbrachten. Genau genommen in Margots Bett (weil Margot eine viel bessere Matratze besaß und die Fragen neugieriger Familienmitglieder ausblieben), wo sie das befriedigte Glücksgefühl nach dem Sex genossen, während die entrüstete Blossom im Wohnzimmer festsaß.

Seit jenem schicksalhaften Samstag vor zwei Wochen hatten sie – abgesehen von einem Tag, an dem Margot früh rausmusste, um zur Produktionsstätte von Ivy + Pearl in Borehamwood zu fahren – jede Nacht zusammen verbracht. Dreizehn Nächte, in denen Will gefühlt jeden Zentimeter ihres Körpers geküsst und sie in jeder erdenklichen Form geliebt und zum Höhepunkt gebracht hatte. Selbst morgens – was bedeutete, dass sie sehr früh beginnen mussten, um den ersten Orgasmus noch vor Blossoms erstem Spaziergang unterzubringen.

Wills Verhalten in einer Partnerschaft – oder was auch immer es war – war eine Offenbarung. Er war liebenswert und fürsorglich – was Margot schon gewusst hatte –, und auch seine Zwiespältigkeit und die Distanziertheit waren verschwunden.

Da Will über dem Laden wohnte und derart verwurzelt im Familienunternehmen war, dauerte es nicht lange, bis der Rest der Blooms herausfand, dass sie mehr als Freunde waren.

Und so hatte Margot nicht nur einen Mann gefunden, der sie genauso gerne hatte wie sie ihn, sondern auch etwas, wonach sie sich so lange gesehnt hatte: eine Familie.

Einige Tage nach Bekanntwerden hatten Rowan und Sage sie zu einem Drink in die Muswell Hill Bar eingeladen, wo es Biowein und hausgemachte Pickles gab. Es lief unter dem Titel »Mädelsabend«, aber es wurde schnell klar, dass die beiden sichergehen wollten, dass Margot es ernst mit ihrem großen Bruder meinte.

»Natürlich meine ich es ernst«, versicherte Margot ihnen bei einer Flasche Sancerre. Sie konnte ihnen ja schlecht erzählen, dass es sich um ein letztes Abenteuer handelte, bevor sie sich wieder auf die Suche nach einem Mann mit einem freundlichen Gesicht und familiären Absichten machte, der vermutlich nicht halb so gut im Bett sein würde wie Will.

»Es war jedes Mal seltsam, wenn wir ihn in New York besucht haben und er gerade eine Freundin hatte. Er hat uns keine einzige vorgestellt«, meinte Rowan leichthin, als wäre sie sich nicht ganz sicher, ob Margot den Grund dafür kannte. »Du musst einfach durchhalten.«

»Und brich ihm ja nicht das Herz, denn dann haben wir ein Problem«, warnte Sage mit derart finsterem Gesicht, dass Margot ein Schauer über den Rücken lief, obwohl sie beinahe alt genug war, um Sages Mutter zu sein. »Wir werden dafür sorgen, dass dich jeder Blumenhändler in London auf die schwarze Liste setzt und du nie wieder einen Blumenstrauß bekommen wirst, nicht wahr, Ro?«

»Ganz genau. Aber du wirst Wills Herz nicht brechen.« Rowan hob ihr Glas mit dem Biowein, der genauso schmeckte wie jeder andere Sancerre. »Was das betrifft, habe ich ein gutes Gefühl.«

»Das hoffe ich doch.« Margot versuchte, den Optimismus, der sich langsam in ihr breitmachte, zu ersticken. Sie war nie eine jener Frauen gewesen, die genau wussten, wie ihr Hochzeitskleid aussehen würde (na gut, blassrosa Duchess-Satin mit einem engen Oberteil, Dreiviertelärmeln und einem halblangen Ballerinarock samt Taschen, danke der Nachfrage!), aber in diesem Moment sprang sie gedanklich drei Jahre in die Zukunft.

Sie sah eine laute, chaotische Küche, einen blubbernden Topf auf dem Herd, Blossom, die auf dem Sofa döste (in Margots kühnsten Träumen konnten Will und sie sich ein Haus leisten, das groß genug für eine Küche mit Essbereich war, in dem es ein kleines Sofa für Blossom gab), einen pausbäckigen zweijährigen Jungen in einem Hochstuhl von IKEA, den all ihre Freunde besaßen, und Will, der nachsichtig lächelte, während sein Sohn die Nudeln samt Soße überallhin löffelte, nur nicht in seinen Mund. Dazu die hochschwangere Margot, die einen Kuchen aus dem Backofen holte. Dieses Mal würde es ein Mädchen werden, und sie würden es nach ihrer Mutter Judy nennen.

Margot hätte nie jemandem von diesen Visionen erzählt, und sie war entsetzt, dass ihre Gedanken immer wieder in diese Richtung schweiften. Will wollte nichts dergleichen, und Margot kam Judys Rat in den Sinn: »Es ist immer besser, sich ein wenig zurückzuhalten, mein Kind.«

Wenn es ihr nicht gut ging, vermisste Margot ihre Mutter am meisten. Es hatte viele Momente gegeben, in denen sie sich gerne weinend in Judys Arme geschmiegt hätte. Die Zeiten, in denen es ihr gut ging, waren seltener – doch die hätte sie gerne mit dem einen Menschen geteilt, der sie wirklich liebte.

Vielleicht war es der Umstand, dass sie ihre eigene Mutter so stark vermisste, dass Margot derart schnell eine tiefe Bindung zu Mary Bloom entwickelte.

Seit dem schicksalhaften Samstag waren fünf Wochen vergangen, und Margot und Mary trafen sich bereits an jedem Homeoffice-Mittwoch zu einem langen Spaziergang. Wie vermutet sagte das Verhalten eines Menschen an Weihnachten nichts darüber aus, wie er sich an den anderen dreihundertvierundsechzig Tagen im Jahr verhielt, wenn alles ruhiger und vernünftiger ablief.

Die Mary, mit der sie durch die Highgate Woods streifte und in der Mitte ihrer Runde einen Zwischenstopp mit Kaffee und süßen Teilchen einlegte, war ganz anders als die Frau, die wegen eines Garnelenrings in Tränen ausgebrochen war. Sie reagierte zwar beinahe panisch, wenn Margot Blossom von der Leine ließ, doch sie war genauso verzückt von der Hündin wie Margot.

»Sie trabt durch den Park, als würde sie ein Baugrundstück inspizieren«, bemerkte Margot bei ihrem zweiten Spaziergang, als Blossom eifrig von einem Baum zu nächsten lief und die anderen Hunde dabei nicht aus den Augen ließ.

»Sie braucht nur noch einen gelben Helm, eine Signaljacke und ein Klemmbrett.« Mary lächelte stolz. »Ich fürchte, wenn Blossom ein Mensch wäre, wäre sie eine furchtbare Paragrafenreiterin.«

»Ja, sie wäre die perfekte Linda aus der Buchhaltung, die ständig Zettel aufs schwarze Brett pinnt, weil sich die Kollegen nicht an die vereinbarte Reihenfolge beim Teekochen halten«, gluckste Margot.

Es war seltsam, wie sich aus gemeinsamen Witzeleien über einen Hund plötzlich eine tiefgehende Beziehung entwickeln konnte, doch nach einigen Wochen merkte Margot, dass sie Mary immer mehr vertraute. Sie erzählte ihr, wie traurig sie Tracys bevorstehende Abreise nach Neuseeland machte und dass sie ihre eigene Mutter mit der Zeit nicht weniger, sondern noch mehr vermisste.

Beide vermieden bewusst, die Sprache auf den Mann zu bringen, der sie zusammengeführt hatte, obwohl Margot Mary liebend gerne ausgequetscht hätte. Kannte sie vielleicht eine von Wills Ex-Freundinnen? Was hatte Will über Margot gesagt? Wusste Mary, dass sie in ihrer Beziehung bloß von Tag zu Tag lebten?

Mary hingegen erzählte sehr viel über ihre Mutter, die »mächtige Mo«, und ihren geliebten Vater Bernie und wie der Tod der beiden die Familie mitten ins Herz getroffen hatte.

»Ich sollte ihren Platz einnehmen und zur Matriarchin werden, aber es ist sehr schwer, sein Leben derart umzukrempeln«, meinte sie, ohne näher auf die Umstände einzugehen, und Margot nickte schweigend. Sie hätte niemals Wills Vertrauen missbraucht und zu erkennen gegeben, dass sie über die unglückliche Vergangenheit der Familie Bescheid wusste. »Deshalb war ich so froh, als Will beschlossen hat, nach Hause zu kommen. Ich habe zwar meine Mum und meinen Dad verloren, aber ich habe meinen Sohn zurückgewonnen. Er meinte damals, es sei nur vorübergehend, aber jetzt hat er doch angefangen, Wurzeln zu schlagen. Dank Blossom … und dank dir.«

»Ja, das hat er.« Margot schaffte es gerade noch, die Worte an dem Kloß in ihrem Hals vorbeizupressen. Sie hatte sich vorgenommen, pragmatisch zu denken, und jetzt kamen plötzlich Gefühle in ihr auf. Hoffnungslos romantische Gefühle.

»Mir ist klar, dass er seine Karriere irgendwann wieder aufnehmen wird. Dass er den Rummel vermisst. Aber es gibt ja auch genügend Banken in London, nicht wahr?«

Mittlerweile waren Margot und Will sieben Wochen zusammen, und es war Mitte Mai. Unter den Bäumen blühten die Hasenglöckchen, und die beiden Frauen wanderten unter einem Zelt aus grünen Blättern, durch das vereinzelte Sonnenstrahlen brachen.

»Aber vielleicht gefällt Will das ruhigere Leben ganz gut«, murmelte Margot und schlüpfte mutig aus ihrer Jacke, denn die warme Luft weckte Erinnerungen an den Sommer.

»Ich weiß nicht, er war immer so getrieben. Immer auf dem Sprung zu etwas Neuem«, meinte Mary noch, bevor sie das Thema wechselte und laut überlegte, ob sie heute auf das süße Teilchen verzichten und stattdessen einen Scone nehmen sollte, und damit erlosch auch die kleinste Flamme der Hoffnung in Margot.

In Woche acht wurde es Zeit, dass Will Margots Freunde besser kennenlernte. Er kannte Tracy und Den zwar von der Silvesterparty, aber nur flüchtig. Und Sarah, ihren Mann Paolo, die dreijährige Maisie und den kleinen Bertie samt Mini-Dackelmädchen Dorothy hatte er an einem Sonntagvormittag getroffen, als sie sich uneingeladen dem monatlichen Dackelspaziergang angeschlossen und danach zusammen zu Mittag gegessen hatten. Irgendwann war Sarah auf die Toilette verschwunden, Paolo war an die Bar gegangen, und der kleine Bertie hatte plötzlich auf Wills Schoß gesessen, seine Haare gepackt und mit aller Kraft daran gezogen. Es wäre der perfekte Moment gewesen, um Will zu fragen, ob er sich nicht vielleicht doch vorstellen konnte, mit Margot eine Familie zu gründen, doch sein gequälter Gesichtsausdruck war Antwort genug gewesen.

Jess hingegen hatte Will noch gar nicht kennengelernt, und außerdem wurde es langsam Zeit für die Abschiedsparty von Tracy und Den in ihrer am Vortag von internationalen Möbelpackern leer geräumten Wohnung in Walthamstow.

»Ich werde sicher weinen«, warnte Margot Will auf der Fahrt durch Finsbury Park. Regelmäßiger Sex mit jemandem, der nicht trank, bedeutete, dass sie nicht länger auf öffentliche Verkehrsmittel oder Taxis angewiesen war. »Ich könnte jetzt schon losheulen, dabei sind wir noch nicht einmal dort.«

»Du darfst ja weinen.« Will legte die Hand auf Margots Knie. Es war mittlerweile warm genug, um auf Strümpfe zu verzichten, doch anstatt die Hand noch ein wenig höher zu schieben, tätschelte er bloß sanft ihr Knie. »Ich gebe dir keine Stunde, bis sich die Schleusen öffnen.«

»Na ja, wenn Dens Dad eine Rede vorbereitet hat, war's das für mich und meine Mascara«, sagte Margot. »Auf ihrer Hochzeit hat sogar der Pfarrer geheult.«

»Wie gut, dass ich heute Abend mal auf die Mascara verzichtet habe.« Will warf ihr einen Seitenblick zu. Es war einfach perfekt. Bis jetzt hatte Will absolut nichts falsch gemacht. Aber es würde sicher bald so weit sein, und dann würde alles einfacher werden. Es war leichter, sich über ein mögliches Ablaufdatum und Ausstiegsstrategien Gedanken zu machen, wenn jemand sich wie ein Arsch benahm.

»Wir stehen immer noch ganz am Anfang«, erklärte sie später, als sie endlich mit Jess, Sarah und Tracy allein war – die alte Gang ein letztes Mal vereint, zusammengepfercht auf der winzigen Terrasse, obwohl es Ende Mai eigentlich noch zu kalt war, um ohne Strümpfe nach acht Uhr abends im Freien zu stehen. »Wer weiß, was die Zukunft für uns bereithält. Aber – o mein Gott! – wir haben wirklich ständig Sex.«

»Ja, das hast du schon ein- oder zweimal erwähnt«, meinte Jess einigermaßen verbittert. Dabei hatte sie selbst auch schon das eine oder andere Mal erwähnt, dass ihr Beckenboden nach der Geburt ihrer Tochter Alice vollkommen hinüber war und sie nie wieder Sex haben wollte.

»Es sind immer die Ruhigen«, seufzte Margot und sah durch die Glastür in die Küche, wo sich Will mit Dens Schwester und deren Frau unterhielt. »Unter der schroffen Hülle lauert ein wildes Tier. Ich kann immer noch nicht an der Kücheninsel vorbeigehen, ohne rot zu werden.«

»Merke: Lass dich nie in Wills Wohnung zum Essen einladen.« Sarah tat, als würde sie eine Notiz in ihr Handy tippen. »Ich vermisse diese berauschenden ersten Wochen einer Beziehung, wenn man ständig nur überlegt, wann man sich das nächste Mal die Klamotten vom Leib reißen kann.«

Margot rieb sich über die Arme. Sie mussten wirklich bald wieder rein, aber sie brachte es nicht über sich, es den anderen vorzuschlagen. Noch nicht. Nicht, wenn sie nicht wusste, wann sie vier wieder so zusammenstehen würden. Und ob es überhaupt jemals so weit kommen würde. Was allerdings nicht bedeutete, dass sie Sarahs Andeutung unkommentiert lassen konnte. »Wir *haben* keine Beziehung«, beharrte sie. »Wir verbringen bloß Zeit miteinander. Es ist eine Kopfsache, keine Herzensangelegenheit. Die letzte Affäre, bevor ich mich endgültig festlege.«

Ihre drei Freundinnen seufzten gleichzeitig. »Margs, es sieht aber überhaupt nicht nach einer letzten Affäre aus«, sagte Tracy sanft.

»Ja, schon klar. Wir kennen einander schon seit Monaten, aber das macht es nicht gleich zu einer Beziehung. Wir sind bloß Freunde mit wirklich unglaublichen Vorzügen, und wenn es vorbei ist, werden wir wieder Freunde sein.« Sie griff nach Tracys und Jess' Händen, die neben ihr standen. »Bitte macht meine Seifenblase nicht kaputt.«

»Du hast uns die letzten sechs Jahre erzählt, dass dein Kinderwunsch absoluten Vorrang hat«, murmelte Sarah. »Und dass deine Eierstöcke den Ton angeben.«

»Ich habe meine Eierstöcke gebeten, sich noch ein wenig zu gedulden, damit ich ein wenig Spaß mit einem wirklich netten, wirklich attraktiven Mann haben kann.«

»Er scheint ein vernünftiger Kerl zu sein, und die Tatsache, dass du glücklich bist, macht mir den Abschied ein wenig leichter, aber ich kenne dich, Margs. Du bist immer hundertprozentig dabei, gleich von Beginn an.« Tracy hielt Margots Hand fest, sodass sie sie ihr nicht entziehen konnte. »Du hast keine Ahnung, was entspannt bedeutet.«

»Doch, ich bin total entspannt.« Oder besser gesagt: Margot versuchte, entspannt zu sein – und es brachte sie um den Verstand.

»Dann hast du ihn also noch nicht gefragt, wie ihr Weihnachten verbringen werdet, weil es bereits *Mai* ist?«, fragte Jess skeptisch.

Margot schüttelte den Kopf. »Nein, hab ich nicht. Und ich werde es auch nicht tun. Es ist keine Beziehung.«

Theoretisch gesehen sagte sie die Wahrheit. Margot hatte Will tatsächlich noch nicht gefragt, was er an Weihnachten vorhatte – allerdings vor allem deshalb, weil sie ganz genau wusste, dass er das Fest mit seiner Familie verbringen würde. Und Margot vermutlich auch. Sie hatten schon letztes Jahr zusammen gefeiert, als sie noch schlichte Freunde gewesen waren.

»Du bist erst sechsunddreißig«, erinnerte Tracy sie. »Wir sagen dir doch schon seit Ewigkeiten, dass du noch massig Zeit hast, bevor du dir über Kinder Gedanken machen musst.«

Das war einfach gesagt, wenn man den Richtigen bereits gefunden hatte und lange genug zusammen war, um sich über die Familienplanung zu unterhalten. Und es war auch einfach, zustimmend zu nicken, wie Jess und Sarah, denn sie hatten ebenfalls bereits den Richtigen gefunden. Sie hatten Kinder, hatten Wurzeln geschlagen, und ihr Leben verfügte über eine Konstanz, die sie als selbstverständlich erachteten.

Sie wussten nicht, wie es war, sechsunddreißig – beinahe

siebenunddreißig! – zu sein und immer noch das Gefühl zu haben, dass das Leben an einem vorbeizog. Sie hatten nie diese dunklen, schlaflosen Nächte erlebt, in denen Margot hin und her überlegte, ob sie ihre Eizellen einfrieren lassen sollte, weil die Zeit ihr durch die Finger rann und noch immer kein halbwegs annehmbarer Mann in Sichtweite war.

Deshalb hatte sich Margot nun so viel Zeit für eine letzte Affäre genommen, wie eine Frau im Wettlauf gegen die biologische Uhr entbehren konnte. Eine Frau, die ewig darauf gewartet hatte, der Lebensmensch für eine andere Person zu sein. *Ihre* Familie.

Deshalb versuchte sie nach Kräften, sich selbst davon zu überzeugen, dass es eine Erleichterung war, diesem jahrelangen Druck eine Zeit lang zu entkommen.

Margot warf erneut einen Blick durch die Glastür. Will sah gerade von seinem Handy auf und direkt in ihre Augen. Seine Lippen formten sich zu Worten, die hoffentlich so etwas wie »Ich vermisse dich« bedeuteten.

Will war kein halbwegs annehmbarer Mann. Er war keine Notlösung. Das letzte Abenteuer, bevor es ernst wurde. Er war so viel mehr als das, auch wenn er es selbst nicht erkannte.

»Ganz genau so ist es«, sagte Margot schließlich. »Ein paar angenehme Monate mit Will werden mir sicher nicht wehtun.«

KAPITEL 36

Will

Will war von Anfang an klar gewesen, dass die Sache mit Margot keine Eintagsfliege und auch kein Strohfeuer sein würde. Doch das, was es wirklich war, machte ihm Angst. Es war wie auf einer Achterbahn, und da er sich auf der Achterbahn immer übergeben musste, hatte Will schon lange aufgehört, damit zu fahren.

Andererseits schaffte er es ganz gut, die Angst im Zaum zu halten, denn immerhin ging es um Margot. Die liebenswürdige, witzige Margot, die in jeder Situation das Richtige sagte. Die erotische Margot, die ihre Leidenschaft mit derselben Konzentriertheit und derselben Entschlossenheit verfolgte wie ihr restliches Leben. Und mit verdammt vielen Textnachrichten.

Hätte Will gewusst, wie unersättlich Margot war – was keine Beschwerde sein sollte –, hätte er vielleicht schon früher den entscheidenden Schritt gewagt.

Aber es ging nicht nur um Sex. Und im Grunde ging es auch nicht nur um sie beide.

Es ging um Will und Margot (und natürlich Blossom) und um tausend andere. Und das war nicht übertrieben. Margot hatte Tausende Freunde, und in den letzten Wochen hatte Will sie alle mehrmals getroffen.

Außerdem war da auch noch seine Familie. Es gab einen Grund – oder besser gesagt: *mehrere* Gründe –, warum Will noch keine seiner Freundinnen seiner Familie vorgestellt hatte. Abgesehen von Emily, deren Großmutter mit Mo befreundet gewesen war, und Dovinda, mit der er in New York ausgegangen war. (Dovinda war uneingeladen zu einem Brunch mit Bernie, Mo, Mary und Ian aufgetaucht, nachdem sie an Wills Handy gewesen war, während er geduscht hatte. Dovinda hatte große Probleme, anderen zu vertrauen, was nicht unbedingt zu Wills Bindungsphobie gepasst hatte. Es war ein Wunder, dass sie es so lange – ganze vier Monate – miteinander ausgehalten hatten.)

Aber Margot hatte seine Familie bereits kennengelernt, und sobald seine Verwandtschaft herausgefunden hatte, dass es etwas zum Herausfinden gab, hatten sie Margot mehr oder weniger adoptiert. Nur Margots Spaziergang mit Mary am Mittwochvormittag bereitete Will jedes Mal Magenschmerzen, denn er hatte Margot ohne Marys Zustimmung eine Geschichte erzählt, die nicht nur seine eigene gewesen war.

Doch die Spaziergänge waren nichts im Vergleich zu dem Gefühl, das ihn übermannt hatte, als Rowan und Sage Margot zu einem »Mädelsabend« eingeladen hatten.

Gott sei Dank war alles gut gegangen. Rowan bestand darauf, dass sie Margot schon alleine deshalb mochte, »weil sie dich glücklich macht«, und Sage hatte Margot ebenfalls ein Daumen hoch gegeben. »Sie ist schon okay«, hatte sie gemeint. »Du darfst es nur nicht wieder verbocken.«

»*Nicht wieder?* Was soll das heißen?«

»Na, offenbar hast du alle bisherigen Beziehungen verbockt, sonst hätten wir irgendwann mal eine deiner Freundinnen kennengelernt«, erwiderte Sage mit der Erbarmungslosigkeit einer Neunzehnjährigen.

Keine der Frauen, mit denen er zusammen gewesen war, hatte derart viele Beauty-Produkte in seinem Badezimmer hinterlassen. Keine hatte seine Familie kennengelernt. Und keine hatte eine Ahnung von dem Mann bekommen, der er wirklich war – nur von dem Mann, den er ihnen vorgegaukelt hatte.

Er konnte es immer noch kaum glauben, dass er sich sicher genug gefühlt hatte, um Margot sein Innerstes zu offenbaren, und es war schade, dass es nicht auf Gegenseitigkeit beruhte, denn obwohl Will immer wieder eine Traurigkeit in Margot spürte, die vermutlich mit dem Verlust ihrer Eltern – und besonders ihrer Mutter – zu tun hatte, hatte sie ihm nie erzählt, worum es sich bei den »gewaltigen, Furcht einflößenden Gefühlen« gehandelt hatte, die sie erwähnt hatte.

Wobei er es ihr nicht verübeln konnte, dass sie sich nicht öffnete. Sie wussten beide, dass es nicht für immer andauern würde und konnte. Obwohl Rowan und Sage Margot ins Herz geschlossen hatten, war es viel zu früh, um über so etwas wie Liebe nachzudenken, ganz zu schweigen davon, dass man darüber redete. Vor allem, weil es noch so viele andere Dinge zwischen ihnen gab, die ungesagt geblieben waren.

Diese Gedanken gingen Will durch den Kopf, während er sich in Dens und Tracys Küche mit Den über ihren bevorstehenden Umzug nach Neuseeland unterhielt und Margot dabei durch die Glastür beobachtete.

Sie stand mit Tracy und ihren anderen beiden besten Freundinnen (Will war sich nicht sicher, wie viele beste Freunde ein Mensch haben konnte) auf der Terrasse. Sie waren eng zusammengerückt, weil es mittlerweile dunkel und kühl geworden war, aber auch, weil es sich um ein sehr intensives Gespräch zu handeln schien. Einmal sah er sogar, wie Margot mit dem Finger unter ihrem Auge entlangfuhr, als wollte sie eine Träne fortwischen.

Er fühlte sich sofort schuldig. Als wäre er verantwortlich für die Träne und die Intensität der Unterhaltung. ›Er fürchtet sich vor festen Bindungen genauso wie ich vor Spinnen‹, hörte er Margot in Gedanken sagen.

»Tracy wird Margs vermissen. Sie droht immer noch damit, sie im Handgepäck außer Landes zu schmuggeln«, sagte Den, und Will wurde klar, dass er schon eine ganze Weile mit offenem Mund und ohne etwas zu sagen, dastand und zu Margot hinausstarrte.

»Margot geht es genauso«, erwiderte er. »Aber bitte lasst das mit dem Handgepäck. Ich würde sie vermissen.«

Und das stimmte. Auch wenn es nicht so weit kommen würde, denn Margot ging nirgendwohin. Sie blieb hier, bei ihm. So lange, wie das zwischen ihnen andauerte.

Will hatte immer für alles einen Plan gehabt. Eine Strategie. Eine Marschrichtung, in die sich sein Leben und seine Karriere entwickeln sollten. Die letzten sechzehn Monate hatte er sich jedoch im Freiflug befunden, und das konnte nicht ewig andauern. Andererseits waren dadurch Blossom und schließlich auch Margot in sein Leben getreten, weshalb eine gewisse Planlosigkeit vielleicht gar nicht so schlecht war.

Wills Handy piepte. Wenn Mary auf Blossom aufpasste, versorgte sie ihren Sohn gerne jede halbe Stunde mit Updates.

Sie furzt und schnarcht. Der Gestank und die Lautstärke sind unerträglich, aber ich bringe es nicht übers Herz, sie vom Sofa zu scheuchen.

Will lächelte und fing Margots Blick durch das ziemlich verschmierte Glas auf. Er formte ein »Ich vermisse dich« mit den Lippen, und sie lächelte, woraufhin er unwillkürlich zurücklächelte. Es gab so viele Gründe, warum Margot nicht mit ihm zusammen sein sollte, aber er war verdammt froh, dass sie es war.

Die Terrassengesellschaft löste sich auf, und er ging davon aus, dass Margot als Erste bei ihm eintreffen würde, aber stattdessen kam Jess auf ihn zu. Sie sah aus wie zwölf, doch sie hob drohend den Zeigefinger, sodass sie ihn auf beängstigende Weise an Mo erinnerte, wenn sie ihn ausgeschimpft hatte.

»Ich hoffe für dich, dass du kein hinterhältiger Schwindler bist«, warnte sie Will. »Das hat unsere Margot nicht verdient.«

»Ich bin sicher kein hinterhältiger Schwindler«, erklärte Will dem Rücken von Jess, während sie im Kühlschrank nach einer weiteren Flasche Wein suchte, obwohl sie offensichtlich schon genug hatte.

»Genau das würde ein hinterhältiger Schwindler auch sagen«, erwiderte sie mit bekümmerter Miene. Nachdem er in diesem Gespräch nur den Kürzeren ziehen konnte, beschloss Will, sich auf die Suche nach Margot zu machen, die draußen nicht mehr zu sehen war.

Er kam nur bis zur Küchentür, wo ihn Sarah in die Ecke trieb. Sie sah aus wie eine blonde Walküre, die mit dem Streitwagen in die Schlacht zieht. Und ihre Worte bestätigten diesen Eindruck. »Wenn du Margot wehtust, finde ich dich und zahle es dir zehnfach heim. Haben wir uns verstanden, Kumpel?«

»Ich werde Margot nicht wehtun«, beteuerte Will, obwohl er das Gefühl hatte, dass Sarah sogar auf Rache sinnen würde, wenn sich Margot unter seiner Aufsicht an einem Blatt Papier den Finger aufschnitt.

Schließlich entdeckte er Margot und Tracy im Windfang, wo die beiden Pläne für die Abreise schmiedeten. Margot wollte offenbar mit Tracy und Den zum Flughafen. »Es kommt gar nicht infrage, dass du das Land verlässt, ohne dass ich dir nachwinke!«

»Aber du wirst Rotz und Wasser heulen, Margot. Ganz sicher.«

»Ich werde mich zusammenreißen«, versprach Margot und überkreuzte die Finger hinter dem Rücken. Will berührte ihren Arm.

»Hey, ich habe dich schon überall gesucht«, sagte er. Margot drehte sich mit einem erleichterten Lächeln zu ihm um, als hätte er sie gerettet.

»Jetzt hast du mich ja gefunden«, erwiderte sie einigermaßen zufrieden und schmiegte sich an ihn, während er den Arm um ihre Taille legte.

Tracy betrachtete die beiden und runzelte die Stirn. Sie öffnete den Mund, um etwas zu sagen, und schloss ihn im nächsten Moment mit einem hörbaren Schnauben. Will hob die Hand.

»Darf ich etwas sagen?«

Tracy nickte. »Klar.«

»Ich bin kein hinterhältiger Schwindler. Ich werde Margot nicht wehtun. Margot ist die beste Frau, die ich seit Ewigkeiten kennenlernen durfte …«

»Abgesehen von Blossom«, murmelte Margot.

»Die beste *menschliche* Frau, die ich seit Ewigkeiten kennenlernen durfte. Und wir kommen gut miteinander klar. Du musst dir also keine Sorgen um sie oder mich oder uns machen. Oder, Margot?«

»Ganz genau!« Margot schmiegte sich noch enger an Will, und Tracy nickte.

»Na gut.« Sie klang nicht hundertprozentig überzeugt, aber das war ihr Problem.

Will hatte es geschafft, seine Gefühle auf eine Art zu formulieren, die Margot glücklich machte und ihm selbst nicht das Gefühl gab, er hätte sich in zu tiefe Gewässer vorgewagt.

Roland wäre stolz auf ihn gewesen!

Erleichterung und Optimismus führten dazu, dass er Margot hochhob und durch die Luft wirbelte, als sie nach einem kurzen Zwischenstopp bei Mary, um Blossom zu holen, zu Hause angekommen waren. Sie knuffte ihn und erklärte, dass er sich wegen ihr noch den Rücken verrenken würde, und Blossom sprang an ihnen beiden hoch. Das neue Spiel gefiel ihr, und sie wollte unbedingt mitmachen.

»Du lächelst heute mehr als sonst«, bemerkte Margot, sobald sie sich aus Wills Armen geschält hatte. »Was ist denn in dich gefahren?«

»Ich lächle doch andauernd«, beharrte Will, schlang die Arme erneut um sie und küsste ihren Hals, sodass sie sich wie erwartet in seinen Armen wand.

»Nein, eigentlich nicht. Aber ich mag deine mürrische Seite genauso.«

»Nichts ist in mich gefahren – aber ich werde bald *in dich* fahren.« Er hob den Saum ihres Kleides an.

»Können wir das verschieben, bis Blossom ihren letzten

Spaziergang erledigt hat?«, brachte Margot gerade noch heraus, bevor Will ihr mit einem Kuss die Lippen verschloss.

Es war schon fast Mitternacht, als Blossom schließlich zum letzten Mal rausdurfte, und Will schlief in dieser Nacht so gut wie seit Tagen nicht mehr. Er erwachte erst, als er das Rauschen der Dusche hörte.

Er lag im Bett und lauschte Margot bei ihrem Morgenritual. Der alte Duschkopf gurgelte fröhlich, und Margot sang »Good Morning« aus *Singin' in the Rain.* Sie liebte alle Musicals. Kurz darauf erklang das Surren der elektrischen Zahnbürste.

Will drehte sich zur Seite und sah sich Blossom gegenüber, die neben dem Bett auf dem Boden saß und ihn anstarrte, ohne ein einziges Mal zu blinzeln. Margot war strikt dagegen, dass Blossom in ihrem Bett schlief, obwohl Will die gemeinsam aufgestellten Regeln in seinem Schlafzimmer nicht so genau nahm, was Blossom so gar nicht verstehen wollte.

»Bei mir darfst du nach wie vor ins Bett«, versprach er murmelnd und kraulte sie unterm Kinn, bevor er nach seinem Handy auf dem Nachttisch griff.

Er hatte eine WhatsApp-Nachricht von Mary, die ihm mitteilte, dass es Hähnchen zum Mittagessen geben würde, und nicht einmal mehr nachfragte, ob Margot auch mitkam. Margots Anwesenheit bei ihren Familienessen war mittlerweile obligatorisch.

Er hatte eine E-Mail vom Vorstand eines Lauftreffs, der ihm auf seine Anfrage hin die nächsten Treffpunkte geschickt hatte, und die üblichen zwanzig Prozent Werbemails von Firmen, denen er ganz sicher nie seine E-Mail-Adresse gegeben hatte.

Genauso sicher, wie er seine E-Mail-Adresse nie einem

Mann namens Josh von der Firma *Blue Sky Solutions* mitgeteilt hatte, der es offenbar vollkommen okay fand, Will um halb acht an einem Sonntagmorgen eine geschäftliche E-Mail zu schicken. Wobei Will sich in dieser Hinsicht nicht zu weit aus dem Fenster lehnen durfte, denn es hatte eine Zeit gegeben, da war *er* derjenige gewesen, der sogar vor halb acht Uhr morgens an einem Sonntag Geschäftsmails verschickt hatte.

Hallo Will,
es freut mich, dass wir uns auf diese Weise kennenlernen. Ich bin Senior Manager in einer kleinen Personalagentur, und unser Portfolio umfasst zahlreiche zukunftsorientierte Blue-chip-Clients.
Ihr Name fiel bei einer Diskussion über die mangelhafte Performance einer Firma im Fintech-Bereich, die durch die Decke gehen sollte, aber an der Base hängen geblieben ist. Weshalb wir gerne Ihre Expertise nutzen würden.
Falls Sie schon immer mit dem Gedanken gespielt haben, als Consultant einzusteigen, sollten wir ASAP einen Termin für ein Face-to-Face fixieren. Wäre cool zu erfahren, ob wir in derselben Richtung unterwegs sind.
Reden wir in 48 Stunden noch mal über einen Termin?
Pingen Sie mir gerne alle Fragen, die sich Ihrerseits ergeben.
Beste Grüße
Josh

Sofort stieg Angst in ihm hoch. Doch anstatt sie zu verdrängen und an etwas Schönes zu denken, während Margot

»I Have Confidence« aus *The Sound of Music* sang, folgte er Rolands Ratschlag und ging der Angst auf die Spur.

Vermutlich war der kurze Blick zurück ins Business der Auslöser gewesen. Die Mail hatte Will unwillkürlich gezwungen, sich dem Mann zu stellen, der er zwanzig Jahre lang unbedingt sein wollte: ein leistungsorientierter Erfolgsmensch, sowohl im Sitzungssaal als auch auf den Ranglisten zahlloser Extremsportarten; zwar nicht unbedingt eine Maschine, aber jemand, der seine Gefühle ausnahmslos unter Kontrolle hatte.

Mittlerweile war sein Leben geschäftiger und ausgefüllter, aber auf andere Art und Weise, denn es schien oft, als hätte er die Kontrolle über seine Gefühle vollends verloren. Sein Herz stand weit offen, und Blossom, seine Familie und auch Margot waren durch die Tür getreten und hatten sich darin breitgemacht.

Er konnte nicht ewig im Blumenladen weiterarbeiten. Jeder mit einem halbwegs akzeptablen Zahlenverständnis konnte Wills Job erledigen, und dann konnte er zurück in die Finanzwelt. Die Angst verebbte und war nur noch ein leichter Nebel. Sein Leben war jetzt tatsächlich ausgefüllter, und er wollte nicht mehr nur für den Job leben und schon gar nicht in einer Branche, die ihm so viel abverlangte. Deshalb war Joshs Vorschlag, »als Consultant einzusteigen«, vielleicht ein guter Kompromiss.

Will würde sich seine Projekte selbst aussuchen und Teilzeit arbeiten, sodass er weder Blossom noch den Blumenladen vernachlässigen musste.

Die Angst trat noch mehr in den Hintergrund, als Will sich zurückerinnerte, dass er selbst auch einmal diesen schwachsinnigen Businessjargon verwendet hatte. Doch diesen Mann gab es nicht mehr. Seine Entwicklung war noch nicht abgeschlossen, aber er musste zugeben, dass er langsam begann, den Mann zu mögen, in den er sich verwandelte.

Die Geräusche aus dem Badezimmer waren verstummt. Im nächsten Moment hörte Will das Klappern eines Deckels im Waschbecken, was bedeutete, dass Margot ihren Körper nun mit unzähligen Cremes und Tinkturen behandelte. Und dass es Zeit für ihre täglichen positiven Gedanken wurde.

»Ich bin glücklich. Ich bin gütig. Ich bin hoffnungsvoll. Ich bin stark. Ich bin eine vorbildliche Hundebesitzerin. Ich bin eine sehr entspannte Freundin mit Vorzügen – oder was auch immer.« Es folgte eine kurze Pause, ein weiteres Klappern und ein tiefer Seufzer. »Ich will einfach nur geliebt werden.«

Will wartete auf den unvermeidlichen Stich, den er jedes Mal spürte, wenn die Angst wieder in ihm hochstieg, doch er kam nicht.

KAPITEL 37

Margot

Obwohl sie sonntags normalerweise einen langen Spaziergang unternahmen, bevor sie bei den Blooms zu Mittag aßen, hatte sich Margot am Vortag davor gedrückt.

»Es macht dir doch nichts aus, oder?«, hatte sie Will etwas gedankenverloren gefragt. »Ich habe meinen privaten Papierkram in letzter Zeit stark vernachlässigt, und morgen muss ich unglaublich früh zum Flughafen.«

»Jetzt ist dir sogar schon eine Steuererklärung wichtiger als ich.« Will hatte sich eine Hand aufs Herz gepresst und war zurückgetaumelt, als hätte Margot ihm einen tödlichen Stich versetzt, bevor er sich mit Blossom auf den Weg gemacht hatte.

Sie mussten nicht jede freie Minute miteinander verbringen, vor allem nicht, wenn sie langsam unerwünschte Gefühle entwickelte.

Außerdem musste sie tatsächlich einige Rechnungen begleichen und den Backofen reinigen, und wenn sie daran dachte, dass sie am nächsten Tag um vier Uhr dreißig aufstehen musste, um Tracy und Den zum Flughafen zu begleiten, wurde ihr übel.

Margot war kein Morgenmensch. Wenn sie zu früh aufstand, fühlte sie sich den ganzen Tag, als hätte sie Watte im Kopf und Steine im Magen, weshalb sie sich im Nachhinein fragte, warum sie unbedingt zum Flughafen mitkommen wollte.

»Denk daran, was wir vereinbart haben«, erinnerte Tracy Margot, während sie am Check-in warteten. »Du durftest nur mit, weil du versprochen hast, nicht zu heulen.«

»Ich bin viel zu schlecht gelaunt und hungrig, um zu heulen«, fauchte Margot. Durch die gläsernen Terminaltüren sah man die Sonne vom Himmel lachen, und es fühlte sich schrecklich falsch an. An so grauenhaften Tagen wie heute sollte auch das Wetter den Anstand besitzen, sich bedeckt und regnerisch zu zeigen. »Außerdem habe ich dir hundertmal gesagt, dass du keine Jeans anziehen sollst, wenn du auf ein Upgrade hoffst.«

Weder Den noch Tracy bekamen ein Upgrade, aber sie beschlossen trotzdem, den Abschied mit einem Glas Prosecco und einem ausgiebigen Frühstück zu feiern. »Auf dem Flughafen sind gesellschaftliche Regeln außer Kraft gesetzt«, meinte Den, als sie anstießen.

Jedes Mal, wenn Margot und Tracy zusammen geflogen waren – zu einem Junggesellinnenabschied auf Ibiza, einem Weihnachts-Shopping-Wochenende in New York oder einem zweiwöchigen Urlaub auf Mykonos –, hatten sie ihre Abreise mit Prosecco und einem Frühstück gefeiert. Doch während das Glas viel zu schnell leer war, schaffte Margot es dieses Mal nur, gedankenverloren auf einem Stück Speck herumzukauen.

»Du trinkst zu viel, und dann heulst du«, warnte Tracy, als würde sie sich keine weiteren Gedanken darüber machen, ob sie gut durch die Zollkontrolle kamen und rechtzeitig an ihr Gate gelangten. Nicht einmal die Aussicht, zukünftig in einem Land zu leben, das sie vor zwanzig Jahren verlassen hatte, schien sie zu beunruhigen. Sie sorgte sich bloß um Margots Gemütszustand.

»Ich heule nicht«, krächzte Margot. Den, der spürte, dass ein Tränenausbruch immer wahrscheinlicher wurde, erhob sich, um sich die Füße zu vertreten. Sobald er weg war, wandte sich Margot an Tracy, die genauso lustlos in ihrem Essen herumstocherte. »Ich werde jetzt dasselbe sagen wie damals an deinem Hochzeitstag.«

»Was? Dass ich eine bequeme Unterhose anziehen soll, weil ich sicher nicht den ganzen Tag damit verbringen will, mir den String aus dem Hintern zu ziehen?«, fragte Tracy und reckte das Kinn nach vorne.

»Dieser Ratschlag sollte nicht nur am Hochzeitstag Beachtung finden.« Margot legte Messer und Gabel beiseite und schob den Teller von sich. Sie hatte nicht einmal eine mickrige Toastscheibe geschafft. »Hör zu, ich bin mir sicher, dass du glücklich sein wirst, und ich will auch, dass du glücklich bist. Aber wenn du es nicht bist, musst du es nicht bis zum bitteren Ende durchziehen.«

Tracy schob ihren Teller ebenfalls zurück. »Margs.« Es klang warnend und liebevoll zugleich.

»Wenn du ankommst und merkst, dass es dort noch immer nur Schafe und sonst nicht viel gibt, werde ich dich nicht verurteilen, wenn du beschließt, wieder nach Hause zu kommen.« Margot wusste sehr wohl, dass es nicht darum ging und dass sie sich egoistisch verhielt, aber sie konnte Tracy nicht widerstandslos gehen lassen.

»Tu das nicht«, flüsterte Tracy. »Erzähl mir nichts von Ausstiegsklauseln. Sag mir lieber, dass alles gut gehen wird.«

»Natürlich wird alles gut gehen«, erklärte Margot ergeben, und schon begannen die ersten Tränen zu fließen.

»Margs … ach, Margs.« Tracy streckte seufzend die Hand über den Tisch. »Ich mache mir eher Sorgen um dich.«

Margot schaffte ein tränennasses Lächeln. »Ich werde vermutlich nie wieder zu weinen aufhören, aber eines Tages werde ich vielleicht einen Weg finden, irgendwie ohne dich klarzukommen. Wobei ich dir nichts vormachen will, ich wünschte, du …«

»Du wirst es schon ohne mich schaffen.« Tracy wischte Margots Freundschaftsbekundung ungeduldig beiseite. »Ich mache mir eher Sorgen wegen dir und diesem Will.«

»*Diesem* Will?« Margot richtete sich auf, denn Tracy hatte sich gerade die Haare hinter die Ohren gesteckt, und das bedeutete, dass es jetzt ernst wurde. »Ich weiß deine Sorge zu schätzen, aber sie ist unbegründet. Es läuft gut. Wirklich gut. Überraschend gut.«

»Du hast dich in ihn verliebt«, erklärte Tracy rundheraus, als wäre es eine Tatsache, aber trotzdem eine blöde Idee.

»Nein«, erwiderte Margot mechanisch und wollte gerade zu ihrer Standardrede ansetzen, dass es nichts Ernstes sei, bloß eine letzte, wundervolle Affäre, bevor sie sich an den nächstbesten Mann band, der ein Match ergab, oder sich aus einer Hochglanzbroschüre einen Samenspender aussuchte. Verdiente sie es bei diesen Zukunftsaussichten denn nicht, noch einmal Spaß mit einem klugen, attraktiven Mann zu haben, der sie jedes Mal zum Orgasmus brachte? Mit einem Mann, in den sie sich gerade ein wenig verlieb… »Ich bin *nicht* verliebt!«, stoppte Margot ihren Gedanken. »Ganz sicher nicht.«

»Willst du es noch mal versuchen? Vielleicht klingt es dann überzeugender.« Tracy verschränkte die Arme vor der Brust, als wäre ihre Freundin eine ihrer Studentinnen, die um einen Aufschub des Abgabetermins bat. »Seit deinem dreißigsten Geburtstag redest du nur noch davon, dass du so bald wie möglich Kinder haben und eine Familie gründen willst. Du bist regelrecht davon besessen und würdest dafür sogar auf die Liebe verzichten. Und trotzdem bist du jetzt in diesen Will verliebt ...«

»Ja, okay, ich *könnte* mich in ihn verlieben ...«, murmelte Margot, und in ihren Augen brannten erneut Tränen, die sie nur mit starker Willenskraft zurückhielt. »Er hat sehr viel Liebenswürdiges an sich.«

Tracy seufzte. »Und wäre es möglich, dass er sich auch in dich verliebt?«

Margot brachte kein Wort heraus, sie konnte nur mit den Schultern zucken.

»Will er Kinder mit dir? Eine Familie gründen?«

»Nicht«, flehte Margot. »Tu mir das nicht an.«

»George hat dir wehgetan, obwohl du ihn nicht geliebt hast ... Nein, Margot, das hast du nicht!«, meinte Tracy, als Margot protestierend die Hand hob, und sie hatte recht. Margot hatte George nicht geliebt. Sie hatte zwei Jahre lang durchgehalten, weil er ständig Versprechungen und Andeutungen gemacht hatte. Weil sie gehofft hatte, dass er irgendwann mit den Ausflüchten aufhören und ihr alles geben würde, was sie sich wünschte. Sie hatte sich mit Georges einigermaßen nervender Anwesenheit in ihrem Leben abgefunden, weil er ihr Hoffnung auf eine gemeinsame Familie gemacht hatte.

Will hingegen hatte keinerlei Versprechungen oder Andeutungen gemacht. Er hatte unmissverständlich klargestellt, dass eine tiefe emotionale Bindung für ihn nicht infrage kam. Er wollte nichts von dem, wovon Margot träumte. Er war ehrlich zu ihr gewesen, und obwohl sie Bescheid wusste, war sie trotzdem an einem Punkt angelangt, an dem …

»Du wirst am Boden zerstört sein, und ich werde nicht für dich da sein können«, fuhr Tracy fort. Nun flossen bei ihr die Tränen, und das kam so selten vor, dass auch Margot zu schluchzen begann. »Du musst es sofort beenden, Margs. Solange es noch nicht so wehtut.«

»Es würde schon jetzt unglaublich wehtun«, presste Margot hervor.

»Ich hätte so gerne unrecht, aber wenn er es nicht schafft, dich glücklich zu machen und dir die Liebe und alles andere zu geben, was du verdienst, versprichst du mir, dass du es beendest?« Tracy griff nach Margots Hand und drückte sie. »Es wird schlimmer, je länger du es hinauszögerst.«

»Ja, ich weiß«, erwiderte Margot, bei der sich nun endgültig alle Schleusen öffneten. Und sie weinte noch immer, als Den und die ebenfalls weinende Tracy eine halbe Stunde später durch die Sicherheitskontrolle traten.

Warum verließen sie alle, die sie liebte? Sie zogen weiter, und Margot trat immer noch auf der Stelle. Sie hatte ihr Leben geändert, sich einen Hund angeschafft, den sie über alles liebte, und sie war mit jemandem zusammen, den sie ebenfalls lieben würde, hätte er nicht eine unüberwindbare Mauer um sein Herz gebaut. Trotzdem war sie ihrem Traum von einem Mann, einem Kind und idealerweise noch einem zweiten Baby keinen Schritt näher gekommen.

Und zu allem Überfluss verließ ihre beste Freundin, die zwanzig Jahre lang an ihrer Seite gestanden hatte, gerade das Land, und Margot hatte keine Ahnung, wann sie einander wiedersehen würden. Kurz vor der U-Bahn piepte Margots Handy, und Hoffnung keimte auf. Vielleicht hatte Tracy beschlossen, doch nicht in das Flugzeug zu steigen.

Ich hoffe, das frühe Aufstehen und der Abschied waren nicht zu dramatisch. Brauchst du Blossom zum Kuscheln? Dann versuche ich, sie aus Mums Klauen zu befreien. W

Jedes Mal, wenn Margot zu dem Schluss gekommen war, dass sie die Sache mit Will beenden musste, fand er einen Weg, um sie wieder an Bord zu holen.

Fünf Minuten nachdem Margot von dem längsten Arbeitstag aller Zeiten nach Hause gekommen war, standen Will und Blossom vor ihrer Tür.

Sie schaffte es kaum, ihn anzusehen, und nachdem sie den ganzen Tag entweder weinend oder im Kampf gegen die Tränen verbracht hatte, war es einfacher, in die Knie zu gehen und das Gesicht in Blossoms Nacken zu vergraben, der immer wie frische Plätzchen roch – wobei diese zugegeben manchmal etwas seltsam müffelten.

»Wie geht es dir?«, fragte Will besorgt. Er schloss die Tür hinter sich und trat an Margot und Blossom vorbei. »Kann ich dir etwas bringen? Tee vielleicht? Oder Schokolade?«

Margot wollte nur mit Blossom alleine sein, deren Liebe bedingungs- und grenzenlos war, doch als sie widerwillig den Kopf hob, sah sie, dass Will bereits in der Küchentür stand und aus seiner Jacke schlüpfte.

»Bleibst du etwa?«, fragte Margot, und in ihrem emotional aufgewühlten Zustand klang selbst die Frage nach Wills unmittelbaren Plänen viel zu gewichtig.

»Ein Weilchen.« Will lächelte. »Ich weiß da etwas, das dir helfen wird.«

Nicht einmal *das* würde heute etwas bewirken, doch Will hatte sich bereits auf den Weg ins Schlafzimmer gemacht. Sie ließ sich Zeit, nahm Blossom die Leine und das Geschirr ab, stellte frisches Wasser auf den Boden und wusch sich die Hände, bevor sie ihm folgte. Sie konnte nicht mehr so weitermachen. Auf diesem schmalen Grat zwischen Absturz und Hoffnung. Tracy hatte recht. Es war besser, das Pflaster so schnell wie möglich abzureißen, selbst wenn mehrere Schichten Haut daran kleben blieben.

Will saß auf der Bettkante und schlüpfte gerade aus seinen Schuhen. Er trug einen eleganten, schmal geschnittenen Anzug. Vermutlich kam er von einem Meeting in der Stadt. Normalerweise trug er Jeans und teure Sneakers. Margot lehnte sich an die Tür, was einigermaßen schwierig war, da so viele Handtaschen daran hingen. Sie überlegte gerade, wie sie das schreckliche Gespräch beginnen sollte, das langsam notwendig wurde, als Blossom ins Zimmer trottete. Sie hätte alles dafür gegeben, sich jetzt an Blossom gekuschelt aufs Sofa zu legen.

»Es ist spät«, gab Margot zu bedenken.

»Ja«, stimmte Will ihr zu und richtete sich auf. Er klopfte neben sich auf die Matratze. »Kommst du zu mir?«

»Will … ich bin eigentlich nicht in der Stimmung.«

»Ich auch nicht. Und ich bin auch kein Experte auf diesem Gebiet, aber du siehst so aus, als könntest du eine Kuschelstunde vertragen.«

Sie kuschelten zwar oft nach dem Sex, aber das K-Wort aus seinem Mund zu hören und zu sehen, wie seltsam er die Lippen spitzte, nachdem er es ausgesprochen hatte, hätte Margot beinahe ein Lächeln entlockt. Beinahe.

Sie ließ zu, dass Will sie sanft aufs Bett zog, und rollte sich seitlich zusammen, sodass er sich von hinten an sie schmiegen konnte. Sie war immer das kleine Löffelchen. Sie lagen einige Augenblicke so da, aber es fühlte sich erzwungen und unnatürlich an. Margot hörte ihren Atem überdeutlich, abgehackt und asynchron, und ihre Körper wirkten steif.

Sie wollte gerade taktvoll darauf hinweisen, dass es nicht funktionieren würde, als ein felliges Gesicht über der Bettkante auftauchte. Blossom legte ihr Kinn auf die Matratze, runzelte die Stirn und sah sie traurig und hoffnungsvoll an.

»Nein«, erklärte Margot bestimmt. »In *dieses* Bett darfst du ganz sicher nicht.«

Will hob den Kopf und sah über Margots Schulter. »Komm schon, lass sie doch. Nur dieses eine Mal.«

»Aber es bleibt nicht bei diesem einen Mal, und das weißt du genau. Sie erwartet dann, dass sie immer in mein Bett darf. So wie damals, als du ihr vor dem letzten Abendspaziergang eine Handvoll Cheerios gegeben hast – wobei ich immer noch nicht weiß, wie du auf diese Idee gekommen bist …«

»Es war die einzige Möglichkeit, sie vom Sofa zu locken …«

»Jedenfalls erwartet sie jetzt, dass sie jedes Mal um diese Uhrzeit eine Handvoll Cheerios bekommt.«

Will beugte sich über Margot, und sein Gewicht drückte sie in die Matratze. Er streckte die Hand aus und strich Blossom mit den Fingerspitzen über die Schnauze. »Sieh sie dir doch an! Sie fühlt sich ausgeschlossen.«

Und das, obwohl alle vermutet hatten, dass *Margot* diejenige sein würde, die ständig nachgab. Dabei hatte sie klare und strenge Regeln festgesetzt und hielt sich auch meistens daran. Meistens.

»Margot. Du machst Blossom traurig.«

Margot rollte sich auf den Rücken. »Na gut, von mir aus.« Sie seufzte resigniert und klopfte auf die Matratze. »Komm rauf, kleines Monster.«

Das musste man Blossom nicht zweimal sagen. Sie stellte sich auf die Hinterbeine und versuchte vergeblich, mit den Vorderpfoten Halt auf Margots rosafarbener Satindecke zu finden. Ihre Pfoten rutschten immer wieder ab, und ihre Krallen gruben sich in den Stoff, was einer der Gründe war, warum Margot sie nicht im Bett haben wollte.

Stöhnend beugte sie sich nach vorne, um Blossom aufs Bett zu ziehen. Wenn sie in Wills Bett lagen, kroch sie über die Matratze und drängte sich rücksichtslos zwischen Margot und Will.

Doch dieses Mal nicht. Dieses Mal stand sie unsicher neben Margot, als wäre sie sich ihres Sieges nicht ganz gewiss, bevor sie sich schließlich doch mit einem zufriedenen Schnauben an Margots Bauch schmiegte, die somit kleines und großes Löffelchen zugleich war.

Will murmelte leise und beruhigend vor sich hin, hatte einen Arm um Margot geschlungen und strich ihr sanft die Haare aus ihrem heißen, vom Weinen aufgedunsenen Gesicht. Und Margot hatte ihrerseits den Arm um Blossom gelegt und streichelte ihren weichen Bauch, während das tiefe, rumpelnde Atmen der Hündin durch ihren Körper vibrierte.

Margot erinnerte sich an das letzte Mal, als sie sich derart geborgen, beschützt und geliebt gefühlt hatte.

Wir drei sind glücklich und vogelfrei.

Es war keine richtige Erinnerung, eher ein vages, schattenhaftes Gefühl, das sie schon einmal gespürt hatte. Vor vielen, vielen Jahren. Es stieg in ihr hoch, wurde immer deutlicher, heller und intensiver.

Ein Albtraum. Ein Sturm vor dem Fenster. Sie hatte Angst gehabt und geweint, sodass sie ihre Eltern zu sich ins Bett geholt hatten. Sie hatte geborgen zwischen ihrer Mum und ihrem Dad gelegen, die sie festgehalten und vor allem Unheil beschützt hatten. Umhüllt von ihren Armen und ihrer Liebe.

Margot konnte nicht glauben, dass sie diese Nacht vergessen hatte. Im Grunde hatte sie ihr ganzes Leben mit dem Streben nach diesem Moment und diesem Gefühl verbracht. In ihrem Inneren war beides zu einem Wort verschmolzen: *Familie.*

Die Waliser hatten eine Bezeichnung für das, was sie gerade empfand: *Hiraeth.* Es gab keine richtige Übersetzung, aber es ging dabei um die bittersüße Erinnerung an etwas oder jemanden, den man sehr vermisste und gleichzeitig froh war, dass es so etwas gegeben hatte.

Sie begann erneut leise zu weinen, weil ihr klar war, dass dieser Moment nicht von Dauer sein konnte. Margot hatte gedacht, dass ihr ein Mann mit freundlichem Gesicht reichen würde. Ein Gefährte. Aber sie war eine Närrin gewesen.

Sie konnte nicht ohne Liebe leben.

Und hier lag sie nun und fühlte alles auf einmal. Weil sie diesen Hund und – Gott stehe ihr bei – diesen Mann liebte, der ihren Nacken küsste und dabei beruhigend vor sich hin murmelte.

Doch es war nicht nur unwahrscheinlich, sondern *unmöglich,* dass er sie ebenfalls liebte. Er wollte nicht dasselbe wie sie. Und irgendwann in naher Zukunft würde er sie verlassen. Oder vielleicht auch in ferner Zukunft? Es spielte keine Rolle. Entscheidend war nur, dass er irgendwann nicht mehr an ihrer Seite sein würde.

KAPITEL 38

Will

Während Margot am nächsten Morgen im Badezimmer war und zur Abwechslung einmal keine Musicallieder sang, legte sich Will eine kurze Rede zurecht. Eine Rede, die ihm in der jetzigen Situation richtig erschien. Er war noch nie jemandem so nahe gewesen wie Margot, als sie in seinen Armen geweint hatte. Deshalb wollte er noch einmal kurz seine Angst vor emotionalen Bindungen ansprechen, Margot im Anschluss allerdings mit fester Stimme versichern, dass er das hier mit ihr gemeinsam durchziehen wollte – worum auch immer es sich handelte. Er wollte mögliche Hürden zusammen mit ihr meistern.

Doch er bekam nicht einmal die Gelegenheit zu einem einleitenden »Hör mal, wegen letzter Nacht …«, denn Margot trat fertig angezogen und mit unnachgiebigem Blick aus dem Badezimmer.

»Mir ist gerade eingefallen, dass ich heute früher als sonst im Büro sein muss«, erklärte sie, ohne ihm in die Augen zu sehen. »Ich muss sofort los.«

»Soll ich dich hinfahren?«, fragte Will. Er wollte unbedingt sicherstellen, dass es Margot nach dem gestrigen Drama wieder gut ging. Und dass auch zwischen ihnen beiden alles in Ordnung war.

»Das würde ewig dauern … du weißt ja, Rushhour«, murmelte sie und vermied immer noch jeglichen Blickkontakt. »Ich nehme die U-Bahn. Du kannst Blossom haben, wenn du willst. Es ist ja immerhin deine Woche.«

Blossom lag noch immer schnarchend unter der Bettdecke und reagierte kaum auf ihren Namen. Seit Margot und Will mit dieser »Sache« begonnen hatten, gab es keine strikte Wocheneinteilung mehr. Dass Margot jetzt davon anfing, beunruhigte ihn zutiefst.

»Stimmt etwas nicht? Mit uns, meine ich?«, fragte er angespannt.

»Ich habe jetzt keine Zeit für lange Gespräche, ich muss echt los«, antwortete Margot und wäre beinahe in die Handtaschensammlung gerannt, die an dem Haken an der Tür hing, so eilig huschte sie aus dem Zimmer.

»Also stimmt tatsächlich etwas nicht?«, rief Will ihr nach und schlug die Decke zurück. Doch als er in den Flur trat, fiel gerade die Wohnungstür hinter Margot ins Schloss.

Er war davon ausgegangen, dass sie gestern etwas Ehrliches, Tiefes und sehr Intimes geteilt hatten (Dinge, vor denen Will für gewöhnlich Angst hatte), aber nun hatte er das Gefühl, als hätte er womöglich unerlaubt eine Grenze überschritten. Normalerweise war er derjenige, der Mauern um sich baute – hatte er dieses Mal womöglich übersehen, dass es anderen Menschen ähnlich erging?

Er erledigte die Vormittagslieferungen wie in Trance, bekam einen Strafzettel, weil er ein Halteverbotsschild übersehen hatte, und hatte keinen Appetit auf Mittagessen. Im Laden war es ruhig, also schlenderte er nach hinten zu den umgebauten Stallungen, wo Rowan mit ihrem Team die letzten Vorbereitungen für eine große Hochzeit in einem privaten Garten traf, die Mitte der Woche stattfinden würde. Es sollte »am Ende aussehen wie eine Märchengrotte«, wie Rowan mit finsterer Entschlossenheit erklärte, während sie geschickt mehrere Girlanden aus blassvioletten Blüten und zarten rosaroten Blumen band, die als Fotohintergrund für die Gäste dienen sollten.

»Kann ich helfen?«, fragte Will. »Aber nichts Kompliziertes, wenn es geht.«

»Dabei wollte ich dich gerade bitten, den Brautstrauß zu übernehmen.« Rowan schüttelte beim bloßen Gedanken an das mögliche Ergebnis den Kopf. »Aber wenn du Zeit hast, könntest du mal wieder den Furcht einflößenden Investmentbanker heraushängen lassen und der Brautmutter erklären, dass sie aufhören soll, den Kühlschrank mit Lachsfilets zu blockieren, obwohl sie ihn mir für die Tischgestecke zugesagt hat. Und wenn du schon dabei bist, mach doch bitte dem jüngsten Bruder der Braut klar, dass eine weiße Rose im Knopfloch ihn nicht gleich schwul werden lässt.«

»Von mir aus rede ich mit der aufsässigen Brautmutter, aber mit ihrem homophoben, Blumen hassenden Sohn soll sie sich selbst herumschlagen«, erwiderte Will.

Nachdem er sein überaus diplomatisches Telefongespräch mit der Brautmutter beendet hatte, zog er einen Stuhl heran und half, die unzähligen Blumen für die Lagerung vorzubereiten, damit sie am Tag der Hochzeit zu ihrer vollen Schönheit erblühten und keinen Tag früher. Es hatte etwas Beruhigendes, die Stiele Hunderter Rosen zu schneiden und sie anschließend an die nächste Mitarbeiterin weiterzureichen, die sie vorsichtig in einen Eimer mit nährstoffangereichertem Wasser steckte.

»Ich weiß, dass du herausforderndere Arbeiten gewöhnt bist, als einen ganzen Nachmittag Hochzeitsblumen zu schneiden, also danke«, meinte Rowan einige Stunden später, als sie die Werkstatt für diesen Tag dichtmachten. »Auch wenn es eine Verschwendung deiner durch hervorragende Zeugnisse belegten Ausbildung ist.«

»Es schadet nicht, sich ab und zu unter das Proletariat zu mischen«, murmelte Will, obwohl er nicht in der Stimmung für das übliche Geplänkel war. »Hast du Zeit für einen schnellen Drink?«

Er war niemand, der sich seiner Familie anvertraute. Er war nach Hause gekommen und sofort in die mitunter unangenehme Rolle des verlorenen Sohns geschlüpft, der das Familienunternehmen retten würde. Man konnte sich auf ihn verlassen, er löste Probleme und diente als Puffer, doch mit Rowan verband ihn seit jeher eine tiefere Beziehung. Sie hatten sich die Nähe, die sie als Kinder empfunden hatten, auch als Erwachsene bewahrt.

Vielleicht war das die einzig schöne Kindheitserinnerung der beiden. Als Rowan vor sechs Jahren ihre Zwillinge zur Welt gebracht und mit einer postnatalen Depression zu kämpfen hatte, rief sie Will oft mitten in der Nacht an, während sie die Babys fütterte – wobei es bei ihm in New York am frühen Nachmittag gewesen war. Auf diese Weise hatten sie sich noch einmal alle Folgen von *The West Wing: Im Zentrum der Macht* angesehen, aber manchmal hatte Rowan auch einfach nur das Bedürfnis gehabt, mit ihm zu reden und ihre tiefsten Ängste als leises Flüstern über den Atlantik zu schicken. Sie hatte sich unglaublich davor gefürchtet, eine schlechte Mutter zu werden, weil sich grobes Verhalten und psychische Übergriffe oft auch in der nächsten Generation fortsetzten.

Doch Rowan war keine schlechte Mutter – und daran würde sich auch nichts ändern. Außerdem war sie mit einem Mann verheiratet, der das genaue Gegenteil ihres Vaters war. Er war so entspannt, dass er manchmal fast im Stehen einschlief, doch er war Rowan in diesem schwierigen Jahr eine unglaubliche Stütze gewesen. Und auch Will war für sie da gewesen, denn die beiden verstanden sich auf eine Art, wie es nur Geschwister mit einem Vater wie Peter Hamilton taten. Rowan würde von allen am besten verstehen, was Will gerade durchmachte. Sie war diejenige gewesen, die auf einer Psychotherapie bestanden hatte, als er als gebrochener Mann nach London zurückgekehrt war.

Doch heute zuckte Rowan bloß mit den Schultern. »Ich würde ja gerne, aber ich habe versprochen, zum Abendessen zu Hause zu sein, mit den Kindern zu baden und ihnen etwas vorzulesen. Im Moment bekommen sie mich an den Wochenenden kaum zu Gesicht.«

»Klar.« Will sah zu, wie sie die Tür zur Werkstatt versperrte. »Aber wir sollten unbedingt mal quatschen. Wenn die Hochzeitssaison dann langsam ausläuft.«

»Ich reserviere dir einen Termin im Oktober«, erwiderte Rowan und steckte den Schlüssel in ihre Tasche. Sie warf Will einen schelmischen Blick zu, dann musterte sie ihn eingehender. »Ist alles okay?«

»Ja, mir geht es gut«, erwiderte Will so bestimmt, dass Rowan die Stirn runzelte.

»Du klingst wie Mum, wenn sie uns weismachen will, dass alles okay ist, obwohl es alles andere als okay ist.« Sie verschränkte die Arme vor der Brust und lehnte sich an die Werkstatttür. »Ich kann dir fünf Minuten meiner ungeteilten Aufmerksamkeit anbieten. Was ist los?«

»Nichts ...«

»Nerv mich nicht!«

»Okay, okay.« Will hob ergeben die Hände. »Wie lange hat es gedauert, bis du wusstest, dass Alex ... dass du ...?«

»Dass ich ihn liebe? Und dass ich den Rest meines Lebens mit ihm verbringen will?«, half Rowan aus. »Geht es hier um Margot?«

»Sie will eine Familie, das hat sie immer klar und deutlich gesagt. Schon bevor … das hier … passiert ist. Es sollte eine lockere Sache werden, Rowan, aber ist das wirklich fair, wenn sie jemanden für immer und ewig sucht?«

»Wow! Das ist eine ganze Menge für fünf Minuten.« Rowan seufzte, doch sie wirkte nachdenklich. »Dann siehst du also keine gemeinsame Zukunft mit Margot? Schon gar nicht mit Familie?«

Es war seltsam, ein derart gewichtiges Gespräch vor einer verschlossenen Werkstatttür zu führen. »*Mit Margot* ist hier nicht das Problem. Sie wäre eine wunderbare Mutter, vielleicht ein wenig helikoptermäßig, aber nur, weil sie ihre Kinder über alles lieben würde. Sie ist gewissenhaft und möchte, dass es allen so gut wie möglich geht«, antwortete Will, denn genauso war es mit Blossom. Niemand konnte behaupten, dass Blossom nicht den Jackpot geknackt hatte – außer Blossom selbst, die vermutlich auf mehr Würstchen und Bäuchleinkraulen auf Abruf bestanden hätte.

Rowan stieß ein zustimmendes »Hm« aus. »Dann ist die Eine-Million-Dollar-Frage also, wie *du* zu eigenen Kindern stehst?«

»Erinnerst du dich an die Zeit, kurz nachdem die Zwillinge auf die Welt gekommen sind? Du meintest, es gebe unzählige Arten, alles zu vermasseln, wenn man erst einmal Kinder hat.« Will trat von einem Bein aufs andere. »Vielleicht machen mich eigene Kinder zu einem Vater wie Peter. Vielleicht erkenne ich zu spät, dass das Vatersein nichts für mich ist. Dass ich für nichts zu gebrauchen bin – so, wie er es mir immer prophezeit hat. Dass ich es nie zu etwas bringen werde.«

»Du bist alles andere als unbrauchbar!«, rief Rowan wütend, auch weil sie als Wills Schwester verpflichtet war, ihn zurechtzurücken. »Hör mal, warum kommst du nicht mit und isst mit uns zu Abend?«, schlug sie vor, doch in diesem Moment piepte Wills Handy. Es hatte den ganzen Nachmittag kein Lebenszeichen von sich gegeben, weil absolut niemand ihn brauchte, doch jetzt meldete es sich gleich dreimal hintereinander.

Es war Sage.

Wo bist du?

Du solltest vor einer halben Stunde zum Abendessen hier sein. Mum meint, sie hätte es dir heute Vormittag gesagt.

Es ist ein Notfall. Beweg sofort deinen Arsch hierher!

»Das müssen wir verschieben«, seufzte er. »Sage durchlebt gerade eine Lebenskrise, und meine Anwesenheit ist vonnöten.«

Rowan sog die Luft ein. »Besser du als ich.« Sie setzten sich in Bewegung. »Ich erwarte morgen einen ausführlichen Bericht.«

Zehn Minuten später kam Will zu Mary, Sage und Ian in die Küche. Ian saß am Tisch und betrachtete einigermaßen verwirrt die auf einer alten Zeitung ausgebreiteten Fahrradteile vor sich. Die Tür zum Garten stand offen, und Blossom lag auf dem Rücken in der Sonne und hatte alle viere von sich gestreckt, während eine lebhafte Diskussion im Gange war, ob sie draußen essen sollten oder nicht.

»Was gibt es denn?«, fragte Will.

»Lachs in Soja-Honig-Marinade, Frühkartoffeln und Salat«, erwiderte Mary und holte ein Gemüsemesser aus der Schublade. »Du kannst die Tomaten und die Gurke schneiden, wenn du dich nützlich machen willst.«

Sage starrte auf ihr Handy. Der dringende Notfall schien vergessen. »Es ist echt nervig«, meinte sie. »Wenn ich ein Bild von mir mit einem Blumenkranz poste, bekomme ich einige Hundert Likes und vielleicht ein paar Buchungsanfragen. Aber wenn ich ein Foto von mir und Blossom poste, auf dem wir beide denselben Blumenkranz tragen, geht die Scheiße viral. Seht mal!«

Das Bild von Blossom mit dem Kranz aus cremefarbigen und pinken Duftwicken und Pfingstrosen war so süß, dass Will überrascht war, dass das Internet noch nicht zusammengebrochen war. Trotzdem …

»Ich hoffe, du beutest Blossom nicht aus, nur um ein paar Likes abzustauben«, sagte er streng, doch Sage winkte unbeeindruckt ab.

»Sie soll sich ihren Unterhalt ruhig verdienen«, erwiderte sie, bevor sie einen langen, detaillierten Bericht über das heutige Treffen mit einer Designerin abgab, mit der sie an einem neuen Erscheinungsbild für den Laden arbeitete. »Das Logo gefällt uns. Dieses Art-déco-Ding aus den Dreißigern liegt gerade voll im Trend, obwohl wir es ein wenig aufpeppen sollten, meinst du nicht auch, Mum?«

»Solange ein Bild von Blossom mit Blumenkranz dabei

ist, bin ich zufrieden«, antwortete Mary. »Und es muss sich gut auf Insta machen.«

»Na, das ist ja wohl logisch.«

Will, der gerade die Salatzutaten aus dem Kühlschrank holte, hielt inne und warf seiner Schwester und seiner Mutter einen fragenden Blick zu. Seit wann bezeichnete Mary Instagram flapsig als »Insta«, und warum diskutierten sie hier sehr laut und auffällig über Social Media, Influencer und maßgeschneiderte Blumen-Erlebnis-Packages?

Sage versuchte sich gerade an passenden Werbesprüchen und ignorierte Will, der die Augen verdrehte.

»Weißt du, Mum, ich habe einige unglaubliche Ideen, wie wir Insta-Shopping nutzen können.«

»Aber wir haben doch schon eine Facebook-Seite«, gab Ian zu bedenken.

Jetzt war es Sage, die die Augen verdrehte. »Auf Facebook sind doch nur noch alte Leute, Dad. Nichts für ungut.«

»Ja, ja«, erwiderte Ian und strich Sage sanft mit dem öligen Lappen über den Kopf, den er zum Reinigen seiner Fahrradteile benutzte.

»Es gibt jedenfalls noch Potenzial, was unsere Social-Media-Kanäle angeht«, meinte Mary. »Wir haben nicht einmal siebenhundert Follower, während Sage … wie viele Follower hast du, Schatz?«

»Jede Menge«, mischte sich Will ein, denn plötzlich wusste er, worum es bei dem »Notfall« ging. »Über zehntausend.« Er legte die Gurke und das Messer beiseite und wandte sich um. »Ich nehme an, dass es hier gar nicht um unsere Social-Media-Kanäle geht, sondern darum, dass Sage nicht zur Uni gehen will?«

»Interessant, dass du das ansprichst, Will.« Mary hob den Blick von den Frühkartoffeln, die sie gerade sauber machte.

»Aber wo wir gerade dabei sind: Weißt du, wie viele Extrazugriffe wir hatten, nachdem Sage den Blumenkranz-Workshop für Influencer veranstaltet hat? Vielleicht könntest du einmal eine Kalkulation erstellen, wie viel Zusatzeinkommen sie uns jedes Mal bringt, wenn sie die Millennials im Sturm erobert.«

»Sage braucht einen Uni-Abschluss, Punkt«, erklärte Will streng und damit war das Thema – hoffentlich – vom Tisch.

»Nein, brauche ich nicht«, erwiderte Sage mit ebenso fester Stimme, denn sie musste in ihrer Kindheit nicht ständig über heiße Kohlen gehen und schreckte vor keiner Diskussion zurück. »Du kannst mich nicht zwingen, auf die Uni zu gehen, wenn ich nicht will. Aber es wäre mir lieber, du würdest es cool finden, dass ich einen anderen Weg einschlage, anstatt mir etwas anderes einzureden.«

Will schüttelte den Kopf. »Du wolltest doch unbedingt Anwältin werden.«

»Da war ich sechzehn und habe den ganzen Sommer über *Suits* geguckt! Ich glaube nicht, dass man seine Berufswahl darauf begründen sollte.« Sie warf Ian einen flehenden Blick zu, doch der zuckte bloß hilflos mit den Schultern. Er war hin- und hergerissen zwischen den drei großen Lieben seines Lebens: seiner Frau, seiner Tochter und seinen Fahrradteilen, die seine unmittelbare Aufmerksamkeit erforderten.

»Also, ich würde sagen, dass die Entscheidung letztlich bei Sage liegt, oder nicht?«, meinte er schließlich, ohne den Blick zu heben.

»Außerdem spare ich neuntausend Pfund im Jahr an Studiengebühren, ganz zu schweigen von den Wohnkosten«, merkte Sage an. Sie hatte mittlerweile die Hände in die Hüften gestemmt und schüttelte den Kopf auf eine Art, die sowohl ihrer Familie als auch ihren Freunden Angst einjagte.

»Das stimmt«, bezog Ian nun doch Stellung. »Studieren ist schrecklich teuer, und wir wollen ja nicht, dass Sage jahrelang Schulden abzahlen muss.«

Will reichte es langsam. »Natürlich werde *ich* für die Studiengebühren und die Wohnkosten aufkommen«, erklärte er pikiert und drückte die gelbe Paprikaschote in seiner Hand so fest zusammen, dass sie beinahe platzte. »Ich habe am Tag deiner Geburt einen Fonds dafür eingerichtet.«

»Aber das wäre doch nicht notwendig gewesen, Will …«, hauchte Mary, und ihre Wangen begannen zu glühen.

»Ich habe es getan, weil ich gutes Geld verdiene … verdient habe.« Will legte das Messer beiseite, bevor er sich noch einen Finger abhackte. »Und nachdem du den Abschluss gemacht hast, wirst du auch einen guten Job haben und jede Menge Geld verdienen. Weißt du, was das bedeutet?«

Sage wand sich angesichts Wills selbstgerechter Art. »Ähm. Nein. Was denn?«

»Es bedeutet, dass du finanziell unabhängig sein wirst«, erklärte Will mit gepresster Stimme. »Du wirst von niemandem abhängig sein. Du wirst niemals bei jemandem bleiben müssen, der dich unglücklich macht oder dich vielleicht sogar misshandelt, weil du es dir nicht leisten kannst, ihn zu verlassen. Und *deshalb* wirst du einen Abschluss machen.« Jetzt war er den Tränen nahe.

»Oh, Will …«

»Mann …«

»Komm schon, mein Junge …«

Mary, Sage und Ian sprachen alle gleichzeitig, und Will war klar, dass sie ebenfalls mit den Tränen kämpften.

Ganz egal, wie lange es her war, und ungeachtet dessen, dass sein Name nie genannt wurde, war Peter Hamilton immer noch ein Teil ihres Lebens. Nicht einmal Sage war davor gefeit, obwohl sie in dem Wissen groß geworden war, dass sie von beiden Eltern und auch von ihren Halbgeschwistern geliebt und geschätzt wurde.

Sage war es auch, die als Erste vor Will stand und die Arme um ihn schlang. »Darüber musst du dir wirklich keine Gedanken machen«, sagte sie sanft.

»Das tue ich aber. Und das wird auch immer so bleiben«, erwiderte Will und ließ die Hand beruhigend über ihren Rücken kreisen.

»Ich werde nie in eine solche Situation kommen, weil ich weiß, dass ich dich, Mum, Dad und sogar Rowan jederzeit anrufen kann. Obwohl Rowan mich immer als verwöhnte Göre bezeichnet«, erklärte Sage.

Und auch Mary hatte etwas dazu zu sagen: »Ich weiß, dass ich damals einen Fehler gemacht habe, aber beim zweiten Versuch habe ich einen wirklich guten Mann gefunden, und wir haben Sage dazu erzogen, sich nichts gefallen zu lassen. Auch wenn wir dabei vielleicht etwas zu erfolgreich waren«, gab sie mit einem schiefen Lächeln zu.

Ian beschloss, dass der Zeitpunkt gekommen war, seinen öligen Lappen beiseitezulegen. »Sage ist ehrgeizig«, begann er. »Sie erschließt neue Geschäftsmöglichkeiten, an die keiner von uns gedacht hätte.«

»Ja, genau das tue ich!«, jubelte Sage.

»Sie kann doch mit diesem Blumenkranz-Quatsch weitermachen und als Blumen-Influencerin auf Instagram durchstarten, und wenn sie später vielleicht doch noch studieren will, kann sie ihre Studiengebühren selbst zahlen, nicht wahr?«, schlug Ian vor.

Sage straffte ihre Schultern. »Moment, in dieser Hinsicht sollten wir nicht zu voreilig sein. Will möchte bestimmt nicht, dass ich alles selbst bezahle, wenn er das Geld schon zur Seite gelegt hat, oder?«

Sie kamen schon wieder vom Thema ab. »Okay, dann erklärst du mir jetzt am besten mal, wie du dir die Sache auf Instagram vorgestellt hast«, sagte Will, weil er eine Niederlage würdevoll eingestehen konnte. »Es wäre eine Schande, wenn wir uns das entgehen lassen, solange wir die Möglichkeit dazu haben.«

»Ja, gerne. Ich habe bereits recherchiert, wie ich mit meinen Blumenkränzen auch den Festivalbereich bedienen könnte, und da ist auf jeden Fall einiges möglich«, antwortete Sage. »Außerdem kann man auch sonst sehr viel mit Blumen anstellen. Gruselige Blumensträuße an Halloween, Kranzbinden an Weihnachten. Es gibt Unmengen an Insta-Usern, die als Kunden infrage kommen!«

Noch vor der Nachspeise riefen sie Rowan via FaceTime an und besprachen die zukünftige Aufteilung der Firma. Mary würde sich – mit Ians Hilfe – um den Laden und die Blumenlieferungen kümmern. Rowan übernahm die Luxushochzeiten und Events, und Sage würde die Social-Media-Kanäle betreuen und unter Rowans Anleitung und nach diversen Floristikkursen ihr Vorhaben in die Tat umsetzen und zur Blumenkranzkönigin Londons avancieren.

Für das neue Logo würden sie die bewährte Dreißigerjahre-Schrift beibehalten und zusätzlich ein Foto der strahlenden Blossom mit Blumenkrone verwenden.

Sage machte den Vorschlag, das Unternehmen in *Bloom & Blossom* umzutaufen, doch dem schob Mary einen Riegel vor.

Für Will war jedenfalls eines klar: »Mich braucht ihr im Prinzip nicht mehr, oder?« Seine Stimme klang munter, obwohl die aufsteigende Beklemmung ihm beinahe den Atem raubte.

»Sei nicht albern!«, erwiderte Ian. »Vor achtzehn Monaten sind wir wie kopflose Hühner herumgerannt und konnten uns kaum über Wasser halten.«

»Es war dein Verdienst, dass die Event-Schiene derart Fahrt aufgenommen hat!«, rief Rowan vom Bildschirm des iPads, das auf dem Küchentisch stand. »Nicht nur wegen des Geldes, das du investiert hast, sondern auch, weil du dich um den langweiligen Kram gekümmert hast. So kann ich mich auf die Blumen konzentrieren, was ich liebe, und muss mich nie wieder mit Rechnungen und Mehrwertsteuerrückzahlungen herumschlagen, was ich abgrundtief hasse.«

»Außerdem lieben dich unsere etwas in die Jahre gekommenen Kundinnen.« Sage zwinkerte Ian zu. »Er macht dir echt Konkurrenz bei den Ladys, was, Dad?«

»Es ist angenehm, einen zweiten Mann im Laden zu wissen, damit man nicht vollkommen eingeseift wird«, war Ians Beitrag zu diesem Thema.

Trotzdem bestätigten die Pläne Wills Verdacht. Und eigentlich hatte er schon immer gewusst, dass es so kommen würde. »Ihr habt mich vor einem Jahr gebraucht, und jetzt braucht ihr mich nicht mehr – und genau so soll es sein.« Will versuchte zu lächeln, als wäre das eine gute Sache für alle, ihn selbst eingeschlossen. Er musste aufhören, sich gegen Veränderungen zu wehren. Veränderungen konnten auch etwas Gutes mit sich bringen. »Ich wusste, dass ich nicht für immer hierbleiben kann. Ich habe eine E-Mail von einem Headhunter bekommen …«

Drei Augenpaare starrten ihn an, und Rowan rief: »Dreht das iPad, damit ich Will sehen kann!«

Kurz darauf fixierten ihn *vier* Augenpaare. »Wir brauchen dich immer noch«, meinte Mary sanft, die gerade die Spülmaschine eingeräumt hatte. Sie wollte nicht, dass ihr jemand dabei half, weil sie ein System hatte. Kurz darauf legte sie eine feuchte Hand auf Wills Schulter. »Natürlich brauchen wir dich immer noch. Du bist der Kleber, der die Familie zusammenhält, seit Mum und Dad nicht mehr da sind.«

Das war rührend, aber niemand konnte Bernie und Mo ersetzen. Sie hatten einen bleibenden Riss hinterlassen, den niemand kitten konnte. »Ich will aber kein Kleber sein.«

Rowan seufzte so tief, dass Will dachte, das iPad würde umfallen. »Ein Kleber setzt Dinge wieder zusammen, Will. Sogar dann, wenn man denkt, sie wären unwiederbringlich verloren.«

»Okay, gut. Aber mittlerweile ist alles wieder zurechtgebogen, und ihr braucht mich wirklich nicht mehr. Es wird Zeit, dass ich mich nach einem anderen Job umsehe. Vielleicht sollte ich auch aus der Wohnung ausziehen. Ihr verliert Geld, wenn ihr sie nicht vermietet.« Es wurde Zeit, dass er sein eigenes Leben wieder aufnahm. Job. Wohnung. Beziehung. Denn er traf sich nicht nur einfach so mit Margot, er führte eine Beziehung mit ihr, und er musste einen Weg finden, mit dem sie beide glücklich sein konnten, ohne ihre Wünsche aufzugeben.

»Sei nicht albern«, schnaubte Mary und wandte sich an ihren Mann. »Ian, rede du mit ihm!«

»Weißt du, Mary, er ist alt genug, um seine eigenen Entscheidungen zu treffen«, erwiderte Ian, für den ein ruhiges

Leben oberste Priorität hatte, und der Weg des geringsten Widerstandes war immer die beste Art, das zu erreichen.

»Lass uns ja nicht wieder im Stich!«, fauchte Rowan, und Will hoffte inständig, dass der Akku des iPads bald leer sein würde. »Geh nicht schon wieder fort, weil wir dich alle dringend brauchen.«

Sage, die eine ganze Weile geschwiegen hatte, fühlte sich nun wieder bemüßigt, etwas zu sagen: »Es ist echt erstaunlich, dass du es geschafft hast, dich auf Blossom einzulassen. Was passiert mit ihr, wenn du fortgehst und einen Vollzeitjob annimmst? Du kannst sie nicht mitnehmen! Sie gehört uns genauso wie dir. Und was ist mit Margot?«

»Ja, wie passt Margot da hinein?«, fragte Mary. »Sie ist das Beste, was dir seit Jahren passiert ist. Wage es ja nicht, das zu vermasseln.«

»Ich will nicht fortziehen«, erklärte Will, und es war nicht gelogen. Er war zurückgekommen, um zu bleiben. Er wollte Wurzeln schlagen. Er wollte Beständigkeit in seinem Leben. Nicht nur wegen Margot – an ein Leben ohne Margot wollte er gar nicht mehr denken. Doch Margot wollte so viel, und es war ihr gutes Recht, aber was konnte er ihr geben? »Die Sache mit Margot ist kompliziert …«

Sage trat Will unter dem Tisch gegen das Schienbein. »Das ist doch lächerlich. Was soll daran kompliziert sein? Margot ist unglaublich. Was hast du bloß?«

Das, was ihn schon sein ganzes Leben begleitete: »Vielleicht bin ich einfach nicht gut genug für sie.«

KAPITEL 39

Margot

»Ich bin stark. Ich bin unabhängig. Ich bin auch allein glücklich. Mir geht es gut«, murmelte Margot auf dem Weg zum Treffpunkt in den Highgate Woods vor sich hin. Sie hatte noch fünfzehn Minuten, um sich selbst zu überzeugen.

»Ich bin entspannt. Ich bin total cool. Ich ruhe in mir selbst. Es geht mir gut.«

Es war einige Wochen her, seit sie zur letzten offiziellen Übergabe hier gewesen war, mittlerweile war es Juni und schrecklich heiß.

Sie kannte das Spielfeld vor dem Café bisher nur als Revier der Hundebesitzer, doch heute lieferte es den Beweis, dass sämtliche Einwohner Londons zum nächstbesten grünen Fleckchen pilgerten, um ihren Vitamin-D-Spiegel in die Höhe zu treiben, sobald die Sonne sich zeigte. Überall lagen Picknickdecken, zwischen denen plündernde Hunde umherrannten. Kinder spielten Ball, Teenager Frisbee, und die gegenüberliegende Seite des Feldes wurde vom Kricket-Club in Beschlag genommen.

Margots Vater hatte Kricket gespielt, und sie konnte sich dunkel an den Kricket-Pullover erinnern, der scheußlich im Gesicht gekratzt hatte, wenn sie ihren Dad umarmte. Wahrscheinlich hatte er sogar hier auf diesem Feld gespielt, aber sie wusste es nicht mit Sicherheit. Sie war noch zu jung gewesen und hatte vermutlich auch damals nicht gewusst, wo ihr Vater hinging. Und selbst wenn, war es Ewigkeiten her.

Margot war ausnahmsweise pünktlich. Doch Will wartete bereits und hielt den Blick starr auf die Stelle gerichtet, an der sie zwischen den Bäumen hervortrat.

Ihr Herz machte einen Freudensprung, und sie wäre gerne zu ihm geeilt, doch sie zwang sich, langsam auf ihn zuzugehen.

Sie hatte Will seit jenem Morgen, als sich alles so schrecklich falsch angefühlt hatte, nicht mehr gesehen. Nach diversen frustrierenden Beziehungen mit Männern, die sich nicht binden wollten, war ihr inzwischen klar geworden, dass sie tatsächlich keinen einzigen ihrer Ex-Freunde geliebt hatte. Sie hatte sich vielleicht eine Familie mit ihnen gewünscht, aber sie hatte sich nie bei ihnen zu Hause gefühlt. Im Gegensatz zu Will.

Doch Will war kein Zuhause für immer, er war eine kurzfristig bezogene Mietwohnung. Und deshalb hatte Margot sich vernünftig und erwachsen verhalten und war Will aus dem Weg gegangen, anstatt mit ihm zu reden und die Sache in beidseitigem Einverständnis zivilisiert zu beenden. Sie hatte sogar eine mehrtägige Magenverstimmung vorgeschoben, als er sie zu sich eingeladen hatte (»Vielleicht ist es aber auch ein hochansteckendes Magen-Darm-Virus!«).

Es hätte ihr zumindest ein wenig Befriedigung verschafft, wenn Will irgendwie geknickt ausgesehen hätte, doch das war nicht der Fall. Ganz im Gegenteil. Margot bewunderte seine gebräunte Haut und die Haare, die bereits etwas heller waren als sonst. Er trug Jeans und ein marineblaues Hemd, und seine Arme waren für jemanden, der nicht mehr zum CrossFit ging, ziemlich muskulös, was sie allerdings bereits wusste. Immerhin hatte sie sich oft genug daran geklammert, wenn Will sie wieder einmal in die Höhen der Leidenschaft gehoben hatte.

»Hi!«, rief Will, als Margot nahe genug war, und Blossom, die ein paar Meter entfernt wie verrückt an einem Tennisball nagte und dabei verzückt die Augen verdrehte, beschloss ebenfalls, dass Margot eine Begrüßung verdient hatte. Sie ließ den Ball fallen, stand auf, sah zu Margot und anschließend noch einmal zu ihrem halb zerlegten, vor Sabber triefenden Ball, bevor sie auf die Idee kam, ihn einfach mitzunehmen.

Ganz egal, wie weh es tat, Blossom brachte sie immer zum Lächeln. Sie rannte mit wild rotierendem Schwanz auf Margot zu und spuckte ihr den Ball vor die Füße.

»Nein, ich fasse dieses grauenhafte Ding bestimmt nicht an!«, erklärte Margot ihr und bückte sich, um Blossom einen Kuss zu geben und sanft ihre Ohren zu kneten.

»Wie geht es dir? Du siehst gut aus«, meinte Will, als Margot zu ihm trat. »Hast du dich schon wieder erholt? Du hättest mir wenigstens erlauben können, dir Suppe zu bringen.«

Margot trug jede Menge Make-up und die größte und dunkelste Sonnenbrille, die sie besaß. Sie verdeckte die Hälfte ihres Gesichts und vor allem die Augen, die vom Weinen und den durchwachten Nächten rot und geschwollen waren.

»Mir geht es gut. Ich bin nur noch etwas zittrig«, erwiderte Margot, und das war nicht gelogen, obwohl die Hand, mit der sie Blossom streichelte, vollkommen ruhig war. »Wie geht es dir?«

»Viel besser – jetzt, wo ich dich endlich wiedersehe.«

Will streichelte ebenfalls Blossoms Bauch, und ihre Hände berührten sich einen Moment lang, bevor Margot die Hand hastig zurückzog. Er erstarrte einen Moment, fasste sich allerdings rasch und pflasterte ein unnahbares Lächeln auf sein Gesicht. »Also, ich habe sehr viel nachgedacht. Über die Zukunft und über …«

»Ich auch«, unterbrach ihn Margot. Sie mussten einen Weg finden, um wieder zu ihrem Status als Co-Pfötcheneltern zurückzufinden. Margot würde sich einfach damit abfinden müssen. Doch bis ihr das gelungen war, schaffte sie es nicht, sich Wills Zukunftspläne anzuhören, in denen sie keine Rolle spielen würde. »Für zwei Leute, die bloß eine kurze Affäre haben wollten, haben wir uns in letzter Zeit ein wenig zu oft gesehen, meinst du nicht auch?« Ihre Stimme wankte ein wenig.

»Oh«, erwiderte Will und legte seine ganze Seele in dieses eine Wort. »Ist es wegen unserer letzten gemeinsamen Nacht? Ich dachte, du würdest genau das brauchen.«

»Das ist ja das Problem.« Margot streckte den Rücken durch. »Wir brauchen und wollen unterschiedliche Dinge, und obwohl wir uns dessen bewusst waren, haben wir uns trotzdem aufeinander eingelassen. Und jetzt stehen wir hier.«

»Wenn du mir etwas Zeit gibst, finden wir am Ende vielleicht heraus, dass wir doch dasselbe wollen«, beharrte Will, was süß und versöhnlich war, aber Margot hatte so etwas in dieser oder einer ähnlichen Version schon viel zu oft gehört.

Normalerweise hätte sie nun eine ihrer üblichen leidenschaftlichen und unverblümten Reden zum Besten gegeben, doch im Moment fühlte sich nichts normal an. Sie konnte Will sagen, dass die Affäre aus dem Ruder gelaufen war, weil sie sich ziemlich sicher in ihn verliebt hatte, aber sie war nicht stark genug, sich anzuhören, dass er sie nicht liebte. Er hatte zwar gute Gründe, andere Menschen nicht zu nahe an sich heranzulassen, aber Margot hatte ebenso gute Gründe, sich an Menschen zu binden, zu lieben und geliebt zu werden. Sie konnte immer noch nicht fassen, dass sie sich eingeredet hatte, dass Liebe keine Rolle spielte.

»Du hast recht. Wir brauchen beide Zeit zum Nachdenken.« Es war die reinste Folter, und Margot hätte es gerne so schnell wie möglich beendet, aber sie hatte nicht den Mut dazu. Es war ihr noch nicht gelungen, diese kleine, flackernde Flamme der Hoffnung in ihrem Inneren zu ersticken. »Vielleicht machen wir einfach mal so weiter, und dann sehen wir, wie es uns in einer oder zwei Wochen geht.«

»Ja, aber …«

»Genug davon, reden wir über Blossom.« Glücklicherweise verfügte Margot über die gottgegebene, wenn auch nervtötende Fähigkeit, rücksichtslos weiterzureden, obwohl jemand etwas sagen wollte. Vor allem dann, wenn sie es nicht hören wollte. »Ich nehme an, sie war wie immer ein Engel?«

»Sie hat in meinen Schuh gekackt«, antwortete Will, und seine Wangen begannen zu glühen. Vielleicht deshalb, weil Margot unwillkürlich auflachen musste, obwohl ihr Herz in Scherben vor ihr lag. »Gott sei Dank habe ich es bemerkt, bevor ich ihn angezogen habe. Dabei gab es noch nie einen solchen Unfall.«

Und es war auch kein *Unfall* gewesen. Blossom spürte den Stress ihrer beiden Pfötcheneltern, da war Margot sich sicher. »Ich schätze, das Hin und Her bringt sie durcheinander«, erklärte sie und klammerte sich an diesen Beweis, als wäre er der letzte Rettungsring auf der Titanic.

Will wurde noch roter. »Deshalb fände ich es gut, wenn wir die Sache eine Zeit lang etwas ruhiger angehen, meinst du nicht auch?«

»Wie lange ist ›eine Weile‹?« Will fuhr sich mit der Hand durch die Haare und räusperte sich. »Ich habe dich vermisst.«

Margot heftete ihren Blick auf Blossom. »Ich dich auch, aber du hast doch gerade gesagt, dass du Zeit brauchst …«

»Ja, aber ich dachte, wir könnten diese Zeit gemeinsam verbringen.«

»Tut mir leid, aber das geht nicht«, erwiderte Margot und schaffte es nicht, Will dabei in die Augen zu sehen. Es war schrecklich, neben ihm zu stehen und trotzdem das Gefühl zu haben, als lägen Kontinente zwischen ihnen. Es hatte keinen Sinn, es noch länger hinauszuzögern. »Reden wir einfach in einer Woche noch mal, okay? Komm, Blossom, gehen wir nach Hause!«

Sie dachte, sie hätte Will noch etwas sagen gehört, doch sie hatte sich bereits abgewandt und in Bewegung gesetzt. Nach einigen Metern erkannte sie jedoch, dass Blossom ihr nicht folgte. Sie drehte sich um und sah, dass die Hündin auf halbem Weg zwischen Margot und Will stand und nicht wusste, zu wem sie gehörte.

Margot wollte nicht, dass Blossom sich entscheiden musste, denn sie wusste, wie sehr die Hündin Will liebte, und Blossom war so ziemlich das einzige Wesen, dem Will freiwillig seine Liebe schenkte. Das wollte Margot den beiden keinesfalls nehmen.

Andererseits war es *ihre* Woche, und Blossom hatte in Wills Schuh gekackt, also konnte sie mit halbwegs reinem Gewissen die Arme ausstrecken und rufen: »Blossom! Es gibt Hühnchen!«

Die Worte wirkten Wunder, und Blossom trottete gehorsam auf sie zu.

Sobald sie in der Wohnung waren, trat Margot ihre Birkenstock-Sandalen beiseite, die letztes Jahr mit Sicherheit noch keine solchen Folterinstrumente gewesen waren, und rief: »Knuddeln!«, woraufhin Blossom ins Wohnzimmer schoss, auf das Sofa sprang und gespannt auf sie wartete.

Margot setzte sich, und im nächsten Moment lag Blossom auf ihrem Schoß, streckte ihr den Bauch entgegen und grub ihren Ellbogen in Margots Oberschenkel. »Ich dachte, du würdest mir Trost spenden und mir nicht noch mehr wehtun.«

Sie überredete Blossom, sich zwischen sie und die Sofalehne zu legen, sodass Margot sich an sie schmiegen konnte. Will hatte ihr einmal einen Zeitungsartikel geschickt, in dem Forscher warnten, dass Hunde nicht geknuddelt werden wollten, weil sie Platzangst bekamen und möglicherweise in Panik gerieten.

Doch die Forscher hatten für ihre Studie offensichtlich keinen weiblichen Staffordshire Bullterrier befragt, denn Blossom kuschelte sich mit einem zufriedenen Grunzen in Margots Arme, und Margot bekam für jeden Kuss ein freudiges Zungenschlecken zurück. Es war so schön und unkompliziert, Liebe zu schenken und zu erhalten.

Margot spürte, wie ihr die ersten Tränen in die Augen stiegen. Liebe war das Einfachste auf der Welt. Hunde hatten die emotionale Intelligenz eines zweijährigen Kindes, doch sie konnten trotzdem lieben. Wohingegen es Menschen mit Uni-Abschluss gab, die in Sachen Liebe vollkommen unfähig waren.

»Nein! Blossom, bitte nicht. Lass mich dich lieb haben«, protestierte Margot, als Blossom sich aus ihren Armen schälte, obwohl sie gerade ihr Gesicht in ihrem Nacken vergraben hatte. Sie wollte ihre Tränen an Blossoms Fell abwischen und Blossoms Plätzchengeruch inhalieren.

Doch Blossom hatte genug. Sie strampelte sich frei, stemmte sich mit den Vorderpfoten gegen Margots Brust und verzog ihr sonst so sanftes, zufriedenes Gesicht.

Es war derselbe strenge Gesichtsausdruck, den sie aufsetzte, wenn sich andere Hunde unschicklich verhielten und sie einschreiten musste.

»Was nun, Blossom?«, murmelte Margot, was ihr einen weiteren missmutigen und enttäuschten Blick von Blossom einbrachte. Sie sprang vom Sofa, und zehn Sekunden später hörte Margot die leere Futterschüssel über den Küchenboden kratzen. Offenbar war Blossoms Sehnsucht nach Futter größer als Margots Sehnsucht nach Liebe.

Margot konnte nicht für immer Trübsal blasen. Sie wusste aus Erfahrung, dass es ihr besser ging, wenn sie versuchte, die Situation wieder unter Kontrolle zu bringen und ihre Möglichkeiten auszuloten. Also hatte sie für Donnerstagmorgen einen Termin in einem Kinderwunschzentrum in der Harley Street vereinbart.

Die Klinik befand sich in einem eleganten Stadthaus, und das Beratungszimmer war in weichem, gediegenem Grau und Weiß eingerichtet, sodass es eher an ein Luxushotel als an eine medizinische Einrichtung erinnerte.

Margots Hände waren feucht, und sie wischte sie an ihrem Rock trocken. Sie hatte zunächst einen Fruchtbarkeits-Check vereinbart, der eine Besprechung mit einem Spezialisten, einen Bluttest und abschließend einen Ultraschall der Fortpflanzungsorgane beinhaltete, was sicher unangenehm werden würde. Wobei sie sich in Zukunft vermutlich an unangenehme Dinge im Beckenbereich gewöhnen musste.

Die Tür ging auf, und eine gepflegte blonde Frau in einem weißen Laborkittel betrat das Besprechungszimmer. Sie sah eher aus wie eine Kosmetikerin als wie eine Frauenärztin, die schon in ein paar Minuten den Ultraschallstab vorbereiten würde.

»Ich bin Dr. Draper«, erklärte sie und nahm in dem mit grauem Samt bezogenen Schalenstuhl hinter dem Tisch Platz. Sie hatte ein Klemmbrett mit dem Fragebogen dabei, den Margot bereits ausgefüllt hatte. »Aber nennen Sie mich bitte Claire.«

Mittlerweile schwitzten nicht nur Margots Hände. Sie spürte den Schweiß auch auf ihrer Stirn und der Oberlippe. Sie atmete ein paarmal tief durch, und Claire lächelte.

»Ich verspreche, ich bin gar nicht so furchteinflößend.« Ihr Lächeln wirkte sogar ein wenig schüchtern, und Margot entspannte sich kaum merklich. »Reden wir doch einfach mal darüber, warum Sie hier sind und wie wir Ihnen helfen können.«

»Na ja, ich bin sechsunddreißig – beinahe siebenunddreißig – und Single, ohne Hoffnung auf eine baldige Veränderung dieses Zustandes. Ich wünsche mir eine Familie, aber ich spüre, dass meine Fruchtbarkeit mit jedem Tag weiter abnimmt. Es würde mir also etwas von dem Druck nehmen, wenn ich einige Eizellen einfrieren lasse.« Es war beängstigend, es hier laut auszusprechen. »Ich meine, ich hoffe schon, dass ich irgendwann jemanden finde, aber ich muss realistisch bleiben.«

»Ich verstehe«, meinte Claire und klang, als würde sie

die Suche nach dem Richtigen – oder zumindest einer passablen Alternative – ebenfalls in den Wahnsinn treiben. »Lassen Sie mich Ihnen doch erst einmal erklären, was wir unter dem Begriff Reproduktionsgesundheit verstehen. Waren Sie schon einmal schwanger?«

Claire fragte Margot mit sanfter, ruhiger Stimme nach ihren bisherigen Sexualpartnern, den verwendeten Verhütungsmethoden und ihrer Periode, die sie natürlich ganz genau dokumentierte, seit sie sich ihr erstes iPhone gekauft hatte.

Margot kannte genug Leute, die Schwierigkeiten hatten, schwanger zu werden, um zu wissen, dass es bei einer IVF um mehr ging, als sich bloß ein paar Eizellen entnehmen und wieder einsetzen zu lassen, sobald sie befruchtet worden waren. Es war körperlich und emotional eine große Belastung und alles andere als eine sichere Sache. Sie hatte jedoch nicht damit gerechnet, dass sie sich Hormone spritzen musste und ihre Fruchtbarkeit zuerst gemessen und anschließend gesteigert werden musste, bis ihre Eier entnommen und bis zu zehn Jahren eingefroren werden konnten.

Margot wollte sich nicht vorstellen, dass ihre Eizellen mit beinahe siebenundvierzig immer noch auf Eis lagen, während sie ihrerseits auf einen Mann wartete, der eine Familie mit ihr gründen wollte. Allerdings nicht auf die übliche Art, sondern mittels Petrischale oder Reagenzglas, wobei es sich bei den schweißtreibenden Preisen für die Behandlungen vielleicht auch um etwas Anspruchsvolleres als ein Reagenzglas handelte.

Natürlich bestand auch immer noch die Möglichkeit, sich einen Samenspender zu suchen, falls der Richtige nicht auftauchen sollte, aber im Grunde war es trotzdem nicht so, wie es sein sollte. Denn ganz egal, wie schick die Einrichtung war, es war ein klinischer und kalter Vorgang. Und es gab keine Garantie, dass es funktionierte.

Margot hatte sich immer Kinder gewünscht. Eine Familie mit einem Mann, den sie liebte und der sie ebenfalls liebte, doch jetzt musste sie sich mit dem Gedanken abfinden, dass es nicht dazu kommen würde. Es wurde immer wahrscheinlicher, dass sie es allein durchziehen musste. So wie ihr restliches Leben.

Aber das war gar nicht das Schlimmste. Das Schlimmste waren Claires Fragen über Margots Mutter und deren Probleme, ein Kind zu bekommen, über die Margot jedoch kaum etwas wusste. Sie war erst achtzehn gewesen, als ihre Mutter gestorben war, und sie hatten einfach nicht genug Zeit gehabt, über alles Wichtige zu sprechen.

Und natürlich wollte Claire auch wissen, woran Judy Millwood gestorben war. Krebs. Welche Art Krebs? Und war Judys Mutter auch an Krebs gestorben?

»Es wäre möglicherweise sinnvoll, neben dem Anti-Müller-Hormon-Status auch noch weitere Bluttests durchzuführen, sodass uns am Ende alle relevanten Informationen zur Verfügung stehen«, erklärte Claire und neigte mitfühlend den Kopf. »Wollen Sie das heute gleich erledigen oder lieber noch einmal darüber nachdenken?«

Margot war hergekommen, weil sie das Nachdenken satthatte. Sie hatte sich darauf vorbereitet, dass man ihr Blut abnahm, einen Ultraschall durchführte und sie anschließend auf der gepunkteten Linie unterschreiben musste.

»Ich weiß nicht … ich kann nicht …«, presste sie hervor. Sie hatte das Gefühl, gleich in Tränen auszubrechen, aber gleichzeitig war sie in einem Eisblock gefangen und konnte sich kaum bewegen.

Margot versprach der Ärztin, sich zu melden, sobald sie

über alles nachgedacht hatte, und floh den beinahe luftleeren Korridor entlang, die Treppe nach unten und hinaus vor die Haustür. Sie klammerte sich an das gusseiserne Treppengeländer und rang nach Atem.

Die Gedanken, die sie so lange von sich geschoben hatte, brachen mit einem Mal über sie herein, und im nächsten Moment stand sie direkt an der Quelle und erinnerte sich an das letzte Jahr im Leben ihrer Mutter.

In gewisser Hinsicht waren es wundervolle elf Monate gewesen. Margot hatte ihren Abschluss ein Jahr hinausgeschoben und gehofft, dass es Judy bis dahin besser gehen und die nagende Angst in Margot der Vergangenheit angehören würde.

Sie hatten jede Minute zusammen verbracht. Natürlich gab es die unerbittliche Monotonie aus Krankenhausterminen und Chemotherapiesitzungen, doch Judy wollte die Zeit auch nutzen, um Margot auf ihr weiteres Leben vorzubereiten. Sie erklärte ihr, wie man eine Béchamelsoße zubereitet, wie man eine Steckdose einbaut und wie man die guten Männer von den schlechten unterscheidet.

Doch irgendwann schlugen die Medikamente nicht mehr an, aus der Diagnose wurde eine Prognose, die Behandlung erfolgte nur noch palliativ, und Judy gab den Kampf auf. Sie verbrachte die letzten Monate ihres wertvollen Lebens nicht damit, Dinge von ihrer Wunschliste abzuarbeiten oder ihre Kräfte zu sparen. Stattdessen räumte sie das Haus in Gospel Oak leer, damit Margot es später nicht tun musste, und verkaufte es. Sie kümmerte sich um Pensionsvorsorgen und Investitionen, traf sich mit Anwälten, Steuerberatern und Immobilienmaklern.

Aus diesem Grund konnte Margot sich auch nicht vorstellen, jemals aus ihrer Wohnung auszuziehen, denn zwischen ihrer letzten Chemotherapie und der Überstellung in ein Hospiz hatte ihre Mutter ihr einen letzten Besuch in Highgate abgestattet.

»Ich bin überzeugt davon, dass du hier glücklich werden wirst, Margot. Sehr glücklich sogar«, hatte sie gesagt und erleichtert gelächelt, weil sie für ihre Tochter vorgesorgt und ihre rasch nachlassende Kraft verwendet hatte, um sicherzustellen, dass Margot auch ohne sie klarkam.

Sie hatte so viel für Margot getan, und wie hatte Margot es ihr gedankt? Margot stand noch immer vor der Klinik, ließ sich von den erbarmungslosen, vorbeieilenden Londonern von einer Seite auf die andere schubsen und versuchte, nicht an die letzten Wochen in dem Haus in Gospel Oak zu denken, bevor sie ausgezogen waren. Margot in ihre Wohnung in Highgate und in ein neues Leben; und Judy ins Hospiz und dem unweigerlichen Ende entgegen. Sie wollte sich nicht an die endlos langen Nächte erinnern, in denen sie nur eine Mauer und ihre eigene Feigheit von ihrer Mutter getrennt hatten. An die Tage, an denen sie etwas so Schreckliches getan hatte, dass ihr die Scham trotz der Sommerhitze immer noch ein Schaudern über den Rücken jagte.

Stattdessen dachte sie lieber an ihre eigene, ungewisse Gegenwart und Zukunft. Was, wenn auch ihr Leben zu früh endete? Was, wenn sie wie ihre Mutter mit über vierzig Kinder bekam und starb, bevor diese ein eigenes Leben führten und die Chance erhielten, die Menschen zu sein, die sie sein sollten?

Wenn Margot so darüber nachdachte – und das tat sie in letzter Zeit immer öfter –, war es womöglich das Beste, keine Kinder zu bekommen.

Im Bus auf dem Weg zurück ins Büro bemühte sich Margot nach Kräften, nicht zu weinen. Sie schob die Angst und die bitteren Erinnerungen beiseite. Sie stellte sich ihnen bewusst an Geburtstagen und Jahrestagen, aber es gelang ihnen auch immer wieder, sie zu überraschen, wenn sie sich am verwundbarsten fühlte.

Dieses letzte Jahr. Dieses schreckliche, grauenhafte, verheerende letzte Jahr.

Margot wischte sich eine Träne von der Wange, die es gewagt hatte, die Barriere zu durchbrechen, und als sie schließlich im Büro ankam, waren ihre Augen trocken. Trotzdem war sie bis in die Grundfesten erschüttert, und so interessierte es sie auch nur am Rande, dass die Internetverbindung zusammengebrochen war.

»Tatsächlich?«, fragte sie abwesend.

»Ja, tatsächlich!«, brüllte Tansy ihr aus ihrem Büro zu. »Dein verdammter Hund hat das Routerkabel durchgebissen.«

Margot schnappte nach Luft. Sie hatte Blossom im Büro gelassen, weil sie wohl kaum Will bitten hatte können, auf sie aufzupassen, und weil Blossom normalerweise eine vorbildliche Mitarbeiterin war.

»Bist du sicher, dass sie es war? Vielleicht haben wir Mäuse im Büro?«, fragte Margot fassungslos. »Ich finde es unfair, dass du gleich Blossom beschuldigst. Sie kaut nie auf Dingen herum, die sie nichts angehen.«

»Wir haben Sie auf frischer Tat ertappt«, erwiderte Derek. »Ich habe sie zur Strafe in dein Büro gesperrt, woraufhin sie alle mit ihrem Heulen zur Verzweiflung gebracht hat.«

Was war bloß los mit Blossom?

Als Margot in ihr Büro trat, sah die Hündin nicht einmal auf, sondern wandte ihrer hingebungsvollen Besitzerin demonstrativ den Rücken zu und seufzte überaus menschlich und überaus genervt. Als wäre Margot diejenige, die Mist gebaut hatte.

Das war das Letzte, was Margot jetzt brauchte.

Allerdings war es auch nicht verwunderlich, dass Blossom sich derart seltsam verhielt, immerhin waren ihre Routine und ihr glückliches kleines Leben gehörig durcheinandergeraten.

Es wurde langsam Zeit, dass Margot wieder für Ordnung sorgte.

KAPITEL 40

Will

»Was machst du denn für ein Gesicht?«, fragte Mary, als Will am Donnerstagnachmittag von einem Gespräch mit Josh von Blue Sky Solutions zurückkam, bei dem sie »offline die Viability gecheckt« hatten. »Ist die Besprechung denn nicht gut gelaufen?«

»Es war ganz okay«, versicherte Will, woraufhin auch Mary das Gesicht missmutig verzog.

»Dann verlässt du uns also?« Sie stand im Hinterzimmer des Ladens und stützte sich auf ihrem Arbeitstisch ab, als würde ihr bei der Vorstellung, dass Will schon morgen verschwinden könnte, schwindelig werden.

Will schüttelte den Kopf. »Nein. Ich verlasse euch nicht. Ich habe ihm erklärt, dass ich keinesfalls mehr als dreißig Stunden im Monat als Berater zur Verfügung stehen und sicher nicht mit irgendwelchen Arschlöchern zusammenarbeiten werde. Dann habe ich mein Stundenhonorar auf einen Zettel geschrieben und eine Null hinzugefügt. Er schien nicht überrascht und meinte, er würde sich melden.«

»Dreißig Stunden im Monat sind eine Menge …«

»Das sind gerade mal vier Tage.«

Mary seufzte. »Aber du sollst tun, was dich glücklich macht. Bist du glücklich?«

Will stieß zur Antwort ein Grunzen aus. Er hörte sich alles andere als glücklich an. Es war Margots Woche, und sie schienen erneut bloß zwei Menschen zu sein, die sich einen Hund teilten. Keine gemeinsamen Spaziergänge. Keine gemeinsamen Abende. Keine Margot, die in der dunklen Stille der Nacht in seinen Armen lag. Keine Geheimnisse, die sie nur einander erzählten. Würde es am Sonntag wieder zu einer kurzen, angespannten Übergabe wie letzte Woche kommen?

Als er den Blick hob, musterte Mary ihn, als wäre er ein Blumenstrauß vom Vortag, bei dem sie überlegte, ihn in den Rabatteimer zu stellen. »*Ich* wäre jedenfalls glücklich, wenn du mich mit dem Van nach Hause bringen könntest. Marek von gegenüber nimmt ihn morgen zum TÜV mit.«

»Warum kann ihn Marek nicht hier abholen?«, fragte Will und erhielt einen bösen Blick als Antwort.

Mary hüllte sich in Schweigen, bis sie schließlich aus dem Van ausstiegen. »Komm doch noch kurz mit hinein. Ich möchte dir etwas zeigen.«

Vermutlich gab es wieder eine kleine Reparatur zu erledigen, da Ian mit dem Fahrrad eine Tour nach Paris unternahm. Bereits am Vortag hatte Will ein Farbfangtuch aus dem Filter der Waschmaschine geholt.

Er folgte Mary durch den Garten. Der Blauregen an der Hausmauer stand in voller Juniblüte. Sage hatte mit ihren Fotos auf Instagram zum Hashtag *#wisteriahysteria* mal wieder einen riesigen Hit gelandet.

»Soll ich schon mal den Werkzeugkasten aus der Garage holen?«, fragte Will, doch Mary schüttelte den Kopf.

»Du sollst nichts reparieren – ich will dir etwas zeigen.«

Sie traten ins Haus, und Mary ging auf das Sideboard zu, das Bernie und Mo gleich nach ihrer Hochzeit gekauft hatten. Es hatte jahrzehntelang als schrecklich altmodisches Möbelstück überlebt, lag mittlerweile aber dank seines Fünfzigerjahre-Chics wieder voll im Trend. Rowan machte immer wieder versteckte Anspielungen, dass sie es Mary gerne abnehmen würde, falls sich diese etwas Moderneres zulegen wollte.

Mary öffnete eine der Schiebetüren, hinter der sich ein Stapel Fotoalben versteckte. »Welches war es noch gleich?«, murmelte sie leise vor sich hin. Es waren wirklich jede Menge Alben, was bedeutete, dass das hier eine ganze Weile dauern würde.

»Ich mache Tee«, beschloss Will, und als er mit zwei Bechern zurückkam, saß Mary am Esszimmertisch und hatte ein dunkelblaues Album vor sich liegen.

»Hast du an den Süßstoff gedacht?«

»Ich vergesse doch nie deinen Süßstoff«, erwiderte Will. Er setzte sich neben Mary und stellte die beiden Becher auf die Untersetzer, die auf jeder glatten Oberfläche im Haus zu finden waren. »Was wolltest du mir denn zeigen?«

»Meine Hochzeitsfotos. Von meiner *ersten* Hochzeit, meine ich.«

Sie schob das Album zu Will hinüber, der absolut kein Bedürfnis verspürte, sich Erinnerungen an den Tag anzusehen, an dem seine Mutter ein Monster geheiratet hatte. »Sieh sie dir einfach an. Tu deiner alten Mum den Gefallen.«

Er begann mit einem aufgesetzten Seufzen zu blättern. Die ersten Seiten zeigten Mary bei den Vorbereitungen. Sie war zwanzig gewesen, sah aber wesentlich jünger aus. Damals gab es noch kein Contouring, kein Microblading und die ganzen anderen Sachen, die Sage und ihre Freundinnen mit ihren Gesichtern anstellten. Marys Make-up war sehr dezent, und sie trug die feinen blonden Haare offen und zu einem Mittelscheitel frisiert. Ein strahlendes Lächeln schmückte ihr Gesicht, während Mo ihren Schleier zurechtzupfte.

Es gab Fotos der Blumenmädchen und eines missmutigen Pagen. Da waren Bernie und Mary, die in einen alten Rolls-Royce stiegen, und – wie es sich für die Tochter eines Floristen gehörte – jede Menge Fotos vom Brautstrauß (»Blassrosa Amaryllis, weiße Rosen und Gipskraut. Wir wollten es einfach halten«), dem Blumenschmuck in der Kirche und den Tischgestecken beim Empfang.

Erst einige Seiten später stieß Will auf ein Foto von Mary und Peter, die frisch verheiratet durch den Mittelgang schritten. Peter trat gerade in einen Sonnenstrahl, der durch das Buntglasfenster fiel, und sein Gesicht war nicht zu erkennen. Trotzdem zog sich Wills Magen zusammen.

Er musste sich zwingen weiterzublättern. Auf dem nächsten Foto standen Mary und Peter Hand in Hand auf den Stufen vor dem Kircheneingang. Mary trug ein einfaches weißes Kleid ohne Schnickschnack und Peter einen Anzug mit Schlaghosen und ein Hemd mit grauenhaft großem Kragen.

»Es ist ein Wunder, dass sich in den Siebzigern überhaupt irgendjemand verliebt hat, so schrecklich, wie ihr damals angezogen wart«, meinte Will.

»Sieh ihn dir an«, forderte Mary ihn auf. »Sieh ihn dir genau an.«

Will biss sich auf die Unterlippe, doch dann senkte er den Blick und betrachtete das erste Foto, das er seit über fünfundzwanzig Jahren von seinem Vater zu Gesicht bekam. Zu

Beginn konnte er sich kaum konzentrieren. Das Bild von Peter, das er sich in seinen Gedanken zurechtgelegt und das ihn all die Jahre begleitet hatte, war immer noch zu präsent. Doch dann sah er erneut hin, schob die Erinnerung beiseite und musterte den lächelnden jungen Mann Mitte zwanzig, der seine Braut mit klarem, liebevollem Blick ansah.

Er war gar nicht so groß, wie Will ihn in Erinnerung hatte. Mary war etwa einen Meter siebenundsechzig, und Peter war nur ein kleines Stück größer und sehr schlank. Er hatte nichts mit dem vierschrötigen Ungeheuer aus Wills Albträumen gemein.

Will lehnte sich näher heran und betrachtete Peters Gesicht. Er hatte braune Haare, spektakuläre Koteletten, dunkle Augen und war nicht herausragend attraktiv, aber auch nicht hässlich. Er war einfach ein normaler Mann, an dem man auf der Straße vorbeiging, ohne Notiz von ihm zu nehmen, auch wenn Will schwor, dass er seinen Vater überall und jederzeit wiedererkannt hätte.

Wills früheste Erinnerungen begannen erst einige Jahre später, als nichts und niemand mehr ein Lächeln auf Peters aufgedunsenes Gesicht mit den blutunterlaufenen Augen hatte zaubern können. Oder hatte Will ein falsches Bild gespeichert – sein Vater als Ungeheuer, das er zweifelsohne gewesen war?

Will betrachtete das Gesicht weiter eingehend und suchte nach Hinweisen. So, wie man alte Bilder von Diktatoren, Despoten, Serienmördern und Selbstmordattentätern studiert und nach Anzeichen dessen sucht, was aus ihnen geworden war. Ein böses Funkeln in den Augen vielleicht oder ein dunkler Schatten, der drohend über ihnen hing. Doch in diesem Fall war da absolut nichts zu entdecken.

»Er sieht ganz anders aus, als ich ihn in Erinnerung hatte«, meinte Will zu Mary, die ihren Tee noch nicht angerührt hatte und sich voll und ganz auf ihren Sohn konzentrierte. »Er war ein total durchschnittlicher Kerl.«

»*Durchschnittlich*«, wiederholte Mary mit nachdenklicher Stimme. »Wohl eher unterdurchschnittlich, aber das wusste ich damals noch nicht.«

»War er wenigstens am Anfang gut zu dir?«, fragte Will, auch wenn er sich nicht sicher war, ob er die Antwort hören wollte. Mary nickte.

»Er hat mir ständig gesagt, dass er mich liebt. Nicht nur zu Beginn, als ich dachte und hoffte, dass es stimmte, sondern bis zum Schluss.« Sie betrachtete das Foto und legte die Hand über Peters Gesicht. »Als wäre die Liebe ein Freifahrtschein gewesen und hätte ihn von all den schrecklichen Dingen freigesprochen, die er getan hat. Doch irgendwann wurde mir klar, dass er gar nicht fähig war, jemanden zu lieben oder geliebt zu werden ...«

»Genauso fühle ich mich auch. Als könnte ich nicht lieben und auch nicht geliebt werden«, gestand Will leise.

»Das ist totaler Schwachsinn! Wir lieben dich sehr, und du liebst uns auch.« Mary tätschelte Will etwas zu fest das Knie.

»Und ich habe es auch zu nichts gebracht.« Will fühlte sich wie beim Therapeuten, obwohl Mary nicht annähernd Rolands Ungerührtheit besaß, denn sie runzelte missbilligend die Stirn.

»Du hast vielleicht keinen hoch dotierten Job mehr und keine Wohnung in New York mit einer Million Fenstern, aber das ist nicht wichtig. Wichtig ist, dass du ein guter Kerl bist. Gütig, liebevoll. Wenn Blossom jetzt hier wäre, würde sie mir zustimmen.« Mary lächelte, was Will ebenfalls zum

Lächeln brachte, obwohl er sich ganz und gar nicht danach fühlte. »Du schaffst das alles, Will, aber du musst die Vergangenheit ruhen lassen. Meine Wunden konnten auch erst heilen, nachdem ich das geschafft hatte.«

»Wünschst du dir manchmal, du hättest ihn nie …?«, begann Will, doch bevor er die Frage zu Ende gestellt hatte, schüttelte Mary bereits den Kopf.

»Nein, auf keinen Fall! Wenn ich ihn nicht kennengelernt hätte, hätte ich dich und Ro nicht bekommen, und ich liebe euch beide mehr als mein Leben. Trotzdem wünsche ich mir, ihr hättet keine so schreckliche Kindheit erlebt. Ich habe unzählige Male mit dem Gedanken gespielt, euch zu schnappen und abzuhauen, aber ich war zu schwach.«

»Das hatte nichts mit Schwäche zu tun, Mum«, erwiderte Will und legte seine Hand auf Marys, die noch immer Peters Gesicht verdeckte. »Das wissen wir mittlerweile alle. Es gibt Worte für das, was er getan hat: Nötigung, emotionaler Missbrauch. Du warst in einer schrecklichen Situation mit einem grauenhaften Mann gefangen, und Ro und ich haben dir niemals die Schuld an alldem gegeben.«

»Aber ich gebe mir selbst die Schuld, Will!«

»Nein! Du warst genauso ein Opfer wie wir. Im Grunde sogar noch mehr.« Will drückte Marys Hand. »Aber jetzt lebst du das Leben, das du verdienst, mit einem Mann, der dich sogar noch mehr liebt als sein Fahrrad …«

»*Fast* so sehr wie sein Fahrrad«, erwiderte Mary und zog die Hand unter Wills Hand hervor, damit sie ihm übers Gesicht streicheln konnte. »Bitte gib ihm nicht so viel Platz in deinem Leben. Er ist es nicht wert. Sieh ihn dir an!«

Will senkte erneut den Blick, und dieses Mal spürte er nichts. Er sah einen Mann, den er seit siebenundzwanzig Jahren nicht mehr gesehen und mit dem er auch nie wieder gesprochen hatte. Peter Hamilton war immer ein Fremder für ihn gewesen. Und umgekehrt war es genauso. Peter hatte nie erkannt, wer Will wirklich war. Nicht einmal damals, als er noch ein Kind gewesen war. Will war bloß eine Reflexion seines eigenen Versagens und der eigenen Enttäuschungen gewesen.

Und genauso wenig wusste er über den Mann, zu dem Will geworden war. Die Frage war also, warum Will seinen belanglosen Worten immer noch so viel Gewicht gab? Warum gab er diesem Fremden so viel Macht?

Er hatte sein ganzes Leben gelebt, als würde er immer noch um Peter Hamiltons Anerkennung kämpfen. Einen ausgezeichneten Abschluss, Jobs in Berlin, Paris und schließlich die Jahre in New York, in denen er mehr Geld verdient hatte, als er ausgeben konnte. Die Wohnung mit den vielen Fenstern, die neuesten Technikspielereien, die Designerklamotten.

Und es waren nicht nur die materiellen Dinge gewesen. Jeder Marathon, den er gelaufen war. Jeder Berg, den er bestiegen hatte. Jede attraktive Frau, die er gedatet hatte. Es war immer nur darum gegangen, es Peter zu zeigen – dem Mann, der Will immer erklärt hatte, dass er zu nichts nutze sei.

Trotzdem hatte Will ein unglückliches, unzufriedenes und unerfülltes Leben geführt. Genau wie sein Vater. Als Will Peter Hamilton betrachtete, am Scheitelpunkt seines Lebens, als seine brutale, bittere Zukunft noch nicht geschrieben gewesen war, erkannte er, dass er genau dasselbe wollte wie Peter in diesem Moment.

Er wollte lieben und geliebt werden. Er wollte sich keine Sorgen darüber machen, dass die Liebe ihn verletzlich werden ließ, denn wenn man jemanden hatte, der einen liebte –

richtig liebte –, machte einen das nicht verletzlich, sondern stark. Man hatte einen Partner. Einen Co-Piloten. Jemanden, der einem den Rücken stärkte. Und das Herz. Jemanden wie Margot.

Peter Hamilton hätte gesagt, dass Will eine Frau wie Margot nicht verdiente. Dass er nicht gut genug für sie war. Für ihre Liebe. Aber bloß weil Peter nicht gut genug gewesen war, traf dasselbe nicht auch auf Will zu. Er hatte sein ganzes Leben versucht zu beweisen, dass er anders war als Peter, warum sollte er jetzt damit aufhören? Warum erlaubte er sich nicht das Happy End, das seinem Vater immer verwehrt geblieben war?

Will vergrub den Kopf in den Händen, und Mary tätschelte ihm unbeholfen den Rücken. »Ist schon gut, Liebling. Tränen sind nichts, wofür man sich schämen muss.«

»Ich weine nicht«, erklärte Will trotzig und hob den Kopf, damit Mary seine trockenen Augen sehen konnte. »Ich hatte nur gerade eine Erkenntnis. Keine Ahnung, warum ich ein Jahr lang fünfundsiebzig Pfund die Stunde für einen Psychotherapeuten ausgegeben habe, obwohl du mich innerhalb von zehn Minuten an diesen Punkt gebracht hast.«

»Fünfundsiebzig Pfund?!« Mary war, wie erwartet, fassungslos. »Das ist Wucher! Aber jetzt Schluss mit diesem Unsinn, dass du nicht gut genug bist. Du bist ganz sicher gut genug für eine nette Frau wie Margot. Sie kann sich glücklich schätzen, dich zu haben.«

»Ich bin mir nicht sicher, ob sie das auch so sieht«, erwiderte Will seufzend, denn genau das war der Fehler in seinem Masterplan. Er hatte angenommen, dass er derjenige sein würde, der sich zurückzog, wenn Margot zu viel Tempo vorlegte, doch im Grunde war es umgekehrt. Sie hatte aufgehört, auf seine Nachrichten zu antworten, und das Gesicht abgewandt, als wollte sie ihn nicht mehr ansehen.

»Nun, das sollte sie aber«, meinte Mary, und damit schien das letzte Wort gesprochen. »Hast du heute Abend irgendetwas Aufregendes vor?«

Will war neununddreißig und lebte in einer der pulsierendsten Städte der Welt, trotzdem würde er den Abend allein zu Hause verbringen. »Nein, eigentlich nicht.«

»Dann bestelle ich etwas beim Chinesen, und du erklärst mir, warum Margot nichts mehr in unserer #TeamBlossom-Gruppe schreibt.«

»Muss ich das wirklich?«, fragte Will ohne große Hoffnung auf Erlösung, während Mary die Speisekarte holte.

»Wenn du schon nicht an dich denken willst, dann denk wenigstens an Blossom! Es tut ihr nicht gut, wenn Margot und du nicht an einem Strang zieht«, murmelte Mary, behielt den Blick allerdings starr auf die Vorspeisenauswahl gerichtet. »Und jetzt hör auf, die Augen zu verdrehen, und sag mir, ob wir eine kleine Portion knusprige Ente bestellen sollen oder eine große.«

KAPITEL 41

Margot

> Ich schaffe es nicht zur üblichen Zeit zur Übergabe. Bin um 20 Uhr am Treffpunkt. Margot

Es war der 21. Juni. Sommersonnenwende. Der längste Tag des Jahres.

Obwohl es acht Uhr abends an einem Sonntag war und die Leute am nächsten Tag wieder zur Schule und zur Arbeit mussten, wurden die Highgate Woods trotzdem von Menschenmassen bevölkert, die Erleichterung von der drückenden Hitze suchten und auf eine sanfte Brise hofften. Es hatte schon seit einer Ewigkeit nicht geregnet, und das Gras war ausgedörrt und braun. Hundebesitzer und ihre Vierbeiner drehten gemächlich ihre Runden, Verliebte saßen auf dem Boden und steckten die Köpfe zusammen. Eine große Gruppe hatte sich zu einem Picknick getroffen und feierte jemandes fünfundzwanzigsten Geburtstag. Luftballons trieben sanft im Wind, während die Gäste Prosecco aus Pappbechern tranken.

Margot wusste nie, aus welcher Richtung Will kommen

würde. Manchmal tauchte er als kleine Gestalt in der Ferne auf und kam über das Feld auf sie zu, dann wieder trat er wie aus heiterem Himmel hinter der Info-Hütte hervor, die nur wenige Meter von der Bank entfernt war.

Blossom war seit der Sache mit dem Router einigermaßen unterkühlt gewesen, doch heute ließ sie sich dazu herab, neben Margot auf die Bank zu springen und sich an sie zu lehnen. Ihr schwarzes Kleid war bereits voller Hundehaare, doch über derartige Sorgen war Margot schon lange hinausgewachsen.

»Hi!«, sagte Will plötzlich, und Margot zuckte zusammen. Sie hatte ihn aus der anderen Richtung erwartet.

Sie starrte auf ihre pinken Zehennägel. »Hi«, erwiderte sie mit tonloser Stimme.

Blossom stand auf den Hinterbeinen, und dank der zusätzlichen Höhe der Bank reichte ihre Zunge bis an Wills Hals.

»Hast du mich vermisst? Ich dich jedenfalls sehr.« Blossom lockte ihn immer aus der Reserve. »Nanna hat etwas vom Mittagessen für dich übrig gelassen, und ich musste ihr versprechen, dir einen Kuss von ihr zu geben.«

Mein Gott, warum machte er es ihr bloß so schwer? Sie hob endlich den Blick. Will trug ebenfalls Schwarz. Doch im Gegensatz zu ihr sah er in dem schwarzen T-Shirt und der schwarzen Jeans nicht aus wie ein in die Jahre gekommener Grufti. Dank der Ray-Ban-Fliegerbrille und den teuren Sneakers von Neil Barrett (hoffentlich nicht dieselben, die Blossom als Toilette benutzt hatte) war er definitiv ein Mann, bei dem *frau* zweimal hinsah. Und zwar nicht nur die schnatternden Schulmädchen auf der Bank gegenüber, sondern auch die zwei rüstigeren Damen, die gerade mit einem Rudel angegrauter Möpse an ihnen vorbeimarschierten.

Es wäre so viel einfacher gewesen, wenn er sich am Morgen beim Rasieren geschnitten oder einen riesigen Pickel auf dem Kinn gehabt hätte. Oder wenn er mal wieder zum Friseur gemusst hätte, weil die Haare ihm langsam in den Nacken wuchsen (was Margot absolut nicht ausstehen konnte). Sogar das violett-blau karierte Hemd, das ihm nicht stand, hätte geholfen.

Nicht, weil Margot so oberflächlich war, um auf solche Dinge zu achten, sondern weil es zumindest ein kleiner Beweis dafür gewesen wäre, dass sie das Richtige tat ...

»Ich kann Blossom gleich mitnehmen, aber vorher muss ich mit dir reden. Ich habe nachgedacht. Sehr viel nachgedacht.«

»Es tut mir leid, Will, aber es gibt keine einfache Art, dir das zu sagen, deshalb sage ich es so, wie es ist: Ich finde, wir sollten uns gar nicht mehr sehen. Nicht einmal als Freunde. Es tut mir wirklich leid, aber ich werde dir Blossom heute nicht mitgeben. Und auch nächste Woche nicht. Ich behalte sie. Für immer.«

... und trenne damit jede Verbindung zwischen uns.

Will öffnete den Mund, und hätte er keine Sonnenbrille getragen, hätte Margot vermutlich gesehen, wie ihm die Augen aus dem Kopf fielen.

»Wovon redest du da? Was meinst du damit, dass wir uns nicht mehr sehen sollten? Und du behältst Blossom sicher nicht. Sei nicht albern.« Er klang, als wollte er diesen Schwachsinn gar nicht erst aufkommen lassen.

»Ich bin nicht albern, ich meine es todernst.« Das war zweifellos das schwierigste Gespräch, das Margot jemals geführt hatte. Aber nur weil etwas schwierig war, hieß das nicht, dass sie einen Rückzieher machen würde. »Die Idee mit dem Teilzeithund war ein nettes Experiment, aber langsam müssen wir uns eingestehen, dass es nicht funktioniert hat. Hör mal, kannst du dich vielleicht setzen und nicht so auf mich herunterstarren?«

»Kann ich denn gar nichts richtig machen?«, murmelte Will und ließ sich auf die Bank fallen, als würden ihn seine Beine nicht mehr tragen. Blossom saß etwa eine Sekunde zwischen ihnen, doch dann sprang sie zu Boden und schnappte sich einen Tennisball, den ein anderer Hund offenbar vergessen hatte. »Was ist los mit dir?«

»Mir ist klar geworden, dass ich mir selbst etwas vorgemacht habe, als ich behauptet habe, dass ich nicht auf der Suche nach Liebe sei. Und es ist okay. Du hast gesagt, dass du nicht bereit für eine ernsthafte Beziehung bist, und das bedeutet klarerweise auch, dass du genauso wenig bereit für die Liebe bist«, fuhr Margot in Wills Namen fort, denn sie wollte nicht hören, wie Will ihre Vorzüge lobte, um am Ende zu dem Schluss zu kommen, dass sie nicht ausreichten, um bei ihr zu bleiben.

»Es ist ein bisschen früh, um von Liebe zu sprechen.« Er klang amüsiert, und das fand Margot gut, weil es sie wütend machte. »Ich habe deinen Rat befolgt und die letzte Woche über uns und meine Gefühle nachgedacht. Ich habe wirklich tief gegraben und bin bis auf den Grund vorgestoßen.«

Wenn es etwas Schlimmeres als einen emotional problembeladenen Mann gab, dann war es ein Mann, der seine emotionalen Probleme als Ausrede für sein Verhalten nahm.

»Das war sicher schwer, und ich gratuliere dir herzlich, aber ich werde in ein paar Wochen siebenunddreißig, und siebenunddreißig bedeutet, dass ich nicht mehr Mitte dreißig bin. Ich bin *Ende* dreißig und mit Vollgas in Richtung vierzig unterwegs. Meine Fruchtbarkeit ist …« Margot hörte ihn aufstöhnen und grub die Fingernägel in die Handflächen, um ihm keine Ohrfeige zu verpassen. »Ja, ich weiß, Will. Ich bin das totale Klischee. Ich bin einfach *too much.* Aber meine biologische Uhr tickt eben, und ich will einen Mann, der bereit ist, sich zu binden.«

Blossom hatte glücklich und zufrieden vor ihnen gelegen und den Tennisball zerfleddert, doch als sie Margots schrille, aufgewühlte Stimme hörte, stand sie auf und legte den Kopf auf Margots Knie.

»Es sind erst neun Wochen, Margs«, meinte Will. »Es ist nicht fair, mich derart unter Druck zu setzen. Und dich selbst ebenfalls. Wir stehen doch noch ganz am Anfang. Und ich gebe ja zu, dass ich Probleme hatte, Nähe zuzulassen …«

»Für Blossom hattest du dich innerhalb einer Woche entschieden. Innerhalb *einer* Woche!«, wiederholte Margot, falls Will sie beim ersten Mal nicht verstanden hatte. »Sie hat alle deine berühmt-berüchtigten Mauern eingerissen, obwohl sie der Inbegriff der Bedürftigkeit ist.«

Er stöhnte tatsächlich wieder. »Bedürftigkeit ist bei einem Hund doch etwas ganz anderes. Es ist doch süß, wenn …«

»Echt jetzt? Willst du mich verarschen, verdammt noch mal?« Die Heftigkeit ihres Ausbruchs kam für sie alle überraschend. Blossom legte eine warnende Pfote auf Margots Bein, Wills Schultern versteiften sich, und sein Gesicht nahm einen verschlossenen Ausdruck an, den Margot nur zu gut kannte. Er nahm seine Brille ab, damit er sie besser anstarren konnte. Obwohl es ein warmer Abend war, war sein Blick eiskalt.

»Verstehe ich das richtig? Du willst mich nie wiedersehen?«

Ja, weil es zu schmerzhaft war, ihn Woche für Woche zu

treffen. Weil sie ihn liebte, während er es liebte, über seine Befindlichkeiten nachzugrübeln, ohne jemals zu einer Lösung zu gelangen.

Margot hatte das Gefühl, als wollte Will gar nicht glücklich sein, und das tat ihr noch mehr weh, denn sie suchte aktiv nach dem Glück, und auch wenn es sich im Moment nicht so anfühlte, würde sie es ohne ihn leichter finden. »Wir hätten nie miteinander schlafen sollen. Wir wussten beide, dass es keine gute Idee ist.« Margot streichelte Blossoms Kopf, die steif wie ein Erdmännchen vor der Bank hockte und zwei jungen Männern zuschaute, die einen Fußball hin- und herkickten. Sie schien nicht zu spüren, was für erbitterter Kampf ums Sorgerecht gerade hinter ihr ausgetragen wurde. »Es hat besser funktioniert, als wir flüchtige Bekannte waren.«

»Flüchtige Bekannte, aha«, wiederholte Will voller Sarkasmus, doch Margot ignorierte ihn. Sie würde sagen, was sie zu sagen hatte, und anschließend mit ihrem Hund und den Überresten ihres zerbrochenen Herzens den Heimweg antreten.

»Wir wussten, dass es kompliziert werden würde, wenn wir uns aufeinander einlassen – und jetzt ist genau das eingetreten, und Blossom ist schrecklich durcheinander, was ihr gegenüber unfair ist«, erklärte sie und dachte gekränkt daran zurück, wie gefühllos sich Blossom aus ihrer Umarmung gelöst hatte, als sie auf dem Sofa kuscheln wollte. Und dann die Sache mit dem Nagen! Sie hatte sich nicht nur auf das Routerkabel beschränkt. Sie hatte sich auch an der personalisierten Handtasche von Anya Hindmarch zu schaffen gemacht, die Margot sich selbst zum dreißigsten Geburtstag geschenkt hatte. Unter anderen Umständen hätte sie es bemerkenswert gefunden, dass sich Blossom ausgerechnet das teuerste Stück ausgesucht hatte, das Margot besaß. »Sie hat diese Woche zweimal etwas mutwillig zerstört. Das ist eine klassische Trotzreaktion.«

»Sie wird es verkraften«, entgegnete Will. »Sie hat schon viel Schlimmeres überstanden. Wir gehen einfach wieder zum Training mit ihr.«

»Hast du mir nicht zugehört? Es gibt kein ›wir‹ mehr.« Margot nahm die Hand von Blossoms Kopf und deutete aufgebracht zuerst auf Will und dann auf sich selbst, falls er eine optische Verdeutlichung brauchte. »Ich will nicht mit dir zum Hundetraining. Ich will nicht mehr mit dir zusammen sein. Ich will in keiner WhatsApp-Gruppe mit dir und Mary ...«

»Das macht meine Mutter fertig.« Will klang verstört, als hätte er gerade erst die Konsequenzen ihrer Affäre begriffen. »Das kannst du ihr nicht antun! Und mir auch nicht. Ich liebe Blossom genauso wie du!«

Warum hatte sie bloß beschlossen, sich ehrenhaft zu verhalten und es Will persönlich zu sagen? Ein Brief wäre um einiges einfacher gewesen, und sie hätte dabei nicht in sein griesgrämiges Gesicht sehen müssen.

»Ich bezweifle, dass du Blossom genauso liebst wie ich, immerhin behauptest du, du seist zu echter Liebe gar nicht fähig«, erwiderte Margot.

»Und du weißt genau, warum ich dieser Meinung war«, erinnerte Will sie wutentbrannt. »Ich kann nicht glauben, dass du mir das jetzt vorwirfst. Ist das die Rache dafür, dass ich nicht vor dir auf die Knie falle, während ich gleichzeitig meine Kondome im nächsten Mülleimer entsorge?«

Es war ein Schlag in die Magengrube, und Margot schnappte nach Luft. »Es geht hier nicht um Rache. Es geht darum, dass Blossom leidet. Und ich auch. Ich gebe es ja zu.

Ich habe angefangen, mir Hoffnungen zu machen, obwohl ich genau wusste, wie du tickst …«

»Du hast offensichtlich nicht die geringste Ahnung, wie ich ticke.« Will schien gespannt wie eine Feder, als würde er jeden Moment aufspringen und vor der Bank auf und ab marschieren. »Wie kommst du eigentlich auf die Idee, dass du Blossom bekommst?«, wollte er wissen. »Wir sind Besitzer zu gleichen Teilen, alles wird gerecht geteilt.«

»Aber ich habe sie zuerst gesehen. Sie wollte immer schon *mein* Hund sein, bis du dich dazwischengedrängt hast.«

»Wir haben beide die Adoptionsgebühr bezahlt, und du hast zugegeben, dass dein Leben nicht auf einen Vollzeithund ausgelegt ist.«

»Ich habe nichts dergleichen gesagt!«, widersprach Margot empört. Sie hätte Blossom am liebsten die Ohren zugehalten, damit ihr der erbitterte Streit ihrer Co-Pfötcheneltern keinen psychischen Schaden zufügte, doch Blossom saß nicht mehr zwischen ihnen.

»Doch, da bin ich mir ziemlich sicher«, fauchte Will.

»Da bist du aber der Einzige«, konterte Margot, doch sie konnte sich nicht mehr richtig auf das schreckliche Gekeife konzentrieren, bei dem sie sich beide die tiefsten Ängste des jeweils anderen zunutze machten und als billige Waffe einsetzten. Sie ließ den Blick auf der Suche nach Blossom über das Feld wandern.

»Wenn Blossom bei mir ist, ist sie maximal zehn Minuten allein. Mary vergöttert sie – was dir ja offenbar scheißegal ist. Sie verbringt den ganzen Tag mit ihr, und …«

»Wo ist sie?«, fuhr Margot hoch.

»Wo meine Mutter ist? Sie wartet zu Hause auf mich – und auf Blossom«, erwiderte Will mit vernichtendem Blick.

»Hau jetzt bloß nicht ab und lass mich hier sitzen, Margot! Das hier ist noch nicht vorbei.«

Doch Margot stand bereits zwei Schritte vor der Bank. Ihr Herz schlug jedes Mal höher, wenn sie einen annähernd gleich großen, annähernd weißen Hund sah. Doch keiner davon war Blossom.

Sie wandte sich zu Will herum. »Wo ist Blossom?«

Er runzelte die Stirn. »Eben war sie doch noch hier.«

»Und jetzt ist sie weg.« Margot trat einige Schritte vor, damit sie die Geburtstagsparty besser im Blick hatte. Es lagen schrecklich viele Essensreste herum, und es gab bis jetzt kein Nahrungsmittel, das Blossom verschmähte (außer Sellerie). Doch sie sah kein kleines Staffy-Mädchen, das den Kopf in eine Einkaufstüte steckte oder sich auf den Rücken gedreht hatte, damit ihr jemand den Bauch kraulte. »Ich sehe sie nicht.«

Will stand ebenfalls auf und hielt sich eine Hand über die Augen, damit ihn die untergehende Sonne nicht blendete, während er den Blick über den Rasen schweifen ließ. »Da!« Er deutete in die gegenüberliegende Ecke. »Sie bearbeitet gerade einen Fußball.«

Margots Herz machte einen Sprung.

»Nein, warte. Das ist ein Jack Russell.«

Margot sackte in sich zusammen.

»Na ja, weit kann sie eigentlich nicht sein«, beruhigte sie sich selbst. »Sie läuft nie davon. Es sei denn, sie hat ein Eichhörnchen gesehen. Aber dann kommt sie auch immer zurück. Immer.«

»Ja, immer«, stimmte Will ihr zu. »Das Café ist geschlossen, das heißt, sie wartet sicher nicht vor der Küchentür auf Essensabfälle. Allerdings sind hier nicht viele Eichhörnchen unterwegs.«

»Ich habe einmal gelesen, dass ein Hund, der davonläuft, an den Ort zurückkehrt, an dem er seinen Besitzer zum letzten Mal gesehen hat.« Margot betrachtete die Büsche an der einen Seite des Spielfeldes eingehend. »Sie kommt sicher jeden Moment selbstgefällig angewatschelt.«

Sie warteten gute fünf Minuten. Margots Herz schlug von Minute zu Minute schneller, aber von Blossom fehlte immer noch jede Spur.

»Okay«, sagte Will entschlossen. »Du wartest hier, und ich sehe an den Stellen nach, an denen sie sonst gerne unterwegs ist. Die Eichhörnchenallee, der Platz neben dem Springbrunnen, wo sie den toten Vogel gefunden hat, und die Lichtung, auf der die Kindergeburtstage stattfinden. Sonst noch etwas?«

»Ich glaube nicht«, erwiderte Margot, denn abgesehen von den gemeinsamen Sonntagsspaziergängen, war sie mit Blossom meistens in der Heath unterwegs. »Ruf an, wenn du sie hast, ich gerate nämlich langsam in Panik.«

»Ganz ruhig, sie ist sicher irgendwo in der Nähe. Es wird alles gut«, sagte Will besänftigend, doch sein Gesicht wirkte aufgewühlt, als er sich abwandte und Margot allein zurückließ. Nachdem sie nichts weiter tun konnte, fragte sie alle Leute im näheren Umkreis, ob sie Blossom gesehen hätten. »Ich suche meinen Hund. Einen kleinen Staffy. Beige und weiß. Sie ist sehr zutraulich!«

Doch niemand wusste etwas, bis ihr schließlich ein Paar mittleren Alters mit einem gewaltigen Berner Sennenhund erklärte, dass ihnen vor etwa fünf Minuten ein Staffy begegnet war.

»Er könnte tatsächlich beige gewesen«, überlegte die Frau. »War er beige?«

»Eher dunkelbraun«, meinte ihr Begleiter. Margot hätte

am liebsten geschrien, doch stattdessen zog sie ihr Handy hervor und zeigte ihnen ein Bild von Blossom.

»Nein, das war nicht derselbe Hund. Der, den wir gesehen haben, wurde von einem jungen Mann an der Leine geführt. Oder besser gesagt: Der Hund hatte den Mann an der Leine!«, meinte der Mann lachend, da er offensichtlich den Ernst der Lage verkannte.

Die beiden gingen weiter, und Margot entfernte sich, so weit sie es wagte, von der Bank und rief immer wieder Blossoms Namen. Kurz darauf erklang die Glocke, die das Ende des Parktages in fünfzehn Minuten ankündigte. Die Highgate Woods waren nicht rund um die Uhr zugänglich, und es gab viele Tore. Tore, die auf die geschäftige Archway Road mit den vorbeidonnernden Bussen und Lkws führten. Tore in Richtung East Finchley. Und Tore auf die Muswell Hill Road mit noch mehr Bussen.

Margot konnte sich allerdings nicht vorstellen, dass Blossom durch eines der Tore verschwunden war. Sie war keine Abenteurerin und hasste es, wenn sie ihre Menschen aus den Augen verlor.

Gibt's Neuigkeiten?

schrieb Margot an Will, obwohl es bestimmt nichts Neues gab, denn sonst hätte er sich längst gemeldet.

Es sei denn ... einen schrecklichen Moment lang überlegte Margot, ob Will Blossom vielleicht schon gefunden und beschlossen hatte, dass er das Recht hatte, sie zu behalten, und nicht Margot. Einen Augenblick später piepte ihr Handy.

Nichts. Ich komme jetzt zurück.

Kurz darauf war er wieder da. Sie wusste, dass er Blossom nicht dabeihatte, doch als er ohne ihren kleinen Schatten auf sie zukam, brach Margot in Tränen aus.

Will schloss sie in die Arme und hielt ihren schluchzenden, zitternden Körper fest.

»Wir gehen ins Parkwächterbüro«, erklärte er und legte einen Arm um ihre Schulter, um sie über den schmalen Weg auf der anderen Seite des Cafés zum Büro zu führen, wo die verbliebene Parkwächterin sich auf das Ende ihrer Schicht in zehn Minuten vorbereitete.

Trotzdem war sie sehr nett, schrieb sich die Kontaktdaten auf und telefonierte mit einem ihrer Kollegen. »Wir müssen ohnehin noch eine Runde durch den Park drehen, um alle Tore zu schließen. Ich frage mal nach, ob Sie der Kollege auf seinem Wagen mitnimmt.«

»Blossom ist so zutraulich, dass sie mit jedem mitgehen würde«, erklärte Margot immer noch schluchzend. »Sie ist ein Staffy, das heißt, man könnte sie beim Hundekampf einsetzen. Aber nachdem sie sicher nicht gegen einen anderen Hund kämpfen würde, wäre sie nur als Köder interessant.«

»Niemand würde Blossom entführen, um sie als Köder in die Hundekampfarena zu werfen«, wiegelte Will ab, klang aber nicht gerade überzeugt. »Soll ich den Tierschutz und die Polizei verständigen?«

Ein leises Piepen erklang, als der elektrisch betriebene Wagen des Parkwächters vor der Tür hielt. Normalerweise wäre es aufregend gewesen, mit dem kleinen Wägelchen durch den Park zu kurven, doch heute hatte Margot Schwierigkeiten, nicht vom Sitz zu fallen, wenn sie über eine Bodenwelle rumpelten.

Sie ließ den Blick auf der Suche nach einem Fleckchen Weiß über das Gelände schweifen, doch es war sinnlos. Die

Blätter waren zu dicht, und die Dunkelheit zog schnell herauf. Blossom konnte überall sein.

Sie riefen immer und immer wieder ihren Namen, doch sie kam nicht mit einem albernen Grinsen auf dem albernen Gesicht auf sie zugelaufen.

Das letzte Tor am Muswell Hill befand sich gegenüber der U-Bahn-Station Highgate und direkt an der Archway Road, die sogar um diese Zeit an einem Sonntagabend noch stark befahren war.

»Es tut mir wirklich leid«, meinte der Mann, der sie mit der Geduld eines Heiligen durch den Park kutschiert und trotz der zahllosen Fehlalarme die Nerven bewahrt hatte.

»Vielleicht sollte ich die Nacht im Park verbringen«, schlug Margot verzweifelt vor. Sie ertrug den Gedanken nicht, dass Blossom allein und verängstigt hier zurückbleiben sollte.

»Das geht nicht«, erklärte Will sanft, und Margot wusste, dass er recht hatte. Und selbst wenn Blossom bis zum nächsten Morgen im Park eingesperrt sein sollte, war es besser als draußen auf der Straße, wo Autos und gefährliche Menschen auf sie lauerten.

Entlang der Straße standen einige Parkbänke, und Margot ließ sich mit dem Handy in der schweißnassen Hand darauf sinken. »Ich rufe beim städtischen Tierschutz an, okay?«

Will nickte. »Und ich in den Tierkliniken in der Nähe. Es gibt doch eine in Hampstead, oder?«

»Ja, und eine in Finchley, glaube ich.«

Sie suchten beide schweigend nach den entsprechenden Telefonnummern. Margot hinterließ eine Nachricht auf dem Band des Tierheimes und rief anschließend bei der Polizei an, die ihr sagten, sie solle sich an das Tierheim wenden. Sie könnte es ja auch in den umliegenden Bezirken Camden, Islington und Barnet versuchen … Im Hintergrund hörte sie, wie Will jemandem seine Telefonnummer gab, doch dann hielt er plötzlich stirnrunzelnd inne.

»Du piepst«, sagte er.

»Wer piept?«

»Dein Handy.« Will nahm es ihr aus der schweißnassen Hand. »Du hast einen verpassten Anruf und eine Sprachnachricht. Warum hast du den Anruf nicht gehört?«

»Weil mein Handy Schrott ist und ich erst in drei Monaten ein neues bekomme«, fauchte Margot und riss ihm das Telefon aus der Hand.

Es war eine unbekannte Nummer, doch der Anrufer hatte eine Nachricht hinterlassen.

Bitte mach, dass der Anrufer Blossom gefunden hat und es ihr gut geht. Und wenn sie wirklich entführt wurde, zahlen wir jedes Lösegeld, versprach Margot, während sie die Nachricht abrief.

»Hi, hier spricht Sue, ich arbeite in einem Pub in Crouch End. *The Hat and Fan.* Ihre Nummer war an dem Halsband des kleinen Staffys, der uns vorhin zugelaufen ist. Am besten, Sie kommen so schnell wie möglich vorbei.«

KAPITEL 42

Will

Margot weinte erneut, als sie Hand in Hand den Shepherds Hill hinunterrannten, aber Will vermutete, dass es dieses Mal Tränen der Erleichterung waren.

»Ich hasse Sport«, keuchte sie. »Und bergab rennen in Birkenstock-Sandalen ist das Schlimmste überhaupt.«

»Wir müssen ja nicht so hetzen«, sagte Will. Obwohl er gerne lief, war er relativ untrainiert. Doch Margot lief unbeirrt weiter.

Kurz darauf blieb sie japsend stehen. »Jetzt habe ich auch noch Seitenstechen.« Sie klammerte sich an einen Torpfosten. »Dabei will ich doch nur so schnell wie möglich in dieses Pub und zu Blossom. Was ist, wenn …?«

»Hör auf zu reden, konzetrier dich lieber aufs Atmen«, ordnete Will an, obwohl er selbst das Gefühl hatte, keine Luft mehr zu bekommen. Er nahm Margots Hände und drückte sie im Rhythmus ihrer flatternden Atemzüge, was sie beide beruhigte. »Besser?«

»Ja, besser«, erklärte Margot, und er ließ ihre Hände los, denn Händchenhalten fühlte sich nicht einmal unter diesen Umständen normal an.

»Wie wäre es, wenn wir nicht rennen, sondern nur zügig gehen?«, schlug Will vor.

Margot nickte. »Ist dir klar, dass sie mindestens zwei Straßen überqueren musste, um nach Crouch End zu kommen? Und auch nur, wenn sie den direkten Weg genommen hat. Ich sehe andauernd vor mir, wie sie bei Rot über die Archway Road gelaufen ist.« Sie blieb abrupt stehen und riss die Augen auf. »Was ist, wenn sie verletzt ist?«

»Ich bin mir sicher, dass es ihr gut geht. Sonst hätte die Frau am Telefon etwas gesagt«, erwiderte Will mit fester Stimme. Aber was, wenn es so schlimm um Blossom stand, dass die Frau es ihnen nur persönlich sagen wollte? Was, wenn sie von einem Auto angefahren worden war, und nach außen hin alles okay war, sie jedoch starke innere Blutungen erlitten hatte? Oder wenn jemand versucht hatte, sie zu entführen, und sie zwar entkommen konnte, aber erneut schwer traumatisiert war? »Sie hat schon so vieles gemeistert«, fügte er eher zu seiner eigenen Beruhigung hinzu.

»Ich würde mir nie verzeihen, wenn ihr etwas zugestoßen ist«, klagte Margot, als sie endlich die Straße überquerten, um zu dem Pub zu gelangen, in dem Blossom blutend, verletzt und vielleicht sogar sterbend Zuflucht gefunden hatte.

Will folgte Margot angespannt vor Angst und Erwartung durch die Tür.

Er sah Blossom sofort.

Was nicht allzu schwer war, denn sie saß in einem Lehnstuhl und war umgeben von jubelnden Gästen.

»Böser, böser Hund«, murmelte Will ungläubig. Blossom war weder schwer traumatisiert, noch lag sie im Sterben. Stattdessen gab sie ihr ganzes Repertoire an Tricks zum Besten und wurde dafür mit Würstchenstücken belohnt.

»Ja, wirklich sehr böse«, bestätigte Margot.

»High five!«, rief jemand, und Blossom folgte aufs Wort.

Will sah, dass einige Gäste Blossoms Tricks filmten. Vermutlich ging sie bereits auf den verschiedensten Netzwerken viral. »Braves Mädchen!«

»Das ist unser Hund!«, machte sich Margot unverblümt bemerkbar. »Entschuldigen Sie. Das ist unser Hund!«

Die Runde teilte sich, und alle Augen waren mit einem Mal auf Margot und Will gerichtet. Nur Blossom wandte den Kopf ab, als hätte sie die beiden noch nie gesehen.

»Warte nur, bis Nanna davon erfährt!«, drohte Will, und da schien Blossom plötzlich zu erkennen, dass sie in Schwierigkeiten war. Sie warf den beiden einen panischen Blick zu, warf sich auf den Rücken, streckte die Beine in die Luft und wedelte hektisch mit dem Schwanz.

»Nein, heute wird sicher kein Bäuchlein gekrault«, erklärte Margot streng, doch im nächsten Moment verzog sie das Gesicht. »Ach, Blossom, du hast uns zu Tode erschreckt!«

Margot klang so zärtlich, dass Will sofort klar war, dass Blossom alles bekommen würde, wonach sie verlangte. Blossom rappelte sich hoch und warf sich Margot entgegen, die unter ihrem Gewicht ins Stolpern geriet. Will trat eilig hinter sie, legte ihr eine Hand auf die Schulter und eine um die Mitte und fing sie auf. »Hab dich«, sagte er, und Blossom, die mittlerweile Margots Gesicht mit der Zunge bearbeitete, hielt inne und widmete sich nun auch Wills Gesicht.

Die Gäste riefen »Aahh!« und »Oooh!« und schmolzen dahin. Will stand hinter Margot und half ihr, Blossom hochzuhalten. »Mein Gott, sie ist so schwer«, stöhnte sie, was die berührende Wiedersehensszene einigermaßen ruinierte. »Ich glaube, ich habe mir etwas verrenkt.«

»Warte, ich nehme sie«, bot Will an und hob Blossom aus

Margots Armen. »Setz dich, dann kann sie auf deinen Schoß.«

Margot sank mit einem dankbaren Lächeln in den Lehnstuhl, stieß allerdings ein weiteres resigniertes Seufzen aus, als Blossom sich auf ihre Oberschenkel plumpsen ließ. »Sie bohrt mir jedes Mal den Ellbogen in den Muskel.«

»Unglaublich, dass so ein Klotz überhaupt etwas Spitzes an sich hat«, erwiderte Will. Er wusste immerhin alles über Blossom und hatte ihre Bedürfnisse über alles andere gestellt. Vor allem über sich selbst. Doch der Grund, warum sie hier gelandet und sie beide abgelenkt genug gewesen waren, dass Blossom fortlaufen konnte, war, weil Margot ihm Blossom wegnehmen wollte. Sie wollte nichts mehr mit Will zu tun haben. Ihn nie wiedersehen.

Will wartete darauf, dass die brennende Wut erneut von ihm Besitz ergriff, doch er war nur müde und traurig. Er war am Ende. Es war ein grauenhafter Abend gewesen.

»Willst du etwas trinken?«, fragte er Margot, die die Stirn an Blossoms Stirn presste und die Augen geschlossen hatte.

»Ja gerne. Aber etwas Alkoholfreies. Dasselbe, was du nimmst«, erwiderte sie, ohne die Augen zu öffnen.

Obwohl Margot ihn ablehnte und ihm Blossom wegnehmen wollte, nahm sie immer noch Rücksicht auf Wills Gefühle und wollte ihn nicht in eine unangenehme Lage bringen. Es wäre einfacher gewesen, wenn sie ihn weiter beschimpft hätte. »Du kannst ruhig einen richtigen Drink nehmen. Ehrlich, ist schon in Ordnung.«

Margot öffnete die Augen. »Wirklich? In diesem Fall hätte ich gerne einen Gin Tonic. So groß wie möglich, bitte.«

Will trat an die Bar, wo er von Sue empfangen wurde, die seinen tief empfundenen Dank mit einem Lächeln entgegennahm. »Normalerweise sind Hunde hier drin nicht erlaubt, aber Blossom ist jetzt Ehrengast auf Lebzeiten. Sie ist nicht gerade schüchtern, oder?«

»Nein, sie weiß gar nicht, was das bedeutet.« Will warf einen Blick auf Margot, die inzwischen das Gesicht in Blossoms Fell vergraben hatte. Blossoms Pfoten lagen auf ihren Schultern, sodass es aussah, als würde sie Margot ebenfalls umarmen.

Will hatte keine Ahnung, warum er immer dermaßen überzeugt gewesen war, dass er zu keinen tiefen Gefühlen fähig war, denn er war sich ziemlich sicher, dass sein Herz bei diesem Anblick gerade in tausend Stücke zerfiel.

Margot löste sich von Blossom, als Will mit den Gläsern vor sie trat. Er hatte erwartet, dass sie vor Freude strahlen würde, weil sie ihr Mädchen wiederhatte, stattdessen war ihr Gesicht ernst und voller Sorge. Sie sah aus, als wäre sie zu einer Entscheidung gelangt.

Er würde keine Wiederholung ihres Streites ertragen. Und auch wenn es viele andere Dinge gab, die er kaum ertragen würde, musste er versuchen, damit klarzukommen. Er ließ sich in den zweiten Lehnstuhl sinken.

»Du kannst Blossom haben«, sagte er, und Margot lächelte, doch es war nur ein müder Abklatsch ihres üblichen Strahlens.

»Nein, du sollst sie haben.« Sie schob Blossom sanft von ihrem Schoß, die natürlich nicht auf dem Boden sitzen wollte, wenn sie genauso gut auf einem Stuhl oder, besser noch, in Wills Schoß liegen konnte. Sie versuchte, auf Will zu klettern, und er schob instinktiv einen Arm unter ihre Hinterbeine und half ihr hoch. »Es ist besser, wenn du sie nimmst.«

»Ich habe euch beobachtet, als ich vorhin an der Bar war.

Eigentlich beobachte ich euch schon die ganzen letzten Monate …«, erklärte Will mit rauer Stimme. Er war an diesem Abend schon mindestens dreimal den Tränen nahe gewesen. »Ich habe immer gesagt, dass du es verdienst, jemanden zu lieben und geliebt zu werden. Du verdienst es mehr als alle anderen.«

Margot hob anerkennend ihr Glas, doch ihr Gesicht wirkte immer noch fest entschlossen. »Ich kann sie nicht nehmen, Will. Abgesehen von deiner Familie ist Blossom die Einzige, der du dich weit genug geöffnet hast, um sie zu lieben. Ich kann dir das unmöglich nehmen. Ich bin wenigstens offen für die Liebe … für die Möglichkeit, jemanden zu finden … während du total dichtgemacht hast.«

Selbst wenn er nicht derart viel emotionales Gepäck mit sich herumgeschleppt und sein bisheriges Leben damit verbracht hätte, gegen den Klimawandel oder Hungersnöte zu kämpfen, wäre Will sich immer noch nicht sicher gewesen, ob er tatsächlich gut genug für die Frau war, die ihm gegenübersaß.

»Ich habe nicht total dichtgemacht, ich fürchtete mich nur davor, jemanden zu lieben und ihn am Ende zu verletzen.« Will drückte Blossom einen Kuss auf den seidigen Kopf, und sie schmiegte sich in seine Arme. »Mein Dad missbrauchte Liebe als Waffe. Wenn er sich selbst leidtat und ein kleiner Teil in ihm sich für all das schämte, was er getan hatte, dann heulte er und meinte zu Mum: ›Aber ich liebe dich doch‹, als hätte das alles wieder in Ordnung gebracht. Oder er sagte: ›Wenn du mich lieben würdest, würdest du nicht wie eine Nutte herumlaufen. Wenn du mich lieben würdest, würdest du mich nicht allein lassen, um mit Freundinnen auszugehen. Wenn du mich lieben würdest, würdest du mich nicht so wütend machen.‹«

Allein die Erinnerung an die Drohungen und die Entschuldigungen ließen ihn Blossom noch fester an sich drücken. »Liebe kann so viel zerstören.«

KAPITEL 43

Margot

»Aber sie kann auch die schönste Sache der Welt sein«, erwiderte Margot schlicht. »Du bist nicht dein Vater.«

»Ja, langsam erkenne ich das auch ... zumindest hoffe ich es immer mehr. Aber es braucht Zeit, um alles wieder hinzubiegen.« Womit sie wieder in der altbekannten Sackgasse steckten.

»Zeit, die ich nicht habe.« Margot klang müde.

Will schüttelte den Kopf. »Doch, die hast du, Margs. Wir haben genug Zeit. Mary hat Sage erst mit zweiundvierzig bekommen.«

»Also echt, dafür müsste ich dir jetzt eine verpassen«, erwiderte Margot, doch sie löste die Hände nicht von ihrem gigantischen Gin Tonic. »Meine Mutter hat es jahrelang versucht und am Ende aufgegeben, weil ihr gesagt worden war, dass sie unfruchtbar sei. Bis sie mit fünfundvierzig schließlich mich bekam.«

Ihre Stimme brach. Sie hob den Blick an die Decke und blinzelte die Tränen zurück.

»Du bist nicht deine Mutter.«

»So funktioniert das auf diesem Gebiet aber nicht. Unfruchtbarkeit kann genetisch bedingt sein, und ich habe keine Ahnung, ob ich noch frisch und fruchtbar bin oder ob es womöglich Jahre, Tausende Pfund und unzählige Eingriffe brauchen wird, um ein Baby zu bekommen. Wobei es nicht einmal sicher ist, ob es überhaupt jemals klappen wird. Ich habe vor meinem zwanzigsten Geburtstag beide Eltern verloren …« Tränen liefen über ihre Wangen.

»Margot. Oh, Margs …«

Sie rang sich ein tränennasses Lächeln ab. »Eigentlich habe ich mir geschworen, dass ich diesen Monat schon genug Tränen vergossen habe.«

»Du darfst gerne weinen, aber ich wünschte trotzdem, du würdest es nicht tun. Ich hasse es nämlich, und Blossom auch«, erklärte Will, obwohl Blossom mittlerweile auf seinem Schoß eingeschlafen war.

»Das letzte Jahr mit meiner Mutter war das schlimmste meines Lebens. Anstatt sich auf ihre Behandlung zu konzentrieren und die Zeit zu genießen, die ihr noch blieb, hat sie kostbare Monate damit verbracht, sich Sorgen zu machen und in Papierkram zu versinken – nur wegen mir. Ich werde mich mein ganzes Leben deswegen schuldig fühlen.«

»Sie hat es getan, weil sie dich geliebt hat. Das würde jede anständige Mutter und jeder anständige Vater tun.«

»Der Gedanke, dass ich meinem Kind auch einmal so etwas zumuten könnte …« Margot sah Will verstört an und verzog das Gesicht, als hätte sie körperliche Schmerzen. »Du hältst mich für einen guten Menschen, oder? Das tun alle. Sie halten mich für liebevoll, fürsorglich, großzügig. Für einen Menschen, der alles für seine Freunde und Familie tun würde, aber in Wahrheit bin ich ein egoistisches, oberflächliches Monster.«

»Nein, das bist du nicht, Margot. Auf keinen Fall. Du bist der gütigste Mensch, den ich jemals kennengelernt habe«, erwiderte Will so schnell, als müsste er sie gegen üble Unterstellungen verteidigen.

Doch Will wusste nichts von den Nächten, in denen sie in ihrem Bett in ihrem nach *Angel* von Thierry Mugler duftenden Kinderzimmer voller Poster von Kate Moss gelegen hatte, während ihre Mutter nebenan weinte.

Margot hatte nie herausgefunden, ob vor Furcht oder Schmerz, denn sie hatte zu viel Angst gehabt und war zu feige gewesen, um zu ihrer Mutter zu gehen. Sie hatte den Gedanken nicht ertragen, Judys hübsches Gesicht so schmerzverzerrt zu sehen, ihre eleganten Finger, die sich qualvoll krümmten. Sie war nicht mutig genug gewesen, um sich die Bekenntnisse ihrer Mutter anzuhören. Um ihre Decke zurückzuschlagen, aufzustehen und Judy Trost zu spenden.

»Ich habe mir das Kissen über den Kopf gezogen, damit ich sie nicht mehr hören musste«, gestand Margot Will. Sie hatte noch nie jemandem davon erzählt. Nicht einmal ihrer Therapeutin. Wochenlang war sie zu ihr gegangen, um ihren Schmerz zu lindern, ohne jemals zuzugeben, dass es kein Schmerz, sondern Scham war, die sie den Rest ihres Lebens wie eine Dornenkrone auf dem Kopf tragen würde.

»Es war unbeschreiblich. Sie klang so verängstigt, so einsam, und ich wollte nichts lieber, als zu ihr gehen und sie zu trösten, aber ich wusste nicht, wie, denn ich hatte genauso große Angst und fühlte mich genauso einsam. Mir wird übel, wenn ich daran denke, aber ich kann den Gedanken nicht vertreiben.«

Statt bestürzt zurückzuweichen, sah Will sie gefühlvoll und besorgt an. »Du warst achtzehn. Praktisch noch ein Kind«, gab er zu bedenken. »Es ist offensichtlich, dass deine Mutter dich geliebt hat, genau wie du sie.«

Margot schluckte ein weiteres Schluchzen hinunter. »Vielleicht finde ich deshalb niemanden, der mich liebt. Vielleicht kann man mich nicht lieben. Vielleicht verdiene ich es nicht, geliebt zu werden, und werde für das bestraft, was ich getan habe. Oder besser: was ich *nicht* getan habe.«

»Nein! Tut mir leid, Margs, aber jetzt redest du völligen Schwachsinn«, erwiderte Will so aufgebracht, dass Blossom sich in seinem Schoß wand. »Das glaubst du doch nicht wirklich.«

Doch, das glaubte sie. »Und was, wenn sich die Geschichte wiederholt? Was, wenn ich am Ende in derselben Situation bin wie meine Mutter?«, fragte sie mit einem verzweifelten Schulterzucken. »Wenn ich das Kind, das ich mir so sehr wünsche, am Ende auch ohne Familie zurücklasse. Ohne jemanden, der es liebt?«

»Margot, es gibt viele Menschen in deinem Leben, die dich lieben und die auch dein Kind lieben werden«, erklärte Will. »Außerdem kannst du genauso gut hundert Jahre alt werden.«

»Oder ich werde überfahren, während ich die Straße überquere.«

»Das kannst du natürlich nicht wissen. Aber das kann niemand«, meinte Will. »Ich habe auch erkannt, dass ich meine Vergangenheit loslassen muss. Ich will nicht mehr, dass sie mich bestimmt.«

Margot nahm einen großen Schluck, dann schwieg sie eine Zeit lang. Die Lippen aufeinandergepresst, den Blick gesenkt, als suchte sie nach den richtigen Worten.

»Niemand kommt ohne Verletzungen durchs Leben. Sie machen uns zu dem, was wir sind. Wünsche ich mir, ich wäre nicht mit achtzehn Vollwaise geworden?« Margot hob den Blick an die Decke, als wäre sie auf der Suche nach einer göttlichen Eingebung. »Natürlich wünsche ich mir das, aber gleichzeitig hat es mich auch zu dem gemacht, was ich bin. Genauso wie dich deine Kindheit und dein Vater geprägt haben. Er hat dich zu einem Menschen gemacht, der nur schwer jemanden an sich heranlässt, aber er ist auch für deine uneingeschränkte Liebe zu deiner Familie verantwortlich. Er hat dich zu jemandem gemacht, der alles dafür geben würde, das Richtige zu tun. Es gibt jede Menge Leute auf der Welt, denen es scheißegal ist, ob sie das Richtige tun oder nicht, und ich danke Gott dafür, dass du nicht zu ihnen gehörst.«

»Und die Tatsache, dass du so früh deine Eltern verloren hast, hat dich zu einer starken und unabhängigen Frau gemacht. Du bist kein Monster. Du hast das größte, gütigste Herz, das ich kenne. Du ziehst Leute in deinen Bann, und ich weiß, dass du alles schaffen wirst, ganz egal, was kommt. Du wirst es gut haben, Margot.«

O Gott, sie weinte. Schon wieder. Tränen rannen über ihre Wangen, die bereits von früheren Tränen und Hundesabber überzogen waren. Sie versuchte, sie mit dem Handrücken fortzuwischen. »Aber ich will es nicht nur gut haben. Ich will es *besser* haben. Ich will glücklich sein.«

Will lehnte sich näher heran, als wollte er nach ihrer Hand greifen, doch das ging nicht, denn seine Arme waren immer noch um die tief und fest schlafende Blossom geschlungen, deren Schnarchen das Gespräch immer wieder durchbrach. »Ich auch. Wirklich.« Und in diesem Moment hatte Margot das Gefühl, als wäre tatsächlich eine glückliche Zukunft für sie möglich. »Ich weiß, ich verhalte mich nicht immer richtig …«

»Ich doch auch nicht«, fiel Margot ihm ins Wort, als wüsste er das nicht schon längst.

»Ganz genau, vor allem unterbrichst du mich ständig«, erklärte Will einigermaßen streng. »So wie vorhin im Park. Ich hatte eine Rede vorbereitet. Darüber, dass ich das, was du willst, auch will. Mary hat mir dabei geholfen. Aber ich kam nicht dazu, weil ...«

»Weil ich dich mit meiner Forderung, Blossom für mich alleine zu haben, aus dem Konzept gebracht habe, und jetzt habe ich dich schon wieder unterbrochen, weil ich nun mal so bin. Ich vermute mal, das nervt.«

»Und wie!«, ächzte Will. Margot musste sich ein Grinsen verkneifen, denn das hatte sie schon oft gehört. »Aber ich könnte mich daran gewöhnen. Und ja, wir haben uns beide nicht richtig verhalten, aber Blossom hat uns noch viel mehr Nerven gekostet. Trotzdem haben wir es durchgestanden. Weil wir sie lieben.«

Margot lächelte in ihren Drink hinein. »Vielleicht sollten wir Jim bitten, uns beide zu trainieren. Die positive Verstärkung scheint ja zu funktionieren.«

»Wenn er bereit wäre, würdest du es dann immer noch wollen?«, fragte Will vorsichtig.

Sollte sie es wagen, noch einmal zu hoffen? Sie lehnte sich nach vorne, sodass sich ihre Knie berührten. »Ich will es noch, wenn du es auch willst. Wir haben einander verletzt. Wir haben einander missverstanden. Aber wir können es immer noch schaffen, oder? Viele Leute überstehen weitaus Schlimmeres. Sieh dir nur Blossom an.«

Sie betrachteten beide ihren Hund, dessen Backen sich bei jedem Schnarcher aufblähten. Es war nicht gerade eine vorteilhafte Perspektive.

»Ehrlich gesagt erinnerst du mich ein wenig an Blossom. Es gibt Geheimnisse in ihrer Vergangenheit, die sie zu dem gemacht haben, was sie heute ist, aber sie kämpft sich durch. Und es hat sie nicht davon abgehalten, jemanden zu lieben und sich lieben zu lassen«, sagte Margot mit weicher Stimme.

»Du erinnerst mich auch an sie«, erklärte Will, obwohl Margot sich das nicht vorstellen konnte. Es sei denn, er meinte ihre Gefräßigkeit. »Ihr tragt beide einen unerschöpflichen Optimismus in euch. Sie hat viel durchgemacht, aber sie stürzt sich trotzdem mit dem Kopf voran ins Leben. In Blossoms Welt gibt es keine Fremden. Nur Menschen, die sie noch nicht kennengelernt hat und die ihr vielleicht den Bauch kraulen wollen.«

»Ich lasse mir doch nicht von fremden Leuten den Bauch kraulen!«, empörte sich Margot und sah auf den besagten Bauch hinunter. Sie war froh, dass die Stimmung umgeschlagen hatte und Will noch nicht gegangen war. »Dafür muss man mir zumindest einen Drink spendieren.«

»Wir sollten langsam damit aufhören, Blossom als Metapher für den Sieg über das Unglück zu verwenden«, sagte Will, und tatsächlich brachte die Hoffnung eine kleine Flamme in Margot zum Leuchten. Im nächsten Moment wurde ihr Gesicht allerdings wieder ernst. Sie hatte da etwas vergessen.

»Du liebst mich nicht.«

»Ich habe nie gesagt, dass ich nicht in dich verliebt bin.«

Margot schloss die Augen und nahm allen Mut für ein letztes Geständnis zusammen: »Weißt du, ich liebe dich. Ich liebe dich wirklich. Es tut mir leid, aber ich kann nichts dagegen tun, und deshalb wollte ich dich nie wiedersehen. Weil ich wusste, dass Liebe das Letzte ist, womit du dich herumschlagen willst.« Margot verzog den Mund. »Ich wollte das Richtige tun.«

»Indem du mir das Herz brichst?« Will seufzte und sah sie mit diesen tiefblauen, unergründlichen Augen an.

»Ich habe gar nicht darüber nachgedacht, dass dein Herz bei dieser Entscheidung auch eine Rolle spielen sollte«, gab Margot zu. Der Gedanke, dass sie jemandem das Herz gebrochen hatte, war zwar nicht schön, trotzdem fühlte sie ein leichtes Schaudern. Immerhin hatte sie Will von Anfang an zum Schaudern gebracht. »Ich dachte, du hättest dein Herz weggesperrt, damit du nicht verletzt wirst.«

»Ja, das war der Plan«, erwiderte Will und lehnte sich noch näher heran, sodass Blossom bedrängt wurde. »Ich hatte zwar immer Angst vor der Liebe, aber eine Zukunft ohne dich macht mir noch mehr Angst. Und ich meine nicht als Co-Pfötcheneltern. Oder als Freunde mit gewissen Vorzügen. Ich will dich als Gesamtpaket mit allem, was dazugehört – und damit meine ich auch Kinder, die du lieben wirst, während ich sie nach Strich und Faden verwöhnen werde. Immerhin wissen wir ja beide, dass ich ein Totalversager bin, was emotionale Bindungen angeht.«

Es fühlte sich an, als wären die Trauer und die Schuldgefühle, die Margot mit sich geschleppt hatte und die sie mit ihrem Gewicht zu Boden gedrückt hatten, plötzlich verschwunden, und sie hätte am liebsten erleichtert nach Luft geschnappt. »Für jemanden, der ständig über Mauern und Grenzen redet, hältst du deine aber nicht sonderlich gut aufrecht«, sagte sie, denn wenn sie jetzt etwas Innigeres von sich gegeben hätte, wäre sie erneut in Tränen ausgebrochen. Außerdem wusste er doch jetzt, wie sehr sie ihn liebte, oder?

Andererseits konnte es nicht schaden, es noch einmal laut auszusprechen. Allein deshalb, weil sie es konnte. »Ich liebe dich, Will. Ich habe mich dagegen gewehrt, aber es half nichts. Ich liebe dich.«

Er nickte als Antwort, und das war in Ordnung. Es war ein unbekanntes Terrain für ihn. Er hatte gesagt, dass er sich eine Zukunft und Kinder mit ihr wünschte, und das war mehr als genug, um darauf aufzubauen. Er musste nichts sagen, bloß weil sie es gesagt hatte, und …

»Du hast noch vor wenigen Minuten geglaubt, dass man dich nicht lieben kann, aber das stimmt nicht – ich für meinen Teil liebe dich nämlich sehr«, erklärte Will leise.

Ihre Beine berührten einander, und Margot kämpfte schon wieder gegen die Tränen an. Doch dieses Mal waren es Tränen des Glücks.

»Aber du und ich sind nicht die Hauptpersonen dieser Geschichte.«

»Nicht?« Das konnte Margot nicht unterschreiben, im Moment hatte sie das Gefühl, als zählten nur sie beide.

»Nein. Blossom war diejenige, der es wirklich schlecht dabei ergangen ist.«

Margot betrachtete Blossom. Sie war die Erste, die Wills Herz erobert hatte, und Margot konnte ihr nicht böse sein. Auch wenn ihr Schnarchen beinahe ohrenbetäubende Ausmaße angenommen hatte und ein ziemlicher Stimmungskiller war.

»Dann versuchen wir es also nur Blossoms zuliebe noch einmal miteinander.« Margot hob das Glas, sodass ihr halbes Gesicht verdeckt war, doch ihr Mund verzog sich gerade zum ersten Mal an diesem Abend zu einem breiten Lächeln.

»Wir müssen aber etwas gegen das Trotzverhalten unternehmen. Immerhin hat sie in meine limitierten Gucci-Nikes gekackt«, sagte Will.

»Und sie hat meine personalisierte Handtasche von Anya

Hindmarch zerbissen«, fügte Margot mit bekümmerter Miene hinzu. »Aber wir müssen bedenken, dass sie bereits ein schlimmes Leben hatte.«

»Und wir wollen sie nicht erneut traumatisieren.«

»Nein, das wollen wir nicht.« Margot seufzte. »Das heißt also, dass wir einander nicht loswerden.«

»Ja, das ist wohl wahr«, erwiderte Will und klang sehr glücklich dabei. Er stemmte sich mit einem erwartungsvollen Grunzen hoch und schaffte es sogar, Blossom nicht zu wecken.

Margot erhob sich ebenfalls, damit sie mehr als bloß ihr Knie an seinen Körper pressen konnte. »Ich hätte von Anfang an wissen müssen, dass du der Richtige bist«, flüsterte sie ihm ins Ohr. »Ich meine, es war eindeutig.« Sie hob eine von Blossoms Pfoten, die an seinem Hals lag. »Hunde sind sehr gute Menschenkenner.«

»Ich will dich nicht enttäuschen, aber in dieser Hinsicht irrst du dich. Blossom liebt jeden, der ihr ein Würstchen vor die Nase ...«

»Nein, Blossom ist ein Genie«, unterbrach ihn Margot.

»Na gut«, seufzte Will. »Immerhin hat sie sich uns beide ausgesucht.«

ETWAS ÜBER EIN JAHR SPÄTER

Es war Anfang September, und jeder dachte, der Herbst sei da, weil bereits die Blätter von den Bäumen fielen und die Jahreszeit im Fernsehen eingeläutet worden war, doch dann gab der Sommer plötzlich ein letztes Stelldichein.

Es war ein prachtvoller Tag. Blauer Himmel und eine sanfte Brise. Obwohl es in der Nacht geregnet hatte, war keine Wolke zu sehen, und das Feld in den Highgate Woods leuchtete im herrlichsten Grün.

Perfektes Strickjackenwetter, dachte Margot zufrieden, als sie und Blossom den Park vom höchsten Punkt der Muswell Hill Road aus betraten. Blossom hielt an, weil Margot sie hier normalerweise von der Leine ließ, doch heute schüttelte Margot den Kopf.

»Kommt gar nicht infrage, dass du ausgerechnet heute einem Eichhörnchen nachjagst«, erklärte sie, während ihr Telefon im Takt ihres trommelnden Herzens piepte.

Warte am gewohnten
Treffpunkt auf euch.

Margot war diese Strecke schon Hunderte Male entlanggegangen, seit Blossom in ihr Leben getreten war, und normalerweise achtete sie nicht weiter darauf, sondern konzentrierte sich auf Blossom, die vor ihr dahintrottete. Doch heute erschien ihr der Weg endlos.

Sie ging an Toiletten und dem Kinderspielplatz vorbei auf das Feld. Das Wetter hatte viele Menschen ins Freie gelockt, doch Margot hatte nur Augen für den groß gewachsenen Mann im Anzug, der vor dem Café stand. Sie war zehn Minuten zu spät – aber im Grunde war es doch üblich, dass die Braut auf sich warten ließ.

Sie spürte, dass alle Augen auf sie gerichtet waren, als sie sich bückte, um Blossom den Blumenkranz auf den Kopf zu legen, bevor sie langsam vor den versammelten Gästen entlangschritten. Sie nickte den befreundeten Hundebesitzern, Sophie aus dem Tierheim und ihrer Ivy + Pearl-Familie zu und winkte ihren Nachbarn Daphne und Geoff, bevor sie abrupt stehen blieb. Neben Sarah und Jess stand tatsächlich Tracy, obwohl sie beschlossen hatten, dass es zu weit und zu teuer wäre, von Neuseeland nach London zu fliegen.

»Du glaubst doch nicht, dass ich deine Hochzeit verpasse«, flüsterte Tracy Margot ins Ohr und umarmte sie eilig, bevor sie sie weiterschubste, damit die anderen Gäste nicht zu kurz kamen.

Zu Wills Überraschung war Margot der Meinung gewesen, dass »heiraten nicht so wichtig ist. Ich habe nur fixe Vorstellungen, was das Kleid und die Torte betrifft. Und du kennst nicht zufällig jemanden, der den Blumenschmuck übernehmen könnte?«

»Vielleicht«, hatte Will erwidert. »Ich höre mich mal um.«

Am Ende hatte sich zwar herausgestellt, dass sie beide jede Menge fixe Vorstellungen hatten, doch zum Glück gab es dabei kaum Differenzen. Sie würden in den Highgate Woods heiraten, wo sie sich jeden Sonntag zur Übergabe getroffen, sich gestritten, diskutiert und letztlich beschlossen hatten, Freunde zu werden. Außerdem sollte Blossom eine wichtige Rolle bei der Hochzeit spielen, aber überraschenderweise waren in den meisten Hochzeitslocations keine Hunde erlaubt.

Da man in den Highgate Woods nicht offiziell den Bund der Ehe schließen konnte, hatten sie das bereits am Vortag in den nicht sehr stilvollen Örtlichkeiten des Standesamtes und mit Mary und Ian sowie Derek und Tansy als Trauzeugen erledigt.

Heute würden sie jedoch endlich richtig zusammenkommen.

Und alles war perfekt.

Margot trug ein zartrosa Kleid aus Duchess-Satin mit einem engen Oberteil und einem weiten Rock (der die kleine, aber bereits sichtbare Wölbung ihres Bauches verdeckte), Dreiviertelärmeln und Taschen für Blossoms Utensilien, wie sie später unter amüsiertem Applaus bekannt gab. Da ihre Knöchel bereits angeschwollen und die Highgate Woods wahrlich nicht für Stöckelschuhe geeignet waren, trug sie mit Glitzersteinen besetzte Sneakers.

Will hatte beschlossen, ebenfalls Sneakers zu tragen, und sie passten hervorragend zu seinem marineblauen Anzug, von dem sich das kleine Ansteckstäußchen aus rosafarbenen Margeriten dezent abhob. Was die Blumen betraf, hatten sie absolut kein Mitspracherecht bekommen. Mary und Rowan hatten sie lediglich informiert, dass der Blumenschmuck aus Bartnelken, Margeriten und Orangenblüten bestehen würde, und als Margot in Tränen ausgebrochen war – was ihr in letzter Zeit häufig passierte –, hatte Mary ihre Hand getätschelt und gemeint, dass alles wunderbar zusammenpassen würde.

Margot sah auf ihren Brautstrauß hinunter. Die zarten weißen Orangenblüten bildeten einen herrlichen Hintergrund für die Bartnelken in leuchtendem Kirschrot, das von dem sanfteren Pink der Margeriten umrahmt wurde. Sie hob den Blick und sah zu Will, der neben seinem Trauzeugen Ian stand.

Gäste und zufällig Vorbeikommende klatschten Margot und Blossom zu, als sie an ihnen vorbeischritten, und es fühlte sich an wie bei dem Gang in die Freiheit, der Blossom aus dem Tierheim geführt hatte. Blossom zog an der Leine und Will entgegen, der ein so beseeltes Lächeln auf dem Gesicht trug, wie Margot es noch nie gesehen hatte.

»Du bist wunderschön«, sagte er und legte eine Hand auf Margots Wange, bevor er Blossoms Leine übernahm. »Und du siehst auch nett aus.«

»Du machst dich ebenfalls ganz gut«, erwiderte Margot, während Blossom sich auf ihren Fuß plumpsen ließ.

Ein Hüsteln erklang. Margot und Will wandten sich zu Derek herum, der vor vielen, vielen Jahren unzählige seiner Punkfreunde getraut und sich bereit erklärt hatte, die Zeremonie zu übernehmen.

»Ladys und Gentlemen, liebe Hunde. Wir sind heute hier zusammengekommen, um mit Margot und Will an einem Ort zu feiern, der eine wesentliche Rolle in ihrem Leben gespielt hat, seit sie sich in einem Tierheim an der A 41 zum ersten Mal über den Weg gelaufen sind.«

Derek musste im Prinzip nur für eine gute Stimmung sorgen, denn Will und Margot hatten ihre Ehegelübde selbst verfasst.

»Ich verspreche, dass wir der Zukunft immer gemeinsam

entgegentreten werden, ganz egal, was sie uns bringen mag.«

»Ich verspreche, dass ich dir nicht nur ein guter Mann sein werde, sondern auch dein Zuhause. Deine Familie.«

»Ich verspreche, dass ich dich nicht jeden Tag beim letzten Spaziergang um zehn Uhr nachts begleiten werde.«

»Und ich verspreche, dass ich Blossom irgendwann wirklich verbieten werde, weiter in unserem Bett zu schlafen.«

Schließlich kam das letzte Gelübde: »Will, willst du Margot zu deiner Frau nehmen?«

Will hatte noch nie zwei Worte so ernst gemeint wie das »Ich will«, das er Margot zuflüsterte.

»Margot, willst du Will …?«

»Ja! Ja, ich will!«, rief Margot, bevor Derek die Frage zu Ende gestellt hatte.

»Und Blossom, willst du, dass diese beiden Verrückten deine offiziell verheirateten Pfötcheneltern werden?«

Blossom sah mit einem breiten Grinsen auf dem Gesicht hoch, als sie ihren Namen hörte. Will nahm sie in die Arme, sodass Derek nach ihrer Pfote greifen konnte, und Margot piepte mit starkem Cockney-Akzent: »Ich will«, denn sie waren beide der Meinung, dass Blossom als Mensch genau so gesprochen hätte.

»Dann erkläre ich euch hiermit zu Mann, Frau und Hund«, gab Derek unter dem Jubel von Freunden und Familie bekannt.

Später würden sie Fotos von Will, Margot und Blossom mit allen siebenundvierzig Hundegästen machen, die zusammen mit dem kurzen Text

Alles Gute, Will, Margot und Blossom! Wir wünschen euch unendlich viel Liebe, Lachen und Bäuchleinkraulen. *#relationshipgoals*

gleichzeitig auf den Instagram-Accounts von Blooms, Ivy + Pearl und dem Tierheim gepostet werden und sofort viral gehen würden.

Und danach würde sich die Hochzeitsgesellschaft gemeinsam auf den Weg den Shepherds Hill hinunter und in das Pub machen, in dem Blossom vor Monaten Zuflucht gefunden hatte. Sie würden Spaghetti bolognese essen, es würde Trinksprüche und weitere Reden geben, und alle würden tanzen, bis sie am Ende mit dem Bus nach Hause fuhren, weil es keinen Sinn hatte, Geld für einen Autokonvoi auszugeben.

Doch zuvor besiegelten Will und Margot ihre Ehegelübde mit einem Kuss, während Blossom, die noch immer in Wills Armen saß, ihnen über die Gesichter leckte.

Endlich waren sie drei eine Familie.

(Genauso wie Blossom es von Anfang an geplant hatte.)

DANKE

Es ist, wie die Beach Boys einmal gesungen haben: *You need a mess of help to stand alone* – und genau wegen dieser Hilfe bin ich unzähligen Leuten zu Dank verpflichtet, die *Zusammen sind wir einmalig* mit mir gemeinsam in die Freiheit entlassen haben.

Ein riesiges, von Herzen kommendes Danke an meine Agentin, die unvergleichliche Becky Ritchie, die nie das Vertrauen in mich verlor, auch wenn ich selbst gerade an mir zweifelte; an Alexandra McNicoll und Prema Raj und an alle bei AM Heath.

Ich bin so glücklich, dass mein Roman bei Hodder ein Zuhause gefunden hat und dass Kimberley Atkins mir mit Begeisterung und Können geholfen hat, ihn zu dem Buch zu machen, das ich mir vorgestellt habe. (Obwohl du dich am Ende als Katzenmensch entpuppt hast, Kim.) Ebenfalls danke an Amy Bately für ihr unerschütterliches Organisationstalent, Callie Robertson für das tolle Marketing und Veronique Norton für die PR. Natalie Young für das Lektorat, Kay Gale für die Korrektur. Ein großer Dank gilt auch Joanne Myler für das wunderhübsche Cover und Abbey Lossing für die tolle Illustration.

Ich habe das Glück, viele Schriftstellerinnen und Schriftsteller zu meinen Freunden zu zählen, die mich angefeuert und mir den einsamen Schreibprozess eines Buches ohne Vorvertrag erleichtert haben. Ich wüsste nicht, wo ich ohne Kate Hodges und unsere gemeinsamen Mittagessen, Teestunden und WhatsApp-Unterhaltungen stehen würde. Dasselbe gilt für Peter Wimsey und seine Figurenvorschläge beim Lunch, und die Scrabble Ladys, allen voran Cari Rosen, die mich oft GEZWUNGEN hat, mit ihnen zu spielen, obwohl ich hätte schreiben sollen.

Ich bin glücklich, Sarah Bailey, Jackie Hunter und Lesley Lawson in meinem Leben zu haben, die sich nie beschweren, wenn ich endlos übers Schreiben rede, obwohl es zweifellos langweilig für sie ist.

Und am Ende noch eines: Niemand sagt dir, welche unglaublichen Leute du kennenlernen wirst, wenn du dir einen Hund zulegst. Eileen Coulter, ich werde immer dankbar für den Tag sein, an dem Betsy und ich in den Coldfall Woods auf dich und Eric trafen.

In memoriam
Miss Betsy, 2009–16. März 2018
Manchmal kommt die Liebe nicht mit Amors Pfeil,
sondern auf vier Pfoten.

Sechs Tage nachdem mein Vater gestorben war, wurde ich von einem kleinen Staffordshire Bullterrier namens Miss Betsy (geborene Blossom) gerettet.

Betsy war streunend aufgegriffen worden, nachdem sie einige Tage zuvor Welpen zur Welt gebracht hatte. Obwohl sie erst geschätzte drei Jahre alt war, vermuteten die Tierärzte, dass sie bereits vier oder fünf Würfe geboren hatte. Sie hatte am ganzen Körper kahle Stellen, und obwohl sie immer noch trächtig wirkte, sah man jede einzelne Rippe.

Sie war ein gebrochenes Wesen, aber das war ich auch, also würden wir zusammen heilen. Richtig?

Falsch! Vollkommen falsch!

Die ersten sechs Monate mit Betsy waren ein absoluter Albtraum. Einmal verschloss sie sich vollkommen vor mir, dann wieder war sie schrecklich unterwürfig, und ein anderes Mal war der Teufel in sie gefahren. Dieses Buch ist nicht nur eine fiktive Geschichte, sondern erzählt auch von den langen Tagen, an denen ich immer wieder dachte: »Mein Gott, was hast du getan?«

Betsy zerrte an der Leine, flippte aus, wenn ein anderer

Hund ihr zu nahe kam, und wurde im Alexandra Park beinahe von einem Auto überfahren, als sie einem Eichhörnchen hinterherjagte.

Doch mit viel Geduld, Training und Bäuchleinkraulen wurde Betsy zu dem Hund, als der sie geboren worden war. Es war eine der bedeutsamsten und bereicherndsten Erfahrungen meines Lebens, zuzusehen, wie aus Betsy eine kluge, herrische, unglaublich komische und melodramatische kleine Madame wurde, die unglaublich viel Liebe und Erdnussbutter-Leckerlis verschlang.

Sechs Jahre lang war Betsy mein kleines, flauschiges Hausflusspferd und mein Ein und Alles, und ich bin so dankbar, dass *All Dogs Matter,* ein Tierschutzverein aus Nordlondon, der Hunden ein neues Zuhause schenkt, Betsy aus dem staatlichen Tierheim geholt und uns zusammengebracht hat.

Zusammen sind wir einmalig ist vor allem ein Liebesbrief. Nicht nur an Betsy, sondern an alle Hunde, die verlassen, vernachlässigt oder misshandelt wurden, die aber trotzdem nie die Fähigkeit verloren haben, zu verzeihen und zu lieben.

Sara Manning, London

#adoptdontshop